AF783708

Gröls Verlage

„Bücher sind wie Fallschirme. Sie nützen uns nichts, wenn wir sie nicht öffnen."

Gröls Verlag

Redaktionelle Hinweise und Impressum

Das vorliegende Werk wurde zugunsten der Authentizität sehr zurückhaltend bearbeitet. So wurden etwa ursprüngliche Rechtschreibfehler regelmäßig *nicht* behoben, denn kleine Unvollkommenheiten machen das Buch – wie im Übrigen den Menschen – erst authentisch. Mitunter wurden jedoch zum Beispiel Absätze behutsam neu getrennt, um den Lesefluss zu erleichtern.

Um die Texte zu rekonstruieren, werden antiquarische Bücher von Lesegeräten gescannt und dann durch eine Software lesbar gemacht. Der so entstandene Text wird von Menschen gegengelesen und korrigiert – hierbei treten auch Fehler auf. Wenn Sie ebenfalls antiquarische Texte einreichen möchten, finden Sie weitere Informationen auf www.groels.de

Viel Freude bei der Lektüre wünscht Ihnen das Team des Gröls-Verlags.

Adressen

Verleger: Hermann-Josef Gröls,

Im Borngrund 26, 61440 Oberursel

Externer Dienstleister für Distribution & Herstellung:

BoD, In de Tarpen 42, 22848 Norderstedt

Unsere „Edition | Werke der Weltliteratur" hat den Anspruch, eine der größten und vollständigsten Sammlungen klassischer Literatur in deutscher Sprache zu werden. Nach und nach versammeln wir hier nicht nur die „üblichen Verdächtigen" von Goethe bis Schiller, sondern auch Kleinode der vergangenen Jahrhunderte, die – zu Unrecht – drohen, in Vergessenheit zu geraten. Wir kultivieren und kuratieren damit einen der wertvollsten Bereiche der abendländischen Kultur. Kleine Auswahl:

Francis Bacon • Neues Organon • **Balzac** • Glanz und Elend der Kurtisanen • **Joachim H. Campe** • Robinson der Jüngere • **Dante Alighieri** • Die Göttliche Komödie • **Daniel Defoe** • Robinson Crusoe • **Charles Dickens** • Oliver Twist • **Denis Diderot** • Jacques der Fatalist • **Fjodor Dostojewski** • Schuld und Sühne • **Arthur Conan Doyle** • Der Hund von Baskerville • **Marie von Ebner-Eschenbach** • Das Gemeindekind • **Elisabeth von Österreich** • Das Poetische Tagebuch • **Friedrich Engels** • Die Lage der arbeitenden Klasse • **Ludwig Feuerbach** • Das Wesen des Christentums • **Johann G. Fichte** • Reden an die deutsche Nation • **Fitzgerald** • Zärtlich ist die Nacht • **Flaubert** • Madame Bovary • **Gorch Fock** • Seefahrt ist not! • **Theodor Fontane** • Effi Briest • **Robert Musil** • Über die Dummheit • **Edgar Wallace** • Der Frosch mit der Maske • **Jakob Wassermann** • Der Fall Maurizius • **Oscar Wilde** • Das Bildnis des Dorian Grey • **Émile Zola** • Germinal • **Stefan Zweig** • Schachnovelle • **Hugo von Hofmannsthal** • Der Tor und der Tod • **Anton Tschechow** • Ein Heiratsantrag • **Arthur Schnitzler** • Reigen • **Friedrich Schiller** • Kabale und Liebe • **Nicolo Machiavelli** • Der Fürst • **Gotthold E. Lessing** • Nathan der Weise • **Augustinus** • Die Bekenntnisse des heiligen Augustinus • **Marcus Aurelius** • Selbstbetrachtungen • **Charles Baudelaire** • Die Blumen des Bösen • **Harriett Stowe** • Onkel Toms Hütte • **Walter Benjamin** • Deutsche Menschen • **Hugo Bettauer** • Die Stadt ohne Juden • **Lewis Caroll** • *und viele mehr….*

Inhalt

Zwölf gegen das Schicksal

Die Geschichte des Abenteuers

William Bolitho

Aus dem Englischen von Marguerite Thesing-Austin

Vorwort

Der Weltkrieg, diese europäische Geißel, mit seiner Folge von persönlichem, nationalem, ja weltumspannendem Elend, lastet noch schwer auf all denen, die ihn zu erleiden hatten, und seine letzten Gegenstöße sind – wenn auch nicht offen zutage liegend – nicht minder schmerzhaft.

... Ein Schützengraben an der Somme, aufgerissen von einer Granate ... ein Chaos. Unter der Erde, in einem Meter Tiefe, findet man einen jungen Mann, groß und schlank, noch lebend auf. Ist ein wichtiges Organ verletzt? – Wird er diese Erschütterung überstehen? Die Untersuchung ergibt nichts Genaues, außer einer leichten Verrenkung der Wirbelsäule, die in der Folge funktionelle Störungen hervorrufen kann. Aber Bolitho verläßt nun den Kriegsschauplatz und erwacht zum geistigen Leben Europas.

Man wußte von ihm nur, daß er vom Kap kam; er galt als gebildet und es war auch bekannt, daß er ein junger Freiwilliger von mitreißendem Temperament und ein guter Kamerad war. Durch gelegentliche Unterhaltungen mit seinen mondänen Pflegerinnen, einige seiner prägnanten Berichte und seine sprühende Beredsamkeit erwies sich seine Eignung für einen besonderen Posten bei der englischen Kriegsberichterstattung in Frankreich. Hier fand er Gelegenheit, die verschiedenartigsten internationalen Probleme von allen Seiten zu beobachten.

Schüchtern, einsam, zurückhaltend – ganz dem Wissen um die Dinge ergeben – erlangte Bolitho bald einen Ruf als Psychologe und Journalist jener besonderen Gattung, als deren Urbild Rémy de Gourmont anzusehen ist.

Nachdem er sich nach und nach in London und New York durch seine glänzende Unterhaltungsgabe einen Namen gemacht hatte, nahm er die Verfolgung seines wunderbaren unvollendeten geistigen Abenteuers auf, dieser mystischen oder vielmehr metaphysischen Epopöe, die sich in verblüffender Weise mit seinem Werk und seinen vulkanischen Gedankengängen deckt.

Der Mensch, der sich der sozialen, mystischen oder metaphysischen Epopöe ergibt, kann, obgleich er nach außen ein Leben wie die andern führt, den Sinn des Lebens nur im Abenteuer finden und seinen Aufschwung nur in der Dichtung, um den quälenden Hunger nach dem Unbekannten zu befriedigen. Bolithos literarische Großmeister, vor Allen Shakespeare, Cervantes, den er im Urtext las, Dante und Rabelais, diese unvergleichlichen Sänger der Menschheit, waren ihm Vorbilder seines geistigen Epos. Es ist nicht erstaunlich, in seinen Schriften jene Sorge um den Menschen zu finden, die diesen auffordert, nicht weiter Sklave eines aufgezwungenen Lebens oder eines mehr oder weniger gut begründeten sozialen Organismus zu bleiben.

Bolitho konnte dem Paradoxen keinen Geschmack abgewinnen; er wollte weder belehren noch überzeugen, der Mensch interessiert ihn nur, weil er um sein unbesiegbares Elend weiß. Er ist ein Philosoph, der sich über die beklommenen Atemzüge der Welt beugt. Nach seinem Befund beginnt er zu schreiben – meditierend – und stellt überall Irrtümer fest, selbst im Göttlichen. Er nennt auch das Heilmittel – sich selbst eine irreale Welt in der realen schaffen – nicht die Philosophie des Vogel Strauß, sondern die Freude des Schauenden, den Überschwang des Poeten. Sein Bekenntnis verdient – wie ein Juwel – einen kostbaren Schrein.

Das Denken Bolithos ist von einer so absoluten Objektivität, von einer solchen Inbrunst für eine lautere Kunst erfüllt – rein in sich selber –, daß man ihn ohne Schwierigkeit von vielen Schriftstellern englischer Zunge unterscheiden kann. Man ist bestürzt, in der britischen Literatur einer predigenden Moralität zu begegnen; selbst wenn das Dogma gewechselt hat und an Stelle der christlichen Moral politische oder soziale Doktrinen aufgestellt werden – es bleibt die gleiche Moral unter einem anderen Namen. Ein peinlicher Fehler, dem man oft bei englischen Schriftstellern – und nicht den unbedeutendsten – begegnet.

Bolithos Auffassung der Literatur ist eine rein künstlerische, eine humanitäre Philosophie, in großzügiger Weise frei von jedem Dogma und jedem Vorurteil. Er verfiel auch nie dem „cant“. Die ungewöhnliche Intensität seiner gedrängten Beobachtungen setzt – ohne daß es den Anschein erweckt – ein umfassendes Wissen voraus, ohne daß der Leser veranlaßt wird, einen bestimmten Weg einzuschlagen oder eine bestimmte Vorschrift zu befolgen. Voll von biblischen Gleichnissen, von großer Empfindsamkeit für den Rhythmus des Satzes, genau den Wert des Wortes abwägend, ergibt sich bei ihm eine außerordentliche Harmonie zwischen seinem Denken und seinem Stil.

Sein umfassender Eklektizismus hat die Schriftsteller geschreckt, die der Tagesmeinung und dem „cant“ unterworfen sind, zwei Prinzipien, die jeglichen Wagemut und jegliche Begeisterungsfähigkeit ersticken – sind doch die großen Geister stets der Anarchie geziehen worden!

Sein künstlerisches Gewissen, die Höhe seines Gedankenfluges können von so erbärmlichen Feindseligkeiten nicht berührt werden, ebensowenig wie die nahen Freunde seines Geistes.

1930 versprach für Bolitho sein glücklichstes, sein schöpferischstes Jahr zu werden. Er kam aus New York zurück, nach dem aufsehenerregenden Erfolg von „Twelve against the Gods“, am Vorabend der Aufführung eines humanen und visionären Dramas, das in England und Amerika über die Bühnen gehen sollte, um in seine provenzalische Einsamkeit zu seinen geliebten Büchern zurückzukehren, ganz erfüllt von gewaltigen Bildern, die er in seinem Innern entwarf und vertiefte.

Man ist nicht ohne Gefahr eine Stunde lang einen Meter tief unter der Erde verschüttet gelegen; das winzige Etwas, das den Verletzten am Leben ließ, wartete nur auf den ersten Schwächeanfall, um den ganzen Menschen zu unterwühlen. Zuerst ein Nichts ..., die Organe funktionieren nicht mehr zuverlässig ... Fieber ... eine eilige Untersuchung ... das verspätete und unnütze Messer des Chirurgen ... das Delirium ... und der feste und schnelle Schritt des Todes.

Bolitho fühlte ihn nicht voraus; ihm war er nichts weiter als die Idee der Befreiung, der Reinigung, des Aufgehens in die Unendlichkeit ... Sein Fieberwahn war schon Entrücktheit ... und sein Mund schloß sich für alle Ewigkeit.

Ein so früher Tod an der Schwelle des Ruhms läßt an die Verse Shakespeares denken:

„... was Fliegen sind
den müß'gen Knaben, das sind wir den Göttern;
sie töten uns zum Spaß."

William Bolitho hat uns das Beispiel eines unendlichen Mitleids mit dem menschlichen Elend gegeben und sein ganzes Genie angewandt, es zu verstehen und zu erheben.

Auf jener lichten Au, auf der sich die Geister der früh entschlafenen Poeten begegnen, wird ihm Bewunderung einen Platz in der Nähe seiner Meister anweisen, die er nicht entehrt hat, wenn es ihm auch an Zeit gebrach, ihnen gleich zu werden.

René Louis Doyon.

Einleitung

Das Abenteuer bildet das befruchtende und lebensnotwendige Element in der Geschichte des Individuums und der Gesellschaft. Die Geschichte des Abenteuers jedoch eignet sich nicht als Sonntagsschulpreis für brave Kinder. Die Jünger des Abenteuers sind selten keusch und barmherzig, ja sie stellen sich oft außerhalb der Gesetze, und jede moralische Beschönigung oder Überzuckerung entzöge ihrem Leben das Interesse und ein gut Teil der Wahrheit.

Das gleiche ist bei allen großen Charakteren der Fall. Ihre Fehler sind keine Schmutzflecken, sondern offen zutage liegende, organische Auswüchse ihrer Persönlichkeitsbildung. Die eingefleischte Gesetzlosigkeit oder – wenn man will – Schlechtigkeit des echten Abenteurers hat ihren besonderen Grund, der im Begriff des Abenteuers wurzelt. Das Abenteuer ist der unversöhnliche Feind des Gesetzes; der Abenteurer muß daher unsozial, wenn nicht im tiefsten Sinne des Wortes antisozial sein, denn er ist vor allem ein freier Individualist.

Jungens – echte Jungens – die natürlichen Richter in dieser Angelegenheit – haben seit Jahrhunderten versucht, dagegen zu murren, wenn man sie mit

Lebensbeschreibungen von Missionaren und Militärs an der Nase herumführte und versuchte, durch bunte Wechselfälle des Geschicks die im wesentlichen abenteuerfeindlichen Charaktere auszuschmücken. Heldentaten, Gefahren, Überraschungen sind die Belohnungen, die das Abenteuer jenen in den Schoß schüttet, die seinem Kult mit ganzer Seele ergeben sind. Aber selbst ihre häufige Wiederholung ergibt noch kein abenteuerliches Leben.

Hier müssen wir auch ein für allemal den Trost Kiplings ablehnen, der das Herumziehen von einem Ort zum andern, das Soldatenspielen in der britischen Armee und den Ankauf von englischen Landhäusern für abenteuerlich hält; gleichfalls weisen wir Chesterton zurück, der überzeugt ist, ein langer Sonntagsspaziergang und ein Glas Bier versetzten den Menschen in die geistige Gesellschaft Alexanders, Kapitän Kidds oder Cagliostros. Alle diese liebenswürdigen Mißverständnisse sind so rührend wie der Wunsch der Kinder nach einem edelmütigen Piraten und recht viel Blutvergießen, bei dem keiner zu Schaden kommt; oder wie das Vergnügen, Roulette mit Bohnen statt mit Goldstücken zu spielen. Tom Sawyer wußte es besser. Das Abenteuer muß mit einer Flucht von zu Hause seinen Anfang nehmen.

Daß der Gegensatz zwischen dem Abenteuer und der gesellschaftlichen Ordnung für die Menschheit nicht einen äußeren Konflikt bedeutet, sondern einen inneren Zwiespalt unseres Willens, geht schon aus der Tatsache klar hervor, daß die guten, freundlichen und achtbaren Bürger den Abenteurer sehnlichst zu adoptieren wünschen.

In uns allen steckt ein Abenteurer. Er ringt um unsere Gunst mit dem sozialen Menschen, der zu sein wir gezwungen sind. Das eine Leben ist mit dem anderen unvereinbar; wir sehnen uns nach dem einen und sind an das andere gebunden. Einen tieferen, bittereren Konflikt gibt es nicht, was immer die Frommen dagegen sagen mögen; er rührt bis an die Wurzeln unseres Daseins als Menschen, das uns so schmerzlich von allen anderen Lebewesen trennt. Wir sind, wie die Adler, für die Freiheit geboren. Aber wir müssen, um leben zu können, einen Käfig von Gesetzen für uns bauen und auf der Stange hocken. Verschwenderisch und unbarmherzig wie Tiger kommen wir auf die Welt; wir müssen sparen oder – hungern und frieren. Wir sind geboren, um zu wandern und sind verflucht, an der Scholle zu kleben und zu graben.

So fällt denn unsere erste Wahl auf ein Leben der Abenteurer. Jedes kleine Kind, das gehen kann, ist ein prachtvoller, typischer Abenteurer. Hätten die

Kinder nur soviel Macht wie Willen, was für Heldentaten und Verbrechen würden sie begehen! Wir sind geborene Abenteurer, und die Liebe zum Abenteuerlichen verläßt uns erst im hohen Alter, wenn wir zaghafte Greise geworden sind, in deren Interesse es ist, das Abenteuer sterben zu sehen. Deshalb stehen auch alle Dichter auf der einen Seite und alle Gesetze auf der anderen; denn Gesetze sind meist von alten Männern für alte Männer gemacht.

Dieser Doppeltrieb der Menschheit ist auch der Grund, weshalb der Abenteurer nicht endgültig aus der Gesellschaft ausgestoßen wird. Taucht er aber wirklich einmal in seiner leiblichen Gestalt auf, dann gnade ihm Gott! Das Abenteurerleben ist ein hartes Leben, wie die zwölf vorliegenden Fälle zeigen werden. Sobald einer dieser Draufgänger sich von seinen Fesseln befreit, muß er das tote Gewicht alles Bestehenden bekämpfen: die Gesetze und jene undefinierbare, erstickende Atmosphäre, welche den Teil der Gesetze umschwebt, die wir Moral zu nennen belieben; ferner die Familie, diesen Mikrokosmos, und diese Peitsche der Gesellschaft und vor allem den Besitzenden, über dessen vielverschlungene Rechte der Weg zur Freiheit führt. Scheitert er, so wird er zum bloßen Verbrecher. Ein Drittel sämtlicher Verbrecher sind nichts als gescheiterte Abenteurer. Meist erhalten sie auch eine schwerere Strafe als die anderen: die Armen und die Dummen. Zwingt aber gar der Abenteurer sich der Gesellschaft auf und stellt er sich außerhalb des Machtbereichs der Polizei, so reagiert die Gesellschaft äußerst sonderbar. Wer möchte behaupten, Napoleon, Alexander oder Cäsar seien, gerecht beurteilt, schlechtere Menschen gewesen, als Dick Deadwood oder Jesse James? Wir versuchen, mit einem Wort, sie zu verdauen. Die Folgen ihrer Handlungen werden zu Motiven umgewandelt; Knaben werden angehalten, irgendeine Darstellung ihrer Lebensgeschichte nachzuahmen, aus der man vorher alle unrühmlichen aber praktisch notwendigen Schritte zur Größe ausgemerzt hat.

Gegen diese Meineide und Betrügereien kann der ehrbare Bürger den Milderungsgrund eines „crime passionel“ anführen. Es ist sehr unangenehm, einen Napoleon ins Gefängnis zu schicken, obwohl man auch das tat, als es sich nicht länger umgehen ließ. Dagegen sind „wir Tugendhaften“ in einer anderen Hinsicht, die gleichfalls eine Seite des sozialen Problems der Abenteurer beleuchtet, nicht so leicht zu entschuldigen. Gemeint ist der vorsätzliche Versuch, die Abenteurer zur Ordnung zurückzulocken, das Fälschen der Wegzeichen, die Camouflage, unter der wir den Käfig verbergen. Überall werden plumpe Fallen aufgestellt; an jeder Straßenecke lauert ein Werbeoffizier, um dem Ausreißer eine Uniform und eine Fahne zu verkaufen. Ja, Gesetz und Ordnung schrecken in unruhigen Zeiten, wenn der Drang nach Abenteuern überhand nimmt, nicht vor der absonderlichsten List zurück. So wurden die wilden Reiter des Mittelalters in das langweilige Korps der fahrenden Ritter eingereiht und auf die faden, aber durchaus ordnungsgemäßen Kreuzzüge geschickt, oder aber man schwatzte ihnen so lange etwas vor, bis sie eine Art freiwillige Gendarmerie bildeten, um die großen Heerstraßen zu bewachen.

Nein, der Abenteurer ist ein Individualist und Egoist, der vor der Pflicht Reißaus nimmt. Sein Weg ist einsam und so schmal, daß er keinen Reisekameraden duldet. Was der Abenteurer tut, tut er für sich selbst. Sein Motiv kann einfache Gier sein; das ist sogar meistens der Fall. Oder jene Form der Gier, die wir Eitelkeit nennen; oder Lebensgier, die auch nicht rühmlicher ist. Aber man hüte sich davor, sein Motiv zu unterschätzen. Man hat die Gier törichterweise fast ebenso verpönt und geschmäht wie jenen anderen Urinstinkt, den Geschlechtstrieb; und doch müßten wir unersättlichen Europäer, wir Conquistadores, als die abenteuerliebendste Rasse der Welt, ihr billigerweise Dank wissen, sie als Kraft, als Düngemittel auffassen, dem unsere sichtbare Überlegenheit über die Zufriedenen entspringt. Gott helfe den Wunschlosen ... den Melanesiern, den armen Buschmännern Südafrikas, den engelhaft sanften, tugendhaften Kariben, die von Columbus in dem irdischen Paradies Haiti niedergemetzelt wurden, und all den anderen guten Primitiven, welche nicht wachsen konnten, da ihnen der Appetit fehlte.

Am Anfang fast jeder Laufbahn steht ein Abenteuer; mit Staaten, Institutionen, Zivilisationen ist es nicht anders. Der Fortschritt der Menschheit wird nicht allein von Kraft und Gewicht beherrscht, wenn wir auch nicht wissen, wohin er führt. Mag die Ethik sehen, wie sie damit fertig wird. Der Abenteurer spielt daher trotz allem soziologisch eine Rolle. Diese Rolle ist eine zufällige, da er an sich asozial ist. Die Geschichte wird durch Abenteuer und Abenteurer mittels großer Eingriffe in Gesetz und Ordnung ruckweise vorwärts gebracht. Von dem ersten Ringen um den Feuerstein bis zu dem täglichen Kampf um einen Stehplatz in der Untergrundbahn, von den Höhlenbehausungen bei Les Eyzies bis zu den mit fließendem warmen Wasser eingerichteten Wohnungen New Yorks wird der Weg durch das Widerspiel zweier Gewalten gekennzeichnet, der hütenden und der suchenden, durch den Stubenhocker und den kühnen Entdecker und Gewaltmenschen, durch den Bürger und den Abenteurer. Durch das Gesetz, aber auch durch jene, die über die schützende Palisade sprangen, ohne zu fragen, ob sie sie beschädigten, und die Schätze ihres Volkes durch Mut und nicht durch Wirtschaftlichkeit mehrten. Der erste Abenteurer war lästig und unbeliebt; er riß unter Gefährdung des Gemeinwesens eine Lücke in die Barrikade der Stammesniederlassung, als er sich in die Nacht hinauswagte, um die Ursache eines Geräusches zu ergründen. Sicherlich handelte er gegen den Rat seiner Mutter und seiner Frau, allen Befehlen der Stammesältesten zum Trotz. Aber er war auch derjenige, der den Ort auffand, wo das Mammut starb und wo es nach tausend Jahren noch Elfenbein genug gab, um den ganzen Stamm mit Waffen zu versorgen. So und nicht anders ist das Wesen des Abenteurers, dieses Plagegeistes und Wohltäters der Gesellschaft.

Auf Grund seiner soziologischen Rolle darf der Abenteurer sich auf seinen großartig einsamen Weg begeben, ohne unserer Sympathie ganz verlustig zu gehen. Er, unser anderes Ich, braucht sie auch, denn er kämpft gegen eine gewaltige Übermacht. Wir kennen bereits seinen vornehmsten Feind, das lähmende, mechanische Gewicht der sozialen und moralischen Gesetze. Der zweite ist das große Unbekannte. Insofern als die Natur alles Lebenden durch seine Feinde bestimmt ist, läßt der Abenteurer sich an dem Kampf gegen die Ordnung und an seinem Kampf gegen den Zufall erkennen. In dem ersten kann er Sieger bleiben – tut er es nicht, so wandert er ins Gefängnis. In dem zweiten muß er unterliegen, denn der Zufall ist eine Offenbarung des Weltgeistes. Dieses Buch enthält keine Aufforderung, es dem Abenteurer nachzutun; sein Leben endet nicht anders als das der übrigen Menschen. Ich will damit nicht sagen, daß der Abenteurer, an unserem materiellen Maßstab gemessen, keinen Erfolg haben kann. Einige, wenn auch nicht die größten dieser Menschengattung, sind auf dem Gipfel dessen, was sie erstrebten, den Alterstod gestorben. Den Abenteurer erwartet eine subtilere Tragik als Ruin, Armut im Alter, Lumpen und die Verachtung seiner Mitmenschen. Seine Strafe lautet, daß er über kurz oder lang aufhören muß, ein Abenteurer zu sein. Die Gesetze seiner Morphologie bestimmen, daß er als Schmetterling in die Welt tritt, um nach vollendeter Entwicklung als Raupe zu enden. Das Los des Abenteurers ist so tragisch wie das Los der Jugend; sein Weg verläuft nicht in gerader Richtung, sondern als Parabel; er führt an einem bestimmten Punkt in den Käfig zurück. Der größte Abenteurer, der je gelebt, endete als nervöser, banaler Millionär.

Das Geheimnis dieses tragischen Ausgangs ist psychologischer Natur; es liegt in dem Motiv des Abenteurers, in seiner Bestialität und Gottähnlichkeit verborgen, ja es bildet einen Teil seiner Persönlichkeit. Die Gier, die allen eigen ist, lebt in jedem ihrer fünf Sinne: Gier nach Gold, Macht, Ruhm und Wissen; ja diese Lebensgier ist selbst in ihren höchsten Momenten dualistisch. Sie will das Errungene sich erhalten, auch während sie nach neuen Siegen lechzt. Sie hält fest und greift zu im selben Augenblick. Für den Beobachter gibt es nichts Reizvolleres als dieses wundervolle Widerspiel von statischer und aktiver Gier, diesen langsamen Sieg des Konservierungstriebes über die Eroberungsgelüste, diese plötzliche Furcht, die sich selbst bei einem Alexander einschleicht und der in seinem Zelte opferte. Alexander wußte genau, er hatte zu viel gewonnen und das Abenteuer war für ihn zu Ende. Der Trieb zu erhalten hatte bei ihm überhand genommen, die Komplementärkraft mußte langsam sterben.

Alle diese Männer scheitern an dem Widerspruch in ihrem Innern. Ihre Mischung unterscheidet sich nur quantitativ von der unsrigen. Auch in ihnen ringt der soziale Mensch mit dem freien, der Geizhals mit dem Verschwender, der Stubenhocker mit dem ruhelosen Wanderer, der Sparer mit dem Spieler, der Schäfer mit dem Jäger. Sein eigenes soziologisches Ich bringt den Abenteurer zu Fall und erdrosselt ihn.

Außer diesen eng miteinander verknüpften soziologischen und psychologischen Kämpfen kennt der Abenteurer noch einen anderen, erhabeneren, beide an Spannung übertreffend. Er ringt und wirbt um die große Göttin des Unbekannten, die viele Namen hat – mitunter heißt sie auch Zufall oder Gefahr – und deren Füllhorn für ihn alles Neue enthält. Das Begehren nach ihr und nach den von ihr unzertrennlichen Gaben ist seine eigentliche Gier. Treulos und verräterisch – darin äußert sich ihre Majestät und Grausamkeit – überschüttet sie ihn mit Belohnungen, hüllt ihn in die Schleier ihres Wohlwollens, um ihn mit Gold und Siegen zu fesseln, bis er nicht länger vorwärts zu schreiten wagt. So macht sie aus dem Geliebten einen Sklaven. Erst der Räuber, der seine Beute zählt, wird zum bloßen Diebe.

Damit haben wir die soziologische, psychologische und in gewissem Sinne auch mystische Seite des Abenteuers und seiner Jünger umrissen; merkwürdige und interessante Einzelheiten hoffen wir in unseren zwölf praktischen Studien aufzuzeigen. Unter diesen finden sich auch zwei, drei Frauen, die durch ihr Format und durch die Originalität ihres Geschicks wert sind, in jene erlauchte Gesellschaft aufgenommen zu werden.

In der vieltausendjährigen Epoche, die jetzt gerade auszuklingen scheint, bildete die Ehe gleichsam die einzige Laufbahn der Frau. Es ließe sich daher mit einigem Recht die These aufstellen, jede Frau habe in ihrem Leben ein großes Abenteuer zu bestehen gehabt und jede heiratsfähige Frau sei in gewissem Sinne eine Abenteurerin gewesen, ebenso wie die verheirateten Frauen bisher die unüberwindliche Leibwache der Gesellschaft bildeten. So lautet die Theorie der alten Romanschriftsteller – allein das ewig Gleiche dieses Abenteuers und seine Banalität bannen es aus unserem Gesichtskreis. Jetzt aber, da die Zeiten sich geändert haben, hat die ehedem rein akademische Frage, ob die Frauen außerhalb der Grenzen ihrer wirtschaftlichen Abhängigkeit vom Manne den Geist des Abenteuers zu erfassen und ihm zu folgen vermögen, an Bedeutung gewonnen. Jedes Licht wäre daher von Interesse, das durch eine Untersuchung der weiblichen Abenteurertypen der Vergangenheit auf unser Problem fiele (der Ausdruck Abenteurerin hat einen zweifelhaften Klang); ebenso jeder Beweis für oder gegen einen Unterschied der Geschlechter in der Morphologie des Abenteuers.

Es ist klar, daß der verschieden starke Widerstand der drei gestaltenden Elemente: des sozialen Komplexes, des Tätigkeitsfeldes und der Psychologie des Abenteurers selbst, die äußere Form des Abenteuers beeinflußt. (Jedes Zeitalter bringt seine besonderen Typen hervor, die Antike den Eroberer, das Mittelalter den Entdecker, das neunzehnte Jahrhundert den Weltreisenden und Goldsucher.) Aber damit hat sich ihre Rolle in den Augen des Historikers noch nicht erschöpft. Sie wirken auch auf den Umfang und die Einzelheiten des Unternehmens ein. Den dritten oder psychologischen Faktor müssen wir dabei außer acht lassen. Er entzieht sich unserer Beurteilung, und so müssen wir ihn wohl oder übel als konstant annehmen. Dagegen läßt sich der Einfluß der anderen beiden auf eine sehr einfache Formel bringen, und zwar wird das Abenteuer um so schwieriger, seltener und unwichtiger, je stärker die soziale Bindung und je beschränkter das Gebiet des Unbekannten ist. In beider Hinsicht herrschen zur Zeit ungünstige Bedingungen. Wir sind noch weit entfernt von einer internationalen Regierung, aber es besteht bereits eine internationale Polizei mit Kabeln, Postämtern, Flugzeugen und einem allgemeinen Code, die den abenteuerlichen Existenzen eines Cellini, Casanova und Cagliostro sehr bald ein Ziel setzen würden. Unsere ökumenische Zivilisation, wie Keyserling sie nennt, zieht dem Individuum immer engere Grenzen. Auch gibt es auf der Weltkarte kaum eine weiße Stelle mehr. Das geographisch Unbekannte, das leichteste und lockendste Eingangstor in die Welt der Abenteuer, ist verschwunden. Lhassa ist heute telefonisch mit der Kultur verbunden, und eine

Flagge weht auf jedem Pol. Allerdings suchen einige unbezähmbare Damen uns nach wie vor zu überzeugen, daß die Sahara nichts Alltägliches sei, und die Presse fährt fort, romantische Reisebeschreibungen über Gegenden in Asien zu bringen, wohin jedes Reisebüro Fahrkartenhefte verkauft. Trotzdem „gibt es nichts mehr zu entdecken", um in dem düsteren Jargon der Schuljugend zu reden. So müssen wir uns denn fragen: Gehört das Abenteuer der Vergangenheit an?

Ich habe den Trost jener Schriftsteller und Dichter bereits zurückgewiesen, welche die Schwierigkeit dadurch zu überwinden suchen, daß sie „das Interessante" oder oft nur mäßig Interessante als Abenteuer verkleiden. Ohne gute, gesunde Begriffe verwässern zu wollen, müssen wir dennoch feststellen, daß das Abenteuer nicht ausgestorben ist. Auch ist der Abenteurer nicht seltener geworden, und zwar existiert er in seiner ästhetisch glücklichsten Form, fern von jeder Niedrigkeit. Allerdings hat es auch magere Jahre für ihn gegeben, wie zum Beispiel das achtzehnte Jahrhundert. Damals war alles Besitz geworden, geleistet, ausgekundschaftet. In solchen Zeiten muß er das Neue in sich selbst suchen, nicht in der unwandelbaren Natur, sondern in dem stets sich erneuernden Strom des menschlichen Lebens. Die Geographie ist banal geworden, aber die Topographie bewahrt sich ihre unerschöpfliche Originalität.

Zu ihr hat sich der unsterbliche Abenteurer geflüchtet. Er rettet sich in die Wüsten der Hochfinanz, in den Dschungel des Geschäftslebens, unter die zahllosen wilden Stämme unserer Großstädte, in die Welt der Menschen, wo größere Entfernungen walten als zwischen Stern und Stern. In den titanischen Werken und Ereignissen unserer Tage offenbart sich die nämliche Zusammenarbeit von Draufgänger und Stubenhocker, der gleiche Kulturkampf mit der rätselhaften Göttin, die das letzte fordert und das letzte gibt. Die Geschichte hat stets einen Katalog von Abenteurern an der Hand – sie hat ihre Methoden nicht geändert, mag es ihr auch aus Geschäftsgründen unmöglich sein, die Liste zu veröffentlichen.

Was nun die abenteuerlichen Leistungen betrifft, die Atlantikflüge, die Nordpolexpeditionen, die Besteigung des Everest, Blüten des Heroismus und der Standhaftigkeit, wie die Vergangenheit der Menschheit sie niemals kannte, so sind sie vielleicht das Panier unserer Zeit, allein sie gehören nicht unmittelbar zu unserem Thema. Ihre Helden sind Soldaten der Gesellschaft, aber keine Abenteurer, und nur ein Mißverständnis, das unsere Arbeit vielleicht aufklären wird, konnte ihre Freunde veranlassen, einen solchen Titel für sie in Anspruch zu nehmen. Ich werde noch Gelegenheit haben, darauf zurückzukommen.

Das Folgende soll weniger die Geschichte erhellen, als sie illustrieren. Es soll ohne jede Heuchelei die Taten von Männern und Frauen ehren, deren Schicksal größer, wenn auch nicht tiefer war, als das unsrige. Vor allem soll es den Abenteurer in uns und den Teil von uns, der in dem Abenteurer lebt, wecken. Ich will weder warnen noch ermutigen, sondern will anerkennen, wo mir Bewunderung versagt ist. Dabei neige ich mich in Ehrfurcht vor dem unersättlichen Geiste des Menschen wie vor dem unergründlichen Geheimnis, das ihm Beute, Erhalterin und Göttin ist.

William Bolitho.

Alexander der Große

Dann kam das Feuer, verbrannte den Stab,
Der den Hund schlug.
Der die Katze biß.
Die das Kitz fraß.
Das mein Vater kaufte
Für zwei Stück Geld.
Ein Kitz! Ein Kitz!

Die Juden, jene ewigen Zeitgenossen, die alles mit erlebt und die Erinnerung daran festgehalten haben, kennen ein kindliches Reimgeklingel weltgeschichtlichen Inhalts. Ganz am Anfang, wohin ich diesen Reim gestellt habe, erscheint Alexander, das Feuer, welches das Achaemenische Reich verbrannte, das über die Welt den Stab schwang, der den grausamen assyrischen Hund schlug, der die weise babylonische Katze biß, die das arme unschuldige Geißlein verschlang: das auserwählte Volk, das Gott von Moses kaufte. Dieses steht am Ausgang des kosmischen Zermahlungsprozesses, der für die Juden die Weltgeschichte verkörpert. Feuer ist eine treffende Bezeichnung für Alexander: er lebte wie Feuer, focht wie Feuer und starb jung, ausgebrannt.

Er nimmt in diesen Porträtstudien den ersten Platz ein, nicht nur weil er zeitlich an erster Stelle steht (356-323 vor Christi Geburt), sondern weil er gewissermaßen das ganze Thema in sich begreift. Jeder Abenteurer gleicht in irgendeinem Punkte Alexander, ja viele der größten haben ihn bewußt nachgeahmt. In ihm sind stärker als in den anderen die Geheimnisse des Wachstums und der Charakterentwicklung vereinigt, die allen gemeinsam sind.

Zum Teil ist das eine Folge des Zufalls seiner Geburt, die ihn zum Sohn eines großen Mannes machte. Knaben in seiner Lage entwickeln sich meist zu psychologischen Ungeheuern, von vorne herein zu der bitteren oder lächerlichen Rolle eines Hamlet bestimmt. Allein Alexander sog aus seiner Herkunft jene doppelt gestählte Reaktionskraft, die Bacon an Buckligen und Zwergen beobachtete. Opposition gegen seinen Vater, dessen gewaltige Persönlichkeit ihm nach allen Richtungen den Horizont versperrte, mußte notgedrungen seine Hauptentwicklungsphase kennzeichnen. Alle übrigen Kräfte seiner Ichbildung unterliegen dem Doppeleinfluß seiner Mutter und seines Erziehers. Die Tigerhexe Olympias haßte Philipp gleichfalls kraft einer andersartigen Eifersucht, und Aristoteles war ihm von seinem Vater aufgezwungen.

Dieser Philipp hatte eine ungewöhnliche Laufbahn hinter sich. Noch vor seinem zwanzigsten Lebensjahre wurde er durch eine Verschwörung verräterischer wilder Bergfürsten, die ihm den väterlichen Thron entreißen wollten, an seine Feinde, die Thebaner verkauft. Kaum lohnte es sich, um seine Rechte als Oberhaupt eines solchen Hofes zu kämpfen. Dies war der Anfang, und im Laufe von zwanzig bis dreißig Jahren gelang es Philipp, sich nicht nur zum König eines befriedeten, geordneten Mazedoniens emporzuschwingen, nein, er wurde Oberfeldherr von ganz Griechenland: eine Leistung, die etwa mit den Schwierigkeiten zu vergleichen wäre, die ein junger Mexikaner überwinden müßte, wollte er allen Gesetzen, Gewohnheiten und Rassenvorurteilen zum Trotz Präsident der Vereinigten Staaten werden. Trotzdem war Philipp kein Abenteurer. Seine Laufbahn birgt weniger abenteuerliche Züge als eine Schachpartie. Sie war ein einziger Aufbau. Er war ein Ingenieur des Lebens. Jeder Gewinn seines Daseins wurde im voraus geplant und als reife Ernte eingesammelt. Nichts entglitt seinen Händen – mit Ausnahme der Liebe seines Sohnes.

Ist ein derartiger Mann daneben noch gutmütig, mit dem Temperament eines Berges und der Gesundheit eines Felsens, ansteckend lustig in Gesellschaft, eifrig wie ein Schuljunge beim Sport, eitel mit dem halbernsten Übermut eines Mannes, der im Grunde seines Herzens mit dem Leben zufriedener als mit sich selbst ist, sieghaft in seiner lächelnden Überlegenheit ebenso wie in seinen Schlachten, so wirkt er nicht nur überragend, nein erdrückend. Im Plutarch findet sich eine Stelle, die Alexanders Geheimnis verrät.

„Wann immer die Nachricht überbracht wurde, daß Philipp eine feste Stadt genommen oder eine große Schlacht gewonnen hatte, pflegte der Jüngling, statt sich zu freuen, zu seinen Gefährten zu sagen: ›Mein Vater wird so lange siegen, bis es für Euch und mich nichts Außergewöhnliches mehr zu leisten gibt.‹ Denn er wollte kein Reich erben, das ihm Wohlstand, Üppigkeit und Genuß brachte, sondern eines, das ihm Gelegenheit zum Siegen, Kämpfen und zur Befriedigung seines großen Ehrgeizes böte."

Indes reizt Heldenhaß nicht minder zur Nachahmung als Heldenverehrung – mit dem einen Unterschied: er wirkt durch Opposition. Alexanders glühender Wunsch, seine Persönlichkeit gewaltsam von jeder Ähnlichkeit mit Philipp zu befreien, zog ihm die gleichen Grenzen, wie tiefste Verehrung sie gezogen haben würde: er schlug sich selbst in eine Kette von Widersetzlichkeiten. Philipp war seiner vorsichtigen Schlauheit wegen berühmt; Alexander wählte für sich Draufgängertum und die große Geste. Philipp war beredt. Alexander tat sich auf seine Schweigsamkeit, die seiner überschäumenden Natur schwer fiel, etwas zugute. Philipp war eitel genug, seine Siege in den olympischen Wagenrennen durch Denkmünzen zu verewigen. Alexander dagegen antwortete auf die Frage, ob er sich an den olympischen Wettläufen beteiligen wolle (er war ein flinker Läufer): „Ja, hätte ich Könige zu Gegnern." Er machte mit Vorbedacht gegen die sportlichen Neigungen seines Vaters Front. In der frühreifen Erkenntnis, daß auf ihnen vor allem Philipps Volkstümlichkeit beruhe, zog er zwischen seines Vaters und seinen eigenen Liebhabereien eine wunderliche Trennungslinie. Philipp, zum Beispiel, liebte es, Faust- und Ringkämpfen beizuwohnen. Alexander „gab vor, den Ringkampf, einschließlich eines unter dem Namen Pankration bekannten Faustkampfes mit Schlagringen, von Grund auf zu hassen."

Die von Wildwestromantikern getreulich gehegte Geschichte der Zähmung des Bukephalos bietet ein überraschendes Beispiel für diesen verborgenen Konflikt zwischen Vater und Sohn. „Als Philonikos, der Thessalier, Philipp ein Pferd namens Bukephalos zum Preise von 13 Talenten (rund 25 000 M.) anbot, begab sich der König in Begleitung des Prinzen und vieler anderer hinaus auf ein Feld, um es sich vorführen zu lassen. Das Pferd gebärdete sich sehr boshaft und unbändig. Weit davon entfernt, sich reiten zu lassen, duldete es nicht, daß man es anredete und wandte sich wutschnaubend gegen die Reitknechte. Philipp war ungnädig, daß man ihm ein so wildes und ungebärdiges Pferd gebracht und befahl, es abzuführen. Doch Alexander, der es scharf beobachtet hatte, sagte: ›Welch ein Pferd geht uns hier aus Mangel an Geschick und Mut verloren!‹ Anfänglich achtete Philipp nicht auf seine Worte, als jedoch der Prinz mit großer Unruhe die gleiche Rede öfters wiederholte, sagte er: ›Junger Mann, du tadelst ältere Männer, als wüßtest du mehr denn sie und könntest dieses Pferd besser regieren.‹ ›Das könnte ich in der Tat‹, lautete die Antwort des Prinzen. ›Falls du es nun nicht reiten kannst, welches Pfand willst du für deine Tollkühnheit zahlen?‹ ›Ich werde den Preis für das Pferd zahlen.‹ Hierauf lachten alle Anwesenden, allein der König und der Prinz waren die Wette eingegangen. Alexander lief daher zu dem Pferde hin und drehte es, die Zügel ergreifend, der Sonne zu; denn er hatte bemerkt, daß der ständig mit dem Tier sich bewegende Schatten es ängstigte. So lange seine Wut anhielt, fuhr Alexander fort, ihm sanft zuzureden und es zu streicheln; alsdann warf er behutsam seinen Mantel ab, sprang mit einem leichten Satz auf seinen Rücken und gewann einen sicheren Sitz. Darnach ließ er es, jedoch ohne allzu straff die Zügel und ohne Peitsche oder Sporn zu gebrauchen, Schritt gehen. Als er sah, daß seine Unruhe sich gelegt hatte und daß es zu laufen wünschte, ließ er es in vollen Galopp fallen, es mit Stimme und Sporn antreibend.

„Philipp und sein Hof waren anfänglich in großer Sorge um ihn, und tiefes Schweigen senkte sich herab; als aber der Prinz das Pferd gewendet und auf kürzestem Wege zurückgeführt hatte, empfingen sie ihn mit lautem Jubel, der Vater ausgenommen, der ihn mit den Worten küßte: ›Suche dir ein anderes Reich, würdig deiner Fähigkeiten, mein Sohn, denn Mazedonien ist für dich zu klein‹."

Dem guten Plutarch ist die leise Ironie dieser Bemerkung entgangen, die der gewiegteste Kenner einer ganzen Nation von Reitern einem jungen Manne gegenüber fallen läßt, der soeben einem Händler geholfen hat, einen bösartigen Gaul zu exorbitantem Preise zu verkaufen. Trotzdem klingt echter Stolz aus ihr. Riesen beneiden ihre Väter, aber nur Pygmäen vermögen ihre Söhne zu beneiden. Philipp nahm Alexander gegenüber meist eine Haltung belustigten Stolzes ein; es war der Stolz eines Züchters und Vaters zugleich, der auch die heftigsten Zornausbrüche über des Sohnes Trotz und Dreistigkeit überdauerte.

So liegt vielleicht in der Opposition zu seinem Vater das Geheimnis von Alexanders persönlicher Lebensführung. Sie bestand aus einer Art athletischer Askese und übte auf die Welt einen fast ebenso starken erzieherischen Einfluß aus, wie die festgefügten Lehrsätze einer Religion, die auch heute noch in der seltsam gefälschten und geflickten Form des 18. Jahrhunderts unter der Etikette: „English gentleman" das Ideal eines Teiles der Menschheit bildet. Das geht vor allem aus seinen typischen Indiosynkrasien hervor. Die Grundlage von allem ist die Auflehnung gegen einen sinnlichen, lärmenden, immer noch halb barbarischen Häuptling, denn das und nichts anderes war Philipp bis an sein Lebensende. Indes baute Alexander auf dieser strengen Basis für den arischen Jüngling eines der reizvollsten Ideale auf. Seine Verbote und Gebote sind weit mehr als bloße Launen, aber ihr Ursprung hat nichts mit Religion oder Metaphysik zu tun. Allerdings haben zahlreiche griechische Schulen Alexanders Verachtung des Körpers und dessen Freuden als ihr geistiges Eigentum in Anspruch genommen. Diese Lehre war kurz vor Alexanders Zeit von dem eigensinnigen Antisthenes aus dem Grundsatz des Sokrates: „Tugend ist Wissen" in den Schlachtruf: „Schlechte Manieren als Selbstzweck" umgewandelt worden. Seinen Schülern trug er den Namen Zyniker ein. Antisthenes frecher Freund, der ehemalige Münzer Diogenes von Sinope, hatte dann die Schule auf seine Art sehr bekannt gemacht. Ohne Zweifel fühlte sich Alexander von ihr angezogen. Er befand sich in dem Alter, da jeder intelligente Jüngling für seine Neigungen und Abneigungen einen theoretischen Hintergrund sucht. Doch jenseits und als Basis der Wirkung, die jene düsteren Vernunftsschlüsse ausübten, lag ein instinktiver Komplex, in welchem ich zwei verbundene Elemente zu erkennen glaube – den Drang nach Selbstkasteiung und den Wunsch, weder rein berechnend noch ausschließlich uneigennützig, die Kultbedingungen des Abenteuers zu erfassen, sobald ihm die erste einladende Geste winkt. Grob ausgedrückt: Puritanismus und Training.

Das erstere ginge mich hier nichts an, wenn man sein Vorhandensein in Alexander wie in der übrigen Menschheit ahnte. Es würde zum besseren Verständnis sämtlicher Biographien, insbesondere der folgenden, beitragen, wenn man sich erinnern würde, daß der Mensch auch den Impuls der Selbstkasteiung kennt, und zwar in gewissen Lebensaltern in starkem, ja unvernünftigem Maße. Die Voraussetzung, daß Jugend zum Genusse neigt, daß eines jungen Mannes Widerwillen gegen weiche Betten, Wein und Rosen widernatürlich oder doch zum mindesten der Ausfluß einer zwingenden

Morallehre sei, ist leichtfertig. Genuß ist ein zweifelhafter Begriff, ja es gibt auf der Welt ebenso viele Geizige wie Gourmets.

In dem jungen Alexander wird der angeborene Hang, mit sich selber zu geizen, durch den ahnungsvollen Wunsch verdoppelt, jede lästige Gewohnheit, jedes weichliche Kompromiß abzuschütteln. Er fürchtet alles, was dem Abenteuer seines Lebens hinderlich sein könnte. Kaum hat er den Schattenriß der Zukunft erkannt, so hören die Freuden des Bettes und der Tafel für ihn auf, sündig und seiner unwürdig zu sein; mag er sich auch in den Augenblicken, da er den Kopf mit dem Unsinn des Diogenes vollgepfropft hatte, derartiger Ausdrücke bedient haben, letzten Endes betrachtete er den Genuß nur als gefährliches Hindernis. Lassen wir ihn seine Moralität erklären, und zwar in dem Augenblick, da seine Erfolge ihn der Notwendigkeit enthoben hatten, eine messerscharfe Moral zu gebrauchen. Seine Worte lauten: „Schlaf und Geschlechtsverkehr bringen mir meine Sterblichkeit am stärksten zum Bewußtsein.“

Der zweite menschliche Einfluß auf diesen feurigen, Wohlleben hassenden, vaterneidischen Jüngling ist der seiner Mutter, der furchtbaren Olympias. Der dritte ist der schwer zu fassende Faktor Aristoteles. Der universelle Philosoph war sein Lehrer von seinem dreizehnten Lebensjahre an. Sowohl das Weib wie der Weise haben ihre seltsam verschlungenen Spuren in dem Wesen des Knaben hinterlassen.

Diese Olympias ist, selbst nach dem schattenhaften, mißverstandenen Umriß der Geschichtsschreiber, ein prachtvolles Geschöpf. Wie wir noch näher untersuchen werden, haßte sie Philipp aus den allgemeinsten wie aus den kompliziertesten Gründen. Den Griechen der Stadtstaaten mußte der Hof Philipps als barbarisch und primitiv erscheinen. Die Königin Olympias aber war eine Prinzessin des mittelalbanischen Bergstaates Epirus, wo man fünfhundert Jahre hinter dem Kalender zurückgeblieben war. In Wahrheit gehörte sie einer Zeit an, die um vieles jünger war, als der Sonnenuntergang der antiken Welt, an dessen Schwelle Sohn und Gatte standen. In ihr lebte das neolithische, das Steinzeitalter, jene ungeheuer verwickelte Kultur, die niemals einen Historiker gehabt noch gebraucht hat; wir sind daher genötigt, unsere Begriffe aus den Fingerzeigen der Opferaltäre und dem Ju-ju der Ureinwohner notdürftig zusammenzuflicken.

Der lang verloren gegangene Schlüssel zum Wesen der Olympias, dem wir um Alexanders willen ein wenig nachspüren müssen, liegt in ihrem Geschlecht. Sie war ein Weib aus der Zeit, da noch die Erinnerung an das Matriarchat und an die zärtlich gehütete Zivilisation der Jagdvölker lebendig war, und sie lehnte sich immer noch gegen die veränderten Verhältnisse auf. In den Werken der Griechen wird sie eine Zauberin genannt, und der friedliche Plutarch, der von Herzen wünscht, selbst die Familienmitglieder seiner Helden möchten durchaus ehrbare Leute sein, stottert, wenn von ihr die Rede ist. Uns interessieren nicht ihre Verbrechen, sondern ihre Denkungsart, das heißt ihre Religion. Sie war eine eifrige Anhängerin und Hohepriesterin der Mysterien des Orpheus und Dionysos. Erteilen wir Plutarch das Wort: „Die Weiber jenes Landes sollen die Zeremonien des Orpheus und die Orgien des Dionysos über alles lieben, und sie sollen Chlodones und Mimallones heißen, weil sie in mancher Hinsicht den edonischen und thrazischen Weibern vom Berge Haemus nacheifern, von denen das griechische Wort t h r e s k u e i n (einen Zauber weben) stammt. Dieses bezeichnet die Ausübung absonderlicher und abergläubischer Gebräuche. Olympias war auf derartige Gepflogenheiten ganz erpicht und führte in dem Wunsche, jenen enthusiastischen Feierlichkeiten einen seltsameren und grausigeren Anstrich zu verleihen, eine Anzahl großer zahmer Schlangen ein, die aus dem Efeu und den mystischen Fächern hervorkrochen, sich um die Thyrsen und Girlanden der Weiber wanden und die Zuschauer mit Schrecken erfüllten."

So kommt es, daß wir, wann immer in Geschichtswerken Olympias Name fällt, vorsichtig und nur andeutungsweise in den bisher mangelhaft erforschten Hintergrund archaischer, übernatürlicher Geheimnisse geführt werden. Dieser liegt jenseits des leuchtenden Vernunftsglaubens griechischen Lebens. An den Mysterien, deren Schülerin sie war, interessiert uns zweierlei: der ungewöhnlich bedeutende und in keinem Verhältnis zu ihrer politischen oder auch nur gesellschaftlichen Rolle stehende Anteil, der den Frauen dabei zugemessen war, sowie die Eigenart des – wenn auch nicht – Internationalismus, so doch der stammesgeschichtlichen oder übernationalistischen Bindungen, die aus einem unerklärlichen Grunde mit dem Kulte verknüpft waren. Was für kindische und brutale Dinge Olympias und ihre Genossinnen den Knaben unter dem Deckmantel jenes ehrwürdigen Hokuspokus auch gelehrt haben mögen, dieser Internationalismus war wertvoll und für ihn kritisch von Wichtigkeit. Ihr verworrener und problematischer Polytheismus räumte in seinen Tempeln Isis wie Attis einen Platz ein. Cybele hauste dort Seite an Seite mit dem etruskischen Priapus, dem persischen Mithras und dem griechischen Orpheus. Nicht nur konnte ein wandernder Jude, Syrer oder Meder kraft dieser Riten der Blutsbruder eines Griechen oder Mazedoniers werden, nein, jene Verbände waren so zahlreich, ihre Geheimnisse so miteinander verstrickt, daß der Unterschied zwischen dem Eingeweihten und dem Outsider, der eigentlich eine besondere Art Partikularismus hätte hervorbringen können, in Wahrheit durch einen schier unendlichen Gedankenaustausch, eine unbegrenzte Zahl von Abstufungen des Eingeweihtseins überdeckt war. Daß Alexander ein durch seine Mutter eingeführter Adept der orphischen Mysterien war, hätte ihn zum Beispiel nicht gehindert, den ägyptischen Thebanern beizutreten; im Gegenteil, diese Tatsache hätte ihn von vorne herein halb und halb zu einem der ihren gemacht.

So schüttelt Alexander als erste Folge des mütterlichen Einflusses die größte Hemmung des Abenteurers, einen exklusiven Patriotismus ab. Im Innersten seines Herzens konnte ein Perser ihm Bruder, ein Athener ihm fremd sein. Das heißt, er vermochte sich von der raffiniertesten Machenschaft der Gesellschaft – der Erzfeindin des Abenteurers – nämlich vom Wesen des Nationalismus zu befreien. Der gesellschaftlich denkende Mensch verzeiht dem Abenteurer alles eher als eingefleischte Vaterlandslosigkeit. In Wahrheit ist die Vaterlandsliebe letzten Endes ein Versuch, dem Abenteurer auf halbem Wege entgegenzukommen; sie will die Gesellschaft, jene langweilige Stubenhockerin, in bunte Farben kleiden, will den Ausreißer überreden und mittels einer Art Musik verlocken, in Reih und Glied zurückzukehren; kurz die Anhänglichkeit soll nicht nur zur Pflicht, nein auch zum aufregenden Vergnügen werden. Der Rückschlag dieser List wirkt auf den Betreffenden nicht wie ein Hieb auf einen Mann, sondern wie eine Zurückweisung auf eine Frau. Die Vaterlandsliebe oder das Massenabenteuer ist die Alternative zum reinen Abenteuer, das immer individuell bleibt. Die abenteuerfeindlichen Rassen, wie die Franzosen und modernen Engländer, sind daher die patriotischsten. So findet sich auch im Leben der typischen Abenteurer, parallel und übereinstimmend mit ihrer Nichtachtung der sozialen und moralischen Gesetze, eine mehr oder weniger auffallende Gleichgültigkeit gegenüber dem vaterländischen Gefühl. Ein patriotischer Abenteurer ist allerdings kein solches Paradoxon wie ein gesetzesliebender Abenteurer. Trotzdem legt man gerade den genialsten Vertretern dieser Menschengattung, wie auch Alexander, den klaren Vorwurf der Vaterlandslosigkeit zur Last, gegen den ihre offiziellen Biographien sie nur mit Mühe verteidigen können. Das Abenteuer seines Lebens bestand darin, den Höhepunkt griechischer Macht zugleich zum größten Betrug an Griechenland zu machen, dessen Epoche mit ihm endigt.

Die erste Lehre der Olympias ist der Internationalismus; die zweite dürfte noch weniger auf Billigung hoffen. Plutarch erzählt, daß es Olympias „in der Nacht vor dem Vollzug ihrer Ehe“ träumte, „ein Donnerkeil sei ihr auf den Leib gefallen und habe ein großes Feuer entfacht, und die Flamme habe weit und breit um sich gegriffen, ehe sie verschwunden sei. Kurze Zeit nach seiner Heirat träumte dann Philipp, er habe der Königin Schoß versiegelt mit einem Siegel, dessen Prägung er für einen Löwen hielt. Die meisten Traumdeuter glaubten, der Traum gäbe Anlaß, die Ehre der Olympias anzuzweifeln, und Philipp täte gut daran, sie scharf zu bewachen. Aber Aristander von Themesus erklärte, der Traum besage nur, daß die Königin schwanger sei und daß das Kind kühnen, löwengleichen Mut beweisen würde. Ferner sah man eine Schlange, während Olympias schlief, an ihrer Seite liegen, ein Vorfall, der Philipps Zuneigung zu ihr mehr denn alles andere gedämpft haben soll ... Außerdem wird behauptet, er habe eines seiner Augen verloren, als er durch einen Türspalt spähend den Gott (Jupiter) in Gestalt einer Schlange in seines Weibes Armen liegen sah. Nach Erathosthenes soll Olympias insgeheim dem Alexander das Geheimnis seiner Geburt enthüllt und ihn ermahnt haben, sich in einer seiner göttlichen Herkunft würdigen Art aufzuführen.“

Das „Jupitertum“ Alexanders wird durch diese Geschichte auf eine ganz andere Ebene gerückt. Es hat nichts mit der tollen, durch die überschwänglichen Komplimente der Orientalen aufgepeitschte Eitelkeit zu tun, die manche Kommentatoren ihm zuschreiben. Erstens wird die Ursache außerhalb seiner selbst in das Zusammenwirken von Philipp und Olympias gelegt; zweitens liegt ihr Ursprung – die erfinderischen Freudianer von Schlange und Donnerkeil würden ihn näher zu bezeichnen wissen – irgendwo in den Beziehungen jener beiden zu Beginn ihrer Entfremdung. Der Knabe glaubte an seine Göttlichkeit lang vor seiner Eroberung Persiens, womöglich lang ehe er auch nur diesen Gedanken faßte. Wie dem auch sei, Olympias wußte davon und mag diese Einbildung sehr wohl gepflegt, ja sie als besonderes Erziehungsmittel benutzt haben. Selbst wenn dies nicht der Fall gewesen wäre – Plutarch spricht sich darüber nur zögernd aus – so mußte doch die Umgebung, in der der Knabe an seiner Mutter Seite lebte, jene Vorstellung bekräftigen. Diese leidenschaftliche Mutter und haßerfüllte Gattin lebte als Primitive und Anhängerin des Orpheus in einer mit Gottheiten bevölkerten Welt. Die ersten Worte, die ihr Adeptentum ihn lehrte, lauteten: „Ich bin ein Sohn der Erde und des Himmels.“ Die letzten Worte, geprägt auf den Amuletten, die man den toten Jüngern in die Hände legte, lauteten: „Ich bin hinausgeströmt aus dem Kreislauf des Lebens.“ Und: „O Glücklicher, Gesegneter, du hast deine Unsterblichkeit abgelegt und sollst zum Gotte werden.“

Getrennt von dem Problem der Entstehung und Entfaltung dieses Jupiterglaubens steht die praktische Frage seines Einflusses auf Alexanders persönliche Entwickelung. Als psychologischer Faktor hat er bei den unerhörten Taten, die der Held vollbringen sollte, zweifellos mitgewirkt. In ihm wurzelt zum Beispiel Alexanders Rebellion gegen die Persönlichkeit des Vaters. Er war jetzt imstande, sich gegen die härteste geistige Belastung, die die Söhne großer Männer trifft, zu stählen: gegen das Erbteil seines Vaters und gegen den inneren und äußeren Vorwurf, daß aus allen seinen Handlungen doch nur das väterliche Blut spräche. Mit Hilfe der Welt seiner Mutter samt ihrer Wunder und Mysterien hatte er sich überredet, an jene mächtige Fiktion zu glauben; jetzt erschloß sie ihm eine fast unübersehbare Fülle von Vorteilen. Verstünde ein neuer William James die pragmatische Lüge zu feiern, der warmblütige Mephistopheles-Mensch würde sich von der kärglichen Wahrheit der stattlichen Fiktion zuwenden, die all unsere sozialen Einrichtungen, ja selbst die Romantik unseres Privatlebens geschaffen hat. Ihre Gegenwart allein ist das verborgene Geheimnis jeglichen Glücks, wenn nicht jeglichen Erfolges, ihre Flucht ein hinreichender Grund zu jeglichem gesunden Selbstmord. Alexander hielt sich für einen Gott und eroberte die ganze zivilisierte Welt, um schließlich auf seinem Thron als Gott angebetet zu werden; hätte er sich damit begnügt, ein Held zu sein, wäre er nie so weit gekommen. Und Aristoteles? Der „Vater derer, die da wissen“, der Genius der Sachlichkeit, den Philipp im bildsamsten Alter als Widerpart der Zauberin-Mutter aufstellte? Es ist Zeit, den Einfluß eines solchen Lehrers zu prüfen. Das Experiment, einen Großen durch einen Großen zu bilden, ist stets eine Enttäuschung, aber verläuft es auch nicht positiv, so dient es doch als Korrektivum. Der kluge Mazedonier war anscheinend nicht sonderlich bemüht, dem Knaben die Schulweisheit mit Löffeln einzutrichtern. Er ließ bei des Aristoteles Ankunft einen philosophischen Garten nach angenehmsten Athener Muster anlegen mit grasbewachsenen, von seltenen Bäumen beschatteten Wegen, Steinbänken und Terrassen, wo nach der Tageshitze diskutiert und unterrichtet werden konnte. Spürte Alexander Lust dazu, so ging er hier spazieren und stellte Fragen. Seine früheren Lehrer waren ein grotesker Höfling namens Leonidas und ein noch burleskerer Sohn des Landes, Lysimachus; mit oder trotz ihrer Hilfe hatte er die Ilias lieben gelernt. Aristoteles setzte er mit der

Feierlichkeit eines Vierzehnjährigen auseinander, sie sei eine immer bereite Schatzkammer militärischen Wissens. Aristoteles stimmte zu und schenkte ihm ein korrigiertes und mit eigenen Anmerkungen versehenes Exemplar, das Alexander später auf allen Feldzügen mit sich führte. Ferner zeigte der Jüngling eine sprunghafte Begeisterung für Metaphysik. In späteren Jahren machte er Aristoteles den Vorwurf, „die geheimen Teile der Logik" der gemeinen Menge enthüllt zu haben, genau wie seine Mutter einen religiösen Lehrer getadelt hätte, würde er die Geheimnisse seiner Loge verraten haben. Trotzdem lernte der jugendliche Gott die Philosophen und sogar die Dichter achten, obwohl letzteres nicht in Aristoteles' Interesse lag. Auf einem höchst sonderbaren Gebiet, dem der medizinischen Botanik, verstand er des Knaben Geist zu fesseln. Alexander war vermutlich enttäuscht, daß sein Lehrer ihm so gut wie nichts über die magischen Kräfte der Pflanzen: über den Schrei der Alraune, den antidämonischen Duft der Verbenen, die Heilwirkung des bei Vollmond gesammelten Ysop zu sagen wußte, aber er fand Entzücken auch an den nüchternen Berichten des ersten Wissenschaftlers seiner Zeit und wählte das Brauen von Tees und Tränken sowie das Herumdoktern an seinen Freunden zu seinem lebenslänglichen Steckenpferd.

Ein geringerer Philosoph würde wahrscheinlich versucht und es vielleicht auch erreicht haben, die beiden gewaltigen, von Olympias übernommenen Ideen: der Unpatriotismus der Mysterien und den schicksalhaft vorwärtstreibenden Jupiterglauben aus Alexander zu verdrängen. Da Aristoteles aber Aristoteles war, wird sein Standpunkt vermutlich weniger einfach gewesen sein. Er muß vielmehr mit Schrecken erkannt haben, daß dieser unbändige Prinz, nachdem er mit seiner tollen Mutter Gott weiß wieviele Meilen schmaler verbotener Steige des Gedankens erklettert hatte, nun nicht auf dem Gipfelpunkt des Unsinns, sondern auf den steilen Höhen eigenster aristotelischer Lehren angelangt war, auf denen es auch dem Philosophen trotz der Stütze seiner Logik mitunter schwindelte. Der Traum Alexanders von einem zu schaffenden Reich, in welchem Völker, Städte und Stämme lediglich von einem Gottmenschen regierte Elemente waren, ist nichts weiter als ein klarer Folgesatz der äußersten, fast esoterischen Grenze der aristotelischen politischen Doktrin: nämlich, daß der wahre König ein Gott unter den Menschen sei und an Vaterland oder Gesetz so wenig gebunden wie Zeus selbst, „da er ja in sich das Gesetz verkörpert".

So verbindet sich in Alexanders Erziehung ein Element dem anderen; jeder Faktor trug dazu bei, den größten, nahezu unerreichbaren Vorteil zu verwirklichen, der einem so unternehmungshungrigen Menschen zuteil werden kann: Einheit des Willens. Diese allein vermag, bar jedes Widerspruchs, Großes zu schaffen. Jetzt galt es nur noch, den Willen zu lenken, und auch hier war Alexanders Schicksal ihm eindeutig hold. Jedes Ziel, mit Ausnahme des einen, war ihm durch die nach allen Seiten um sich greifende Persönlichkeit seines Vaters versperrt. Unmöglich konnte der Gott-Jüngling sich damit zufrieden geben, ein herrlicher König, der Führer Griechenlands zu werden. Volkstümlichkeit, Macht, Staatsweisheit: alle diese Dinge waren seinem Vater geworden, Alexanders Willen konzentrierte sich daher auf die Notwendigkeit, ihn zu übertreffen. Ein Ziel allein war übriggeblieben und dank seiner Größe und Unerreichbarkeit dem Ehrgeiz, ja dem universellen Erfolg Philipps entglitten. Die Eroberung des Achaemenischen Reichs durch einen Griechen konnte in der Fantasie eines Sterblichen nicht auftauchen; dem Knaben aber, der sich, noch als er einen halblangen Speer schwang, für einen Gott hielt, erschien der Plan einfach und unausweichlich. So wie seine Erziehung seinen Willen vereinheitlichte, so trieben ihn auch die inneren und äußeren Lebensbedingungen diesem einen Unternehmen in die Arme. Nicht um der Mazedonier, noch weniger um der Griechen willen – ein einheitlicher Wille ist gleichbedeutend mit einheitlichem Egoismus – nein, lediglich sich selbst zuliebe.

Als geographischer Begriff bedeutete dieser ungeheure Gegner oder Preis insofern die Welt, als er ihr Herz, die Nabe dreier alter Erdteile darstellte. In seiner größten Ausdehnung umfaßte er das europäische Thrazien. Seine Herrscher hatten sich die Wasser von Donau, Nil und Indus in ihren Palast bringen und als Symbol ihres Besitzes in einem Becher mischen lassen. Die alten Namen für seine Teilstaaten geben ein besseres Bild seiner Macht; denn heute ist selbst die Erinnerung an ihre einstige Fruchtbarkeit Persien, Palästina, Afghanistan, Kleinasien und dem Irak verlorengegangen. Das damalige Reich hatte die Länder seiner erhabenen Vorgänger: Ägypten, Babylon, Assyrien, das Gebiet der Karer, Lydier, Phryger, der Armenier, Juden, Hyrkanier, Parther, Baktrier und vieler anderer samt ihren Hauptstädten, Göttern und Schätzen aufgesogen. Es erstreckte sich vom oberen Nil bis zum Indus, von Samarkand bis jenseits Babylon und vom Kaspischen bis zum Roten Meer. Es war die größte sichtbare Macht, die die Welt je gekannt hat. An Stärke, Reichtum und Stabilität läßt sie sich mit jedem Land der Geschichte, ausgenommen allein mit den Staaten unseres eigenen übersättigten Jahrhunderts vergleichen. Hunderte von

Jahren vor Alexanders Geburt hatte eine unzählbare Bevölkerung sich innerhalb seiner Grenzen einer größeren Sicherheit und eines fruchtbareren Friedens erfreut, als je vorher auf dieser Erde existiert hatten. Es war eine Oase zivilisierten Herrschertums und wußte nichts von dem im Werden begriffenen China jenseits der nordöstlichen Wüste, nichts von den schwachen, unendlich zersplitterten brahmanischen Königreichen südöstlich seiner Berggrenzen. Auf seinen Strafexpeditionen – es war viel zu mächtig, um Krieg zu führen – vermochte es nach den Berichten des Xerxes eine Million Soldaten mit hundert verschiedenen Sprachen und Kampfarten ins Feld zu stellen und über Tausende von Meilen zu befördern.

Ein Hauch der Ehrfurcht und des Bedauerns, stärker selbst als Rom oder das alte Ägypten ihn auszulösen vermögen, erfaßt auch heute noch Dichter und Historiker angesichts der Spuren seiner Ruinen. Wir müssen uns ein Bild aus den Büchern seiner skrupellosen Feinde erwecken, der im Siege stets kleinlichen Griechen und der Juden, die alle Menschen außer sich selbst haßten. Trotzdem erscheint dieses Reich auch in ihren Berichten als gewaltiges, wundervolles Gebilde. Seine Herrscher waren schön und human, seine Gesetze ihrer Objektivität und Duldsamkeit wegen berühmt; sein Reichtum aber war ungeheuer, und Reichtum ist des Menschen Wertmesser für Staaten. Über die Welt, in die Confucius, Buddha und Plato hineingeboren wurden, warf es den Schatten der größten sozialen Leistung der Menschheit, eine Verwirklichung des goldenen Zeitalters. Mir, der ich jenseits einer unüberbrückbaren Kluft zurückschaue, will es scheinen, daß es die vielversprechendste aller zivilisatorischen Schöpfungen war. Hätte es auch nur einige hundert Jahre noch weiterbestanden, Europa und Asien wären die langen, stagnierenden Jahrhunderte der Trennung erspart geblieben.

Neben diesem Koloß, der sich weit über die Meerengen vorbeugte, wirkte Griechenland etwa wie das Volk Israel neben dem pharaonischen Ägypten. Dieser kleine Wespenstaat verdankte seine Bedeutung seiner Intelligenz, nicht seiner Macht. Seine Einwohner waren ein zähes Grenzvolk, das man zwar niemals verachten, häufig jedoch vergessen durfte. Dem mächtigen persischen Oberherrn im Innern des Landes war der griechische Soldat eine bekanntere und auch geachtetere Erscheinung als der griechische Künstler oder Philosoph. Tausende von Griechen verdingten sich an das Reich als Söldner, um sich dort anzusiedeln und von ihm aufgesogen zu werden. Man achtete ihre Religion, die fremden Gesetze waren leicht und galten für alle, der Sold wurde pünktlich und reichlich ausbezahlt. Diese schönen, aufbrausenden, blonden Kriegsknechte, die je nach Heimatstadt oder Stand mit Speer, Schwert oder Axt fochten, waren wohl die intelligentesten Soldaten, die die Welt je gesehen. Mögen auch Religion oder Unterdrückung Analphabeten und Tölpel gelegentlich in Todesmutige umwandeln, des Berufssoldaten Wert wird nach seinem Kopfe gemessen. Auf entlegenen Märkten wie Belutschistan oder in dem bewässerten Paradiese hinter Babylon waren diese Sparter, Athener, Inselgriechen und Mazedonier, die zwischen den schwarzwangigen, finsterblickenden medischen Bogenschützen einherstolzierten, den Weibern ein gewohnter Anblick, und von allen Rassen, die, Halbgöttern ähnlich, unter dem Zepter des Großkönigs stritten, disputierten und fochten, waren sie die lebendigsten.

Von den Zurückgekehrten und von dem Enzyklopädisten Aristoteles ließ sich der eifrig lauschende Alexander die Wunder Persiens schildern. In seinem fünfzehnten Lebensjahr begann sein Vater voll Sorgen und Umsicht die gefährliche Krönung seiner Laufbahn, einen Überfall auf die gegenüberliegenden Küstenhäfen des Reichs, vorzubereiten. Die Berichte der Späher häuften sich in den Archiven, und aus ihnen vermochte Alexander nach Belieben feierliche Tatsachen über den insgeheim erkorenen Gegner zu erfahren: Namen und Temperament der verschiedenen Statthalter, Entfernungen, Straßen und Besatzungen. Wahrscheinlich jedoch interessierten ihn die bunten Erzählungen der heimgekehrten Söldner, ja selbst die philosophischen Gedankengänge seines Lehrers mehr. Wir besitzen keine Beweise, daß Alexander seine Eroberung tatsächlich so plante, wie Philipp auch nur seinen Streifzug. Das eine war ein wohlüberlegtes Unternehmen, das andere ein Abenteuer, welches durch andere als rein geistige Vorbereitungen nur aufgehalten worden wäre. Ein Abenteuer kennt keine Verbindungslinien.

Indes hätte Alexander ohne das eine Werk Philipps: die mazedonische Armee, nichts ausrichten können. Dieser Körper ist der medischen Kavallerie des Cyrus, den Janitscharen des Sultans und den Kriegern Gustav Adolfs an die Seite gestellt worden. Sein Herz war die mazedonische Bauernschaft, die „Fußgefährten“ oder pezetairoi, eine lose, in bronzener Rüstung steckende und mit der „Sarissa“, der mächtigen, vierzehn Fuß langen mazedonischen Pike bewaffnete Phalanx. Sie hatte eine lockere Anordnung und eine ungleich stärkere Beweglichkeit im Felde, die sich nur durch eine Disziplin, hart und doch elastisch wie Stahl, ermöglichen ließ. So war sie in jeder Schlacht der sonst unübertrefflichen griechischen Phalanx überlegen. Ein Trabant dieses Körpers war die königliche Leibgarde. Dieses Korps war leichter bewaffnet und setzte sich aus Freibauern zusammen, welche Beinschienen aus polierter Silberbronze, Helme, Piken und Schilde trugen. Aus ihnen wiederum hatte Philipp einen Sturmtrupp von tausend Mann gewählt, der auf jedem Terrain, regelrechte Landstraßen ausgenommen, flinker als selbst die Kavallerie war.

Diese mazedonische Kavallerie bestand in der Hauptsache aus verarmten, arroganten, leichtsinnigen Landadeligen: ein Material, würdig Philipps Genius als psychologischer Lebensbildner. Die Quintessenz all ihrer brauchbaren Fehler und Vorzüge hatte er in der gefürchteten Schwadron der „Königsgefährten", „die letzte Abwehr und das Haupt des Angriffs" zusammengefaßt. In sie trat Alexander ein, sobald er das vorschriftsmäßige Schwert schwingen konnte.

Es ist nicht anzunehmen, daß Alexander seinem Vater gegenüber etwas von seinen Absichten verlauten ließ. Hätte er das getan, der Veteran würde seine Pläne als Geschwätz beiseite geschoben haben. Eine natürlich anmutende Anekdote Plutarchs beleuchtet um diese Zeit sowohl den großen Respekt, den Alexander dem Reich entgegenbrachte, wie auch die bitteren und verwickelten Familienverhältnisse, unter denen sein Leben sich abspielte. „Pexodorus, der persische Statthalter von Karien (einer kleinen Provinz im Südwestzipfel Kleinasiens südlich von Ephesus und Smyrna), wünschte Philipp durch Verschwägerung ihrer Familien zu einem Defensiv- und Offensivbündnis zu bewegen und bot seine älteste Tochter dem Aridaeus, einem Sohn Philipps (und Halbbruder Alexanders) zum Weibe an. Er schickte Aristokrates nach Mazedonien, um darüber zu verhandeln. Da aber flüsterten ein Freund Alexanders und seine Mutter Olympias dem Prinzen die völlig unbegründete Furcht ein, Philipp könne dank seiner vornehmen und mächtigen Verbindung Aridaeus die Krone zusprechen." Wenn aber die Aussicht auf eine Heirat mit einem Familienmitglied eines der untergeordneten Beamten des Großkönigs ihn so aufzubringen vermochte, wie muß dann erst seine nüchterne Einschätzung der ungeheuren Macht des Reiches gewesen sein?

Wir wissen nur wenig über jene Entwicklungszeit. Als Alexander sechzehn Jahre alt war, nahm er an einem Bergscharmützel teil. Im folgenden Jahr führte er die Attacke der „Königsgefährten", die die „heilige Schar" zu Chaeronea zerriß. Es war Philipps letzte große Schlacht. Im neunzehnten Lebensjahr Alexanders nahm das Familiendrama eine neue Wendung. Olympias kam in den Verdacht, dem jungen Aridaeus ein Gift eingeflößt zu haben, das ihn aus „einem stolzen, hochfahrenden Geist“ in einen Halbidioten verwandelte. Deswegen und ohne Zweifel auch wegen ihres Alters und Temperaments beschloß Philipp, sie zu verstoßen und Cleopatra, eine der Schönheiten seines Hofs, zu heiraten.

„Bei der Hochzeitsfeier forderte Cleopatras Oheim, Attalus, die Mazedonier auf, die Götter anzuflehen, daß aus dieser Ehe ein gesetzlicher Thronerbe hervorgehen möge. Aufgebracht erwiderte Alexander: ›Hältst du mich für einen Bastard?‹ und warf ihm seinen Becher an den Kopf. Hierauf erhob sich Philipp und zog sein Schwert, zum Glück jedoch für beide brachten ihn sein Zorn und der Wein, den er getrunken, zum Stolpern und er schlug lang hin, Alexander machte sich auf freche Art diesen Umstand zunütze und sagte: ›Männer von Mazedonien, seht hier diesen Mann, der sich von Europa nach Asien begeben will. Dabei ist er nicht einmal imstande, ohne zu fallen, von einem Tisch zum andern zu gehen‹.“

Philipp hatte nicht mehr lange zu leben. Wir wissen nicht, ob Alexander bei seiner Ermordung mitwirkte, aber es ist bewiesen, daß er aus ihr Nutzen zog, und daß die theologische Schlangenbändigerin, seine Mutter Olympias, den namenlosen Häscher dingte, der zwei Jahre später am Schluß eines Gelages Philipp erdolchte. Die Weiber von Epirus waren ungemein gefährlich.

Endlich, endlich – er war erst zwanzig Jahre alt, aber er hatte eine Ewigkeit warten müssen – besaß also der Gott-Jüngling eine Armee, das einzige königliche Erbteil, das ihn interessierte. In der Tat war sonst nur wenig von Philipps Schätzen übriggeblieben. Die Führerschaft über ganz Griechenland, das geordnete Reich, das Geld: alles schmolz schon in den ersten Tagen dahin. Ein plötzlicher Aufstand, von den Stadtstaaten im Süden bis zu den Bergvölkern des Nordens, spaltete das Gebilde, an dem Philipp ein Leben lang gearbeitet hatte, in zwei Teile. Die Armee, drei, vier alte Generale, Parmenio, Perdiccas und der intimere Kreis junger Lebemänner wie Hephästion, Clitus, Craterus und Ptolemäus, sowie die mürrische, nicht vielversprechende Treue der alten Staatsbeamten war alles, womit Alexander rechnen konnte. Es genügte jedoch. In den nun folgenden Ereignissen stellt das Wunder seiner stürmenden Ungeduld selbst die Erinnerung an seine phantastischen Taten in den Schatten. Sein einziges Gefühl gegen die Rebellion, die vielleicht gefährlicher war als alles, was seinen genialen Vater bedroht hatte, war weder Furcht noch Zorn, sondern eine elementare, durch den Aufschub geweckte, leidenschaftliche Energie. Zuerst packte er das Unternehmen am falschen Ende an. Statt die organisierten Heere der griechischen Stadtstaaten zu stellen, wandte er sich nordwärts, um die aufsässigen Bergbewohner aus ihrer Heide auszuräuchern. Den Römern und nach ihnen den Türken ist es trotz all ihrer Mittel nicht gelungen, dieses Balkanwespennest zu säubern. Alexander machte in Monatsfrist dem Widerstand ein Ende. Seine Phalangen erzwangen den Schipkapaß. Seine Kavallerie schwärmte von der Marschlinie aus gleich den Speichen eines Rades und erstürmte die Engpässe, während er in einer Zickzacklinie Feuer und Verderben säte, als hätte er eine Herde wilder Schafe und nicht die hartnäckigsten Rebellen der Welt auf ihrem eigenen Grund und Boden vor sich.

Am Ende seines Reichs und seines Zuges lag die Donau. Jenseits ragte das Geheimnis des dunkelsten Europas. Alexander erreichte den Strom in der Nacht, wartete bis zur Dämmerung und spähte nach dem anderen Ufer. Irgendwo in ungreifbarer Ferne waren um diese Zeit Menschen am Werk, Stonehenge zu bauen, in den öden Gängen von Karnak ihre Götter anzubeten, einen Zollbreit dänischer Erde alljährlich dem Meere abzugewinnen. Prähistorisches Europa! Alexander zögerte. Nicht zum letztenmal floß das große Weltgeschehen mit diesem Strom des Schicksals zusammen. Alles schien möglich in jener Nacht. Alexander vermochte keinen Entschluß zu fassen. Am folgenden Morgen setzte er mit einer Handbewegung seine ganze Armee über den Fluß. Es bedurfte jetzt in den Anfangstagen nur eines Fingers, um Philipps Maschine in Gang zu setzen. Am andern Ufer lag ein Dorf mit einer Handvoll armer Barbarenteufel. Germanen, Kelten? Wer weiß es? Dahinter auf der ungeheuren Ebene vermochten Alexanders Späher nach einstündigem Ritt nicht das geringste zu entdecken. Alexander verbrannte das Dorf und hatte am Abend sein Heer wieder auf das diesseitige Ufer zurückgenommen, das Geheimnis weitere tausend Jahre im Dunkel lassend.

Dann durchquerte er mit einer Schnelligkeit, wie keine Armee vor oder nach ihm es je gewagt hat, das heutige Jugoslavien und erschien vor den Mauern Thebens, der Stadt Pindars, dem Haupt der Koalition und dem Mittelpunkt der geordneten zivilisierten Welt. Nach wenigen Tagen war der Ort ein schwelender Aschenhaufen; 6000 waffentragende Männer waren tot, 30 000 als Sklaven verkauft. Nur das Haus Pindars wurde verschont, um die Welt daran zu erinnern, daß der Zerstörer ein gebildeter Mann und Schüler eines Philosophen sei.

Es wage indes keiner seiner Ehrenretter zu behaupten, diese Verbrechen seien das Werk einer unbedachten Natur, die so wenig Urteilskraft gehabt hätte, wie das Feuer. Alexander war für alle seine Verbrechen verantwortlich; sie waren für sein Abenteuer unerläßlich und er wußte, was er tat, kannte auch die Reue. Er ließ seines Vaters Mörder hinrichten und fahndete mit mehr oder weniger Ernst nach dessen Helfershelfern. Er kam, so wenig wie das plötzlich beruhigte Griechenland, nie über jenen Tag vor Theben hinweg. „Das Unglück, das er über die Thebaner gebracht, beschwerte noch lange sein Gemüt, weshalb er auch viele andere weniger hart behandelte. Gewiß ist, daß er den Mord an Clitus, den er im Trunke beging, und die schändliche Weigerung der Mazedonier, den Zug nach Indien fortzusetzen, wodurch seine Kriege und Siege nur Stückwerk blieben, dem Zorn des Bacchus, des Rächers von Theben zuschrieb. Und keinem Thebaner, der jenen verhängnisvollen Tag überlebte, wurde je eine Gunst, um die er bat, verweigert."

Jetzt war er wiederum der anerkannte Oberbefehlshaber Griechenlands; ja die griechischen Städte (mit Ausnahme Spartas) sandten ihm, wenn auch nur widerwillig, Kontingente, die seine Truppenzahl auf 30 000 Mann Fußvolk und 5000 Reiter erhöhten.

Immer mit der gleichen ungeheuren Schwungkraft wandte er sich jetzt ostwärts. Als erstes zerstörte er in voller Erkenntnis dessen, was ein solches Abenteuer verlangte, seine sämtlichen Rückzugslinien. Alles, was er in der Monarchie besaß, Ländereien, Einkünfte, Monopole, verteilte er unter seine Freunde; dem einen schenkte er einen Bauernhof, dem anderen ein Dorf, dem dritten die Einkünfte eines Marktfleckens, dem vierten die eines Amts. Als er auf diese Weise sich seines ganzen Besitzes entledigt hatte, fragte Perdiccas ihn ernsthaft, was er denn für sich zurückbehalten habe. „Die Hoffnung", lautete seine Antwort. In Wahrheit hatte er das Leben selbst sich zum Geschenk erwählt, das Leben eines Gottes, wie Homer es schildert, mit endlosen Kampfspielen und mit einem guten Dichter, es zu besingen. Mangels des letzteren nahm er den Homer in dem ihm von Aristoteles geschenkten und kommentierten Exemplar mit.

Wir wissen recht genau, wie er aussah, als er von dem Ponton auf das jenseitige Ufer des Bosporus sprang. Er hatte rote Haare, und sein Äußeres war von jener trügerischen Offenheit, wie sie mit solchem Haar und Sonnenbrand Hand in Hand geht. Die Haltung seines Kopfes, den er leicht zur Seite geneigt trug, und die Lebhaftigkeit seines Blicks soll der Bildhauer Lysippus am besten wiedergegeben haben. Er war weder groß noch schwer. Meist focht er mit der Kavallerie, und der Augenblick, da er sein Pferd bestieg, war unfehlbar das Zeichen zum Angriff. Seine Lieblingswaffe war ein leichtes Schwert mit rasiermesserscharfer Schneide. In geschlossener Schlacht ritt sein Wahrsager

Aristander in weißem Gewand mit goldener Krone ihm zur Seite, um ihm die Zeichen des Himmels zu deuten.

Als erstes nach der Landung begab er sich zu den Ruinen des alten Troja, um, wie natürlich, Minerva und Achilles ein Opfer zu bringen. Dem Helden zu Ehren salbte er dessen Säule mit Öl und lief nackt mit seinen Freunden um sein Grab, wie es die Sitte erheischte.

Das Riesenreich reagierte nur träge. Das leise Beben dieses ersten Anpralls erreichte kaum das Hirn des Leviathans fern im östlichen Susa. Eine lokale Polizeimacht unter Führung der Statthalter der überfallenen Gebiete wurde von dem schläfrigen Ungeheuer für genügende Abwehr erachtet. Gemächlich marschierte dieses Heer, das dem des Alexander an Zahl ungefähr ebenbürtig war, und das sich in der Hauptsache aus Söldnern seiner eigenen Nationalität zusammensetzte, auf das feindliche Lager. Es genügte allerdings, um den ganz im Geiste Philipps geschulten alten Parmenio in Besorgnis zu stürzen; er schlug dem erstaunten und belustigten Alexander vor, noch eine Weile, zum mindesten bis Ende Mai, welcher der mazedonischen Tradition zufolge als Unglücksmonat galt, zu manövrieren. Alexander meinte, sie könnten ja den Namen des Monats ändern.

Die Schlacht begann am Spätnachmittage. Der Feind hatte eine gute, vorschriftsmäßige Stellung an den Ufern des Granikos, eines kleinen wilden Bergstroms bezogen; auf Alexanders Seite fiel dieses Ufer steil ab, während es jenseits des Flusses sich in Sumpf verlor. Die älteren Offiziere hielten die Stellung für ungünstig. Während sie noch beratschlagten, warf sich Alexander mit dreizehn Schwadronen in den Strom. Die persischen Bogenschützen ließen ein Strafgericht von Pfeilen auf das Wasser niedergehen, und kaum hatten die Mazedonier den Übergang erzwungen, da ging auf dem Sumpfgelände eine Reiterschar unter Führung zweier persischer Granden, Roesaces und Spithridates, zum Angriff über. Alexander wurde an seinem Helm mit dem großen weißen Federbusch erkannt und mußte sich mehrere Minuten lang im Einzelkampf verteidigen. Unter einem solchen Feldherrn glich die Schlacht eher einem hitzigen Fußballmatch als einer kriegerischen Handlung; die kampfgewohnten ernsten Führer wußten diesem Gegner gegenüber, der sämtliche, ihnen bekannte Taktiken in den Wind schlug, weder aus noch ein – der junge Roesaces und Spithridates aber wurden von ihm mitgerissen, überließen ihre Schwadronen sich selber und nahmen den persönlichen Kampf mit Alexander auf. Spithridates grub seine Streitaxt in den Helm des Griechen und rasierte ihm den weißen Federbusch ab. Jedoch Alexanders Freund Clitus rannte ihm seine Pike durch den Leib.

Auf der Höhe des Reitergefechts trat die Maschine in Aktion. Die mazedonische Phalanx überschritt den Fluß und zerschmetterte hammergleich die Bogenschützen – die in wilder Flucht auseinanderstoben. Nach zehn Minuten waren nur noch die griechischen Söldner übriggeblieben. Diese sammelten sich in guter Ordnung auf einen Abhang und sandten Botschaft an Alexander, daß sie sich zu ergeben wünschten. Der Prinz schlug es ihnen in der Aufregung ab und sandte ihnen unverzüglich seine Reiter entgegen, die sich automatisch neu gebildet hatten. Sein Pferd wurde getötet, und der unnütze unrühmliche Endkampf dauerte noch einige Stunden, bis alle Söldner niedergemacht oder verwundet waren.

Die weiteren Feldzüge Alexanders haben der Gelehrtenwelt viel Kopfzerbrechen verursacht. Jedem Erfolg liegt ein erkennbares, zielbewußtes Wollen zugrunde, trotzdem sollte man das Wort „Plan“ nur auf ein vorbedachtes, bestimmtes Konzept anwenden; unter dieser Voraussetzung kann man nur schwer zugeben, daß Alexander mit seinen bewaffneten Streifzügen, deren Weg, ähnlich den Kritzeleien eines Kindes, kreuz und quer über die Weltkarte führt, einen Plan verfolgte. Alexander tat das Richtige, weil es ihm gefiel, das heißt, er wanderte den Rest seines Lebens auf der Suche nach Schlachten im ungeheuren Zickzack durch die Welt. Zufällig war das auch gute Strategie. Man unternahm keinen weiteren ernstlichen Versuch, ihn zurückzuschlagen; das Reich wartete ab. Wohin er kam, empfingen die Einwohner ihn mit Rosen und Wein, oder aber sie stellten sich zur Wehr und wurden besiegt. Das letztere war ihm lieber.

Nach einem Jahr lustig tollen Herumstreifens in Kleinasien erkannte der König Darius, daß Alexander sich doch nicht so rasch aufsaugen ließe, und daß auch an einen freiwilligen Rückzug seinerseits nicht zu denken war. Er sammelte daher eines jener monströsen Heere, wie Weltreiche sie zu sammeln pflegen, die den militärischen Instinkt verloren haben: eine Dampfwalze von einem Heer, das kaum einige Meilen am Tage zurücklegen konnte. Es war die unvermeidliche Abwehr der zahlenmäßig ungeheuer überlegenen, friedlichen Herde gegen das Raubtier. Das kleinste Bataillon dieser Armee stellte eine größere Macht dar als ganz Mazedonien. Es setzte sich aus den ausgehobenen Mannschaften jedes kriegerischen und unkriegerischen Stammes Kleinasiens zusammen. Diese

Menschenflut wälzte sich langsam westwärts, bis sie in der Höhe von Cypern den Issus erreichte.

Alexander aber hatte wenigstens ein Jahr als Gott gelebt, er hatte die wöchentliche Schlacht oder Belagerung und den monatlichen Triumphzug genossen. Er genoß auch die langen Tage muskelermüdenden Marsches über staubige Straßen und den heiter ununterbrochenen Lärm der griechischen Nachtlager. Daneben feierte er homerische Feste, wie das des Zerschneidens des gordischen Knotens in der farbenfreudigen Stadt des Midas. In dem dortigen Tempel befand sich ein uralter Streitwagen, der mit Schnüren aus der Rinde der Kornelkirsche zusammengebunden war. Eine gewaltige Menschenmenge versammelte sich, um zu sehen, was Alexander angesichts der schwierigen Aufgabe beginnen würde. Der Überlieferung zufolge „hatten nämlich die Parzen demjenigen die Herrschaft über die Welt zugesprochen, der imstande wäre, den Knoten zu lösen". Dieser war jedoch so vielfach verschlungen und seine Enden waren so geschickt verborgen, daß Alexander nichts auszurichten vermochte. Nun war allerdings Alexander der zeichengläubigste Mensch, der je aus einer Schlangenbeschwörerin Erziehung hervorgegangen war, aber er hatte die Gewohnheit, ungünstige Omina wie zum Beispiel das des oben erwähnten, Unglücksmonats, gewaltsam umzudeuten. Er zerhieb daher den Knoten mit einem einzigen Schlag seines Schwertes.

Das brachte ihm nicht sofort Glück. Er liebte es leidenschaftlich, zu baden (obwohl er nicht schwimmen konnte) und erkältete sich in den eisigen Fluten des Flusses Kydnus, gerade als seine Generale sich über die Kunde des Herannahens jener menschlichen Lawine Sorge machten. Während er dem Tode nahe lag, empfing er einen Brief von dem stets unheilschwangeren Parmenio, des Inhalts: „er möge sich vor seinem Leibarzt Philipp hüten. Darius habe diesen durch Geschenke von unermeßlichem Wert sowie durch das Versprechen, ihm die Tochter zur Ehe zu geben, bestochen, Alexander zu vergiften." Plutarch fährt fort: „Er legte diesen Brief unter sein Kopfkissen, ohne ihn einem seiner Freunde zu zeigen. Im gegebenen Augenblick betrat Philipp mit einem Becher Arznei in Begleitung der Freunde des Königs dessen Zimmer. Alexander nahm den Trank ohne jedes Zeichen von Argwohn entgegen und überreichte gleichzeitig dem Arzt Parmenios Brief. Das Schauspiel, wie der eine trank, während der andere las, war interessanter als jede Tragödie. Der König gab mit offenem freimütigen Gesicht seiner Wertschätzung Philipps Ausdruck, dieser aber warf sich vor seinem Bette auf die Knie und beschwor ihn, guten Muts zu sein und sich seiner

Pflege anzuvertrauen. Die Arznei war derart stark, daß sie ihn überwältigte. Anfangs vermochte er nicht zu reden, aber nach drei Tagen war er geheilt."

Sobald er stehen konnte, brach er das Lager ab und warf sich auf das schwerfällige Ungeheuer, das seine Fühler ausstreckte, um ihn seitwärts einzukreisen. Der Angriff erfolgte des Nachts, unter Umgehung des gefährlichen Flügels. Bei Tagesanbruch war die kaiserliche Armee in Stücke zerrissen und Darius geflohen, während die Straßen auf Meilen in der Runde durch die Scharen völlig entmutigter Flüchtlinge versperrt waren. So endete die berühmte Schlacht bei Issus.

Weder Alexander noch seine Leute spürten den Wunsch, ihren Sieg auszunützen. Die Mazedonier, Pikenträger wie Reiterei, machten sich ans Plündern. Obwohl Darius zur Beschleunigung des Vormarsches den größten Teil des Gepäcks in Damaskus zurückgelassen hatte, fanden die Soldaten genug, um beutetoll zu werden. Als Alexander das Königszelt aus gestickter Seide betrat, „um sich die Schalen, Phiolen, Kästen und Vasen aus seltsam getriebenem Gold anzusehen, als er dann den Duft der Essenzen roch und die kostbare Ausstattung der weitläufigen Gemächer besichtigte – das kristallene Bad des Königs, die ungeheuren, emaillierten Räuchergefäße, die immer noch ihren Weihrauch entsandten, denn man hatte alles stehen und liegen gelassen, die Tische und Gefäße, welche die Satrapen bei ihrem Mahl mit dem Herrscher der Welt benutzt hatten – wandte er sich an seine Freunde mit den Worten: ›Das also heißt es, ein König zu sein‹."

Nachdem er gebadet und zu Nacht gegessen hatte, schickte er nach den Frauen. Jetzt kommen wir zu der Begebenheit, die von allen seinen Taten der Menschheit am besten gefallen hat. Nicht nur respektierte er die Gefühle der Frauen und deren Tugend, sondern er stellte sie unter seinen besonderen Schutz und ließ ihnen ihr gewohntes Gefolge. Zum Scherz pflegte er zu sagen: „Was für ein Dorn im Auge sind doch diese persischen Weiber!" Dabei befanden sich die schönsten Frauen des Reichs, nicht zuletzt des Kaisers Gattin und zwei seiner Töchter unter ihnen.

Wir haben diese Enthaltsamkeit Alexanders, die nicht weniger als seine Siege die damalige Welt in Erstaunen setzte, bereits des näheren beleuchtet. Auch im Essen war er sehr mäßig, doch läßt sich das Gleiche, was Trinken anbetrifft, insbesondere nach der Schlacht bei Issus, nicht von ihm behaupten. Er war jetzt reich geworden, nicht nur nach mazedonischen, nein, auch nach asiatischen

Begriffen, und das spiegelte sich in seiner Lebenshaltung wieder. Statt sich mit getrockneten Feigen und Brot zu begnügen, lud er seine Offiziere und Gefährten allnächtlich zu Gelagen, deren Kostbarkeit und Fülle seinem Vater, dem Genießer Philipp, den Atem geraubt hätte. Nach dem Mahle blieb die Gesellschaft noch im Gespräch beisammen, denn Alexander liebte Geselligkeit, „vor allem die der Schmeichler und Hofpoeten“, deren er trotz des schweigenden Abscheus seiner Freunde eine große Menge besaß.

In Damaskus stieß er auf den Rest des Lagerschatzes und wandte sich von dort nach Ägypten. Er hatte die Gewohnheit, den Landesgottheiten in den Tempeln, an denen er vorbeikam, zu opfern. Höchstwahrscheinlich stattete er auch dem Tempel Jawehs zu Jerusalem einen Besuch ab, obwohl die Überlieferung nichts Genaues darüber zu sagen weiß.

Tyrus allein leistete ihm Widerstand; er mußte sich zu einer jener langwierigen und schwierigen Belagerungen bequemen, wie sie in der Kriegsgeschichte der Juden häufig vorkommen. Die phönizischen Verteidiger bedienten sich dabei eines sonderbaren Mittels; durch das Traumgesicht eines Priesters benachrichtigt, daß ihr Gott sie zu Alexanders Gunsten verraten habe, beluden sie das Götzenbild mit Ketten und nagelten seine Füße an das Piedestal.

Von den Vorgängen in Ägypten weiß man nichts mit Ausnahme von Alexanders Besuch bei Jupiter Ammon und der Gründung einer nach ihm genannten Stadt: Alexandria. Es scheint, daß die Lage ihm gefiel, und ein Zitat im Homer bestätigte ihm, daß sie für den Städtebau sehr geeignet sei. Er befahl daher, unverzüglich einen Straßengrundriß zu entwerfen. Als Modell diente ihm sein kurzer mazedonischer Mantel: ein durch eine grade Linie begrenzter Halbkreis.

Der Priester des Jupiter Ammon, den zu sprechen vielleicht das Hauptmotiv dieser ungeheuren Nebeneroberung war, gefiel ihm außerordentlich. „Da er Alexander in einer dem Griechen gefälligen Weise anzureden wünschte, machte er mit seiner barbarischen Aussprache aus den Worten ›O Paidion‹ (mein Sohn) ›O pai dios‹, das heißt ›O Sohn Jupiters‹.“ Im übrigen fand die Zusammenkunft unter vier Augen statt. Man nimmt an, daß sie von der Ermordung Philipps handelte, denn Alexander selbst soll gelegentlich dieses Besuches an seine Mutter geschrieben haben: „er habe von dem Orakel gewisse vertrauliche Antworten erhalten, die er ihr bei seiner Rückkehr mitteilen würde.“

Hier in Ägypten endet der Morgen von Alexanders Abenteuern. Von nun an ist sein Wille zwiespältig: Alexandria ist sein erster Besitz, er ist nicht länger frei. Seine Soldaten haben aufgehört, Halbgötter zu sein, sie sind jetzt nur noch reiche Leute; seine Genossen sind zu Potentaten geworden, die den Wechsel der Lebensumstände durch die grobe Unvornehmheit ihres Luxus kennzeichnen. Einer von ihnen läßt nach der Provinz, die ihm zugefallen ist, Kamelkarawanen mit ägyptischer Erde kommen, um sich vor dem Bade damit einzureiben. Ein anderer läßt seine Schuhe mit silbernen Nägeln beschlagen. Philotas ließ sich Jagdnetze von zwölf Meilen Länge anfertigen. Jeder einzelne von ihnen hatte seine Badediener und Kämmerer und einige „bedienten sich kostbarer Essenzen als Öl" zur Einreibung nach dem Bade. Alexander selbst lebte so einfach wie immer und sandte all seine eroberten Schätze an seine Mutter und Freunde in der Heimat. Allein das Gewicht seines Erfolges wurde durch persönliche Askese nicht leichter. An ihm wiederholte sich der Vorgang, den er mit Bukephalos vorgenommen: Pflicht war sein Sattel und Verantwortung sein Reiter, er konnte sie nicht länger im Galopp abschütteln. Mit jedem neuen Gewinn sank das Abenteuer tiefer und tiefer auf die geistige Ebene einer Eroberung.

Diese Degeneration, das allmähliche Ersticken des in ihm brennenden Lichts und Feuers durch das schiere Gewicht seiner Erfolge, seine langsame Erdrosselung durch den Sieg bildet das krankhafte Interesse des nun folgenden Teils seiner Geschichte.

Nicht nur in der Hoffnung, sein Abenteuer wiederaufleben zu lassen, nein, aus persönlichem Interesse sucht er jetzt Darius zu stellen. Jener unglückliche König, dieser schönste, kräftigste und untüchtigste aller Menschen, hatte ein zweites Heer, an Zahl dem ersten gleich und an Schlagfertigkeit ihm überlegen, zusammengerafft und marschierte, wenn auch mit gesunkenem Mut, abermals westwärts. Die mazedonische Maschine war so konstruiert, daß selbst die Korrosion ihres Materials ihr nichts anzuhaben vermochte; noch einmal setzte Alexander sie in Gang, und sie erwies sich trotz des einjährigen Rostes so brauchbar und geschmeidig wie immer. Aber als wolle er der Welt die geheime innere Veränderung zeigen, beging Alexander einen merkwürdig einfältigen Schritt. Er war Darius, der untätig bei dem Dorf Gaugamela, ungefähr an der Stelle des alten Ninive, lag, auf Vorpostennähe zu Leibe gerückt, da unterzog er sich im Beisein seines Wahrsagers und geistigen Beichtvaters Aristander „einiger privater Zeremonien und brachte der Furcht ein Opfer dar". Damit ist zweifellos nicht die körperliche oder sonst eine greifbare Furcht gemeint, sondern die

Furcht der Unruhe, der Besorgnis, die Furcht nicht vor der Niederlage, sondern vor der Verantwortung, dieser neuen und schrecklichen Gefährtin seiner schlaflosen Nächte.

Es heißt, der Lärm des persischen Lagers sei wie das Brüllen eines gewaltigen Ozeans gewesen und der ganze Horizont habe des Nachts von zahllosen Feuern geglüht. Vor allem Parmenio ängstigte sich vor dem morgigen Tage; er erschien mit den meisten Generalen seines Stabes vor Alexander und bat ihn als einzige Hoffnung auf Erfolg, noch einmal einen Nachtangriff zu wagen. Die Dunkelheit würde den Phalangen die gewaltigen Schwierigkeiten ihrer Aufgabe verbergen. Der soeben von dem Opfer zurückgekehrte Alexander erteilte ihm jene berühmt törichte Antwort, die beweist, daß die Nähe der Schlacht ihm den alten Geist zurückgegeben hatte: „Ich will mir den Sieg nicht stehlen."

Dann ging er zu Bett, um ruhiger zu schlafen, als er es seit Issus je gekonnt. Parmenio vermochte es ihm nicht nachzutun. Beim ersten Morgengrauen betrat der alte Bär noch einmal Alexanders Zelt und rief ihn zwei-, dreimal mit Namen. „Als er erwachte, fragte ihn Parmenio, wie es käme, daß er wie ein Mann, der bereits gesiegt hätte, schlafen könne, da es doch die größte Schlacht zu schlagen gälte, die die Welt je gesehen?"

Der Tag begann ungünstig. Dichte, nicht endenwollende Wolken baktrischer Kavallerie, vielleicht die Ahnen jener leichten, teuflischen mongolischen Reiter, die tausend Jahre später Dschingis Khan die Herrschaft über ein größeres aber nicht gewaltigeres Reich erringen sollten, schlugen den unter Parmenios Befehl stehenden Flügel der Kavallerie zurück. Der Feldherr sandte verzweifelte Botschaft an Alexander, er möge an seinen Rückzug denken. Alexander schrie dem Boten eine verächtliche, allen hörbare Antwort zu, setzte seinen Helm auf und bestieg sein Pferd. Zum erstenmal in seinem Leben bedeutete dies nicht das Zeichen zum Angriff. Er zögerte und ritt langsam die Front seiner schweigenden Reserven ab, um ihnen eine Ansprache zu halten. Er war noch nicht weit gekommen, als sie in lautes Geschrei ausbrachen, und als er sein Pferd anhielt, um zu hören, was sie sagten, merkte er, „daß sie, weit davon entfernt, der Ermutigung zu bedürfen, ihm Vertrauen einzuflößen suchten, indem sie zu sofortigem Angriff drängten". Da entriß dieser Sohn Jupiters einem Soldaten seinen kurzen Spieß und rief, die Waffe schwingend, Jupiter an, daß er seines Sohnes Taten zuschauen möge. Hierauf wartete er noch einmal.

Inzwischen war das gesamte Zentrum, Darius' ganze Hoffnung: das Streitwagenkorps, zum Angriff vorgegangen. Diese gewaltige Masse, der Schrecken der Alten Welt, stürmte mit der Wucht eines Dammbruchs heran. Am Fuße des Abhangs erwartete sie die harte bleiche Phalanx der Pikenträger. Hinter den rasenden Pferden standen, unbeweglich wie Stein oder Bronze, mit bis zu den Augen verhüllten Häuptern, die Körper gegen den Anprall gestrafft, die Meder der uns bekannten Monumente. Sie trafen auf die leichten mazedonischen Speerträger und Bogenschützen. Ihr treffsicheres Zielen mähte die Pferde hin, und als die Front in Verwirrung geraten war, liefen die Truppen mit jener wunderbaren Disziplin, die jedem Manne freies Spiel ließ, aber dennoch ihre Kräfte wie die einer Fußballmannschaft zusammenfaßte, Sturm. Nach wenigen Minuten gingen die neu formierten Wagenlenker abermals zum Angriff vor. Sie durchbrachen die kämpfenden Reihen, aber nicht der zehnte, nicht der fünfzigste Teil gelangte ans Ziel. Die Phalanx öffnete sich und ließ sie durch, damit sie von den rückwärtigen Truppen niedergemacht würden. In diesem Augenblick sahen Alexander und seine Leute hoch oben am Himmel einen Adler, den Jupitervogel; sogleich gab er das Zeichen für die Hauptaktion. Die Wucht der Phalanx trieb die Stürmenden bis zum Herzen der Asiaten vor, Alexander stieß auf die Leibwache des Darius. Hier wurde mit äußerstem Heldenmut gefochten; die sterbenden Perser klammerten sich an die Hufe der feindlichen Rosse und suchten sie mit ihren zu Berge sich türmenden Leibern am Vorwärtskommen zu hindern. Möglich, daß Alexander und Darius persönlich aneinander gerieten, die Überlieferung will es so, aber schon nach sehr kurzer Zeit packte Panik die Perser; man hörte sie schreien, daß der König gefallen sei, die Götter wären gegen sie, das Ende war ihre vollkommene Auflösung.

Mit dieser Schlacht ging die Weltherrschaft in neue Hände über. Alexander wird von jetzt an ein irdischer Gott, alle zivilisierten Menschen erweisen ihm göttliche Ehren; aber er ist nicht der strahlende, blitzende Kampfgott seiner Bücher, sondern ein orientalisches Idol, verdammt über allem Argwohn und aller Verantwortlichkeit der Welt zu brüten. Seine Tage waren mit dem Zeremoniell, der Korrespondenz und der Langenweile einer weltumspannenden Verwaltung angefüllt. Seine Nächte schleppten sich unter der Last der Erinnerung an des Tages Geschäfte dahin. Dreimal im Laufe seines Lebens versuchte er umzukehren, wieder ein freier Abenteurer zu werden. Das erstemal geschah es also:

Als er endlich nach Persepolis gelangt war und auf dem Thron der Perserkönige unter dem Goldbaldachin saß, veranstaltete er ein Gelage. Ganz Griechenland scheint sich angestrengt zu haben, an seinen Erfolgen teilzunehmen und sämtliche Spitzen der Gesellschaft, Feldherren, Dichter, Staatsmänner, ja Kurtisanen und Narren befanden sich unter den Geladenen, darunter auch eine berühmte athenische Hetäre, Thais, die sich dem jungen Ptolemäus angeschlossen hatte. Nach dem Mahle, als alle schwer betrunken waren, kletterte Thais auf den Tisch vor Alexander und sagte: „Ich habe auf meinen Wanderungen durch Asien große Entbehrungen erduldet, aber dieser Tag hat mich für alles entschädigt, da er mir die Möglichkeit gibt, den stolzen Hof der Perserkönige zu beleidigen. o wieviel größer noch wäre meine Freude, wenn wir am Schluß dieses Festes den Palast des Xerxes in Flammen aufgehen ließen und ich in Alexanders Gegenwart ihn eigenhändig in Brand setzen dürfte." Dieser charakteristische Vorschlag wurde mit ungeheurem Jubel begrüßt; alle bemühten sich, des Königs Zustimmung zu erlangen. Endlich sprang dieser von seinem Thron und eilte mit einer brennenden Fackel in der Hand auf die Straße. Alle folgten ihm tanzend und schreiend nach dem Palast. Inzwischen hatten die Soldaten Wind von dem Vorhaben bekommen; sie schleppten eilends Werg und Holz herbei, und wenn auch Marmor und Gold schwer anzuzünden sind, brachten sie es doch glücklich zu Wege. Es scheint, daß sie im Rausche die Idee gefaßt hatten, Alexander wolle mit diesem Schritt zu erkennen geben, daß er beabsichtige, nicht als König in jenem Lande zu bleiben, sondern mit den eroberten Schätzen nach Griechenland zurückzukehren. Plutarch fügt indes mit wenigen Worten hinzu: „Alle aber stimmten darin überein, daß der König seine Tat bereute und alsbald befahl, den Brand zu löschen."

Als er später die Verfolgung des unglücklichen Darius aufnahm, der mit wenigen Getreuen nach Norden geflohen war, erreichte er im äußersten Nordzipfel Marakanda, im Lande der Sogdier, das heutige Samarkand. Hier stieß er auf den Fluß Iaxartes, und hier wiederholte sich auch der seltsame Vorfall aus den ersten Tagen seines Abenteuers. Wieder führte er, wie von einem unwiderstehlichen Impulse getrieben, seine Armee über den Strom, und wieder nahm er sie zurück, nachdem er ein Dorf verbrannt hatte. Jener Weg führte nach China, wo in diesem Augenblick als ungeheures Gegenspiel zu seinem Abenteuer Tsin den Kampf gegen die Schattenkaiser führte. Alexander jedoch kehrte um. Sein Freund Clitus, der ihm das Leben gerettet hatte, befand sich in seiner

Begleitung, und während des nächtlichen Gelages im Hauptquartier entbrannte zwischen ihnen Streit. Ein griechischer Narr hatte einige Verse über die Roheit und Eitelkeit der mazedonischen Soldaten verfaßt und erhielt jetzt unter dem Einfluß des Weins vom König die Erlaubnis, sie vorzutragen. Alle mit Ausnahme der Mazedonier äußerten lachend und lärmend ihren Beifall. Clitus und einige ältere Offiziere protestierten. Der König antwortete ihnen nicht und forderte den Narren auf, das Ganze zu wiederholen. Da schrie Clitus: „Wie dem auch sei, diese selben Mazedonier haben dich groß gemacht und haben dich vor dem Speer des Spithridates gerettet, als du ihm den Rücken kehrtest, obwohl du dich jetzt als Sohn des Jupiter Ammon ausgibst und deinen eigenen Vater, unseren Philipp verleugnest!" Hierauf kam es zwischen beiden zu einem furchtbaren Wortgefecht, an dessen Schluß Alexander sich mit den Worten an die Gesellschaft wandte: „Dünkt es euch nicht auch, daß die Griechen sich unter diesen Mazedoniern wie Halbgötter unter wilden Tieren ausnehmen?" Clitus erwiderte: „Sage, was du sagen zu müssen glaubst, aber lade nicht freie Männer an deine Tafel, sondern Sklaven, die dich ohne Skrupel anzubeten bereit sind." Alexander nahm jetzt einen Apfel vom Tisch und warf ihn Clitus ins Gesicht, dann sah er sich nach seinem Schwert um, aber einer seiner Freunde hatte es versteckt. Er riß sich von denen los, die ihn zu beruhigen suchten, stürzte zur Tür und rief auf mazedonisch nach der Wache; es sei eine Meuterei ausgebrochen. Im Vorzimmer stand ein Trompeter auf Posten. Alexander befahl ihm, Alarm zu blasen. Der Mann zögerte, und der König warf sich auf ihn und schlug ihn mit Fäusten. Später wurde er dafür belohnt, daß er nicht die gesamte Armee in Bewegung gesetzt hatte. Inzwischen hatte man Clitus überredet, sich zurückzuziehen; er stand in der Tür und rezitierte einen Spottvers aus einem Drama über Prahlhänse. Da entriß Alexander einem Wachsoldaten seinen Speer und rannte ihn Clitus, gerade als dieser den Vorhang zur Seite schob, durch den Leib. Er starb auf der Stelle.

Diesen Tod betrachtete Alexander vom ersten Augenblicke an als das größte Unglück, das ihn betroffen. Sein bitteres und hartes Wesen nahm zu. Immer stärker nagte an ihm die Furcht vor Rebellion und Verschwörung unter seinen Landsleuten: zahlreiche ernsthafte Aufstände gaben ihm Anlaß dazu. Nach Clitus' Tod war niemand vor seinem Argwohn sicher; viele seiner Gefährten fielen ihm auf grausame Art zum Opfer, darunter auch der arme Parmenio und sein Sohn Philotas, den er der Tortur unterwarf. Während Philotas sich unter den Griffen der Folterknechte wand, beklagte er sich in so jämmerlichen Tönen, daß Alexander, der hinter einem Vorhang versteckt auf sein Geständnis lauerte, in die Worte ausbrach: „o Philotas, wagst du dich trotz dieser unmännlichen Schwäche an ein so großes gefährliches Unternehmen?"

328 vor Christi Geburt, als Alexander noch die Zuneigung eines Teils seiner Leute besaß, unternahm er seinen energischsten Befreiungsversuch. Unter dem Vorwand, den äußersten Osten seines Reiches erforschen zu wollen, plante er einen Vorstoß nach dem eigentlichen Indien. Der Aufbruch der Expedition ruft die Erinnerung an seine größten Tage wach. „Als er sah, daß seine Truppen derart mit Beute beladen waren, daß sie den Marsch nicht würden ausführen können, setzte er früh am Morgen des Aufbruchs, nachdem die Wagen sich versammelt hatten, zuerst sein eigenes Gepäck und dann das seiner Freunde in Brand; alsdann erteilte er den Befehl, daß man mit dem Rest in gleicher Weise verfahren solle." Die Order wurde gut aufgenommen. Es gibt eine ganze Literatur über Alexanders Marschroute auf dieser Expedition und über die außerordentlich verwickelten Einzelheiten seines Feldzuges gegen die auf seinem Wege liegenden Völkerschaften. Allein die Tatsache, daß er sein Heer fast ohne Verluste in weniger als einem Jahr über den Hindu Kush und den Khyberpaß, ein von den wilden Ahnen der Parther und Afghanen bewohntes Berglabyrinth, zu führen vermochte, dürfte eindrucksvoll genug sein. Eine der größten Merkwürdigkeiten, die ihm auf diesem Wege begegneten, war das Grabmal Cyrus' des Großen. Dieser hatte vor zweihundert Jahren das Reich begründet und war Alexander, wenn auch nicht als Abenteurer so doch als Eroberer, ebenbürtig. Das Grabmal trug die persische Inschrift: „o Mensch, wer du auch seist und wann immer du kommen magst, denn daß du kommen wirst, das weiß ich: Ich bin Cyrus, Begründer des persischen Reiches. Neide mir nicht das kleine Stück Erde, das meinen Leib bedeckt."

Lange verharrte Alexander in Betrachtung versunken, dann befahl er, das Grabmal instand zu setzen.

Kaum hatte er den Indus erreicht, als er den ersten der Maharadschas, Porus oder Paurara besiegte und durch seine Großmut zum Freunde gewann. Unter den Gefangenen befanden sich gewisse alte Apostel der Jains, jener kleidungshassenden Sekte, die die Zeitgenossin und Rivalin der ersten Buddhisten war, und die sich gleich ihnen bis auf unsere Tage erhalten hat. Als seine Truppen meuterten und sich weigerten, den Zug fortzusetzen, ließ er in der Erkenntnis, daß das Abenteuer jetzt zu Ende sei, zehn von den Jains zu seiner Zerstreuung vor sich führen. Er stellte ihnen Fragen und sicherte ihnen zu, daß derjenige, der die schlechteste Antwort gäbe, getötet, die andern aber freigelassen werden sollten. Es genügt, von diesen Fragen und Antworten, die ein unruhiges Licht auf seine innersten Gedanken werfen, einige hier wiederzugeben. Den ersten fragte er: „Welche sind zahlreicher, die Lebenden oder die Toten?“ Der Jain antwortete: „Die Lebenden, denn die Toten haben aufgehört, zu sein.“ Der fünfte scheint sogar eine ironische Antwort gewagt zu haben. Alexander fragte ihn: „Was ist älter, der Tag oder die Nacht?“ Der Weise entgegnete: „Der Tag, um einen Tag.“ Alexander schien sich über diese Antwort zu wundern, worauf der Mann bemerkte: „Dunkle Fragen erfordern dunkle Antworten.“ „Wie“, wandte sich Alexander an den nächsten, „kann ein Mensch zum Gotte werden?“ „Indem er das Menschenunmögliche vollbringt.“ Die letzte Frage lautete: „Wie lang ist es dem Menschen gut, zu leben?“ „So lang“, antwortete der nackte Philosoph, „als er den Tod nicht dem Leben vorzieht.“ Der König überhäufte sie alle mit Geschenken und entließ sie.

Er kehrte auf der staubigen Straße des unteren Belutschistan nach Babylon zurück, wo er starb. Am Ende des Marsches warfen die Soldaten Disziplin und Respekt in einem wilden Bacchanal beiseite. „Unter ihnen allen fand sich auch nicht ein Helm oder Speer, sondern nichts als Becher, Kelche und Pokale aus kostbarem Metall. Die Soldaten tauchten diese in ungeheure Gefäße mit Wein und tranken einander auf dem Marsche zu, andere wieder blieben am Wege sitzen. Das ganze Land tönte wider vom Schall der Flöten und Gesänge, von Tänzen und den ausgelassenen Spielen der Weiber. Schamlose Gestalten und das ganze liederliche Treiben der Bacchanalien beschlossen diesen zügellosen, unordentlichen Rückzug.“

In seiner letzten Periode lebte Alexander in einem Pavillon außerhalb der Mauern Babylons, wo er sich die Zeit mit Segeln auf dem Euphrat vertrieb. Eines Tages ereignete sich ein seltsamer Vorfall. „Alexander hatte soeben ein Ballspiel beendet. Sein Diener war gegangen, seine Kleider zu holen und kehrte mit der Nachricht zurück, daß ein Fremder sich auf seinen Thron gesetzt habe. Alexander begab sich eilends dorthin und sah einen Mann, angetan mit den königlichen Gewändern und mit dem Diadem auf dem Haupte, in tiefem Schweigen auf seinem Thron sitzen. Auf alle Fragen antwortete der Betreffende, er heiße Dionysos und sei ein Grieche. Er wäre Schulden halber aus der Heimat geflohen und sei in Babylon gefangen gesetzt worden. An diesem Tage aber wäre ihm der Gott Serapis erschienen, um ihn von seinen Ketten zu befreien; darauf habe er ihn hierher gebracht und ihm befohlen, sich mit Königsgewand und Krone zu schmücken und schweigend dort zu warten."

Alexander war nicht erzürnt, ließ indes den Mann auf den Rat seines Wahrsagers hinrichten. Dieses und noch andere Vorzeichen lasteten auf seinem Gemüt. Er glaubte sich dem Tode nahe, meinte jedoch, daß er ihm in Gestalt einer mazedonischen Verschwörung drohe. Seine Laune wurde furchtbar. Ein Mann namens Kassander, ein mazedonischer Adeliger, der gekommen war, ihm zu huldigen, war über die Feierlichkeit des Hofempfanges, insbesondere über die Art, wie sich die Höflinge vor dem König zu Boden warfen, derart erstaunt, daß er laut auflachte. Alexander sprang von seinem Thron, packte ihn an den Haaren und schmetterte seinen Kopf gegen die Wand. Dieser Mann wurde später König von Mazedonien und Herr über ganz Griechenland. Aber jene Zusammenkunft machte einen solchen Eindruck auf ihn, daß er niemals, ohne am ganzen Leibe zu zittern, an einer Statue Alexanders vorbeizugehen vermochte.

So endete der größte Abenteurer der Welt in Rauch und Asche. Nach einem Trinkgelage, das eine Nacht und einen Tag gedauert hatte, bestand er darauf, zu baden. Er erkrankte an einem Fieber, das rasch stieg, da er sich nicht schonen wollte. Am vierzehnten Tage seiner Erkrankung hörten die mazedonischen Soldaten, wie es um ihn stand; sie zogen vor die Tore des Palastes, erhoben ein großes Geschrei und bedrohten die Generale und Offiziere, bis diese sie einlassen mußten. Alexander lag, der Sprache beraubt, auf seinem Lager, und sie defilierten an ihm vorbei, um ihn unter Tränen ein letztes Mal zu ehren. Er starb am folgenden Tage, dreiunddreißig Jahre alt.

Sein Tod war das Zeichen für die Aufteilung des Reiches unter seine Feldherren. Von diesen und jenen, die ihm nahegestanden, wurde Ptolemäus allein auch fernerhin vom Schicksal begünstigt. Seine Dynastie herrschte bis zur römischen Eroberung über Ägypten. Olympias schnitt man die Kehle durch. Alexanders Gattin Roxane und ihr kleiner Sohn erlitten das gleiche Los. Von Alexanders Werk war nach wenigen Jahren nichts übriggeblieben; sein Einfluß auf Asien beschränkte sich sozusagen auf die künftig von allen Königen befolgte Mode, auf Göttlichkeit und göttliche Ehren Anspruch zu erheben. Die Künste und Wissenschaften der Griechen schwanden in wenigen Jahrhunderten aus Asien gleich Wasser in der Wüste, doch hat sich bis auf den heutigen Tag eine Spur des griechischen Einflusses in den chinesischen Buddhastatuen erhalten. Seine Persönlichkeit und Lebensführung wirkten sich, wie gesagt, durch die Vermittlung Plutarchs nachhaltend im englischen Erziehungswesen aus. Sein

Name spielt in der verstümmelten Form von Iskander oder Askander in zahllosen orientalischen Volksmärchen eine Rolle. Aber er muß als Pfadfinder, nicht als Erhalter, als Zerstörer alter Wege, nicht als Bahnbrecher zu neuen gewertet werden. In diesem Falle schuf er die Weltgeschichte um. Wohl legt man ihm die Folgen: die Trennung Europas von Asien, den historischen Verlust einer zentralen, alles unter seiner Herrschaft vereinigenden Reiches und das Freimachen des Weges für die Römer zur Last. Aber ein Teil des Guten, das gewaltige Stück Geschichte, das von ihm ausgeht, muß der Gerechtigkeit halber zu seinem Ruhme im Gedächtnis der Menschen fortleben.

Casanova

Die letzte Klärung des Charakterproblems läßt sich nur durch das allmächtige Experiment erzielen. Nehmen wir an, irgendein Shakespearescher Gott ließe in einem Anfall von Bosheit Shakespeare ein zweites Mal als Sohn eines englischen Arbeiterführers auf die Welt kommen, oder aber er ließe Napoleon Bonaparte in dem Eiscremehandel von Brooklyn heranwachsen, um dann aufmerksam ein Menschenleben lang ihr Zappeln und Zucken zu verfolgen. Ohne eine derartige Vivisektion lassen sich die durch Erziehung, Umgebung und die Zufälligkeiten der Laufbahn erworbenen Eigenschaften aus dem Kern der eigentlichen Persönlichkeit; dem Ich, dem unsere unstillbare Neugier gilt, unmöglich herausschälen. Trotzdem hat menschliche Anmaßung von jeher versucht, zwischen Helden biographische Parallelen zu ziehen, sich vorzustellen, wie Alexander wohl als Cäsar, oder Casanova als Christoph Columbus gelebt haben würden, oder, was noch näher liegt, zu fragen, was wohl geschehen wäre, hätten sie in unseren und wir in ihren Schuhen gesteckt. Derartige Vergleiche bauen sich auf der unbeweisbaren Hypothese auf, daß des Menschen Verhalten der unmittelbare Ausdruck einer unveränderten Persönlichkeit sei; daß Alexander auch unter anderen Verhältnissen stets der erfolggekrönte Wagehals gewesen wäre, daß Cäsar seinen eisigen Mut auch in ein anderes Leben hinübergenommen hätte. Die Frage muß daher offen bleiben. Weit nutzbringender ist es, unter Ausschaltung des eigenen Ichs zwei Lebensläufe zu vergleichen, die in Umgebung, Lebensumständen und Auswirkungsmöglichkeit so verschieden wie nur möglich sind. Die Rollen zweier militärischer Eroberer, zweier Dichter, Entdecker oder Seeräuber zu vertauschen, hieße sich in einem

Labyrinth feinster Abstufungen verlieren. Um glaubhafte oder auch nur interessante Unterschiede und Ähnlichkeiten auszusieben, die zum Verständnis von Persönlichkeit und Leben beitragen, bedarf es der Gegensätze, wie Schwarz und Weiß. Mir liegt daher jede Komik fern, wenn ich den Venetianer Giacomo Casanova dem Mazedonier Alexander an die Seite stelle. Was der keusche, gewissenhaft großartige Halbgott Asiens mit dem ausschweifenden, gewiegten Kartenspieler gemein hat, dessen höchste Leistung in einer Flucht aus dem Gefängnis gipfelt, und dessen ungekürzte Memoiren als nicht zur Veröffentlichung geeignet im Tresor des Leipziger Verlages Brockhaus ruhen müssen, solange es noch den Schatten eines Sittlichkeitszensors gibt, kann sich daher nur auf die Quintessenz des Wesens aller Abenteurer beziehen. Diese Gemeinsamkeit ist nicht nur eine geistige im Sinne einer halbphysikalischen Kraft: der Lebensdynamik, sondern hegt vor allem in der Gleichheit ihrer Flugbahnen. Sie sind Wurfgeschosse, die das organische Gewebe der Gesellschaft durchschlagen; beiden eignet die gleiche erbarmungslose Treffsicherheit, der gleiche unbeirrbare Egoismus, und obwohl die Größe des von ihnen angerichteten Schadens zweifellos erheblich variiert, ist ihre Reichweite doch die gleiche, und dasselbe mysteriös verhängnisvolle Gesetz der Ballistik ließ sie die gleiche persönliche psychologische Tragödie erleben.

Giacomo Casanova war der älteste Sohn eines untüchtigen, aber charmanten Burschen, eines Schauspielers aus Venedig, der eines Kuckucks Auffassung bezüglich der Aufzucht seiner Familie hatte.

Im Familienstammbaum fanden sich entlaufene Nonnen, Glücksritter, Pamphletisten, ein verunglückter Gefährte von Columbus, Kavaliere, die sich ganz der Liebe, dem Krieg oder der Literatur ergeben hatten, leichtsinnige Frauen und altkluge Kinder. Dieser Gaetano, Casanovas Vater, lief aus einem schäbig-vornehmen Vaterhaus davon, einem Dirnchen Fragoletta nach, die in einer wandernden Komödiantentruppe die Soubrettenrollen gab. Hier lernte er kleine Rollen, die er herzlich schlecht spielte. Als Fragoletta seiner überdrüssig war, kehrte er mit einer Schauspielertruppe, die im San Samuele Theater auftrat, nach Venedig zurück. Ihm gegenüber wohnte ein ehrbarer Schuhmacher, Farusi, mit einer theatertollen, lebhaften, fünfzehn bis sechszehnjährigen Tochter, Zanetta. Gaetano überredete sie, mit ihm durchzubrennen. Kurz darauf starb ihr Vater aus Gram.

Jedoch die beiden heirateten, und die Mutter verzieh ihnen. Giacomo, unser Held, war der Erstgeborene. Von seinem Vater, der starb, als er noch ein kleiner

Bub war, sah er wenig, von seiner Mutter überhaupt nichts. Zanetta entpuppte sich als weltkluges, intrigantes Frauenzimmerchen und fand schließlich in einer lebenslänglichen Anstellung am Dresdener Hoftheater ihr Glück. So wurde Casanova schmerzlos der frühesten Lebensfessel, seiner Eltern, entbunden. Später bückte er sogar halb vergnügt, halb belustigt auf diese Tatsache zurück. Die blinde Güte seiner Großmutter forderte und erhielt nichts als seine Dankbarkeit. Seine Verwaistheit brachte ihm nur Vorteile, und kaum hatte er das Gehen gelernt, da adoptierten ihn zwei Pflegeeltern: sein Jahrhundert und Venedig.

Diese Stadt war zur Zeit seiner Geburt (1725) der lasterhafteste, bezauberndste Ort der Welt. Ihre prachtvolle Blüte, die sich in den Bildern Gentile Bellinis, Carpaccios und Veroneses widerspiegelt, war vorüber. Sie war nicht länger Mittelpunkt des Weltreichtums und der Weltpolitik, nicht länger eine Weltmacht und der Brückenkopf Asiens. Aber aus ihrer sterbenden Größe keimte gärendes Leben, das sich zu der lasziven Völlerei Altroms und dem triebhaften Überschwang Sodoms und Gomorras etwa so verhält, wie diese selbst sich zu den sehnsüchtigen Banalitäten des modernen Nachtlebens von London, Paris und Berlin verhalten. Möglich, daß auch in Venedig gute, freundliche Menschen wohnten. Casanova hatte sie anscheinend nicht gekannt. Die verblaßte Pracht der Paläste, der untilgbare Schmutz der Lagunen, das Labyrinth' der Riones und Kanäle, der Weihrauch der Kirchen, „üppig wie die Schatzhöhlen der Piraten“, der kranke Duft von Moschus und Zibeth und von faulenden Gewürzen in den Lagerschuppen am Kai, die einst das Monopol des Ostens besaßen, fließen in seinen Memoiren zu einem einheitlich üppigen Gemälde zusammen. Das Gleichnis einer aus einem Düngerhaufen erblühenden, ungesunden exotischen Blume drängt sich uns bei Beschreibungen von Casanovas Venedig fast mit Gewalt auf. Trotzdem brachte der durch ein Zusammenwirken von Geschick und Geschichte herbeigeführte Verfall seiner stolzen Kraft und Macht nichts Unedleres, nichts Verkommeneres als die fetteste Komposterde hervor, auf der die Europa endemischen Pflanzen: Geist, Eleganz, Humanität, üppiger blühten und gediehen als jede Orchidee. In Wahrheit läßt sich weder der tropische Luxus Brasiliens, wo die Erregung der Sonne, nicht der Phantasie entspringt, noch das grämliche Durcheinander der asiatischen Höfe mit dem ureigenen typischen Glanz des sterbenden Venedig vergleichen. Dieser war so einzigartig wie ein französischer Jahrmarkt, ein englischer Sonntag oder ein deutsches philharmonisches Orchester.

Folglich war das Leben, in das Casanova hineingeboren wurde und zu dem seine Erinnerungen unser bester Führer sind, nicht eine zufällige, von fremden Einflüssen geschaffene Erscheinung, sondern ein vollendet schöner Ausdruck der erkrankten Zeit. Folgende Wahrheit trifft auf das vielgestaltige achtzehnte Jahrhundert zu und liegt all seinen zahllosen Einzelwahrheiten zugrunde: Das Gerippe der Gesellschaft war verkalkt und verhärtet, wie die Arterien eines Greises. Politisch und sozial war es daher, außer im weitesten Sinne des Wortes, weder degeneriert noch verkommen, sondern nur versteift, bei einer Entwicklungsstufe angelangt, die jede Veränderung aus dem natürlichen Verlauf der Dinge ausschloß. Alles war in festen Händen, erledigt, vollendet; die menschliche Rasse war in einem Maße, wie das weder früher noch später der Fall gewesen ist, die Gefangene ihrer eigenen Logik, ihrer eigenen gesetzlichen Geometrie, Regeln und Statuten, mit einem Wort ihrer Vergangenheit. Weder Könige noch Völker vermochten das zu ändern; Europa hatte sich eingesperrt und den Schlüssel verloren. In der Mauer, die alle Menschen umschloß, fand sich auch nicht der kleinste Spalt, um einen Abenteurer, mochte er noch so begabt sein, hindurchzulassen. Man stelle sich eine Explosion im geschlossenen Räume vor: so und nicht anders wirkte die Revolution, die dem allen ein Ende machte. Aber Casanova erscheint vor der Revolution: Sein ungeheuer bewegtes Leben verläuft, wie das der anderen, hinter Mauern. Sein Abenteuer spielt sich im Innern des Körpers der Gesellschaft ab; ja man kann ihn als Parasiten bezeichnen, der sich von ihren Eingeweiden nährt.

Der Geist des Zeitalters, will man ihm einen Namen geben, war demnach nicht Fin de siècle, wie die erschöpften Zeiten Maupassants oder Wildes, sondern Fin de monde; alles Optimistische, Vorausschauende war unmodern. Das Geheimnis des venetianischen Karnevals war die Verzweiflung an der Gesellschaft. In diesen, in allen Farben einer fortgeschrittenen Zivilisation schillernden Hintergrund webte der Venetianer die seltenste aller Freuden: eine neue Art der Liebe, eine Liebe, so eilig, so folgenlos, als wären alle Menschen zum Tode verurteilt und sähen in einem gemeinsamen Gefängnis ihrer Hinrichtung entgegen: eine aristokratische, häuslichkeitsfeindliche Liebe, die als Krönung und Steigerung des geistigen Genusses noch von Geheimnis umgeben wird. Ihr Symbol ist die Maske. Jene gefährliche, dunkel an die Vergangenheit gemahnende venetianische Maske, ähnlich dem Visier vom Helme eines erloschenen Heldengeschlechts: die letzte Vermummung des Lasters, bevor es sein Gewissen einbüßt und zur reinen Natur wird.

So ist die Welt, die Casanova adoptierte und die er aus Dankbarkeit in seinen Memoiren so treffend geschildert hat, daß man meint, sie sei sein Eigentum geworden. Das Venedig Casanovas, das Jahrhundert Casanovas, das er entdeckte und besiegte, war, mit einem Wort, dem Plebejertum feind, aber allzu müde, um Adelsansprüche zu kontrollieren; herzlos, aber allgemein verliebt; dem Abenteuer abhold, aber von der Spielwut besessen; verzweifelt, aber aus volleren Zügen genießend, als Europa es je wieder gewagt hat; grausam und sentimental; abergläubisch und gottlos: Schönheit, eine Maske tragend.

Seine arme alte Großmutter lehrte ihn kaum mehr als gehen und sich anzuziehen. Der erste, der einen Einfluß auf sein Leben ausübte, war der Patrizier Baffo, der voll und ganz der herrschenden Klasse Venedigs angehörte. Er war warmherzig und unendlich häßlich und seiner pornographischen Verse und prüden Reden wegen berühmt. Baffo lehrte das Kind lesen, und auf seinen Rat hin wurde Casanova mit neun Jahren nach dem Festland in die gesündere Luft Paduas zur Schule geschickt.

Die Schulmeisterin war eine abscheuliche Serbin, die ihre Zöglinge weder wusch, noch richtig ernährte, noch unterrichtete. Kinder in solcher Lage rebellieren nur selten, und Casanova war kränklich. Aber er ertastete sich vorsichtig seinen Weg. Sein passiver Widerstand begann mit dem Stehlen von Wurstzipfeln und Brotrinden, während Signora Squeers schlief. Der Junge machte gute Fortschritte, bis er sich zu der Erkenntnis durchgerungen hatte, „daß es lächerlich sei, sich unterdrücken zu lassen“. Er rettete sich mit Klugheit und Mut, indem er Baffo veranlaßte, einzugreifen.

Er war jetzt ein magerer, zerlumpter, ewig hungriger, aber von dem Selbstvertrauen des ersten Erfolges erfüllter Junge und kam in die Obhut des gelehrten, unschuldigen Dr. Gozzi.

Gozzi hatte einen guten Tisch, eine noch bessere Bibliothek, und – ein Herz. Casanova machte von alledem mit schier unersättlichem Appetit Gebrauch. Er wuchs heran wie Wolfswelpen im Frühling; körperlich entwickelte er sich rasch zu dem über sechs Fuß hohen dunkelhäutigen Riesen, muskulös wie ein Packträger und gewandt wie ein Akrobat, den über kurz oder lang sämtliche Höfe und Gefängnisse Europas kennenlernen sollten. Dieser in einem verlausten Kindergarten herangebildete Appetit verließ ihn nie, solange er noch Zähne hatte, ja er sollte später sein Tod werden. Er hinderte den Jungen auch nicht (sondern war ihm im Gegenteil eher behilflich), einen ebenso gesunden

Wissensdurst zu entwickeln, den sämtliche Bücher und Kenntnisse Gozzis nicht zu befriedigen vermochten. Casanova verschlang die Klassiker – vor allem Horaz, diesen Lieblingsdichter und Leckerbissen unpoetischer Naturen – wie frischgebackenes Brot. Nichts stieß seinen Gaumen ab, nicht Mathematik, Naturwissenschaften, Geschichte, Poesie, französisches und italienisches Drama noch Magie, jene verhängnisvollste aller Kräfte in einem Jahrhundert der Vernunft, das dem Wunderbaren schon seiner Seltenheit wegen eifrig nachjagte. So lernte er Astrologie, Alchimie und die Kabbala, und als er die etwas beschränkte Auswahl an Büchern über die letztgenannten Wissenschaften erschöpft hatte, wandte er sich ihrer ehrbaren Muhme, der Theologie, zu. Endlich lernte er auch die Geige spielen, während Bettina, ein dreizehnjähriges Sprühteufelchen, ihm lange und verwickelte Lektionen über die komplexe und idyllische Persönlichkeit einer geborenen Kokette erteilte.

So eignete er sich die einzige Art von Bildung an, die einen Menschen wirklich interessant macht und ohne die auch der größte Fachgelehrte nichts ist als ein wandelndes Handbuch seiner Wissenschaft: universelles, autodidaktisches Wissen unter der Pflege, nicht der Anleitung eines gelehrten Mannes, In jenen Tagen war Klugheit die beste Einführung zu den exakten Wissenschaften; diese waren reicher an Hypothesen, die der Phantasie einen Spielraum ließen, als an Experimenten, und noch waren die großen Dichter nicht Eigentum der Philologie geworden. Casanova vereinigte, daher noch vor seinem neunzehnten Lebensjahr in sich alle diejenigen Elemente, die ihn zu dem besten Causeur Europas machen sollten (Voltaire ausgenommen). Ihm fehlte nichts als Lebenserfahrung – die Anekdote.

In dieses Leben trat er jetzt ein. Der erste Schritt erscheint, wenn man von der feinen, historischen Begründung absieht, ein wenig burlesk. Der Jüngling erhielt durch den Patriarchen von Venedig die Tonsur der niederen Weihen und wurde nach dem Brauch seiner Zeit dem Namen und der Kleidung nach Priester: der Abbé Casanova. In Zeiten, wie den eben geschilderten, in denen die Kirche bei der Auswahl ihrer Führer mehr Wert auf Intelligenz als auf Tugend legt, erlangt die verfassungsmäßige Rolle, die sie in der Gesellschaft spielt, eine höhere Bedeutung als ihre Lehre. Casanova blieb in dem verkalkten Europa jener Tage kein anderer Weg in die Gesellschaft offen; nur im Schoße der Kirche war noch Leben und Bewegung, nur dort konnte eine Laufbahn sich entwickeln.

Die unteren Volksschichten waren arm an allem, außer an Intelligenz, und so strömten alle ehrgeizigen Kräfte aus diesem ewig kochenden Strudel in jenen einen Kanal. Es war im achtzehnten Jahrhundert ebenso natürlich, daß Casanova Geistlicher wurde, wie daß die Infusorien des Golfes von Mexiko dem Golfstrom zutreiben. Eine Empfehlung – durch Baffo – und eine Ausbildung war alles, was er brauchte. Er trat denn auch, ohne die geringste Absicht mehr zu geben, in den Dienst der Kirche.

So darf man in der Tatsache, daß seine Weihe mit seinem Eintritt in die Welt (nicht seinem Austritt) und seinem ersten Liebesabenteuer zusammenfällt, keinen Widerspruch, geschweige denn ein besonderes Zeichen von Verderbtheit erblicken. Von diesem Augenblicke an wird die Jagd auf Frauen, die leidenschaftliche Verehrung des schönen Geschlechts zum roten Faden seiner Memoiren. Nie läßt er ihn aus der Hand, mögen andere Gebiete des Abenteuerlichen ihn noch so sehr locken. Wir wollen hier keine Ehrenrettung Casanovas versuchen – er hat sie selbst im feigen Greisenalter abgelehnt – aber Verstehen bedeutet ja Verzeihen. Es gilt nur, einige in die Augen springende, wenn auch wenig bekannte Einzelheiten aus der Tätigkeit, insbesondere den Erfolgen dieses tätigsten aller Menschen zu beleuchten, und zwar wollen wir uns bemühen, sie von seinem Standpunkt aus zu sehen. Eine Vernunftlehre der Verführung läßt sich nur durch kichernde Greise, wie Ovid, aufstellen, allerdings würde sie, auf der Weisheit und den Erfahrungen des vielgeschmähten Casanovas gegründet, die meisten Amateur-Schürzenjäger wahrscheinlich abschrecken. Der einzigen von all den ungeheuren, von der Gesellschaft dem Verkehr zwischen den Geschlechtern auferlegten Lasten, der Casanova auswich, ist die Treue. Mag diese nun in Gestalt der Ehe oder in der oft weit dauerhafteren Form der freien Liebe auftreten, sie ist letzten Endes und trotz aller Verbrämungen nur eine Wirtschaftsfrage. Casanova verwarf und ignorierte sowohl die mystische äußere Hülle wie den inneren geschäftlichen Kern. Dennoch ist auch ihm die Liebe teurer als die übrigen Freuden des Daseins, etwa so, wie der Rubin an Wert den Granaten übertrifft. Ein Liebchen war für ihn kein appetitliches Dessert, keine Lappalie im Sinne des Pseudo-Lebemanns, weder Werkzeug noch Trophäe noch Beute. Seine Liebe für jede einzelne seiner tausend Geliebten war so echt wie nur je ein Gefühl, das in den heiligen Ehestand führt, nur war sie nicht von Dauer. So entrann er sowohl der Alimentenklage wie der zähen Bindung der Jahre. Aber seine Frauen wurden um ihren heiligen Anteil nicht betrogen; er schenkte ihnen an einem einzigen Zahltage alles, was er besaß, und sich selbst; Casanova war weder ein Schwindler noch ein Gigolo. Hätten alle scharfsinnigen Psychologen, die sich über das Geheimnis seiner Anziehungskraft für Frauen den Kopf zerbrochen haben, dies erkannt, uns wäre eine Unmasse naiven Unsinns erspart geblieben. Casanova bezahlte. Sein Lieben hatte nichts Geheimnisvolleres an sich, als jede sich selbst achtende Frau verlangt; es umfaßte alles, was er hatte, alles, was er war, und der blendende Reiz der einmal fälligen Gesamtsumme, die sonst ein Leben lang ratenweise ausbezahlt wird, entschädigte für den Mangel an Legalität. Wie oft machte er sich für die Mätresse einer Woche zum Bettler, wie oft warf er sich einer neuen Schönen zuliebe von dem Gipfel des Glücks in die Gosse, ohne zu zögern, ohne zu feilschen, ohne das Für und Wider zu erwägen. Mögen diejenigen, die es ihm darin nachzutun vermögen, ihm seine Liebschaften neiden; wer alledem aber noch seine aufrichtige Zärtlichkeit, die niemals Namen oder Schönheit seiner Eintagslieben vergaß, hinzufügen kann; wer sich ferner, wie er, einer unwiderstehlichen Redegewalt und der Pracht von Augen, Schultern und Nacken rühmen darf, der habe getrost den Mut, ihm nachzueifern. Was gar seine Tadler betrifft, so haben nur diejenigen ein Recht ihn zu verdammen, die überzeugt sind, daß das Versprechen einer lebenslänglichen Gemeinschaft mit einem Manne, mag er noch so erbärmlich langweilig sein, alles, was Casanova gab, an Wert übertrifft.

Casanovas Abenteuer führt demnach von Anfang an in das verbotene Land der Frauen. Die Flugbahn seines Willens ist ebenso einzigartig, wie bei Alexander. Reichtum und Ehren bedeuten ihm, dem Sohn eines wandernden Schauspielers, dem Feinschmecker und Trinker edler Weine, nicht viel mehr, als sie dem puritanischen Erben des griechischen Oberfeldherrn bedeuteten, sobald sie seinem eigentlichen Ziel widerstreben.

Derartige bizarre Ähnlichkeiten fordern zu neuen Vergleichen heraus: zu einer Parallele zwischen Alexanders und Casanovas erstem Verzicht, ihrem ersten rituellen Einzug in das Land der Abenteuer. Überschritt auch Casanova den Bosporus? Versöhnte auch er Fortuna durch Opferung seiner Rückzugslinien? Es gab einen gewissen Senator Malipiero, einen reichen, stattlichen, achtzig Jahre alten Junggesellen. Nach vierzigjährigem Genuß der begehrtesten Ämter Venedigs hatte er sich in seinen herrlichen Palast zurückgezogen, um seine Gicht und eine platonische Leidenschaft für schöne Frauen zu pflegen. Der erste Vorteil, den Casanovas geistlicher Stand diesem einbrachte, war eine Einführung bei dem Senator. Malipiero gefiel er so gut, daß er ihn unter seinen besonderen Schutz nahm und ihm ein Zimmer zur Verfügung stellte. Casanova nahm an Malipieros erlesenem Luxus teil und konnte durch dessen Einfluß auf eine glänzende Laufbahn hoffen. Um diese Zeit war die jugendliche Tochter einer

Schauspielerin, Therese Imer, der Stern oder der Mond von des Senators Harem. Malipiero war von ihrer Schönheit, ihrer geheuchelten Sittsamkeit und ihrem Talent ganz gefangen. Weniger aus Klugheit denn aus Dankbarkeit gegen den alten Sybariten stählte sich der junge Abbé, solange er es irgend konnte, gegen die Reize der köstlichen Therese; außerdem empfand er selbst die ganze Begeisterung einer ersten Liebe zu zwei Schwestern, Nanette und Marton. Nach einiger Zeit jedoch, während die Freundschaft des mächtigen Senators ihm immer bessere Zukunftsaussichten eröffnete, kam der Augenblick, da Therese ihm ihren Unwillen über seine anhaltende Kälte zeigte. Obwohl er sich des rastlosen Argwohns seines Wohltäters, der Treulosigkeit der Bedienten und der Folgen einer fast unvermeidlichen Entdeckung vollauf bewußt war, stürzte er sich in das Wagnis – mit dem gleichen Schwung, mit dem Alexander sein Reich unter seine Freunde aufteilte. Er wurde auf schmähliche Weise ertappt, verprügelt und aus dem Palast hinausgeworfen. Statt eines mächtigen Freundes hatte er sich hier an der Schwelle des Lebens in Malipiero einen Todfeind geschaffen.

Er mußte noch einmal anfangen, diesmal auf ganz anderer Basis. Der gerade Weg zum Glück war ihm versperrt; also trat er in ein bescheidenes Seminar ein, in welchem ihm als einziger Preis die Aussicht auf eine ärmliche Pfarre winkte. Aber auch diese wenig verlockende Möglichkeit schwand bald. Unschuldig wurde er in einen elenden Skandal verstrickt, bei dem sein Stolz und Eigensinn ihm eine zweite Tracht Prügel – diesmal in aller Öffentlichkeit – und die Relegation eintrugen. Er stand jetzt ohne Geld, ohne Familie oder Freunde buchstäblich auf der Straße.

Bis dahin haben wir es lediglich mit einem Jüngling zu tun gehabt, der, außer um eines Fehlers willen, der sich durch seine Jugend entschuldigen ließe, keine allzu harten Worte verdient. Im nächsten Akt tritt der wahre Casanova auf, dessen Individualismus keineswegs vor Vergehen gegen die Moral haltmacht: Casanova der Schwindler. Vollkommen spontan und ohne vor den Strafgesetzen oder den Geboten der Kirche zurückzuschrecken, verkauft er für eigene Rechnung die paar Möbel, die sein Vater der übrigen Familie vermacht hatte.

Ein Anwalt namens Razetta legte ihm das Handwerk und ließ ihn in das Festungsgefängnis Saint Andre, am Lido einsperren. Hier auf dem Gipfelpunkt des Unglücks treten die restlichen Züge des Porträts in Erscheinung; vor uns steht der ganze Mann in seiner charakteristischen Art dem Leben zu begegnen: resolut, rachsüchtig, kühn, vom Glücke begünstigt. Er flieht des Nachts aus der

Festung und kehrt in einer Gondel nach Venedig zurück; nach einer kurzen Hetzjagd erscheint er bei Razetta, schlägt ihm drei Zähne und die Nase ein, wirft ihn in den Kanal und kehrt rechtzeitig zurück, um ein fingiertes Alibi nachzuweisen. Der ganze Schritt wurde mit der Präzision eines Sturmangriffs oder Bankeinbruchs ausgeführt.

Der Erfolg selbst bringt die Feindschaft seiner Gegner in Venedig zum Siedepunkt. Casanova beschließt, den Gegenstoß Razettas oder die weit gefährlichere Rache Malipieros – den Dolch eines Bravos oder das Staatsgefängnis – nicht abzuwarten und verläßt, sobald eine Sophisterei des Gesetzes ihm die Freiheit verschafft hat, die Stadt.

Während seines Aufenthaltes bei dem kultivierten alten Epikuräer hatte Casanova zwei alte lateinische Sprüche gelernt, die für den Rest seines Lebens sein Evangelium und seine Richtlinien bilden sollten: Fata viam inveniunt. Volentem ducit, nolentem trahit. Man könnte dafür sagen: „Das Schicksal zeigt den Weg. Das Leben führt den, der es liebt und verrät den, der sich dagegen auflehnt.“ Der eine Spruch ist uns durch Epiktet und Seneca von den Stoikern überkommen; der andere ist eine Übersetzung des Cicero aus einer verlorengegangen Tragödie des Euripides. Nirgends ist die Quintessenz des reinsten Abenteuers mitsamt dem Trost des Fatalismus, ohne dessen schwächende Folgen, besser ausgedrückt; nirgends findet sich eine bessere Zusammenfassung der mystischen Doktrin des Abenteuerlichen. Casanova hielt an ihr fest, wie der Calvinist an seiner Bibel, und sie sich ständig wiederholend, zog er guten Muts auf sein nächstes Abenteuer aus.

Wenige Monate zuvor, als es ihm noch gut ging, hatte er von seiner Mutter aus Dresden einen Brief mit einer Empfehlung an einen unbekannten Mönch erhalten, von dem sie behauptete, sie habe ihm zu einem Bistum im Süden Italiens verholfen. Solange Malipiero sein Freund war, hatte Casanova diesen Bruder Bernardino, Bischof von Martirano; „durch die Gnade Gottes, des Heiligen Vaters und meiner Mutter“ nicht gebraucht. Jetzt dünkte ihn diese Reise fast bis ans andere Ende der Halbinsel nicht zu lange, um ihn aufzusuchen.

Er beabsichtigte, auf dem Seewege nach Rom zu reisen und sicherte sich einen Platz auf einem Küstenschiff. Aber schon in Chiozza, wenige Kilometer hinter Venedig, trat seine Ausbildung in eine neue Phase; er nahm die Einladung eines einäugigen Mönches zu einer Partie Karten an. Der Betreffende behauptete, ihn als guten Reimschmied zu kennen, und Casanova verlor in dieser ersten Nacht seinen letzten Pfennig und das Hemd am Leibe. Der Weg, den ihm das Schicksal wies, mußte demnach zu Fuß zurückgelegt werden.

Ohne die schamlose List eines anderen Mönches, eines gewissen rothaarigen Halunken, namens Stephano, einer Gestalt, wie man sie sonst nur im Gil Blas oder auf den Galeeren findet, wäre unser Verehrer Fortunas und der Frauen sicherlich schon auf halbem Wege an Hunger und Entbehrungen gestorben.

Malipieros Schützling spart bei der Schilderung seines Gefährten nicht mit harten Worten; er nennt ihn einen unsagbar schmutzigen, bodenlos unwissenden, naiven, faulen Kerl, der ständig bettelte, gelegentlich stahl und im Notfalle auch vor einem Morde nicht zurückschreckte. Doch gelangte Casanova nach zahlreichen Streitereien und nachdem er sich des anderen Lehren und mitunter auch die Früchte seines Fleißes zunutze gemacht hatte, glücklich nach Rom.

Der Bischof war lange vorher nach seiner Diözese aufgebrochen und Casanova wählte die einsame, wilde Landstraße nach dem Süden. In Portici zeigte sich das Schicksal ein wenig freundlicher, als habe es an seiner unbesieglichen Zähigkeit Gefallen gefunden. Er traf dort mit einem reichen griechischen Kaufmann, der mit Quecksilber handelte, zusammen, und es gelang ihm, diesem ein Verfahren zur Fälschung seiner Ware mit Blei und Wismuth zu verkaufen. Aus Dankbarkeit betrog ihn der Grieche nur um die Hälfte seines Gewinns. Trotzdem verdiente Casanova an diesem typischen Handel genug, um den Rest seiner Reise auf bessere Weise zurückzulegen.

In Martirano erwartete ihn die schlimmste Enttäuschung. Er fand den Bischof: einen unglücklichen, enttäuschten Mann von mittelmäßiger Begabung und mit mittelmäßigen Zielen, die jedoch für seinen Posten und seine Aussichten allzu hoch waren. Die Bevölkerung war damals nicht viel anders als heute, arm, geizig, bäuerisch. Das Bistum war keine fette Beute, sondern ein Gefängnis, ein Exil. Casanova, der noch ein paar griechische Zechinen in der Tasche hatte, erfaßte die Situation schon in der ersten Nacht.

Am nächsten Morgen erklärte er dem guten Prälaten, er fühle in sich nicht die Berufung, schon nach wenigen Monaten in dieser trostlosen Stadt den Märtyrertod zu erleiden. „Gebt mir“, so fügte ich hinzu, „Euren Segen und die Erlaubnis, zu gehen; oder besser noch, kommt mit mir. Ich gebe Euch mein Wort, wir werden anderswo unser Glück machen.“ Dieser Vorschlag entlockte dem Bischof im Laufe des Tages mehrmals ein herzliches Lachen. Hätte er ihn angenommen, er würde nicht zwei Jahre später in der Blüte seiner Jahre gestorben sein.

Entschluß und Rede Casanovas sind im Grunde eines Alexander würdig. Der Bischof stellte ihm einen Kreditbrief auf sechzig Dukaten auf den Namen eines Neapeler Kaufmanns aus. Casanova nötigte ihm als Gegengeschenk eine emaillierte Dose „von mindestens dem gleichen Wert" auf, die er dem betrügerischen Griechen abgeschwatzt hatte. Dann machte er sich, weder enttäuscht noch ermüdet, von neuem auf den Weg.

Seine Stimmung hatte sich so verändert, daß er dieses Mal in der Postkutsche jedem mißtraute, der seiner Meinung nach nicht das Aussehen eines ehrlichen Mannes hatte. In Neapel empfing ihn der Bankier mit offenen Armen. Er sagte zu ihm: „Der Bischof schreibt mir, Sie seien ein göttlicher Mensch." Casanova nahm seine Gastfreundschaft an und wird von ihm in die beste Neapeler Gesellschaft eingeführt. Hier macht er auch seine erste große Eroberung: Donna Lucrezia: eine Schönheit von Rang, Reichtum und Einfluß.

Nach kurzem, aber glänzendem Aufenthalt begibt er sich, abermals ein Günstling des Glücks, nach Rom. Dieser zweite Besuch bietet Kontraste, die ihn erfreuen; fast sentimental gedenkt er seines ersten Gönners, Bruder Stephanos. Dank seiner neapolitanischen Beziehungen erhält er einen Posten als Privatsekretär bei dem Kardinal Aquaviva, dem „Protektor" Spaniens und Neapels beim Vatikan. Im Gefolge dieser europäischen Persönlichkeit nähert er sich dem Papste Benedikt XIV. und wird von diesem bemerkt. Die große Welt entdeckt in dem hochgewachsenen jungen Abbé einen bezaubernden Gesellschafter; eifrig lernt er ihre Sitten, insbesondere den ausschlaggebenden Unterschied zwischen vorsichtiger Klugheit und Stumpfheit. Der Weg zu einer noch glänzenderen Laufbahn, als selbst Malipiero sie bieten konnte, erscheint frei; außerdem hat er die Genugtuung, daß er sie lediglich seinem Geist und seinem Schicksal verdankt. Den Gipfelpunkt dieses Wohllebens bildet wohl der berühmte Ausflug nach Tivoli, wo er an Witz und kühnen Erfolgen auf Kosten des allzu zurückhaltenden Gatten der Lucrezia und Schwagers der Angelika die saftigsten Geschichten des Decameron in den Schatten stellt.

Aber es scheint, als fürchte seine Göttin, Fortuna, diesen vielversprechenden Jünger allzu rasch zu verlieren; sehr bald fordert sie von ihm das gleiche Opfer, das er Therese Imer brachte. Natürlich wurde die Katastrophe wieder durch ein Mädchen herbeigeführt, eine gewisse Barbara Dalacqua, die Tochter eines

Professors, den der Kardinal engagiert hatte, um Casanovas Französisch zu vervollkommnen. Zum erstenmal spielt hier Casanova den Edlen. Nicht etwa daß er seine antisoziale Moral aufgegeben hätte; das hätte sein ganzes Leben in Verwirrung gebracht und ihn von der Liste der großen Abenteurer gestrichen, aber der unvermeidliche Zufall, den nur eine vollkommene Parallele hätte ausschalten können, will, daß in diesem Punkt die auseinanderstrebenden Linien sich treffen. Das heißt, zum erstenmal in Casanovas Leben fällt seine Auffassung einer guten Tat mit der Auffassung der Gesellschaft, der Tradition und der Religion zusammen.

Diese arme törichte Barbara hatte sich Hals über Kopf in einen leidenschaftlichen Liebeshandel mit einem jungen römischen Adeligen gestürzt, der nicht ohne sichtbare Folgen blieb. Als einzigen Ausweg planten sie eine mitternächtliche Entführung. Casanova, der die Entwicklung der Angelegenheit mit Wohlwollen verfolgt hatte, wohnte im Palast des Kardinals. Die Polizei, von der Familie des jungen Edelmanns benachrichtigt, überraschte das Paar beim Verlassen von Barbaras Wohnung, und trotz ihrer Verkleidung – sie hatte die Sutane und den schaufelförmigen Hut eines Abbés angelegt – wurde sie bis vor Casanovas Tür verfolgt, wohin sie in aufgeschrecktem Egoismus geflohen war. Zwar wagten die Sbirren nicht, dort einzudringen, aber sie hielten die ganze Nacht über Wacht. Casanova zögerte keinen Augenblick; wiewohl er die Gefahr erkannte und an dem Mädchen nur ein menschliches Interesse hatte, überließ er ihr sein Bett und schmuggelte sie früh morgens durch eine Geheimtür in Sicherheit.

Die Affäre verursachte einen Skandal, den der Kardinal, der selbst durchaus kein Mucker war, sei es aus persönlichen, sei es aus anderen Gründen, nicht dulden konnte. Er ließ Casanova holen und setzte ihm in vornehmer, freundschaftlicher Rede auseinander, „daß ganz Rom das elende Mädchen für Ihre oder meine Geliebte hält“. Zwar stimmte er zu, daß es „eines Mannes von Herz unwürdig gewesen wäre“, dem Mädchen in seiner Not die Tür zu weisen, aber er war gezwungen, Casanova aufzufordern, nicht nur seinen Dienst, nein, auch Rom zu verlassen.

Casanova machte kein Hehl daraus, daß diese Entlassung ihn in „finstere Verzweiflung“ stürzte. Jetzt bedeutete der Ruin ihm mehr als zu der Zeit, da er durch die Siestastunden mit Therese Imer in Malipieros Bibliothek sein Glück aufs Spiel gesetzt hatte, und die furchtbare Landstreicherwelt Bruder Stephans mit verlausten Gasthäusern, eisigen Nächten und staubigen, auf der großen

Heerstraße verbrachten Tagen, die er schon halb vergessen hatte, rückte plötzlich wieder gefährlich nahe. Indessen zeigt sich das Forma des jungen Burschen in der Antwort, welche er dem Kardinal auf dessen dringendes Angebot erteilte, ihm ein Empfehlungsschreiben nach welcher Hauptstadt Europas er wolle, mitzugeben, damit er dort ein neues, wenn auch nicht ganz so glanzvolles Leben beginne könne. Sie lautete: Dann bitte Konstantinopel! Das war gleichbedeutend mit Timbuktu oder: „Ich scheer mich den Teufel um Euch!" Da er jede andere Antwort verweigerte, zuckte der Kardinal seine spanischen Schultern und erwiderte nur: „Ich freue mich, daß Sie nicht Ispahan nannten; das hätte mich in Verlegenheit gebracht." Am folgenden Tage erhielt Casanova einen Paß nach Venedig und einen versiegelten Brief, adressiert an den Wohledlen mächtigen Osman Bonneval, Pascha von Caramani in dessen Palast zu Konstantinopel. Außerdem erhielt er eine Börse mit siebenhundert Zechinen, was sein Vermögen auf rund tausend Zechinen oder zweitausend Dollar brachte. Die Betrachtung dieser hübschen Summe und der merkwürdige Name auf seinem Brief hatten ihn schon ein wenig getröstet. Volentem ducit, nolentem trahit. Er ging, um sich von Lucrezia zu verabschieden. Sie hatte von seiner Schande gehört und weigerte sich, ihn zu empfangen. Am folgenden Tage mietete er einen Platz auf der nach Norden gehenden Postkutsche. Die anderen Insassen waren eine Dame und ihre Tochter. „Das Mädchen war häßlich. Es war eine langweilige Fahrt."

So endete die Lehrzeit Casanovas. Lange bevor er Venedig erreicht, ist er gezwungen auszusteigen, da der Weg von Soldaten der spanisch-österreichischen Armee, die hier ihre Winterquartiere bezogen haben, blockiert wurde. Des Kardinals Paß ermöglichte es ihm, ohne Schwierigkeit durch die feindlichen Heere zu gelangen, aber sein Koffer mit all seinen Kleidern und sein Paß gehen ihm verloren. In Bologna „dachte ich, nachdem ich Therese Bellino geschrieben, daran, mir neue Wäsche zu kaufen, und da es höchst unwahrscheinlich schien, daß ich meinen Koffer je wiedersehen würde, kam ich zu dem Schluß, daß ich gut daran täte, mir auch neue Kleider anfertigen zu lassen. Während ich noch überlegte, fiel mir ein, daß ich meine kirchliche Laufbahn vermutlich nicht fortsetzen würde, und in meiner Unsicherheit, wie ich wählen sollte, kam mir der launige Einfall, mich in einen Offizier zu verwandeln. Dieser Gedanke war in meinem Alter ganz natürlich; ich hatte gesehen, daß man die Soldatenuniform überall respektierte, und ich wollte ebenfalls respektiert werden. Außerdem", beschließt er seine Betrachtungen,

„wünschte ich, nach Venedig zurückzukehren, und es entzückte mich, dort in einer anziehenden Uniform aufzutreten.“

Wenn wir daher von jeder Ironie absehen, wie auch Casanova, der durchaus kein Narr ist, das getan hat, genügt es, zu erklären, daß er sich schließlich mit dem Schneider über eine weiße Uniform mit blauer Weste, goldenen Epauletten und silbernen und goldenen Aufschlägen einigte. In dieser Aufmachung zeigte er sich in dem wichtigsten Café und stürzte sich mit Begeisterung in seine neue Rolle. Bei der Rückkehr in sein Hotel fand er einen Brief von der neuen Therese (Bellino) vor, mit der Aufforderung, sie in Neapel zu treffen – ein lächerlicher Vorschlag, der, wie er schreibt, „mich zum erstenmal in meinem Leben vor die Notwendigkeit stellte, nachzudenken, bevor ich einen Entschluß faßte.“ Aber die Nähe Venedigs, die neue Uniform und das Empfehlungsschreiben an den Pascha lockten ihn stärker als die Reize jenes Mädchens, die wenige Wochen zuvor seinen Ruin vielleicht besiegelt hätten.

Somit tritt er in eine der verwickeltsten und unsichersten Perioden seines Lebens ein. Durch allerlei Wunder und Zufälligkeiten, durch geschickt ausgenutzte Mißverständnisse und mit Hilfe eines ungeheuren Bluffs erzwang er die Anerkennung seines neuen Titels und legte die Reise nach Konstantinopel über Korfu im Solde der venetianischen Armee zurück. Dort traf er endlich seinen Bonneval Pascha, einen adeligen französischen Abenteurer, dessen Leben so reich an Erfolgen und Niederlagen, Gefängnissen und Wechselfällen ist, daß man es fast mit dem Casanovas vergleichen könnte. Bonneval hatte als General in drei verschiedenen Heeren gekämpft und war jetzt Oberbefehlshaber der türkischen Artillerie; er war aber alt und seßhaft geworden und begnügte sich damit, nach einem amüsanten, aufschlußreichen zweistündigen Gespräch, Casanova den Schlüssel zu seinem Privatweinkeller zu geben und ihn einigen seiner Freunde vorzustellen.

Casanovas Abenteuer in Konstantinopel sind in weit schlechterem Stil geschrieben als seine sonstigen Memoiren; das Papier, das er dazu benützte, soll auch dünner und billiger sein, als das des übrigen Manuskripts. Außerdem wimmelt jeder Teil von chronologischen Fehlern; sein Inhalt ist fast banal – er handelt von der Verführung einer Haremssklavin und von Erörterungen mit epikuräischen Türken über den Mohammedanismus und so fort. Alle Kommentatoren fühlen hier eine Schwierigkeit, als fabuliere Casanova bewußt, um etwas zu verbergen. Was aber dieses Etwas war – es muß schwerwiegender gewesen sein, als der von einem Gerücht angedeutete Sträflingsdienst auf den

Galeeren, denn Casanova besitzt keine Scham im landläufigen Sinne und bekennt sich frohgemut zu schlimmeren Dingen – das hat die eifrigste Forschung in den Archiven und Registern jener Zeit nicht zu enthüllen vermocht. Wir kennen den Charakter des Mannes jetzt gut genug, um zu vermuten, daß, falls es wirklich einen dunklen Punkt in seinem damaligen Leben gab – und jene Unklarheit läßt sich nicht mit einem Versagen des Gedächtnisses erklären – es sich eher um verletzte Eitelkeit als um irgendeine andere Demütigung gehandelt haben muß. Wie dem auch sei – das Konstantinopeler Abenteuer zerfließt in nichts. Unser Interesse wird erst wieder wach, nachdem wir ihn seines militärischen Ranges verlustig, ohne einen Pfennig, hoffnungslos heruntergekommen, in Venedig wiederfinden. Er muß jetzt in dem Orchester des nämlichen Theaters, in den sein Vater vor einigen zwanzig Jahren das Herz der Schuhmacherstochter, Giacomos Mutter, eroberte, die Geige spielen. Verarmt und zerlumpt sank er auf die tiefste Stufe venetianischen Lebens, als hätte er alles Vorhergegangene nur geträumt. „Aus Gerechtigkeit gegen mich selbst setzte ich keinen Fuß in die gute Gesellschaft, in der ich mich vor meinem tiefen Fall bewegt hatte. Ich wußte, die Leute würden mich verachten, aber das scherte mich keinen Deut. Nur demütigte mich die Lage, in der ich mich jetzt befand, nachdem ich einst eine so glänzende Rolle gespielt hatte. Ich behielt mein Geheimnis jedoch für mich. War ich auch ein Taugenichts, so war ich doch nicht besiegt, da ich den Kult Fortunas keineswegs aufgegeben hatte. Ich war immer noch jung, und jene launische Göttin läßt die Jugend nicht im Stich."

Seine Freunde sind alle von der gleichen Klasse wie er selbst. Nach der Vorstellung pflegte er mit ihnen zusammen zu sein. Es waren lauter finstere Gesellen, der Schrecken lasterhafter Dirnenquartiere: Zuhälter, Mörder, Falschspieler und Taschendiebe, die, wenn sich ihnen nichts Besseres bot, einsame Gondeln überfielen oder sich mit plumpen Streichen, wie etwa mit dem Umwerfen des altehrwürdigen Marmortisches auf dem Markusplatz, die Zeit vertrieben. Den abscheulichen Höhepunkt dieses Kapitels bildet die Entführung und Schändung der jungverheirateten Frau eines armen Webers mitten im Karneval. Tiefer konnte der Freund Aquavivas, Malipieros und Bonnevals nicht sinken.

Noch während die drohenden Folgen dieser Affäre ihm viel zu schaffen machten, drehte sich das Glücksrad für Casanova. Es fing an wie ein abgekartetes Spiel. Er war im Begriff, mit Maske und Umhang das Theater zu verlassen, denn es war die dritte Karnevalsnacht, als er sah, wie ein Mann in der Scharlachrobe eines Senators beim Betreten einer Gondel am Kai einen Brief aus der Tasche verlor. Fata viam inveniunt. Casanova stürzte herbei, um das Schreiben aufzuheben und zurückzugeben. Anscheinend war es von Wichtigkeit; der Alte dankte ihm überschwänglich und bot ihm einen Platz in seiner Gondel an, um ihn nach Hause zu bringen. Unterwegs wurde Casanovas neuer Bekannter von einem linksseitigen Schlaganfall betroffen. Er erklärte, erfühle sich dem Tode nahe.

Ohne auch nur einen Augenblick zu überlegen, daß es für einen Mann seines Rufes das Sicherste sei, auf der Stelle zu verschwinden, machte sich Casanova zum Herrn der Lage. Er befiehlt den Gondoliers anzuhalten, ruft einen Wundarzt, besteht trotz dessen Widerspruch darauf, daß er den bewußtlosen Senator zur Ader läßt, bringt diesen mitsamt dem Arzt in seinen Palast, dirigiert das Heer aufgeschreckter, verwirrter Bedienter und macht sich am Lager des Kranken heimisch, wobei er nach Gutdünken Ärzte holt und entläßt, bis der Alte geheilt ist.

Der Senator war Zuan Bragadin, das Haupt einer uralten, mächtigen Patrizierfamilie. Anfänglich wurde er aus reiner Dankbarkeit Casanovas Gönner, denn der schäbige Fremde hatte ihm fraglos das Leben gerettet. Später verwandelte ein Zufall (falls es in einem Leben wie Casanovas überhaupt Zufälle gibt) Bragadins Freundschaft in Bewunderung, deren Casanova sich jahrelang erfreute. Er entdeckte, daß Casanova, wie er selbst, ein Anhänger der Kabbala war.

Glühende Neugier betreffs der Zukunft und der Glaube, sie durch übernatürliche Mittel enträtseln zu können, sind sowohl sehr zaghaften als auch sehr abenteuerlichen Naturen eigen. Der Wahrsagerei, sei es mit Hilfe von Karten, sei es durch zahllose andere Mittel der Zeichendeutung, wie sie sich von alters her bis auf den heutigen Tag erhalten haben, liegt letzten Endes eine solide metaphysische Lehre zugrunde. Diese läßt sich durch die Formel: „Der Zufall ist konsequent“ wie auch durch den umgekehrten Satz: „Das Leben ist spontan“ ausdrücken. Wie dem auch sei, diese Art Aberglauben ist ein ständiger und durchaus nicht zufälliger Zug des echten Abenteuers. Während aber ihre Gegenspieler, die Feiglinge des Lebens, sich unterwürfig und zaghaft ihren Aufgaben nähern, rettet sich der Abenteurer durch eine merkwürdig kindische, halb betrügerische Art zu reagieren, instinktiv vor den logischen Folgen eines verhängnisvollen Fatalismus. Alexander weigerte sich, auch nur einen Schritt ohne Befragung der Vorzeichen zu tun; ein gekröntes Orakel ritt ihm bei jedem

Angriff zur Seite. Waren diese Zeichen aber ungünstig, so vergewaltigte er sie, wie zum Beispiel vor der Schlacht am Granikos, als er den Namen des Unglücksmonats änderte, oder später, als er die delphische Priesterin, die seine Fragen nicht beantworten wollte, mit Gewalt in den Tempel schleppte und ihren Widerspruch als glückverheißend auslegte. Es hieße daher Casanovas Charakter und Typus verkennen, wolle man behaupten, er habe nicht an die Kabbala geglaubt und sei nur ein Scharlatan gewesen, weil er mit ihren Antworten jonglierte. Fortuna ist für ihn wie für alle seinesgleichen Jakobs Engel; man mußte mit ihr um ihren Segen ringen.

Diese Kabbala Casanovas, die jetzt als Mittel, sein Brot zu verdienen, in sein Leben tritt, ist so eigenartig, daß sie eine nähere Beschreibung verdiente. Wir müssen uns jedoch mit der Erklärung begnügen, daß sie eine Variation, wahrscheinlich eigenster Erfindung, des traditionellen Orakels der Kabbala war, das aus einer arithmetischen Berechnung, basiert auf einem numerierten Alphabet oder Code, bestand. Die Buchstaben einer Frage wurden an die Stelle der betreffenden Zahlen gesetzt. Alsdann wurden sie in einer arithmetischen Pyramide addiert, subtrahiert und dividiert, was wiederum ein Resultat ergab, das in Buchstaben umgeschrieben die Antwort – der Sage nach in Gestalt eines Verses – darstellte. Casanovas erste Klienten, Bragadin und seine beiden nicht minder bedeutenden Freunde, die Senatoren Dandolo und Barbaro, die sich sehr bald den Sitzungen anschlossen, waren durchaus keine Dummköpfe, sondern wußten kraft ihrer eigenen Wissenschaft recht gut, die Resultate der Casanovaschen Pyramiden zu kontrollieren. Sein Erfolg bei ihnen und ihren zahllosen Nachfolgern beruhte teils auf seinem eigenen Glauben an seine Sache, teils auf der ungeheuren Kompliziertheit der Berechnung und seiner zweifellos hervorragenden mathematischen Begabung. Diese ermöglichte es ihm, mit Blitzesschnelle kreuz und quer über die Zahlenkolonnen zu fahren und das ungefähre Resultat häufig im voraus zu berechnen. Seine Arbeit hatte nichts mit gewöhnlicher Gaunerei zu tun, sondern beruhte auf dem mit Aufrichtigkeit und menschlichen Logarithmen durchsetzten Raffinement eines genialen Falschspielers.

Jene beiden Künste, seine Kabbala und seine weit weniger ausgebildeten falschspielerischen Talente, dienten ihm von nun an vornehmlich zum Broterwerb. Bragadin und seine Freunde setzten ihm ein ansehnliches Gehalt aus. Die Ausübung seiner Künste machte ihn wohlhabend. Die Lehrzeit seines Lebens war vorüber, und seine Wanderjahre als Geselle Fortunas lagen hinter ihm. Vor ihm aber lag ganz Venedig mit seinen Höhen und Tiefen, Maskenbällen und parfümerierten Boudoirs großer Damen. Aber auch dunkle gefährliche Gassen sahen ihn, der dort auf der Jagd nach einer widerspenstigen Schönheit aus dem Volke für eine einzige, in einer Dachkammer verbrachte Liebesnacht einem Dolchstoß sich aussetzte.

Außer den monumentalen Einzelheiten seiner Intrigen, von denen eine jede so voller Leben und Erleben ist, wie ein nationaler Krieg, gewähren seine Memoiren uns zahllose reizvolle Einblicke in die Freuden, die das Schauspiel venetianischen Lebens bietet. Hier schlendert er über die Piazetta, feines. Leinen streichelt seinen Körper und sein bester Anzug „wird von allen bewundert". Dort mischt er sich, in die Kissen einer Gondel zurückgelehnt, unter das Feiertagstreiben auf dem Canal Grande; er gleitet an schimmernden Palästen vorüber und durch schattige kleine Kanäle, wo über verwitterte Mauern Rosen sich bis zum Wasserspiegel ranken. Oder er fährt über die schillernde Lagune von Murano. Mit Mantel und Mütze versehen, die diabolische weiße venetianische Maske bis ans Kinn heruntergezogen, drängt er sich auf dem Wege nach einem verbotenen Abenteuer in einer verschwiegenen Villa durch das pulsierende Leben der Merceria. Venedig war sein, von den heimlichen Spielsälen bis zu den Kais, wo die biedere Geschäftigkeit der Marktverkäufer ihn an manchem heißen Morgen am Vorwärtskommen hinderte, wenn er von einer üppigen Liebesorgie nach Hause ging.

So vergehen neun Jahre, von seinem einundzwanzigsten bis zu seinem dreißigsten Jahr, unterbrochen durch amüsante Abstecher nach Mailand, Parma, Bologna, ja selbst nach Genf und Paris. Fast immer ist er vom Glücke begünstigt, getragen von jener unverwüstlichen Lebensenergie, die ihn auch nicht eine langweilige Minute erleben läßt. Seine Abenteuer mit Frauen werden immer verwickelter und wenn möglich noch zahlreicher; trotz ihrer immer kürzer werdenden Dauer scheint er sich mehr und mehr in ein ungeheures Gewebe von Intrigen und Gegenintrigen zu verstricken. Aber jedesmal in der psychologischen Krisis, wenn er unrettbar verloren scheint, schüttelt der braune Riese lachend alles von sich ab. Dabei sinkt er nirgends zum bloßen Verführer und Wüstling herab; auch nicht eine seiner Liebschaften bedeutet eine Wiederholung und kaum eine bleibt ohne einen menschlichen, ja künstlerischen Reiz. Casanova ist wie das Leben selbst, ewig sich ausgebend, ewig in unerschöpflicher Originalität sich erneuernd, denn er ist reichen Herzens und braucht sich nie neu zu prägen. Jeder Liebsten schenkt er sich voll und ganz; er nennt viele Ichs sein eigen. Nie zuvor wurde eine so gewaltige Entdeckungsfahrt in ein verbotenes Reich unternommen, und keiner weiß wie dieser Mann in schlichten unprätentiösen Worten uns den Eindruck zu geben, als stünde er an der Schwelle einer Entdeckung, einer Einführung in ein Gebiet, das unser Jahrhundert vor allen anderen genau kennenzulernen bestrebt ist. Wie ist das Weib an sich, das Weib, losgelöst von aller Kleinlichkeit, aller Vorsicht, allem Parasitentum, das eine jahrhundertalte, von Männern geschaffene Welt ihm anerzogen hat? Wie ist die Frau jenseits aller Konvention? Nur er, der sich ihr nicht nur Leib an Leib, sondern Herz an Herz ungehemmt durch das geringste Vorurteil genähert hat, würde es uns erzählen können, hätten Verallgemeinerungen oder Berechnung oder irgend etwas außer seinem eigenen schrankenlosen Egoismus ihn im geringsten interessiert.

Endlich drehte sich das Rad von neuem. 1755 bei Tagesanbruch betrat der venetianische Polizeichef (Capitan Grande) Matteo Varutti sein Zimmer und verhaftete ihn auf Grund der unklaren aber furchtbaren Anklage der „Irreligiosität und des Aufruhrs“.

Vielleicht bezog sich diese Beschuldigung irgendwie auf seine Tätigkeit in der neuen „okkulten Sekte der Freimaurer“. Einfacher und einleuchtender ist die Vermutung, daß der Ring seiner mächtigen Feinde endlich den Einfluß des Bragadin-Kreises besiegt hatte. Schwerwiegender für ihn selbst war die aus dem Ort der Gefangensetzung, – den gefürchteten Bleikammern des Palazzo Ducale – sich ergebende Gewißheit, daß es sich um eine lebenslängliche Haft, ohne Gerichtsverhandlung oder Erklärung handelte. Er durfte nicht einmal auf einen kurzen Gang über die Seufzerbrücke hoffen.

In dieser Zelle unter dem Dach, auf dem die Julihitze brütete, in Gesellschaft der Einsamkeit und der Ratten, endigt Casanovas Jugend. Über ein Jahr zehrte er von seinen Hoffnungen auf Botschaft von der Außenwelt; weitere fünf Monate verbringt er in so großer Verzweiflung, daß er, als ein Erdbeben (es war am Tage, da Lissabon zerstört wurde) die Zelle erschüttert, in die Worte ausbricht: „Noch einmal, noch einmal, aber diesmal stärker, Gott!“, was den Wärter mehr als der Stoß erschreckt. Dann, eines Nachts, glückt ihm die Flucht, eine der merkwürdigsten, wenn nicht die merkwürdigste der Weltgeschichte.

Unzählige Schwierigkeiten, darunter zwei unüberwindliche, mußten besiegt werden. Die eine bestand darin, daß es zu den „Piombi“ oder Bodenkammern des Palastes nur einen Zugang gab, der durch den Gerichtssaal führte. Hier standen aber Tag und Nacht Soldaten Wache. Ferner besaß er auch nicht ein Werkzeug, um das ungeheuer dicke Bleidach aufzubrechen. Drei Bogenschützen, unbestechliche Leute, selbst wenn er Geld gehabt hätte (und er besaß keinen Pfennig), bewachten den schmalen Gang vor seiner Zelle. Trotzdem löste Casanova das Problem. Die wichtigste Erklärung hierfür liegt in seinen eigenen Worten: „Ich habe stets geglaubt, daß ein Mann, wenn er sich etwas in den Kopf gesetzt hat und sich ausschließlich diesem einen Ziele hingibt, jegliche Schwierigkeit überwinden kann. Der Betreffende wird Großwesir oder Papst werden. Er wird eine Dynastie stürzen, wenn er sein Werk nur rechtzeitig in Angriff nimmt und die nötige Intelligenz und Ausdauer besitzt. Hat aber ein Mann das Alter erreicht, da Fortuna ihn verachtet, so kann er nichts mehr unternehmen, denn ohne ihren Beistand gibt es keine Hoffnung." Die Werkzeuge, die er nach langem Warten fand, waren ein Bruchstück schwarzen Marmors von einem Kaminsims und ein rostiger Riegel. Nach vierzehntägiger Arbeit, während die Haut seiner Handflächen sich abschälte und sein Arm vor Müdigkeit gelähmt wurde, schärfte er den Riegel durch Abschleifen an dem Marmorstück. Die zufällige Bemerkung eines Priesters, bei dem er die Beichte ablegte, faßte er als gutes Omen auf. Jetzt macht er sich an die Aufgabe, seine Werkzeuge zu gebrauchen. Vier Kapitel seiner Memoiren sind dem rostigen Riegel und dem Marmorstück gewidmet, und er braucht die gleiche Anzahl Monate, um mit schier unmenschlicher Arbeit und übermenschlichem Mut phantastische Mißgeschicke zu überwinden. Selbst jetzt nach so langer Zeit und bei geringster Sympathie für ihn lassen sie des Lesers Haare zu Berge stehen. Endlich stand er oben auf dem Dach und blickte auf das mondscheingebadete Venedig hinab. Jetzt mußte er nur noch mit Aufbringung letzter Energie, größter physischer Kraft und vollendeter Geistesgegenwart durch ein Fenster kriechen, zwei, drei massive Türen aufbrechen, die Haupttreppe hinuntergehen und sich durch Wachen, Spione und Schreiber hindurchschlängeln, um endlich die Piazza und seine Freiheit zu gewinnen. Er ist jetzt einunddreißig Jahre alt; in allem, was nun folgt, erkennt man nur mit Mühe den gleichen Mann. Er hatte gesiegt, indem er das Menschenunmögliche vollbrachte. Von nun an fürchtet er sich vor jedem Wagnis, obwohl er gezwungen ist, sich auch weiterhin in Gefahr zu begeben.

Nachdem er auf Kosten von Opfern, die ein würdiges Gegenstück zu seiner Flucht aus dem Gefängnis bilden, die Grenze des venetianischen Staates überschritten hat, gelangt er, bettelarm, zerlumpt und gehetzt nach Paris. Er ist das zweitemal dort, aber die meisten seiner Freunde, die ihn zur Zeit seines Glücks gekannt hatten, waren fortgezogen oder wollten ihn nicht wiedererkennen. Doch er besaß noch einige letzte Trümpfe. Der beste war der Abbé de Bernis, Casanovas Spießgeselle bei seinem skandalösesten Abenteuer, als er Gesandter in Venedig war, jetzt der allmächtige Minister des Auswärtigen. De Bernis zeigte sich diplomatisch erfreut, dieses hagere Gespenst aus der Vergangenheit wiederzusehen und schaute sich auf der Stelle nach einem Posten für ihn um. Durch seine Empfehlung an den Herzog von Choiseul erhielt Casanova eine Anstellung bei einer staatlichen Lotterie, wo es seine Hauptaufgabe war, über die Ehrlichkeit der beiden italienischen Direktoren, des Bruderpaares Casabilgi zu wachen. Er gewann seine Sicherheit zurück; sein Ehrgeiz hatte sich inzwischen zu der fixen Idee, reich und mächtig zu werden, verhärtet. Er will auf immer eine Wiederholung des Schicksals, dem er soeben entronnen war, vermeiden.

Vor einem solchen Gegner streckten die Casabilgi die Waffen; von jetzt an begnügten sie sich mit dem geringeren Anteil. Schon nach wenigen Monaten war Casanova reich geworden, und da er die Interessen seiner Gönner dabei nicht vergaß, stand er auch bei Hofe in Gunst. Die ungeheure Erleichterung wirkte auf seine Nerven; Verschwendungssucht übermannte ihn. Um sich von der Wirklichkeit seiner Gewinne zu überzeugen, gründete er einen luxuriösen Haushalt; seine Ausgaben wetteiferten mit denen der reichsten und ältesten Adeligen bei Hofe. Bälle folgten auf Bankette, und den Schluß bildete stets eine Orgie. Gleichzeitig steigerte sich seine Geldgier zu einer Leidenschaft, wie der ausschweifende Philosoph sie nie gekannt hatte. Jeder einzelne Trick seines Repertoires mußte jetzt herhalten. Sein Kartenglück wurde geradezu unverschämt. Die Kabbala und ein gründlich ausgearbeiteter Schwindel mit dem Stein der Weisen als Leitmotiv brachten ihm seitens der verschrobenen, schrullenhaften, gelehrten alten Marquise D'Urfé Tausende ein. Inzwischen fuhr die Regierung fort, ihn in für beide Teile vorteilhaften Geschäften zu verwenden. 1757 wurde er zum erstenmal in geheimer Mission nach Holland gesandt. Er hatte dabei so viel Erfolg, daß man ihn noch einmal hinausschickte, diesmal als akkreditierten Gesandten des französischen Königs, um eine ungeheuer schwierige Währungsfrage zu behandeln. Auch darin hatte er Erfolg. Heimgekehrt, packte ihn ein Rausch der Verschwendung. Er stand jetzt auf der Höhe seiner Laufbahn.

Die Ereignisse, die seinen Abstieg bezeichnen, lassen sich nicht so leicht verfolgen; er selber vermochte sie nie zu begreifen. Für ihn endeten jene großen Tage urplötzlich mit einer Ausweisung aus Paris, herbeigeführt, wie er fest überzeugt war, durch die Eifersucht irgendeines mächtigen Rivalen.

In Wahrheit war der Abstieg rasch aber nicht plötzlich, und die Ursache war, niemand anders als Casanova selbst. Exzesse, die mehr als genügt hätten, den Sturz jedes anderen Mannes zu erklären, Geschichten von Wechselfälschungen, von betrogenen oder halb betrogenen Gläubigern, von Entführungen, mitternächtlichen Händeln mit Männern einer Klasse, mit denen zu streiten bereits skandalös war, gemischte Geschichten von Kindsabtreibung und Verführung waren zahlreich genug vorhanden, um jeden außer Casanova zu verdammen. Trotzdem – wäre er noch der Casanova der Piombi gewesen, man hätte alle diese Dinge vielleicht noch übergangen; in Venedig hatte man ihm Schlimmeres verziehen. In Wahrheit hatte er sich unmerklich aus einem Abenteurer in einen lärmenden Schuft verwandelt, oder, falls das zu hart klingt, er hatte den unwiderstehlichen Reiz, der beste Verlierer der Welt zu sein, eingebüßt. Gierig war er immer gewesen, jetzt wurde er erpresserisch. Er war stets auffallend, jetzt wurde er gewöhnlich. Ohne es zu wissen, war er ein Mann der Gesellschaft geworden, der verzweifeltes Interesse an der Stabilität seiner Position hatte. Ganz unbewußt identifizierte er sie mit der Stabilität der Gesellschaft selbst. Er war mit einem Wort ein Glücksritter geworden, der sich vor Fortunas Zufälligkeiten fürchtete; der übersinnliche Glanz seiner Augen war erloschen. Die Menschen sahen in ihm nicht länger einen Puck, sondern einen Rivalen. Die Degeneration schreitet langsam vor, aber die einzelnen Stadien sind klar erkennbar und folgen einander immer rascher. In London, wohin er sich von Paris aus begibt, schreibt er in seine Aufzeichnungen: „Ich habe den September dieses Jahres 1763 als eine der kritischsten Zeiten meines Lebens vermerkt. Wahrlich, ich fange an, mich alt zu fühlen. Dabei zähle ich erst achtunddreißig Jahre."

In dieses eine Wort „alt" faßt Casanova Sorge, Zaghaftigkeit, mangelnden Lebenshunger und wachsende Ungeschicklichkeit, sich aus der Klemme zu ziehen, zusammen: die gleichen Symptome, die Alexander in Babylon zeigte. Nach wenigen erfolglosen Monaten, in denen er – auch wieder ein Zeichen zunehmenden Verfalls – nur mit halbem Herzen kämpfte, floh er wieder aus England. Diesmal ostwärts, nach Preußen. Abermaliger Mißerfolg. Er erreicht es, dem furchtbaren Friedrich dem Großen vorgestellt zu werden. Dieser aber durchschaut ihn, schüchtert ihn ein und entläßt ihn mit Verachtung. Von hier geht er nach Rußland, wo er in einem Prinzen von Kurland die Erfüllung seiner Wünsche findet. Der Fürst war ein Spieler und Wüstling, ein leidenschaftlicher Anhänger der Alchimie, deren Chimären er in abergläubischem Wahnwitz nachjagte. Aber Casanova versäumt die herrliche Gelegenheit; er verärgert den Fürsten durch seine Forderungen an das Leben: „eine feste Stellung, eine gute Sinekure, ganz gleich welche, vorausgesetzt daß sie sicher und gewinnbringend ist". Die leuchtende Flugbahn senkt sich bedenklich zur Erde; wieder trägt der dämonische, unsichtbare Gegenspieler den Sieg davon. Nicht genug, daß Casanova aufgehört hat, ein Abenteurer zu sein, er ist sich dessen auch vollauf bewußt. „Zum erstenmal in meinem Leben dachte ich über mich selbst nach und bereute mein bisheriges Verhalten; ich nährte keine Illusionen mehr und war entsetzt bei dem Gedanken, daß nichts vor mir lag als die Leiden des Alters; ich besaß weder eine Anstellung noch ein Vermögen, nur einen schlechten Ruf und eitles Bedauern als einzige Nahrung." Er ist jetzt fast fünfzig Jahre alt. Mögen diejenigen, die das Herz dazu haben, seinen Wanderungen durch ganz Europa folgen. Von dem Fürsten hinausgeworfen, reist er nach Wien. Die Polizei weist ihn aus und er kehrt nach Paris zurück. Das gleiche Resultat. Madrid, Barcelona, nirgends will man etwas von ihm wissen, überall wirkt er allmählich lächerlich. In Warschau blitzt zum letztenmal sein Stern auf. Dort erfuhr der polnische Adelige, Graf Branicki, in einem Duell, das ihm ums Haar das Leben gekostet hätte, „was in dem ehemaligen Helden und Talmi-Grand-Seigneur Casanova" steckte. Aber nach einer Stunde der Achtung und Bewunderung, die ihm das Blut in die Wangen trieb, wird er abermals verhaftet. „Die Polizei begnügte sich damit, ihn zu beschimpfen und ersuchte ihn, äußerst energisch, seine Reisen nach anderen Gegenden zu verlegen."

So nähert die Flugbahn sich langsam aber beharrlich dem Tiefpunkt. Kann Casanova, der selbst auf der Höhe seines Ruhms jede Sünde, jedes Verbrechen beging, noch tiefer sinken? Casanova der Falschspieler, Quacksalber, Dieb, Ehebrecher, Verführer von Nonnen und Schulmädchen, der Mörder, Gefängnisflüchtige und Gott weiß, was noch? Merkt auf, ihr, die ihr ihn haßt; es kam noch schlimmer. Er kehrte nach Venedig zurück. Bragadin war tot, bankrott, Dandolo lebte in größter Armut, ein armer alter Mann, fast ein Bettler. Casanova zählte jetzt zweiundfünfzig Jahre. Er bewarb sich um den Posten eines Polizeispitzels, bewarb sich bei den verhaßten Inquisitoren desjenigen Gerichts, das ihn in die Bleikammern gesperrt hatte. Durch Unterwürfigkeit gelangte er ans Ziel. Es war von nun an seine Aufgabe, Berichte über die Moral der Stadt zu verfassen. Einige davon sind uns erhalten geblieben; er zeichnete sie allerdings nicht mit seinem Namen, sondern als Antonio Pratolini. In dem einen macht er seine Auftraggeber auf „die skandalösen Szenen“ aufmerksam, „die er nach Löschung der Lichter in den Theatern beobachtet“ hätte. In einem anderen Bericht wird eine Liste verbotener Bücher aufgeführt, die er bei einem Schuljungen beschlagnahmt hat; darunter befinden sich auch die Gedichte seines ersten Freundes, des alten Baffo. Er beklagt sich, daß es in den Kunstschulen nackte Modelle, „junge Mädchen“, gäbe und ist „quasi davon überzeugt, daß Personen, die keine Künstler sind, sich unter falschen Angaben dort Eintritt verschaffen“. Für diese Dienste erhält er vierzig Mark im Monat. 1781 entlassen ihn die Inquisitoren. Es gibt einen Brief von ihm, der mit den Worten beginnt: „Voller Verwirrung und von Scham übermannt, in dem Bewußtsein meiner Unwürdigkeit an Eure Exzellenzen nichtswürdige Briefe wie die meinen zu richten –“ Der Brief endigt: „Ich flehe Eure erhabene Freigiebigkeit an, mir zu vergönnen, meinen Posten zu behalten; ich werde noch härter arbeiten. Damit ich leben kann.“

Dabei besitzt dieser Mann, der so am Boden liegt, zu jener Zeit eine Mätresse, eine Näherin, die in einem Briefe über ihn schreibt: „Jener große Mann, so voll Herz, Intelligenz und Mut.“ Sie lebten zusammen in einem winzigen Häuschen in der Barberia delle Iole. Ich weiß nicht, ob es noch existiert oder ob es sich noch ermitteln läßt. Also laßt uns die Moral ausschalten. Es gibt zwei Porträts von ihm; das eine ist von seinem Bruder François gemalt, das andere ist ein Stich aus seinem dreiundsechzigsten Lebensjahr von einem gewissen Berka. Ersteres stammt offenbar aus der Zeit seines Reichtums, denn er trägt einen Rock aus grauem Glanzstoff mit einer schönen Point d'Espagne Silberspitze, einen Federhut mit der gleichen Verzierung, eine gelbe Weste und Kniehosen aus scharlachroter Seide, überdies Juwelen: „Meine Ringe, meine brillantenbesetzte Uhrkette, mein Kreuz aus Diamanten und Rubinen, das ich um den Hals zu tragen pflegte“ ... Was einem am meisten auffällt, sind seine Augen; sie sind von ungewöhnlich länglichem Schnitt und von innen her erhellt, wie das selten bei braunen Augen der Fall ist. Im Alter wechselte sein Aussehen nicht minder als sein Glück; er wirkte später wie ein Raubvogel, oder, falls man sich romantischer ausdrücken möchte, wie ein schäbiger alter Halunke mit einer Raubvogelnase und einem tragikomischen Hauch ehemaliger Grandezza. Von Venedig aus ging er noch einmal auf die Suche und ergatterte sich zum Schluß wirklich die ersehnte Sinekure. Graf Waldstein ernannte ihn zum Bibliothekar seines Schlosses Dux, in Böhmen. Die Bibliothek umfaßte 40 000 Bände, aber sein Herr verlangte nur selten ein Buch. Der alte Mann war ein vorzüglicher Bibliothekar und ein amüsanter Causeur, wenn Waldstein mitunter eine Jagdgesellschaft mitbrachte. Die übrige Zeit führte Casanova Krieg mit den anderen Bediensteten, mit dem Haushofmeister Feltkirchner, dem Verwalter Loser, dem Arzt O'Reilly und mit Karoline, der Beschließerin. Alle haßten ihn und hetzten die Dorfbewohner gegen ihn auf, so daß die Buben ihn auf seinen Spaziergängen außerhalb des Grundstücks mit Steinen bewarfen und die Mädels sich vor ihm versteckten. Indes beschloß er, nachdem er sich einmal gerächt hatte, das Volk zu ignorieren und verbrachte die meiste Zeit in der Bibliothek. Hier unterhielt er eine ungeheure Korrespondenz. Viele seiner alten Freunde nahmen allmählich den Verkehr mit ihm wieder auf, und die Bücher, die er in unerschöpflicher Produktivität zu schreiben begann, brachten ihn mit einem Heer adeliger und gelehrter Briefschreiber in Berührung. Das tröstete ihn sehr, denn er war ein vollendeter alter Snob geworden. Seine Memoiren, die höchste Rechtfertigung seines Lebens, sind fast sein letztes Werk. Sie wurden zu seinen Lebzeiten nicht veröffentlicht, aber viele wußten von ihrer Existenz und einige, vor allem der Prince de Ligné, durften sie in der unverfälschten Fassung lesen und ermutigten ihn, weiterzuschreiben. Seine Erinnerungen bieten ein vollständiges, lebendiges Bild seiner Zeit. Dieses ungemein interessante Jahrhundert ist zweifellos die zivilisierteste Epoche, die die Welt je gesehen, wenn wir dem Ausdruck eine Bedeutung geben, wie die Menschheit sie von jeher geliebt hat. Die „Memoiren" sind daher, auch in der einzigen, verstümmelten Form, die wir wahrscheinlich je besitzen werden, eines der größten Bücher der Weltliteratur. Aber diese grandiose Leistung ist nur eine zufällige, gleichsam ein Relief zu Casanovas Zweck, der durch sie noch einmal sein Leben zu seiner eigenen Freude an sich vorbeiziehen lassen wollte. Da aber dieses Leben letzten Endes ein erotisches Abenteuer war, und zwar das kühnste und großzügigste, das je unternommen wurde, und da ferner Casanova, obwohl er sein Fleisch tötete – er wurde später sowohl ein Frömmler wie ein Snob – mit Geschmack schrieb, werden seine Werke lediglich von den Auserwählten und da auch nur von ganz wenigen gelesen. Aus diesem Grunde, der ihm nebenbei gefallen hätte, ist er fast der einzige große Abenteurer, von dem es keine falschen Darstellungen gibt. Kein Plutarch hätte ihm je etwas antun können.

1795 starb er zu Dux an der Völlerei.

Christoph Columbus

Unsere Analyse der Lebensbilder Alexanders und Casanovas läßt einen reizvollen Winkel im Dunkeln. Gemeint ist die Natur, um nicht zu sagen die Persönlichkeit des allmächtigen Gegenspielers, des unsichtbaren Kartenmischers, der ihnen und der Gesellschaft in dem verlorenen Endspiel das Blatt austeilt. Mitunter glaube ich selbst unter der dicken Tünche, mit der Plutarch der Welt größtes Unternehmen überkleisterte, einen schwankenden Schatten, die Umrisse eines Wesens zu entdecken, das weder Grieche, noch Perser, noch Mensch ist. Es lockt den jungen Halbgott, verwöhnt ihn, erdrosselt ihn mit der Fülle seiner Gaben. So läßt sich in den Spuren seiner Feldzüge, die er in seiner Ungeduld kreuz und quer über die Landkarten Asiens, Europas und Afrikas kritzelte, in Geister-Schrift (ihm selbst nicht bewußt) die Hand des Schicksals erkennen. Diese Macht, mag sie nun Schicksal, Fatum oder Vorsehung heißen – und jeder ihrer Namen deutet auf eine unabweisbare Theorie oder Vermutung – diese Herrin und Mörderin aller Abenteurer, erscheint uns in dem Leben des venetianischen Wüstlings näher gerückt, weil sie dort in weniger erhabener Gestalt auftritt. Jene mitternächtliche Katastrophe zu Rom im Palast des Kardinals Aquaviva, jener Brief, den der alte Senator am Kanalufer verlor, jener rostige Riegel in den Bodenkammern der Piombi lassen ein Beben des Vorhangs und eine leichte Gänsehaut zurück, selbst wenn wir nicht von Casanovas naivem Mystizismus beseelt sind.

Darf nun unsere profane Untersuchung hoffen, dem Mysterium, das die Religion aller Abenteurer ist, näher zu rücken? Können wir hoffen, über dieses Fatum, das in allen Sprachen der Welt weiblich ist, wohl weil es sich den Frauen gegenüber meist ungalant erweist, mehr als nur rein Allegorisches zu erfahren, – mehr als die altehrwürdigen genialen Sprüche Casanovas in ihrer Lebensweisheit verraten? Sie zeigt uns den Weg. Sie führt den Willigen, läßt den Saumseligen im Stich. Darin liegt tiefere Weisheit, als in dem Galgentrost des Kismet. Aber sie genügt nicht.

Kurz und gut: Um dem großen X dieser Gleichungen seinen vollen Wert zu geben, müssen wir versuchen, eine Gotteslehre des Abenteuerlichen aufzustellen. Der einzige Weg hierzu ist ein genaues Studium der Wahl, die das Schicksal trifft; wir müssen das Leben eines seiner erklärten Günstlinge so scharf ins Auge fassen, wie die Zuschauer in der ersten Parkettreihe die linke Hand des

Jongleurs, dem sie seine Kniffe ablauschen wollen. Wir können nicht hoffen, mehr als nur verschleierte Winke zu erhaschen; wenn wir aber den Elementen, die wir in Alexander und Casanova erkennen, noch einige Vermutungen über des Schicksals Neigungen und Abneigungen sowie über die Taktik hinzufügen können, mit welcher der unsichtbare Dritte sie in seinen unbewachten Momenten befriedigt, so wird das unser Interesse an unseren Forschungen fördern. Dann werden wir in der Lage sein, vom Standpunkte des Abenteurers selbst dem Ringen befriedigt zuzuschauen. Er selbst sieht nie eine mathematische Rechnung vor sich, sondern stets eine Persönlichkeit oder zum mindesten ein psychologisches Kalkül.

Niemand eignet sich für dieses lästerliche Unterfangen besser als der vortreffliche Christoph Columbus, Colon, Coullon oder Colombo – wie nun sein richtiger Name lauten mag – der glücklichste und geachtetste der ganzen erlauchten Versammlung. So sehr war er vom Glücke begünstigt, daß das abenteuerliebende neunzehnte Jahrhundert aus ihm einen Heiligen zu machen suchte. Allerdings hat die moderne Forschung ihn dieser Ehre beraubt, indem sie an Stelle der faden Gipsfigur, als die wir ihn bisher kannten, einen Abenteurer von echtem Schrot und Korn setzte.

Er wurde etwa um die Zeit, als Konstantinopel in die Hände der Türken fiel, also um 1453, das Jahr, mit dem das eigentliche Mittelalter endigt, geboren. Wie so viele vom Schicksal und der Geschichte Auserwählte, war er ganz und gar ein Mann seiner Zeit. Das heißt, er besaß alle Vorurteile der Zeit, die ihm voranging. Das Mittelalter erlebte in ihm, einem der größten seiner Söhne, noch einmal seine Wiedergeburt, wie sterbende Zeitalter das manchmal tun. Ohne mich auf ein Gebiet zu wagen, das bereits von unzähligen Schulen, Autoren, Duodezmächten und Großmächten des Gedankens und der Propaganda eingezäunt und mit Stacheldraht umfriedet wurde, muß hier festgestellt werden, daß diese Verkörperung des Mittelalters sich in Columbus vor allem auf zweierlei Art äußert: in seiner Gewohnheit, alles zu unterschätzen und – in seinem gewaltigen Snobbismus. Für Columbus wie für das Zeitalter, das mit seiner Geburt starb, war „der Mensch das Maß aller Dinge“; er hielt alles im Himmel und auf Erden (insbesondere diesen Himmel und diese Erde selbst) für kleiner, einfacher, näher gerückt, als es in Wirklichkeit der Fall war. Dieser falsche Maßstab bildet den eigenartigen, manchmal infantilen Reiz des Mittelalters; er ist der Schlüssel zur mittelalterlichen Kunst und zu den trostlosen mittelalterlichen Kreuzzügen: beide in ihrer Art einzigartige

Erscheinungen! Die Sterne sind nur ein paar Ellen weit weg; Asien liegt um die Ecke herum; die Welt ist nicht alt, sie wird jung sterben; Aristoteles wußte alles.

Die Renaissance warf in gewisser Hinsicht diesen mittelalterlichen Zollstock auf den Kehrichthaufen; sie ist eine Offenbarung der Größe der Welt; ihre Menschen wandern von Lilliput nach Brobdingnag aus. Christoph, der in erster Linie für jene Umwälzung verantwortlich ist, hielt sein Leben lang an den alten Normen fest. Wir werden im Laufe unserer Abhandlung noch auf die guten und schlechten konkreten Folgen seiner Laufbahn zu sprechen kommen. Psychologisch wirkte dieser eingewurzelte Irrtum sich in Gestalt einer allmächtigen, ungemein praktischen „pragmatischen Lüge" aus. Diese verlieh ihm jenen Kinderglauben, den man sonst nur in Büchern findet, der aber die unerläßliche Voraussetzung jedes großen Wagnisses ist, und den ein Mann von Phantasie aus dem eisigen Brunnen der reinen Wahrheit niemals schöpfen kann. Columbus war vor allem ein Mann der Phantasie und – ein Snob; Snobbismus aber ist nur eine phantasievolle, poetische Form des Ehrgeizes. Sein Snobbismus hat nichts mit dem Thackerays gemein; dessen Menschen sind letzten Endes nur ein paar über ihre Verhältnisse lebende Akademiker. Für einen mittelalterlichen Snob war eine Ahnentafel eine mit Poesie und mystischer Tugend ausgestattete Notwendigkeit. Ein ehrgeiziger Weberssohn wäre 1453 in der Gesellschaft überall auf Feinde gestoßen, hätte er überhaupt den Mut gehabt, sich mit den Nachkommen der Kriegsknechte Wilhelms des Eroberers und der verlausten Soldateska Karls des Großen zu messen. Ein schützendes Tabu umschwebte diese Kavaliere mit dem klangvollen Namen. Ein Columbus von Genua konnte dessen nur teilhaftig werden, wenn er, was auch wirklich geschah, vorgab, einer der ihren zu sein.

Vornehmlich aus diesem Grunde haben jene, denen es Spaß macht, unsere kleinen Schwächen medizinisch zu benennen, ihn einen „pathologischen Lügner" genannt. Falls es pathologisch ist, Lügen auszustreuen, und zwar auf die einzig überzeugende Art: indem man sie selbst herunterschluckt, so litt, Columbus tatsächlich an diesem Übel, nicht nur in bezug auf seine Herkunft und Familie. Er und sein Sohn und Biograph, der sein unschuldiger Helfershelfer wurde, verstanden es so gut, die Welt zu beschwindeln, daß heute noch über diesen Punkt eine heftige Kontroverse herrscht. Die eine Schule behauptet, er sei ein galizischer Marrano oder getaufter Jude gewesen; die andere erklärt ihn für einen Italiener spanischer Abstammung; die dritte und respektabelste (der auch ich mich anschließe) hält ihn für Christoph, Sohn des Domenico Colombo und seiner Gattin Susanna Fontanarossa, getauft in der kleinen Kirche San Stefano zu Genua. Alle diese Hypothesen hätten ihn sich im Grabe umdrehen lassen, denn die Fabel, an der er sein Leben lang festhielt, besagt, daß er ein Sproß des Grafen Colombo auf Schloß Curraco in Montferrat sei, der Legende nach ein Nachkomme des römischen Feldherrn Colonius, der Mithridates, König von Pontus besiegte und als Gefangenen nach Rom schleppte. Diese Lüge, an die er nach jahrelanger Übung selbst glaubte, schmückte er noch mit phantastischen Einzelheiten aus. So gab er sich zum Beispiel als einen Vetter ersten Grades von zwei anderen großen Herren aus. Jene waren ein gascognischer Admiral, namens Guillaume de Casenove Coullon, und ein Grieche, Georg Bissiprat Palaeologus, gleichfalls Admiral, ein direkter Nachkomme des Kaisers von Konstantinopel.

Domenico Colombo war ein kleiner Weber, der eine Weinhandlung aufmachte, welcher er später noch einen Käsehandel hinzufügte. Zum Schluß machte er Bankrott – ein schweres Vergehen in der Handelsrepublik Genua, wofür er auch eine Weile eingesperrt wurde. Christoph pflegte eine für sich vorteilhafte Geschichte zu erzählen. Er behauptete, eine gute Erziehung, insbesondere gründlichen lateinischen Unterricht genossen zu haben. Wenn dem so war, muß er rasch gelernt haben, denn schon mit elf Jahren wurde er nach der Sitte der Zeit Lehrling bei seinem Vater. Als Domenicos Geschäft, wenn auch nicht sein Vermögen, sich vergrößerte, mußten Christoph und sein Bruder Bartolomäus dem Vater helfen; sie wurden Handelsreisende oder vielmehr Kleiderhöker, Carminatores, die die Früchte ihrer abendlichen Arbeit in den Bauernhäusern der Nachbarschaft feilboten. Dieser Typ ist auch heute nicht ausgestorben. In ganz Norditalien bis hinunter nach Marseille und Avignon in der Provence sieht man junge Italiener, halb Hausierer, halb Ladengehilfen, einen Berg Stoffe auf dem Rücken, ihre Fahrräder mit verzweifelter Energie staubige Hügel hinaufschieben: fleißige, ernste junge Leute, knickerige Sparer, bei denen Kupfermünzen Grünspan ansetzen.

Als Christoph achtzehn Jahre alt war, scheint man es ihm erlaubt oder ihn gezwungen zu haben, sich an seines Vaters Spekulationen zu beteiligen. Es existiert ein Schein, auf dem er und sein Vater anerkennen, einem gewissen Pietro Bellesio aus Porto Maurizio zehn Taler für Wein zu schulden. Im nämlichen Jahr wurde der arme Domenico Schulden halber gefangen gesetzt; Christoph aber mußte für seine Verpflichtungen an Girolamo del Porto, einen Käsegroßhändler, Bürge stehen, bevor sein Vater die Freiheit zurückerhielt.

Drei Jahre später unternimmt er seine erste Seereise, nicht als Seemann, geschweige denn als Admiral der Flotte König Renés „auf einer Strafexpedition gegen die Piraten von Algier“, wie er selbst behauptet hat. (Die letzte derartige Expedition fand statt, als Christoph neun Jahre alt war.) Er schiffte sich vielmehr ganz natürlich in der Eigenschaft ein, zu der man ihn erzogen hatte, nämlich als Handelsreisender mit einer Ladung Kleiderstoffe für die Levante. Er reiste im Auftrag der großen Firma Di Negro und Spinola, eines der mächtigsten Handelshäuser Genuas, in dessen Händen das Weizenmonopol ruhte. 1476 schiffte er sich im gleichen Auftrag nach England ein, wo Genueser Stoffe sehr begehrt waren. Bei Kap St. Vincent wurde der Konvoi von zwölf Kriegsschiffen unter Casenove-Coullon, dem nämlichen Manne, dessen Name Christoph. sich später zulegte, angegriffen. Drei Genueser Schiffe gingen in Flammen auf, die übrigen, darunter auch das Fahrzeug, auf dem sich Christoph befand, wurden von Portugiesen gerettet und nach Lissabon gebracht.

Di Negro und Spinola besaßen dort eine Filiale. Man nahm Christoph und die anderen einhundertzwanzig Überlebenden gut auf, und im Herbst des gleichen Jahres stach er mit einem zweiten Konvoi in See, der sein Ziel auch glücklich erreichte. Um diese Reise wob Christoph eine kühne Geschichte, über einen Besuch in Ultima Thule, jenseits Islands, eine Geschichte, die seine Kommentatoren vergeblich versucht haben, mit der Aufnahmefähigkeit des Grönländer Markts für Genueser Stoffe in Einklang zu bringen. Heutzutage meinen wohlmeinende Menschen, daß er vielleicht in Galway anlegte, wo allenfalls noch ein bescheidenes Geschäft für ihn zu machen gewesen wäre.

Im folgenden Jahr finden wir ihn wieder in Lissabon. Anfänglich arbeitet er für Di Negro, später für den Centurione-Konzern, der für den aufblühenden Handel mit der afrikanischen Küste, den neuentdeckten Kanarischen Inseln und Madeira eine Lizenz besaß. Es gibt eine Urkunde vom 25. April 1479 aus einem Prozeß wegen Madeira-Zucker, in welcher der damals sechsundzwanzigjährige Columbus als Zeuge genannt wird. Der Notar stellt ihm die merkwürdige Frage: „Wer, glaubt Ihr, wird in diesem Streite gewinnen?“ Christoph gibt die vorsichtige Antwort: „Die Partei, die recht hat.“ Er erklärt, daß er einhundert Gulden besitze und daß er am folgenden Tage Lissabon verlassen müsse.

Die damaligen kosmographischen Vorstellungen im Volke, die zur Entdeckung Amerikas führten, waren vielfach grotesk. An dieser Verzerrung sind vornehmlich Columbus und seine von ihm beeinflußten Biographen schuld. Die Wirklichkeit ist weit interessanter. Die Feiglinge und Dummköpfe der damaligen Zeit hatten sich in die Theorie verrannt, daß die Erde flach und der Atlantische Ozean von Dämonen bevölkert sei. Diesen Glauben warf Columbus auf einen Schlag mit dem Genie eines Galilei und Kopernikus und – will man die Legende mit dem Ei für voll nehmen – auch mit der Geschicklichkeit eines Salonzauberers über den Haufen. Allein in dem Kreis von Piloten, Gelehrten und seefahrenden Kaufleuten, in den Columbus sich kraft seiner abenteuerlichen Geschichten einschmuggelte, glaubte keiner allen Ernstes noch, daß die Erde flach sei. 1481 verkündete sogar der Papst, Silvius Piccolomini oder Pius II. als Gemeinplatz allen, die da hören wollten: „Mundi formam omnes fere consentiunt rotundam esse. In Wahrheit sind sich fast alle einig, daß die Welt rund ist." Was gar die übernatürlichen Gefahren des Reisens anbetrifft, so glaubte niemand fester an sie, als Columbus. Seine Lieblingsbücher, denen er sein Leben lang treu blieb, waren die „Reisen des Sir John de Mandeville" und die „Imago Mundi" des Pierre d'Ailly. Mit dieser Vorliebe für das Phantastische blieb er weit hinter seinen Zeitgenossen zurück. Die Seeleute von Lissabon und Genua und ihre Auftraggeber, die großen Handelsherren, welche Filialen und Agenten selbst in dem entlegenen Peking besaßen, hatten eine recht gute Vorstellung von der Alten Welt; das geht aus ihren Land- und Seekarten klar hervor. Columbus aber sah überall Sirenen, schaute nach den feurigen Mauern des irdischen Paradieses aus und versah Mandevilles Fabeln über Menschen mit Hundeköpfen, Lämmern aus dem Pflanzenreich und goldgepflasterten Städten eigenhändig mit Anmerkungen. Das geographische Dogma des Columbus, von dem er bis ans Ende seines Lebens und Erlebens nicht abrückte, wird von ihm in seinen Tagebüchern dahin zusammengefaßt, daß die Welt aus Europa, Afrika und Asien (also aus der Hälfte ihrer wahren Größe) bestehe. Ferner soll sie sich zu sechs Teilen aus festem Land und genau zu einem Teil aus Wasser zusammensetzen.

Der Unterschied zwischen seiner und der damals üblichen Anschauung ist damit folgender: Hier wie dort weiß man nichts von der Existenz der beiden amerikanischen Kontinente. Aber während Columbus der Ansicht ist, daß Asien nur eine kurze Strecke westlich von Portugal liegt, sind die anderen überzeugt, daß es schrecklich weit weg ist. Sie stimmen nur darin überein, daß gewisse Inseln, wie Madeira oder besser noch die Azoren – die laut Christophs Büchern mit Heiligen und Unsterblichen bevölkert waren – sich zwischen die beiden Erdteile schieben. Weit bedenklicher ist es, daß die Legende um Columbus die Seeleute jener Zeit unterschätzte und in einem falschen Licht darstellte.

Columbus stellte das Ei der Entdeckungsfahrten durchaus nicht auf die Spitze. Er war, abgesehen von dem Erfolg, der ihn begleitete, nur einer aus einer ganzen Schar von Seefahrern. Die Küstenstädte Portugals, Liguriens und Spaniens wimmelten von wetterfesten Seeleuten, die vor Entdeckungseifer brannten. Jede Hafenstadt hallte wider von Berichten über Heldentaten, die täglich vollbracht wurden, um die Weltkarte zu vergrößern; von Plänen zu neuen Vorstößen in das Reich des Unbekannten. Aus einem äußerst merkwürdigen Grunde läßt sich nur schwer feststellen, was man wirklich von der Welt wußte; aber sicherlich war es genug, um Christophs Lieblingslektüre in den Augen einer ganzen Anzahl von klugen Leuten in das Reich der Kinderbücher zu verweisen. Insbesondere hatten die Portugiesen ihre Geschäftsbeziehungen bis an die Küste Guineas ausgedehnt; sie hatten Madeira und die Kanarischen Inseln entdeckt und einen gewinnbringenden Handelsverkehr dorthin eröffnet. Vier Jahre vor der Fahrt des Columbus umschiffte Bartolomäus Diaz das Kap der guten Hoffnung. Er sah den Seeweg nach Indien vor sich, aber er war gezwungen, nach Europa zurückzukehren. Neben diesen bedeutenden, allen bekannten Entdeckungen gab es aber noch andere, welche die großen Handelshäuser und Banken ängstlich als ihr Privateigentum hüteten. Schon damals hatten sie nicht die Gewohnheit, nützliche Informationen in die Welt hinauszuposaunen: Aus Bruchstücken von Nachrichten, welche die heimgekehrten Kapitäne und Agenten derartiger Konzerne durchsickern ließen, Nachrichten, die von den damaligen Gelehrten eifrig gesammelt wurden, entstanden jene wunderbaren Landkarten, welche inmitten banaler, gelehrter Verzerrungen mitunter die überraschendsten, in ihrem Anachronismus direkt geheimnisvoll wirkenden Einzelheiten aufweisen. Der berühmte florentinische Gelehrte, Pietro Toscanelli hatte zu einer Zeit, da Columbus noch mit seines Vaters Kleiderpacken in den Hügeln um Genua hausieren ging, auf seinen besten Landkarten unter dem Namen Antilia bereits die Insel Kuba eingezeichnet.

Der Impuls hinter diesem Entdeckungsfieber, dem auch Columbus erlag, entsprang teils der wachsenden Macht der Türken, teils Europas Mangel an Gold. Die Mohammedaner versperrten den italienischen Handelsrepubliken den seit Generationen gebrauchten Landweg nach dem Osten. Wirtschaftshistoriker haben auf ihre eigene geheimnisvolle Art festgestellt, daß es damals in ganz Europa an gemünztem Gold und Schmuck nicht mehr als zwanzig Millionen Dollar gab. Die einzigen Goldquellen waren die Goldwaschungen in Sachsen und Spanien, und diese warfen einen so geringen Ertrag ab, daß man sie nach der

Entdeckung Amerikas ganz einstellte. Drei zwingende Gründe veranlaßten die europäischen Regierungen und Bankiers, sämtlichen, auch den geringsten Möglichkeiten, neue Vorräte des kostbaren Metalls zu entdecken, nachzuspüren: die Notwendigkeit, einen Entscheidungskrieg gegen die Türken und Mohammedaner zu führen, der Bedarf an Gold die Luxuswaren des Ostens zu bezahlen (für transportierbare europäische Waren fehlte in dem hochzivilisierten Osten der Markt), und der Goldbedarf der Währungen. Der Preis einer derartigen Entdeckung war, mit einem Wort, die Rettung sowohl als die Weltherrschaft Europas, und, unklar erfaßt, spornte er Seeleute, Kapitäne und alle jene an, die, wie Columbus, unmittelbar oder mittelbar mit Schiffen zu tun hatten.

Viele haben Columbus unter dem Einfluß seines eigenen Bluffs und Schwindels als den einzigen Kapitän seines Zeitalters dargestellt, als überragende Erscheinung, was Wissenschaft, Phantasie und Wagemut betrifft. Ihnen allen ist sein wahrer Ruhm entgangen. Dieser Ruhm ist der Ruhm aller Abenteurer: ein großer Outsider zu sein. Columbus' Navigationskenntnisse waren nicht größer als die jedes tüchtigen Seemanns. Es ist sehr zweifelhaft, ob er vor seiner letzten Reise mit einem Quadranten umzugehen wußte. Er war außerstande, die Breiten- und Längengrade des von ihm entdeckten Landes zu berechnen. Auf seiner ersten Expedition besaß er noch keinerlei Erfahrung in der Herrschaft über Menschen, und er lernte diese Kunst nie. Seine eigene Politik hatte ihn von sämtlichen Vorteilen des Nationalismus abgeschnitten; falls je ein Mensch ein einsames Solospiel gegen die Gesellschaft spielte, so war es Christoph Columbus.

Sein war der Triumph des Nichtqualifizierten, das Stigma des Abenteurers, den die geordnete Gesellschaft von allen Menschen am meisten haßt; des Mannes, der sich seinen Weg mit den Ellbogen erkämpft und der dasjenige ausführt, was die anderen, die dazu befugt sind, gewissenhaft, nüchtern, auf Grund ihrer Vorbildung nur planen. Er ist das Musterbeispiel des Sonderlings und Amateurs. Die Art, wie das Schicksal ihn behandelte, bedeutet eine Beleidigung für alle Tüchtigen und Kompetenten.

Wir kennen seine soziale Taktik. Als erste Frucht brachte sie ihm eine reiche oder doch zum mindesten gesellschaftlich angesehene Braut. Auf Grund seiner „Familienbeziehungen“ wurde er in Lissabon Filipa Moniz Perestrello vorgestellt, deren Vater Gouverneur von Porto Santo, der Schwesterinsel Madeiras war. Perestrello verdankte seine Stellung der Tatsache, daß seine beiden Schwestern die Geliebten des Kardinals de Noronha, des bei Hofe allmächtigen Erzbischofs von Lissabon waren; der von Columbus getäuschte Adel war also ein sehr vornehmer. Sein Schwiegervater besaß eine gute Sammlung von Reisebeschreibungen. Christoph machte von ihr Gebrauch; an den Rand von Pius' II. Historia rerum ubique gestarum, des Kompendiums, aus dem das Zitat über die Kugelgestalt der Erde stammt, hat er eigenhändig die Worte geschrieben: „Indien produziert zahlreiche Dinge, aromatische Gewürze, große Mengen kostbarer Steine und Berge von Gold." Das wußten sogar die florentinischen Gassenjungen; der Refrain des „Lieds der heimkehrenden reichen Kaufleute" lautete:

Dagli estremi confin di Gallicutta
Con diligenza e cura
Abbiam piu spezierie di qua condutte.

Aus dem fernen Kalkutta
Brachten wir mit Fleiß und Tüchtigkeit
Zahlreiche Spezereien heim.

In seinem Exemplar der Imago Mundi findet sich die tiefsinnigere, wenn auch weniger zutreffende Bemerkung, ebenfalls von seiner eigenen Hand: „Zwischen Spanien und den Ausläufern Indiens liegt ein kleines, in wenigen Tagen zu durchschiffendes Meer." An diesem Lehrsatz hielt er bis an sein Lebensende fest. Durch seine Heirat besserte sich seine Lage und er gab den Stoffhandel auf, Natürlich besuchte er Porto Santo, wahrscheinlich weilte er zu längerem Aufenthalt dort und auf Madeira. Es existieren keine Beweise für seine Behauptung, daß er bis Guinea fuhr; seine Vorstellung von dessen Lage auf der Landkarte war gänzlich falsch, und seine Erklärungen sind durchaus nicht überzeugend. Aber die Inseln bildeten eine Art Börse für Seefahrergeschichten. Die Lieblingserzählungen der Seeleute handelten von Antilia und Brasilien. Antilia war ein Archipel genau westlich von Madeira, wohin sieben Bischöfe anläßlich der Eroberung Spaniens durch die Mauren ausgewandert waren, um dort sieben Städte zu gründen. Brasilien war ein Land, in dem die Edelhölzer wuchsen, die von Zeit zu Zeit in Irland und Madeira an Land gespült wurden. Karl V. von Frankreich hatte seine Bibliothek im Louvre mit diesem Strandgut täfeln lassen.

Die Portugiesen hatten bereits des öfteren versucht, Antilia zu erreichen, bevor sie ihre Bemühungen auf die Umschiffung Afrikas konzentrierten. Der Sage nach war dies einem portugiesischen Schiffer auch wirklich geglückt. Er war der einzig Überlebende der Expedition, die vor Porto Santo scheiterte, ein einäugiger Pilot, Alonzo Sanchez, der, ohne das Geheimnis preiszugeben, im Hause von Christophs Schwiegervater starb. Noch geheimnisvoller ist die Geschichte, die sich hinter der Tatsache verbirgt, daß Antilia auf der 1434 verfertigten Landkarte des genuesischen Kosmographen Bedaire als die „Isola novo scoperta", oder „neu entdeckte Insel" eingezeichnet ist. Zwei Jahre später finden wir sie auf einer anderen italienischen Karte von Andrea Bianco mit einem neuen Detail wieder: Questo he mar di Spagna. Hier ist die Spanische See.

Aus dieser Zwiespältigkeit kristallisiert sich um jene Zeit Christophs Wille. Niemals erreichte er die strenge Einfachheit von Alexanders oder auch nur Casanovas Wollen. Columbus schwankt zwischen Indien und Antilia; sein Beweggrund ist teils Gold, teils Ruhm. Sonderbarerweise steuert er zum Schluß weder dem einen noch dem anderen, sondern dem irdischen Paradiese zu: derselben Stimmung entspringt der Wunsch, den ganzen Gewinn einem neuen Kreuzzug zu stiften. Diese in ihm schlummernde Unklarheit wird jedoch durch ein prätentiöses Schweigen verdeckt, in das er sich, wie alle Meister des Bluffs, nach Perioden der Geschwätzigkeit hüllt.

Durch die Familie seiner Frau erhält er mühelos eine Audienz bei dem König von Portugal, Johann II. In allen seinen Unterhandlungen mit dem Großen dieser Erde entpuppt er sich als ein Meister der Überredungskunst. Er war blond und hochgewachsen mit vorzeitig ergrautem Haar und sommersprossigem, rötlichen Teint, langsam und feierlich in allen seinen Bewegungen, außerordentlich redselig, aber mit einer besonderen Art des Vortrags und der Betonung, ohne je den Eindruck von Geschwätzigkeit zu erwecken. Nie wird die Welt lernen, sich vor diesen stattlichen Herren zu hüten, die einem mit eiserner Ruhe fest in die Augen schauen, die niemals scherzen und niemals schwanken, die es an vorsichtigen Winken und Andeutungen nicht fehlen lassen und die geübt sind, im gegebenen Augenblick zu schweigen. Ohne sie gäbe es heute keine abgekarteten Fälle von mißbrauchtem Vertrauen mehr. Seltsamerweise scheint diese persönliche Anziehungskraft einfachen Leuten gegenüber versagt zu haben – die Matrosen vor allem haßten und verachteten ihn; nur so sind zahlreiche Begebenheiten auf seinen Reisen zu erklären. Aber Königen gegenüber erwies er sich als unwiderstehlich. Johann hört ihn mit größter

Achtung und Aufmerksamkeit an; trennend zwischen ihnen beiden standen nur die Bedingungen der geplanten Fahrt nach dem Westen.

Diese Bedingungen des Columbus sind für unsere Geschichte von Bedeutung, ja um sie dreht sich die ganze Handlung. Ihnen gelten alle seine Bemühungen, vor ihnen müssen alle sekundären Entscheidungen zurückstehen. An Johann, an die spanischen Granden, ja an Königin Isabella selbst stellte er folgende Forderungen, von denen er nicht wankte noch wich: den Titel eines Großadmirals des Ozeanischen Meeres (des Atlantik), die lebenslängliche Vizeregentschaft über sämtliche von ihm entdeckten Länder, zehn Prozent von den Handelserträgnissen dieser Länder und das Recht, die Gouverneure zu ernennen. Alle diese Privilegien sollten erblich und für die Ewigkeit sein. Christophs geplante Fahrt steht nicht ohne Präzedenzfall da, aber in der ganzen Geschichte der Entdeckungen ist der Preis, den er forderte, ohne Beispiel. Wenn man dazu noch seine Armut und den Mangel an Originalität seines Planes bedenkt, die sich nur hinter geschicktester Zurückhaltung verbergen ließ, sowie die Tatsache, daß er zu dessen Ausführung in keiner Hinsicht befähigt war; wenn man ferner seine gesellschaftliche Stellung in Betracht zieht und das zu einer Zeit, da die Führung eines einzigen Schiffes (er verlangt eine ganze Flotte) das Monopol, mitunter, wie zum Beispiel in Venedig, sogar das gesetzliche Monopol der Mitglieder großer Häuser war; wenn man schließlich noch erwägt, daß der geforderte Lohn im Falle des Erfolges der Gründung einer mit dem Mutterstaat rivalisierenden Macht gleichkam, so bedeutet das Ganze eine Unverfrorenheit, die den Charakter des Mannes wie mit grellem Scheinwerfer beleuchtet. Wären seine Forderungen nur Bluff, nur der erste Schritt zu einem hartnäckigen Feilschen gewesen, man müßte ihn als erhaben bewundern, obwohl natürlich der König und das Schicksal den anmaßenden Hausierer lachend und mit einem Fußtritt an Ladentisch und Zollstock zurückgeschickt hätten. So aber ließ Columbus zu keiner Zeit trotz der Einwände seiner Freunde, die an ihn glaubten, ein Jota von seinen Bedingungen nach; auch nicht, als alles sich seinem Unternehmen entgegenstellte, nicht einmal als Verzweiflung ihn übermannte. Auch die Gier hat ihren Heroismus.

Der König weigerte sich also, wenn auch höflich und vorsichtig. Man bemerke: Nur durch hartnäckige Maßlosigkeit erhob Columbus seinen durchaus mittelmäßigen Vorschlag zu der Würde eines Planes, dessen Ausführung selbst der größten Seemacht seiner Zeit unmöglich war. Das Interesse, das die

Schicksalsgöttin an ihm nahm, wirkt nicht länger wie ein phantastischer Witz. Von nun an wird sie von einem großen Manne gejagt.

1484 starb seine Gattin und er reiste mit seinem kleinen Sohn Diego nach Spanien. Die nun folgenden sieben Jahre sind die rührendsten der ganzen Columbuslegende. Columbus im rauhen Sergegewand, sein geliebtes Kind an der Hand haltend und von törichten Königen, unwissenden Adeligen und eifersüchtigen Höflingen zurückgewiesen und verspottet: Zahlreiche akademische Maler sind dem lockenden Vorwurf erlegen und manch eine Provinzgalerie hat ihre Arbeiten geerbt. Indes muß der moderne Historiker das Bild ein wenig übermalen. Erstens einmal wissen wir nicht, weshalb Columbus Lissabon verließ. Die höfliche Weigerung des Königs kann nicht der Grund gewesen sein, denn Columbus ist, wie die Zukunft zeigen wird, nicht der Mann, sich von einem Mißerfolg entmutigen zu lassen. Gewisse Zeichen lassen den Verdacht entstehen, daß die eigentliche Ursache eine unbezahlte Schuld war – eine jener Verpflichtungen, um deren Begleichung Columbus in seinem Testament seine Erben so diskret ersucht. Vielleicht handelte es sich auch um Schlimmeres; ein Brief Johanns, den er in Spanien erhielt, läßt daraufschließen. Der König bietet ihm in folgenden merkwürdigen Ausdrücken ein sicheres Geleit an: „Und da Ihr unsere Gerichtshöfe wegen gewisser über Euch schwebender Dinge fürchten könntet, garantieren wir Euch durch diesen Brief, daß Ihr bei Eurem Kommen, Eurem Aufenthalt und Eurer Heimreise weder verhaftet, gefangen gesetzt, angeklagt, noch vor Gericht geladen werdet, mag es sich nun um Vergehen gegen das bürgerliche oder das Strafrecht handeln." Ferner widerspricht seinem selbstgewählten Märtyrertum die Gewißheit, daß er in der langen Zeitspanne zwischen seiner Ankunft in Spanien und dem Aufbruch seiner Expedition weder Hunger noch Beleidigungen erlitt. Im Gegenteil, überall findet er einflußreiche Freunde, Unterstützung, Gastfreundschaft, trifft er Herzöge, Kirchenfürsten, Finanzleute, wie Luis de Santangel, hochgestellte Günstlinge des Hofes; das Ganze ist ein Triumph persönlicher Reklame. Auch der geliebte Diego muß aus dem Bilde entfernt werden; bereits im Monat seiner Ankunft in Spanien nahmen die gelehrten, gütigen und damals in Mode stehenden Franziskaner des Palos-Klosters ihm die Sorge um den Knaben ab.

Wie alle künstlerischen Leistungen, war Christophs Reklamefeldzug in Spanien ein allmählicher Aufbau, ein Übereinanderschichten von Glücksfällen, vermauert durch persönliche Bemühungen und gute Technik. Ich habe letztere sowie ihren Kern: Selbsthypnose, ein geschicktes Schweigen, mit einem Wort, das Genie des guten Verkäufers bereits erwähnt. Columbus verfügte über drei innere, einander als Bollwerk dienende Befestigungen: er hielt an seinen Forderungen fest, er weigerte sich, seinen Plan auseinanderzusetzen, und er ließ seine Herkunft im Dunkel. Als erstes Manöver seines Feldzuges errang er sich durch seine Frömmigkeit, seine Reden und seine Prätentionen die Sympathie der begeisterungsfähigen Mönche von Palos. In allen kritischen Perioden seines Lebens legte er Kutte und Strick des dritten (Laien-)Ordens des heiligen Franziskus an. In dieser Aufmachung traf er in Spanien ein. Der Prior war Isabellas Beichtvater gewesen und erfreute sich auch jetzt noch ihrer ehrfurchtsvollen Zuneigung. Durch ihn gelangt Columbus auf geradestem Wege in das innere Heiligtum des Hofes, wo er als ersten den Herzog von Medina Sidonia, den reichsten Großgrundbesitzer Spaniens und einen berühmten Patrioten kennenlernt. Zwar weigert dieser sich, zu irgendeinem Unternehmen beizusteuern, solange der damals in seinen letzten Stadien liegende Krieg gegen die Mauren Granadas nicht beendet wäre. Aber er setzt den Namen des vertrauenerweckenden Fremdlings auf die Liste der Gabenempfänger und schickt diesen selbst zu seinem Freund und Vetter, dem Herzog von Medina Celi. Dieser Grande billigte sogleich aus vollem Herzen Columbus' Plan, oder vielmehr diesen selbst und hätte ihm am liebsten sogleich eine Flotte ausgerüstet. Das einzige Hindernis waren die Forderungen des Abenteurers. Sie erwiesen sich als unerfüllbar, denn kein bloßer Untertan, nicht einmal der Herzog von Medina Celi, vermochte das Gewünschte, den Admiralstitel, die Vizeregentschaft usw. zu verleihen. Die Zusammenkunft fällt in das Jahr 1485. Bis 1487 lebt Columbus auf Kosten des Herzogs in dem herzoglichen Palast. Außerdem erwirken ihm seine Freunde von 1487 an eine Pension aus der Zivilliste der Königin.

Inzwischen intrigiert er mit Hilfe seiner mächtigen Gönner um eine Audienz bei Isabella. In den Pausen dieses Ränkeschmiedens lernt er die Imago Mundi und Sir John de Mandevilles Werk auswendig; daneben verführt er ein Mädchen aus guter aber armer Familie – Beatriz Enriquez de Arana, die ihm Ferdinand, seinen künftigen Biographen und Heiligsprecher gebar.

Christophs Beziehungen zu Frauen lassen sich mit denen des Wüstlings Casanova nicht vergleichen. Nur drei Frauen sollen in seinem Leben eine Rolle gespielt haben. Die erste brachte ihm ein kleines Vermögen, das er aufzehrte. Sie wird später in keinem seiner zahlreichen Dokumente erwähnt. Die zweite, die arme Beatriz, blieb arm, auch als er schon reich war; die dritte war jenes grausige

Geschöpf, Isabella, Königin von Spanien. Naturgemäß blieb diese dritte Affäre streng platonisch, und da Keuschheit stets die beste Politik für Gründer ist, brachte sie ihm auch den meisten Gewinn. Die Frau, die Granada zerstörte, die Torquemada Macht verlieh, die Schraube der Inquisition anzuziehen und sich mit ihm um die Beute der Ketzer stritt, diese Frau, die eine Million siebenhunderttausend jüdische Familien verbannte und ihre Habe konfiszierte, die das Autodafé zu einer nationalen Einrichtung erhob, die selbst im Sterben ihre Füße noch unter der Bettdecke versteckte und sich aus Keuschheit nicht salben ließ, braucht wegen ihrer Religion, Staatsweisheit und Tugend kein Lob von mir zu erwarten. Rasputin und Barnum hätten die ungeheuren Schwierigkeiten nicht überwunden. Selbst sie wären mit Ferdinand, Isabellas Geizhals von einem Gatten (dazu mit dem eventuellen Schatten eines Torquemadas hinter dem Thron), nicht fertig geworden. Columbus besiegte sie beide auf den ersten Anhieb. Aber wieder standen ihm seine Forderungen im Wege.

Die nun folgenden Jahre, in denen der Held fest auf dem geforderten Lohn bestand, schildert er selbst als „Jahre des Hungerns und Frierens, in denen ich, von aller Welt verlassen, nur einen armen Mönch zum Freunde hatte“. Er hielt sich bei dem Herzog und bei Hofe auf. Immer wieder kam er um neue Audienzen ein und bestand auf seinem Admiralsrang, der Vizeregentschaft und der zehnprozentigen Beteiligung. Einmal legte sich Kardinal Mendoza, „der dritte König von Spanien“ für ihn ins Mittel; er rät, den geforderten Preis zu bewilligen. Später sind die Edeldame und Kurtisane, Beatriz de Babadilla, der Herzog oder Luis Santangel, der jüdische Finanzier, dem selbst Torquemada nichts anhaben konnte, seine Fürsprecher. Oder aber der mächtige Franziskaner Orden, den sowohl Columbus wie die Königin besonders verehrten, befürwortete seine Sache. In den Zwischenpausen kehrt er nach Palos ins Kloster zurück, um in der dortigen Bibliothek zu blättern und in den antiken Schriftstellern nach Zitaten zu suchen, von denen er dann bei seinem nächsten Interview Gebrauch macht.

Während einer solchen Klausur lernt er Martin Alonzo Pinzon kennen. In Palos wohnte eine Schiffsreeder- und Seefahrerfamilie. Es waren drei Brüder, von denen der älteste, reichste und mächtigste, eben dieser Martin, sich ebenfalls mit dem Plan einer Entdeckungsfahrt trug. Um dafür die nötigen Unterlagen zu erhalten, hatte er sogar eine Reise nach Rom unternommen, wo er sich mit den berühmtesten Kosmographen beriet. Er brachte eine kostbare Landkarte, auf der Antilia vermerkt war, mit heim. Sein Plan lautete, jene Insel zu erreichen, sich dort neu zu verproviantieren und dann bis Japan, dem Zipangu Marco Polos vorzustoßen, wo es, wie der alte „Milione" schreibt: „Gold in größter Fülle gibt, denn seine Goldquellen sind unerschöpflich, nur erlaubt der König nicht die Ausfuhr. Diesem Umstände müssen wir auch die wunderbare Pracht des königlichen Palastes zuschreiben, wenn wir denen, die dort aus- und eingehen, glauben wollen. Es heißt, das Dach sei ganz mit Goldplättchen gedeckt ..." Anscheinend war Martin bereits vor seinem Zusammentreffen mit Columbus fest entschlossen, die Reise auf eigenen Gewinn oder Verlust zu unternehmen. Die Mönche brachten nun eine Zusammenkunft des einflußreichen, geheimnisvollen Fremden und des hartköpfigen, einheimischen Magnaten zustande. Es wurde auch irgendeine Vereinbarung getroffen, aber wir wissen nichts von den Bedingungen oder Ursachen. Wir kennen nur die recht dunklen Anklagen, die Columbus später erhob, und die Aussagen zweier Zeugen in einem Prozeß über die Verteilung seiner Hinterlassenschaft nach seinem Tode. Der erste dieser Zeugen ist Arias Pinzo, der Sohn Martins, welcher aussagte: „Ich weiß, man war übereingekommen, die eventuellen Bewilligungen der Königin gleichmäßig zu teilen. Besagter Martin Alonzo zeigte dem Columbus besagtes Dokument (die italienische Landkarte), was den Admiral sehr ermutigte. Es kam zu einer Vereinbarung, und Martin Alonzo gab ihm das Geld für seine nächste Reise an den Hof." Der Seemann Alonzo Gallego aus Huelva bestätigt dies mit den Worten: „Ich erkläre, gehört zu haben, wie Columbus zu Pinzon sagte: ›Senor Pinzon, laßt uns diese Fahrt zusammen ausführen, und so wir Glück haben und mit Gottes Willen Land entdecken, verspreche ich Euch bei der königlichen Krone, es brüderlich mit Euch zu teilen‹." Falls irgend jemand fragen sollte, ob dies wahr sei, und welchen Vorteil Christoph dem Senor Pinzon brachte, so müssen wir, darauf antworten: Hier liegt das gleiche Geheimnis vor wie bei allen seinen Unterhandlungen, das Geheimnis des tüchtigen Verkäufers, eine der vielen Ungereimtheiten, die im Leben täglich vorkommen, und die uns nur als historische Tatsachen überraschen.

Im Januar 1492 fiel Granada, die letzte Festung der spanischen Mauren. Der Traum der Christenheit ging in Erfüllung und Isabella beeilte sich, eine weit fortgeschrittenere Kultur vom Erdboden zu vertilgen. Der Augenblick für einen letzten Vorstoß war gekommen. Columbus gab vor, dem König von Frankreich einen Besuch abstatten zu wollen, gleichzeitig brachte er den Einfluß aller derer, die er genasführt hatte, ins Treffen und setzte so endlich seinen Vertrag durch. Man bewilligte ihm eine Million Maravedis, was laut Thatcher etwas über sechstausend Dollars ausmacht. Die ganze Expedition kostete 1167542 Maravedis oder 7200 Dollars: – Nord- und Südamerikas Grundschuld an Europa. Enthalten wir uns eines allzu billigen Lächelns über diese Summe. Das Tun und Treiben jener sieben Jahre galt nicht einer derartigen Lappalie, sondern den ungeheuerlichen Bedingungen des neuen Admirals. Diese hätten (ohne das schlaue, von Columbus nicht entdeckte Vertragseinschiebsel eines betrügerischen Advokaten) dem spanischen Amerika zugunsten der Nachkommen des Entdeckers bis zur Revolution eine zehnprozentige Abgabe auferlegt. Außerdem hätte es sich mit einer Dynastie von Columbus-Kaisern abfinden müssen.

Mit diesem imposanten, wenn auch doppelzüngigen Dokument kehrte Columbus nach Palos zurück. Jetzt besaß er das Geld und die Vollmacht, Schiffe zu requirieren; natürlich ließ er als erstes Martin Alonzo fallen. Der geschäftliche Ehrenkodex ist so unveränderlich wie das moralische Gesetz. Indes erhob sich eine recht lächerliche Schwierigkeit in Gestalt einer unbedeutenden Unterlassungssünde, wie sie auch die glänzenden Organisatoren teuer zu stehen kommt: Die Seeleute von Palos weigerten sich, Columbus zu dienen. Mit diesen schlichten Gesellen, die ihn einstimmig für einen Betrüger, eine Landratte und einen Schwindler hielten, und die sich in ihrer Gewissenhaftigkeit weigerten, sich auch nur bis zum nächsten Hafen auf einem von ihm befehligten Fahrzeug einzuschiffen, hatte seine hohe Politik nicht gerechnet. Er war in jener kleinen Stadt nur allzu gut bekannt – vielleicht war er mit seinen Reden und Ansprüchen vor ihnen nicht so zurückhaltend gewesen, wie vor dem königlichen Sachverständigen-Ausschuß. Es meldete sich auch nicht ein einziger Freiwilliger.

Sein erster Impuls in dieser beschämenden Lage war höchst exzentrisch: er schlug vor, die Besatzung aus Sträflingen zusammenzusetzen. Glücklicherweise brachte das noch keine Lösung des schwerwiegenden Navigationsproblems, und Columbus selbst war auf diesem Wissensgebiet ein blutiger Laie. Er war daher gezwungen, mit den Pinzons Frieden zu schließen. Diese lachten sich zwar ins Fäustchen, willigten aber ein, das Vergangene zu vergessen. Sofort rüsteten sie zwei ihrer besten Schiffe aus, die Santa Maria und die Nina, außerdem fanden sie noch ein drittes Schiff, die Pinta. Christophs Ansicht über diese drei Fahrzeuge ist nicht leicht zu durchschauen. Anfänglich lobt er sie höchlich in seinem Tagebuch, später jedoch, insbesondere nachdem das eine gestrandet war, erklärt er sie für alt, baufällig und nicht seetüchtig. Wahrscheinlich ist seine frühere Meinung die richtige, denn alle drei Brüder nahmen an der Expedition teil, und es ist nicht anzunehmen, daß sie nur aus Knickrigkeit und Rachsucht ihr Leben aufs Spiel setzten. Das größte Schiff – etwa von dem Tonnengehalt einer stattlichen Brigg – war die Santa Maria. Columbus wählte es als Admiralsschiff und gewann den Freund der Pinzons, den berühmten Juan de la Cosa als Navigations-Offizier und Kapitän. Martin und sein Bruder Francisco fuhren auf der Pinta, während das kleinste Fahrzeug von dem jüngsten Bruder, Vicente, befehligt wurde. Mit ihnen und mit insgesamt neunzig Matrosen, einigen Beamten der Königin als Rechnungsführer und einem Dolmetscher, einem gelehrten Juden, namens Luis de Torrez, der Hebräisch, Griechisch, Arabisch, Koptisch und Armenisch verstand, stach er in See. Torrez sollte bei ihrer Ankunft im Lande des Großen Khan, das heißt des Kaisers von China, als Vermittler dienen.

Die Vorbereitungen waren so unklar wie das Ziel des Admirals: wohin ging die Fahrt? Nach Antilia, nach Indien oder in das Reich des Großen Khan? Oder etwa gar nach Zipangu, wie Pinzon es wollte? Fuhren sie nach Antilia, wozu dann einen Dolmetscher mitnehmen? Ging die Reise aber nach Indien oder in das Reich des Großen Khan, was nützten Columbus dann seine vizeköniglichen Privilegien? Niemand in jenem Zeitalter glaubte allen Ernstes, daß der Erbe Dschingis oder Kubla Khans sich (durch neunzig Seeleute!) zu irgendwelchen Annexionen zwingen oder überreden lassen würde.

Wahrscheinlich war der Admiral selbst sich nicht im klaren, aber wenn auch sein Wille gespalten war – ein Dreizack, kein Speer – so deutete er doch, komme, was da wolle, nach Westen. Vielleicht hoffte Columbus ein zweites Madeira zu entdecken – oder aber sein siebenjähriges Beharren auf der Vizeregentschaft muß als eine Art geistiger Starrkampf angesehen werden.

Wie dem auch sei, am dritten August 1492 um acht Uhr morgens stachen sie in See, statt aber einen geraden westlichen Kurs zu halten, wandten sie sich südwestwärts den Kanarischen Inseln zu. Was immer auch sein Ziel gewesen sein mag, es lag irgendwo auf dem 28. Längengrad; mit zuversichtlicher Miene erklärte er seinen Leuten, es läge genau siebenhundert Seemeilen stracks westwärts.

Der von Las Casas verfaßte Bericht dieser Seereise (das Original ist uns leider verlorengegangen) gehört zu den hübschesten Dokumenten der Entdeckerliteratur. Dieser Columbus war ein Dichter – das sei hier ausdrücklich bemerkt, falls man noch nicht selbst dahinter gekommen ist. Trotz des verlorengegangenen Tagebuchs ist das Konglomerat von Charaktereigenschaften, das hier zutage tritt, unwiderstehlich: sein Snobbismus, sein Talent, andere, insbesondere sich selbst zu belügen, seine Geldgier – so ganz anders als die des nüchternen Geschäftsmannes – sein angeborenes Außenseitertum. Amerika wurde von einem Dichter entdeckt; einem geringeren oder besseren Mann möchte das Schicksal einen derartigen Preis nicht gönnen. Man lese seine Schilderung einer Sternschnuppe in der Nacht vom 11. September: „Zu Beginn dieser Nacht sahen wir vier bis fünf Seemeilen entfernt ein wunderbar gegabeltes Feuer vom Himmel niederfallen.“ 18. September: „Heute war die See so still und ruhig wie unter den Brücken Sevillas.“ 20. September: „Die Luft war mild und äußerst angenehm; es fehlte nur der Sang der Nachtigallen, und die See war so glatt wie ein Fluß.“ 8. Oktober: „Heute war die Luft so würzig, daß das Atmen eine Wonne war.“ In der Nacht vom 8. Oktober schreibt er: „Die ganze Nacht hörten wir Vögel zu unseren Häupten vorüberziehen.“ Wer jetzt noch irgendwelche Zweifel hat, mag das ganze Tagebuch für sich selbst entdecken.

Drei Erscheinungen aus dem Gang der Ereignisse bedürfen eines Kommentars. Bezüglich der Märe des Herrn Admirals, daß er täglich das Logbuch fälschte, „damit die Leute nicht wüßten, wie weit sie gekommen wären und den Mut nicht verlören“ – ein Manöver, das von einer Generation unkritischer Historiker als eine List, würdig des Odysseus, gepriesen wurde – genügt die Bemerkung, daß das Ganze schier unglaublich ist und niemandem außer einer Landratte eingefallen wäre. Christoph war ganz einfach außerstande, die Lage des Schiffes zu berechnen und hat das auch nie getan. Sonst hätte er seine Offiziere nicht täuschen können, und jene Mystifikation wird durch eine andere Stelle des Logbuches widerlegt, wo er sagt, er hätte die Piloten instruiert, „nach Erreichung von siebenhundert Seemeilen des Nachts nicht zu fahren“. Der nächste Punkt bezieht sich auf den legendären Bericht einer Meuterei sowie auf Columbus' Versprechen, Land zu entdecken, falls sie ihm noch drei Tage Zeit ließen. Die einzige Stelle seines Tagebuchs, die sich hierauf beziehen kann, lautet: „10. Oktober. Heute beklagten sich die Matrosen über die Länge der Fahrt; sie weigerten sich, sie fortzusetzen, jedoch der Admiral (er schreibt in der dritten Person) tröstete sie, so gut er konnte, indem er sie auf den großen Gewinn, der ihnen winkte, verwies.“ Dies ist die letzte einer Reihe von Bemerkungen des Admirals über die schlechte Moral auf seinem Schiffe. Indes war man nur auf der

Santa Maria unzufrieden, an Bord der anderen beiden Schiffe herrschte von Anfang bis zu Ende tiefster Friede. Wir besitzen auch die Aussagen zweier Seeleute. Der eine von ihnen, Francisco Vallejo, der den Admiral durchaus nicht liebte, erklärt in diesem Zusammenhang, der Admiral habe sich einmal Martin Pinzon gegenüber beklagt, als dieser sein Fahrzeug in die Nähe des Flaggschiffs brachte. Der Schiffseigentümer habe jedoch kühl erwidert: „An Bord meines Schiffes und der Nina ist alles ruhig. Habt Ihr Scherereien, so hängt ein halbes Dutzend Eurer Leute auf, oder mein Bruder und ich werden, falls Ihr wollt, an Bord kommen und es für Euch tun."

Der dritte Punkt ist noch merkwürdiger. Am gleichen Tage – den 6., nicht den 10. Oktober nach Aussage des nämlichen Zeugen – beriet sich Columbus mit Martin Alonzo über den Kurs. Fühlte er sich am Ende selbst entmutigt? Sie hatten jetzt siebenhundert Seemeilen zurückgelegt und noch immer kein Land gesichtet. Martin erwiderte, sie müßten an Antilia vorbeigefahren sein und riet dringend, eine südwestliche Richtung einzuschlagen und nach Zipangu zu fahren. „Das liegt aber viel weiter weg." Der Admiral zauderte, gab aber seine Einwilligung, obwohl er die Entfernung bestritt. Er behauptete, Zipangu könne nur wenige Seemeilen entfernt liegen, (seiner Theorie nach lag Antilia ja in der Nähe der chinesischen Küste). Es wurde ein entsprechender Kurs gewählt. Da sichtete am Morgen des 12. Oktobers 1492 ein Seemann, ein gewisser Rodrigo, vom Mastkorb aus im Mondlicht eine weiße sandige Landzunge. Er feuerte die bereits geladene Bombarde ab und schrie: „Land! Land!" Sofort wurden bis zum Tagesanbruch die Segel eingeholt. Amerika war entdeckt.

Sicher ist, daß es sich um eine der Bahama-Inseln handelte, welche vermögen wir dank des Columbus' poetischen Neigungen nicht zu entscheiden, obwohl man aus offiziellen Gründen der Watling-Insel den Vorzug gegeben hat. Hören wir des Admirals Schilderung: „Anfänglich packte mich Furcht, denn vor meinen Augen ragte ein ungeheurer, gebirgiger Felsen, der die Insel allseitig umschloß. Jedoch bildet er an einer Stelle eine Vertiefung und somit einen Hafen, der sämtliche Flotten Europas aufnehmen könnte, nur ist die Einfahrt sehr eng. Gewiß ist, daß dieses Riff zahlreiche Tiefen aufweist, aber die See ist dort so ruhig, wie in einem tiefen Brunnen." An anderer Stelle heißt es: „Hier sind die schönsten Gärten, die ich in meinem Leben gesehen und süßes Wasser die Hülle und Fülle." Mögen die Einwohner der Bahama-Inseln, von denen auch nicht eine von einem Riff, geschweige denn von einem mächtigen Gebirge umgeben ist, entscheiden, welcher die Ehre gebührt, die dichterische Phantasie des Admirals zu so hohem Fluge begeistert zu haben.

Von diesem unfeststellbaren San Salvador, wie Columbus das Eiland taufte, schiffte sich die Flotte nach anderen Inseln ein. Überall stieß sie auf reizende Eingeborene, Papageien, baumwollene Lendentücher und Hängematten, aber weder auf Gold noch auf Gewürze. Der Admiral berichtet von langen komplizierten Gesprächen mit der Bevölkerung – alle in der Zeichensprache; das eine handelte sogar von einem äußerst rührenden Thema: von der Sünde und Erlösung. Er ist jedoch tief verwirrt: anfänglich beschließt er, daß er ohne Zweifel Zipangu entdeckt hat. „Der goldgepflasterte Palast muß auf der anderen Seite der Insel liegen." Später aber schreibt er: „Ich glaube, alle diese Inseln sind nichts als Länder, die mit dem Großen Khan von China im Kriege liegen. Gewiß ist, daß der Ort, wo ich jetzt weile, von den Einwohnern Kuba genannt wird, und daß er Quinsay und Zayto (Hang-Kau und Amoy) gegenüberliegt, etwa hundert Seemeilen von jeder dieser beiden Städte entfernt. Ich weiß dies, weil das Meer hier auf eine ganz andere, mir bisher unbekannte Art heranströmt." Unter dieser Voraussetzung schickte er den gelehrten Juden, Luiz de Torres – wer sich für die Genealogie der Kolonisation interessiert, halte sich die Tatsache vor Augen, daß weder ein Engländer noch ein Deutscher, sondern ein Jude die Expedition begleitete – an den Kaiser von China, mit dem Auftrag, ihm den Brief der Königin zu übergeben. Torres sucht den Monarchen verzweifelt in dem Inselurwald und kehrt dann zu Columbus zurück, um von ihm tüchtig ausgescholten zu werden. Nachträglich überlegt sich der Admiral, daß dieses Kuba Indien und nicht Japan oder China sein müsse. Er geht von nun an bei seiner Goldsuche weit weniger umsichtig vor, denn es ist allgemein bekannt, daß die Beherrscher Indiens weniger schrecklich sind als der Große Khan. Jeder Eingeborene, dem man begegnet, wird durch Zeichen nach einer Goldmine ausgefragt; von jedem einzelnen entnimmt man, daß eine große Mine vorhanden sei, daß sie aber ein wenig weiter weg liege. Dem einen glückte es sogar, durch Kopfnicken und Schwenken der Arme mitzuteilen, daß in der Nähe eine ganze Insel aus purem Golde läge, nur konnte er den Weißen die genaue Richtung nicht klarmachen. Die friedlichen Kariber unterzogen sich auch sämtlicher, von den Entdeckern erwarteter Riten; sie hielten sie für Götter und schrien auf vor Entzücken, als man die üblichen Glasperlen und Spiegel hervorholte. Der Admiral war von den Eingeborenen begeistert, er vermeinte, den Missionaren ein glorioses

Tätigkeitsfeld erschlossen zu haben, „da sie äußerst lenksam und leicht zu überreden seien."

Inzwischen nahm Pinzon die Pinta und veranstaltete Kreuzfahrten auf eigene Faust. Bei richtiger Überlegung wollte dieser Unabhängigkeitsdrang dem Admiral durchaus nicht gefallen. Am dritten Tage seiner Abwesenheit fällt er den düstersten Gedanken zur Beute; er sieht sich verraten und fürchtet bereits, Pinzon sei nach Spanien gefahren, um ihm den Ruhm seiner Entdeckung zu rauben. Kurz darauf kehrte jedoch die Pinta in Sichtweite der Santa Maria zurück. Der Schiffseigentümer entschuldigte sich wegen seines Ausreißens und Verkündete, er habe Antilia entdeckt. Columbus folgte ihm und landete auf der Insel Haiti. Hier aber strandete infolge Unachtsamkeit das Admiralsschiff, die Santa Maria, und konnte um keinen Preis wieder flottgemacht werden. Nach zahlreichen Bemühungen beschloß man, das Schiff auseinanderzunehmen, worauf man mit dem Holz dicht neben einem Eingeborenendorf ein Fort baute, das man Natividad taufte. Auch hier waren die Einwohner ungemein freundlich und fügsam, die Weiber waren gefällig, vierzig Freiwillige ließen sich daher ohne Schwierigkeiten überreden, im Lande zu bleiben, während der Admiral und die übrigen nach Spanien zurückkehrten, um eine neue Expedition auszurüsten.

Auf dem Heimwege liefen sie in der Höhe der Kanarischen Insel einem heftigen Sturm in die Arme; die Pinta und Martin Pinzon wurden von dem Admiralsschiff abgetrieben. Christophs Verdacht regte sich wieder, die letzten Seiten seines Tagebuchs sind eine beredte Jeremiade über den Verrat. Aber die Nina schlug sich glücklich bis Lissabon durch und lief endlich am 15. März 1493 nach siebenmonatlicher Fahrt in den Hafen von Palos ein. Pinzon war noch nicht eingetroffen. Diese Tatsache bedeutet wohl den krönenden Triumph im Leben des Admirals. Er stellt nun eine Prozession zusammen, die sich von dem Dock in Palos quer durch Spanien bis nach Barcelona wand, wo die beiden Herrscher Hof hielten. An ihrer Spitze schritt, schweigend und unbewegt in seiner Franziskaner-Kutte, umgeben von bärtigen, bewaffneten Seeleuten, der hochgewachsene, ergraute Columbus. Seine Gefolgsleute trugen mächtige Bambusrohre und Alligatorenhäute. Hinter ihm marschierte ein Trupp Indianer, lächelnd und sich bekreuzigend, beladen mit Käfigen voll kreischender Papageien. Dieser Zirkuszug betrat jede einzelne Kirche, an der er vorbeikam und hielt, um zu beten, vor jedem Kruzifix am Wege an.

So trafen sie bei Hofe ein; Isabella und Ferdinand erlaubten Columbus, zu ihrer Rechten Platz zu nehmen, und mächtige Adelige baten ihn, ein Wort zugunsten ihrer Söhne einzulegen. Über all diesem Gepränge vergaß er aber nicht die ihm eigene minutiöse Sorgfalt für die kleinsten Einzelheiten: er erinnerte die Königin an die lebenslängliche Rente von sechzig Dollar im Jahr, die sie demjenigen versprochen hatte, der als erster Land sichten würde. Der berechtigte Anspruch des Matrosen Rodrigo wurde zugunsten des Admirals beiseite geschoben, und dieser vermachte das Geld Beatriz, der Mutter seines Fernando. Das ist alles, was sie je im Leben von ihm bekam.

Pinzon traf zwei, drei Tage später als Columbus in einem galizischen Hafen ein, wo er, zum Schaden für sein Andenken bei der Nachwelt, alsbald starb. Die columbische Legende wurde somit um einen Bösewicht bereichert, der glücklicherweise weder protestieren noch sich verteidigen konnte.

Als jedoch die Beamten des Schatzamtes die Bilanz der Expedition zogen, war man einigermaßen enttäuscht. Auf der Kreditseite standen vierzig grüne Papageien, eine kleine Handvoll dünner, goldener Nasenringe, einige Ballen groben Gewebes, schlechter als irgendeines, das in Isabellas Spanien gesponnen wurde, sechs gutgläubige Wilde, ein Sammelsurium von mangelhaft präparierten, ausgestopften Tieren und die Bambusrohre. Man wußte nicht einmal genau, wo der Admiral eigentlich gewesen war. Er nannte Zipangu, Antilia, China, entschied sich aber zum Schluß für Indien – die königlichen Schreiber notierten den Ort als irgendwo in der Nachbarschaft Indiens liegend (en la parte de las Indias). Die Königin war indes zufrieden. Mit echt weiblicher Feinfühligkeit erkannte sie die Vorteile, die ihr aus der zahlreichen Bevölkerung Haitis erwachsen würden – rund eine Million Menschen konnten möglicherweise bekehrt und als billige Arbeitskräfte ausgebeutet werden. Christophs eigene Idee, sie als Sklaven zu exportieren, verwarf sie jetzt und für immer. Man verlieh dem Admiral ein Wappenschild. Den freigelassenen Raum für die ahnherrlichen Wappenfelder ließ er mit Gold und Blau ausfüllen. Es muß ihm viel Kopfzerbrechen verursacht haben. Eine neue Expedition wurde in Marsch gesetzt. Diesmal bestand jedoch die Königin darauf, einen geübten Kosmographen mitzusenden. Sie hatte schon vordem an Columbus geschrieben: „Auf daß wir Euer Buch besser verstehen, müssen wir die Längen- und Breitengrade der von Euch entdeckten Inseln und des Festlandes erfahren, wie auch die Längen- und Breitengrade der von Euch zurückgelegten Fahrt, ich bitte Euch, sie uns zusammen mit einer Landkarte zu senden."

Diesmal stand der Admiral an der Spitze einer ansehnlichen Flotte, die fünfzehnhundert Mann, darunter Handwerker und Agronome und eine Anzahl gerissener Glücksritter, mit sich führte. Das Geld hierfür wurde teils von dem Herzog von Medina Sidonia, teils aus der Beute der verbannten, expropriierten Juden vorgeschossen.

Er schiffte sich am 25. September 1493 ein, wählte die gleiche Route, wurde von seinem Kurse abgetrieben, verlor den Weg, berührte die Antillen, hielt sich dort längere Zeit mit der Suche nach Gold auf und traf am 22. November in Navidad ein. Auf seine Salutschüsse erhielt er keine Antwort. Bei der Landung entdeckte er, daß das Fort niedergebrannt war; die Leichen der Besatzung lagen entsetzlich verstümmelt im Gebüsch verstreut. Auch nicht einer war am Leben geblieben, die Katastrophe zu schildern; diese war aber nicht schwer zu erraten. Tatsächlich begannen die Neueingetroffenen sogleich, die Ereignisse, die sich hier abgespielt haben müssen, zu wiederholen, jedoch ohne tragischen Ausgang für sie selber. Viele von ihnen warfen, kaum daß sie Fuß, an Land gesetzt hatten, „den Respekt und die Disziplin, die sie dem Admiral schuldeten", ab und ließen sich als Freibeuter auf der Insel nieder. Ein mönchischer Chronist bemerkt: „Sie pflegten sich über die Härte der Eingeborenenschädel, welche Kerben in ihre Schwerter schlugen, zu beklagen," Auch jene „Männer vom Himmel", die Columbus treu blieben, waren nicht viel liebenswerter. Die Eingeborenen waren bisher nichts Blutrünstigeres und Gefährlicheres gewohnt als die Alligatoren, von denen es in ihren Flüssen wimmelte. Ein halbes Jahrhundert später waren die Ureinwohner dieses Eilands und der meisten benachbarten Inseln, von denen einige noch dichter bevölkert waren, vom Erdboden vertilgt.

Drei Jahre brachte Columbus teils mit weiteren Entdeckungsfahrten und der persönlichen Leitung von Goldsucher-Expeditionen, teils mit Regierungsgeschäften zu. Er steht jetzt auf der Höhe seiner Laufbahn; seine Titel werden ihm nur von seinen eigenen Leuten streitig gemacht. Er hoffte, seinen anhaltenden Mißerfolg bei der Goldsuche durch Organisierung des Sklavenhandels wettzumachen. 1495 sandte er fünfhundert karibische Frauen, „nackt wie im Mutterleib", zum Verkauf nach Sevilla. Como andaban en su tierra, como nacierom. Auf königlichen Befehl wurde diesem Treiben ein Ende gemacht, aber auf den Inseln, über die er herrschte, geriet allmählich die ganze Bevölkerung in Gefangenschaft. Die ballistische Kurve des Admirals hat ihren Scheitelpunkt erreicht. Ein von ihm erlassenes Gesetz bestimmt, daß sämtliche europäischen Einwanderer eine Erklärung unterschreiben müssen, wonach Kuba keine Insel, sondern das indische Festland sei. Wer diese Worte zurücknahm, dem sollte die Zunge herausgerissen werden. Der Abenteurer hatte das ewige Fragen satt; auf solche einfache Art kündigte er an, daß das Abenteuer zu Ende sei. Indien war entdeckt; nüchternes Organisieren war alles, was zu tun übrig blieb.

Bei diesem Organisieren erwies er sich nicht als Genie. Furchtbarer Streit entbrannte im Herzen der kleinen Kolonie; die verzweifelten Einwohner flohen, wo immer sie konnten, in den Urwald und suchten die Reihen ihrer Entdecker durch Pfeile und schlau versteckte Tierfallen zu lichten. Täglich vermehrte sich die Zahl der Buschklepper. Indes rächte sich das irdische Paradies auf seltsam romantische Art an seinen Zerstörern, dieser Vorhut Europas, und durch sie an allen künftigen Generationen von Europäern. Die Kariber von Haiti waren schwächliche, zarte Geschöpfe; ihr Mangel an Widerstandsfähigkeit wurde schon bei dem ersten Besuch in des Admirals Tagebuch vermerkt und gab später zu zahlreichen Klagen seitens der Sklavenhändler Anlaß. In Wahrheit litten sie an einer Seuche, die seit vielen Generationen dort endemisch war und deren Folgen sie daher nur schwächten. Auf ihre Herren jedoch, welche sich bei den Weibern ansteckten, hatte sie weit ernstere Wirkungen. Später wurde sie unter dem poetischen Namen Syphilis bekannt. Hundert Jahre darauf war auch die letzte karibische Schönheit gestorben, dafür aber war ganz Europa von einem Ende bis zum anderen verseucht.

Columbus entging jedoch dieser fast biblischen Nemesis durch seine wohlbekannte Enthaltsamkeit und segelte Ende 1495 nach Europa zurück. Er landete in Cadix, da er aus persönlichen Gründen Palos vermeiden wollte. Er kam mit leeren Händen. Spanien war von bleichen, durch und durch kranken Männern bevölkert, die vor ihm zurückgekehrt waren, um sein Indien zu verfluchen. Der König sandte auf die Kunde seiner Ankunft eine kühle Antwort. Trotzdem bildete der Admiral eine zweite Prozession. An der Spitze von fünfzehn nackten, vor Kälte zitternden Indianern, die aber auf seinen Befehl ihren vollen Federkopfschmuck tragen mußten, marschierte er durch Spanien, um dem Hofe seine Aufwartung zu machen. Wieder hatte er das Kostüm der Franziskaner angelegt. Es war im Januar. Bis zu ihrer Auflösung weit vor dem eigentlichen Ziel zog diese Prozession entmutigter Eingeborener und bewußt feierlicher Weißer durch ganz Andalusien.

Es ist Zeit, einen Punkt zu machen und unsere Entrüstung auszudrücken. Nicht damit zufrieden, einen aufgeblasenen, lügenhaften, untüchtigen und vollständig ungeeigneten Tuchverkäufer für die größte Gunst, die sie ihren Lieblingskindern, den Europäern, je erwies, auserwählt zu haben, steigt die

Schicksalsgöttin aus der sie umhüllenden Wolke, um abscheulichen Schabernack mit ihm zu treiben. Die kichernde Verantwortungslosigkeit, mit der sie ihn zum Narren hält, hat etwas von dem schlechten Geschmack eines Schuljungen. Weit davon entfernt, komisch zu wirken, erfüllt das Treiben uns mit tiefer Panik. Wir sind ja auch nur Menschen, aber wir dürfen doch zum mindesten von unseren Göttern verlangen, wie Erwachsene behandelt zu werden. Auf diesem letzten Zug des Columbus wird die Menschenwürde kompromittiert; wir haben ein Recht, mit Gloster im Lear zu murren:

„– – – – Was Fliegen sind
Den müßgen Knaben, das sind wir den Göttern.
Sie töten uns zum Spaß."

Ja, sie hängen unseren Helden zum Spott lange Schwänze an, schwärzen unseren Heiligen die Nase und streuen Orangenschalen auf die polierten Fußböden der Heiligtümer, die wir ihnen errichtet haben.

Aber es ist nicht interessant, wenn wir ruhiger geworden sind, die Tatsachen zu sammeln, die sich um die Schicksalsgöttin aller Abenteurer häufen, um aus ihnen zu erfahren, wie sie sich wegwirft? Die Erlebnisse dieses armen Teufels lehren uns, daß sie einen Dichter liebt, daß sie sich bei freier Wahl den Allerunbefugtesten aussucht und verächtlich den Tüchtigen, Erfahrenen, wie Martin Pinzon, hinschlachtet, um dem Outsider Christoph Columbus, dem Manne, der nicht einmal eine Karte lesen konnte, die Krone zu reichen. Erst duldet sie die Vernichtung der sanftmütigen, braven Kariber, grade weil sie sanftmütig und glücklich waren; dann rächt sie sie gefühllos und großzügig nicht nur an den lasterhaften Spaniern, sondern auch an den braven guten Deutschen, Engländern und Franzosen, die niemals so grausam gewesen wären, oder die doch zum mindesten nicht mit der ersten Einwanderungswelle hinüberströmten. Dann aber aus irgendeiner Laune – unsere Erfahrungen mit Alexander und Casanova möchten uns glauben machen, der Versuch des gesetzehassenden Columbus, Indien zu entdecken und seinem Abenteuer einen gesetzlichen Ausgang zu geben, habe sie gekränkt – – – macht sie sich in ihrer Allweisheit die Schwächen des Admirals zunutze, seine Gewohnheit, sich zu wiederholen, seine in schlechter Erziehung wurzelnde, grobe Freude an Pomp, seine Technik des Betrügens. Zum Schluß läßt sie ihn mitsamt seinen elenden federgeschmückten Indianern unter dem Hohn und Spott der Bauern und der Pöbelhaftigkeit der Städter hunderte von Meilen bis ins Herz Spaniens

Spießruten laufen. So klingt die größte menschliche Leistung aus. Logische Ungerechtigkeit von Anfang bis zu Ende.

Wie aber, wenn diese Ungerechtigkeit das Wesen selbst des Abenteuers wäre? Der Mann, der seinen Einsatz im Roulette aufs Spiel setzt, will keine Gerechtigkeit und erwartet auch nicht, den gleichen Einsatz zurückzuerhalten. Gerechtigkeit hätte für Christoph Columbus einen kleinen Laden in Genua oder etliche Fuß Gemäuer in einem portugiesischen Gefängnis wegen betrügerischen Bankerotts bedeutet, oder doch zum mindesten ein Loch im Schlick auf dem Grunde des Meeres ein paar Seemeilen von den Kanarischen Inseln entfernt. Gerechtigkeit für Alexander hieße ein zweiter Dolch gleich jenem, der seinen Vater tötete, und für Casanova eine tüchtige Tracht Prügel mit der Reitpeitsche oder die Verurteilung, lebenslängliche Alimente zu zahlen. In diesem Lichte betrachtet, bedeutet das Abenteuer an sich einen aufgeregten Appell an die Ungerechtigkeit; des Abenteurers Gebet lautet: „Gib uns mehr, als uns von Rechts wegen zukommt." Mögen die Martin Pinzons dieser Welt um ihr Recht kämpfen; ein Abenteurer ist seinem Gotte gegenüber demütiger. Für die große Masse seiner Mitmenschen aber, für die soziale Pyramide der Tüchtigen, Besitzenden, Titeltragenden hat er nur die Frechheit des Outsiders. Er gehört nicht zu dem Generalstab der Welt, ja er gehört nicht einmal einer Clique an. Er steht allein, der unfromme Verehrer eines ungerechten Gottes, der in seiner Weisheit bestimmt hat, daß Literaturprofessoren niemals große Dichter sind, daß der Primus in der Klasse nur selten die höchsten Ehren des Lebens davonträgt, daß die reichste Frau niemals die schönste ist, daß der rassenmäßig Hochgezüchtete kein Monopol auf Freude und Gesundheit besitzt. Diese unberechenbare, boshafte Macht anerkennt keine Schuld; sie ist leicht zum Lachen, niemals zum Weinen zu bringen; sie gleicht dem Geist des Regens, der da fällt, wo es ihm beliebt und dem Winde, der wehet, wo er mag.

Columbus ist noch nicht am Ende; Lebensläufe sind nur selten der Handlung ihres Dramas angepaßt. Auf seiner dritten Reise brach auf Haiti ein Aufstand aus. Diesmal bekam die heimatliche Regierung die Sache satt und entsandte einen Kommissar, Francisco de Bobadilla. Bobadilla war Jurist, vornehm, tüchtig, ruhig, ein Mann, der Recht und Unrecht unterscheiden konnte. Er traf mit schrankenlosen Vollmachten ausgestattet in Haiti ein. Das erste, was er im Hafen sah, war eine Reihe Gehenkter. Das erste, was er tat, war, den Admiral zu verhaften; in einer halben Stunde hörte er so viel von seinem Geschwätz und seinen Taten, daß er ihn als Rebellen hätte aufknüpfen lassen können. Statt dessen legte er ihn in Ketten und schiffte sich mit ihm nach Spanien ein. Kaum war das Schiff außer Sicht des Landes, so befahl der Kapitän, den ehrwürdigen alten Gauner auf Deck freizulassen. Christoph weigerte sich. Er hatte die Ketten seinem Stolze einverleibt. Von jetzt an vermag er sie nicht zu vergessen; sie wirkten als homöopathisches Mittel auf die ihm angetane Schmach.

Die Königin war sehr freundlich; sie entschuldigte sich bei ihm, aber weder befahl noch bat sie Bobadilla, sich zu entschuldigen, noch unternahm sie, obwohl sie ihr Verhalten hinter Freundlichkeit verbarg, irgendwelche Schritte, um den einen zu rehabilitieren und den anderen zu bestrafen. Diese Tatsachen genügen, um die columbische Legende ein für allemal zu widerlegen; wäre Columbus nicht unwiderruflich schuldig gewesen, man hätte ihn gerächt. Außerdem verbot man ihm, je wieder Fuß auf Haiti zu setzen.

Trotz alledem bestand der Admiral darauf, dem Lied noch einen Endvers anzufügen. Seine vierte Expedition verließ Cadix am 11. Mai 1502. Diesmal hatte er Isabella den Goldenen Chersones versprochen, was seiner aus Büchern geschöpften Chimäre Cochinchinas entspricht. In seinem „Buch der Prophezeiungen“, das er für die Königin schrieb, während er auf die Schiffe wartete, und von dem uns einige Bruchstücke erhalten geblieben sind, sagt er das Ende der Welt für das Jahr 1650 voraus; er müsse daher recht bald Gold finden, damit sie Zeit hätte, mit seiner Hilfe das Heilige Land zu erobern und alles für das Kommen des Herrn vorzubereiten. Vasco da Gamas Entdeckung des Seewegs nach Indien durch Umschiffung des Kaps der guten Hoffnung war zur Zeit das Tagesgespräch; Columbus hält sie für einen aufgelegten Schwindel. Hat er nicht selbst Indien entdeckt? Ohne den Verrat seiner Feinde und die Machenschaften Satans hätte er sogar das Gold gefunden. Er hat sich jetzt einen neuen Titel zugelegt: dieser lautet, „Gesandter des Allmächtigen“. Jesus Christus war ihm im Traume erschienen und hatte ihm die Entdeckung des Goldes nach Ablauf von sieben Jahren versprochen. Später will er nach dem Nordpol fahren, der von Christen bewohnt wird, welche im großen Kreuzzug gute Dienste leisten werden. Und so fort. Wahnsinn? Durchaus nicht; er ist nur ein bißchen geschwätziger geworden.

Diese letzte Fahrt brachte ihm eine Fülle von Entbehrungen und Enttäuschungen. Er berührt den südamerikanischen Kontinent, der Jahre zuvor von dem Goldsucher Amerigo Vespucci entdeckt und aufgenommen worden war; Columbus beschreibt ihn als eine „Anhäufung unbedeutender Inseln“. Seine Besatzung muß das Äußerste an Hunger und Durst erleiden; er selbst wird auf

Kuba krank, schwebt in Gefahr, von Indianern, die er eingefangen und als Sklaven verkaufen möchte, massakriert zu werden, erlebt einen der schlimmsten Stürme, die je in der Literatur beschrieben wurden, beschlagnahmt die Karten seines Navigationsoffiziers, damit niemand außer ihm selbst die Lage des irdischen Paradieses erfahre. Gemeint ist das wirkliche Paradies Sir John de Mandevilles, ein Berg zwischen Ganges, Euphrat, Tigris und Nil, der rings von Feuer umgürtet ist und dem er sehr nahe kam.

Endlich hat er genug. Am Ende seiner Reise bleibt ihm mir das, was er selbst mit auf die Welt brachte. Isabella versteckte wenige Tage nach seiner Rückkunft ihre keuschen Füße unter der Bettdecke; sie starb, ohne sich das letzte Kapitel anzuhören. Von jetzt an läßt er den Hof ungeschoren; zwei Jahre später starb er selbst in tiefster! Vergessenheit. Keiner der zeitgenössischen Chronisten tut seiner Erwähnung. Er verlangt, daß seine Ketten mit ihm ins Grab gelegt würden, und man erfüllte ihm seinen Wunsch.

So endet ohne Sang und Klang der einzig wahre, historische und authentische Entdecker Amerikas, der glückliche Christoph Columbus. Sechzig Jahre nach seinem Tode stirbt auch der letzte seiner Nachkommen. Die wohledlen Colombos, Grafen von Cuccaro, erheben Anspruch auf das Familienvermögen, und da sie sich auf Christophs eigene Fabeln stützen, hätten sie es sich ums Haar gesichert.

Mohammed

Die Erdkunde ist, wie uns das Beispiel von Columbus zeigte, des Abenteuers ergiebigstes Revier, wo jeder Pfuscher mit einer guten Flinte in der Jagdzeit auf reiche Beute hoffen darf. In den schwer zugänglichen Gebieten dagegen, in den Wüsten und Wäldern des Geistes, hat gefährliches Großwild den kühnsten Jägern seine Spuren und Wechsel hinterlassen. Der religiöse Abenteurer kehrt nicht oft mit gefüllter Jagdtasche heim, dafür hat er seine Zelte draußen bei dem Geheimnisvollen aufgeschlagen. Er verdient, gehört zu werden, selbst wenn er nie einen Anhänger gewonnen hätte. Die größten unter ihnen haben sich weiter vorgewagt, als selbst Columbus, weiter als Sir John de Mandeville oder Lemuel Gulliver; sie haben mit Dante die Runde durch Himmel und Hölle gemacht. Auf unserer kleinen Erde lebten sie wie auf einer Insel, des Nachts aber zündeten sie

Feuer an, um sich gegen das Weben und Raunen des Sternendunkelns zu wappnen. Unter ihnen gibt es einen, der auf seinem ganzen übernatürlichen Zug sich seine geistige Gesundheit, ja sogar eine kleine Portion Dummheit bewahrte – was ja immer als Merkmal einer robusten Veranlagung gilt –, so daß sein Weg und alles, was er erlebte, mit dramatischer Klarheit vor uns liegt.

Dieser eine war der berühmte Mohammed, der seine Briefe an die Kaiser dieser Welt mit den Worten unterschrieb: „Mohammed, der Apostel Gottes." Er begann seine Laufbahn als armer Verwandter einer mächtigen Familie, die in der verfallenen Karawanenstadt Mekka auf der Heerstraße zu den Vororten der Alten Welt, Arabien, lebte. Das moderne literarische Arabien ist das Paradies der Leidenschaft, der Freiheit und der Datteln, jedoch im Geburtsjahre Mohammeds, 570 n. Chr., war die Lage weniger verlockend. Nach einem bemerkenswerten geschichtlichen Ausbruch schien sich das Geschick des dort ansässigen semitischen Volkes erfüllt zu haben. Die gesamte Rasse, Juden, Babylonier, Ismailiten und Araber, war zu der vegetierenden Bedeutungslosigkeit reinen Beduinentums verurteilt, aus dem nur ihre strategische Lage auf dem Kreuzungspunkt der großen Landstraßen zwischen Europa, Asien und Afrika sowie ihre hohe Begabung für ekstatische Poesie sie in vergangenen glänzenden Jahrhunderten emporgehoben hatten. Von der ganzen Herrlichkeit Babyloniens war lediglich eine Horde Banditen übriggeblieben. Diese, die Al Hiras, leisteten der Großmacht Persien streikbrecherische Dienste, während sie im Norden Syriens Byzanz und den verschiedensten Dreifaltigkeiten Untertan waren. Die Juden aber waren nach ihrem wilden, furchtbaren Widerstand gegen den sieghaften Titus in geschlossenen Stämmen murrend nach Süden abgezogen oder waren in Massen nach Europa ausgewandert. Kleine, starke jüdische Reiche hatten sich rings um die Hauptoase der Wüste bis Jemen, dem glücklichen Arabien der Alten Welt, angesiedelt, wo alles, was das luxusliebende Europa begehrte, in Hülle und Fülle wuchs. Besonders zahlreich waren sie längs der großen Heerstraße, welche die unwegsame Einöde zwischen den Bergen und dem Roten Meer begrenzte. Die übrigen Einwohner, die eigentlichen Araber, standen zu jener Zeit in geringem Ansehen. Einige von ihnen lebten an den Stationen und Halteplätzen dieser Straße, wo sie (wie wir später noch sehen werden), vorbeiziehende Reisende bewirteten und ausraubten. Andere ernährten sich von dem ständig abnehmenden Güterverkehr, indem sie die Karawanen von Damaskus nach Aden begleiteten. Die Übrigen beteiligten sich nach Möglichkeit an dieser Arbeit oder fristeten in ihren Zelten ein Hungerdasein. Sobald ihre unaufhörlichen Stammeskriege es gestatteten, schlossen sie sich zu Banden zusammen und machten die Landstraßen unsicher. Das gesamte Arabien, ausschließlich des fruchtbaren Jemen – also der Teil, der uns hier angeht – lebte somit von dem transkontinentalen Verkehr. Dieser ging aber mehr und mehr zurück, seitdem der kühle, kluge Ptolemäus, der griechische Pharao Ägyptens, des Raubens und Plünderns unter seinen Kaufleuten überdrüssig, einen weit billigeren Seedienst zwischen Abessinien und Indien eingerichtet hatte. So verödeten und verfielen die reichen Karawanenstädte des Nordens, Petra, Jerasch und Philadelphia, zu Mohammeds Zeiten immer mehr. Nur Medina und Mekka, letzteres auf halbem Wege zwischen Arabia Felix und Arabia Petrea, dem „glücklichen Arabien" des Südens und dem „steinigen Arabien" des Nordens gelegen, kämpften noch um ihr Dasein. Dieses Mekka war eine Stadt von ein paar Tausend Einwohnern und lag an einem gefährlichen Paß jenes mauerähnlichen Gebirges, das bei Arabien das Rote Meer berührt. Das ganze dortige Gebiet ist salzhaltig und unfruchtbar; selbst die Dattelpalme, der einzige Baum, der sowohl Frost wie Dürre verträgt, will hier nicht gedeihen. Auch heute noch, nachdem der Reichtum dreier Weltteile jahrhundertelang ohne Unterbrechung in jene elende Gegend geströmt ist, gibt es dort keine Gärten, und so wird selbst ein verkrüppelter Strauch von den Einwohnern mit Stolz betrachtet. Die Gründe für die Daseinsberechtigung Mekkas waren: erstens die Handels- oder Gewürzroute; zweitens ein Brunnen voll lauwarmen Wassers, der heilige Zem-Zem; drittens ein Markt für Kamelhäute und Sklaven; viertens die Kaaba. Vor undenklichen Zeiten fiel ein Meteor in jenes Tal, ein rötlich schwarzer, halbkreisförmiger, sechs Zoll hoher und acht Zoll breiter Stein. Heute ist er von Myriaden von Küssen geglättet, seine Oberfläche zeigt aber immer noch die Schmelzfurchen, die seine ersten Verehrer für eine unleserliche Botschaft und für die Namen der Götter hielten, die ihn vom Himmel stürzten. Vielleicht war dieser schwarze Stein vor Alexanders Zeit, ja schon vor Ramses gefunden worden und ehrfurchtsvoll in den Winkel des kubischen Tempels, der Kaaba oder dem Kubus, eingebaut, wo dann jene, die den Markt besuchten, ihn anbeteten; vielleicht gründeten seine Anbeter auch zuerst den Markt – niemand weiß, was das ältere ist. Solche heilige Steine waren in Arabien nicht selten, allein der Schwarze Stein genoß ein höheres Ansehen als alle anderen. Spezialisten der Götzendienerei unternahmen lange Reisen, nur um ihn zu sehen.

Diese Kaaba ist der Mittelpunkt von Mohammeds Abenteuer. Da kein Araber einen rechten Winkel ziehen kann, war sie damals und ist sie auch heute noch in ihrer restaurierten Gestalt schief und winkelig. Sie ist vierzig Fuß hoch, lang und breit und ist mit einer Tür versehen, die von jeher in beträchtlicher Manneshöhe über dem Erdboden angebracht war, und die man nur mittels einer Leiter erreichen kann – vermutlich infolge der Überschwemmungen, die alljährlich jenen Ort heimsuchen. Zu Mohammeds Zeiten war die Kaaba im Innern mit Bildwerken geschmückt. Das größte von ihnen war der Götze Hobal. Er stand über einer Grube, in welcher der Kultschatz aufbewahrt wurde. Ein anderer Götze, wahrscheinlich aber nur ein anderer Name für diesen Hobal, war Al-Lat oder Al-Lah.

Wenige Ellen von der Kaaba entfernt liegt der Brunnen Zem-Zem; seine Wasser sind salzig und lauwarm. Er wurde von Mohammeds Großvater, Abd al-Muttalib, neu entdeckt. Auf seinem Boden fand er zwei goldene Gazellen und einige vollständige Rüstungen. Sie waren dort von der antiken Jurhum-Dynastie, die Hunderte von Jahren vorher die Kaaba vermauert hatte, versenkt worden. Abd al-Muttalib war das Haupt seines Clans und eine wichtige Persönlichkeit unter den Koreïsch, dem herrschenden Stamme jener Stadt. Acht Jahre vor seinem Tode erlebte Mekka eine Katastrophe. Der schwarze König von Abessinien, der damals wie heute ein Christ war, wurde von seinem Glaubensbruder, dem Kaiser von Byzanz, aufgestachelt, sich wegen einer Missionarsverfolgung (vermutlich durch einen jüdischen Stamm) zu rächen. Er entsandte daher eine Expedition, darunter auch einen Kriegselefanten, um Hobal, Al-Lat, die Kaaba, den Schwarzen Stein und ganz Mekka zu zerstören. Indes brach in den Gebirgspässen unter seinen Soldaten die Cholera aus und die Armee machte kehrt. Das ist der berühmte „Krieg des Elefanten", der in mohammedanischen Legenden eine so bedeutende Rolle spielt und der wesentlich dazu beitrug, das Ansehen des alten Heiligtumes zu erhöhen, sowie die daniederliegende Fremdenindustrie des Städtchens in Aufschwung zu bringen. Abd al-Muttalib war als der Entdecker Zem-Zems stark an diesem Aufschwung beteiligt, denn ihm und seiner Familie flossen die Einnahmen aus dem Verkauf des heiligen Wassers zu; außerdem scheint er eine Art Monopol bei der Pilgerversorgung besessen zu haben.

In solche Verhältnisse wurde Mohammed hineingeboren. Sein Vater Abdullah starb, während der Knabe noch ein Säugling war, ohne Vermögen zu hinterlassen. Aber Abd al-Muttalib vermochte aus den Mitteln seiner ungeheuer zahlreichen Familie genügend Ersparnisse zurückzulegen, um das Kind bei einer Amme aus einem befreundeten und benachbarten Beduinenstamm unterzubringen. Die Legenden aus Mohammeds Knabenzeit sind weder glaubwürdig noch interessant. Er hütete die Ziegen und litt von Zeit zu Zeit an epileptischen Anfällen. Er kehrte nach Mekka zurück, als er alt genug dazu war. Seine Mutter war tot, sein Großvater Abd al-Muttalib folgte ihr bald. Vorher stellte er den jungen Mohammed unter die Obhut seiner beiden Onkel, des armen, edlen Abu-Talib und des reichen, dummen Al-Abbas. Abu-Talib nahm den Jungen in einer Karawane nach Damaskus mit, eine Reise, die zweifellos erzieherischen Wert hatte, die jedoch mit Geldverlusten endigte.

Die Männer Mekkas kannten keine bestimmte Regierungsform, zweifellos nahmen jedoch die reichsten oder wildesten unter ihnen bei Debatten über die Stadtverwaltung, denen sämtliche männlichen Stammesmitglieder beiwohnen durften, eine bevorzugte Stellung ein. Ihr Tun und Treiben wurde immer noch von der sonderbar archaischen Institution der Blutrache beherrscht, ohne die Mohammeds steigende Laufbahn nur schwer zu verstehen ist. In unseren Tagen gilt ihre unter den Italiern, Korsen und anderen rückständigen Rassen überlebende Form als der Inbegriff der Gesetzwidrigkeit, in Mohammeds Jugend aber verkörperte sie eine embryonale Politik. Mangels eines anderen Regierungssystems mußte das Leben unter Völkern mit dem Temperament der Araber und Angelsachsen (auch wir haben anscheinend so angefangen) selbst für berufsmäßige Banditen unerträglich gewesen sein. Vielleicht wird dies klarer, wenn wir an Stelle des genannten Ausdrucks das Wort „korporative Rache" setzen. Mekka wurde von zwei Stämmen, den Khozaa und den Koreïsch, bewohnt. Mohammed war ein Koreïschit. Jeder dieser Stämme setzte sich wiederum aus Familien und Clans zusammen. Die bedeutendsten unter den Koreïsch waren die Haschimiten und die Omeijaden, die unter sich eng verwandt, aber durch Blut und Geschichte scharf getrennt waren. Mohammed war ein Haschimit; sein Großvater, der heilige Gastwirt, war ihr Oberhaupt gewesen. Jeder Einwohner Mekkas gehörte einer dieser Familienfraktionen an oder wurde von ihnen als Sklave gehalten. In jedes einzelnen Individuums Missetaten oder Unbill war seine Familie durch Tradition, Gewohnheit und das stärkste aller Kampfmotive: Selbstachtung oder Eitelkeit verwickelt. Mörderische und diebische Instinkte wurden somit auf zweierlei Art in Schach gehalten, einmal durch die positive Furcht vor körperlicher Rache „bis ins dritte und vierte Glied", das andere Mal durch an den sich oft zwingenden Widerstand der übrigen Mitglieder des Clans gegen irgendeine Tat, die unterschiedslos an dem Täter wie an seinen Verwandten gerächt werden mußte.

Das soziale Leben des alten Mekka läßt sich daher mit dem Treiben der alkoholschmuggelnden Welt Chicagos vergleichen; Charaktere, Neigungen und Abneigungen, auch die verschiedenen Berufe weisen eine gewisse unverschämte Ähnlichkeit auf, nur waren die Erfahrungen der Bürger Mekkas wahrscheinlich tiefgründiger und bitterer, so daß das Leben dort leiser auftrat und selbst Höflichkeit ihnen nicht unbekannt war. Aber hinter diesem erfreulichen Resultat zahlloser Fehden lebte die alte Blutrache lustig weiter; es gab keine Vernunftsgründe, die im Angriffsfalle einem Clanmitglied die Beihilfe seiner Genossen versagten; ja Mohammed hatte in den Jahren seiner Unbeliebtheit seinen ganzen Clan hinter sich, obwohl die meisten nicht an ihn glaubten.

In den Boden dieses ordnungsfeindlichen Gesetzes hatten harte Zeiten die Anfänge eines neuen Friedens gepflanzt. Mit dem abflauenden Karawanenverkehr waren die Einwohner Mekkas mehr und mehr auf die Pilger angewiesen, und selbst ein arabischer Götzenanbeter haßt es, in seinen Gebeten vor der Kaaba durch Mord und Aufruhr, die lediglich ein neues Stadium in einem ihm gänzlich gleichgültigen Lokalzwist kennzeichnen, gestört zu werden. Nach jahrhundertelangen Debatten kamen die Leute Mekkas unter der Führerschaft der Koreïsch überein, zu verkünden, daß vier Monate im Jahr heiliger Frieden in der Stadt und den Vororten herrschen sollte. In dieser Zeit durfte niemand bewaffnet gehen, man verkündete ein Moratorium der Blutrache. Die heiligen Monate fielen anfänglich mit dem Markte zusammen, das heißt, sie wurden in den Herbst zur Zeit der Dattelernte gelegt, wo Lebensmittel wohlfeil waren. Aber infolge des nur sehr unvollkommenen Mondkalenders ergab sich allmählich eine zeitliche Verschiebung, bis die verwirrten und erschrockenen Mekkaner erkannten, daß die heiligen Monate mit jedem Jahre später eintrafen. Zu Mohammeds Zeiten fielen sie in den Hochsommer, wo man sogar unter Wassermangel litt.

Das erste öffentliche Ereignis in Mohammeds Leben war ein Bruch dieses jährlichen Waffenstillstandes, bekannt unter den Anhängern des Korans als der „gotteslästerliche Krieg“. Er ereignete sich in Mohammeds zwanzigstem Lebensjahr. Der Gläubiger eines Koreïschiten brachte einen Affen auf den Markt, ließ sich an einem augenfälligen Platz nieder und verkündete mit lauter Stimme: „Wer mir einen zweiten solchen Affen bringt, dem überlasse ich meine Forderung an jenen gewissen X.“ Er nannte dabei den Namen seines Gläubigers, mitsamt dessen Stammbaum, den er mit zahlreichen malerischen und dichterischen Kommentaren ausschmückte. Hierauf näherte sich ihm ein Koreïschit und schlug dem Tiere den Kopf ab. Jedermann griff zu den Waffen oder floh und der Kampf dehnte sich bis tief in die Nacht aus. In jenem Jahr war man in Mekka während der heiligen Monate so geschäftig wie in einem Ghetto am Sonntag. Es kam zu regelrechten Schlachten, an denen sich auch Mohammed beteiligte. Er erwähnt seinen Anteil an diesem Kampf ohne sonderliche Begeisterung – denn er war niemals ein Kämpfer. „Ich erinnere mich", sagt der Prophet, „mit meinen Oheimen in dem gotteslästerlichen Krieg mitgefochten zu haben. Ich schoß einige Pfeile auf den Feind ab, was ich durchaus nicht bedaure." Dieser Zwischenfall machte einen guten Teil des Erfolges zunichte, den die Reklame anläßlich des Siegs über den Elefanten gezeigt hatte. In den nächsten zwanzig Jahren war das Geschäft in Mekka flau.

Inzwischen wurde der junge Mohammed Verkäufer landwirtschaftlicher Produkte. Er war mit seinen Lebensumständen nicht zufrieden. Als er daher von einer reichen Witwe, die ihn als Karawanentreiber gedungen hatte, einen Heiratsantrag erhielt, griff er mit beiden Händen zu. Diese Frau war Chadidscha, die Tochter Khuweilids. Sie war vierzig Jahre alt und schon zweimal verheiratet. Mohammed zählte damals fünfundzwanzig Jahre.

Obwohl es niemals ein Porträt des Propheten gegeben hat, haben doch die Gläubigen jede Einzelheit seiner Erscheinung getreulich in ihrem Gedächtnis bewahrt. Er war ein kleiner, aber auffälliger Mann. Meist war er schweigsam und litt mit den Jahren mehr und mehr an Anfällen von Geistesabwesenheit, während deren er nichts hörte noch sah. Aber er konnte ein angenehmer, ziemlich lärmender Gefährte sein. Wenn er sprach, so drehte und wendete er nicht nur den Kopf, sondern seinen ganzen Körper; wenn er lachte, was nur selten geschah, riß er seinen breiten Mund krokodilähnlich sperrangelweit auf, bis sämtliche Zähne und sein Gaumen zu sehen waren. Dafür verschwanden seine Augen unter den Lidern. Diese Augen waren stechend und blutunterlaufen; er pflegte seine Wimpern mit Kohle und Antimon zu bemalen, um seinen Pupillen erhöhten Glanz zu geben. Er färbte auch seinen Bart, einige behaupten rot, andere gelb, und liebte leinene Gewänder von schreienden Farben. Hingegen verabscheute er Seide, die „erfunden wurde, damit die Weiber in Kleidern nackt gehen können". Sein Schrei war gewaltig; Zorn und Heiterkeit äußerten sich bei ihm explosiv. Er hatte einen seltsamen Gang, wichtigtuerisch, als „schritte er einen unsichtbaren steilen Berg hinab".

Jetzt lebte er in einem mehrstöckigen Haus in jenem berühmten Viertel oberhalb des zentralen Platzes mit der Kaaba und dem Zem-Zem-Brunnen. Der plötzliche Wechsel seiner Lebensverhältnisse, der ihn aus einem einfachen Verkäufer in den über Muße verfügenden Gatten einer Kapitalistin verwandelte, und der die führenden Gruppen der Stadtverwaltung seine Anwesenheit bei den Debatten dulden ließ, veranlaßte ihn zuerst zu Vergleichen, später zum Nachdenken. Die fast unvermeidlichen Folgen einer solchen Veränderung wirken auf ein nachdenkliches Gemüt wie ein Induktionsstrom. Wer sie unterschätzt, wird vielleicht einem Gerücht Glauben schenken, wonach ein einziger merkwürdiger Vorfall um diese Zeit Mohammed – das Hauptwort – in Mohammed – das Zeitwort – umschuf. Infolge einer argen Überschwemmung drohte die alte Kaaba einzustürzen. Die Prominenten beschlossen daher, das allzu straff gespannte Tabu aufs Spiel zu setzen und sie neu zu erbauen. Ein gewisser Ab-Walid hatte den Mut, als erster die heilige Mauer zu berühren. Er ergriff eine Picke, tat einen einzigen Streich und floh. Alle zogen sich bis zum folgenden Morgen von dem Platze zurück, um abzuwarten, ob ihm etwas zustoßen würde. Da er aber am Leben blieb, wurde die Arbeit fortgesetzt. Zum Schluß jedoch, als es sich darum handelte, den Schwarzen Stein neu zu versiegeln, entbrannte ein heftiger Streit, denn sämtliche Clans nahmen diese Ehre für sich in Anspruch. Endlich beschloß man, bei dem Spruch desjenigen Mannes zu verharren, der als erster den Platz betreten würde. Dieser erste war Mohammed und er fällte ein salomonisches Urteil. Zuerst nahm er seinen Mantel und breitete ihn auf dem Boden aus; auf ihn legte er den Stein, den er küßte. Dann ersuchte er je einen Häuptling aus den vier wichtigsten Stämmen vorzutreten, den Mantel an je einem der vier Zipfel zu fassen und den Stein in die richtige Höhe zu heben. Mohammed selbst geleitete ihn an seinen Platz.

Wie es nun auch geschehen sein mag, ob die natürliche Mechanik der Verhältnisse es zuwege brachte, oder ob solch ein lahmer Zufall am Werke war: Mohammed begann um diese Zeit über das Wohl und Wehe der Stadt nachzudenken. Er machte sich über die geringe Zahl der Pilger und ihre Ursachen Sorge und begann sich den Gruppen von Politikern anzuschließen, die in inoffizieller Parlamentssitzung an steinigen Straßenecken oder in dem Windschutz der Kaaba über einen Ausweg debattierten.

Die Anfänge von Mohammeds Abenteuer oder die Basis der mohammedanischen Religion – um uns des gebräuchlichen Synonyms zu bedienen – ist des Propheten gedankliche Beschäftigung mit den Schicksalen seiner Heimatstadt. Ängstliche Pedanten werden vielleicht gegen die Trivialität des nun folgenden Ausdrucks protestieren, der indes treffender als jeder andere die Lage wiedergibt: Mohammed war ein Lokalpatriot. Diese Auffassung wird manches Unklare in seinem Leben und seiner Lehre aufhellen, wie auch die kniffIichsten theologischen Haarspaltereien und die sorgfältigsten Schürfungen der Geschichtswissenschaft das nicht zu tun vermögen. Die Tür, durch die er eintritt, trägt die Überschrift: „Wie kann ich die ganze Welt, oder zum mindesten ganz Arabien überreden, alljährlich die Kaaba anzubeten?“ Die Vision des einen Gottes, des allumfassenden arithmetischen Nenners sämtlicher Religionen, ist die Lösung, nicht die primäre Eingebung. Tatsächlich wurde der Mohammedanismus eine Religion, weil das Problem der Pilgerstadt Mekka ein religiöses war. Die Rhapsodien und epileptischen Anfälle des um die Einzelheiten seiner Erfindung ringenden Führers sind Symptome eines Prozesses, auf den sie teils fördernd, teils hemmend einwirkten. Würde man sie als Parallele zu den schmerzhaften Bemühungen eines begeisterten Rotarianers auffassen, der sich sein Hirn zermartert, um einen weltbezwingenden Kriegsruf für seine geliebte Heimatstadt zu ersinnen, so wäre das zwar nicht gerade pietätvoll (leider haben wir jedoch schon zu Beginn dieser Studien jeder Pietät abgeschworen), aber es wäre die Wahrheit und kein schlechter Scherz.

So schiffte sich Mohammed unter dem Leitstern der praktischen Vernunft zu dem gefährlichsten Unternehmen der Welt, zur Gründung einer Religion ein. Diese Vernunft war so streng, so exakt, daß man sie beinahe als Mathematik bezeichnen könnte. Columbus standen zum mindesten drei seetüchtige Briggs zur Verfügung; Mohammed begibt sich in das Reich der Leidenschaft, Träume und Albdrücke auf Grund der Regeldetrie. Er wandelt von jetzt an allein, schlägt mit den Händen durch die Luft, brütet über geheimen Gedanken, ja über einem Plan, den er des Nachts dem prallen Busen der mitfühlenden Chadidscha anvertraut. Nach diesem Plan will er auf Kosten eines gewissen Prozentsatzes der beduinischen Götzenanbeter (die häufig so arm sind, daß sie sich als Klientel nicht recht lohnen) die vielen Millionen reicher Juden und ganze Gemeinden von syrischen Christen, Fische aus dem unendlichen Meer Roms und Neu-Roms, zur Kaaba heranlocken. Zehn Jahre bevor er wagte, ein Wort davon verlauten zu lassen, hatte er Chadidscha alles erzählt. Erstens einmal: Besagt nicht die Legende, daß Mekka von Abraham gegründet sei? Daß Hagar, seine Magd, sich vor dem Zorne seiner ersten Frau Sarah mit Ismael, seinem Sohn, in die Wüste geflüchtet hatte, um diesen Brunnen Zem-Zem zu entdecken und aus ihm zu trinken? Das, so erklärte Mohammed, sind die wahren Anfänge Mekkas, und Mekka wird durch sie in einer Weise gedeihen, von der jene Vorväter, welche die Kunde davon bewahrten, sich nichts träumen ließen. Denn sowohl Christen wie Juden verehren Abraham. Niemals aber werden sie seinen Tempel und die Wiege seines Sohnes besuchen, falls dieser lächerliche, unarithmetische, kindische und verderbliche Kult einer unbestimmten Anzahl Götter in Mekka bestehen bleibt. Alle gebildeten Völker, die ich kenne, – so ungefähr pflegte er weiterzureden –, Juden wie Christen, anerkennen die augenscheinliche Tatsache, daß es nur einen Gott gibt. Hobal und sein Kollegium dämonischer Freunde müssen fort. Es gibt keinen Gott außer Allah.

Und Mohammed ist sein Prophet. Mehr und mehr vertiefte er sich in die Ausarbeitung seines Planes. Die Stadtgeräusche störten ihn; von jeher fürchtete er sich vor Lärm, mochte es sich nun um Donner, Straßenverkehr oder Kriegslärm handeln. So begab er sich tagelang zu den kahlen, windigen Hügeln in der Nähe der Stadt, insbesondere zu dem Berge Hira, einer zuckerhutspitzen Anhöhe, drei Meilen von Mekka entfernt. Chadidscha begleitete ihn. In der Stadt aber suchte er die sehr zahlreichen Juden auf, um sich mit ihnen zu unterhalten. Auch stellte er Fragen an Zaid, seinen Diener und Freund, einen untersetzten, dunklen Mann mit einer eingeschlagenen Nase, der als Sklave bei Christen gedient hatte. Diese hatten ihm einiges von ihrer Lehre erzählt. Mohammed war in der jüdischen Theologie samt ihren diätetischen und medizinischen Geboten besser beschlagen als in der christlichen Lehre, vor allem machte ihr Messiasglaube auf ihn Eindruck. Aber auch die Christen harrten des Kommens eines Propheten, Paraklets. Das entnahm er den konfusen Erinnerungen Zaids, die sich auf den unklaren Glauben der ketzerischen syrischen Familie gründeten. Der Name Paraklet ließ sich aus seiner verstümmelten Form Periklutos unschwer in das arabische Ahmed, „der Gepriesene", übersetzen, was wiederum einer Version von Mohammeds eigenem Namen entsprach.

Selbst wenn Mohammed keine ehrgeizige Natur gewesen wäre, hätten diese Stichworte genügt, seinem einfachen Schema die Idee der persönlichen Führerschaft einzugliedern. Der religiöse Gedanke muß notgedrungen Priester wie Gott in sich schließen; in Mohammeds eigenen Stil übersetzt, brauchte Mekka e i n e n Propheten und e i n e n Gott. In diesem embryonalen Entwicklungsstadium wählte seine aufreizende Gedankenarbeit als Ventil die Poesie. Die Poesie der frühsten Suren des Korans steht denn auch in scharfem Gegensatz zu der banalen Prosa, die der Periode geistiger Spannung in allzu reichlichem Maße folgte. In Wahrheit bedeutet die Form jener eigenartigen, zum Teil herrlichen Dichtwerke eine Offenbarung des Autors, welche die Anführung weiterer Einzelheiten erübrigt. Die furchtbare Art, wie er sich selbst zum Denken aufpeitscht, bis ihm die Stirnadern fast zerspringen, gelangt in der sonderbar elementaren Eidesformel, die jede Sure einleitet, zum Ausdruck. Ein anderes Beispiel bietet die höchst mittelmäßige Neufassung der hebräischen und christlichen Ethik, über die er sich trotz größter Anstrengung nur selten emporzuschwingen vermag. Man höre die 100. Sure (die Kapitel des Korans sind kunterbunt durcheinander geschüttelt):

> Bei den schnellen Rossen, die schnaubend dahineilen
> Und mit ihren Hufen Funken aus dem Gesteine schlagen,
> Bei denen, die in der Morgenfrühe auf den Feind einstürmen
> Und dabei Staubwolken aufwirbeln und
> Die feindlichen Haufen durchbrechen ...
> Wahrlich, der Mensch ist undankbar gegen seinen Herrn ...
> Ja er ist der Liebe nach irdischem Gute sehr ergeben.

Oder die 91. Sure. Um ihre volle Wirkung bewundern zu können, muß man wissen, daß jede Strophe im Original mit einem keuchenden ha! (dem Pronomen der dritten Person) endigt, das hier in Kursivschrift wiedergegeben ist:

> Bei der Sonne und ihrem S c h e i n e ,
> Bei dem Monde, wenn er i h r folgt,
> Bei dem Tage, wenn er s i e enthüllt,
> Und bei der Nacht, wenn sie s i e bedeckt,
> Beim Himmel und d e m , der ihn gebaut hat,
> Bei der Erde und d e m , der sie ausgebreitet hat,
> Bei der Seele und d e m , der sie gebildet ...
> Wohl dem, der sich von Sünden gereinigt;
> Hoffnungslos der, so sie verdorben hat!

Früher oder später kommt er auf das erschütternde Novum des Jüngsten Gerichts. Die Semiten scheinen sich nur langsam auf jenen natürlichen Folgesatz des Begriffs der göttlichen Gerechtigkeit besonnen zu haben. Ein Leben nach dem Tode wird im Alten Testament bekanntlich nur selten erwähnt, obwohl die Rabbinerschulen zu Mohammeds Zeiten ganz von diesem Gedanken besessen waren, während die Verehrer Hobals wahrscheinlich nicht mehr von ihm wußten als die Zeitgenossen Moses oder Homers. Der Glaube, daß Mohammed zu dieser zwingenden Lehre auf einem von dem Rest seiner geborgten Ethik verschiedenen Wege gelangte, kann nur auf Gefühlsgründen beruhen. Kaum aber hatte er die Gewalt jenes Begriffs erfaßt, der, ähnlich dem grünen Basaltstein an der Basis der Kaaba, das gesamte Gebäude des Mohammedanismus stützt, so werden wir um eine der köstlichsten und überraschendsten Suren bereichert, einen Hymnus, in welchem wir die Sehnen seines Denkens knacken hören. Sure 101:

> Das Richtende! Was ist das Richtende!
> Und was wird dich lehren, was das Richtende ist?
> An diesen Tagen werden die Menschen zerstreuten Motten,
> Werden die Berge auseinandergezupfter Wolle gleichen.
> Und der, dessen Waagschale voll ist, wird ein herrliches Leben
> führen;
> Der aber, dessen Waagschale zu leicht ist,
> Der soll im Abgrund der Hölle seine Wohnung finden!
> Was aber lehrt dich verstehen, was dieser Abgrund ist?
> Er ist das glühende Feuer.

Trotz der Unterstützung seiner einzigen Zuhörerin Chadidscha begann er der geistigen Anstrengung zu erliegen. Jetzt erscheint ihm der Engel Gabriel und flüstert ihm ein ungeheures buntes Durcheinander von jüdischen Überlieferungen, christlichen Ketzerlehren und allgemeinen Grundsätzen der Vernunft ein, durchsetzt mit der Geschichtsphilosophie der Koreïsch. Allerdings glaubte der Prophet selbst, daß er vielleicht ein Teufel wäre. Chadidscha tröstete ihn. Das nächste Mal, als die Stimme in seinem Kopf zu sprechen begann, befanden sie sich in ihrem Zimmer und er gab ihr, wie verabredet, ein Zeichen. Darauf zog sie ihr Hemd aus, nahm ihn auf ihren Schoß und begann ihn auf intime Weise zu liebkosen. Die Stimme schwieg. Siehst du, sagte Chadidscha, ein unsauberer böser Geist wäre dageblieben; so aber muß es Gabriel gewesen sein.

Jetzt ist die Religion reif, gepredigt zu werden, und von nun an setzt Mohammed, um dieses Stadium zu kennzeichnen, jeder Sure das Wort „Sage" oder „Sprich" voraus. So bildet zum Beispiel die 112. Sure den theologischen (wenn auch keineswegs historischen) Ausgangspunkt des Mohammedanismus:

S p r i c h : Gott ist ein einiger Gott, Gott ist der Ewige!
E r zeugt nicht und ward nicht gezeugt,
Und I h m ist kein Wesen gleich.

Jetzt blieb ihm nur noch übrig, die praktischen Folgen zu ziehen: Es galt, seine Religion in Mekka einzuführen, die Kaaba von Götzen zu säubern, den Wechsel in der Leitung Juden wie Christen anzuzeigen und das Resultat zusammenzufassen. Mekka sollte wieder blühn und gedeihen; unter der wohlwollenden Herrschaft des Wohltäters selbst sollte es sich des Reichtums, Friedens und gesicherter Verhältnisse erfreuen. Was aber jenes positive Hindernis zu diesem Wohlstand, die Blutfehden, betraf, so würde es durch das neue System, welches lehrte, daß alle Gläubigen Brüder seien und sich kein Leid antun dürften, beseitigt werden.

Mohammeds Angebot an Mekka entspricht dem gewaltigen Angebot aller Abenteurer an die Gesellschaft: Was geliebt wird, anerkannt, Besitz geworden ist, soll gegen einen Traum eingetauscht werden mit der Führerschaft des biederen Outsiders als Gratiszugabe. Messinglampen gegen Gold; die Herrschaft über die Welt, so ihr niederkniet und mich anbetet: all das sagenhafte Gerede von Zauberern und Teufeln. Dem Volke schlug er vor: Verbrennt die Götter eurer Väter und Kinder. Den Privilegierten: Verzichtet auf eure Ämter und taucht wieder in der Masse unter. Dem Clan, der auf dem besten Wege war, nach fünfzigjährigen Verlusten die Rechnung mit dem Erbfeinde auszugleichen: Überlaßt mir eure Trümpfe. Den Beherrschern der Stadt: Gehorcht, wie ihr nie zuvor gehorcht habt, diesem kleinen Kerl mit den blutunterlaufenen Augen, dem Ausbeuter des Vermögens einer törichten Witwe. Immer ist das Angebot das gleiche. Ebenso unabänderlich ist die Antwort der Gesellschaft: zuerst Gelächter, dann Flüche.

Mohammed ist jetzt vierundvierzig Jahre alt. Seine ersten Konvertiten werden auch heute noch in den Gebeten von Hunderten von Millionen Gläubigen mit Namen genannt: es sind Chadidscha, die den Engel auf die Probe stellte; Zaid, der ein christlicher Sklave war; Ali, des Propheten Vetter, Sohn des braven, heruntergekommenen Abu Talib; Waraka, ein anderer armer, zahnloser Vetter und Abu Bekr (der später der erste Kalif des Islam wurde), ein magerer, schwächlicher Mann mit vorgewölbter Stirn. Er war ein Geschäftsfreund der Chadidscha und besaß ein bescheidenes Vermögen, das er ganz der großen Sache opferte. Dieser Abu Bekr gewann auch die ersten auswärtigen Konvertiten.

Sie alle sind heiliggesprochen worden, aber dem Ungläubigen dünken sie eine recht armselige Gesellschaft, lauter Sklaven, Knaben, Frauen, mit Ausnahme eines gewissen Bilal, eines abessinischen Negers mit einer mächtigen Baritonstimme. In den ersten vier Jahren gab es rund vierzig Anhänger des neuen Glaubens, zumeist Sklaven, von denen nur sehr wenige den Koreïsch oder Mohammeds eigenem Clan angehörten. Somit hatte der Islam bereits die Stammeseinteilung in Mekka gesprengt; ja er war auf dem besten Wege, die Politik der Stadt über den Haufen zu werfen.

Anfänglich begnügten sich seine Gegner damit, ihn auszulachen. Mohammed wurde von den Müßiggängern, die sich an heißen Abenden um die Kaaba versammelten, als guter Witz betrachtet. Allmählich jedoch ärgerte man sich über die Haltung seiner sklavischen Anhänger gegenüber den Götzen ihrer Herren und Gebieter; Prügel wurden verabfolgt, und als das nicht genügte, verurteilte man sie zu dem Fußblock, der in Mekka mitten in der Sonne aufgestellt war und die Qualen des Durstes von Sonnenaufgang bis Sonnenuntergang mit sich brachte. Der einzige, der bei dieser Behandlung nicht umfiel, war Bilal, der Neger, der den ganzen Tag Akhad, Akhad schrie: (einer, einer): unter diesen Umständen eine säuberlich praktische Zusammenfassung der außerordentlich einfachen Grundsätze der neuen Religion. Abu Bekr kaufte ihn seinem götzendienerischen Herrn ab und schenkte ihm die Freiheit.

In diesen bedrängten Verhältnissen hatte Mohammed sogleich eine Fülle neuer Offenbarungen, welche die entmutigte Sekte außerordentlich trösteten. Die 15. Sure, ein einzigartiger Beweis für die praktische Vernunft dieser Religion, kam den vom Märtyrertode Bedrohten zu Hilfe:

> Wer aber Gott leugnet, nachdem er geglaubt hat (ausgenommen jene, die durch Gewalt dazu gezwungen werden, deren Herzen aber treu im Glauben verharren), auf dem ruht der Zorn Gottes.

Die uns überlieferten Glossen zu dieser Stelle lassen keinen Raum für Zweifel. Eines Tages begegnete Mohammed einem gewissen Sklaven namens Ammar. Der Mann schluchzte und stöhnte und Mohammed erkundigte sich nach dem Grunde. „Sie wollten mich nicht gehen lassen, oh Prophet, bis ich dich nicht geschmäht und ihre Götter gelobt hatte“, sagte Ammar. Mohammed fragte: „Wie ist dein Herz?“ „Treu im Glauben.“ „Alsdann“, sagte der weiseste aller Propheten, „wiederhole du nur die Widerrufung, falls sie ihre Prügel wiederholen.“ Außer dieser wertvollen Absolution schenkte er seinen Gläubigen noch ein neues aufmunterndes Motiv für ihre Ausdauer. Bis jetzt hatte man sie durch Furcht vor der Hölle in Zucht gehalten, nun vernahmen sie die Kunde vom Paradiese. Gabriel überbrachte die frohe Botschaft der 78. Sure.

> Für die Gottesfürchtigen aber ist eine Stätte der Seligkeit bestimmt,
> Ein umzäunter Garten mit Weinreben
> Und Jungfrauen mit schwellenden Brüsten, an Alter ihnen gleich,
> Und ein immer voller Becher.

Der Wein, der im Diesseits verboten ist, soll „mit Moschus versiegelt und mit Ingwer gewürzt sein". Außerdem besitzen wir die saftige 55. Sure:

> Und neben diesen Gärten gibt es noch zwei andere.
> Welche von den Wohltaten eures Herrn wollt ihr nun undankbar zurückweisen?
>
> Dunkelgrün ist ihre Färbung.
> Welche von den Wohltaten eures Herrn wollt ihr nun undankbar zurückweisen?
>
> Und in ihnen sind zwei reichlich fließende Quellen.
> Welche von den Wohltaten eures Herrn wollt ihr nun undankbar zurückweisen?
>
> Früchte aller Art gibt es dort und Palmen und Granatäpfel.
> Welche von den Wohltaten eures Herrn wollt ihr nun undankbar zurückweisen?
>
> Auch gibt es dort schöne und herrliche Jungfrauen.
> Welche von den Wohltaten eures Herrn wollt ihr nun undankbar zurückweisen?
>
> Jungfrauen mit großen schwarzen Augen, die in Zelten leben.
> Welche von den Wohltaten eures Herrn wollt ihr nun undankbar zurückweisen?

Kein Mann hat sie noch berührt, noch irgendein Dschinn.
Welche von den Wohltaten eures Herrn wollt ihr nun undankbar zurückweisen?

Dort liegen sie auf grünen Kissen und herrlichen bunten Teppichen.

Nach Offenbarung der 55. Sure berichtet die Überlieferung von keinen weiteren Widerrufungen. Mit dieser Sure und dem täglichen Gebet, das durch Tausende von europäischen Romanschriftstellern und Dramatikern als Beispiel für das warme Lokalkolorit des Ostens berühmt geworden ist, sind die Elemente des Islam vollzählig.

Preis sei Gott, dem Weltenherrn,
Dem Allerbarmer,
Der da herrschet am Tage des Gerichts;
Dir wollen wir dienen und dich wollen wir um Hilfe anflehen:
Führe uns den geraden Weg,
Den Weg derer, denen du gnädig bist,
Und nicht den Weg derer, denen du zürnst und nicht den der Irrenden!

Mohammed selbst, Abu Bekr und alle freien Bürger Mekkas, die sich ihm anschlossen, hatten nichts Schlimmeres als vorsichtige Schmähungen zu erdulden. Sie genossen den Schutz gerade jener Institution, die sie abzuschaffen wünschten: der Blutrache. Wir kennen die Worte, die ein gewisser Hischam, ein eingefleischter Götzenanbeter und bekannter Raufbold, anläßlich des Vorschlages, den Islam mit Gewalt zu unterdrücken, fallen ließ: „Hütet euch, einen meines Stammes zu töten, ich wäre alsdann gezwungen, den größten eurer Häuptlinge zu erschlagen.“ Da die Opposition weder aus noch ein wußte, begnügte sie sich mit geheimen Schimpfreden und der recht billigen Anschuldigung des Plagiats. „Er hat all seine Gedanken von den Juden und von Zaid, dem ehemaligen Christen, gestohlen“, so lautete der Vorwurf, den man am häufigsten gegen den Propheten erhob. Mohammed wies ihn mit der recht lahmen Antwort zurück: „Wie kann ein Fremder, Jude oder Christ, mir alle diese Dinge erzählen, da sie doch in reinstem Arabisch gefaßt sind?“ Man hätte eine bessere Antwort geben können, denn obwohl Mohammed zahlreiche Gedanken dem Christentum entlieh, hat er sie doch so verzerrt, daß sie zum mindesten durch drei falsche Auffassungen hindurchgegangen sein müssen. Mohammed mißverstand, was ein falsch informierter Anhänger ihm von den konfusen Ideen eines monophysithischen Ketzers erzählte, der seinerseits die Lehren seiner Sekte nicht ganz begriffen hatte. Mohammeds Suren müssen daher zweifelsohne als ursprüngliche Offenbarungen angesprochen werden. Was nun seine weit stärkeren Anklänge an das Judentum betrifft, so muß man in Betracht ziehen, daß er nicht aus dem Urquell, sondern aus den jüngeren talmudischen Legenden schöpfte, die er aber derart phantasievoll und naiv zu drehen und zu wenden wußte, daß auch hier das harte Wort Plagiat ungerechtfertigt erscheint. Der Koran enthält ganze Seiten, ja ganze Bände folgender Geschichtchen: Der Berg Sinai sei plötzlich in die Luft gehoben und drohend über den Häuptern der Israeliten gehalten worden, damit sie sich dem Gesetz unterwürfen; die Berge, in denen David wandelte, hätten mit gewaltiger Baßstimme in seine Gesänge eingestimmt; diejenigen Juden, die den Sabbath verletzten, würden in rote Affen verwandelt; Esra habe, als er nach hundert Jahren vom Tode auferweckt wurde, immer noch auf seinem Esel gesessen. Dagegen blieb das Problem der Sklaven-Konvertiten und Fremden, die den Schutz der Blutrache nicht genossen, ungelöst, denn sowohl Chadidschas wie Abu Bekrs Kapital begann durch die Wucherpreise, die die rachsüchtigen Besitzer für ihre Sklaven forderten, auf die Neige zu gehen. Eine Anzahl von ihnen wanderte nach dem christlichen Negerreich Abessinien aus. Diese Bewegung wird als die erste Hedschra bezeichnet. Mohammed unterstützte sie, denn er war jetzt nahezu fünfzig, außerdem war er müde geworden, was aus der zunehmenden Weitschweifigkeit und Banalität seiner Offenbarungen hervorgeht. Unter den Flüchtlingen befanden sich auch Fanatiker, denen der Druck, in Nähe eines götzendienerischen Heiligtums hausen zu müssen, unerträglich geworden war. Erleichtert sah Mohammed sie abziehen. Das Abenteuer begann ihn zu beschweren; er glaubte, annehmen zu dürfen, daß er ihm einen glücklichen Ausgang geben könnte, bei dem sämtliche Vorteile, die ihn gelockt hatten, sich verwirklichen würden. Die Oberhäupter der Stadt hatten ihm zu verstehen gegeben, daß sie zu einer Verständigung bereit wären. Er erschien daher an einem gewissen Tage nach Abzug der Flüchtlinge vor der Kaaba, wo er, wie durch Zufall, die Hauptanführer versammelt fand. Sich zu ihnen setzend begann er in lautem Singsang zu rezitieren:

Ein anderes Mal sah ich Gabriel
Neben dem Baum an der äußersten Grenze

Des ruhevollen Paradieses.
Ich blickte nicht zur Seite
Und sah eines der herrlichsten Wunder des Herrn ...

Dann fuhr er fort:

(Ich fragte) Was hältst du von Al-Lat und Al-Ozza
Und von Manat ebenfalls?

(die beiden letztgenannten waren weibliche Götzen aus dem Kaaba-Götterkollegium). Gabriel antwortete:

Diese sind erhabene Weiber,
Deren Fürbitte ohne Zweifel wünschenswert ist.

Sämtliche Koreisch sprangen auf und brachen in Hochrufe aus; dann neigten sie sich zur Erde und beteten an.

Die automotorische Kraft Mohammeds trieb ihn jetzt dem großen Quell aller praktischen Vernunft, dem Kompromiß entgegen. Die glückliche, verständige Familienszene unter der windgeschützten Mauer der Kaaba bildet die Grenze dessen, was Mohammed durch eigene Kraft zu erreichen vermochte. Der Lokalpatriot, der schlaue Erfinder eines weltweiten Kommt-nach-Mekka-Kriegsrufes hat beschlossen, zu liquidieren und persönlich den Bonus auszuschütten, den Jahre des Denkens und der Unbeliebtheit ihm errungen hatten. Er verständigt die Götter des Abenteuers durch Zeichen, aufzuhören und ihn freizulassen.

Dies ist der fatale Wendepunkt, den wir mit Besorgnis auch im Leben seiner Vorgänger beobachtet haben; hier beginnt der Rückzug des Abenteurers. Bei jedem Fall, den wir bisher untersucht haben, liegt die letzte Ursache zu dem nun folgenden Ruin in den Charakteren der Abenteurer selbst. Der Motor wird defekt, das Gleichgewicht zwischen Wollen und Haben verschiebt sich, sie stürzen in Schande, Elend, Spott. Hätte Mohammeds Abenteuer ihn lediglich in das Reich der Geographie oder Geschichte geführt, die Erzählung würde zweifellos zu dem eintönigen Schluß „Und er lebte glücklich bis an sein Lebensende“ herabsinken. Ein paar Monate Popularität, ein paar Jahre Einfluß und dieser obskure Theoretiker in Fragen der Stadtverwaltung wäre, vielleicht durch einen ironischen Rückschlag des Vendetta-Prinzips, das ihm bisher körperlichen Schutz gewährte und das er in den Tagen seines Aufschwungs mit aller Kraft hatte zerstören wollen – von der Bühne gedrängt worden. Aber wie armselig seine Persönlichkeit auch sein mag, dieser Schacherer mit dem Übernatürlichen hat mit der Finsternis gerungen. Er hat sich auf die endlosen, unbekannten Meere des menschlichen Herzens gewagt. In dieser Stunde droht ihm kein bloßer Sturz, sondern ein furchtbarer unwiderstehlicher Rückschlag, als hätten die Geister, die er so leichtfertig rief, ihn beim Genick gepackt und ihn brüllend außer Sichtweite der menschlichen Herde durch die Luft geschleudert. Nicht ein Allah, auch keine der bärtigen, reizbaren Untergottheiten seiner Theogonie, nicht Gabriel, Asrael noch Eblis, sondern jene grenzenlose vielarmige blinde Allmacht, die keiner je angebetet hat und der keiner je wagte, ein menschliches Antlitz zu geben; nach deren Bilde niemals auch nur der kleinste Götze geformt wurde; – das kollektive Gewicht der Vergangenheit, die Summe alles dessen, was seit den ersten zitternden Ätherwellen geschah, die gewaltige Arithmetik der Kausalität mit ihren Fluten und Unterströmungen, mächtig wie der Ozean, auf deren Woge dieser kleine gestikulierende Prophet jetzt mit unwiderstehlichem Schwunge zur Eroberung der Welt emporgetragen wird. Denn merket auf: – wir drücken uns jetzt nüchterner aus – die Zeit ist reif für Mohammed und seine Religion.

Das Judentum hat sich in eine Anzahl zorniger, hochmütiger Verbannter zersplittert, die in Ghettos ihrer eigenen Erfindung in allgemeinem Menschenhaß sich auf universelles Märtyrertum vorbereiten. Das westliche Christentum ist mit der endlosen Aufgabe beschäftigt, den Franken, Alemannen, Sachsen und Kelten zu bewegen, von Mord, Diebstahl und Ehebruch zu lassen. Im Osten hat es sich vollständig an das Paradoxon von Macht und Reichtum verloren; hundert organische Krankheiten der Theologie schütteln seinen Leib. Der unerklärliche aber aufrichtige Impuls seiner Anhänger, leichter zu hassen als zu lieben, zersprengt jede Einheit des östlichen Kaiserreichs, sogar die wirtschaftliche und militärische. Christentum wie Judentum haben die natürlichen Religionen des ungeheuren Gebiets, mit dem sie in Berührung kamen, von Gibraltar bis Bombay vergiftet; zwar haben sie den Heiden nicht bekehrt, aber sie haben ihn skeptisch und apologetisch gemacht; die alten Götter tun sich selber leid.

Der Gegenpol Arabien aber hungert, es verhungert so langsam, daß die Bevölkerung bei dem Stadium der Hungerreizbarkeit, nicht der Hungerschwäche angelangt ist. Von dem Handelsfaktor ist bereits die Rede gewesen; außerdem trocknet das Klima seit Jahrhunderten allmählich aus. Schon liegen die fruchtbaren Ebenen Babylons verödet. Flugsand hat die Wasserleitungen verstopft, die Städte sind verweht. Der Schwarminstinkt, welcher Jahrhunderte zuvor Mittelasien ergriff, hat sich auch der Semiten bemächtigt. Verzweifelt kämpft er mit tausend Formen der Stammeseifersucht, Untüchtigkeit, Furcht, einem neuen Flusse gleich, der sich durch eine steinige Schlucht seinen Weg bahnt. Im Rücken des kleinen lebhaften Mannes türmt die Geschichte die Ereignisse auf, vergeblich sucht er sich mit Sporn und Absatz festzuklammern.

Wir wiederholen kurz die Summe von Mohammeds Erfindungen: eine über den Stämmen stehende Einheit; eine arithmetische Theologie an Stelle des Sammelsuriums diskreditierter Stammesgottheiten; ein Motiv: das Paradies; eine quälende Furcht: die Hölle; Gebete; eine Ethik, enthaltend alle jene Elemente, nach denen der Mensch verlangt, einschließlich einiger Ernährungsverbote, wie keine Religion sie entbehren kann. Außerdem räumt er mit der Furcht vor dem Tode auf, die bisher den arabischen Krieger hemmte, und sehr bald wird er seiner Leute Plünderungsinstinkt zehnfach stärken, indem er das Beutemachen zur Pflicht erhebt.

Den Hebel zu seiner Lage bilden seine eigenen Konvertiten, seine eigene Vergangenheit, die Schar auserlesener Fanatiker, die auf die Kunde von dem Kompromiß aus Abessinien herbeieilen. Man darf nicht erwarten, daß die mohammedanische Religion den Standpunkt, den diese Leute dem Propheten gegenüber vertraten, verzeichnet hat; wir müssen uns daher mit dem ungewöhnlich treuherzigen Bericht der nackten Tatsachen begnügen. Diese sind: die Auswanderung; Mohammeds Kompromiß; die Rückwanderung, drei Monate später; die Aufhebung der sogenannten „Satanischen Strophen“ durch eine neue Offenbarung und endlich der Beginn eines neuen, unerbittlicheren Ringens. Mohammeds Frieden ist dahin. Die empörten Koreïsch unternehmen einen energischen Versuch, Abu Talib von seinem Neffen zu lösen, „Mohammed des Schutzes seiner Stammesbrüder zu berauben“. Der alte Mann, immer noch ein Gegner des Islam, weigert sich, ja er geht noch weiter. Mit einer Reihe waffentüchtiger Jünglinge seiner Familie begibt er sich zur Kaaba, lauscht der Versammlung und wendet sich als Antwort an seine Gefolgsleute mit den Worten: „Enthüllt, was ihr unter euren Mänteln tragt.“ Die Jünglinge zogen ihre Waffen und schwangen sie. Dann wandte er sich an die Koreïsch: „Bei Hobal, Al-Lat und Manat: tötet ihr ihn, wird auch nicht einer von euch am Leben bleiben.“

Unmittelbar nach diesem Erfolg gewann Mohammed zwei einflußreiche Konvertiten: Hamsa, der spät gezeugte Sohn des alten Abd al-Muttalib und einen hühnenhaften Raufbold, Omar. Die eingeschüchterten Koreïsch verhängten jetzt einen feierlichen Boykott über die Islamiten und den gesamten Clan der Haschim, von Abu Talib bis Mohammed. Der Bann lautete: „daß sie deren Weiber nicht ehelichen noch ihnen ihre eigenen Weiber zur Ehe geben würden; ferner würden sie ihnen nichts verkaufen noch abkaufen." Von nun an trennte eine unsichtbare Mauer ihr Quartier von dem Leben und Treiben der Stadt. Mohammed selbst trat, nolens volens von Kräften außerhalb seiner selbst getrieben, in eine neue Entwicklungsphase. Bis jetzt hatte er seine Botschaft an Mekka gerichtet; nun begann er den Pilgern auf den Märkten, insbesondere den jüdischen Kaufleuten zu predigen. Auf all seinen evangelistischen Propagandareisen begleitete ihn ein Schwarm feindseliger, Spottrufe und Drohungen ausstoßender Koreïsch. Einer vor allem, „ein schielender Fettwanst mit wallenden, zu beiden Seiten herabfallenden Locken, in feinste Adener Stoffe gekleidet", folgte ihm auf Schritt und Tritt und brüllte: „Glaubt ihm nicht, er ist ein lügnerischer Renegat!" Dies war sein eigener Onkel, Abd al-Ozzo Abu Lahab, der wie Mohammed selbst unter dem Boykott litt.

Solcher Art war die Behandlung der Gläubigen während der nächsten zwei, drei Jahre. Inzwischen starben die blindlings anbetende Chadidscha wie auch der brave Onkel Abu Talib, der bis zuletzt sowohl Mohammed wie seinen Götzen treu blieb. In diesem neuen Stadium bewies der Prophet außerordentliche Energie. Er reiste sogar bis zur nächsten Stadt, Al-Taif, um dort zu predigen; die Einwohner bewarfen ihn mit Staub und jagten ihn schmählich davon. Mehr Erfolg hatte er bei den Männern von Medina, Mekkas Kivalin, elf Kamelreisetage nördlich gelegen. Die Pilger Medinas traten in Scharen zu ihm über; die Juden waren zahlreich und mächtig in jener Stadt und brachten dem Propheten, den sie gewissermaßen als inoffiziellen Proselyten ansahen, starke Sympathien entgegen. Zwölf Männer von Medina schworen anläßlich der Pilgerfahrt von 621 ganz im geheimen dem Propheten Blutsbrüderschaft, bekannt unter dem Eid von Akaba.

Dieser Eid bildete den nächsten geschichtlichen Wendepunkt. Von jenem Augenblicke an läßt Mohammed Mekka psychologisch im Stich, er wendet sich an sämtliche vier Himmelsrichtungen des arabischen Horizonts mit den Worten: „Ihr Völker: Sprecht, es gibt keinen Gott außer Gott. Es soll euer Schaden nicht sein. Ihr werdet die Herrschaft über ganz Arabien und Al-Ajam (das Ausland) gewinnen, und so Ihr sterbet, werdet Ihr wie Könige im Paradiese leben.“ Die Koreïsch, die nur zum Teil Tragweite und Erfolg der neuen Politik begriffen, setzten ihre ohnmächtige Verfolgung fort. Jetzt begannen die Gläubigen nach Medina auszuwandern, jede einzelne Familie verließ des Nachts die Stadt und sperrte die Tür ihres Hauses ab. Indes hat man ihre Leiden stark übertrieben; das Schlimmste, das uns überliefert wurde und das (für mein Gefühl) nicht eines gewissen Humors entbehrt, ist eine Tat des unermüdlichen Abu Lahab. Dieser nahm einen Eimer mit den Eingeweiden einer Ziege, kletterte auf das Dach von des Propheten Haus und warf seine Bürde den Schornstein hinunter, gerade als der Prophet sein Mahl bereitete. Mohammed spießte das unappetitliche Gericht auf einen Stock auf und stürzte auf die Straße, schreiend: „Was für eine feine Gegend ist diese?“

Die heimliche Auswanderung nahm ihren Fortgang, Quartier um Quartier, Straße für Straße entvölkerte sich; nacheinander packte Neugier, Ratlosigkeit und Schrecken die Feinde. Dieser Schrecken war um so unheimlicher, als niemand wußte, was eigentlich im Gange war. Der Vorgang vollzog sich so geheim und drohend wie ein orientalischer Aufstand; die wachsende Zahl verriegelter Türen glich einer schleichenden Krankheit. Zum Schluß waren von sämtlichen Getreuen nur Mohammed und Abu Bekr in der feindlichen Stadt verblieben; beharrlich gingen sie ihren Geschäften nach, als sei nichts Ungewöhnliches geschehen. Die Koreïsch hielten eine geheime Versammlung ab. Diesmal wurde ein Plan aufgestellt, dem alle zustimmten; aus jedem Clan sollte eine Delegation die beiden aufsuchen und ihnen gleichzeitig und mit äußerster Vorsicht ein Messer in die Brust stoßen. Ein Bazargerücht warnte jedoch Mohammed und Abu Bekr, sie beeilten sich, ihre längst geplante eigene Flucht auszuführen.

Wenige Zeilen müssen notgedrungen den gewaltigen Sagenkranz, der sich um diese Flucht: die große Hedschra, gewoben hat, zusammenfassend schildern. Die Umrisse sind äußerst einfach. Da der Weg nach Medina und alle direkten Straßen versperrt waren, kamen die beiden überein, sich fürs erste in der Nachbarschaft zu verstecken. Auf einem seiner Ausflüge mit Chadidscha hatte Mohammed auf dem Gipfel des Berges Thor oder Thaurus etwa anderthalb Stunden von der Stadt entfernt eine Höhle entdeckt; diese sollte ihnen als Versteck dienen. Gegen Abend schlichen sie sich durch ein Fenster an der rückwärtigen Mauer von Mohammeds Haus in ein boykottiertes verödetes Quartier der südlichen Vorstadt, von wo sie unbemerkt ins Freie gelangten.

Moderne Pilger versichern, daß der von ihnen zurückgelegte Weg (der heute eine verdienstvolle Wallfahrt bedeutet) immer noch ungemein steil und beschwerlich sei.

Früh am nächsten Morgen ging der Überwachungsausschuß der Koreïsch vorsichtig gegen das leere Haus vor: Die Vögel waren ausgeflogen. Vorposten auf schnellen Kamelen wurden auf der Straße nach Medina aufgestellt und bewaffnete Banden suchten auf Meilen in der Runde die Gegend ab. Selbstverständlich kam göttlicher Beistand den Flüchtlingen zu Hilfe: Eine Spinne spann ihr Netz vor den Eingang der Höhle; zwei Wildtauben bauten vor der Mündung ihr Nest usw.; wie dem auch sei, sie wurden von den Koreïsch nicht entdeckt, kamen nach fünf Tagen zum Vorschein, fanden einige Kamele, die die verschiedensten Helfershelfer aus der Stadt ihnen gestellt hatten und machten sich in Eilmärschen auf den Weg nach Medina. Der Tag ihrer Flucht, der Hedschra, war der 20. Juni 622; er bezeichnet den Anfang der mohammedanischen Zeitrechnung. Mohammed war damals dreiundfünfzig Jahre alt.

Medina, der spätere Mittelpunkt des Abenteuers, war unvergleichlich viel größer und wohnlicher als das verödete Mekka. Es lag in einem fruchtbaren Tale und war von einem Kranz Dattelpalmen, Hainen und Gärten umgeben, dem es mehr noch als dem Karawanenverkehr seinen Ruhm und Reichtum verdankte. Eine Schar frohlockender Getreuer zog Mohammed und Abu Bekr entgegen. Sogleich erhob sich die Frage ihrer Unterkunft, deren Lösung erheblichen Takt erforderte. Mohammeds immer wache Vernunft erkannte, wie ungemein gefährlich es war, in diesem Augenblick Eifersucht zu entfachen; einer glücklichen Eingebung folgend, ließ er daher seine berühmte Kamelstute, Al-Kaswa, die heikle Frage entscheiden. Die Reihen aufgeregt hadernder Anhänger teilten sich (erstaunlicherweise flößte Mohammed niemals Furcht ein), um das Tier durchzulassen, und alle folgten mit jener schweigenden Andacht, wie sie sich für diese Gelegenheit, halb Wette, halb theologische Offenbarung, ziemte. Al-Kaswa ließ sich Zeit. Gemächlich zottelte sie über den von Menschen wimmelnden Marktplatz und durch die Hauptstraßen, hielt gelegentlich, als wolle sie die Wartenden auf die Folter spannen, schnuppernd vor irgendeinem offenen Torweg und durchquerte so die ganze Stadt, bis sie einen menschenleeren Teil der Vorstadt erreichte. Hier, unter den Augen der ehrfurchtsvoll staunenden Menge, führte ihre Nase sie in den staubigen, vernachlässigten Hof eines verfallenen Wohnhauses, wo sie sich hinhockte.

Sogleich traf man Anstalten, das Anwesen (das seit Jahren als Platz zum Anbinden der Kamele gedient hatte), zu kaufen, und alsbald wurde auf dem durch göttliche Eingebung gewählten Ort die älteste und berühmteste mohammedanische Moschee errichtet. In ihren Mauern schlug Mohammed für den Rest seines Lebens mit seinem Harem seinen Wohnsitz auf, und hier liegt er auch samt seinen beiden Nachfolgern, den Kalifen Abu Bekr und Omar begraben.

Die Medinaperiode Mohammeds ist durch eine Unmasse bis ins kleinste gehender Überlieferungen, die samt und sonders dem unverbrüchlichen islamischen Moral-, Sitten- und Gesetzeskodex einverleibt sind, verdunkelt und verbrämt worden. Diese Hagiologie ist psychologisch recht amüsant, aber der einheitliche Charakter Mohammeds, wie er zur Zeit der Satanischen Strophen oder gar bis zur Hedschra zutage tritt, ist jetzt gleichsam in eine andere Tonart transponiert. Kurz, der Prophet von Medina gebärdet sich nicht wie ein Mensch, sondern wie eine Institution; sein Abenteuer liest sich wie die Offenbarung einer streng majestätischen historischen Logik, er selbst wird mit einer einzigen Ausnahme zum reinen Werkzeug oder Lehrsatz. Diese eine Ausnahme ist seine Liebe zu Frauen, der er frei die Zügel schießen läßt. An Stelle von Chadidscha besaß er jetzt als Mittelpunkt eines anmutigen Kreises die kleine zwölfjährige Tochter Abu Bekrs, Aischa, welche als alte Frau aussagte: „Drei Dinge zog der Prophet allen anderen vor: Weiber, Wohlgerüche und gutes Essen, doch am meisten liebte er die Weiber.“ Immer häufiger, sobald eine Gelegenheit sich bot, bereicherte er die Schar um ein neues Gesicht: Meist geschah dies, indem er sich bei dem Tode eines Anhängers dessen Witwe zulegte.

Der sachliche Teil seiner Geschichte zerfällt in zwei Abschnitte: in den seiner Beziehungen zu den Juden und in seinen Kampf gegen Mekka. Der Wissenschaftler bekommt eine Gänsehaut, sobald ihm bei seinem Eintritt in das seltsame Labyrinth frühester mohammedanischer Geschichte die Erkenntnis dämmert, daß die Juden, falls sie gewollt oder (wie Mohammed sich ausgedrückt haben würde) falls sie den Verstand dazu gehabt hätten, ohne weiteres den Islam hätten assimilieren können. Mohammed war – das hat selbst unsere summarische Skizze gezeigt – ihr Schüler und Nachahmer, ja zu Beginn seines Aufenthalts in Medina nahezu ihr Geschöpf. Die Bene-Nadir, Bene-Amar und andere reiche, kriegstüchtige und politischen Einfluß ausübende Juden öffneten ihm die Tore seiner Zufluchtsstätte, als seine eigenen Anhänger noch zu spärlich und arm waren, um auf die Ratschlüsse der Clanoberhäupter einzuwirken. Nach Jerusalem, der heiligen jüdischen Stadt, wandten in jenen frühen Tagen der Prophet und seine Getreuen beim Gebet ihre Gesichter; und wir besitzen auch heute noch ein Dokument, in welchem Mohammed den Juden ein für allemal ein Bündnis vorschlägt. Dieses ehrwürdige Denkmal einer versäumten (oder besser noch verschmähten) Gelegenheit bestimmt, „daß gemeinsam Krieg erklärt und Frieden geschlossen werden soll". Ferner heißt es darin, „daß die jüdischen Stämme eins sind mit den Gläubigen" und, „daß wer immer sich unseren Unternehmungen anschließt, Hilfe und Beistand erhalten soll".

Hinter all diesen Machenschaften steht die Kandidatur Mohammeds auf die Messias-Rolle. Wahrscheinlich unterstützte ihn ein Teil der Juden in diesem Bestreben. Sie hielten ihren Glaubensgenossen vor, daß es eine bessere Erfüllung der Prophezeiungen Jesaias nicht gebe als diesen überzeugenden Monotheisten, Talmudisten und Bekenner zur Integrität der Thora. Außerdem betonten sie, daß Mohammed weit eher als Bar-Kochbar ihnen zu der von den Realpolitikern so sehr begehrten militärischen Weltherrschaft verhelfen würde. Der Streit zwischen Mohammed und seinen Anhängern einerseits und den widerspenstigen Juden von Medina andererseits, dreht sich überraschender und bezeichnender Weise nicht um dasjenige, was wir einen Mangel an übernatürlichen theatralischen Wirkungen seiner Person nennen möchten, nicht um das Fehlen ungewöhnlicher atmosphärischer Phänomene zur Unterstützung seiner Ansprüche, sondern um die Frage, ob die Prophezeiungen, auf die beide Parteien sich stützten, sich, wie die Juden behaupteten, auf einen Sohn Davids oder lediglich auf einen Sohn Abrahams, eben jenen Ismael, bezögen. Dieser war bekanntlich der erste Araber, und daß Mohammed der Sohn eines Arabers war, wurde von niemand bestritten. Die Davidanhänger siegten, und die Welt wurde um eine jener Wiedervereinigungen der semitischen Rassen ärmer (oder reicher), die zu den fesselndsten Seiten im Buch der Kulturgeschichte gehören. Mohammed geriet in unbändige Wut und nahm eine Rache, die seinen Gegnern teuer zu stehen kam. Das Symbol dieses Bruches ist der plötzliche Wechsel der Kibla oder Orientierung der Moschee. Rund zwei Jahre nach seiner Ankunft leitete der Prophet die Gebete der Gläubigen in einem Gebäude in der Nähe Medinas, das später den Namen: „Moschee der beiden Kiblas" erhielt. Er hatte sich bereits zweimal in der Richtung Jerusalems verneigt, als Zorn ihn an der Kehle packte und er sich plötzlich der Richtung von Mekka und der Kaaba zuwandte. Alle Betenden taten es ihm nach. Hier scheiden sich die Wege von Judentum und Islam. Gleichzeitig geriet der Prophet in Verlegenheit bezüglich eines charakteristischen Signals, um die Gläubigen zum Gebet zu rufen; Glocken waren eine christliche Erfindung, und das Widderhorn der Juden, dessen man sich bisher bedient hatte, kam auch nicht länger in Frage. Da fiel ihm der weittragende Bariton Bilals, des Afrikaners ein; er befahl ihm, bei Morgengrauen das Minarett zu besteigen und die Litanei des ersten Muezzin zu sprechen: „Gebet ist besser als Schlaf. Ich bezeuge, daß es keinen Gott gibt außer Allah –" und so fort.

Jetzt gelang es Mohammed, durch alle möglichen Überredungskünste, heimtückische Listen, Manöver und politische Kniffe sich zum anerkannten Herrn Medinas aufzuschwingen. Gestützt auf diese Macht, zog er aus, um sich an den Männern Mekkas zu rächen. Ohne sich um die heiligen Friedensmonate zu scheren, griff er ihre Karawanen an, sobald sie an seiner Feste vorüberzogen. Die Beute wurde mit seinen Anhängern in dem geheiligten Verhältnis von achtzig zu zwanzig geteilt. Die Begebenheiten, die sich auf seinen bewaffneten Raubzügen zutrugen, sind erstaunlich bunt und dramatisch. Seit tausend Jahren bilden sie die Quelle aller arabischen Märchenerzähler. Hamsa, Abu Bekr, Abu Safjan, das götzendienerische Haupt der Koreïsch, Bilal mit der mächtigen Stimme und – stets in der Nachhut – der kleine geschminkte Prophet, der Schlachtrufe wie: „Ya Mansur Amit! (Schlagt zu, ihr Sieger!)" erfindet, dazu in allen kritischen Lagen das wohl abgepaßte Eingreifen Gabriels und seiner Heerscharen, „zahlreich wie die Ameisen": so ungefähr lauten die Einzelheiten dieser Fabeln, die heute noch an jedem Lagerfeuer Afrikas und Vorderasiens besprochen werden. Im Laufe der Zeit wurde Mohammed immer beutegieriger und grausamer gegen seine Gefangenen; nur die hübschesten Mädchen konnten nach geschlagener Schlacht auf Gnade hoffen. Die beiden Hauptaktionen waren der Kampf bei Bedr und der Kampf bei Ohod; letzterer blieb unentschieden und führte zu einer Anklage wegen Verrats gegen die Juden. Ihre allmähliche Ausrottung und Verbannung aus Medina füllte sporadisch die nun folgenden Jahre aus. Nicht zufrieden mit dieser Rache an den Einwohnern der ihm jetzt völlig ausgelieferten Stadt, leitete Mohammed seinen Eroberungszug durch einen Überfall auf die benachbarten jüdischen Niederlassungen in der Wüste ein. In einem dieser Treffen fochten die Gläubigen unter dem „Adler", der berühmten großen schwarzen Fahne, die nichts anderes als ein Hemd Aischas war. Nach dem Siege sandte Mohammed Bilal aus, um die junge jüdische Schönheit Safija, deren Ruf bis Medina gedrungen war, als seine persönliche

Beute zu sichern. Absichtlich führte Bilal sie über das Schlachtfeld an dem Leichnam ihres Vaters vorbei, „damit ich Zeuge ihrer Furcht sei". Trotz dieser Brutalität willigte sie ohne Sträuben ein, ihren Platz in Mohammeds Harem einzunehmen. Zeinab, eine andere Jüdin, war nicht so gefällig. „Sie bereitete eine junge Ziege gar zierlich zu und stellte das Gericht, nachdem sie es mit Gift getränkt hatte, mit freundlichen Worten beim Hochzeitsmahl vor Mohammed hin." Mohammed aß einige Bissen und spuckte einen Mundvoll aus; seine Kommentatoren können sich des Empfindens nicht enthalten, daß er das Attentat hätte voraussehen müssen. Einer seiner Gäste aß mehr davon und starb an den Folgen; daraufhin wurde Zeinab den Verwandten des Propheten ausgeliefert und von ihnen zu Tode gefoltert. Er selbst aber soll sich, wenn wir seinen eigenen Klagen glauben wollen, nie von den Folgen dieser Vergiftung erholt haben; ja man nimmt an, daß er an ihnen starb. Hierauf gründet sich die allgemeine Anklage gegen die Juden, daß er durch sie den Märtyrertod erlitten habe.

Sieben Jahre nach der Hedschra schloß Mohammed einen Waffenstillstand mit den Koreïsch, dann führte er seine Anhänger an den Wallfahrtsort, welcher vor langer Zeit seinem Abenteuer als Ausgangspunkt gedient hatte. Die Ungläubigen überließen ihnen die Stadt und lagerten sich draußen auf den Hügeln um abzuwarten. An der Spitze von tausend berittenen Pilgern und unter dem uralten Pilgergeschrei: Labbeik! Labbeik! erreichte der Prophet die Kaaba, wo er den Schwarzen Stein ehrfurchtsvoll mit seinem Stabe berührte. Obwohl Hobal und seine in Stein gehauenen Genossen immer noch die Kaaba bewohnten, bestieg Bilal die Mauer und ließ seine Aufforderung zum Gebet ertönen. Drei Tage darauf schlossen die Gläubigen ihre Häuser zu und kehrten nach Mekka zurück.

Die Einnahme Mekkas, die zwei Jahre später stattfand, war im Grunde eine ziemlich harmlose Sache. Die Streitkräfte des Propheten waren denen der Koreïsch jetzt gewaltig überlegen. Aufruhr hatte die heimatliche Partei untergraben, und Mekka fiel, als Mohammed vor seinen Mauern erschien, fast ohne Streich. Sogar Abu Safjan nahm den neuen Glauben an. Nachdem Mohammed siebenmal, wie vorgeschrieben, die Kaaba umschritten hatte, wies er mit seinem Stabe nacheinander auf die verschiedenen Götzen, die man aus dem Heiligtume entfernt hatte. Sie standen, von dem mächtigen Hobal überragt, an der Mauer aufgereiht und harrten ihrer Hinrichtung. „Die Wahrheit ist gekommen!" schrie der Prophet, worauf ein Neger mit einem Beil jene uralten

Vertrauten der geheimsten Wünsche des alten betenden Arabiens in Stücke zerhieb. Die Legende berichtet, daß sie dabei „geschrieen und geschluchzt" hätten. Die Kraft, die Mohammed vorwärts trieb, machte auch nicht eine Sekunde bei dem einst ungeahnten Triumphe halt. Ausdrücklich wird berichtet, daß er einem seiner Oheime das Familienprivileg, Wasser aus dem Brunnen Zem-Zem zu verkaufen, von neuem verlieh. Psychologisch bedeutsamer ist der Gedanke, sich den Königen und Fürsten dieser Erde anzukündigen. Einer seiner Gefolgsleute machte ihn darauf aufmerksam, daß solche Potentaten unversiegelte Schreiben nicht anzunehmen pflegten. Mohammed ließ sogleich ein silbernes Petschaft anfertigen, das in alten arabischen Lettern die Inschrift trug: „Mohammed, der Apostel Gottes." Mit ihm versiegelte er seine Botschaften an den Kaiser von Byzanz und den Kaiser von Persien, an den Statthalter von Ägypten und den Satrapen von Syrien, indem er ihnen verkündete (die genauen Worte sind uns nicht überliefert worden), daß Gott abermals in das Wohl und Wehe der Menschen eingegriffen habe.

Die Botschaften wurden durch Boten seiner eigenen Leibwache überbracht. Wahrscheinlich erreichten die Leute alle ihr Ziel. Das Konstantinopeler Schreiben ging auf dem Wege durch das Labyrinth der Regierungsinstanzen verloren; das persische wurde in Stücke gerissen; („Also, o Herr, entreiße du ihm sein Reich!" lautete Mohammeds Antwort); das an Ägypten trug ihm eine merkwürdige Antwort ein: Der römische Statthalter schickte ihm zwei schöne koptische Sklavinnen. Die eine, Miriam, schenkte Mohammed die Freude und Sorge seines Greisenalters: einen dicken kleinen Sohn, Ibrihim, für dessen Ernährung eine ganze Herde weißer Ziegen bereitgestellt wurde. Er starb aber schon im Säuglingsalter.

Jedoch Mohammed, den Abenteurer, hat das Abenteuer selbst verschluckt; es kann seine Persönlichkeit jetzt entbehren. Aus einer Wallfahrt ist es zu einer Schicksalslawine geworden, die Könige, Völker, Zivilisationen und Religionen unter sich begraben wird. Zwar sendet er auch im hohen Alter noch eine Unmenge verworrener Schriften, Flüche und Distichen in die Welt hinaus, aber sie sind vornehmlich durch die Zwistigkeiten seines Harems angeregt.

Indes läßt sich aus diesem Wust neuer Gesetze, schwach erkennbar, ein bestimmter Plan herausschälen. Seine Anhänger sollen eine Räuberbande werden; er wird einen Banditenstaat gründen, die Gläubigen in Brigaden zusammenfassen; zu diesem ungeheuren Unternehmen, einem organisierten Plünderungszug durch die ganze Welt, ruft er seine gesamte Rasse auf. Und sie kamen alle. Wie Rauch eines nassen Feuers im Sturm ergoß sich die neue Religion durch die Wüste. Die Männer der Wüste, die Männer der zerstörten Städte, hungrige, magere Gesellen, stürmten der schwarzen Standarte zu oder schlossen sich den unwiderstehlichen Horden an, die sie bekämpfen sollten. „Leicht von Ohr, blutig von Hand; Schwein in Faulheit, Fuchs im Stehlen, Wolf in Gier, Hund in Tollheit, Löwe in Raubsucht", hat sich der Araber endlich, endlich in Bewegung gesetzt. Jeder Mann erhält seinen Anteil an der Beute, erklärte Mohammed; die Abwesenden erhalten ihre Quote aus dem Fünftel des Propheten zugewiesen. Christen und Juden aber gehen leer aus, das ist ihre Strafe; sie stehen außerhalb des Unternehmens und sollen Tribut zahlen.

Im Juni 632 stirbt Mohammed, aber er ist nicht länger der Motor, sondern lediglich eine seltsam geschnitzte und bemalte Gallionsfigur an dem Abenteurerschiff. Er starb in Aischas Armen. Tapfer bestand er darauf, daß jeder der im Zimmer Anwesenden mit Ausnahme seines alten Onkels Al-Abbas mit ihm die Medizin teile. „Möge keiner unverarztet bleiben, denn ihr habt auch mich verarztet ..." Sein Nachfolger war Abu Bekr, dem wieder Omar folgte. Drei Jahre nach Mohammeds Tode eroberten seine Anhänger Damaskus, im nächsten Jahr zog sich der Kaiser von Byzanz aus Syrien zurück, nach weiteren fünf Jahren waren Ägypten und Persien in ihrer Macht. Ein Mann, der Mohammed noch als Knabe gekannt, hätte erleben können, wie die Grenzen des Islam sich von den Pyrenäen bis China ausdehnten. Genau hundert Jahre nach Mohammeds Tod erreichte die moslemitische Welle in Tours in Frankreich ihr äußerstes Ziel, und ohne die Reiterei Karl Martels wäre sie im folgenden Jahr in England gewesen.

Lola Montez

Die Frage nach der Abenteurerin erhebt sich um so dringender, je länger wir sie hinausschieben. Das ist der zwingende Grund, weshalb die erste, mit der wir hier zu tun haben, Lola Montez, den Platz gleich hinter Mohammed einnimmt; schwerwiegender noch als diese merkwürdige Zusammenstellung ist das Versäumnis, das wir uns haben zu Schulden kommen lassen. Von Anfang an hat sich bei unseren Untersuchungen ein Mangel schmerzhaft fühlbar gemacht, dem nachzuspüren ich allzu lange gezögert habe: Auf unserer Fahrt hat uns bisher nur ein Licht geleuchtet, wir gingen von der irrigen Voraussetzung aus, daß die Menschheit eingeschlechtlich und nicht unheilbar bisexuell sei. Die Kräfte, denen unser Interesse galt, waren samt und sonders männlich; das Weib war ihnen lediglich Wegweiser, Motiv, Beute, Katastrophe. Mag es daher der Anstand auch verlangen, daß wir einen größeren Raum zwischen dem ehrwürdigen Propheten, der den Begriff der Houri erfand, und einem Frauenzimmerchen lassen, dem gegenüber selbst Becky Sharp den Kürzeren gezogen hätte, wir haben schon allzu lange gezögert.

Jetzt aber sitzen sie Seite an Seite am gleichen Tisch oder vor der nämlichen Gerichtsschranke, und siehe da – sie passen nicht schlecht zu einander, Lola – und dieser Seher, der „vor allem die Weiber liebte", dieser Lautsprecher, der im Namen der Menschheit Gott um „glatte, schwarzäugige Jungfrauen passenden Alters – mit schwellenden Brüsten – auf prächtigen weichen Teppichen – –" bat und im Anschluß daran sich eindeutig verbürgte, daß eine solche Gabe vollauf für sämtliche Leiden entschädige, die der Allmächtige in seiner Unerforschlichkeit uns allen auferlegt. Lola besaß sechsundzwanzig der siebenundzwanzig Reize, die der wollüstige Maure von der vollendeten Schönheit fordert. Drei von ihnen sind weiß: die Haut, die Zähne und die Hände. Drei rot: die Lippen, die Wangen und die Nägel. Drei lang: der Körper, das Haar und die Hände. Drei kurz: die Ohren, die Zähne und das Kinn. Drei breit: die Brust, die Stirn und der Abstand zwischen den Augen. Drei schlank: die Taille, die Hände und die Füße. Drei dünn: die Finger, die Fesseln und die Nasenlöcher. Drei rundlich: die Lippen, die Arme und die Hüften.

Aber wenn auch eine so nahe Berührung dem Propheten sicherlich nicht mißfallen hätte, bei der Kurtisane müssen wir mit einem ganz anderen Verhalten rechnen: einem Verhalten, das ihre Rolle als Abenteurerin, die sie bis zu Ende durchspielte, wesentlich und ausschlaggebend bestimmt. In der Regel sind die Beziehungen des Abenteurers zum Weibe nicht anders, als die der Mehrzahl aller Männer; es verkörpert für ihn die Jagd nach Begierde, die sich je nach seinem Temperament als ein Heranpirschen an die zu verschlingende Beute oder als ein Fahnden nach einer Seltenheit – einer Orchidee oder einem Edelstein, den er rauben und lieben wird – gestaltet. Jedoch hat dieser Trieb, wie wir bereits gesehen haben, nichts mit der Definition des Abenteurers zu tun. Zwei von den vieren, die wir bisher kennenlernten, Alexander und Columbus, an sich treffende Beispiele ihrer Art, vollendeten ihre Bahn frei von der scheinbaren Schwerkraft der Erotik, ohne daß ihre Unternehmen deshalb litten. In dem Naturgesetz des Abenteuers nimmt die Liebe – zum mindesten im Leben der männlichen

Adepten – keinen größeren Platz ein, als Gold oder Ruhm; alle drei erscheinen als lockende, glitzernde Sternbilder an seinem Horizont.

Die Abenteurerin dagegen kennt nur Liebe oder Haß – die ausschließlichen polaren Kräfte, die sie bewegen. Ihr Abenteuer ist der Mann; sie kommt als Kurtisane, nicht als Goldsucherin oder Forschungsreisende auf die Welt. Ihr Abenteuer ist gleichsam eine Flucht, die sich unausweichlich zu einem fortlaufenden Kampf mit der gesetzlich sanktionierten Ehe entwickelt. Diesen Kampf führt sie mit der stärksten und beweglichsten Einheit der Gesellschaft, mit der geschlossenen Reihe jener, die sich auf Moral, Gesetz, Interessen, Eifersucht, Eitelkeit und Furcht stützen. Sie muß die Verteidigungstaktik der Häsin und den Gegensprung der Tigerin lernen. Jedes Abenteuer steht außerhalb des Gesetzes; der Abenteurerin sind selbst die männlichen Abenteurer feind. Das Wagnis ist den Frauen abhold. So kommt es, daß sie kraft dieser Aussichtslosigkeit ihrer Unternehmen sich Seite an Seite mit den kühnsten und blendendsten Hasardeuren sehen lassen können; sie gleichen einem Häuflein Todgeweihter neben einem zu schneidigem Angriff vorgehenden Kavallerieregiment; die geringe Ausdehnung des Kampffeldes vermag die Größe ihres Heldenmuts nicht zu verdunkeln. Das Abenteuer der Lola Montez hat nur rein materiell andere Maße als das unserer übrigen Studien; mag der Leser selbst weitere Vergleiche ziehen.

Sie wurde 1818 in jener zweifelhaften Gesellschaftsschicht geboren, in welcher der Mensch, um zu überdauern, vor allem konzentrierte Einbildungskraft und ein starkes unkritisches Talent braucht. Ihr Vater war Leutnant in einem Linienregiment; er hatte von der Pike auf gedient, das heißt, er war ein Aristokrat von Gesellschafts Gnaden ohne Ahnen und Vermögen – und die Gesellschaft behandelte ihn nur selten gnädig –, ein Knappe, der, plötzlich zum fahrenden Ritter geschlagen, in einer elenden Garnisonstadt in dem engen Raum zwischen Exerzierplatz und Familienquartier von den Einkünften eines Kuraten und in einer Atmosphäre, beschränkter noch als die priesterliche, leben und denken mußte. Gleich dem Hemd unter seiner Uniform war sein Leben inmitten der offiziellen Poesie seines Berufes fadenscheinig und unbequem, seine Tochter aber, Dolores-Elisa, genoß eine Erziehung, die den eigenartigen geistigen Verhältnissen angepaßt war. Trotz des Mißverhältnisses zwischen der prächtigen Uniform des Herrn Leutnants und der Tatsache, daß er gesellschaftlich nicht für voll galt, führten sie ein Leben schäbiger Vornehmheit, wie es sich als Nährboden für abenteuerlüsterne Naturen und für Dichter,

Schauspielerinnen, Buchhalter und künftige Selbstmörder eignet. Dieser Leutnant (oder Fähnrich Gilbert) hatte ein Fräulein Oliver „auf Schloß Oliver", wie Lola allen vertrauensvoll mitteilte, geheiratet, ein Fräulein, das vermutlich dem scharmanten irischen Kleinadel angehörte, in dessen Schoß Leichtsinn, Armut und Schönheit blühen und gedeihen. In jenen Tagen war Spanien der magnetische Pol, der die Träume solcher Damen anzog; es war die vorherrschende Farbe in dem Byronschen Spektrum: Frau Gilbert legte sich daher eine spanische Ahnenreihe, komplett in Kostüm und Geschichte, zu.

Von dieser Mutter erhielt Dolores-Elisa – oder Lola, wie sie von jetzt an heißen wird – ihren Namen und den Spruch des Novalis in etwas veränderter Form mit auf den Weg: unser Leben ist kein Traum, aber es sollte einer werden und vielleicht wird es auch einer. Ferner von jenen sechsundzwanzig Schönheitspostulaten alle jene, welche die Anhänger Gregor Mendels dem Einfluß einer blendend schönen Mutter zuschreiben.

Nach vier Jahren ließ die Familie sich von Limerick nach Indien versetzen; dieses Indien war damals, wie überhaupt bis zu Montagues Verzicht, das Paradies des englischen Mittelstands. Dort gesundeten sämtliche Budgets, alle Sahibs waren dort pukka, alle Dienstboten billig und höflich; und einmal im Jahr die Sommerfrische Simla! Die Überfahrt dauerte vier Monate; man schrieb das Jahr 1822. Das Schiff berührte das menschenwimmelnde Madeira, das dampfend ungesunde Sankt Helena, den vor Hitze und Wind unerträglichen Hafen von Kapstadt. Von Kalkutta aus fuhren sie den ewigen Ganges bis zur Garnison Dinapore hinauf.

Wir haben die gesteigerte Wirkung einer frühen Verpflanzung auf das Wachstum bereits vermerkt, sie läßt sich nahezu unfehlbar am menschlichen Geiste ebenso wie an den Sämlingen beobachten, die der kundige Gärtner rechtzeitig pikiert. Wahrscheinlich liegt ein allgemeines biologisches Gesetz jener Erscheinung zugrunde, denn auch der Aufstieg und Verfall ganzer Nationen und Rassen, ja der Kulturentwicklung überhaupt weist anfänglich, ebenso wie das menschliche Individuum, analoge Erscheinungen auf. Diese Wirkung war zwar nicht unvermeidlich – dafür sind die Persönlichkeits- und Augenblickskräfte allzu schwer greifbar – aber sie war bei einem kleinen Mädchen mit Phantasie zu erwarten, so überwältigend war der geistige und körperliche Gegensatz zwischen der spezifischen Umgebung Limericks und der officina gentium des Ostens. Im Osten ist der Mensch „ein Unkraut", das üppiger und seltsamer als die Dschungelvegetation auf dem Boden ungeheurer Reiche wuchert; diese Reiche aber sind unendlich viel älter als die Dschungel selbst, älter fast als das Gestein, aus dem ihre gewaltigen, geheimnisvollen Städte erbaut wurden. Reichtum und Armut leben dort auf der Straße in innigem Verein, ja sie wirken stärker und bunter, weil sie in der Erinnerung an Myriaden Leben wurzeln, die kommen und vergehen wie tiefe, fette, gärende Schicht sterbender Vegetation unter tropischen Wäldern. Wie dem auch sei, aus den frühesten Gemütseindrücken kristallisiert sich jenes Element, das den Hintergrund einer Persönlichkeit bildet, das mystische Geheimnis von Neigung und Abneigung, Wollen und Begehren: jener Teil des Menschen, den selbst Liebe niemals besitzen und verschenken kann (bei Künstlern vielleicht ausgenommen). Das einzige Geheimnis von Lolas Innenleben, das wir nicht erforschen können, ist die in ihrem Unterbewußtsein wurzelnde Welt ihrer Träume mitsamt den Düften, Sehnsüchten, Bildern und Geräuschen ihrer ersten Verpflanzung. Der Rest ist logisch, dramatisch und einfach.

Gilbert starb bereits im ersten Kapitel. Er bekam in Dinapore die Cholera und war nach zwei Tagen tot. Sein Freund, Hauptmann Craigie, übernahm pietätvoll und freudig die Witwe und heiratete sie; die Veränderungen in Lolas Lebensrhythmus beschleunigten sich. Craigie besaß Vermögen und einflußreiche Gönner, die ihm bei seiner Karriere helfen konnten. Nach ein, zwei Jahren war er zum Obersten avanciert; Frau Gilbert war jetzt die unumschränkte Herrscherin einer anglo-indischen Garnison, Lola das wundervolle kleine Idol eines Regiments, einer ganzen Niederlassung, ja eines Fürstentums.

Allein die englischen Herren des indischen Reichs haben von jeher den teils allegorischen, teils ahnungsvollen Brauch befolgt – dessen wahrer Zweck sich wie der aller geistiger Zeremonien von der Beschneidung bis zum Fasten hinter einwandfreien medizinischen Gründen verbirgt –, ihre Kinder aus einem Land, das zwar ihrer Herrschaft untersteht, jedoch nie zu ihrer Kolonie werden kann, in die Heimat zu schicken. Man schickte Lola zu Craigies Verwandten, die streng kalvinistische Kaufleute in Montrose in Schottland waren. Man glaube aber ja nicht, daß Lola sich durch sie bedrücken oder verbittern ließ. Zwar zieht der Kalvinismus, wie alle auf Logik aufgebauten Lehren, meist nur nüchterne Seelen an, jedoch seine kühnen Bilder, die schwindelnden Gipfel und Schlünde, die er zwischen Himmel und Hölle, dem Guten und dem Bösen pflanzt, das Gefühl der nahen Gefahr, das aus der Wirklichkeit erwächst und das die am wenigsten zufällige Begleiterscheinung seiner Atmosphäre ist, stößt auch ganz andere

Naturen, wie die R. L. Stevensons oder Lolas nicht ab. In Wahrheit blieb Lola zutiefst auch bei den gewagtesten Abenteuern ihres Lebens stets eine entgleiste Kalvinistin. Einerseits stählte der Kalvinismus ihren Mut; wie sollte sie sich vor geringeren Gefahren fürchten, wo doch der Geruch des Höllenfeuers ihr dauernd in die Nase stieg? Eben dieser Geruch war auch das Parfüm, das ihre Verehrer kitzelte, nur sahen sie nicht, daß er aus Schottland, nicht aus Spanien stammte. Lola wurde in Montrose genau so verwöhnt wie in Dinapore; ihre Seele entfaltete sich im Regen nicht minder interessant als in der Sonne, und zweifellos kam der Wechsel ihrem Teint zugute.

Als wollte die Chemie des Schicksals sämtliche Reagenzien an ihr ausprobieren, wird sie wenige Jahre später der Obhut Sir Jasper Nicholls anvertraut. Dieser, ein General a. D., besaß sowohl Temperament wie Vermögen und sandte sie mit seinen eigenen Töchtern in ein elegantes Pensionat nach Paris. Hier nahm ihr empfänglicher Geist die ausländische Lehre auf, daß die Ehe eine Sitte, die Liebe aber das Ziel im Leben einer Frau sei; außerdem eignete sie sich eine für ihre Laufbahn gänzlich unbrauchbare Technik an.

Diese Laufbahn war natürlich die Ehe in jener verwickelten Form, in welche sexuelle Eifersucht, der Ehevertrag, uralte Tabus und die syrisch-christliche Metaphysik des Tastsinnes eine ursprünglich natürliche Gemeinschaft verwandelt haben. Mit einem Wort, ihre Mutter hatte eine reiche Heirat für Lola geplant, der Gatte sollte einer der Nabobs ihres Kreises sein. Eine solche Karriere – die einzige, durch die eine Frau zu einem ansehnlichen Vermögen gelangen kann – erfordert aber eine ganz andere Schulung, als sie den begüterten Mädchen des Pariser Instituts zuteil wurde. Die erste Voraussetzung dazu (angenommen die natürlichen Vorbedingungen: Jugend und Schönheit sind gegeben), ohne die das Unterfangen kaum gelingen kann, ist ein merkantiler Sinn, eine Hingebung an die strengsten Geschäftsprinzipien, wie sie nur ein alter Hausierer nach jahrelangen Erfahrungen im Straßenhandel besitzen kann. Lola hätte von Preisen träumen, jede Wohlfeilheit verabscheuen, auch jedem Anschein einer warmen Regung abschwören und selbst mit ihrem Lächeln geizen müssen; mit achtzehn Jahren eine recht schwierige Sache. Sie versagte denn auch kläglich, ja sie entwickelte eine herrliche Unbegabtheit. Als sie mit ihrer Mama in Paris ihre Aussteuer besorgen sollte, brannte sie mit einem bettelarmen Leutnant James durch, ja sie war unvorsichtig genug, ihn zu heiraten.

Ihre Bahn ist mitunter als Schleife beschrieben worden – als einen circulus vitiosus der Kraft, wie er dem Volkswirtschaftler und Astronomen nur allzu bekannt ist. So genau wie ein Leben dem anderen zu ähneln vermag (nicht ähnlicher als zwei verschiedene Fingerabdrücke), wiederholte Lola jetzt das Leben ihrer Mutter, nur hieß sie Frau James statt Frau Gilbert. Selbst die Fahrt nach Indien wiederholte sich, nachdem auch Lola die kleinlichen Kümmernisse einer irischen Garnisonstadt ausgekostet hatte. Leutnant James glich ihrem Vater, wie zwei Dummköpfe einander gleichen, mit dem einzigen Unterschied, daß er mehr trank; aber er war auf seine mürrische englische Art genau so ein hübscher Kerl und hatte genau die gleichen, dumpfen, ehrgeizigen Wünsche, die sich alle unter dem Begriff „ein angenehmes Leben" zusammenfassen lassen: mehr Geld, mehr Weiber, mehr Diener und Pferde und Avancement. Die indische Garnison hieß diesmal Karnal statt Dinapore und lag zwischen Delhi und Simla am Jumma-Kanal.

Mit Hilfe der Vorsehung oder der Cholera wäre es Lola vielleicht geglückt, sich noch so weit aus alledem zu retten, um von ihrer Mutter in Gnaden wieder aufgenommen zu werden. Sie wäre dadurch vielleicht der Tragik, eine Geschichte zu haben, entronnen. Aber Leutnant James, statt zu sterben oder sie freizugeben, brannte eines schönen Morgens vor dem Frühstück mit der Frau eines Kameraden durch; Lola flüchtete in das Leben und nach Europa zurück. Das war im Jahre 1841. Eine Weile war sogar die Rede davon, sie nach Montrose zurückzuschicken, damit sie dort in dem kataleptischen Zustand einer Trennung von Tisch und Bett ihr Dasein fristete. Aber im Hintergrunde hatten die vitalen Kräfte ihrer Schönheit sich gestaut, so wie ein Schachmeister sich hinter einem vorgeschobenen Bauern eine starke Position aufbaut. Sie schleuderten sie auf ihrer Überfahrt in eine neue Bahn. Diese war gefährlich, ja unmöglich, aber unvermeidlich und führte sie weitab von ihrem bisherigen Leben. Von jetzt an haben wir es nicht länger mit Frau Dolores-Elisa James, sondern mit Lola Montez zu tun. Des Schicksals Handlanger war ein anonymes Mannsbild, irgendein gleichgültiger Offizier oder Attaché, den sie traf und als Geliebten gebrauchte, als das Schiff über den Äquator fuhr, und der eine ebenso unbedeutende Rolle spielte wie die winzige männliche Spinne, die das Weibchen in seine Umarmung lockt, um sie für eine Stunde zu benutzen und dann zu fressen.

Eine Abenteurerin beginnt ihre Laufbahn stets damit, „vor die Hunde zu gehen", ebenso wie der männliche Abenteurer „von Hause wegläuft". Der Unterschied ist der gleiche wie zwischen Geben und Nehmen; die Menschheit mit ihrem robusten Jahu-Instinkt wird einen Diebstahl verzeihen, niemals aber eine warmblütige Torheit. Diese Tatsache liegt zahlreicheren Todfeindschaften zugrunde, als sämtliche Beleidigungen und Schädigungen des bürgerlichen Gesetzbuches. Die gefährliche Kunst des Schenkens erfordert mehr Takt als jede andere gesellschaftliche Handlung. So steht es auch mit dem höchsten natürlichen Ziel der männlichen Begierde; es gibt einen schrittweisen Abstieg, dann einen raschen Fall vom höchsten Respekt vor der verheirateten Frau, die sich zu nichts Entwürdigenderem als zu einem gesetzlichen Vertrag auf lebenslänglichen Unterhalt herbeigelassen hat, bis zu dem merklich tieferen aber berechenbaren Niveau einer Mätresse, welche sich einen reichen Mann aussucht, der vor aller Welt kräftig zahlen muß. Diese kommt leichteren Kaufes davon. Für die Prostituierte aber, die feilschende Gewerbetreibende hat das englische Slang-Lexikon sechsunddreißig Seiten von Schimpfnamen. Ihre Lebenskurve führt an ihrer tiefsten Neigung weit unterhalb des Nichts in ein unbegrenztes Minus, wo nur noch Verachtung herrscht, und zwar trifft die stärkste, mit Spott und Schmähungen gewürzte Verachtung der Männer jene, die sich für nichts, ja sogar unter Verzicht auf ein Versprechen, verschenken. Wenige Männer vermögen das, auch wenn sie die Früchte davon genießen, zu verzeihen. Allerdings ist der Fall nicht häufig. So hatte sich Lola mit dem Schritt, der sie auf immer von der Zärtlichkeit ihrer Verwandten und Freunde trennte, der ihr jeden Anspruch auf die Gesellschaft raubte, ausgenommen den des Schutzes ihres nackten Lebens, Schlimmeres getan, als sich dem Abenteuer zu verschreiben. Es hieß, sie habe „eine Tat begangen, vor der selbst Krokodil und Ibis zurückschreckten".

Als ihre Mutter davon hörte, legte sie Trauer an. Nie in ihrem Leben hat Lola wieder von ihr gehört, sie hat auch nie versucht, sich mit ihr oder sonst einem ihrer Augehörigen in Verbindung zu setzen. Ihr Liebhaber beeilte sich zu verschwinden. Sie war jetzt in London gestrandet.

Das London jener Tage – es war im Jahre 1842 – war schwanger von modernen Ideen, von einem brutalen, rüden Leben, befruchtet durch einen wilden sieghaften Puritanismus. Das naive, viktorianische Kindermärchen, wonach das London der fünfziger Jahre niemals später als um halb elf Uhr nachts zu Bett ging, darf uns über Lolas eigentliche Lage nicht hinwegtäuschen. Heute arbeitet das Gesetz so sicher und gewissenhaft, daß die glückliche Jugend sich durch ein paar ertrotzte oder ängstlich gewährte Freiheiten ein erhebendes Gefühl der Lasterhaftigkeit und Kühnheit verschaffen kann. Der englische Gaumen ist unendlich viel feiner geworden; er kann den Prozentsatz an Alkohol in Mineralwasser herausschmecken. 1842 war Gesetzlosigkeit ein Prinzip. Der Fanatismus der kompakten Oligarchie von Manchester, die sich in wahnwitziger Angst vor dem Ruin an ihren Reichtum klammerte, hatte es der Gesellschaft mit Hilfe von Ricardos Theorie des Laissez faire aufgezwungen.

Das unbändige englische Berserkertemperament stürzte sich gierig auf diese Freiheit; ohne inneres Gleichgewicht und übersättigt von Wohlstand hätte es sich in einer katastrophalen Orgie austoben können – die Engländer sind das einzige originelle Volk – in einem derben Massenspaß, neben dem Neros Heldentaten glaubhaft erscheinen würden. Aber kraft eines günstigen Wachstums, das nur als Äußerung eines lebensstarken Schwarminstinkts angesehen werden kann – die Engländer sind das einzige Volk mit einem natürlichen Instinkt – entwickelte sich aus dem Schoß gerade jener Kaufmannskreise, die dank ihrer soziologischen Leichtgläubigkeit die Bestie entfesselt hatten, eine furchtbare asketische Bewegung. Diese läßt sich mit der Selbstverstümmelungswut orgiastischer Tänzer vergleichen und artete in eine Bewegung wie die der Albigenser, Anabaptisten und Ikonoklasten aus, Strömungen, die in erster Linie pessimistisch und destruktiv sind und die ganze Seiten der Weltgeschichte ungenießbar machen. Es wäre ein großer Fehler, wollte man die viktorianische Frömmigkeit als prüde oder auch nur zaghaft bezeichnen; ebenso grundfalsch wäre es, wenn man sie mystisch nennte. Der Puritaner von 1840 war mit Bitterkeit enthaltsam; seine Kunst war eine wüste Tendenzkunst und darum schlecht; er verpönte die leiseste geschlechtliche Anspielung, nicht weil sie ihn schockierte, nein, weil sie ihn anwiderte und in Wut brachte: genau die gleiche Haltung, die das amerikanische Volk oder irgendwelche anderen erregten nationalistischen Kreise 1918 Deutschland gegenüber einnahmen. Der verblendete Eigenbrödler, der gewagt hätte, das Wort Hose in den Mund zu nehmen, hätte den gleichen, durchaus nicht leicht zu nehmenden Empfang riskiert, wie irgendein Witzbold, der 1917 die Versenkung der Lusitania verteidigt hätte: nicht etwa hochgehobene Fäuste, nein, derbe Knüttel. Auch waren die gestickten Mottos über den Ehebetten keine Stoßseufzer, sondern bürgerliche Kriegsstandarten. Der Kampf zwischen Moral und persönlicher Freiheit war ein Kampf bis aufs Messer – und Lola sah sich zwischen die feindlichen Heere eingeklemmt.

Einerseits setzte ihre Lage sie der unermüdlichen Verfolgung der Reinen und Guten aus, die bei einer einfachen Exkommunikation nicht haltmachten, sondern auch in den kleinsten Einzelheiten des täglichen Lebens ihren Haß zum Ausdruck brachten, angefangen bei den unerwartetsten öffentlichen Demütigungen bis zur Aufhetzung ihrer Dienstboten und Lieferanten. Sie mußte mehr als den üblichen Preis für ihre Wohnung bezahlen, die ihr nur widerwillig überlassen wurde; ganze Stadtviertel duldeten sie weder als Mieterin noch Hotelgast. Selbst ihre Scheuerfrau stützte sich bei ihren Versuchen, sie zu betrügen und ihr mit Frechheit zu begegnen, auf die öffentliche Meinung. Das war das Treiben der Engel. Die Aufmerksamkeiten der Bösewichte waren nicht minder unangenehm. Die neue Schönheit konnte sich in der Öffentlichkeit nicht zeigen, ohne von jener besonderen Art Gelächter und Rippenstöße begrüßt zu werden, die eine Höllenstrafe sein müssen: das ölige Lächeln eleganter Müßiggänger, unleidlich selbstzufriedener Stutzer, Narren und Schürzenjäger. Als diese dann die Wahrheit entdeckten, nämlich daß Lola um zwei Grad schlimmer war, als sie erwartet hatten – weil sie um der Liebe willen liebte und sie nicht liebte – verschärfte sich ihr abscheuliches Betragen. Lola hatte an His Majesty's Theatre ein Engagement als spanische Tänzerin erhalten – das Eigenschaftswort ist so bezeichnend wie das Hauptwort – und schon bei ihrem ersten Auftreten wurde sie durch eine von Lord Ranelagh und seinen Klubfreunden inszenierte Kabale derart ausgezischt, daß sie die Bühne verlassen mußte. Am folgenden Morgen reiste sie nach Brüssel; wie sie selbst behauptete, hatte sie für Paris nicht genug Geld.

So wechselt sie schon beim ersten Relais die Pferde. Sie war zum erstenmal in ihrem Leben dem Pöbel begegnet; jetzt wählte sie ihren Beruf: die Bühne und, was mehr heißen will, den Tanz. Und sie floh in der Richtung auf Paris. Alle diese Züge sind so charakteristisch für den Weg der Abenteurerin an sich, daß man sie förmlich auf einer Tabelle vermerken könnte. Was nun die Hetze der eleganten Kreise anbetrifft, so liefert sie ein einschlägiges Beispiel für die Verabreichung jenes Stimulans, das gleich einem rituellen Satteltrunk, aufpeitschend und Verzweiflung einflößend, der Abenteurerin unentbehrlich ist, um sie zu dem Entschluß zu bewegen, sich ganz und gar in das Wagnis zu stürzen. Einerseits hatte mit diesem Ergebnis die Unmöglichkeit eines Rückzugs und die unermeßliche Gefahr, die ihr drohte, greifbare Gestalt angenommen; auch die Ratte wird, in die Ecke gedrängt, kämpfen. Andererseits wirkt eine feindliche Menge, entgegen den Erwartungen der männlichen Sentimentalität und Psychologie, auf das Weib als bitteres aber anregendes Kräftigungsmittel. Sarah Bernhards Worte: „Mögen sie schlecht von mir reden, wenn sie nur überhaupt reden“, sind der Frau wie dem Reklamechef aus der Seele gesprochen. In jener Nacht sah sich Lola zum erstenmal als Mittelpunkt einer Menge; daß diese Menge negativ statt positiv zu ihr eingestellt war, ist ziemlich nebensächlich. Sie war durchaus nicht vernichtet, sondern nur erschrocken, aber der Schreck lähmte sie nicht, sondern rüttelte sie auf. Gleichgültigkeit hätte sie zu Boden geschlagen; ein paar Tropfen lahmen Beifalls statt des ohrenzerreißenden, ungerechtfertigten, leidenschaftlich interessierten Gebrülls hätten sie Hals über Kopf nach Montrose statt nach dem europäischen Festland gejagt.

Diese romanische Hedschra ist gleichfalls ein unveränderlicher Faktor im Leben der Abenteurerin. Der Instinkt treibt alle Abenteurer von Hause fort, für eine Frau jedoch, die sich an Bord der Brigg begibt, welche sie vom festen Ufer ins Unbekannte tragen soll, ist ein erster Aufenthalt in Paris, der Stadt der Frauen, so unentbehrlich wie eine Hochzeitsreise. Paris, die Bühne, der Tanz: das sind keine scharf auskalkulierten Posten eines Rechenexempels; trotzdem bilden sie das einzig wahre Mittel, um die Flugbahn ihres Abenteuers zu verlängern. Paris oder ein Surrogat von Paris; wie das von Lola gewählte Brüssel, eröffnen der Abenteurerin ein Tätigkeitsfeld, auf dem ihre Kräfte sich vollends entfalten können; die Bühne ist die Hochburg der Schönheit, der Tanz dasjenige Gebiet, auf dem die Macht der Schönheit am unmittelbarsten wirkt. Denn nur im Tanz ist Schönheit frei von forschenden Blicken: Bewegung und Rhythmus sind eine zehnmal bessere Vermummung als jede Kleidung.

In Brüssel, schreibt Lola in ihren Memoiren, mußte sie aus Not Straßensängerin werden. Die arme Lola sang noch schlechter als sie tanzte, das heißt, „leidenschaftlich aber ohne jede Technik“. Ob dieses „Singen“ ein romantischer Euphemismus oder Wahrheit ist – alle Heldinnen müssen zu irgendeiner Zeit Straßensängerinnen werden, ebenso wie jeder Held im Laufe seines Lebens ungerecht angeklagt wird – das vermag die Geschichte nicht zu ergründen. Wie dem auch sei, sie wurde von einem Deutschen gerettet, „einem armen Mann, der viele Sprachen konnte“. Der liebenswürdige Gelehrte reiste mit ihr nach Warschau. Dieser winzige Bruchteil Überlieferung trägt den Stempel der Wahrheit. Denn Lola Montez im Unterschied zu Dolores-Elisa Gilbert oder James und zu der überwältigenden Mehrzahl anderer berühmter Frauen bis hinauf in die Antike besaß eine edle Eigenschaft: sie liebte Bildung und Genie. Nicht aus Berechnung, sondern aus Neigung, so unwiderstehlich, so ausschließlich wie andere Frauen den Durchschnitt oder die Dummheit lieben; eine verräterische Neigung, die jenen schwerlich größeren Verrat, ihren Hang zu streikbrecherischer Generosität, noch verschlimmerte. Beide Leidenschaften müssen als den berechtigten Interessen der Spezies zuwiderlaufend angesehen werden.

In Warschau beginnt sie sich endlich zu finden; zum erstenmal entdecken wir, wenn wir einen Blick in ihr Inneres werfen, ihre wahren Neigungen und Richtlinien. Erfolg bleibt sich immer gleich, Mißerfolg nicht, es sei denn, daß er verranntem Eigensinn entspringt, im allgemeinen aber besteht er aus einer anorganischen Reihe falscher Anfänge. Lolas Stunde ist gekommen; sie strebt jetzt einem Ziele zu, das weder Instinkt noch Intellekt zu erkennen vermögen.

Aber sie ist nur in einem Punkte wahrhaft originell. Sie verfolgt ihr Ziel so konsequent wie Alexander und die anderen Helden, mit denen wir es bisher zu tun hatten; dieses Ziel ist die romantische Liebe. Wo ist die Frau, die nicht den gleichen glühenden Lebenswunsch hegte, mag sie ihn auch hinter Vorsicht und Feigheit, Sorge um die Zukunft und Geldgier, hinter erotischer Rivalität (mit allen kleinlichen, urzeitlichen Ränken) und ihren auf schlichte Eitelkeit reduzierten ästhetischen Bedürfnissen verbergen. Aber die Frauen im allgemeinen sind unentwirrbar in das Gespinst der Gesellschaft hineinverwoben, dessen Kette das Gesetz ist. Lola hingegen ist nur ein zufälliger Faden, dem Spiel der Winde preisgegeben. Auf ihr ruht der Fluch aller Abenteurerinnen: eine tragische Freiheit. Die uralten Seitenwege wie Stellung, Sicherheit, Kinder sind ihr selbst über die Möglichkeit der Versuchung hinaus versperrt; sie, das Eintagsliebchen, eine losgelöste Einheit unter Abermillionen Frauen, vermag allein den geraden Weg zu gehen und den verborgenen Kurs zu enthüllen.

Der Deutsche verließ sie; ihre Wege trennten sich. Als letzten Gegendienst verschaffte er ihr ein Engagement an der Oper. Dies war im Jahr 1844, sieben Jahre nach der Meuterei in der polnischen Armee. Eine schamlose Verfolgung war dem nicht ganz ruhmreichen Aufstand gefolgt; Dummheit rangt Brust an Brust mit grober Untüchtigkeit, Fürst Paskiewitsch war der Gouverneur und Alleinherrscher Polens. Dieser gefährliche Bursche sah mit ganz Warschau Lola tanzen. Sie stand damals in der Blüte ihrer Schönheit, die verbunden mit dem bißchen Tanzkunst, das sie sich angegeignet hatte, auf die Männer derart wirkte, daß sie vor atemloser Bewunderung kaum die Augen zu ihr zu erheben wagten. Lola gehört zu den seltenen, eigenartigen Erscheinungen, wie Helena von Troja und jene anderen Damen, die Villon in seinen Werken feiert; der Streit über Schön und Nichtschön schwieg augenblicks vor der unbeschreiblichen, unvergleichlichen Wirklichkeit, die auf alle wie eine erschütternde

Sinnestäuschung wirkte. Ich erinnere mich an drei solche Frauen; eine von ihnen war eine Fabrikarbeiterin in Alt-Kapstadt, die jeden Nachmittag um fünf Uhr in einen Vorortzug stieg. Ich weiß auch heute nicht, ob sie blond wie Helena oder dunkel wie Lola war, aber kaum betrat sie den Perron, so schaute der ganze Zug, nüchterne Geschäftsleute in den Rauchkupees erster Klasse wie auch die armen Hottentotten im letzten Wagen zum Fenster hinaus. Sie wollten nur einen Blick auf sie werfen, nie habe ich erlebt, daß einer sie anzureden wagte. Viel später kam mir dann durch eine Klatschbase zu Ohren, daß sie töricht genug gewesen sei, mit einem verheirateten Tischler nach Australien durchzubrennen – eine durchaus glaubwürdige Geschichte, denn Lola ist von all diesen wundervollen Naturerscheinungen fast die einzige geschichtliche Persönlichkeit, die sowohl Verstand wie Herz besaß. Paskiewitsch begehrte sie und schickte nach ihr. Er war ein eitler, grausamer sechzigjähriger Zwerg und daher recht langweilig, aber er bot dieser bettelarmen, vogelfreien Vagabundin ein Vermögen, einen Titel und seine ehrfurchtsvolle, nicht gänzlich abzulehnende Verehrung an. Zuerst gab Lola ihm eine sanfte Antwort, dann, als er sich durch seine irrige Auffassung von den Möglichkeiten des Lebens zu verzweifelten Drohungen hinreißen ließ, lachte sie ihn aus.

Der Direktor der Oper und der Polizeichef mußten nun ihrerseits ihre Überredungskünste zeigen. Wie stets in den großen Momenten ihres Lebens, verlor Lola ihre Selbstbeherrschung und jagte sie mit der Reitpeitsche hinaus. An jenem Abend wurde sie von der Claque ausgezischt, es war das zweite mal, daß sie sich mit dem Mob auseinandersetzen mußte. Aber die Bestie kam nicht so leichten Kaufs davon. Lola stürmte ans Rampenlicht und enthüllte genügend Einzelheiten über den ausgeschlagenen Antrag und die daraus folgende Rache, um die meisten anwesenden polnischen Theaterbesucher in leidenschaftliche Anhänger ihrer Sache zu verwandeln. Die Claque wurde mißhandelt und hinausgeworfen und dichte Reihen von Polen, Hochrufe auf die Schönheit und auf die Revolution ausstoßend, geleiteten sie unter ständigen Scharmützeln mit der Polizei, wobei sie sie verteidigten wie einst die Trojaner Helena, nach Hause.

Ihr eigener Bericht, der in ihren „Memoiren“ in der banal verzerrten Fassung der Zeitungsreporter, die für sie schrieben, wiedergegeben ist, erschließt uns ein paar nachweislich wahre Einblicke. Die Angelegenheit wird darin des weiteren ausgeführt:

„Ohne Absicht und ohne es zu erwarten, sah sie sich plötzlich in die Rolle einer Heldin gedrängt. In einem Anfall von Wut hatte sie die ganze Wahrheit aufgedeckt und dadurch, ohne es zu wollen, ganz Warschau in Aufruhr gestürzt. Der glühende Haß, den diese Polen dem Gouverneur entgegenbrachten, fand hier eine günstige Gelegenheit, sich Luft zu machen, und in weniger als vierundzwanzig Stunden kochte und brodelte Warschau unter allen Anzeichen einer kommenden Revolution. Als man Lola Montez benachrichtigte, daß ein Haftbefehl gegen sie erlassen sei, verschanzte sie sich, eine Pistole in der Hand, hinter ihrer Tür. Als die Polizei erschien, erklärte sie mit lauter Stimme, sie würde den ersten Mann, der zu ihr einzudringen wagte, niederschießen. Die Polizei bekam es mit der Angst, vielleicht konnte man unter sich auch nicht einig werden, wer den Märtyrertod erleiden sollte, man benachrichtigte die vorgesetzte Behörde, mit welcher Tigerin man es hier zu tun habe, und begann zu beraten. Inzwischen eilte der französische Konsul ihr ritterlich zu Hilfe, er erklärte Lola Montez für eine französische Untertanin und rettete sie so vor der Verhaftung; dennoch erhielt sie den bündigen Befehl, Warschau zu verlassen."

Ihr körperlicher Mut und ihre Gewalttätigkeit, die hier anläßlich ihres ersten Erfolges glaubwürdig erscheinen, machen sie später berühmt. Von Warschau soll sie nach Petersburg gereist sein, wo sie eine vertrauliche Zusammenkunft mit dem Zaren hatte, indes sind beide Tatsachen nicht bewiesen. Ernsthafter ist, daß sie erwiesenermaßen in Berlin während einer Parade König Friedrich Wilhelms zu Ehren des Zaren mit einem berittenen Gendarmen aneinander geriet. Lolas Pferd durchbrach den Kordon um die königlichen Hoheiten, der Gendarm packte die Zügel, um es hinauszuführen und Lola versetzte ihm einen Hieb mit der Reitpeitsche. Das in Verbindung mit unklaren Gerüchten über ihre Warschauer Streiche schuf ihr einen Ruf, der sich durch sämtliche Hauptstädte Europas verbreitete. Eine Nebenwirkung war, daß sie mit dem großen Franz Liszt in Berührung kam.

Liszt stand, wie Lola, in der Blüte seiner Schönheit; er hatte das Aussehn eines Byron ohne dessen Pose, mehr Verstand, mehr Herz und, wenn wir einigen Stimmen glauben wollen, auch mehr Genie. Selbst heute noch stimmt sein Jugendbildnis die Frauen nachdenklich. Gab es eine glückliche Lösung für Lolas Abenteuer, so hieß diese Lösung Liszt; der Pianist seinerseits war in endlose Intrigen verwickelt, die ihn mit unerbittlicher Folgerichtigkeit in irgendein häusliches Joch hineintrieben, er griff daher nach Lola wie nach einem rettenden Strohhalm, einem Stückchen Regenbogen. Sie trafen sich, liebten sich und waren zusammen – niemand weiß, wie lange, keinesfalls aber länger als etliche Monate. Den Winter 1843 verbrachten sie zusammen in Dresden, wo Liszt tolle Triumphe feierte. Im Frühling 1844 fuhren sie nach Paris. Lolas wegen brach Liszt mit der Mutter seiner Kinder, der Gräfin d'Agoult. Kurz nach ihrem Pariser Aufenthalt trennten sie sich für immer. Keiner von beiden hat der Welt je erzählt, was sich hier zugetragen, selbst über Anfang und Ende schwiegen sie sich aus, obwohl sie über die anderen Geheimnisse ihres Lebens bereitwillig schwatzten. In diesem Punkt genoß keiner ihr Vertrauen. Eine seltsame Sache!

Nach jenem Ausflug in die Wirklichkeit stürzte sich unsere Phantastin wieder Hals über Kopf in ihr altes Treiben, ja sehr bald versinkt sie in einer unendlichen Serie von Boulevard-Abenteuern, die sich wie Zitate aus einem der geistreichen, langweiligen Romane jener Zeit lesen. Das Paris Louis Philipps war das größte Dorf der Christenheit, bevor Napoleon III. es lasterhafterweise in eine Weltstadt verwandelte. Sein Leben und Treiben spielte sich auf der Hauptstraße, das heißt den Boulevards ab, wo alle jungen Burschen einander kannten und gescheite Köpfe waren und sämtliche Mädchen hübsch und berühmt – wenn man den zeitgenössischen Schilderungen glauben will.

Essen und Trinken waren wohlfeil, Wohnungen wurden nahezu umsonst abgegeben, das Kochen war immer noch eine Kunst: die Dichter waren daher glücklich und produktiv. Jeder Stuhl in jedem Café war dreimal am Tage von den geistreichsten zweitrangigen Talenten der Literatur und Bühne besetzt. Und hinter ihnen allen, sie mit Glanz übergießend, leuchtete das Licht wahrer Größe: Balzac, Hugo, Musset, obwohl sie meist zu beschäftigt waren, um in der Öffentlichkeit zu erscheinen. Aus dieser Welt wählte Lola sich einen gewissen Dujarier, einen boshaften, taktlosen Journalisten, der ihretwegen in einem Duell fiel. Als Nachfolger Liszts? Auch das muß Lolas Geheimnis bleiben. Dujarier hinterließ ihr eine Summe Geldes und sie brach zu einer Tournee durch Deutschland auf. Das natürliche Ende ihres Abenteuers war ihr bereits dicht auf den Fersen; Frauen können es sich nicht leisten, wie Kolumbus sieben Jahre auf eine Flotte zu warten. Sie war jetzt 27 Jahre alt und bekam es mit der Angst zu tun. Was immer auch zwischen Lola und Liszt vorgefallen sein mag, ihr Hineinrennen in die Dujarier-Affäre beweist, daß sie jetzt an Triebkraft eingebüßt hatte, die Bahn ihres Lebens nähert sich dem Erdboden. Falls das Glück, jener Brennstoff, der die Flamme des Abenteuers nährt, ihr noch lange fernblieb, mußte sie zur berufsmäßigen Kurtisane werden, ein Stand, der für jeden, dumme Jungens ausgenommen, weniger interessant ist als die friedlichste Jungfernschaft. In ihrer Sorge beschrieb sie Zickzacklinien durch ganz Deutschland, wie Alexander auf seinem Zug durch Kleinasien, traf aber überall auf Niederlagen, mitunter sogar auf schmähliche Hinausweisung. Sie hatte eine vorübergehende Affäre mit dem armen Heinrich LXXII. von Reuß, verbrämt mit Anekdoten über zertrampelte Blumenbeete und unbezahlte Rechnungen, in der sie als schlecht erzogenes, überlauniges Frauenzimmer erscheint. Jeder, der einzig das Glück der Menschheit im Auge hat, mag er nun als Prophet oder Abenteurerin auftreten, läuft Gefahr zur Landplage zu werden: Lola war hinausgezogen, um sich dem Genie zu schenken, sie war auf dem besten Wege, eine ordinäre Hure zu werden. Ihre ersten Krähenfüßchen und ihr Mißerfolg, vor allem die Art ihres Mißerfolgs, arbeiteten Hand in Hand, um ihre Sorge zu vermehren und ihr Altern zu beschleunigen.

Seltsamerweise ist dies der erste Fall, der eine solche Wendung nimmt – dem Abenteurer droht ein frühzeitiger Tod aus reinem Mangel an Glück; Lola ist auch die erste Frau auf unserer Liste. Insofern als sie es wagte, mutterseelenallein dem Unwetter zu trotzen, hat sie alles, was ihr begegnete, verdient, ja nur ein Bruchteil von dem, was sie verdient hätte, stieß ihr zu. Aber endlich winkt ihr ein Lebenszeichen aus dem Dunkel. Eine Hand streckt sich ihr entgegen, nicht um sie vor der Tragödie, wohl aber vor der Banalität zu retten.

Es war die Hand Ludwigs I., Königs von Bayern. Er war damals einundsechzig Jahre alt, ein schöner, ergrauter Mann, enttäuscht, aber nicht verbittert. Er war mit ebenso vielen Träumen und Illusionen ins Leben getreten wie Lola selbst. Es waren ihm noch ebenso viele Träume und Illusionen geblieben, als Lola beim Beginn ihrer Laufbahn hegte. Er kannte sämtliche Formen der Romantik, denn er hatte Napoleon, den Patriotismus, die Ritterlichkeit und die Demokratie überlebt, und im großen und ganzen war er wohl der kultivierteste Mann Europas, einer der wenigen wahren Könige. Auf seine Art hatte er den gleichen Weg wie Lola zurückgelegt, auch er rang um ein nie zu verwirklichendes Lebensideal. Wie Lolas Ideal war auch seines zugleich ungeheuer wirklich und ungeheuer phantastisch. Er wollte nichts weiter als ein Königreich voll Glück und Wohlstand unter einer guten Herrschaft, die Blüte der Künste, Musik auf den Straßen und in jedem Bauernhaus einen Schinken im Rauchfang. Gerade als Lola sich klar darüber wurde, daß sie sich bald damit abfinden müsse, gewöhnlich und melancholisch zu werden, hatte Ludwig beschlossen, sich mit einem himmlischen Ersatz zu begnügen. Sein bankrotter Traum sollte von dem Treuhänder aller gescheiterten Hoffnungen, der Kirche, liquidiert werden; Priester sollten die Troubadoure, Kirchenglocken das Jahrmarktsgeläut, der Klerikalismus die allgemeine Menschenliebe ersetzen. In Wahrheit hatten die

Ultramontanen, die überall, vom Tajo bis zur Wolga, mit dem neuen Europa im Kampfe lagen, in Bayern einen Sieg erstritten. Die glaubenseifrigen Soldaten Christi, die Jesuiten, strömten ins Land. Ludwig sperrte Zeus und Odin, denen vierzig Jahre lang seine Verehrung gegolten hatte, zusammen mit seinen alten Liebesbriefen zum Fraß für die Ratten hinter Schloß und Riegel.

Dies war der Schnittpunkt, an dem die beiden Tangenten sich berührten. Lola bewarb sich um ein Engagement am Münchener Hoftheater. Der Direktor, eine Kreatur der Kirche, schlug es ihr ab; dieses letzte Überbleibsel von Ludwigs Florentiner Plänen war dazu bestimmt, die Zuhörerschaft zu erbauen, eine Forderung, die weder Lola noch ihre Kunst erfüllen konnte. Aber sie gab sich mit dem abschlägigen Bescheid nicht zufrieden. Wie gesagt, war sie recht gewöhnlich und zudringlich geworden. Sie bediente sich daher der Vermittlung eines gewissen Grafen Rechberg, eines Adjutanten des Königs, der den Auftrag erhielt, ihr eine Audienz zu verschaffen. Wie so oft, wenn das Schicksal seine Hand im Spiele hat, wurde die Gunst nur widerwillig gewährt. „Muß ich denn jede hergelaufene Tänzerin empfangen?“ fragte der König. „Diese zu empfangen lohnt sich“, lautete die wahrheitsgetreue Antwort.

Während der König noch übellaunig zögerte, stieß Lola die Tür des Vorzimmers auf; erstaunt und schweigend standen die beiden einander gegenüber. Ohne mich als Platoniker zu bekennen, glaube ich doch, daß in solch einem Blick zweier Menschen, deren Leben schicksalsmäßig unlösbar zusammenfließt, eine Art Erkennen liegt, das sogleich zur Vertrautheit führt und Präliminarien überflüssig macht. Sie begannen miteinander zu reden, als nähmen sie ein fallengelassenes Gespräch wieder auf; der Adjutant merkte, wie es stand und beeilte sich, sie allein zu lassen. Lola hatte nichts zu sagen, aber der König, obwohl er durchaus kein Frauenjäger war, erging sich, leicht verwirrt, in einem langen Lob ihrer Schönheit. Währenddessen sah sie ihn unentwegt an; als er, halb zu sich selbst, einige schmeichelhafte Zweifel über ihre Figur äußerte, knöpfte sie schlicht und ohne jede Koketterie ihre Taille auf und zeigte ihm ihren Busen. So begann ein äußerst sonderbares rührendes Verhältnis, das die trüben Zeiten erhellte. Im Rat teilte der König seinen erstaunten und empörten Ministern mit: „Ich weiß nicht wie, aber ich bin behext.“ Schwanken und Unklarheit hat es zu keiner Zeit zwischen ihnen gegeben. Fast vom ersten Tage an war Ludwig für sie Lear, Lola seine gefangene Cordelia, so bildete sich zwischen ihnen eine ganze seltene Gemeinschaft der Ideen und des gegenseitigen Trostes.

Der König gewann seine Begeisterungsfähigkeit zurück, jetzt hatte er doch eine Verbündete; Lola warf Furcht und Gewöhnlichkeit wie einen schmutzigen Reisemantel ab und wurde zur großen Dame. Es ist lächerlich, anzunehmen, wie einige verschrobene englische Idealisten das tun, sie sei ihm eine Beatrice oder Laura gewesen, ein leeres Ideal für schöne Sonette, der Vorwand für ein ekstatisches, leicht lasterhaftes Asketentum. Sie war seine Geliebte und seine Tochter, vor allem aber seine Verbündete und Retterin. Zu einer Periode des Werbens kam es erst gar nicht, damit fielen auch Liebesstreit – und Versöhnung, kurz das gesamte entnervende Ritual geringerer Liebesbeziehungen weg. Sie küßten und umarmten sich und zogen zusammen in die Schlacht, seine Schlacht, die er für sein Recht und seine Hoffnungen schlug, welche er begraben zu haben glaubte, ehe das Leben ihm diese Bundesgenossin sandte.

So beginnt das „Lola-Regime", eines der seltsamsten und sympathischsten Experimente in der Regierungsgeschichte des neunzehnten Jahrhunderts. Ein frommes Werk der Reaktion nach dem anderen fiel, als erstes die allgemeine Zensur, dann die verschiedenen Bändel klerikaler Bevormundung, die der gute Ludwig in seiner Müdigkeit geduldet hatte. Wo hatte Lola ihren Liberalismus her? Wahrscheinlich von nirgends; was gar die zahllosen Geschichten über ihre Freimaurerei, ihre Mission im Auftrage Palmerstons anbetrifft, so sind sie nichts als raffinierte Erfindungen der üblichen kontinentalen Taktik, jede Politik der Überzeugung als eine Art Verschwörung hinzustellen, genau wie die alte Großmutter, die zu jeder in den Zeitungen gemeldeten Katastrophe, angefangen bei einem Erdbeben und endigend mit den ersten Schutzzollgesetzen, zu bemerken pflegte: „Ein Komplott! Eine Kamarilla!" Lolas Politik war die Erfüllung von Ludwigs Träumen, für die sie sich mit einer Kraft, Intelligenz und Tapferkeit einsetzte, wie sie niemals vor- oder nachher in einem aussichtslosen Kampf bewiesen wurden. Allein die Kühnheit dieser erstaunlichen aus dem Nichts auftauchenden Einmischung brachte die Gegner außer Fassung; sie waren erschrocken und dumm genug, ihr Geld anzubieten. Metternich selbst beging den groben Fehler, ihr eine Jahresrente von 15 000 Talern zu versprechen, falls sie Bayern verließe. Mit ungewöhnlicher Ruhe lehnte sie den Vorschlag ab.

Aber es dauerte nicht lange, bis der Feind sich zum Gegenstoß sammelte. Bayern war um diese Zeit der Schlüssel zur hohen Politik. Nebenan in der Schweiz wurde der Krieg des Sonderbundes ausgefochten, eine Frage, an welcher die katholische Politik glühend interessiert war und in der sie, soweit sie sich überhaupt in irdische Fragen einlassen kann, mit Herz und Hand mitfocht. Die antireaktionären Kräfte Europas hatten durch ihren feurigen, streitsüchtigen Vertreter Palmerston die Einmischung Metternichs und der Ultramontanen zugunsten der aufsässigen katholischen Kantone zurückgewiesen: Bayern allein lag zu weitab vom Schuß, um die drohend erhobene Kampffaust Englands zu beachten. Keine, auch nicht die romantischste Situation in einer Operette, kam der Lage Lolas gleich. Allein, einzig kraft ihrer Schönheit (vorausgesetzt, diese läßt sich von ihrer Persönlichkeit trennen), versperrte sie mit ihrer kleinen Peitsche ganzen Parteien und Königreichen, ja der Kirche selbst den Weg, indem sie den alten schwärmerischen Ludwig in diesem unbequemsten Winkel der Geschichte zu einem neuen Menschen machte. Das eben geschilderte Bild und tausend andere boshafte Karrikaturen füllten die Blätter, der monarchistisch-klerikalen Presse Europas. Man sah Ludwig als gekrönten Satyr mit einer nackten Nymphe und einer Flöte, sah „einen Mops und einen Esel mit einer Krone am Schwanz" und tausend andere aufreizende Burlesken ... Das alles war, was wir Propaganda nennen, und diese Propaganda gegen Lola und Ludwig füllt große illustrierte Wälzer für gelehrte Deutsche und wandte sich zu beider Ruin unter dem Schutze ihres eigenen Schlagworts: Keine Zensur! an das Münchener Volk. Ludwig hätte unter jenem Wolkenbruch von Tinte am liebsten nachgegeben, aber Lola stand ihm zur Seite, gestählt gegen die Schmähungen des Pöbels. Ja, sie lehrte den König, sich an ihnen zu freuen.

Am 15. Dezember 1846, wenige Wochen nach ihrem Zusammentreffen, erließ der König ein Dekret, das die Schulen von neuem unter das unkirchliche moderne Regime stellte, das er entmutigt zugunsten der Christlichen Brüder aufgegeben hatte. Der Schlag traf schmerzhaft die empfindlichste Stelle, und der Feind parierte ihn durch das Abelsche Memorandum. Dieser Abel war das Hauptwerkzeug seiner Partei und gleichzeitig Minister des Innern. Er setzte ein Dokument auf, wie nur wenige Könige es zu lesen bekommen, außer unmittelbar vor ihrem Rücktritt. In ihm wurde mit einem Minimum offizieller Höflichkeit gegen den Einfluß „der Senora Lola Montez" protestiert; ferner hieß es, „Männer, wie der Bischof von Augsburg, vergießen täglich bittere Tränen über das, was sich vor ihren Augen abspielt". Hand in Hand damit wurden Kopien der giftigsten Angriffe in der „guten" Presse als Beweis überreicht, daß die genannten Empfindungen „in ganz Europa in den Hütten der Armen wie in den Palästen der Reichen" herrschten. Lola „kompromittierte die Existenz der Königswürde an sich“. Diese Freundschaft habe „Zustände herbeigeführt, die den guten Namen, die Macht, den Respekt und das künftige Glück eines geliebten Königs“ zu zerstören drohten.

Außerdem trug man Sorge, eine Abschrift an die Zeitungen zu schicken.

Wäre Ludwig allein gewesen, er hätte die bittere Pille vielleicht geschluckt. Er war bereits sehr tief gesunken. Hätte Marie Antoinette nur zu einem achten Teil die königliche Rolle gespielt, die Lola jetzt an sich riß, man hätte den gesamten dritten Stand in der Nacht der Eidesablegung auf dem Ballplatz aufgeknüpft, und uns wäre ein gut Teil Geschichte erspart geblieben. Lolas Erwiderung traf rasch und sicher, wie eine gut gezielte Kugel. Abel erhielt vierundzwanzig Stunden Bedenkzeit, um seinen Standpunkt zu überlegen, dann wurde er summarisch entlassen und ein Liberaler, von Schenk, an seine Stelle gesetzt. Noch während das Kabinett nervös über den nächsten Schritt beratschlagte, riß ein von Lola aufgesetztes kollektives Demissionsgesuch ihm die Initiative aus der Hand. Lola selbst wurde mit den Titeln einer Gräfin von Landsfeld und einer Baronin Rosenthal in den Adelsstand erhoben und erhielt eine Jahresrente von zwanzigtausend Kronen. Der aufsehenerregende Schritt fand in den liberalen Kreisen Europas Widerhall. Die Londoner Times brachten einen ernsthaft lobenden Leitartikel über den Sieg; Bismarck und Bernsdorff und tausend weniger bedeutende Stimmen gaben begeistert ihrem Beifall Ausdruck. Lola war nahe daran, der Welt Zielscheibe für die stärksten Haß- und Liebesgefühle zu werden.

Die Hauptburg ihrer Feinde nach Verlust der festen Plätze in der Regierung war die Universität. Sowohl Studenten wie Professoren waren erbitterte Gegner Lolas und des königlichen Traums eines neo-florentinischen Fürstentums unter Lolas Ägide. Die Studentenschaft pflegt sich unfehlbar mit Leidenschaft für die unvolkstümliche Sache der verflossenen Generation zu schlagen; ob diese reaktionär oder revolutionär, konservativ oder sozialistisch ist, hängt von der zeitgenössischen Geschichte und nicht von ihnen ab. Hier in München standen die Studenten alle unter dem reaktionären Einfluß gegen die heidnische Demokratie aus Ludwigs Jugendzeit. Lola war in ihren Augen das Symbolum Antichristi, und sie verfolgten sie mit knabenhafter Grausamkeit und List. Sobald sie mit ihrer englischen Bulldogge in der Öffentlichkeit erschien, machten die jungen Korpsstudenten es sich zur Pflicht, sie zu einem ihrer gewohnten leidenschaftlichen Ausbrüche aufzupeitschen, die vor allem zu ihrer Unbeliebtheit beitrugen. Meist kamen die Angreifer dabei schlecht weg. Der junge Baron Pechmann erhielt eine derartige Ohrfeige, daß er das Gleichgewicht verlor; einem anderen schlug sie einen blutigen Schmiß mit der Reitpeitsche.

Gefährlicher war die würdige Perfidie von Professor Lassaulx. Der Gelehrte setzte ein mit vorsichtigem Gift durchtränktes und von Sympathiekundgebungen und Glückwünschen strotzendes Dankschreiben an den entlassenen Minister, Hofrat von Abel, auf. Lola parierte auf ihre eigene prompte und für die Betroffenen peinliche Art, indem sie Lassaulx absetzte. Seine Studenten brachten ihm unter seinem Fenster eine Ovation. Sein Haus lag in der gleichen Straße wie Lolas „Feenpalast" und sie zogen von dort aus weiter, um die Demonstration unter dem Kriegsruf „Pereat Lola" zu vollenden. Sogleich verschwanden die Bediensteten, die Gardine vor dem Bogenfenster wurde zurückgezogen und die Herrin Münchens zeigte sich dem Mob, ein Glas Champagner in der Hand, das sie langsam und verächtlich zum Wohle der Aufrührer leerte. Steine flogen. Die Anführer versuchten die jungen Leute so weit zu bändigen, um mit ihnen die Haustür zu stürmen. Lola beobachtete die wilden, ungeschickten Manöver der Menge und verzehrte dabei Pralinen. Der König selbst mischte sich inkognito unter den Pöbel, um seine Löwenbändigerin bei ihrem neuesten Akt zu bewundern; endlich bekam er die Sache satt und befahl der berittenen Polizei, die Straßen zu säubern. Später am Abend erfolgte noch ein zweiter Ausbruch, der sich erst nach einer mit blanker Waffe ausgeführten Kavallerieattacke unterdrücken ließ.

Lola schilderte den Vorfall summarisch in einem Brief an die Londoner Times:

> „Unter anderem möchte ich hervorheben, daß ein Jesuitenprofessor, namens Lassaulx, vergangene Woche seines Lehrstuhls enthoben wurde, worauf die Klerikalen den Mob bestachen, die Fenster meines Palais einzuschlagen und auch dieses Palais selbst zu attackieren; dank jedoch der besseren Einsicht der anderen Partei und vor allem der Anhänglichkeit der Soldaten an seine Majestät und die königliche Autorität, scheiterte das ganze Unternehmen."

Diesem Schritt folgten die Neuorganisierung der Universität, die Aufhebung der Zensur auf Bücher, die den Studenten verkauft werden durften und die beschleunigte Ausführung der Pläne des Königs für einen Umbau Münchens. Die Macht- und Schaffenskraft des seltsamen Paares standen auf ihrem Gipfelpunkt; München begann zur Weltstadt zu werden.

Politisch hatte es derart die Partei gewechselt, daß die Jesuiten, als sie nach Zertrümmerung des Sonderbundes (im November 1847) aus der Schweiz flohen, die bayrischen Grenzen gesperrt fanden. Das englische Witzblatt „Punch" brachte als Entwurf eines bayrischen Denkmals eine Karrikatur, die Lola mit einem Banner zeigte, das die Inschrift „Freiheit und die Cachuca" trug.

Man näherte sich dem ruhmreichen Jahre 1848, in welchem Europa für das Evangelium des allgemeinen Wahlrechts litt und stritt. Die Dichter bemannten an Stelle der Politiker die Barrikaden: im Sinne eines Krieges zur Beendigung des Krieges focht diese Revolution für das neue Jerusalem. Alles war äußerst einfach in jenen Tagen; alle Könige waren schlecht, alle Republikaner groß und edel. Unsicher schwankend näherte sich das zweisitzige Staatsschiff mit Lola und dem König den Stromschnellen. Ihr Krieg mit den Studenten hatte eine neue Wendung genommen. Auf einem ihrer Bälle erschienen Studenten der Pfälzer Burschenschaft mit ihren charakteristischen Mützen. Um zwei Uhr morgens entriß Lola einem Burschen seine Mütze und stülpte sie sich auf den Kopf; am folgenden Tage wurden der Besitzer und seine Freunde aus dem Korps hinausgeworfen. Sie bildeten eine neue Vereinigung, die Alemannen, und sogleich verlieh ihnen der König sämtliche alten Privilegien. Vom ersten Augenblicke an entwickelten sie sich zu einer treuen Leibwache Lolas; sie standen Posten vor ihrem Haus und wurden zu allen ihren Gesellschaften eingeladen. Am 31. Januar 1848 marschierten die Korps Frankonia, Bavaria, Isaria und Suevia in corpore auf die Straße, verstärkt durch Tausende von Revolutionären und Hunderte von Seminaristen. Durch irgendeinen Assimilierungsprozeß hatten sich alle diese feindlichen Elemente unter dem Kriegsruf: „Tod der Lola!" zusammengefunden, jetzt zogen sie vor ihre Behausung. Die zahlenmäßig hoffnungslos unterlegenen Alemannen wurden mißhandelt und aus dem Wege geräumt, alle mit Ausnahme von vieren: den Grafen Hirschberg, Peisner und Laibinger und einem Leutnant Nußbaum, der später jener Affäre wegen den Abschied erhielt. Diese vier und Lola unternahmen einen Ausfall auf die Straße und stellten sich dem wütenden Haufen. Durch irgendein Wunder bahnten die jungen Burschen ihr einen Weg ins Herz der Menge, während Lola (zweifellos mit schriller Stimme – jede Heldentat hat ihre Schattenseiten) Schmähungen und Drohungen ausstieß und fleißig ihre Peitsche gebrauchte. Endlich trennten keine Rampenlichter sie mehr von dem Feind und fürs erste behielt sie die Oberhand.

Als sie müde geworden, die Peitsche zu schwingen und ihre arg zerschundene Leibwache verschwunden war, zog sie sich hoch erhobenen Hauptes und den Pöbel à distance haltend vor das Tor der Theatinerkirche zurück, wo ein nachsichtiger Priester die prachtvolle kleine Kalvinistin aufnahm. So rettete er ihr das Leben. Dieser ist einer der wenigen historischen Fälle, in denen ein Mensch, Mann oder Weib, mit heiler Haut einem wütenden Volkshaufen entkam.

Der alternde König begann zu schwanken. Zuerst schloß er die Universität für immer, dann löste er sie auf, nach einer Woche befahl er sie wieder zu eröffnen. Sogleich strömte der Feind in diese Bresche seines Willens, die selbst Lola nicht rechtzeitig zu schließen vermochte. Ein zweiter Demonstrationszug mied sorgfältig ihr Palais; sie war jetzt eingekreist, und Ludwig, der neue Lear, gab der Tragödie eine neue Wendung, indem er seine Cordelia im Stich ließ. Er hatte jetzt genug; Träume, Liebe, Schönheit, Romantik, alles packte er mit zitternder Hand zusammen, um es seinem neuen Herzenswunsch, der Sehnsucht nach Frieden zu opfern. Am Abend seiner Kapitulation ließ er Lola polizeilich verhaften. Eine gewaltige Menschenmenge lief zusammen, um Zeuge des ungemein lohnenden Endschauspiels zu sein. Als erstes sperrte Lola den jungen Nußbaum und seine Freunde, die zu einer letzten verzweifelten Verteidigung erschienen waren, ein; sie wollte nicht, daß sie ihretwegen noch weiteren Schaden nähmen. Dann, ohne der eingeschüchterten Polizei zu gestatten, Hand an sie zu legen, schritt sie mutterseelenallein durch die Menge. Diese machte ihr schweigend Platz. Auf dem Bahnhof gesellten sich drei keuchende Alemannen zu ihr; die Burschen waren aus dem Fenster gesprungen. In der gleichen Nacht plünderte der Pöbel ihr Palais. Der König erschien in einer Anwandlung von Masochismus, um mit eigenen Augen zu sehen, was er nicht zu verhindern wagte. Er wurde erkannt, als er die Trümmer inspizierte, und irgendein Lümmel betäubte ihn durch einen Schlag über den Kopf.

Das Ende dieser Episode ist wunderbar. Anscheinend bat Lola den König um eine letzte Unterredung. Auf Rat seines Beichtvaters ließ er ihr sagen, sie solle sich einem Teufelsbeschwörer, einem gewissen Justinus Kerner, der in einem Münchener Vorort lebte, anvertrauen. In dem von ihm veröffentlichten

Briefwechsel schreibt er: „Vorgestern erschien Lola in Begleitung von drei Alemannen. Es ist recht ärgerlich, daß der König sie zu mir geschickt hat, aber man hat ihm gesagt, sie sei besessen. Bevor ich sie mit Magie und Magnetismus behandle, will ich eine Hungerkur an ihr versuchen. Ich erlaube ihr nur dreizehn Tropfen Himbeersaft und den vierten Teil einer Waffel."

In einem anderen Brief heißt es: „Lola ist erstaunlich mager geworden. Mein Sohn Theodor hat sie mesmerisiert und ich lasse sie Eselsmilch trinken."

Wenige Tage später reiste sie nach der Schweiz, wo man ihr aus Dankbarkeit das Aufenthaltsrecht gewährte. Ihre drei Getreuen blieben noch eine Weile bei ihr, dann ging ein jeder seiner Wege, die, wie immer sie auch gewesen sein mögen, sich sicherlich nicht mit der Zeit vergleichen ließen, da sie Lolas Schutz und Hort waren.

Was nun den König betrifft, so hatte er eine Todsünde begangen, für die es im Himmel und auf Erden keine Verzeihung gibt. Ich meine damit nicht den Verrat an der Frau, die er liebte, den Verrat an Loyalität und Freundschaft, Gott sei Dank kann ein Mann sich das alles zuschulden kommen lassen, ohne deswegen ein verlorener Mensch zu sein. Ludwig aber hatte seinen Lebenszweck, seine Daseinsberechtigung gegen Frieden und Sicherheit eingetauscht, ein ungesetzlicher Handel, der gegen die Gebote des Lebens selbst verstößt. Nach sechs Wochen, der Durchschnittsfrist zwischen Urteil und Hinrichtung, wurde er schmählich zur Abdankung gezwungen und aus der Hauptstadt verbannt.

Lola ist jetzt am Ende. Der Rest hat lediglich das abscheuliche Interesse einer Vivisektion. Ihre Bewegungen sind die eines gequälten Tieres im Käfig. Nacheinander rüttelt sie an jeder verrammelten Tür: Reisen, Klausur, Religion, ja selbst an der Ehe. 1849 überredet sie einen armen, dummen Gardisten, mit ihr aufs Standesamt zu gehen. Unmittelbar darauf läßt des Mannes Familie sie wegen Bigamie verhaften; Leutnant James war immer noch am Leben, aber das Verfahren wurde eingestellt. 1851 fuhr sie nach New York, wo sie mit einigem Erfolg, der aber eher auf Neugier als Wertschätzung beruhte, auftrat. Von dort ging es nach New Orleans. Hier packte sie das Goldfieber und sie reiste über Land nach Kalifornien. Jener aufgeblasene Kerl, der englische Kriegsberichterstatter Russell, begegnete ihr unterwegs und erzählt: „Gelegentlich führen die auf- und abwogenden Fluten des Rowdy- und Gaunertums, die sich periodisch durch Cruces ergießen, auch einen berühmten Reisenden mit sich. Eines schönen Tages erschien Lola Montez auf dem

Gipfelpunkt ihres üblen Ruhms, begleitet von einem recht seltsamen Gefolge. Sie war auf dem Wege nach Kalifornien. Eine hübsche, herausfordernd wirkende Frau mit schönen, bösen Augen und energischem Wesen. Sie trug einen tadellosen Männeranzug, einen weißen Kragen über einem Rock mit Samtaufschlägen, eine reichgestickte Hemdbrust, schwarzen Hut, französische Beinkleider und blankgeputzte, adrette Sporenstiefel. In der Hand hielt sie eine elegante Reitpeitsche ... Ich war froh, als das elende Weib am folgenden Morgen fortritt."

Man munkelt von weiteren Heiraten und Affären, alle sind ungewiß, unappetitlich, ephemer. Da gab es einen Redakteur namens Hull, einen deutschen Jäger, Adler, Hände, die sie sekundenlang verzweifelt zwischen den Gitterstäben ergreift und wieder fahren läßt. 1854 haust sie allein in Grass Valley am Fuße der Sierra Nevada in einem kleinen Blockhaus, umgeben von Tieren, die ihr halb Nutztiere, halb zoologischer Garten sind. Eine Zeitungsnachricht besagt: „Vergangenen Sonntag stattete uns Lola Montez mit einem Schlitten und einem Pferdegespann, das auf gut Glück mit Kuhglocken geschmückt war, einen Besuch ab. Meteorgleich jagte sie unter Schneegestöber und zufällig daherfliegenden Schneebällen vorbei, um in der Richtung von Grass Valley zu verschwinden."

Ihr nächstes Reiseziel ist Ballarat in Australien, wo sie Gold sucht, statt dessen aber den Australier entdeckt. Dank der unbedachten, beispiellosen Pöbelhaftigkeit in den britischen Kolonien, in denen die feine gesellschaftliche Kultur des Mutterlandes zu versauern pflegt, gerät sie dort in Händel und wurde endlich, einer verwundeten Häsin gleich, an ihren Ausgangspunkt: Irland und die kalvinistische Religion zurückgejagt. Es ist ein seltsames Geheimnis jeglicher „Bußfertigkeit", daß jene, die der Nüchternheit des Lebens erliegen, sich in die geschmeidige Romantik und veredelnde Melancholie der katholischen Kirche hineinretten; Menschen hingegen wie Lola, die der Liebe, des Abenteuers und des Erlebens überhaupt überdrüssig sind, werden Puritaner. Und hier verabschieden wir uns von ihr mit ihren eigenen Worten, die sie Seite an Seite mit Anmerkungen über fromme Vorträge, ihre wachsende Armut und fleißige Kirchenbesuche und Gebetstunden in ihr geistliches Tagebuch schrieb: „Jetzt aber ist ein wunderbarer Wandel in meinem Herzen vor sich gegangen. Was ich früher liebte, das hasse ich jetzt." 1861 starb sie, dreiundvierzig Jahre alt.

Cagliostro (und Seraphina)

Der Fall eines Doppelabenteuers – Lola mit Casanova oder Alexander mit irgendeiner honigfarbenen Barbarenfürstin an Stelle der kleinen persischen Gazelle Roxane – drängt sich uns hier unausweichlich auf. Muß nicht die natürliche Zweiheit, Mann und Weib, das gefahrvolle Leben besser überdauern als das bloße Einzelwesen, das im Falle des Mannes früher oder später an einem Übermaß des Glücks ersticken und im Falle der Frau mangels jener nährenden Flamme dahinsterben muß? Wie dem auch sei, wir dürfen uns auf wichtige und amüsante Modefikationen der Gesetze (oder dynamischen Regeln), die das Wesen des Abenteurers beherrschen, gefaßt machen. Diese Gesetze sind eher der Harmonielehre als der Logik entlehnt, denn das Leben haßt die Logik, und unsere Untersuchung gestaltet sich um so schwieriger, als der Fall nur selten vorkommt und sich ausschließlich auf eine bestimmte Klasse von Abenteurern beschränkt. Was, zum Beispiel, hätten Alexander oder Columbus mit einer Gefährtin oder – falls wir schon so fragen – was hätte Casanova mit Lola anfangen sollen? Ihre Vereinsamung war kein Fehler, sondern lag organisch in ihren Taten und Leiden begründet; hätte man sie gesprengt, ihre Lebensgeschichte wäre zu dem fadesten aller Märchen, zu einer modernen Novelle geworden. Wir müssen uns daher auf der Suche nach unserem Zweiklang jenen Abenteurern zuwenden, die aus ihrem Tun und Treiben ein Geschäft machten. Das heißt, wir müssen zwischen der Szylla und Charybdis der Langenweile – zwischen dem Schwindler und dem Geschäftsmann hindurchsteuern. In diesem Zusammenhang fällt mir niemand außer Cagliostro und seiner Seraphina ein – die letzten farbigen Ausstrahlungen der untergehenden Sonne des alten Europa.

Des Mannes eigentlicher Name war Giuseppe Balsamo. Wir kennen die Gewohnheit der Namensänderung, die unter Abenteurern so häufig vorkommt, wie bei den drei anderen Berufen, die sich ihrer bedienen: dem Mönchtum, der Bühne und dem Prostituiertengewerbe. Wir kennen ihren fast rituellen Grund: die symbolische Abschwörung von Banden, Aufgaben, Pflichten, vornehmlich gegenüber der Familie, erst in zweiter Linie gegenüber der Gesellschaft und ihr häufigstes Motiv: nacktester Ehrgeiz, der sich sogar bis zur Poesie des Snobbismus steigert. Sein Vater war ein kleiner Ladenbesitzer in Palermo, sein Geburtsjahr 1743. Dieser Giuseppe, kurzweg Beppo genannt, entwickelte sich zu einem dicken, plattgesichtigen Helden der Gosse, er war kühn, nie aus der Fassung zu bringen, war ein Langfinger und der Schrecken sämtlicher Hausfrauen und Muttersöhnchen der Nachbarschaft. Wäscheleinen zu durchschneiden, Hunde gegeneinander zu hetzen, schüchterne kleine Jungen zu tyrannisieren Hunde gegeneinander zu hetzen, schüchterne kleine Jungen zu tyrrannisieren und die wagemutigeren zu Raubüberfällen auf die Karren der Straßenhändler anzuleiten, diese Streiche gehörten zu seinem Hauptvergnügen; er tat, sein Möglichstes, das wirre Getümmel der heißen alten Stadt, wo zu jeder Tages- oder Nachtstunde ein Streit ausgetragen oder ein Handel abgeschlossen wird, noch zu vergrößern. Mit zwölf Jahren schickte man ihn auf das Sankt-Rochus-Seminar, um Schreiben und Lesen zu lernen; dort erhielt er von, seinen Lehrern und dem Kastellan fleißig Prügel, bis er ihnen durchbrannte. Sein Vater war inzwischen gestorben. Seiner Mutter Bruder erwirkte ihm den Eintritt in das Kloster der Benfratelli – das Sprungbrett zu der einzigen Laufbahn, die einem gescheiten Jungen seines Standes offen stand. Hier mußte er nach einiger Zeit in der Klosterapotheke mithelfen; er mußte Phiolen waschen, Kräuter abwiegen, den Fußboden kehren und die Grundlagen der Chemie lernen, der sinnlichsten und aufregendsten aller Wissenschaften. Selbst ein mit moderner Sachlichkeit eingerichtetes Laboratorium ist für denjenigen, der so glücklich ist, Wißbegierde und einen gut entwickelten Geruchssinn zu besitzen, der faszinierendste Ort der Welt. Hier aber in einem sizilianischen Kloster des achtzehnten Jahrhunderts glich jede Flasche einem Spielzeug, das irgendein Geheimnis barg; die materia medica waren Märchen aus Tausend und einer Nacht; jeder einzelne Apparat schien einer sagenhaften, übersinnlichen Welt anzugehören, und sehr bald stand Beppos Phantasie in Flammen. Er faßte die Idee der Magie. Dabei lernte er so leicht und rasch, daß sein Lehrer ihn ins Herz schloß; so kam es, daß die lange Reihe zerlumpter Patienten oft lange auf ihre heilenden Tränklein warten mußte, während die beiden in der dunklen, duftenden Krypta sich in experimentellen Versuchen und Debatten verloren. Als geistiges Gegengift zu dieser phantastischen Welt betrauten die Brüder Beppo mit der Aufgabe, ihnen bei den Mahlzeiten vorzulesen. Ihr Lieblingsbuch war irgendeine weitschweifige Märtyrologie, die seine Einbildungskraft, welche bereits nach Zwiesprachen mit dem Übernatürlichen lechzte, noch weiter anregte. Eines Tages während der Fastenzeit bekam er dieses Sammelsurium von Geschichten über teufelaustreibende Bischöfe, löwenbändigende Jungfrauen, feuergefeite Fakire und unverwundbare Beichtiger satt. Oder aber seine Natur, die zu derben Späßen neigte, erkannte die Komik, mit der die ungewaschenen Brüder feierlich ihre Suppe auslöffelten; plötzlich ersetzte er die heiligen Namen in dem Buch durch die der berüchtigtesten Huren Palermos. Zur Strafe wurde er mit Riemen geschlagen und zum Kloster hinausgejagt.

Eigentlich war er zu klug für diesen dummen Streich; aber zweifellos sind seiner endgültigen Relegation andere klösterliche Zusammenstöße und Verstöße vorangegangen. Er war also kein unschuldiges Lamm, als er sich dem „lockeren Lebenswandel“ ergab, den sein einziger offizieller Biograph, der römische Großinquisitor, beschreibt. Zunächst ergriff er den Malerberuf, der in seinen eigenen Augen wie in denen seiner Heimatstadt und seines Landes das schäbige Gewerbe eines Marmorimitators, Mischers von Temperafarben, Schildermalers und Herstellers kitschiger Riesengemälde umfaßte. Diese zeigen meist einen Sturm auf dem Meere mit dem ausbrechenden Vesuv im Hintergrund und bilden, wie die in Massen angefertigten sentimentalen Gipsabgüsse, noch den Hauptkunstartikel Italiens.

Aber damals wie heute war der Künstlerberuf überfüllt. Beppo übernahm aus Not oder Neigung Aufträge für ein anderes lokales Gewerbe, das wie der Beruf der Anstandsdame von allen Gesellschaftsschichten, in denen die Frauen gehütet und bewacht werden, untrennbar ist. Er wurde Kuppler. Einer von Beppos Klienten war der Romeo seiner hübschen Kusine, und Beppo trug Sorge, seine Briefe pünktlich zu befördern, seine Geschenke aber zu unterschlagen. Mit bewundernswerter Lebenskraft übernahm er daneben noch Fälschungsaufträge, das heißt, er stellte sein Können und seine Feder Personen, die wegen einer Unterschrift in Verlegenheit waren, zur Verfügung. Wir wissen, daß er einmal ein ganzes Testament zugunsten einer religiösen Gemeinschaft gefälscht hat, ein anderes Mal handelte es sich um einen Reisepaß für einen Mönch mit der Unterschrift seines geistlichen Oberherrn in Rom.

Durch diese niederen und schlauen Machenschaften verdiente er genug, um gut zu essen. Sein Leben lang hatte er einen gewaltigen Appetit, der ebenso wie das Gegenteil eine häufige Begleiterscheinung von starker nervöser Energie ist. Seinen Überschuß an Kraft tobte er in Raufereien aus; er bekam starke Muskeln und liebte Händel mit den Matrosen, daneben verprügelte er häufig den Nachtwächter. So begründete er seinen Ruf als Straßenschreck. Alle diese Versuche stehen in einem komischen, äußeren Mißverhältnis zu dem ungewöhnlich glänzenden Geschick, dem er entgegeneilte. Halb Rowdy, halb Betrüger: mit diesen sehr wenig interessanten Eigenschaften erschöpft sich das Bild, das jene übellaunigen Biographen, Carlyle und der Großinquisitor, von dem Manne entwerfen, der später Cagliostro werden sollte. Wir folgern daraus, daß sie die letzte Szene, in der Beppo in Palermo auftritt, nicht ganz erfaßt haben. Der „unsympathische Lümmel" scheint plötzlich das Vertrauen eines Goldschmiedes namens Marano gewonnen zu haben; dieser bedient sich seiner bei der mitternächtlichen Suche nach einem Schatz in einer Meeresgrotte. Carlyle stellt diesen Vorfall in den ihm eigenen nörgelnden, übelwollenden Stil als einen lächerlichen Schwindel dar, als eine Affäre, über die, wie über die meisten geschichtlichen Ereignisse, ein schlauer Schotte nur lachen kann. Wir aber, die Geschworenen, müssen auf gewisse Tatsachen hinweisen, die mit dieser Auffassung so wenig übereinstimmen, wie der Beppo des Inquisitors mit den Schilderungen seiner einseitigen Chronisten. Zauberei ist hier am Werk: es ist nicht nur vom Rutengehen, von gegabelten Haselstauden usw. die Rede, sondern es werden im Mondlicht auch magische Kreise gezogen, Erde wird verbrannt und man murmelt Beschwörungsformeln. All das paßt ganz und gar nicht zu dem Bauernlümmel, den die anderen in Beppo erblicken. Wir müssen einzig die nackte Tatsache zugeben, daß Beppo nach einem Streit mit dem Goldschmied aus Palermo floh.

Die Geschichte der nun folgenden Jahre muß im Zusammenhang mit der Persönlichkeit behandelt werden, die Seraphina ihm anerzog oder die er mit ihrer Hilfe aus sich entwickelte. Er wird nach dem Orient gereist sein, jenem rechten Flügel des alten römischen Reichs, zu dem alle abenteuerliebenden Italiener (im Gegensatz zu den ehrlichen Leuten) sich heute noch hingezogen fühlen: Kleinasien und Ostasien. Kairo, Bagdad, Smyrna, Aleppo, sogar Konstantinopel werden ihm Obdach gewährt und ihn als Gegendienst für seine Lügen und Schmiereien, Kuppelei und Schwindelei ernährt haben. Gleich zahlreichen seiner Landsleute, die sich auch heute noch in sämtlichen Städten in einem achttägigen Umkreis von Suez herumtreiben, fühlte er sich überall, wo es von Menschen wimmelte, zu Hause. Das Nächste, was wir von ihm wissen, ist, daß er in Rom auftauchte, wo er im Gasthaus zur Sonne wohnte. Er ist immer noch arm und betreibt das nicht ganz saubere (von den meisten, insbesondere von Carlyle nicht direkt als unmoralisch angesehene) Geschäft, den Mittelstand mit schlechter Kunst zu versorgen. Das heißt, er verkaufte retouchierte Federzeichnungen der bekanntesten Baudenkmäler – ein Vorläufer der Ansichtskartenindustrie.

In diesem Zustand – nicht Fisch, nicht Fleisch – begegnete er seiner Seraphina, deren wahrer oder von der Gesellschaft aufgezwungener Name Lorenza Feliciani lautete. Sie war die Tochter eines Gürtel- oder Handschuhmachers, ein schönes

Mädchen, das, wie die meisten ihresgleichen, romantischen Ideen frönte. Nut in einem unterschied sie sich von ihren Geschlechtsgenossinnen: Sie war bereit, diese Ideen in die Tat umzusetzen. In Wahrheit war sie eine geborene Abenteurerin. Wüßte man mehr von ihr und ihrem Anteil an dem ungeheuerlichen Leben ihres Gatten, man müßte sie als eine der größten, die je gelebt, bezeichnen. Aber ihr Einfluß blieb nach außen hin jahrelang passiv. Ihr eigener Wille war in dem Zweiklang des gemeinsamen Abenteuers lange Zeit unvernehmbar, oder besser noch, seine Schwingungen waren so eins mit denen Cagliostros, daß sie von den Schriftstellern, die den Reizen des Themas erlegen sind, meist vergessen oder – schlimmer noch – als ein armes tapferes Ding geschildert wird. Der sentimentale Historiker genießt eben den Vorteil eines Abkürzungsweges durch die Psychologie. Tatsächlich berechtigt keine der eigentlichen Tatsachen zu jener Neufassung der Griseldissage. Das nun Folgende beruht auf keinem besseren Beweis als dem der chronologisch sehr bezeichnenden Ereignisse; trotzdem ist die Metamorphose der fetten Raupe Beppo Balsamo in den prächtigen Schmetterling Graf Alexander von Cagliostro, Angebeteter Schüler der weisen Althotas, Adoptivsohn des Scherifs von Mekka, mutmaßlicher Sohn des letzten Königs von Trapezunt, auch Ilso Acharat geheißen, Unglückliches Kind der Natur, Oberster Großmeister der ägyptischen Freimaurerei der hohen Wissenschaft, Großkophta von Europa und Asien höchstwahrscheinlich in erster Linie auf die kleine Lorenza, seine mystische Seraphina zurückzuführen. Das heißt, die Triebkraft, die Gestaltung des Doppelwillens kam, ganz wie in dem Falle Lola und Ludwig, von Seiten der Frau. Ehe das gemeinsame Abenteuer unternommen werden konnte, war das persönliche Abenteuer Lorenzas: die Umwandlung eines armen lügenhaften Lümmels zudem, wofür er von Natur aus befähigt war, erfolgreich durchgeführt.

Mit einem Wort: Die Natur hatte ihn zum Scharlatan bestimmt. Zum größten Scharlatan, den die Welt je gesehen – oder geduldet. Letzteres geht unsere Untersuchung nichts an.

Seine Persönlichkeit, die Formung seines Willens – falls man einen so ehrbaren Ausdruck heranziehen darf – war das Urwesen ihres Abenteuers. Hierin beweist sie die gleiche Tendenz wie Lola Montez: Beider Frauen Abenteuer ist der Mann. Beppos Plumpheit erschien ihr als Würde, seine Flegelhaftigkeit als rohe, noch undifferenzierte Würde. In dem ununterbrochenen Strom seiner Lügen und Aufschneidereien über sich selbst und seine Reisen entdeckte sie nicht nur eine ungewöhnliche Phantasie, sondern jene seltene Autosuggestionskraft, jenen

Glauben an sich selber, der das radiumhaltige Element im Naturhaushalt der Phantasie ist.

Ihre Bemühungen während dieser Phase ihres Abenteuers galten teils der Erforschung von Beppos Wesen, teils der Erfindung des Begriffs Cagliostro; von den Sümpfen und kargen Einöden seines eigentlichen Ichs drang sie weit vor in das tropische Hinterland dessen, was er werden konnte. Dieser Schwätzer vermochte überzeugend zu wirken, weil er von sich selbst halb und halb überzeugt war. Selbst für eine kleine römische Korsettmacherin ist ein solcher Einblick in den Mann ihrer Liebe zwar kühn aber nicht bedeutend. Wahrscheinlich ist mit dem Vorgang des Sichverliebens bei Frauen halb unbewußt stets eine quasiökonomische Abschätzung verbunden. Außerordentlich selten, ja originell ist die konstruktive Arbeit, mittels der Lorenza ihre intuitiven Ahnungen praktisch verwertete. Die Ausbildung einer Persönlichkeit ist (im Gegensatz zu einer rein geistigen oder körperlichen Erziehung) genau so Sache der Empirie wie das Rutengehen, der Spiritismus oder die Nationalökonomie, und ihre Exponenten ernten ebenso häufig Ruhm wie Schande.

Bildung besaß Lorenza nicht; sie hätte ihr auch nicht nützen können. Vielmehr muß sie auf ihren Spaziergängen mit Beppo über die strahlenden Plätze und durch die zahllosen Gassen Roms, auf den Treppen der Piazza di Spagna, unter den vorbeiflitzenden Schwalben oder auf dem Brunnenrand barocker Fontänen im Strudel der Pilger aus allen Teilen der Welt ihr Material studiert und ihre Methode entwickelt haben. Diese wird sie dann in ihrer monatelangen Verlobungszeit in einem kühnen Feldzug gegen die Wälle und Befestigungen seines im wesentlichen barbarischen Geistes ausprobiert haben.

Balsamo war übellaunig und reizbar; er wird sich wie eine Bulldogge gegen die Bekämpfung all jener Laster und Tugenden gewehrt haben, die sie beschlossen hatte, ihm abzugewöhnen, Eigenschaften, welche wie Unkraut die festen Umrisse Cagliostros überwucherten. Sie mußte ihn von seiner gemeinen sizilianischen Pfennigfuchserei kurieren; von der Gewohnheit, in Augenblicken der Gefahr wie ein Köter um sich zu beißen und zu bläffen; von seiner Liebedienerei und Prahlerei, die beide in der Gesellschaft nicht am Platze sind; von seiner Furcht und seinem Haß gegen die Polizei, um ihm statt dessen einen unerschütterlichen Gleichmut einzuimpfen. Ein heikles und gefährliches Unterfangen, denn das Gleichgewicht seines Selbstvertrauens durfte dabei auch nicht mit einer Feder berührt werden, sonst war alles verloren: der Geliebte und das Abenteuer. Bedeutender und leichter zugleich war die Zwillingsaufgabe, den geläuterten Rest zu stärken; aus dem Lügner einen Visionär zu machen; aus dem Wust seiner Prahlereien eine zusammenhängende Geschichte herauszuschälen und ihn auf diese zu beschränken; seinen Hang zur Kuppelei abzulenken und ihn zu zwingen, sich auf den Handel mit weniger irdischen und auch kostbareren Waren als bloßem Weiberfleisch zu konzentrieren. Außerdem mußte sie ein schlummerndes Regietalent, wie er es dem sizilianischen Goldschmied gegenüber bewiesen hatte, wecken; die farbigen Fetzen der Sage und des Aberglaubens aus seinem Lumpensack von Gedächtnis sammeln und zusammenflicken; seine Angst vor Teufeln sowie seinen Glauben an übernatürliche Kräfte nähren und endlich – persönlich an all das, nicht zuletzt an ihn selbst, glauben.

Kurz und gut, sie hatte Glück und Urteilskraft, aber keine moralischen Hemmungen. So machte sie aus der Null: Beppo Balsamo eine Persönlichkeit, so löste sie das dunkelste Problem menschlicher Dynamik, indem sie aus einem Wirrwarr lüsterner Widersprüche einen einheitlich starken Willen schuf, der sich als treffsichere Kugel statt einer Ladung Schrot gegen die Welt entlud. Wie groß oder klein ihr Anteil an dem Abenteuer auch gewesen sein mag, der Abenteurer selbst war ihr Werk: eine seltenere und gefährlichere Operation, als irgendeine der magischen Prozeduren Cagliostros.

Die Richtung der neuen, durch die Liebe, Eitelkeit und Eingebung einer klugen kleinen Ladengehilfin freigewordenen Kraft führte über den Geist des Jahrhunderts zu einer persönlichen Macht, welche beide, er wie sie, sich als so groß wie möglich ohne irgendwelche Grenzen oder feste Einzelbegriffe vorstellten. Dieser Geist offenbarte sich, da man ja im Zeitalter der Vernunft lebte, in einem Hang zum Mystizismus. Sagen wir es offen: die primäre Wirkung unseres Wissens um die Gesetze des Universums ist ein Gefühl des Gestrandetseins, ein Gefühl der Verzweiflung und des Ekels, das sich häufig zu einer Flucht vor der Wirklichkeit steigert. Das Zeitalter Voltaires ist zugleich das Zeitalter der Märchen; das umfangreiche „Cabinet des Fées“, von dem einige Bände Marie Antoinette in ihrer Zelle getröstet haben sollen, fand seinen Platz auf dem Bücherbord Seite an Seite mit den Werken der Enzyklopädisten. „Alice im Wunderland“ gehört der nämlichen Periode an wie „Der Ursprung der Arten“; beider Erscheinungsdaten liegen nur sieben Jahre auseinander. Ja, die Anfänge der Volkspoesie müßten von Rechts wegen in die Zeit gelegt werden, da der primitive Mensch seine strahlenden Illusionen verlor. Dieses Gefühl des Ekels und die Sehnsucht, der Wirklichkeit zu entrinnen, waren im achtzehnten Jahrhundert besonders stark. Die betreffende Epoche zeichnete sich vor allem durch eine ungewöhnlich klare Erkenntnis der Gesetze aus, die unser Dasein beherrschen. Man kannte die Natur der Menschheit, ihre Leidenschaften und Instinkte, ihre soziale Organisation, Sitten und Möglichkeiten, ihren Wirkungskreis im Rahmen des Kosmos und die vermutliche Länge und Breite ihres Geschicks. Die Flucht vor der Wahrheit führt logischerweise in das Reich der Illusion, an die letzte Zufluchtsstätte jener von uns so gepriesenen pragmatischen Lüge, deren mögliche Variationen wiederum die Armseligkeit des Menschen beweisen. Der kürzeste Weg aus Manchester ist eine Flasche Gin; dem Geschäftsmann winkte die Schimäre Paris, und für Paris wie für das Mittelmaß an Talent und Einbildungskraft gibt es als letzte Rettung Narkotika, angefangen bei der subtilen Allmacht des Opiums und endigend bei dem trügerisch lockenden Kokain. Daneben gibt es noch die herrlichen Betäubungsmittel: Religion, Musik und Hasard. Die merkwürdigste und älteste von allen aber ist die Magie, und auf diesem Seitenweg schlug das Paar, halb Priester, halb Anreißer, eine Art Auswandererbüro für alle jene auf, die aus dem allzu soliden Herzogtum Mailand nach der Insel Prosperos flüchten wollten. Zutiefst befaßt sich die Magie mit den schöpferischen Kräften des Willens, während sie in ihrer niedrigsten Form nichts als ein barbarischer Rationalismus ist, der erste all unserer Versuche, den Himmel zur Vernunft zu zwingen. Ob jene verzweifelte Flucht vor der Wahrheit irgendeine Wahrheit birgt, ist an sich belanglos; wichtig für unsere Geschichte ist der Hinweis, daß die Operationen Cagliostros von seiner Fähigkeit abhingen, jenen Willen, der sich Glauben nennt, nicht nur an die Schar der Anhänger, sondern an den Führer selbst, in einen einzigen Brennpunkt zusammenzufassen. Superkluge Dummköpfe pflegen Typen wie Cagliostro schlechtweg als „Heuchler" oder „Gauner" zu bezeichnen, eine These, mit der sich weder die Geschichte noch die primitivste psychologische Wissenschaft abspeisen lassen. Die Voraussetzungen für dieses Abenteuer des Willens und des Glaubens waren ein absolut einheitlicher Wille und eine zum mindesten brauchbare vorübergehende Überzeugung; ohne diese beiden Dinge bis zu einem gewissen Grade zu besitzen, hätten Cagliostro und Seraphina nicht einmal einem Bauernlümmel einen Goldbarren verkaufen können. Ihre Zuhörerschaft aber war gebildet, differenziert, phantasievoll und dabei so kritisch wie das Premierenpublikum einer Galaoper. Selbst auf dem Gebiete der politischen Zauberei muß der Magier an sich selber glauben, wenigstens so lange die Vorstellung dauert.

Aber Wille und Glaube bedürfen, um Absatz zu erzielen, eines Vermittlers, das heißt, einer Persönlichkeit. Der Kern einer Persönlichkeit ist ihre Vergangenheit. Lorenza – noch hat sie sich nicht in Seraphina verwandelt – machte sich daher ans Werk, aus dem üppigen aber unzusammenhängenden Geschwätz ihres Liebsten eine „ne varietur"-Ausgabe zusammenzustellen, deren letzte Fassung eine äußerst merkwürdige Geschichte ergab. Die Vorgänge in Palermo waren darin gestrichen, ebenso wie Beppos Charakter zu dieser Periode. Cagliostro war, so kamen sie überein zu glauben, der unglückliche Sohn des letzten Herrschers von Trapezunt, der durch den Ruin jenes entlegenen Reiches enterbt und in die Verbannung geraten war. Auf der Flucht fiel er in die Hände von Banditen, die ihn in Mekka als Sklaven verkauften. Hier erstand ihn der edle Scherif, um ihn in die Lehren der Kabbala einzuführen. Doch als er heranwuchs, vermochten weder die Großmut noch die Kunst des Scherifs seinen Ehrgeiz zu zügeln, und endlich ließ der Magier ihn ziehen, nachdem er ihm zuvor den romantisch mitleidigen Titel: „Unglückliches Kind der Natur" verliehen hatte. Auf seinen Reisen traf er mit den tanzenden Derwischen einer osirischen Brüderschaft und dem Dom Daniel der Alchimisten zusammen, die ihn alle ehrenvoll aufnahmen, ihn in ihre Mysterien einweihten und ihn endlich widerwillig von neuem seiner unstillbaren Wanderlust überließen. In Damaskus begegnete er dem Hohenpriester aller arkanischen Weisheit, Althotas und schiffte sich mit ihm nach Malta ein, wo die im Verborgenen lebenden Nachkommen der Gnostischen Ritter ein geheimes Laboratorium besaßen. Hier verrichteten Althotas und er Wunderwerke der geistigen Chemie, indem sie auf alle nur mögliche Art unzerlegbare Elemente umschufen und verwandelten. Vorsichtig deutete er an, daß er gezwungen gewesen sei, Althotas zu töten.

Was nun Lorenza betrifft, so begnügte sie sich mit suggestiver Mystik und dem Namen Seraphina. Der Phantasie wurde weitester Spielraum gelassen. Lorenza half ihr nur durch gelegentliche Hinweise, wie einen ausländischen Schnitt in der Kleidung und einen ausländischen Akzent in sämtlichen Sprachen nach.

Mit dieser fertigen Ausrüstung an Persönlichkeit, Willen und Glauben konnte das Abenteuer seinen Anfang nehmen. Zuvor aber tauchte ein Hindernis auf. Das Paar wohnte im Hause von Lorenzas Eltern. Noch nie in seinem Leben war es Cagliostro so gut gegangen. Er kannte die Welt besser als Seraphina und versicherte ihr, es sei Torheit, von dort fortzugehen. Mit einer soliden Grundlage von drei reichlichen Mahlzeiten am Tag und einem warmen Federbett würden seine Talente sich am besten in Rom entwickeln. Ihre Pläne ließen sich recht gut von dieser Basis aus verwirklichen.

Seraphina wußte nicht, was tun. Das Schicksal mußte ihr zu Hilfe kommen. Als alles bereits verfahren schien und es den Anschein hatte, als würde das edle Paar seine Kräfte mit Chiromantie, Prophezeihungen und Horoskopstellen in jenen Hintergäßchen vergeuden, warf Vater Feliciani, dem weder das Gesicht noch die Schwindeleien und Ansprüche des Herrn Schwiegersohnes gefielen, sie beide zum Haus hinaus. Mit mürrischer Miene, die völlig unfreiwillig seiner Maske den letzten Schliff verlieh, zog daher der Graf Alexander Cagliostro eine fast neue preußische Obristenuniform an (seine mysteriöse Seraphina hatte dafür den zwölften Teil ihrer Ersparnisse geopfert) und bestieg, begleitet von einer Dame im Samtmantel und Kapuze, die Postkutsche nach Mailand.

Wir wissen nichts Näheres über ihre Abenteuer in den nun folgenden Jahren, aber selbst ein schlichter wahrheitsgetreuer Bericht wäre wahrscheinlich eine bessere Lektüre gewesen als sämtliche Gedichte jener Epoche. Statt dessen besitzen wir die Aufzeichnungen des Herrn Inquisitors, der sich mit der Schilderung und Aufzählung der von ihnen Geprellten – das offizielle Synonym für die Konvertiten eines Ketzers – begnügt. Unter ihnen befinden sich sämtliche Figuren eines historischen Dramas: italienische Grafen, französische Gesandten, spanische Marquisen, Herzöge und maskierte Damen von Welt. Das Paar taucht in Venedig, Mailand, Marseille, Madrid, Cadix, Lissabon und Brüssel auf. Es reiste in einer lackierten schwarzen Kutsche mit einem vornehm schlichtgoldenen Wappen auf den Kutschenschlägen und sechs bewaffneten Bedienten in einer dunklen Livree mit einer großen Menge Gepäcks.

Überall, wo sie abstiegen, wandten sie die gleiche Einführungstechnik an, die sie wahrscheinlich in den harten Tagen ihres Aufstiegs erlernt hatten. Die romantische Kutsche pflegte vor dem besten Gasthaus der Stadt anzuhalten. Ihre Mahlzeiten nahmen sie in ihren Gemächern ein und verlangten dabei mit ernster Stimme und deutlichem, aber undefinierbarem ausländischen Akzent allerlei fremdartige Gerichte. Anfänglich werden sie wohl kleine Komödien inszeniert haben, in deren Verlauf Seraphina mit unendlich traurigem, liebreizendem Ausdruck sich an irgendeinem Hotelfenster zeigte, oder man arrangierte unvorhergesehene Zusammenstöße auf der Treppe, wobei der Graf sich auf langatmige, eindrucksvolle, altmodische Art entschuldigte, die das rechte Maß von Neugier erregen mußte. Sobald sie sich aber eine Dienerschaft zulegen konnten, die sich bestechen und ausholen ließ, war die Einführung bedeutend leichter.

Der Beruf des Zauberers, den unser Zigeunerpaar zu solcher Vollendung brachte, gehört zu den gefahrvollsten, anstrengendsten und feinsten Betätigungen der Phantasie. Einerseits muß er mit der Feindschaft Gottes und der Polizei rechnen; andererseits ist er so schwierig wie die Musik, so tief wie die Poesie, so erfindungsreich wie die Bühnenkunst, so aufreibend wie die Herstellung von Explosivstoffen und so heikel wie der Handel mit Rauschgiften. In seinen technischen Aspekten ist er, besonders in den hohen Gesellschaftskreisen, in denen Cagliostro und Seraphina sich bewegten, vorwiegend sozial. Denn er zielt darauf ab, die tiefsten Sehnsüchte des Menschenherzens zu befriedigen, und diese sind nur selten individuell; seine Werkzeuge sind geheime Gesellschaften. Die Furcht vor dem Tode, geheimes sexuelles Verlangen nach übersinnlichen Schrecknissen und Wonnen und alle die übrigen verworrenen Beweggründe, welche die Menschen Mohammed, Beethoven oder Cagliostro in die Arme treiben, lassen sich außer durch die Kirche, ein Orchester oder die Freimaurerei nicht hinreichend befriedigen. Auf dem Gebiete des Okkultismus muß ein derartiger Apparat geheim sein, denn er ermöglicht ja nicht die Rettung, sondern lediglich eine Flucht, eine Flucht aus dem Gefängnis der Wirklichkeit in eine andere Welt ohne Geburt und Tod, außerhalb der Flut organischen Lebens mit einem anderen Rhythmus als das ewige Auf und Ab von Empfängnis, Verfall, Essen und Verdauen. Die Inschrift über der kleinen Seitentür, an der Cagliostro den Schlüssel aufhängte, lautete:

Oser
Vouloir
Se Taire

Das leichter faßliche Gegenstück zu den Taten, die das Paar auf seinen Wanderungen durch Europa vollbrachte, ist nicht etwa in einer Reihe von unvorhergesehenen Streichen, wie denen des Gil Blas oder Eulenspiegel, zu suchen, sondern in den ehrwürdigen Berichten von Missionaren, die ihren Glauben predigten und Kirchen bauten. Cagliostros und Seraphinas Aufgabe bestand nicht in der Aufstellung einer schwarzen Liste, sondern in der Gründung eines Kults. Sie fingen sich Konvertiten ein, die sie sich zu erhalten wünschten, nicht etwa Geprellte, vor denen sie hätten fliehen müssen, sondern Jünger, welche in das Register der eingetragenen Mitglieder der ägyptischen

Freimaurerei der Hohen Wissenschaft aufgenommen wurden, deren Vorsitzender der große Unbekannte war, welcher in den unerforschten Schlünden des Mondgebirges hauste. Großkophta aber von Europa und Asien war der Graf Alexander Cagliostro, Großmeisterin die aus irdischen Banden erlöste Seraphina.

Das Netzwerk dieser Organisation, die zum Schluß ihre Fäden in einem Umkreis von tausend Meilen durch ganz Europa spann, ist keineswegs, wie durch Zauberei, über Nacht entstanden. Vielmehr müssen die ersten Zusammenkünfte zwischen dem Zaubererpaar und seinen Adepten, jene Sitzungen in den verdunkelten Salons der auf seiner Reiseroute gelegenen Gasthäuser, Meisterwerke der Suggestion gewesen sein. Denn einstweilen konnten sie für die gewaltige Maschinerie keine Propaganda machen, da von ihr noch kein Rädchen existierte. Der Neugierige, der das erste Diner auf ihrem Abenteuerzuge bezahlte, wird einer Vorstellung von ungewöhnlich künstlerischem Wert beigewohnt haben, einem virtuos abgekarteten Spiel, das durch die Reden des Mannes und das Schweigen der Frau wirkte, und das mit den späteren komplizierten Übungen des ägyptischen Ritus so wenig gemein hatte, wie die Lyrik mit dem Drama. Trotzdem war der Artikel, den das Paar damals vertrieb, nämlich Mystik und der Verkehr mit dem Unsichtbaren, das heißt, spiritistische Romantik, selbst ohne große Aufmachung im wesentlichen der gleiche.

Aus diesem kümmerlichen Anfangsstadium eines Künstlers entwickelte sich rasch das eigentliche Abenteuer. In der zweiten Stadt, in der sie haltmachten, konnten sie bereits mit einer Materialisierung des Teufels aufwarten. In der dritten führten sie eine Reihe von Verwandlungen vor, die zum eisernen Bestand der Zauberkunst gehören, aus Hanf wurde Seide, aus Kieselsteinen Perlen, aus Pulver Rosen. Sie besaßen eine Kristallkugel, in der irrisierende Bilder sich widerspiegelten: Schlafzimmer-Interieurs, rätselhafte, sehnsüchtige Landschaften, weite Perspektiven, in denen Gestalten der Vergangenheit und Zukunft, wie sie sich dem Beschauer als Lohn für beharrliches Hineinstarren zu zeigen pflegen, auf und ab wandelten. Gegen entsprechendes Entgelt zeigte Cagliostro seinen Klienten eine Alraune, ein kleines unter der Erde lebendes Geschöpf, das nachts an den Wurzeln von Bäumen weint und schreit und das „den wollüstig geheimnisvollen Tränen eines Gehenkten“ entsprießt. Man erzählte von ihm, genau wie von Descartes, er führe eine atlasgefütterte Truhe mit sich, in der eine sechs Zoll große Sylphe von wunderbarer Schönheit und

Lebendigkeit hauste. Auch befleißigte er sich der Kunst des Grafen Kueffstein. Dieser verstand es, durch feinste Destillation und Fermentation Homunkuli herzustellen, die Fragen zu beantworten wußten und in Flaschen lebten. Letztere mußten allerdings sorgfältig versiegelt werden, da die kleinen Wesen äußerst zänkisch waren.

Aber all diese Kuriositäten waren nur Präliminarien, Vorschüsse auf die unvergleichlich viel größeren Mysterien, die den Gläubigen erwarteten. Cagliostro führte sie als Reklame vor, genau wie ein Wanderzirkus einen Jongleur und einen Clown vor der Aufführung auf der Plattform vor der Theaterkasse sich zeigen läßt. Wer weiter in die Geheimnisse einzudringen wünschte, mußte sich der ersten Weihe der ägyptischen Freimaurerei unterziehen. Diese Weihen wurden, je mehr die Zahl ihrer Anhänger und die Phantasie ihres Erfinders wuchsen, verfeinert und stärker ausgebaut. Was uns an Einzelheiten der betreffenden Organisation überliefert ist, bleibt fragmentarisch und verstümmelt. Man gewinnt daraus ein ungefähr ebenso schlechtes Bild von der Wirklichkeit wie ein feindlicher Detektiv, welcher der Geheimaufführung einer Oper beiwohnen soll, und der statt dessen nur das Geschwätz der Kulissenschieber hört. Die Musik fehlt in diesen boshaften Berichten des Inquisitors, ebenso die ganze Handlung und der Glanz.

„Die Männer, die den Meisterrang errungen haben, nehmen die Namen der alten Propheten an; die Frauen die der Sibyllen.

Die Großmeisterin Seraphina bläst den weiblichen Adepten von der Stirn bis zum Kinn ihren Atem ins Gesicht, mit den Worten: ›Ich gebe euch diesen Atem, auf daß in euren Herzen keimen und Leben gewinnen möge der Geist der Wahrheit, den wir in den Namen Helios, Mene, Tetragrammaton besitzen.‹

Der Empfänger wird alsdann durch einen dunklen Gang in eine mächtige Halle geführt, deren Decke, Wände und Boden mit schwarzem Tuch ausgeschlagen sind. Dieses ist mit Schlangen bestickt. Drei Grablichter glimmen dort, von Zeit zu Zeit erhellen sie gewisse traurige menschliche Überreste in Leichentüchern. Ein Haufen Skelette stellt den Altar dar. Ihm zu Seiten sind Bücher aufgetürmt. Einige von diesen enthalten Drohungen gegen Meineidige. Andere berichten von den Taten des unsichtbaren Rachegeistes. So vergehen acht Stunden. Endlich gleiten Phantome langsam durch die Halle und versinken in der Erde, ohne daß man das Geräusch von Falltüren hörte.

Der Novize verbringt vierundzwanzig Stunden in diesem Schweigen. Strenge Fasten haben sein Denkvermögen geschwächt. Man versorgt ihn mit geistigen Getränken, die seine Willenskraft untergraben und ihn schläfrig machen.

Zu seinen Füßen stehen drei Kelche. Endlich erscheinen drei Männer. Diese legen ein hellfarbiges, blutgetränktes und mit silbernen, zuweilen christlichen Zeichen beschriebenes Band um seine Stirn. Kupferne Amulette, darunter auch ein kupfernes Kruzifix werden um seinen Hals gebunden. Man zieht ihn nackend aus und beschreibt mit Blut Zeichen auf seine Haut. In dieser beschämenden Lage nähern sich fünf mit Schwertern bewaffnete, blutbespritzte Phantome. Sie breiten einen Teppich aus, auf den er niederknien muß. Der Scheiterhaufen wird angezündet. In dem Rauch erblickt man eine riesenhafte durchsichtige Gestalt, welche die Eidesformel vorspricht usw."

All dies Zeug ist wahrscheinlich nicht schlechter als der übliche Hokuspokus irgendwelcher anderer Geheimgesellschaften. Aber in diesen schwachen und verstümmelten Spuren dessen, was in seiner ursprünglichen Gestalt zum Teil sicher nur Pappe war, darf man nicht auch nur einen Hauch jener hohen Begeisterung zu finden hoffen, die einst kluge und ernste Geister erregte. Das Ganze ist nichts weiter als das verkohlte Blatt einer Partitur, die in einer Tonart und für Instrumente geschrieben wurde, welche uns auf ewig verlorengegangen sind.

Dagegen vermögen wir bei unserem Kramen zwischen diesem Gerümpel anderes zu entdecken: eine Spur, die uns den Entwicklungsgang des Abenteuers erkennen läßt. Der ganze oben geschilderte Plunder ist ein religiöser, kein magischer Ritus. Das heißt, sein Zweck ist der aller Mysterien: die Einführung in eine Methode, um Unsterblichkeit der Seele zu erlangen. Die Todesfurcht hat wie ein Golfstrom des menschlichen Geistes, der den tiefsten Tiefen unserer Natur entspringt, das Paar vollkommen von seinem ursprünglichen Weg abgetrieben. Statt einer Flucht vor der Welt bieten sie jetzt nur ein Entrinnen vor dem Grabe. Ihr magisches Puppentheater hat sich in einen religiösen Zirkus verwandelt. Statt mit Sylphen, handeln sie mit Gespenstern. An Stelle eines Narkotikums gegen den Lebensüberdruß verkaufen sie ein Elixier zur Verlängerung des Lebens in saecula saeculorum.

Aber wir können auf diesen Fahrten der schwarzlackierten Kutsche ihres Geschicks über die Heerstraßen Europas noch weitere Pferdewechsel beobachten. Das unglückliche Kind der Natur macht, wenn auch nicht in dem

Wissen vom Übernatürlichen, so doch in der Menschenkenntnis Fortschritte. Er entdeckt, daß die Mittelchen gegen das Leben noch viel begehrter sind, als selbst Mittel gegen den Tod, und er beeilt sich, der Nachfrage nachzukommen. Er ist den Winken seines Schicksals so gehorsam wie Casanova. Als er merkt, daß Seraphinas Körper noch besser gefällt als ihre „Aura", ist er, wie der Inquisitor schreibt, bereit, auch darin sein Publikum zu versorgen. Seraphina ebenfalls. Mit voller Schwungkraft stürzt er sich (denn der Weg führt nun einmal in die Tiefe) hinab zu den gemeineren Abarten der schwarzen Kunst. Er verzichtet auf ihre Finessen und braut von jetzt an Liebestränke, ja, er besitzt das Geheimnis, Kupfer in Gold zu verwandeln. Sein Ariel wird nicht länger um die himmlische Musik der Sphären gebeten, sondern um Mittel gegen die Gicht. Die edlen und feinen Seelenschmerzen, die er kurieren soll, entpuppen sich samt und sonders als ganz gewöhnliche Begierden – als Gier nach Gesundheit, Frauen, längerem Leben und – nach Geld. Es ist seltsam zu beobachten, wie die Pharmakopoe der Cagliostroschen Künste zusammenschrumpft, je mehr er selbst an Weisheit wächst, bis sie zum Schluß nur noch das eine Kapitel der Alchimie, das alleinige Geheimmittel für den alleinigen elementaren Trieb des Menschen, die Gier nach Gold, umfaßt. Die schwierige Therapeutik des Weltschmerzes läßt sich nach Cagliostros Erfahrungen in Rezepte gegen unglückliche Liebe, schlechte Gesundheit und quälende Todesfurcht auslösen; alle diese sind wiederum bei wissenschaftlicher Berechnung entbehrlich, sobald er das Geheimnis, rasch und bequem reich zu werden, lehren kann. So beschreitet er den ausgetretenen Pfad, der von der Magie über die Quacksalberei zur Psychologie führt.

Währenddessen verfolgt seine Gefährtin Seraphina parallel mit ihm ihren eigenen Weg zum Wissen. Zu ihrem Ärger muß sie lernen, daß alle Männer im Weibe das Geheimnis suchen, und darüber hinaus Poesie und jenseits dieser die Liebe und zum Schluß die Befriedigung der dringendsten Begierde. Nach der Begierde aber kommt die Sättigung, und nach der Sättigung Zweckmäßigkeit – eben der Zweck, zu dem Cagliostro sie gebrauchte, – ihm Geld zu verschaffen. So landet sie nach einem ungemütlichen Abstecher auf dem Gipfel seiner eigenen Erfahrung.

Die beiden finden sich also in dieser Wissenschaft von menschlichen Herzen, die unendlich viel ehrwürdiger als die ägyptische ist, und jetzt führt ihr gemeinsamer Weg auf lange Zeit aus dem Nebel hinaus in die nüchternste Prosa. Sie wurden Partner in dem Handel mit Unsterblichkeit-Liebestränken und Alchimie, der genau wie jedes andere Geschäft seine Konjunkturen hat.

Höchstwahrscheinlich beruht die Vermutung, daß Cagliostro bereit war, auch den weitverbreiteten Bedarf nach raschen und zuverlässigen Giften zu decken, auf Wahrheit. Dieser Artikel war besonders in den adeligen Familien, die den geschätztesten Teil seiner Kundschaft ausmachten, recht begehrt, um verwickelte Probleme der Nachfolge oder häusliche Zwistigkeiten zu lösen. Indes war das nicht der Grund, weshalb seine Scherereien mit der Polizei sich in gesteigertem Maße vermehrten. Man lebte in dem Zeitalter Voisins und der Marquise de Brinvilliers. Auch die Klagen derjenigen, die mit seinen teuren Rezepten, Gold auf eine billige Methode herzustellen, unzufrieden waren, gaben nicht den Anlaß dazu. Die Alchimie kennt, genau wie die Astrologie, keine Skeptiker. Vielmehr hetzten seine religiösen und politischen Machenschaften die Bulldoggen und Füchse der Gesellschaft auf seine Spur; gefährlich wurden ihm die Eingriffe seiner ägyptischen Logen in das Monopol der christlichen Kirche, das heißt, jene seltsame Polsterung demokratischer Lehren, die diese eklektische Dohle in das Nest ihres Rituals hineingebaut hatte.

Cagliostro selbst erkannte klar, wie die Dinge lagen, er wünschte die Ursache zu beheben, indem er das ärgerniserregende Treiben, nämlich den Zweig der ägyptischen Wissenschaft aufgab oder doch zum mindesten beschnitt, um sich in Zukunft auf die weit einträglichere praktische Magie zu beschränken. Allein es war Seraphina nicht um den bloßen Gewinn zu tun. Mit echt weiblichem Idealismus liebte sie alles, was Geld ihr kaufen konnte: besonders das gute Essen (sie teilte Cagliostros enthusiastischen Appetit), die schönen Toiletten und den Luxus, dagegen verachtete oder mißverstand sie den Materialismus des Verdienens. Zwar half sie ihm bei seiner phantastischen Chemie nur widerwillig, außer bei der Herstellung der Liebestränke. Jedoch hörte sie nicht auf, ihn wegen seiner Vernachlässigung des weniger gewinnbringenden, rein Übernatürlichen zu quälen.

So zeigte ihr einheitlicher Wille bereits Spuren der Auflösung. Zornig wandte Cagliostro seinen Blick dem erblichen Ideal seines Volkes zu: dem Dasein eines von seinen Renten lebenden Millionärs. Seraphina aber sah auf Macht und Rang, auf eine Art päpstliche Doppelherrschaft als Haupt einer ungeheuren unterirdischen Kirche. Durch sie wollte sie in den majestätisch kleidsamen Gewändern, die Cagliostro eigens für sie entworfen hatte, über sämtliche romantischen Gemüter Europas das Zepter schwingen, an Thronen rütteln und mittels eines gesunden Optimismus, verbunden mit diskreten Erpressungen, Lebensschicksale gestalten und Huldigungen empfangen.

Zusammenfassend sei darauf hingewiesen, daß das Tempo hier gegen Ende des Abenteuers bereits zu erlahmen beginnt; Cagliostro liebäugelte mit der Sättigung. Seraphina aber ist immer noch in das Abenteuer verliebt. Ihr Flug steigt höher.

Dies ist der Augenblick der Palermo-Katastrophe. Cagliostro wurde mit jedem Tage mürrischer. Man hörte sie häufig miteinander zanken; dem oberflächlichen Lauscher schien es dabei um Geld zu gehen, im Grunde aber handelte es sich um einen tiefen Gegensatz ihrer Pläne, der letzten Endes ausschlaggebend war. Sie fuhren nach Palermo, wo Cagliostro die Bilanz seines Vermögens aufzustellen und sich in das Privatleben zurückzuziehen wünschte. Wir wissen, wie es Mohammed erging, als er den Versuch unternahm, den rasenden Lauf seines Abenteuers anzuhalten; der erbarmungslose Rückstoß der Vergangenheit schleuderte ihn mit erhöhter Schwungkraft vorwärts in immer steilerer Lebenskurve. Cagliostro erging es nicht anders. Das Märchen seiner Vergangenheit hatte die Wirklichkeit in ihm gelöscht, nicht aber in seinen Feinden, deren Rache durch das lange Warten überreif geworden war. Er wurde erkannt und wegen Fälschung des Testaments zugunsten des Klosters und wegen Betrugs oder Zauberei mit dem Schatzgräber und Goldschmied ins Gefängnis geworfen.

Seraphina rettete ihn unter den größten Opfern und Schwierigkeiten. Es gab auch in Palermo eine Loge der Hohen ägyptischen Wissenschaft. Ihr Vorsitzender oder Kophta war der Sohn eines vornehmen sizilianischen Edelmannes.

Seraphina verstand alle Zweifel zu beheben, die dieser Persönlichkeit durch die Enthüllungen über Cagliostros wahren Namen und Vorgeschichte gekommen waren; ja mehr als das: sie erweckte nicht nur sein Interesse an dem Gefangenen (der in einiger Gefahr schwebte, hingerichtet zu werden), sondern einen fanatischen Eifer. Der begeisterte Jünger ging so weit, daß er, als alle friedlichen Mittel, den Fall niederzuschlagen, versagten, mit seinen Anhängern den Gerichtshof betrat, den Staatsanwalt packte und ihn halb tot schlug, bis er sich bereit erklärte, die Anklage zurückzuziehen. Die Richter selbst waren von dem Augenblicke an, da sie von den mächtigen Freunden Cagliostros erfuhren, nicht sonderlich erpicht auf den Fall; sie erklärten daher bereitwilligst, nichts gesehen und gehört zu haben, und unser Graf stand wieder einmal auf freiem Fuße.

Lange Zeit war jetzt die Harmonie der beiden wieder hergestellt; die inneren sich bekämpfenden Kräfte kamen zur Ruhe. Das Paar steht in der glanzvollsten Periode seines Lebens. Das rituelle Tor zu dem unsichtbaren Königreich wird durch beider Phantasie aufs herrlichste geschmückt. Die Ägyptische Loge schleicht sich in alle geheimen Winkel der europäischen Gesellschaft. Ihre Jünger zählen nach Tausenden mit einem ansehnlichen Prozentsatz an Fürsten, Millionären und Hofdamen. Alle Neugierigen, auch diejenigen, die nichts von Cagliostro erhofften, hatten doch zum mindesten seinen Namen gehört. Er und Seraphina und ihre Kutsche wurden zu einem Symbol der Zeit. Manchmal findet man noch in ehrlich unordentlichen Antiquitätenläden Büsten von ihm aus Gips, Biskuit oder Porzellan, „ein ungeheuer gewichtiges Gaunergesicht, ölig, mit wammigem Kinn und platter Nase, voll sinnlicher Gier und stiergleichem Eigensinn, mit einer frechen, nicht zu beschämenden Stirn und zwei seraphisch schmachtenden, verdrehten Augen, dabei leicht spöttisch, kurz das vollendete Quacksalbergesicht ..." Von Seraphina ist meines Wissens nichts auf uns gekommen, das ein so offensichtlich voreingenommenes Porträt wie das Carlyles begründen könnte; doch intuitiv wissen wir, daß ihr Blick noch zwingender als der seine gewesen sein muß, ihre Pose weniger affektiert und weniger ausgesprochen.

Sparsamkeit, der einzige hartnäckige Schönheitsfehler seiner Persönlichkeit, ist jetzt völlig verschwunden. Beide geben mit vollen Händen das Geld aus; dabei ertappt man sie nie beim Geldverdienen, so daß das Rätsel ihres Vermögens die Phantasie angenehm kitzelt. In bewußter oder unbewußter Nachahmung ihres einzigen ernstzunehmenden geschichtlichen Nebenbuhlers, des Appolonius von Tyana, tat Cagliostro noch ein Übriges, indem er den Krankenhäusern und den Armen sein Können unentgeltlich zur Verfügung stellte. Die Reichen hatten oft nicht das Glück, ihn schon beim ersten oder zweiten Besuche anzutreffen; denn er pflegte ostentativ, sobald er in einer Stadt abstieg, das dortige Armenhaus zu besuchen, um an alle Patienten seinen Saturn-Extrakt, das berühmteste und wirksamste Allheilmittel der Zeit, auszuteilen.

1780 kam er nach Sankt Petersburg, wo er weitere Verfolgungen erleiden mußte, vornehmlich von seiten des Hofmedikus, eines Schotten, der der Zarin berichtete, Cagliostros „Spagirische Nahrung", die das Leben angeblich auf zwei Jahrhunderte verlängerte, sei „schlimmer als Hundefraß". Der deutsche Gesandte griff gleichfalls mit einer Beschwerde in die Kabale ein. Er bezichtigte den Grafen, daß er unberechtigterweise die preußische Uniform trüge und Cagliostro wurde aus Rußland ausgewiesen.

Auf dieser vollkommen mißlungenen Reise verlor er mehr, als er sich leisten konnte; in Warschau verpfuschte er obendrein noch ein Experiment zur Goldgewinnung und wurde von einem rationalistischen Höfling angezeigt und abermals des Landes verwiesen. Indes gewann er in Berlin, Frankfurt und Wien sein Gleichgewicht zurück. Als das Paar 1783 in Straßburg eintraf, stand es auf dem Höhepunkt seines Abenteuers.

In dieser reichen Stadt, wo die Dächer geschliffen sind und das Straßenpflaster ungehobelt ist, entsprechend dem widerspruchsvollen Charakter der Elsässer, lebte als der maßgebende Mann jener distinguierteste Esel der Weltgeschichte, der Prinz Kardinal von Rohan aus dem königlichen Blut der Bretagne. An diesem Rohan war alles groß: seine Person, sein Reichtum, seine Bedeutung, seine Eitelkeit, seine Gutmütigkeit und die ungeheure Verwirrung, in die er, bei all dieser Größe, sich selbst, den französischen Hof, den Begriff der Monarchie und indirekt damit auch die Geschichte Europas brachte. Die beiden Abenteurer wurden mit der Wucht der Schwerkraft geraden Weges in den Mittelpunkt dieser Verwirrung gerissen, in die Halsbandgeschichte, dem ersten Wetterleuchten des allgemeinen Aufruhrs, der französischen Revolution. Rohan schrieb Cagliostro gleich nach dessen Ankunft, daß er ihn kennenzulernen wünschte. Der Graf erwiderte mit wohlerprobter Technik: „Falls der Herr Kardinal krank ist, so mag er sich zu mir begeben und ich werde ihn heilen, befindet er sich indes wohl, so braucht er mich nicht und ich ihn auch nicht." Der Abbé Georgel, des Prinz Kardinals Biograph, schildert ihre weiteren Beziehungen wie folgt:

„Nachdem der Prinz sich endlich den Eintritt in Cagliostros Heiligtum verschafft hatte, erblickte er, laut seinen eigenen Worten an mich, in der Physiognomie des unzugänglichen Mannes etwas Würdiges, Imponierendes, so daß er eine Art religiöse Ehrfurcht empfand und ihn respektvoll anredete. Ihre Begegnung, die nur kurz war, verschärfte mehr denn je den Wunsch des Kardinals, ihn näher kennenzulernen. Er setzte dies auch durch, und der Kurpfuscher gewann, scheinbar ohne sich darum zu bemühen, das Vertrauen des Prinzen und die Herrschaft über seinen Willen. ›Ihre Seele‹, erklärte er dem Prinzen eines Tages, ›ist meiner würdig; Sie verdienen es, Mitwisser all meiner Geheimnisse zu sein‹. Diese Worte nahmen Herz und Sinn eines Mannes, der von jeher den Geheimnissen der Alchimie und Botanik nachgespürt hatte, vollauf gefangen. Sie kamen von nun an häufig und auf lange Zeit zusammen. Ich erinnere mich, einmal aus einwandfreier Quelle gehört zu haben, daß des öfteren kostspielige Orgien in dem erzbischöflichen Palais zu Straßburg stattfanden, auf denen der Tokaier zu Cagliostros und Seraphinas Ergötzen in Strömen floß ...“

Eine weitere wichtige Tatsache erfahren wir von einem anderen Zeugen aus dieser Periode, einem gewissen Professor Meiners aus Göttingen: „Die Dunkelheit, in die dieser Cagliostro die Quellen zu hüllen weiß, aus denen er sein gewiß ungeheures Vermögen schöpft, trägt mehr noch als seine Freigiebigkeit und seine Wunderkuren zu der Auffassung bei, daß er ein bedeutender göttlicher Mensch sei, welcher die geheimsten Vorgänge der Natur belauscht und ihr das Geheimnis der Goldmacherkunst abgerungen hat –“ Wieder einmal die Goldmacherkunst!... Außerdem war er in, für ihn, schlechte Gesellschaft geraten. Es handelte sich dabei um eine gewisse Jeanne de St. Rémy de Valois, eine arme Verwandte des französischen Königshauses, ein kluges Geschöpfchen mit einer Vogelstimme, die just an der Grenze des Abenteuers und des vorsätzlichen Schwindels lebte. Sie hing an Rohan so fest wie Cagliostro, nur mußte sie sich dabei ausschließlich auf ihren Geist, ihren zierlichen Körper und ihr Wissen um manchen Hofskandal stützen. Einer der tollsten war der lange bittere Streit zwischen Rohan und Marie Antoinette, weshalb auch der Kardinal gleichsam in Verbannung in Straßburg leben mußte. Jeanne wußte auch von dem Diamanthalsband, dem Augapfel der Hofjuweliere Böhmer und Bassenge, welche in der vergeblichen Hoffnung, einen Käufer zu finden, zu ihrem Unglück den Wert eines Kriegsschiffes in dem kostbaren Schmuck investiert hatten. Der Hof und Rohan wußten, daß die Königin stark versucht gewesen war, das Halsband zu erwerben. Allein die chronische Ebbe in der königlichen Schatulle, der König oder ihre eigene Vernunft hatten sie bisher davon zurückgehalten. Jeanne hatte das mystische Tête-à-tête Rohans und Cagliostros durch Unterbreitung eines Planes gestört, an dem mitzuwirken der Großkophta nach langem Sträuben sich widerwillig bereit erklärte. Cagliostro brannte darauf, endlich den Nachtisch der Mahlzeit zu verspeisen; er wollte mit einem Schlag genug verdienen, um das übersinnliche Abenteuer in das von uns bereits erwähnte, solide, materielle Schloß in Sizilien zu verwandeln. Hiermit sind wir an dem Punkt angelangt, da sein Einzelschicksal zerbricht, ein Los, vor dem Seraphinas stützende Hand ihn bisher bewahrt hatte.

Die zu verteilende Beute war ungeheuer groß: genau genommen, der Gegenwert des Diamanthalsbandes. Die Königin wollte es besitzen. Rohan war der einzige Mensch in ganz Frankreich, der es zu kaufen imstande war. Jedoch Jeanne stützte sich auf Besseres, als auf dieses zufällige Zusammentreffen, denn die reine Wahrheit ist kein Köder für Narren. Sie kannte Rohan, und sie erzählte ihm, die Königin hätte sich in ihn verliebt; bis über die Ohren verliebt; so sehr verliebt, daß sie sich sehne, das Halsband aus seiner Hand zu empfangen.

Es gibt eine ganze Literatur über die Frage, wieweit Jeannes Behauptungen auf Wahrheit beruhten und bis zu welchem Grade ihre offensichtlichen Lügen sich steigerten. Wir wissen, daß sie eine Lügnerin war, aber wir wissen auch, daß Marie Antoinette von dem Vorrecht einer hübschen Frau, leichtsinnig und treulos zu sein, gern Gebrauch machte; ferner wissen wir, daß sie Rohan bitter haßte. Uns interessiert lediglich, daß Rohan in eine Falle geriet – wessen, das wissen wir nicht – und daß Cagliostro seine sämtlichen Geister, Künste, Voraussagungen und übernatürlichen Ratgeber zu Hilfe rief, um ihn hineinzulocken. Der großartige Esel kaufte das Halsband und sandte es durch Jeanne der Königin und von diesem Augenblick an hörte man nichts Authentisches mehr darüber.

Allein die menschliche Dummheit, der Quell, den jene beiden Kenner erschlossen hatten, ist letzten Endes so unzuverlässig und unberechenbar wie irgendeine Naturkraft: Wind, Feuer oder Wasser. In diesem Falle sollte sie Beider Ruin werden. Hätte Rohan nur einen Funken Verstand gehabt, die Verschwörung wäre geglückt. Statt dessen mußte der Narr die Dummheit begehen, die Juweliere Böhmer und Bassenge aufzusuchen, um ihre Dankesbeteuerungen entgegenzunehmen und sich in seinem Edelmut zu sonnen. Ja er gab ihnen zu verstehen, sie hätten nicht ihm, sondern der Königin zu danken, was sie prompt taten.

Es gibt Augenblicke in der Geschichte, in denen der Geist voll Staunen und Erregung inne wird, daß der Gang der Ereignisse, den er bisher verfolgte, nur ein Vorspiel war. So war es 1914 mit der Brücke von Serajewo, so mit Böhmer und Bassenges Besuch bei Marie Antoinette in Versailles. Es ist, als schrecke uns das Klopfen eines Dirigentenstabes auf, und es folgt das Dröhnen der Trommeln des gewaltigen Schicksalsorchesters, dessen unsichtbare Gegenwart wir völlig vergessen hatten.

Rasselnd geht der Vorhang über der ersten Szene der Revolution auf. Alle Handelnden spielen ihre Rollen ohne den geringsten logischen Fehler, als hätte man sie sorgfältig geschult, sich möglichst töricht zu benehmen. Mit vollendeter Natürlichkeit läßt die Königin Rohan gerade in dem Augenblick verhaften, da dieser Schritt das größte Aufsehn erregt und ihrem Rufe am meisten schadet: am 15. August 1785, Mariä Himmelfahrt, als er vor versammeltem Hof die Messe liest. Ihre Beamten gestatten, daß Rohan seine sämtlichen Papiere vernichtet, damit die Affäre unaufgeklärt bleibt und so viel Schaden wie möglich anrichtet. Cagliostros unmittelbar darauf folgende Verhaftung sorgte mit verstärkter Sicherheit dafür, daß selbst die entlegensten Kreise Europas der öffentlichen Untersuchung, die das Parlament von Paris über die Tugend der Königin und das Ansehen eines verhaßten Regimes anstellte, mit Spannung folgten. Torheit türmte sich auf Torheit in dem echt burlesken Stil, in dem alle tragischen Kapitel der Weltgeschichte geschrieben sind.

Der Turm, der dieses Gebäude krönte, war das richterliche Urteil; es war unklar und geheimnisvoll und entlastete die bereits verurteilte Jeanne de Valois durch den Freispruch Cagliostros, dessen Mitschuld einen wesentlichen Bestandteil der Anklage bildete. Rohan wurde dadurch zwar nicht zum Schurken, wohl aber zum Narren gestempelt, und auf der Königin Ruf blieb der tödliche Makel einer amtlichen Vertuschung haften.

So scheidet Cagliostro wankend aus der Geschichte; sein Glanz ist getrübt, sein Mysterium in Stücke gerissen und – schlimmer als das – er ist hoffnungslos aus der Mode. Er floh nach England, dem Zufluchtsort alles Überlebten. Wäre er allein gewesen, er würde dort sein Leben beschlossen haben, wahrscheinlich in irgendeinem schäbigen Schuldgefängnis oder als legendäre Bettler- und Säufergestalt vor einer der unkonzessionierten Schenken der Fremdenindustrie, von denen die Umgebung Fleetstreets sich ernährt.

Jedoch die inhaltsschwere Ruhe, die ihn monatelang in London verborgen hält, gerät zum letztenmal in Leben und Bewegung; die verlorene, heroische Hälfte dieser Zweisamkeit, Seraphina eilt zur Rettung herbei. Im Anschluß an diese Neubildung des Atoms, das sein Wille verhängnisvollerweise in Straßburg zertrümmert hatte, folgt eine plötzliche, peinliche Auferstehung des alten Cagliostro. Gleich einem Ertrunkenen taucht er zum letztenmal aus dem Schlamme an die Oberfläche. „Ein gewisser de Morande, Herausgeber des in London erscheinenden Courier de l'Europe, hatte sich seit geraumer Zeit als der unerbittlichste Feind Cagliostros hervorgetan. Cagliostro, der vieles schweigend geduldet hatte, erwähnte wie zufällig an öffentlichem Ort einen Brauch, den er in Arabia petraea beobachtet haben wollte: es scheint, daß die dortigen Einwohner die Gewohnheit haben, alljährlich ein paar Schweine mit Futter zu mästen, in das sie Arsenik mischen, wodurch sozusagen allmählich der ganze Schweinekadaver arsenikhaltig wird; diese arsenreichen Schweine werden alsdann in die Wälder getrieben und von Löwen, Leoparden und anderen wilden Tieren gefressen, welche als natürliche Folge daran sterben. So werden die Wälder von ihnen gesäubert. Diese geschickte Gepflogenheit wählte sich der Sieur Morande als passende Zielscheibe seines Witzes, indem er sie in der siebzehnten und den beiden folgenden Nummern seines Blattes ausgiebig verspottete. Hierauf ließ der Graf Cagliostro in ›The Public Advertiser‹ unter dem 3. September 1786 eine Anzeige erscheinen, in welcher der witzige Sieur aufgefordert wurde, angesichts aller Welt am 9. November mit ihm ein von Cagliostro gemästetes, aber von dem Sieur Morande gebratenes und tranchiertes Schwein zum Frühstück zu verspeisen – der Einsatz war auf fünftausend Guineen Sterling festgesetzt und die Wette lautete, daß er, der Sieur Morande am folgenden Morgen tot, der Graf Cagliostro aber bei bester Gesundheit sein werde. Der arme Sieur wagte nicht einzuschlagen und zog sich mit langem Gesicht aus der Affäre. So umgibt eine Gloriole kupferroten Glanzes den Untergang unseres Erzquacksalbers; so eilt er mit eiserner Stirn und grimmigem Lächeln seinem Geschick entgegen.“

Doch nein, noch einmal erhebt das zusammengeflickte Abenteuer schwach, aber einzigartig sein Haupt aus dem Morast, in dem seine Trümmer versunken sind. Es steuert seinen alten Kurs, diesen graden unbeirrbaren Kurs Seraphinas, der den praktischen Materialismus durchschneidet, wie die Grundlinie des Astronomen den Raum. Wohl konnte ihr Abenteuer abgebrochen werden, wie damals in Straßburg, als Cagliostro sich mit Jeanne herumtrieb, niemals aber ließ es sich biegen. Jetzt, da sie sich triumphierend ihren Mann zurückerobert hatte, vermochte sie keinen neuen Plan aufzustellen; es blieb ihr nichts anderes übrig, als die Parabel ihres Geschicks noch einmal zu durchfliegen.

Also brachen die beiden in London ihre Zelte ab, genau wie zwanzig Jahre vorher in Rom, um das Leben von vorne anzufangen. Von Seraphina waren nur noch ihre Augen die alten geblieben; Cagliostro war ein lästiges Gepäckstück geworden. Es war im Jahre 1789 in den großen Tagen des Terrors und der Aufregung. Wie zwei Schiffe ohne Mast auf fremdem Meer rollten die beiden durch Basel und Aix-en-Savoi nach Turin; auf jeder Station erschien die Polizei mit einem Befehl zu sofortiger Ausweisung. Nirgends war eine Spur von den ägyptischen Adepten zu entdecken; die Tempel der Unwirklichkeit waren alle verschwunden; die beiden schienen rettungslos verloren. Das einzige Ziel, das Seraphina einfiel, um ihren Kurs darauf zu richten, war Rom. Cagliostro hatte nichts mehr zu sagen; von Grenze zu Grenze trieben sie langsam ihrem Ausgangspunkt entgegen. Oder ihrem Schicksal!

Am 29. September 1789 ertappt sie die Heilige Inquisition bei der Gründung einer neuen ägyptischen Loge, die ein schwacher bettelarmer Schatten der früheren war; sie werden aufgegriffen und hinter Schloß und Riegel in die Engelsburg gesperrt.

Nein; die Göttin des Abenteuers beschließt ihre Geschichten nicht mit einer billigen Pointe, die beim Publikum ein mitleidiges Lächeln oder Gähnen erweckt. Ihr müßt noch einen Augenblick auf das Ende warten, bis das Unvermeidliche sich in seiner obszönsten Form an dem schäbigen ausgemergelten Paar rächt, das so lange gegen das Schicksal konspiriert hatte. Sowohl das unglückliche Kind der Natur wie die Großmeisterin der fixen Idee enden nicht nach den einfachen Regeln menschlichen Dramas. Zickzackkurs und hoher Flug haben sich jetzt vereinigt und das Publikum wartet auf einen feierlich tragischen Ausgang. Trotzdem wäre ein halbwegs glückliches Ende noch möglich gewesen, denn die Inquisition schwankte, ob sie die beiden nicht laufen lassen sollte. Cagliostro hätte sich nach einer Weile in den alten Beppo, eine der Kuriositäten der gewerbetreibenden Hintergäßchen Roms verwandelt, Seraphina in seine würdige, leicht verrückte alte Gattin, deren Augen bis an ihr Lebensende die Menschen bezaubert hätten. Statt dessen bleibt uns nur die sinnlose, unbefriedigende, boshafte Wahrheit. Als die Anklage wegen Gottlosigkeit und „Liberalismus" nahe daran war, aus Mangel an Beweisen zusammenzubrechen, begann Seraphina zu reden. Giftig, verräterisch, verhängnisvoll plauderte sie die Wahrheit aus und mehr als die Wahrheit gegen den Gefährten und den Inhalt ihres Lebens, den Richtern mehr Material liefernd, als sie je zu erlangen gehofft hatten. Ja, sie verriet ihnen sogar das Geheimnis, das Cagliostro am ängstlichsten hütete – alle Einzelheiten über seinen wahren Namen und seine prosaische Herkunft. Eine Art Wahnsinn, wie er mitunter Frauen packt, die in letzter Sekunde vor Gericht ihre Liebsten einem gemeinsamen furchtbaren Verhängnis entgegenhetzen? Eine spezifisch weibliche Schwäche unter der Tortur der Justiz – Gerichtssaal, Polizei, Zelle – unwiderstehlich wie ein Kitzeln an den Fußsohlen? Aber nun löste sich auch

Cagliostros Zunge. Zusammen führten sie in der Zelle ein grausiges Duett des Verrats auf. Nächtelang, nachdem sie die Speicher ihrer Erinnerung zugunsten der Polizei geleert hatten, strengten sie sich an, schlaue Anklagen zu erfinden, um sich gegenseitig noch tiefer zu verstricken.

Selbst die Inquisitoren wurden es müde, ihnen zuzuhören. Lange bevor sie in dem alten Gefängnis starben, achtete keine Menschenseele mehr auf die beiden seltsamen alten Trottel.

Karl der Zwölfte

Falls es mir, wie ich hoffe, geglückt ist, Berührungspunkte zwischen dem Abenteuer und der Religion nachzuweisen, so bin ich berechtigt, Karl XII. einen Heiligen zu nennen. Denn falls der Leser dieses nützliche Patent nicht ausschließlich den Mitgliedern der von ihm persönlich bevorzugten Weltentstehungslehre verleihen will, gibt es etwas, das sowohl Sankt Simeon Stylites, dem gegenwärtigen Inhaber des Welttitels für Schmutz und Selbstverstümmelung aus der großen Gemeinde der Fakire von Benares, als auch Lenin und anderen aus der kreuztragenden Sekte der Essäer, den Kommunisten und diesem Karl gemeinsam ist. Uns springt schon auf den ersten Blick die ihnen allen eigentümliche übermenschliche Aufrichtigkeit in die Augen; in diesem Punkte ist ihre Ähnlichkeit so augenfällig, wie die groteske Verschiedenheit ihrer geistigen Erscheinungen.

Wenn wir daher die sonderbare psychologische Substanz, die so verschiedene, einander widersprechende Resultate zeitigt, näher unter die Lupe nehmen, sind wir überrascht: nicht daß von Zeit zu Zeit Heilige auftauchen, sondern daß unter der gegebenen Voraussetzung einer Religion mit gläubigen Anhängern nicht jeder ein Heiliger ist. Nicht der Heilige, sondern der Sünder ist eine Kuriosität. Falls wirklich der Erbe des Himmlischen Reichs und des Universums seinen Seelenbräuten einen überirdischen Roman verspricht, was Millionen Mädchen felsenfest glauben, so muß man sich fragen, weshalb auch nur eine von ihnen zögert, auf das unermeßlich geringere Leben hier auf Erden zu verzichten. Berechnung kann es nicht sein – das würde Unglauben in sich schließen – auch nicht eine Frage des Geschmacks, denn wer wählte nicht lieber die ewigen Wonnen statt der kleinlichen Genüsse, wie diese Welt sie der Mehrzahl solcher

Mädchen bietet: einen Besuch, fünf-, sechsmal im Jahr in einem Provinztheater; die wenigen Male, da sie den sozialen Gesetzen und rein weltlichen Gepflogenheiten zum Trotz dem eigenen Urteil und Willen folgen dürfen; die plumpen Liebkosungen irgendeines jungen Advokaten oder Kaufmanns; seine langweilige Gesellschaft für die wenigen Minuten, von denen sie annehmen, daß sie die Spanne ihres irdischen Lebens darstellen. Außerdem darf man nicht vergessen, daß das geisterhafte Versprechen sich in jeder frommen, christlichen Familie auf philosophische, geschichtliche und gesetzliche Garantien stützt, wie kein anderer Zweig des Wissens sie bieten kann. Das einzige Rätsel, das der Fromme uns aufgibt, mag er nun dieser oder jener Religion angehören, ist das ärgerliche Problem der Lauen und der Sünder. Wer sich zu Lenins Glauben bekennt, daß der ungelernte Arbeiter einem wissenschaftlichen Gesetz zufolge (wenn ich nicht irre, nennen sie es so), im graden Verhältnis zu seiner Zerlumptheit herrscht, für den ist die Vernichtung jener, die diese Lehre zu Gewaltherrschern stempelt, nichts als die praktische Folge eines Gesetzes gegen das Räuberwesen. Dagegen ist der Kompromißler unter den Kommunisten, der sich im Ausland herumtreibt, ein unverständliches Monstrum, das nichts als Verwirrung schafft.

Und so steht es, überflüssig zu bemerken, mit allen Gläubigen. Uns quält nicht die ruhevolle Folge natürlicher, vernünftiger und verständlicher Ereignisse im Leben der Heiligen, sondern die Inkonsequenz. Diese intellektuelle Gereiztheit liegt, meiner Ansicht nach, auch dem seelischen Schwung der Prediger und Propheten zugrunde; sie alle, von Jesaja über Calvin und Robespierre bis zu Trotzki, zischen den Wankelmütigen und Lauen, der nicht den Weg zum eigenen Munde findet, irgendein aufpeitschendes Wort wie „wahnsinniger Narr" zu.

Die Heiligen, deren Leben als eine logische Folge ihres jeweiligen Glaubensbekenntnisses dahinfließt, sind nicht verrückt, ebensowenig wie die Summe einer Addition ein Witz ist. Es ist vielmehr eine törichte Frechheit, sie als Irre zu behandeln, wie manche Historiker das tun, und zwar nirgends so gern wie im Falle Karls XII., dem Heiligen unter den Abenteurern, von dem Voltaire, gewiß kein Phantast, sagte, er sei „der einzige Mensch, der ganz ohne Schwäche", das heißt, nach logischen Gesetzen gelebt habe.

Ehe wir jedoch die Handlungen und Folgen seiner Geistesklarheit untersuchen, müssen wir uns einige möglichst knapp gefaßte anerkannte Gemeinplätze gefallen lassen. Die Dummheit und Unvernunft des normalen

Menschen, der, in der klaren Erkenntnis des Besseren, dem Schlechteren folgt, das Ersehnte ausschlägt und hinnimmt, was ihn anwidert, der sein Leben gegen den Kompaß steuert und trotzdem über den Wahnwitz jener Auserwählten, die fest den Kurs halten, Mund und Augen aufreißt, ist als allgemeines Gesetz für das Menschengeschlecht von größter, vielleicht sogar übersinnlicher Bedeutung. Die Menschheit befindet sich in der furchtbaren Lage eines geistig Gesunden, der in einem Irrenhaus lebt, oder eines Kindes, das hellwach unter einem Alpdruck leidet, aber ihr sind, wie auch den glücklicheren Tieren, gewisse Schutzmittel und Führer mitgegeben. Diese bieten, da sie nicht unsere eigene Erfindung sind, doch einen gewissen Trost, wenn auch keine ausreichende Gewähr für eine Hoffnung. Einige von ihnen sind freundliche Stützen, wie die Hand, welche die Amme dem Kind, das seine ersten Schritte macht, entgegenstreckt. Sie treten häufiger als Hemmungen denn als Triebe auf, also das Gegenteil von dem, was wir bei den Insekten Instinkt nennen. Oft überkommt mich angesichts des Einflusses dieser kosmischen Mechanik eine Art grollende Furcht, und es scheint mir, als hafte ihr der unangenehme Beigeschmack eines schlechten Scherzes an, als hielten uns die Allmächtigen durch einen derben Spaß zum besten. Die gleiche Kraft tritt in dem Schicksal des armen Christoph Columbus zutage, ja mitunter muß der Philosoph in seinem Studierzimmer, der Forscher in seinem Laboratorium und auch der einfache Mensch inmitten seiner Grübeleien ein spöttisches Gelächter vernehmen. „Was Fliegen müß'gen Knaben, das sind wir den Göttern." Oder – um alle Bitterkeit fallen zu lassen – die Menschheit spielt Blindekuh mit einer Binde über den Augen, und ihr Gleiten und Stolpern dient ihr als Richtschnur. Das Unsichtbare ist bei bester Laune. So auch gegenüber dieser menschlichen Dummheit, die uns zu denken gibt. Ohne sie wären wir verloren. Was würde wohl aus dem Menschengeschlecht, falls alle oder nur ein Teil der wunderbaren Lehren, an die wir geglaubt haben, so getreulich in die Tat umgesetzt würden? Uns bleibt nur die unwürdige Schlußfolgerung, daß der Menschheit unheilbare Dummheit ihr Hauptschutzmittel ist. Die Dummheit erhält, wie man sich früher auszudrücken pflegte, die Spezies am Leben. Unsere lächerliche Faulheit und Schwäche sind unsere Rettung. Allerdings ist das, wenn man will, genau so würdelos, wie wenn man am Hosenboden aus dem Wasser gezogen wird.

Fast alle diese Lehren vom richtigen Betragen nehmen eine unvergleichliche Persönlichkeit zum Vorbild. Das heißt, ihre praktische Ethik stützt sich auf Biographien, und dies zeigt uns deutlich genug, wo die eigentliche Gefahr liegt, vor der uns unsere angeborene Schwerfälligkeit rettet. Denn keine wahre Biographie hat die Kraft, die Phantasie anzuregen; nur der Mythus besitzt ethischen Magnetismus.

Das Leben, jenes flüchtige, beflügelte Geschöpf, muß abgeschossen werden und wie ein ausgestopfter Vogel durch die Hände des Künstlers gehen, ehe es uns als Vorbild dienen kann. Religion und Ethik sind daher nie frei von Kunst; das Wesen der Persönlichkeit muß vereinfacht, gleichsam auf Draht gezogen, seine zufälligen Erscheinungen und Resultate müssen theoretisch beleuchtet und in Beziehungen zueinander gesetzt werden, bevor sie jenen Instinkt zu wecken vermögen, der einzig und allein zu unseren Gunsten arbeitet: den Nachahmungstrieb. Diese Kunst, das aktive Prinzip der Mythologie, kann nur als Poesie, epische Poesie, bezeichnet werden.

Es scheint daher, als hätte das Epos einen bedeutenden, wenn auch ungeahnten Einfluß auf den Entwicklungsgang der meisten Menschen. Wahrscheinlich trifft das auch zu. Wieviele umfangreiche, mühevolle Untersuchungen sind nicht von Philosophen und psychologischen Therapeuten dem Charakterproblem gewidmet worden, das in so und so vielen Fällen sich durch die Suche nach einem in der Jugend- oder Knabenzeit gelesenen Buch und nach dem Helden dieses Buches hätte lösen lassen. Haben wir es mit einer Frau zu tun, so wird höchstwahrscheinlich eine Schauspielerin, die sie in irgendeiner Rolle bewundert hat, ihr ganzes späteres Leben beeinflussen. Die meisten Männer dagegen sind, wenn wir ihre scheinbar tiefsten Charakterwidersprüche aufdecken, um in den Worten ihres eigenen Geheimnisses zu reden, die Helden eines ungeschriebenen Buches, die Fortsetzung zu einem Werk, das sie einst gelesen haben. Es kann sich sogar um ein Buch handeln, dessen Titel sie vergessen haben; vielleicht ist es eine Lebensbeschreibung Alexanders des Großen oder Buffalo Bills, vielleicht „Das Licht Asiens“ oder „Huckelberry Finn“, Frank Merrywell oder ein Evangelium, Jesse James, John Inglesant oder Jack der Riesentöter. Man finde das Buch und man wird ein intimes aufschlußreiches Bild ihrer Handlungen und Stimmungen gewinnen, kurz, man wird die Technik, wie sie dem Leben zu Leibe rücken, in Erfahrung bringen, die Jung unter den Rubriken extrovertiert und introvertiert zu einem Elementarfaktor erhebt. Man wird sogar herausfinden, weshalb der Betreffende bei der Auswahl seiner Krawatten einer besonderen Farbe den Vorzug gibt oder weshalb er sich überhaupt nicht die Mühe macht, zu wählen; im Falle einer Dame aber, warum sie laut und freimütig oder leise spricht, warum mit jener eigentümlich anmutigen Handbewegung oder mit jenem Lächeln. Sucht die Ursache nicht in den geheimnisvollen Differenzierungen ihrer einzigartigen Seele; sie sind nur Umwandlungen der Art, wie ihre Lieblingsschauspielerin, die sie während ihres letzten Schulsemesters auftreten sah, lächelte, sprach und sich bewegte.

Diese Ichwerdung durch Nachahmung von Helden aus Büchern, Sagen, Dramen, diese Selbstanleitung mit Hilfe der Dichtkunst ist ungemein weit verbreitet, wahrscheinlich sogar allgemein; wir wollen sie Imitatio Herois nennen und die Bezeichnung Donquichotterie für besondere Fälle aufsparen, in denen das Vorbild lächerlich oder die Verehrung überschwenglich, logisch und hingebungsvoll wie bei einem Heiligen ist.

So war die innerste Lage jenes ungewöhnlichsten Menschen, Karls XII., und die Hypothese, er sei wahnsinnig gewesen, von der gewöhnlich die Schilderungen seines Lebens, seines Charakters und seiner Taten ausgehen, ist sowohl überflüssig wie falsch. Er besaß ein Buch und er besaß einen Helden: Alexander den Großen von Quintus Curtius, und all seine Unvernunft war nur die Folge seines Glaubens, der durch keinerlei Unvernunft verwässert war.

Kurz und gut, das Abenteuer Karls XII., das zu seinen Lebzeiten die ganze Menschheit bedrohte, war das seltsame Erlebnis eines Knaben, der das Abenteuer an sich absolut ernst nahm. Was würde wohl geschehen, würde der Traum, ein Seeräuber oder Buffalo Bill zu werden, in die Praxis umgesetzt, ohne daß Trägheit und Dummheit, diese segensreichen Beigaben einer freundlichen geringschätzig lächelnden Vorsehung sich ins Mittel legten? Ihr werdet ja sehen.

Vorerst wollen wir aber nach einer Erklärung dieser Eigentümlichkeit oder Zufälligkeit suchen. Sogleich drängt sich der Rassen- oder Vererbungsfaktor mit gewohnter Sicherheit in den Vordergrund. Gustav Adolf, „der Orkan des Nordens", war neben zahlreichen anderen dynamischen, explosiven und asketischen Naturen ein Vorfahre Karls. In dem Blut seines Volkes, der Schweden, lebt noch etwas von dem pessimistischen Titanentum der Wikinger; – diese waren die einzigen Menschen, die an eine Religion zu glauben wagten, wonach alles, Götter, Menschen und Materie, ein schlechtes Ende nehmen mußte. Die Skandinavier und ihre englischen Vettern nehmen in der frühen Geschichte Europas etwa die gleiche Stellung ein wie die großen Fleischfresser im Tierreich. Seeräuber, Zerstörer, Menschentöter, waren sie dennoch den geheimnisvollen psychologischen wie biologischen Schranken, die die Natur uns setzt, nämlich Idiosynkrasien und Krankheiten unterworfen, anscheinend um zu verhindern, daß sie durch uneingeschränkte Vermehrung die Welt entvölkerten. So leiden Löwen zum Beispiel an Räude, Antilopen aber nicht. Jedenfalls besteht unbestritten eine Nordische Neurose, die zahlreiche unklare Formen annimmt, von der Wanderlust bis zum Spleen, von jenem eigentümlichen Phänomen, dem Berserkertum, bis zu dem merkwürdigen schizophrenen Genie, das Alice im Wunderland hervorbrachte. Indes führen all ihre Verzweigungen von der gesunden Norm seitwärts und aufwärts und in die Tiefe. Etwas Unirdisches ist jener Rasse eigen, nur muß man den Ausdruck streng sachlich und nicht als Kompliment auffassen.

Dieser Zwiespalt begleitete das Wachstum seines Willens, begünstigte eine Anlage zur Schrullenhaftigkeit. Die Lieder und Sagen seines Volkes und seine Familientradition mußten einem Gemüt, wie dem seinen, das nordische Ideal, auf anderen als auf geradem Wege zu den Freuden des Lebens zu gelangen, einprägen. Karl war ein schweigsamer Knabe, er zeigte einen kalten wilden Eigensinn, der sich nur durch den Appell an seine unerbittliche Eitelkeit lenken ließ. So willigte er zum Beispiel erst ein, Lateinisch zu lernen, nachdem sein Erzieher ihm bewiesen hatte, daß sämtliche nordischen Könige dieser Sprache mächtig waren. Aus dem gleichen Grunde lernte er gut Deutsch sprechen.

Er erbte den Thron unter der Regentschaft seiner Großmutter, als er fünfzehn Jahre alt war. Bei Hof herrschte allgemein die Ansicht, daß er sich zu einem durchaus mittelmäßigen Menschen entwickeln würde.

Dunkelheit und Schweigen werden oft mit dem Nichts verwechselt. Er sprach nur selten und vertraute sich Niemandem an; zwar wohnte er regelmäßig dem Kronrat bei, aber meist schien er, den Kopf in den Händen vergraben, die Sitzungen zu verschlafen.

Jedoch im Innern dieser ausdruckslosen Schmetterlingspuppe vollendete die Phantasie Tag und Nacht rastlos ihr seltsam schöpferisches Werk. Noch einmal möchte ich betonen: Alexander war nicht sein Vorbild; niemand vermag das Leben ohne Vermittelung der Kunst nachzuahmen. Karl verehrte nicht den launenhaften, genialen, menschlichen Alexander, sondern den Alexander-Mythus, wie der Scharlatan Quintus Curtius ihn geschaffen hatte. Das Buch trug er stets bei sich; unablässig beschäftigte es seine Gedanken.

Der menschliche Wille liebt von Natur aus die Askese. Sie bietet ihm ein geeignetes Training, daher müssen alle Religionen, die sich an den Willen wenden, insbesondere die Religion der Heldenverehrung, Bußübungen vorschreiben und zu ihrer Grundlage machen. Curtius, der Priester des Alexanderkults, gewann Karl XII. zum Proselyten, indem er sich an seine Eitelkeit wandte – sie war das einzige Tor, das zu einer nebelhaften Vision des Ruhmes führte. Gleichzeitig stellte er ihm die Aufgabe, in legendärer Keuschheit und starrem Eigensinn zu leben. In Wahrheit oder im Licht der Vernunft betrachtet, zeigte er ihm praktisch keinen bequemen Weg zur Weltherrschaft; dieser glich weit eher dem einsamen Kriegspfad eines Indianers.

Karl jedoch spürte mit dem felsenfesten, fanatischen Glauben eines Heiligen jeder Einzelheit der Legende nach, um sie dann erbarmungslos nachzuahmen. Zum Beispiel Alexanders Gewohnheit, auf dem Fußboden zu schlafen. Seine Vorliebe für Wasser – insbesondere vor Beginn einer Schlacht. Seine Sparsamkeit in der Kleidung. Seine Verachtung für Leibesübungen und Rennen; mit einem Wort, er eignete sich all jene Manieriertheiten an, die bei dem jungen Alexander in dem glühenden Wunsch gipfelten, sich von seinem Vater Philipp zu unterscheiden. Curtius hatte sie alle ernst genommen, sie verwässert, übermalt und sorgfältig in dem Epos zusammengeflickt.

Karl gewöhnte es sich an, wie Alexander zu sprechen, in einsilbigen Worten und abgerissenen Sätzen. Er erfand eine neue Art des Sitzens, Gehens und Stehens, die seiner Auffassung von Alexanders Auftreten entsprach, ja er machte aus sich einen Automaten. Selbst sein Lächeln war künstlich, dem inneren Vorbild angepaßt, ein schiefes Grinsen, das auf seinem Antlitz erschien, so oft er an seines Helden Lächeln dachte, und das jeden, der nicht wußte, wie er dazu kam, verwirrte. In Wahrheit besaß er keinen Sinn für Humor, sein Blick blieb wäßrig und starr, wenn auch scharf, was immer ihm auch begegnete. Karl war sehr groß, für jene Zeiten ein Riese. Noch vor seinem zwanzigsten Lebensjahr verlor er alle seine Haare. Er war glatt rasiert (wie Alexander) und weißblond.

So war zu Beginn unserer Geschichte dieses Muster aller Knaben, die jemals Räuber und Indianer gespielt haben. 1699 wurde im Ministerrat die schwerwiegende Frage des feindlichen Dreikönig-Bündnisses beraten.

Die drei feindlichen Herrscher waren samt und sonders Nachbarn Karls: Friedrich von Dänemark-Norwegen, ein etwas dunkler Charakter, durchschnittlich geizig, tugendhaft und fromm. Ferner ein höchst wunderbares Paar, wert auf der gleichen Bühne wie unser Held aufzutreten; zwei Persönlichkeiten, zwei Kräfte mit einem leisen Beigeschmack des Allegorischen, wie jener routinierte Dramatiker, das Schicksal, sie seinen besten Stücken beizumischen liebt.

Der eine von ihnen, August der Starke, König von Sachsen und Polen, war eine Mischung von Fortinbras und Falstaff, ein Mann ohne Hemmungen; ein gewaltiges, unverwüstlich gesundes Geschöpf breitesten Formats, ohne Bosheit, mit beträchtlichem Können und unerschöpflicher guter Laune. Er konnte mit seinen zwei Händen Feuerzangen biegen und Hufeisen zerbrechen und soll dreihundert uneheliche Kinder gehabt haben.

Der zweite war Peter Romanow, immer noch der Große genannt, ein prachtvoller Landstreicher und Verbrecher, der als Erster Rußland dem europäischen Festland anschloß. Peter war zwischen Mord und Totschlag aufgewachsen, seine Erzieher waren ein Hofnarr und ein internationaler Gauner gewesen, und er selbst stellt in der Weltgeschichte Gargantua dar, übertraf aber noch sein Vorbild. Alle Gelüste und alle Leidenschaften, die die Menschheit quälen, gediehen in ihm zur Vollendung, ohne einander zu beengen. Peter liebte ein Buch so heiß wie eine Orgie, die Arbeit so glühend wie den Wein oder die Frauen; sein Leben ist eine einzige Anhäufung krassester Widersprüche, in denen jede Eigenschaft, ausgenommen Erfindungsgabe und guter Geschmack, zutage tritt.

Dieser Zar, der seinen Thron im Stiche ließ, um in Deptford Schiffszimmermann zu werden, fand trotz fleißiger Arbeit Zeit, sich allmorgentlich in einem Schubkarren über des englischen Schriftstellers Evelyns fünf Fuß breite Ilexhecken, den Stolz Englands, spazieren fahren zu lassen, bis er sie ein für allemal ruiniert hatte. Derselbe Mann erbaute seinem Volk in einem Sumpf eine neue Hauptstadt, ein Werk, bei dem mehr Arbeiter an Entbehrungen zugrunde gingen, als die Stadt während eines Jahrhunderts Einwohner zählte.

Der einzige Anhaltspunkt, den das elementare Geschöpf Peter uns bietet, ist seine unverwüstliche Energie – eine äußerst sonderbare Eigenschaft bei einer Rasse, die ihr innerstes Wesen in dem Hohenlied der Arbeitsscheuen, dem Gesang der Wolgaschiffer, zum Ausdruck bringt. Seine Energie war wie die der Elemente selbst; ihre überschüssige Kraft tobte sich gewittergleich in lärmenden Späßen aus. Er, der gelegentlich sogar das Amt des öffentlichen Henkers übernahm, war ein Meister in den verschiedensten Formen des Handwerks, sein eigener Kanonier, Segelmacher, Anatom und Mörtelmischer. Dieser Mann wurde vom Schicksal als Gegenspieler Karls aufgestellt.

Die Koalition war das Werk einer Persönlichkeit, die eine Erwähnung verdient, Patkul, ein livländischer oder estnischer Edelmann, ist in zahlreichen Gedichten besungen worden. Sein Vaterland war durch einen früheren Eroberungszug an die Schweden gefallen. Er selbst gehört zu jenem Typ von Menschen, die, durch Byron und Napoleon berühmt geworden, bis zum Versailler Vertrag in Mode standen. Er war ein Patriot und Freiheitsheld und unterschied sich nur wenig von ähnlichen sympathischen Erscheinungen, wie sie in hundert kleinen europäischen Hauptstädten ein Denkmal gefunden haben. Wie bei allen seinesgleichen wurzelt auch bei ihm das Vaterlandsgefühl in der Liebe zu den Sagen und Märchen seines Volkes. Diese lernte er durch seine Amme kennen. Er wuchs heran, um mit einer Mappe bunter ethnologischer Karten unter dem Arm, jahrelang an Höfen zu antichambrieren, deren Gesetze in ihrer Muttersprache gefaßt waren. Später war er in Verschwörungen und Gegenverschwörungen mit Spionen, Bankiers, Sonderlingen und Glücksrittern verstrickt. Er hatte ein, zwei streng politische Morde auf dem Gewissen und starb, wie einige seiner Glaubensbrüder, als Märtyrer. Außerdem war er tapfer, schön und edel, etwas von einem Verräter und ein wenig langweilig.

Dieser Patkul war von Karls Vater, gegen den er sich nicht zu empören wagte, abgewiesen worden. Als nach dessen Tode ein Knabe (wie manche behaupteten, obendrein ein Dummkopf) den schwedischen Thron bestieg, schien seine Zeit gekommen. Die Koalition war also Patkuls Werk. Seine Idee war einfach, sein Weg dagegen kompliziert: Die drei Könige sollten die alte estnische Freiheit wieder aufrichten und sich dafür durch Aufteilung des an ihre drei Staaten angrenzenden schwedischen Reichs entschädigen.

Viele von den europäischen Großmächten betraten die Schwelle des achtzehnten Jahrhunderts mit deutlichen Anzeichen von Ermüdung, so auch die Schweden. Sie ruhten auf ihren Lorbeeren; schon eine weit geringere Gefahr hätte ihnen Schrecken eingejagt. Die schwedischen Räte waren alt. Zwar waren sie immer noch gläubig, aber sie wußten doch nicht so genau, wie vordem ihre Väter, ob Gott in jedem Kriege auf ihrer Seite fechten würde. Höchstwahrscheinlich war das Leben zu ihrer Zeit weniger lustig als in dem vergangenen Jahrhundert, und wer sich nicht von Herzen seines Lebens freut, der ist bekanntlich abgeneigt, sein Leben aufs Spiel zu setzen.

So kam es, daß in dem Ministerrat, dem Karl auf seine nachlässige Art präsidierte, anfänglich düstere Einheit herrschte. Man erwog die Frage eines Vergleichs, und ein, zwei Stimmen hatten sich bereits für eine Politik der

Verhandlungen und des Hinhaltens ausgesprochen. Dies war das erste und fast das letztemal, das man Karl reden hörte. Er hob den Kopf, richtete sich so steif wie möglich auf und ragte mit seiner gleichmäßigen gutturalen Stimme: „Meine Herren, ich habe beschlossen, niemals einen ungerechten Krieg zu führen, einen gerechten jedoch nur durch den vollständigen Ruin meiner Feinde zu beenden. Ich werde den ersten, der gegen mich ins Feld zieht, angreifen, ihn überwinden und dann mit den anderen abrechnen."

Der historische Moment ist stets einfach und kurz; er gehört nur e i n e m Menschen und e i n e m Willen und duldet nicht (falls die Zeit wirklich reif ist), daß andere sich in sein Recht einmischen. Überraschung entrang den Räten ihre Zustimmung. Mit einer Verbeugung schieden sie aus dem Zimmer und damit aus den Annalen der Geschichte.

So schiffte sich der neue Alexander ohne jede Kriegserfahrung, nur mit einem Buch als einzigen Führer, nicht mit der Zustimmung, nein unter der schweigenden Duldung seines Volkes zu der seltsamsten und einsamsten soldatischen Heldentat der Geschichte ein. Der König von Dänemark, unser typischer Realist, wurde das erste Opfer der vulkanähnlichen Macht des poetischen Glaubens, der da Berge versetzet. Friedrich handelte klug, vernünftig und nach den Regeln der Erfahrung, das heißt, er nahm das schlecht verteidigte Holstein, das unter dem Protektorate Karls stand, in Besitz. Als uneinnehmbare Basis diente ihm das Meer, das an seinen schiffbaren Stellen durch Landbefestigungen und eine überlegene Flotte verteidigt war.

Der Leser wird im Laufe dieser Schilderung noch so häufig auf die Ausdrücke „unmöglich" und „uneinnehmbar" stoßen, daß es angebracht erscheint, ihnen gleich am Anfang ein paar Worte zu widmen. Von einem bestimmten Standpunkt, dem technischen aus betrachtet, besteht das Leben des Abenteurers aus der Kunst, Unmögliches zu vollbringen, dagegen wollen wir den Ausdruck „Held", wie vereinbart, auf den von ihm rationalisierten und moralisierten Mythus beschränken. Als einfache logische Folgerung ergibt sich der Satz, daß alles Heroische letzten Endes die Verwirklichung des Unmöglichen, die Eroberung des Uneinnehmbaren, die Erreichung des Unerreichbaren, die Logik der Unlogik ist: lauter Widersinnigkeiten, aber eben sie machen das Wesen des Abenteurers aus. Ferner umfaßt er das Geheimnisvolle und das Lächerliche, zwei wichtige Komponenten der Hoffnung, ohne die selbst die Ameisen nicht leben können, falls auch sie, wie ich annehme, ein Bewußtsein haben. Jeder Fuß der dänischen Stellung war bewacht, ausgenommen das sogenannte „Flinterend", der unschiffbare Teil des Sundes zwischen Seeland und Schweden. So sind auch die Möglichkeiten des menschlichen Lebens durch natürliche Gesetze und das Uhrwerk zahlloser Determinismen auf ein unerträgliches Minimum eingeschränkt – mit Ausnahme der Stelle, an welcher der Abenteurer durchbricht. Dort wo der gesunde Menschenverstand zögert, wo als freundliche oder spöttisch boshafte Warnung die Tafel „Unmöglich“ den Tastenden zurückschreckt, dort und nirgends anders liegt der Ausgang, findet der Gefangene die Tür ins Land des Abenteuers. Die Welt hat einen Spalt; glaubt ihr, sie sei von oben bis unten vermauert? Macht euch auf das Unerwartete gefaßt, denn es ist schwer zu finden und unzugänglich, sagt der tiefsinnigste aller vorsokratischen Griechen, nicht weil er sich mit Absicht verschließen wollte, sondern weil ein Geheimnis ihm die Lippen versiegelte.

Durch dieses Flinterend stürzte Karl sich auf sein Opfer. Vorerst galt es aber, den Widerstand seines eigenen Admirals, eines vernünftigen, erfahrenen, pflichttreuen Mannes, zu überwinden: wiederum eine Unmöglichkeit, die er glücklich durchsetzte. Das Flinterend war unschiffbar, der Wind widrig, Karl war erst achtzehn Jahre alt; sie landeten daher, ohne einen Schuß abzugeben, wohlbehalten vier Meilen nördlich von Kopenhagen, das die sieghaften Schweden selbst in den glanzvollen Tagen seines Großvaters nicht zu erobern gewagt hatten. Das Ziel des Helden, Unmögliches zu verwirklichen, ist eine faszinierende Aufgabe; aber es ist ermüdend, darüber nachzulesen, und wir werden noch einige saftige Bissen vorgesetzt bekommen. Wir schließen daher diesen ersten Abschnitt mit der Bemerkung, daß Karl innerhalb von vierzehn Tagen seinem ersten Gegner den Frieden aufzwang und ihm die Rückgabe der geraubten Länder, einen Tribut und eine Entschuldigung abnötigte. Hätte er es gewollt, er hätte Dänemark annektieren und einen tausendjährigen Krieg beenden können. Allein Karl kannte keine Schwächen; jetzt und später regelte er sein Leben nach den Vorschriften eines Buches. Der oberste Grundsatz Alexanders lautete, niemals inne zu halten; Karl setzte seinen Eroberungszug fort.

Selbstverständlich unter veränderten Bedingungen. Die Jagd nach dem Wunder birgt, wie man an allen unseren Helden bemerkt haben wird, einen wunderbaren Lohn in sich; an jeder Biegung des unwirklichen Weges lauert ein unwirklicher, unverdienter Vorteil, ein Geschenk. Karl hatte einen unsichtbaren Feind mit Hilfe einer mittelmäßigen, skeptischen Armee besiegt. Jetzt besaß er plötzlich ein unvergleichliches Heer von Halbgöttern. Seine Schweden benehmen sich von nun an so erstaunlich wie er selbst, wie Soldaten aus einem Buch. Jede Nation rühmt sich irgendeiner Sage von der Unbesiegbarkeit ihrer Kämpfer, für meinen Geschmack jedoch können sich weder die Bogenschützen von Crécy noch die Männer der alten Garde noch irgendwelche anderen, durch nationale Eitelkeit verklärten Truppen in ihren Taten mit den Leistungen der Soldaten Karls vergleichen.

So ist die Arithmetik des Abenteuers; nach ihr ist zweimal zwei durchaus nicht vier, so wenig wie die euklidische Mathematik in dem Universum Einsteins gilt. Nichts oder eine Million; eines Narren Tod in den Wassern des Sunds oder die Führerschaft einer Armee, welche die Griechen vor Thermopylae schon bei dem ersten Angriff überrannt hätte. Gleich den lächerlichen Landkarten des Columbus führten die lächerlichen Regeln des Alexanderkults Karl auf dem geradesten Wege zum Erfolg.

Die erste Folge seines Sieges war, daß er Karl gegen fremde Kritik und gegen irgendwelche persönlichen Zweifel stählte. Viele haben in den nun folgenden Ereignissen einen tiefgründigen Plan entdeckt, zum mindesten glaubten sie, ihn entdeckt zu haben. Indes verrät Karls Handeln keine Spur von einer vernünftigen Politik. Der erste Teil seiner Rache war beendet; jetzt reiht er, wie in einem Schulbubenroman, Kapitel an Kapitel bis zum bitteren Schluß. Er kämpfte mit August und Peter, nicht mit Rußland oder Polen. Er wollte dabei keine Eroberungen machen, sie sollten sich nur gründlich bei ihm entschuldigen. So wenig wie Don Quichotte die Regierung Spaniens stürzen wollte, so wenig war es Karl um irgendwelche großen, verborgenen Ziele zu tun. Sein Vaterland, seine Armee sind nur seine Werkzeuge; in ihm, wie in seinem Vorbild, lebt der reine, antisoziale Egoismus eines Knaben, der von Hause fortläuft, um zur See zu gehen oder gegen Indianer zu kämpfen. Die Welt muß sich um ihn drehen, wie um ihre Achse. Die militärischen, wirtschaftlichen und politischen Folgen seiner Handlungen sind lediglich Nebentöne der Melodie, die er pfeift.

Der Feldzug von Narva, der als militärische Aktion in der Weltgeschichte einzig dasteht, ist daher in Wahrheit lediglich eine gewaltige Tracht Prügel, die er einem unverschämten Raufbold, dem Zaren Peter verabfolgt. Von dem edlen Patkul überredet, unternahm Peter einen Überfall auf die schwedischen Besitzungen an der Ostsee, bevor noch die Kunde von den Ereignissen in Dänemark ihn erreichte oder er die volle Bedeutung dieser Nachricht begriffen hatte.

Hinter ihm standen nach bester asiatischer Kriegstradition seine wimmelnden Völkerscharen – achtzigtausend Russen mit einhundertundfünfzig Kanonen – eine regelrechte Somme-Armee für damalige Begriffe. Diese wälzte sich bis vor die schwedische Festung Narva, wo rund tausend Schweden sich verzweifelt verschanzten. Peter selbst leitete in bester Laune und nach eigenem Muster die Operationen. Anfänglich verlieh er sich selbst den Rang eines einfachen Leutnants, jedoch nur um bei jeder Gelegenheit Ratschläge und Befehle zu erteilen und seinem Oberstkommandierenden Energie einzuflößen. Wie Bottom im Sommernachtstraum übernahm er sämtliche Rollen; das einemal stand er vor einem Hauptmann stramm, um ein Beispiel echter Disziplin zu geben, das anderemal stürzte er davon und ohrfeigte einen General, weil er einen Graben schief aufgeworfen hatte. Er wußte alles, freute sich an allem und machte alles selbst.

Diese Horde Krieger aus den entlegensten und wildesten Ecken der Welt, kalmückische Bogenschützen, kosakische Reiter, schlitzäugige Bewohner Sibiriens aus den urzeitlichen Friedhöfen des Mammuts, trugen Waffen jeglicher Art, die modernsten holländischen und französischen Musketen wie mit Nägeln beschlagene Keulen und zackige Speere; und in ihrer Mitte brannte die Energie des Herrschers gleich einem Fieber. Mit einem Maschinengewehr-Bataillon hätte man ihrem Angriff ohne große Sorge entgegensehen können, jedoch den gleichen oder ähnlichen Waffen gegenüber waren sie so gefährlich wie eine Herde Büffel. Allerdings trennten sie die verschiedensten Sprachen und Kampfmethoden, und keine noch so gründliche Ausbildung hätte sie zusammenzuschweißen vermocht. Allein abergläubische Liebe und Achtung vor ihrem Tyrannen Peter erfüllten sie mit Todesverachtung, und alle waren gierig nach der Beute, die ihnen der geschichtlichen Überlieferung zufolge auf einem Marsch nach Westen im Kampf mit westlichen Truppen winkte.

Als Peter, der sowohl Verstand wie Instinkt besaß, die geheimen Berichte über die sonderbaren Bewegungen der feindlichen Armee empfing, traf er alle Vorbereitungen für einen gefahrlosen Sieg. Er wußte, daß Karl nur zwanzigtausend Mann mit sich führte, trotzdem wählte er die Defensive. Vor seinen Horden ließ er tiefe Gräben aufwerfen, die nach dem neuesten und erprobtesten System mit Pfählen gespickt waren. Durch rasche fleißige Arbeit entstand ein ganzes Netzwerk von Außenbefestigungen und Glacis. Vor diesem sämtliche Borsten sträubenden Stachelschwein lag felsiges hügeliges Terrain. Um jede, auch die kleinste Anhöhe auszunutzen, wurden zwanzigtausend ausgewählte Truppen, Scharfschützen wie Kanoniere, hier aufgestellt. Aber selbst damit war Peter nicht zufrieden. In höchsteigener Person führte er eine Reservearmee auf das Schlachtfeld. Wer sich seines Charakters nicht erinnert, dem müssen all diese Vorbereitungen übertrieben oder als ein Zeichen starker Furcht erscheinen. Wahrscheinlicher ist, daß Peter trotz des tiefen Eindrucks, den Karls Sieg über Dänemark auf ihn machte, lediglich mit der ihm eigenen Begeisterung einer seiner Passionen folgte.

Karl dünkten sogar die zwanzigtausend Mann, die er an der Küste gelandet hatte, überflüssig. Die meisten von ihnen ließ er in Eilmärschen nachkommen, er selbst aber jagte ohne einen Tag Aufschub mit rund viertausend Reitern und der gleichen Anzahl Grenadiere der Todesfalle von Narva zu. Der Winter war bereits gekommen, die Wege waren eingefroren. Nach drei Tagen und Nächten stieß er auf die Vorposten des Zaren. Nachdem unser Held auf dem Gebiete der Strategie und Geographie das Unmögliche erreicht hat, zertrümmert er die seinen Weg versperrenden Hindernisse der Physiologie – Schlaf und das Bedürfnis nach Ruhe. So übermenschlich ist die Macht des geheiligten Unsinns, der ihm im Schädel spukt. Ohne jede Rast rückt er mit dem Teil seiner Truppen, der sich noch rühren kann, zu einem Frontangriff vor. Ohne Zweifel hatten die hinter ihren Felsen hockenden, weißen russischen Scharfschützen diese zerlumpten, ausgemergelten und von einem Geiste geführten berittenen Gespenster nicht erwartet. Sie gaben eine unregelmäßige Salve ab. Eine der Kugeln war ein Prellschuß und fiel in Karls Krawatte. Eine andere tötete sein Pferd. „Diese ... machen wir etwas Bewegung“, war alles, was er sagte.

Seine Schweden waren bald zur Stelle, und die meisten Russen flohen unter Preisgabe ihrer Musketen. Sie rissen vor ihrer eigenen Furcht zwischen den Felsen aus und „trugen heillose Verwirrung in das Lager der Zwanzigtausend“. Man glaube nicht, daß diese ausgewählten Vorposten etwa undiszipliniert oder untüchtig waren, bildeten sie doch den besten Teil von Peters Armee. Aber je straffer die Ausbildung, je größer und sorgfältiger die Vorbereitungen, desto zahlreicher die Leute, die dem Unmöglichen ausgeliefert waren. Gegen alle natürlichen Vorkommnisse war man gewappnet. Man hatte für jede Eventualität Instruktionen erteilt, allein die Zeit, die geringe Anzahl der Truppen, die wahnsinnige Unvernunft des Ganzen warf alles über den Haufen. Die Schweden stürmten heran. Schon bei den ersten Schreien zerschmolz die ganze Organisation zu einem zappelnden Haufen, auf den der bleiche Riese und seine Leute, keuchend und Tod und Verderben säend, einhieben. „Sämtliche

Vorposten wurden durchbrochen; eine Aktion, die in jedem anderen Feldzug als drei Siege gelten würde, brachte den Vormarsch Karls auch nicht eine Stunde zum Stillstand."

So erschien er plötzlich vor der Hauptstellung der Russen. Dahinter standen in fieberhafter Aufregung achtzigtausend Mann, die ihre Waffen schwangen und Kriegsrufe ausstießen. Tamtams und Kriegstrommeln, barbarische Musik aus Mittelasien, vermischten sich mit Peters deutschgeschultem Pfeifer- und Trompeterkorps zu einer wild begeisterten Symphonie. Und mitten in diesen Lärm hinein platzte zuerst ein Schneesturm, dann, wie Gespenster, die auf den Flügeln des Windes ritten, Karl mit seinen neuen Berserkern.

Wie sie die tiefen Gräben, die stählernen Piken, die von Kanonen bestrichenen Glacis passierten, davon besitzen wir meines Wissens keinen klaren Bericht. Es scheint, als ließe das Gedächtnis gerade in den höchsten Momenten des Lebens den Menschen im Stich, während die geringfügigsten gleichgültigsten Ereignisse deutliche Spuren hinterlassen. Wahrscheinlich vermochten Karl und seine Leute sich in der ungeheuren Erregung des Augenblicks an nichts mehr zu erinnern; wir können nur im Zustand des Rausches Übermenschen sein. Man kennt lediglich das Ergebnis; nach einer halben Stunde hatten sie den ersten Graben mit dem Bajonett erobert. Nach Ablauf von drei Stunden standen sie in der Mitte des Forts, wo die Toten sich zu Bergen türmten, und die Schweden, toll vom Sieg und der Erschöpfung, über den Leichen mit ihren Bajonetten gegen die Sperre der Tartaren und Turkomanen kämpften. Panik ergriff die russischen Truppen; dicht aneinander gedrängt, sahen sie im Wirbel der Schneeflocken kaum, was vor sich ging und hörten nur die Schreie der Sterbenden. Explosiv trieb es sie auseinander, sie warfen Musketen, Bogen, Wintermäntel ab und flohen. Die dreitausend Reiter Karls verfolgten den zügellosen Mob von fünfzigtausend bis zum Fluß, ihre Mordlust sättigend. Eine einzige Brücke querte den Strom. Sie brach unter dem Ansturm der Flüchtlinge zusammen, und der Fluß füllte sich mit Leichen. Als endlich der Schrecken sich ausgetobt hatte, kamen die Überlebenden in zügellosen Haufen, um sich Karl zu ergeben.

Das Treffen bei Narva ist vielleicht die größte und edelste Schlächterei in der Kriegsgeschichte Europas. Es endete mit einem vollendeten Stück Schauspielkunst der beiden führenden Charakterdarsteller. Karl – das brauche ich nicht erst zu sagen – war prachtvoll in seiner klassisch edlen Rolle. Mit einer nachlässigen Handbewegung befahl er die Freilassung sämtlicher Gefangenen mit Ausnahme der Generale; diesen sandte er kostbare Geschenke, erkundigte sich höflich nach ihrem Wohlbefinden und entschuldigte sich, daß er sie gefangen halten müsse. Peter war, nachdem er befohlen hatte, den Überbringer der Nachricht zu erdrosseln, zuerst aufgeregt, dann belustigt und zum Schluß ungeheuer interessiert. Seine stärkste Passion, der Wunsch zu lernen, fand auf Monate hinaus Nahrung, indem er die Überlebenden, soweit sie ihm Auskunft geben konnten, über die kleinsten Einzelheiten des Kampfes ausfragte. Außerdem grübelte er über die technischen Ursachen des Zusammenbruchs nach. Sein endgültiges Urteil lautete: „Dadurch, daß Karl mich besiegt hat, wird er mich lehren, ihn zu besiegen."

Um das nicht ganz so rationalistisch denkende Volk zu beschwichtigen, verbreitete er überall die Nachricht, die Schweden seien Hexenmeister und Zauberer. Er befahl, den heiligen Nikolaus, den Schutzpatron des Landes, anzuflehen, daß er ihm Engel zur Verstärkung senden möge. Dann erst eilte er fort, um mit seinem ernstlich beunruhigten Bundesgenossen, August von Polen, zu beratschlagen.

Diese Besprechung dauerte fünfzehn Tage, und zusammen brachen die beiden einigen hundert Flaschen Wein den Hals. Voltaire, der wie alle Rationalisten wählerisch ist, urteilt darüber: „Diese nordischen Fürsten verkehren mit einer Familiarität miteinander, die im Süden unbekannt ist. Peter und August verbrachten vierzehn Tage mit allerlei Festlichkeiten, die schließlich ausarteten, denn der Zar, der sein Volk zu reformieren bestrebt war, vermochte seinen gefährlichen Hang zu Ausschweifungen niemals zu zügeln."

Während diese beiden höchst irdischen Männer des Rates pflogen, traf unser plutarchischer Held alle Vorbereitungen für den dritten Teil seines Rachegesangs. Im Frühjahr erschien er an der Dwina. Die vortreffliche, nach europäischem Muster gedrillte polnisch-sächsische Armee erwartete ihn am anderen Ufer. Unter ihr befanden sich Patkul, der Patriot, den Peter nach der Narvakatastrophe abgeschüttelt hatte, und eine kleine Schar livländischer Edelleute, die geschworen hatte, lieber zu sterben, als einen Schritt zu weichen.

Der Wind war Karls Bundesgenosse. Er selbst machte aus Bündeln nassen Heus große Feuer, und die steife Brise wehte den Rauch über den Fluß dem Feind entgegen. Mit dieser Deckung trieb er sein Pferd wiederum zum Frontalangriff in den Fluß. Der alte, erfahrene und keineswegs abergläubische deutsche General von Stenau schlug ihn (Karl erreichte als vierter das jenseitige Ufer) mit schweren deutschen Dragonern zurück. An den seichten Stellen des

Flusses unter dem schützenden Rauch sammelte Karl von neuem seine Truppen. Man kennt den Ausgang; vielleicht hatten die phlegmatischen deutschen Soldaten ihn im Innersten ihrer Herzen vorausgeahnt. Das Wunderbare, das Unmögliche wurde abermals Wirklichkeit. Karl trieb sie bis vor die Mauern des kurländischen Mitau, als wären sie eine Herde Bisons und nicht die renommiertesten Truppen der Welt.

So beginnt der merkwürdigste aller Feldzüge; ein tüchtiger General und eine erprobte Armee von achtzigtausend Mann werden in ihrem eigenen Lande von einem Eroberer, der seine zahlenmäßig weit unterlegenen Truppen fast wie eine Meute Jagdhunde gebraucht, gejagt und verfolgt. Es ist Karl nur darum zu tun, die Spur nicht zu verlieren, er wählt keine Marschroute, fragt nicht nach den Gefühlen und Kräften seiner Meute; er schont ihr Leben so wenig wie ein Jäger das eines von ihm geliebten Hundes. Kreuz und quer über die Landkarte des östlichen Deutschland jagt er sie auf beste alexandrinische Manier. Die einzige strategische Frage, die Karl stellte, lautete: „Wo sind sie?" Nicht: „Wie viele? Was für Befestigungen?" Endlich hatte Karl den Krieg so umgeschaffen, wie Schulbuben ihn sich erträumten.

Die Lage Augusts des Starken bei diesem Halali war nicht nur peinlich, sondern auch ziemlich lächerlich. Er ertrug sie jedoch mit jenem Humor, der an sich eine Art Tugend ist. Ohne jede Rücksicht auf seinen hohen Blutdruck hetzte ihn die wilde Jagd durch die unergründlichen Wälder Polens, über unzugängliche Gebirgspässe, steile Schluchten hinauf und hinab. Nie hat ein Sterbender eine so nachtmahrähnliche Verfolgung erduldet. Sie glich eher den Traumgesichten de Quinceys, der „durch alle Wälder Asiens vor dem Zorn eines Götzen floh". Ja, mitunter müssen den dicken Bonvivant, wenn er sich auf den unbequemen Polstern seiner Kutsche oder auf einem improvisierten Lager in einem gottverlassenen kleinen Gasthaus wälzte, böse Träume gequält haben. Dann sah er wohl eine Art Gesicht, halb lächerlich, halb furchtbar, einen hochgewachsenen, kahlköpfigen Jüngling, dessen Lippen ein groteskes Grinsen verzerrte. „Er trug einen Reitrock aus grobem blauen Serge mit Kupferknöpfen, hohe Stiefel und Handschuhe aus Renntierleder, die ihm bis zu den Ellenbogen reichten und ritt oder lief, wie seine Infanterie sich am Steigbügel haltend", hinter ihm her.

Aber Karl hat ihn nie eingeholt, obwohl er sein ganzes Reich auf den Kopf stellte und die Landstraßen Nordosteuropas mit Skeletten besäte. Endlich, enttäuscht aber beharrlich, ließ er August in Warschau von seinem eigenen Volk feierlich entthronen. An seine Stelle setzte er einen jungen Mann, der ihm aus einem unerklärlichen Grunde gefiel, einen gewissen Leczinsky, einen gelehrten, sanftmütigen aber tapferen kleinen Adeligen. Inkognito, hinter einer Säule der Kathedrale verborgen, sah er seiner Krönung zu. Sein einziger Lohn war, in hochmütiger Unsichtbarkeit die Alexanderrolle zu spielen.

Die tolle Verwirrung, die der wieder auferstandene Halbgott auf seiner blinden Jagd hinter dem bestbekannten Monarchen Deutschlands anrichtete, erschreckte natürlich ganz Europa zu Tode. Eine bange Vorahnung, daß die menschliche Rasse von einer jener im Kreislauf wiederkehrenden Katastrophen bedroht sei, packte die eingeweihten Kreise der Diplomatie. Böse Tage standen bevor, das alte Geschlecht der Weltvernichter war in Karl zu neuem Leben erwacht. Außer einer Schar von Glücksrittern, die ihm ihre Dienste anboten, gingen ernstere und gewichtigere Persönlichkeiten, halb Diplomaten, halb Spione, ständig in seinem Lager aus und ein, um einen Blick in diesen Krater zu werfen. Einer von ihnen war der große Marlborough selbst, der im Auftrage seiner Regierung dort erschien. Die Erfahrungen, die er machte, sind besonders interessant.

Karl empfing ihn vor dem Feuer in einem kahlen Kasino, ohne das geringste Zeichen von Interesse, indem er mit seiner Reitgerte gegen seine Kanonenstiefel schlug. Ohne Unterbrechung und ohne zu antworten hörte er sich ein langes Kompliment des Siegers von Blenheim an, in dessen bestem Französisch, das an sich schlecht genug war. Sein Kanzler, Piper, befand sich mit ihm im Zimmer. Ihn fragte Karl auf Schwedisch: „Ist dies Marlborough?“ Der Engländer, der nicht nur ein großer General, sondern auch ein geschickter Diplomat war – welch interessanten Krieg hätten sie miteinander geführt –, nahm von seiner Unhöflichkeit keine Notiz. Er war gekommen, um zu erfahren, wie sich Karl zu der französisch-englisch-österreichischen Koalition stellen würde, und selbst wenn Karl ihm einen seiner Stiefel an den Kopf geworfen hätte, würde ihn das in seiner Mission nicht gestört haben. Marlborough pflegte bei Verhandlungen nur sehr langsam vorzugehen. Er hatte es niemals eilig, Vorschläge zu unterbreiten oder Fragen zu stellen und zog es im Gegenteil vor, unter dem Deckmantel einer banalen Konversation ungemein scharfe Beobachtungen anzustellen, um auf solche Weise unbemerkt hinter des anderen Gedanken zu kommen. Auch der tüchtigste Diplomat wird sich nicht rühmen, einen Menschen zu durchschauen, er wird zufrieden sein, wenn er seine Absichten erkennt. So dauerte es denn auch nicht lange, bis ein Wort Marlboroughs in Karls eisigem Blick einen merkwürdigen Reflex, eine Art Funken hervorzauberte. Dieser fiel seinem Ausfrager auf, und seinen Vorteil geschickt und unbemerkt ausnutzend, erkannte Marlborough, daß er seine Vorschläge und Befürchtungen für sich behalten könne, ohne sich weiter dekouvrieren zu müssen. Jenes eine Wort war der Name Peter. Ohne daß Karl auch nur den Mund geöffnet hätte, begriff der schlaue Engländer, daß „der Ehrgeiz, die Leidenschaften und die Absichten Karls ausschließlich dem Osten und somit Rußland galten und, daß das übrige Europa fürs erste von ihm nichts zu befürchten oder zu erhoffen habe". Nach dieser glänzenden Entdeckung verabschiedete er sich, um seinen Bericht aufzusetzen.

Die Richtung des Kometen führte in der Tat weitab von der westlichen Zivilisation. Der Grund ist einfach genug: Zwei von den Gegnern, die ihn so hinterlistig angegriffen hatten, waren aus dem Weg geräumt. Aber Peter saß immer noch auf seinem Thron und befand sich trotz Narva bei bester Laune.

Falls irgend jemand behaupten sollte, daß Karls Siege auf seinen Charakter keinerlei Einfluß hatten, so bedeutet das eine überflüssige Ausschmückung einer wahren Geschichte. Kühle, nicht aus der Fassung zu bringende jugendliche Helden werden durch Erfolg meist übellaunig, eine Stimmung, die mehr als alle anderen zur Grausamkeit neigt. So muß man denn eher jener Geistesverfassung als irgendeinem Hang zum Sadismus zwei abscheuliche Handlungen zuschreiben, die in diese Periode fielen, nämlich die Hinrichtung Patkuls, dessen Auslieferung er auf unehrenhafte Weise von August erzwang, und die kaltblütige Niedermetzelung von zweitausend russischen Kriegsgefangenen, Patrouillen, die seine Vorposten gefangengenommen hatten. Mehr im Einklang mit seiner Rolle war sein unerlaubter Grenzübertritt auf das Gebiet des Kaisers von Österreich. Auf seiner Verfolgung Augusts des Starken versperrte ihm die Grenze jenes mächtigen Staates den Weg, und er überschritt sie, ohne Zögern und ohne sich zu entschuldigen. Derselbe Kaiser gab dem päpstlichen Legaten auf dessen Vorwürfe, daß er sich so behandeln lasse, die Antwort: „Es ist noch ein Glück, daß Karl mich nicht aufforderte, meinen Glauben zu wechseln; ich hätte wirklich nicht gewußt, Eminenz, was ich in solchem Falle getan hätte."

Karl beschloß also, Peters Bestrafung fortzusetzen. Auf dem Marsch nach Osten ritt er ziemlich allein, wie das seine Gewohnheit war, ein bis zwei Meilen seinem Heere voraus. Der Weg führte dicht an Dresden vorbei, wo August, im Bemühen, seine polnischen Besitzungen zu vergessen, friedlich weiterregierte. Plötzlich fiel es Karl ein, ihn zu besuchen; als seine Offiziere ihn hinter einer Wegkrümmung aus den Augen verloren hatten, galoppierte er querfeldein auf

Dresden zu. Vor den Toren der Stadt präsentierte eine Schildwache das Gewehr vor dem einsamen Reiter und fragte ihn nach seinem Anliegen. „Mein Name ist Karl. Ich bin ein Dragoner. Ich bin auf dem Wege nach dem Schloß." Auch die Schloßwache wurde auf diese Weise überrumpelt, er ritt mit seinem Gaul die Stufen vor dem Haupteingang hinauf, saß ab, trat rasselnd in die Halle und schritt die Treppe empor. Im ersten Zimmer, das er betrat, fand er August ungewaschen, unrasiert und leicht übernächtig, mit einem Schlafrock bekleidet, denn es war noch früh am Morgen. Sie unterhielten sich eine Weile über gleichgültige Dinge: die Qualität von Karls Uniform, seine Kanonenstiefel, die er, wie er behauptete, seit drei Jahren außer zum Schlafen nicht ausgezogen hätte – schwedisches Leder. Dann gingen sie auf die Terrasse hinaus, um die Aussicht zu bewundern. Ein livländischer Majordomo bat August flüsternd, sich bei Karl für seinen Bruder, der in einem schwedischen Gefängnis schmachtete, zu verwenden. August tat es, gutmütig und herzlich. Karl schlug ihm kalt und schroff die Bitte ab, warf einen Blick auf seine Uhr, rief nach seinem Pferd und ritt davon, wie er gekommen war. Kaum war er verschwunden, so wurde der Staatsrat zusammenberufen, um den ganzen Nachmittag zu beraten, was man von Rechts wegen hätte tun sollen. Inzwischen schwebte Karls Armee in Todesangst, zweifellos machte sie sich bereits ans Werk, die Stadt zu belagern. Ohne ein Wort der Erklärung befahl er, den Marsch nach Osten fortzusetzen.

So verließ dieser junge Mann Europa, wie ein Herr das Haus verläßt, das ihm gehört. So weit war er von jeder Wirklichkeit entfernt, so verstrickt in den Verlauf seines eigenen Romans, daß selbst die Akte seiner Tyrannei meist wie die Zerstreutheiten eines Gottes anmuten. Sie sind zufällig und unbeteiligt und nicht Übergriffe eines unüberwindlichen Siegers. Er wollte Peter – den dritten Intriganten in dem Drama – zur Strecke bringen, und am Ende – vielleicht – Asien erobern. Alexander hatte das ja auch getan.

Bis zum Schluß gestaltete sich dieser russische Feldzug zu einer Jagd auf den Zaren; alles war dem Zufall überlassen, nichts wickelte sich planmäßig ab. Jeden Monat verlor Peter eine Armee oder eine Stadt, floh und brachte ein neues Heer zusammen, nur um noch einmal angegriffen und gründlich geschlagen zu werden. Einer von Karls ungeheuerlichen militärischen Aussprüchen ist uns überliefert. So war es zum Beispiel seine Gewohnheit, „seine Patrouillen nie etwas anderes zu fragen, als wo der Feind stehe". Karl war der Ansicht, daß „ein schwedischer Grenadier fünfzig Kosaken aufwiege". So verfolgten die zum

Untergang verurteilten Abenteurer ihre verhängnisvollen Siege tiefer und tiefer in den russischen Winter hinein.

Sein Abenteuer war so hoffnungslos, so herrlich unnütz wie das Leben selbst, das, was immer für Wege unsere Neigungen und eitlen Pläne wählen, doch unvermeidlich im Tode mündet. Hinter jeder Möglichkeit, jeder durch Karl und seine Truppen verwirklichten Unmöglichkeit lauert Pultawa – einerlei, ob er seine Verbindungslinien aufrecht erhielt (was er nicht tat) oder ob er in irgendeiner Festung den schlimmsten Winter seit Menschengedenken verbrachte, in welchem selbst die Krähen tot von den Bäumen fielen, um dann seine Jagd nach dem Weißen Walfisch, dem großen Zaren fortzusetzen. Dabei hätte er Pultawa nicht verloren, sondern wäre einer späteren Katastrophe entgegengeeilt, hätten die mitleidlosen oder mitleidigen Götter nicht bestimmt, daß er hier mitten in einem ungeheuren Sumpf, umzingelt von Mütterchen Rußlands zahllosen Horden, außer Gefecht gesetzt würde. Halbtot und gänzlich betäubt von einer Kanonenkugel trugen zwei, drei seiner Offiziere ihn aus dem Gemetzel hinaus, während die anderen sich zur letzten Abwehr zusammenscharten.

Eine Weile lag er bewußtlos; gleich einem toten Gewicht wurde er vom Rücken eines Gauls auf eine Bahre und von dort in eine wackelige Kutsche gehoben, die man jenseits mehrerer Flüsse und Sumpfe verloren auf der Landstraße fand. Währenddessen verfolgten ihn die Wölfe und die Kosaken. Trotzdem trieb er in der stärksten abenteuerlichen Strömung, in die er, der Hohepriester dieses Kults, bisher geraten war. Die Jagd hinter August und Peter her stellt zwei Heldengedichte dar, die Jagd hinter dem halbtoten Körper Karls bis zur russischen Grenze übertrifft sie beide. Aber sie brachten ihn glücklich in Sicherheit. Man beachte sorgfältig den Grund zu seiner nächsten Überspanntheit. Ein fester Wille birgt logischer- und pathologischerweise ein bestimmtes natürliches Unvermögen in sich. Er unterliegt mitunter einer Lähmung, vermag sich nicht umzustellen; Karls Wille war eisern. Er war ausgezogen, um Peter zu züchtigen; jetzt, als Vernunft und die Verhältnisse ihn drängten, sein Ziel hinauszuschieben, jetzt, da er ruiniert, verbannt, ohne Heer und ohne einen Pfennig war, weigerte er sich einen Finger zu rühren; wahrscheinlich war er auch gar nicht dazu imstande.

Mehrere Jahre lang blieb er in dem kleinen türkischen Dorf; er ließ seine Eroberungen, ja gelbst sein väterliches Erbteil im Stich. Mochten sie für sich selber sorgen. Allmählich wurden sie von seinen Feinden aufgefressen, er aber blieb stumm und verstockt, besessen von dem einen Gedanken, seinen Streit mit Peter auf diese oder jene Art zu Ende zu führen.

Diese Jahre verliefen psychologisch in einer Art Dämmerzustand, im Starrkrampf, hervorgerufen durch eben diesen ungeheuren Willen. Äußerlich waren sie mit den seltsamsten hartnäckigsten Intrigen gegen die Hohe Pforte angefüllt, um den Sultan zu bewegen, ihm eine neue Armee zu stellen.

Statt dessen beschloß der Sultan, ihn des Landes zu verweisen. Die Folgen gipfelten in jenem berühmten Vorfall, neben dem die Taten Achills und Königs Artus sich wie die alter, abgeklärter Männer ausnehmen. Karl weigerte sich, abzuziehen. Er bewohnte im Dorf ein steinernes Haus. Der Pascha von Bender erhielt den Befehl, ihn mit Gewalt hinauszusetzen und Unannehmlichkeiten durch eine möglichst eindrucksvolle Zurschaustellung von Gewalt zu vermeiden. Er kam daher auf den Gedanken, seine sämtlichen verfügbaren Truppen, die zur Zeit im Manöver lagen, aufmarschieren zu lassen. Karl weigerte sich nicht nur schroff, das Feld zu räumen, sondern schoß durch das Fenster auf dieses Heer von dreißigtausend Mann. Man ließ schwere Geschütze auffahren, die schließlich das Haus in Brand steckten. Auch jetzt erklärte der Held sich nicht für besiegt. Mit einer kleinen Schar Getreuen machte er einen Ausfall auf die Straße, die von einem Regiment Janitscharen besetzt war und erkämpfte sich einen Weg durch ihre Reihen. Man vernahm des Paschas Stimme, schrill vor Staunen und Aufregung; er bot hundert Goldstücke jedem, der den hünenhaften König überwältigte und ihm lebend übergäbe. Endlich verhakten sich in dem wilden Handgemenge, in welchem die Schweden einige Türken töteten und viele von ihnen verwundeten, die Sporen von Karls Stiefeln, seinen berühmten Kanonenstiefeln. Er stolperte und fiel und wurde gebunden ins Gefängnis geschafft. Wie Voltaire mit einem kühnen Flug der Phantasie schreibt: „zeigte seine Miene dabei den gewohnten Ausdruck unerschütterlicher Ruhe“. So ist allem wahrhaft Edlen ein Schuß unendlicher Torheit beigemischt. Nur so entzieht es sich den Händen des Gemeinen, das nichts anderes ist als die gewöhnliche Form gesunden Menschenverstandes.

Unvermittelt, wie ein Kind seine Entschlüsse wechselt, gewann Karl seine Willensfreiheit zurück. Er fand sich mit der Ausweisung ab und machte sich mit nur einem Begleiter auf den Weg, um ganz Europa zu durchreiten und in sein Vaterland zurückzukehren, das er seit seinem Zug nach Dänemark nicht mehr gesehen hatte. Sein Wille war in eine andere Bahn gelenkt und stürzte jetzt mit der Gewalt eines Gießbaches dem neuen Ziele zu. Er durchritt Europa mit einer

Eile, als müsse er zu einer Hochzeit zurechtkommen und klopfte, nachdem er seinen Gefährten abgeschüttelt hatte, am ll. November 1714, mitten in der Nacht, einsam, zerlumpt, grinsend an den Toren Stralsunds, der einzigen Festung an der Südküste der Ostsee, über der noch seine Flagge wehte.

Er rettete sie als Aschenhaufen. Voll heiliger Scheu empfing ihn sein Land. So wird ein Stamm armer Wilder eine Wiederverkörperung ihrer alten Stammesgottheit aufnehmen, nachdem ein Erdbeben sie vernichtet hat. Niemand wagte, ihm Vorwürfe zu machen oder ihn auszufragen, er aber nahm mit dem gleichen Grinsen, der gleichen Uniform sein zerstörtes Reich in Besitz, als wäre in all den ungeheuerlichen Jahren nichts Außergewöhnliches geschehen.

Aber dieser gebrochene Mann besaß, so sicher wie er seine Stiefel sein eigen nannte, nach wie vor den Geist des Angriffs. In ganz Nordeuropa war man totenstill, wie in einer Kirche, bis es ihm einfiel, sich zu rühren. Armeen, die auf dem Marsche gewesen waren, um sein wehrloses Land zu überfallen, machten halt und warfen auf die dringlichen Befehle ihrer obersten Kriegsherren Befestigungen auf. Die verbündeten Könige stellten jede Kriegshandlung ein und eilten hastig zu einer Konferenz, um einen umfassenden Verteidigungsplan zu entwerfen.

Inzwischen sah sich Karl in aller Ruhe die Lage an. Die halb heroische, halb komische Episode seiner Ausweisung scheint irgendeinen Riegel seines Denkens gelöst zu haben. Zum erstenmal fühlte er sich imstande, einen allgemeinen Plan zur Eroberung Europas aufzustellen. Wie man sich denken kann, waren die Angriffslinien, die er wählte, von einer unerhörten Kühnheit. Daß er – abgesehen von einem unvorhergesehenen Ereignis – mit einer glücklichen Durchführung rechnen konnte, steht gleichfalls außer Zweifel. Die größte Gefahr, die das moderne Europa je bedrohte, nahm hier greifbare Gestalt an. Karl beschloß als erstes, die unzugänglichen Gebiete im Westen seines Reiches, das unter dänischer Herrschaft stehende Norwegen, anzugreifen, das kein Schwede bisher zu erobern gewagt hatte. Das würde die Welt ebensosehr überraschen wie sein erster Überfall auf Kopenhagen, nur plante er diesmal keine bloße Heldentat, die ihm nur moralischen Gewinn einbrächte, sondern er wollte einen Zugang zur Küste und zum offenen Meer gewinnen. Von dort aus, so war seine kühle Überlegung, würde er England, die Herrin der See, angreifen. Sein Plan, tiefgründiger als der Napoleons, wählte gerade diesen Ausgangspunkt.

Aber um England anzugreifen, brauchte er vor allem eine Flotte. Nach erfolgter Landung war das Projekt leichter zu verwirklichen, als es auf den ersten Blick erscheint. Man schrieb das Jahr 1717. Der alte schottische Kronprätendent war nach wie vor rührig, und Karl knüpfte Verhandlungen über ein eventuelles Bündnis mit ihm und seiner immer noch starken Partei an. Aber wie hinüberkommen? Jetzt zeigte sich Karls eigenste Natur. Ein allgemeines Gerücht hatte ihm die Kunde von einer großen Seeräuberniederlassung in Madagaskar zugetragen; es sollten lauter gut bewaffnete, mit seetüchtigen Schiffen ausgerüstete Kämpfer sein, und Karl sandte ihnen Unterhändler. Er fragte an, ob sie sich und ihre Schiffe unter seiner Führung für eine Landung in England verdingen würden; als Lohn sollten sie in den eroberten englischen Häfen ungehindert plündern dürfen.

Vor dieser Gefahr, einer der schrecklichsten Möglichkeiten der Geschichte, rettete uns auf höchst unredliche, das heißt, auf wunderbare Weise sein Tod. Kurz vor dem Ende einer glücklich durchgeführten Belagerung stand Karl auf der vordersten Brustwehr. Eine Kugel zerschmetterte ihm den Kopf.

Napoleon I.

Napoleon ähnelt in seinen Handlungen fast ebensosehr wie Karl dem Helden eines Romans. Er sagte selbst: „Ich bin die Revolution“, und das Wesen der französischen Revolution war so literarisch, daß sie häufig nicht wie eine originelle Schöpfung, sondern wie ein geistiger Diebstahl wirkt. Alle ihre Träger hatten aus Büchern gelernt. Sie durchlebten ihre eigenen Biographien, und als es zur Hinrichtung kam, starben sie mit einer schön abgewogenen, im voraus verfaßten Phrase – einem griechischen Epitaph – auf den Lippen. Häufig waren ihre letzten Worte wirklich antiken Grabsprüchen nachgebildet. Ihre Gefühle entlehnten sie Jean-Jacques, ihre Beweggründe Voltaire, ihre Gebärden, mitunter, glaube ich, sogar ihr Gesicht oder doch zum mindesten den Ausdruck ihres Gesichts, den Kupferstichen der gangbarsten Ausgaben Plutarchs.

So sind viele Züge des Napoleon-Mythus, ja wohl alle seine volkstümlichen Eigenschaften dekorativ und nicht innerstes Wesen, so vor allem die unvergeßliche Treffsicherheit seiner Aussprüche und Posen, die allzu deutliche Nachahmung Plutarchischer Helden, welche alle älteren und jüngeren

Historiker bis hinab zu Emil Ludwig geblendet hat. Wann immer Napoleon uns an Cäsar oder Alexander erinnert, wann immer er sich wie ein Römer benimmt, richtet er sich nach einem Buch. Es ist aber töricht, einen Charakter und eine dramatische Handlung hinter dieser konventionellen Verbrämung verschwinden zu lassen, die von Anfang an nur als Schmuck gedacht war.

Wir müssen daher an der Wirbelsäule der Geschichte eine kleine osteopathische Operation vornehmen, wollen wir ihn nicht nur bewundern, sondern ihn auch wirklich verstehen. Es gilt, das Rückgrat seiner Erscheinung, das heißt die treibende Kraft seines Wesens, gerade zu rücken und ihn aus dem Bereich der Legende für die Menschheit zu retten.

Dieses Hauptmotiv ist kein Geheimnis. Selbst die kürzeste und pietätvollste Napoleonbiographie legt Zeugnis dafür ab, obwohl es meist schlechtweg als eine mehr oder minder rührende, sympathische Schrulle geschildert wird. Gemeint sind seine Beziehungen zu seiner Familie, seine Haltung gegenüber der Religion und den Gesetzen. In Wahrheit unterschied sich seine Lebensauffassung nur wenig von den landläufigen Begriffen, wie sie seit zwei, drei Jahrhunderten unter den Korsen seiner Klasse und Erziehung herrschten. Vielleicht ist das auch der Grund, weshalb man sie so hartnäckig ignoriert hat.

Diese Klasse war nicht so niedrig, daß sie nicht berechtigt gewesen wäre, ehrgeizige Wünsche zu hegen. Die Bonapartes waren weder Leibeigene noch Ladenbesitzer. Sie gehörten vielmehr jener zweifelhaften Gesellschaft der fadenscheinig Vornehmen an, die wir in unseren Betrachtungen als guten Nährboden für Abenteurer bezeichnet haben. Vielleicht besaßen sie wirklich adelige Vettern in Italien; mitunter glaubten sie das, vor allem Napoleon selbst. Nun kennt aber der Italiener nur eine Form des Ehrgeizes, und die Korsen sind, abgesehen von allem romantischen Geschwätz, letzten Endes Provinzitaliener. Mit dem Ausdruck Italiener bezeichne ich alle diejenigen Menschen, die eine italienische Geschichte gehabt haben. Die Richtung ihres Ehrgeizes ist durch diese Geschichte festgelegt; er äußert sich in Gestalt eines ungemein handfesten, lebendig strahlenden Traums von Reichtum und Macht, unlöslich mit einem Adelspatent verbunden. Kein Engländer träumt davon, König zu werden; seine Geschichte leugnet jede derartige Möglichkeit, seine Dichtkunst schildert sie ihm als unerwünscht. Seiner Tradition zufolge ist das Hofleben stets langweilig, so langweilig, wie das gewisser amerikanischer Millionäre, die mit der Verpflichtung, einen privaten Golfplatz auf Long Island, einen Leibarzt und eine Loge in der Metropolitan Oper zu besitzen, so ziemlich das erbärmlichste Ideal aufgestellt haben, das je einer Jugend als Lockung dienen sollte. Der Engländer erblickt, wenn er Ehrgeiz hat (was mitunter der Fall ist), vor sich eine Landschaft mit weiten Rasenplätzen und niedrigen Hecken, einen roten Reitrock, einen gut gefüllten Stall, einen nebligen Herbstmorgen und John Peel, der ins Horn bläst, während Mr. Jorrocks zur Rampe hinaufreitet.

Dem Italiener jedoch, besonders dem Italiener in der Provinz, vor allem aber dem Korsen, der, wie unser Held, weder der einen noch der anderen Klasse angehört, winkt in allen seinen Träumen nur ein einziges Bild: ein Palast, eine Krone, ein Wappen oder eine Tiara und ein glanzvoller Hof bei einem Bankett oder einem Galaempfang. Die Italiener haben die Renaissance nie vergessen. Sie begehren die Güter der Zivilisation; ihr Ehrgeiz ist in erster Linie gesellschaftlich, luxusliebend, hungrig nach Besitz.

Aus einem starken Gefühl für die Gesellschaft ist diese Form des Ehrgeizes niemals rein egoistisch, stets schließt sie die Familie mit ein. Mark Rutherford, der die Psychologie der Sklaven aus den Hintergäßchen Londons studiert hat, legt einem seiner tiefsten Charaktere die Worte in den Mund: „Niemand außer einem Sklaven weiß, was die Ehe bedeutet." Wer nicht einem, die Gesellschaft liebenden, besitzhungrigen Volk angehört, welches so zahlreiche Eroberungen und Umstürze erduldet hat, daß es sich ihrer kaum mehr zu erinnern weiß, einem Volk, dessen übersteigerte und verzweifelte Sehnsucht nach Dauerhaftigkeit, Eigentum und einer festen Regierungsform nur diesen einen letzten Ausweg gefunden hat, der ahnt nicht, wie stark das Familiengefühl in einem italienischen Geschlecht wie dem der Bonapartes entwickelt ist. Es ist stärker als jede Religion, jede Norm und jede Überlieferung. Ist die Familie arm, so nennt sie doch ihre Mitglieder ihr eigen. Diese sind in höherem Grade ihr Eigentum, als irgend etwas auf der Welt, ausgenommen das Stück Brot, das man verzehrt. Ist sie reich, so liegt die Würze des Reichtums in der Möglichkeit, ihn mit den anderen zu teilen. Kurz, dieser Teil der weißen Rasse kennt, wie der mythische Höhlenbewohner, als Einheit nicht das Individuum, sondern die Familie.

Geben wir von vornherein zu, daß dies äußerst edel ist; jeder mag, was er Schönes über derartige Beziehungen zu sagen hat, in seinem eigenen Leben verwirklichen. Aber er vergesse nicht, daß die Basis dieses Inbegriffs von Mutter-, Vater-, Schwestern-, Bruder- und Sohnesliebe ausschließlich die Blutsverwandtschaft ist. Die uns von Roederer überlieferten Bemerkungen über die Adoption, die Napoleon, ein Jünger dieses Kults, im Staatsrat fallen ließ, werfen ein reizvolles Seitenlicht auf unser Thema.

„Was ist die Adoption? Eine Nachahmung der Natur, eine Art Sakrament. Durch den Willen der Gesellschaft wird der leibliche Nachkomme eines Menschen zum Fleisch und Blut eines anderen. Kann es etwas Erhabeneres geben? Diese Handlung flößt zwei Wesen, die durch keinerlei Bande des Bluts miteinander verknüpft sind, eine natürliche, gegenseitige Zuneigung ein." Von wo muß dieser Akt kommen? „Nicht von einem Notar", sagt Napoleon, „sondern wie der Blitz vom Himmel."

Man hört ordentlich die Betonung, mit der der Kaiser sein Staunen und seine Bewunderung ausdrückt. Er war der klügste Kopf Europas; ein weniger bedeutender Mensch seiner Klasse und Rasse hätte sich schlankweg geweigert, zu glauben, daß irgend jemand Familienliebe schenken könnte, wo Bande des Blutes fehlen. Für ihn ist es ein seltener, möglicher, erhabener Fall, der wie der des Heiligen an Wahnsinn grenzt. Das Bezeichnende an der italienischen Familie ist, daß alle Mitglieder sich eines Leibes und eines Blutes fühlen; „die Verwandtschaft ist sakramental". Der eine liebt den anderen, wie sich selbst, weil er ihn als einen Teil seiner selbst betrachtet. Ein siamesisches Zwillingspaar, das sein Leben bisher mit vier Beinen, zwei Köpfen und einem einzigen Blutkreislauf gelebt hätte, würde im Augenblick der Trennung durch eine notwendige Operation Napoleons Auffassung von Familiensinn am besten verstehen und deutlich machen können. Sämtliche Angehörigen sind Glieder ein und desselben Wesens; Familienhaß kommt einer körperlichen Amputation gleich. Napoleon liebte seine Familie wie sich selbst, denn er empfand sie buchstäblich körperlich als einen Teil von sich. Dieser grundlegende Charakterzug ist nichts als ein solider, einheitlicher Egoismus.

Bis jetzt haben wir in jener jugendlich romantischen Figur, die in dem bekannten kleinen Haus in Ajaccio über die Zukunft brütet, nur bewunderungswürdige Eigenschaften entdeckt, jedoch nichts, was sie aus der Menge hervorhebt. Sie träumt den italienischen Traum von einem Palast, einem Hof, einem Thron und von der Familie, die an allem Anteil haben soll. Erst später tritt eine äußerst tragische, leicht exzentrische Entwicklung ein. Ob diese nun eine Folge des wilden, oft unnötigen Aufwands an Energie war, mit dem Napoleon seinem Ziele zustrebte, oder ob sie seinem eigentlichen Wesen entsprach: er verfiel in einen Zustand, unter dem viele Männer der Tat leiden. Er verlor die Kraft, das Leben unmittelbar für sich zu genießen. Jene Schwäche, eine

Impotenz des Genusses, macht sich auf jeder Sprosse der moralischen Leiter, bei dem Heiligen wie bei dem Lebemann, fühlbar. Insgeheim bildet sie den Anlaß zu zahlreichen Formen der Wohltätigkeit und des Lasters. Napoleon teilte sie mit der müden Köchin, die über dem Herd den Appetit auf die von ihr zubereiteten guten Dinge verliert und die sich an ihnen nur dann freuen kann, wenn sie den anderen beim Essen zuschaut. Vielleicht gesellte sich dieser Schwäche noch eine andere hinzu, eine Folge der gleichen jahrelangen nervösen Überanstrengung durch wenig Schlaf, übermäßiges Lernen und geistige Konzentration. Wenn dem so war, so muß er als Italiener vor allem darunter gelitten haben. Seinen Zwistigkeiten mit Josephine vor der Kaiserzeit, den merkwürdigen Antworten seiner Mätresse in Ägypten auf seinen Vorwurf der Unfruchtbarkeit, seiner bekannten Vorliebe für „sanftmütige" Frauen liegt vielleicht ein sexuelles Geheimnis zugrunde, das wir schicklicherweise niemals erfahren werden.

Dieses Unvermögen bestand jedenfalls, wenn wir auch nicht wissen in welchem Maße, und die logische Folge war, daß sein Familiensinn sich noch über das von uns geschilderte Maß hinaus steigerte. Seine Geschwister waren nicht nur ein Teil von ihm selbst, sie waren der einzige Teil, mit dem er wahrhaft fühlen und genießen konnte. Sie waren sein Gaumen, seine Augen, seine Ohren, und seine Lebensgier ließ sich nur durch die Freuden, die sie fühlten, befriedigen. Vielleicht erinnert man sich an einen Vorfall, der sich mitten in dem Prunk seiner Krönung in Notre Dame ereignete. Hinter dem Kaiser stand der Papst, neben ihm Josephine, er selbst trug die Krone auf dem Haupt, da mußte er plötzlich Onkel Fesch, den er zum Kardinal gemacht hatte, seinen Zepter heimlich in den Rücken stoßen. Historiker zerbrechen sich darüber die Köpfe, denn Napoleon war zwar ungewandt, aber durchaus nicht taktlos. Sicherlich hatte er ganz einfach den Wunsch, Onkel Fesch ins Gesicht zu sehen, um durch ihn seinen Anteil an der Freude zu erlangen, die er selbst nicht zu fühlen vermochte.

Aber die vielfache Bedeutung von Napoleons Familienliebe hat sich damit noch nicht erschöpft; die Blutsverwandtschaft mußte ihm den geheimsten und tiefsten seiner Wünsche – die Sehnsucht nach Unsterblichkeit – verwirklichen helfen. Der glühende, unermüdliche, zwingende Wunsch nach einem Leibeserben ist allzu wichtig, um sich gefühlsmäßig erörtern oder mit einer zärtlichen Handbewegung als „Vaterinstinkt" abtun zu lassen. Er war eines der Hauptziele seiner Laufbahn, ein Teil des unsichtbaren Lohnes, um den er bis zum Weißbluten kämpfte. Napoleon liebte seine Familie wie ein Italiener. Er sehnte sich nach einem Sohn, nach einem Weiterwirken seines Körpers über Raum und Zeit, etwa wie jene anderen Primitiven, die Chinesen das tun, die eine mystische Religion des gesunden Menschenverstandes erfunden haben. Ein Sohn, eine Dynastie! Lediglich in dieser Form vermochte Napoleon, der Vernunftmensch, der nur an seine Instinkte glaubte, sich ein Leben vorzustellen, das lange genug dauern würde, um seinen unersättlichen Appetit zu befriedigen. Äußerlich läßt sich jenes Motiv verstandesmäßig begreifen. Innerlich jedoch ist es dem blinden Drang eines vielzelligen, präsexuellen, urgeschichtlichen Tiefseeorganismus verwandt. Ein wenig Gutmütigkeit, und Napoleon, der größte Zerstörer unter allen Abenteurern, erscheint in erster Linie als ein trefflicher Familienvater, vorausgesetzt man ist dialektisch genügend geschult, um eine Debatte über die menschlichen Tugenden und Laster zu führen. Mag man ihn getrost so nennen, mag man ihn als ungeheuren, moralisch unzurechnungsfähigen Egoisten, oder schlechtweg als einen durchaus primitiven Anachronismus bezeichnen; das eine ist so wahr wie das andere. Wichtig ist nur, daß man vermeidet, ihn so zu sehen, wie lügenhafte, weichliche Romantiker ihn darzustellen belieben: als „unberechenbares Genie“, „als Held im Sinne Plutarchs“, als „mißverstandenen Träumer“, und so fort. Er war weder toll, noch ein mystischer Held, noch romantisch. Sein Ziel war das aller Abenteurer: auf Kosten des Schicksals nach Möglichkeit seinen Lebenshunger zu stillen, und zwar auf die einzige ihm bekannte Weise, so wie ein Kind den Weg zum Munde findet. Gesundheit, Instinkt, Erziehung zwangen ihn, eine ganze Anzahl Körper zu haben. Er mußte daher seine Familie in seinen Einzelkampf mit dem Schicksal hineinziehen; dieser Kampf war aber kein körperliches Ringen, und seine ganze Anhängerschaft mußte ihm auf dem Gebiete der Wirklichkeit zum physischen Hindernis werden.

Seine Mutter war eine ungewöhnliche Frau, die in allen Geschichten um Napoleon die menschlich fesselnde Rolle spielt. Mir persönlich ist es unmöglich, ihr gegenüber irgendwelche Sentimentalität aufzubringen. Diese gierige, schöne, stattliche Frau mit der Habichtsnase wandert von einem Triumph ihres Sohnes zum anderen mit den rührenden Worten: „Pourvou que c'là doure.“ Für einen Franzosen eine komische Mischung von: „Das ist alles recht schön und gut“ und: „Sieh dich nur vor, Hänschen“, gesprochen mit der Betonung und dem Dialekt einer derben Landmannsfrau auf der Bühne. Ich möchte gleich zu Anfang bemerken: Lätitia Bonaparte hat meiner Ansicht nach ihres Sohnes

Laufbahn auch nicht einen Augenblick für verfehlt gehalten. Hätten Leipzig und Waterloo der Familie nur einen knappen Reingewinn von tausend Dollars abgeworfen, sie hätte den Posten gebucht. Sie verstand es auf wunderbare Weise, sich den Verhältnissen anzupassen, in denen sie ihre heranwachsende Familie erzog; auch später stellte sie sich nicht um. Ein gut Teil des billigen Pathos, das man an sie verschwendet hat, beruht auf einer Verkennung dieser Tatsache. So wie Napoleon seine Familie brauchte, um sein Leben zu genießen, so hatte seine Mutter den gesunden, natürlichen Gedanken, ihre Kinder als Sparbüchse zu betrachten; als sichere Kapitalanlage für ihren Gefühlsüberschuß, der nicht verschwendet werden, sondern Zinsen tragen sollte. Ihre Söhne und Töchter sollten es zu Geld und Ansehen bringen; später – das war nicht mehr als recht und billig – sollten sie die Mutter für die Kosten ihrer Erziehung reichlich entschädigen. Den Rest ihrer Ersparnisse legte Lätitia im Himmel an, in der sicheren und gewissen Erwartung von siebenzig mal siebzig Prozent am Tage des Jüngsten Gerichts. War Napoleon ein Mann der Familie, ein Egoist, so war Lätitia eine ganz normale menschliche Mutter; beider Fehler lassen sich von der Anklage gegen die Institution der Familie, die man Plato zum Vorwurf macht, nicht trennen.

Der Vater, Carlo, scheint ebenfalls ein gesunder normaler Mensch gewesen zu sein; er teilte die Hoffnungen, die Lätitia in ihre Nachkommenschaft setzte. Seinen Kindern bürdete er die Last auf, seine ehrgeizigen Wünsche zu befriedigen. Diese nahmen bei sämtlichen Familienmitgliedern, mit Ausnahme Napoleons, während der Korsikazeit folgende Gestalt an: genügend Geld, um in Ajaccio eine angesehene Rolle zu spielen, und ein hypothekenfreies Haus. Vielleicht noch einen Titel als Ersatz für das unsichere Adelspatent, auf das sie Anspruch erhoben und an das sie selbst nicht immer fest glaubten. Mit einem Wort, die Kinder sollten gute Stellungen bekommen und sich der Achtung ihrer Mitmenschen erfreuen. An diesem bürgerlichen Ideal hielt Lätitia – und wahrscheinlich auch Joseph, der älteste Sohn, und ganz bestimmt der Onkel Fesch – ihr Leben lang fest. Sie wurden dadurch sehr glücklich. Für sie war Napoleons Glanz ein Überschuß. Wie ihr traditionelles Stichwort beweist, nahm Lätitia das alles nicht sehr ernst. Als sie Madame Mere wurde, legte sie drei Viertel ihrer Apanage auf die hohe Kante; zwar freute sie sich, den Papst kennenzulernen, aber der Bischof von Ajaccio hätte auch genügt. Selbst auf Sankt Helena war ihr Sohn, Napoleon, doch noch „jemand" – wer hätte je gedacht, daß ein Bonaparte eine ganze Insel als Wohnsitz und eine ganze Flotte zur Bewachung zugewiesen erhalten würde?

Wir wissen nicht, wann der wunderbare Junge zum erstenmal eine Spur seines titanischen Wollens verriet. Es wäre äußerst interessant, das zu erfahren, denn höchstwahrscheinlich ist dieser Moment für das Genie ausschlaggebend. Wenn man die Intensität und Qualität des durch mehr oder weniger Widersprüche getrübten Lebenswunsches kennt, kann man die menschliche Kraft, die man in ihrer höchsten Potenz als Genie bezeichnet, berechnen. Tausende von kleinen Italienerjungen träumen heute noch davon, König zu werden, und ihre Brüder wollen es mindestens bis zum Herzog bringen. Aber niemand hat ihnen das Bild nahe gerückt, niemand hat ein solches Geschick mit der gleichen zentripetalen Sehnsucht wie Napoleon aus dem Weltenraum an sich gezogen. Ja, wir wissen von diesem magnetischen Wollen nicht einmal, ob es in einer physischen oder geistigen Ursache wurzelt. Wir können nur einige der Faktoren ahnen und mit Namen nennen, die es anzufachen vermögen, wie der Wind das Feuer. Der erste von diesen ist die unklare Stellung der Familie, ihr unbewiesener Anspruch, von besserer Herkunft zu sein, als ihre Nachbarn. Der Schlag der früheren oder späteren Entdeckung, daß niemand ihnen Glauben schenkte, kann einen Knaben zu Zorn und Bitterkeit oder zum Lachen reizen. Bei ungewöhnlich eitlen, empfindlichen und eigensinnigen Charakteren (drei Ausdrücke für ein und dieselbe Sache), wird der Ehrgeiz dadurch nur noch verschärft. Wahrscheinlich wird die Militärakademie, auf die Napoleon geschickt wurde, einen solchen Einfluß auf ihn ausgeübt haben. Er war dort von kleinen echten Grafen und Baronen umgeben und lernte daher seine eigenen Familienansprüche verbergen, ja, er heuchelte eine demokratische Verachtung für dergleichen Dinge. Verletzte Eitelkeit greift zum Trost leicht zur Politik; die gleiche Ursache öffnete dem jungen Robespierre die Augen für die Rechte des Pöbels. Ich würde mich auch nicht wundern, wenn das Treiben der reichen, hochmütigen französischen Offiziere in Korsika die ganze Bonapartesche Familie zu überzeugten Nationalisten und Rebellen gemacht hätte. Poesie und Eitelkeit schaffen die aufrichtigste Opposition, genau wie Eitelkeit und Eigennutz allem Konservativismus zugrunde liegen. Unerträglich sind sie nur, solange sie sich im Unterbewußtsein äußern.

Das war bei dem jungen Napoleon nicht der Fall. Obwohl er seinen Haß mit aller Kraft nährte, hatte er doch Distanz genug, ihn zu beobachten und zu prüfen und sich über ihn zu wundern. Er lernte die Macht des Nationalismus und des

Schmarotzertums kennen: zwei wesentliche Mittel bei seiner späteren Kunst, die Menschen aus ihren eigenen Herzen heraus zu beherrschen.

Was Sauerstoff für das Feuer bedeutet, das war ihm seine Zeit. Die Revolution kam, als er zwanzig Jahre alt war. Schon viele Jahre vorher hatte eine Aufregung geherrscht, wie am letzten Tage eines Schulsemesters. Selbst die Aristokraten wußten, daß die Zeit der Privilegien vorüber war. Man war modern und überlegen, wenn man das zugab. Jeder erwartete von dem Umsturz die Erfüllung seiner Wünsche; Napoleon wollte nur das eine: vorwärtskommen. Im großen und ganzen gibt das die Erwartungen der Allgemeinheit recht gut wieder; man wollte keine bessere Welt, sondern eine Welt, in der sich jeder frei entwickeln könne. Nicht der Philosoph, sondern der Bourgeois war die treibende Kraft der Revolution, nicht der Geist Rousseaus, sondern der Napoleons.

Die natürliche Waffe der Bourgeois, der lesenden und schreibenden Klasse, ist das Buch. Wann immer der Bürger hofft oder fürchtet, fängt er eifrigst zu lernen an. So verbrachte denn auch Napoleon, der typische, vollendete Bourgeois, jene unruhigen Jahre mit wütendem Studieren. Neben seiner Beschäftigung mit militärischen Studien, die dadurch beeinträchtigt wurden, las er eine ungeordnete Masse von Werken über Plato, die Geschichte Englands, der Tartarei, Persiens, Ägyptens, Chinas, Perus, der Inkas und der Päpste, kurz, er las alles und versuchte auch noch, es auswendig zu lernen. „Es gibt eine große Anzahl Hefte mit Napoleons Anmerkungen, die alle in einer fast unleserlichen Handschrift geschrieben sind. Ihr Inhalt würde gedruckt fast vierhundert Seiten umfassen. Wir finden hier eine Karte der sächsischen Heptarchie mit einer Liste ihrer Könige während dreier Jahrhunderte; ferner eine Aufzählung der verschiedenen Arten des Schnellaufs im alten Kreta; Listen der hellenischen Festungen in Kleinasien; die Daten von siebenundzwanzig Kalifen mit einer Anmerkung über die Stärke ihrer Kavallerie und einen Bericht über die Fehltritte ihrer Frauen." So kunterbunt sind diese Aufzeichnungen, daß sich in ihnen sogar eine Notiz über die Lage und das Klima Sankt Helenas findet.

In solch einem Sammelsurium kann jeder so ziemlich finden, was er will, um später daraus ein seltsames Zusammentreffen der Verhältnisse zu konstruieren. Bemerkenswert ist lediglich die starke Betonung der beiden herrschenden Geschmacksrichtungen seiner Zeit, die Anziehungskraft zweier Bücherwelten, Plutarchs Griechenland und Rom, wo jedermann in der heroischen Anekdote lebte, und der Orient aus Tausendundeine Nacht. Beide formten seine Phantasie. Das übrige war fast durchweg Zeitverschwendung.

Jene wilde, instinktive Vorbereitung auf ein Geschick, das er nicht kannte, nahm den größten Teil seiner Zeit in Anspruch. Wie die meisten Menschen seines Temperaments war er an sich nicht menschenfeindlich, aber er haßte es, in Gesellschaft als einer von vielen, ja, womöglich als minderwertig zu erscheinen. Er verstand es nicht, Menschen auf gleicher Ebene zu begegnen, eine Kunst, die er nie lernte, obwohl eine feindliche gesellschaftliche Atmosphäre ihn nicht störte, vorausgesetzt, daß er sich in einer besonderen Stellung fühlte.

All das ist zwischen den Zeilen seines Zeugnisses von der Pariser Kadettenschule zu lesen: „Zurückhaltend und fleißig, zieht er das Studium jedem Gespräch vor und sucht seine geistige Nahrung bei guten Schriftstellern. Er ist schweigsam und liebt die Einsamkeit, launisch, hochfahrend und ungemein selbstsüchtig. Obwohl er nur wenig spricht, sind seine Antworten knapp und treffend und er tut sich in jeder Diskussion hervor. Starke Selbstliebe und überragender Ehrgeiz." Beruhen diese Beobachtungen auf Wahrheit, dann lassen sich große Abschnitte von Napoleons Leben klar und zusammenhängend überschauen. Wir brauchen die beruhigenden Gemeinplätze jener ungeheuren Literatur nicht, welche friedliebende Stubenhocker über diese tatenreichste und unruhigste und für sie darum reizvollste Laufbahn der Geschichte verfaßt haben. Außerdem fühlen wir uns nicht länger als Tölpel, wenn er sich in Positur setzt und eine Rede im plutarchischen Stile hält. So verzichte ich zum Beispiel auf die übliche Erklärung seiner Haltung zu Beginn der Revolution, nämlich daß er „jung und begeisterungsfähig" war. Er stand damals in schroffem Gegensatz zu den adeligen Kadetten und Royalisten, mit denen er erzogen worden war. Grund genug für den jungen, schäbigen, eifersüchtigen Napoleon Bonaparte in dem südfranzösischen Städtchen Valence, wo er als blutjunger Leutnant in Garnison stand, dem „Klub der Freunde der Konstitution anzugehören", Grund genug den Verfassungseid zu schwören, „als die meisten sich noch weigerten" und im Interesse der neuen Partei einen Aufstand zu unterdrücken. Alle Handlungen seiner Jakobinerperiode sind durchaus wohl begründet. Unerklärlich wäre es nur, wenn der bettelarme, ehrgeizige junge Napoleon sich auf die unterliegende Seite, zu den Männern, die ihm im Wege standen, geschlagen hätte.

So wollen wir, ohne zu straucheln, das Gestrüpp durchbrechen, das sich um seine Abenteuer auf Korsika gebildet hat. Als die Militärakademie auf dem besten Wege war, zum Teufel zu gehen, nahm er sich Urlaub und fuhr nach Korsika, um sich dem Rebellen Paoli anzuschließen. Weshalb dann später sein Bruch mit Paoli, seine Rückkehr nach Frankreich und seine Beteiligung an der französischen Sache? Glaubt denn der junge, friedliebende und unschuldige Lehrling des Abenteuers allen Ernstes, daß in einem Aufstand, einem nationalistischen Aufstand, alle Verschwörer Brüder sind, nur weil sie um der nämlichen Sache willen ihr Leben aufs Spiel setzen? Glaubt er, es gäbe dort keine Clique, keine inneren Gruppen, keinen Klassenhaß? Besonders diejenigen, welche „die Bewegung beherrschen", hassen den, der als Mitglied der Partei dennoch draußen steht und werden von ihm wieder gehaßt, ja – seltsamer Widerspruch – sie hassen ihn sogar noch stärker, als die schurkischen Unterdrücker. Wem es nach Bitternis gelüstet, der schließe sich einer ruhmvollen Empörung an, und er wird seine Erfahrungen machen. Das und nichts anders mußte der naive Napoleon bei Paoli erleben; man brauchte ihn nicht, begegnete ihm mit Kälte; erzürnt kehrte er nach Frankreich zurück und handelte verständigerweise nach seinen Erfahrungen.

Das war der Verlauf der korsischen Episode. Dann kam Toulon. Seine royalistischen Mitschüler und ihre adeligen Familien hatten die Tore der Stadt den englischen und spanischen Truppen geöffnet. Bonaparte erhielt hier die Gelegenheit, sich auszuzeichnen und nahm sie wahr. „Nie", so lautet der Bericht des Generals du Teil nach errungenem Sieg, „kann ich genügend Worte finden, um die Verdienste dieses Bonaparte zu schildern; ein solches Maß von Wissen, Intelligenz und Tapferkeit! Belohnen Sie ihn."

1793 hat er den Rang eines Brigadegenerals. Das kann viel und wenig bedeuten. Im letzten Kriege haben zahlreiche Brigadiers ihr Glück gemacht. Der eine von ihnen war froh, später sein Amt bei der Verkehrspolizei in Cardiff wieder zu übernehmen. Es kommt alles auf den Menschen an. Für Bonaparte gilt der Spruch Jakob Astors: „Die ersten hunderttausend Dollar sind die schwierigsten." Für ihn war sein militärischer Rang der Anfang, die Grundlage zu einem Vermögen, nicht das Vermögen selbst. Bonaparte, der lebenshungrige kleine Soldat, konnte jetzt nach Paris gehen und sein Leben anfangen.

Er brauchte drei weitere Jahre, um Josephine zu gewinnen. Jenes vollblütige, ehrgeizige Weib heiratete ihn 1796, nachdem er sich im Polizeidienst außerordentlich nützlich gemacht hatte – jene berühmte „Ladung Schrot", welche die Revolution der mittleren Klassen aus einer logischen Schwierigkeit mit dem Pöbel rettete. Für Josephine sind so viele Tränen geflossen – so zahlreiche Herzen haben für sie geschlagen, daß man das meinige darunter nicht vermissen wird. Napoleons und ihre Heirat erinnert mich – leider – an den Ferienroman eines jungen Ladengehilfen mit einer Putzmacherin; jeder sucht dem anderen einzureden, er habe eine gute Partie gemacht. Josephine ist das typische Beispiel einer Frau, die zwischen zwei Welten und zwei Lebensaltern steht. Sie leidet nicht an Überfluß von Herz und Gemüt. Der tatkräftige junge Streber aber war viel zu ehrgeizig, um ein bloßer Gigolo zu sein, der in seine persönliche Auffassung von einer wirklichen Dame verliebt ist. Durch seine Frau erhielt Bonaparte die Gelegenheit, sich in Italien auszuzeichnen.

Wußte er, daß Josephine auf die Großen der neuen Ordnung – zum Beispiel auf Barras, einen physischen Einfluß ausübte? Wenn ja, so darf man ihn deshalb nicht schelten. Sicherlich hat er es sich selbst gegenüber nie zugegeben; nie ist dieser Gedanke bis zu den geheimsten Tiefen seines Herzens vorgedrungen. Er liebte sie – überschwenglich, romantisch, leidenschaftlich, wie ein Parvenü die Frau liebt, von der er glaubt, daß sie gesellschaftlich über ihm steht. Napoleon war damals fest überzeugt, daß seine Frau eine große Dame, eine große Schönheit und eine Frau von Welt sei. Anderes poetisches Material vermochte er nicht zu verdauen.

Aber nach all diesem Spott laßt uns den großen Mann bewundern. Nie ließ er eine Möglichkeit unausgenützt vorübergehen. Wer sein Leben kalt und kritisch, von Anfang bis zu Ende und nicht umgekehrt liest, wie einen Roman, dessen Schluß man nicht kennt, der kommt aus dem Staunen nicht heraus. In Wahrheit boten sich ihm nur wenig Chancen, aber er nutzte jede einzelne in der überraschendsten Weise aus. Jener dunkle Croupier, der hinter den Schatten steht, spielte ihm nur schlechte Karten in die Hand; aber jede einzelne verwandelte er in einen Trumpf. Der italienische Auftrag – ein schlechtes Geschäft für die damaligen Zeiten und Verhältnisse. Mit welch einzigartiger Energie führte er ihn aus. Mit einem Willen, so stark, daß er ihm schöpferische Kraft gibt, was nur in den seltensten Fällen vorkommt, macht er mit einer zerlumpten Armee, die gegen einen überlegenen Feind zu kämpfen hat, aus diesem Kommando den italienischen Feldzug, der bis auf den heutigen Tag gründlicher studiert wird als – sagen wir – sämtliche halb göttlichen Taten Karls.

Die Kampagne in Italien wird als Kunstwerk gewürdigt, nicht als Leistung in der angeblichen Wissenschaft der Kriegskunst. Der Glaube, daß eine solche Wissenschaft existiert, hat mehr Armeen und Generale vernichtet als alle Untüchtigkeit und Feigheit der Welt.

Die Kriege Bonapartes sind Kunstwerke, als solche entrinnen sie der Gefahr, vergessen oder überholt zu werden, was bei rein wissenschaftlichen Leistungen der Fall ist. Genauer gesagt, sind sie Meisterwerke des Willens, funkensprühende Elektrizität, das Gegenteil von allem Statischen, und somit am anderen Pol der geistigen Freuden, gerade gegenüber der Architektur.

Jenes Meisterwerk brachte ihn um vieles weiter, wenn auch vorläufig nur bis zu einer Wegkreuzung zweier Möglichkeiten, nicht zum Ziel. Einerseits hieß das Schicksal ihn innehalten und den Gewinn einkassieren, wie das immer in solchen Fällen geschieht. Das heißt, das Direktorium in Paris empfing ihn als großen Mann und suchte aus ihm einen seiner größten Diener zu machen. Es bot ihm den Oberbefehl über eine geplante englische Expedition an, ja, es nötigte ihm diesen geradezu auf. Ein solches Angebot hätte Napoleon als glänzende Belohnung erscheinen müssen, wäre er auch nur im geringsten aus dem Gleichgewicht gebracht oder müde gewesen. Derartige Augenblicke sind die schwersten für jeden Abenteurer. Wird er als Sieger aus ihnen hervorgehen? Wir haben ihre übersinnliche Gefahr bereits kennengelernt.

Statt dessen ging Napoleon nach Ägypten. Weshalb gerade nach Ägypten? Als politischer Vorwand diente ihm der Angriff auf Englands Besitzungen im nahen Osten, äußerst einleuchtend und leicht durchführbar trotz des gegenteiligen Anscheins, denn die britische Flotte war nicht mehr im Mittelmeer stationiert, außerdem war sie von innen her vom Geist der Meuterei zerfressen. Aber zwei andere Gründe liegen uns näher. Der erste war ein rührender: Romantik und seine Lektüre, das exotische Alexandertum seiner Studienzeit. Der zweite war ein opportunistischer: er wollte vorübergehend verschwinden, ein Trick, der von allen ehrgeizigen politischen Köpfen angewandt wird.

Es ist zwecklos, den ägyptischen Feldzug als mißlungen hinzustellen, denn der Wert solcher aufbauenden Episoden liegt nicht in ihnen selbst, sondern in der Rolle, die sie in der gesamten Struktur eines solchen Lebens spielen. Von seinem ägyptischen Abenteuer aus, das halb eine Katastrophe, halb eine Apotheose war, erklimmt Napoleon die nächste Stufe zum Konsulat. Undeutlich erkenne ich sein Format, seine Atmosphäre, sie haften ihm noch bei der Landung in Fréjus 1799 an, um ihn aus einem Hintergrund zahlloser Möglichkeiten hervorzuheben. Denn größer und hochfliegender noch als das private Abenteuer Napoleon Bonapartes, dieses durchschneidend und kreuzend, war das Abenteuer des dritten Standes, der die Revolution geschaffen hatte. Um sich nicht völlig in einem faszinierenden Labyrinth zu verlieren, befand sich die Bourgeoisie um diese Zeit auf der Suche nach einem eigenen König, der ihr drei ihrer Wünsche verwirklichen sollte: einen Hof, einen halbwegs legalen Zustand und eine Polizei.

Die Marschroute von Napoleons Abenteuer kam diesen Wünschen entgegen, das gleiche war bei all jenen heroischen Landschaften der Fall, durch die sein dramatischer Aufstieg zum Kaiserthron führte. Napoleon drängte sich Frankreich auf, wie später die Napoleonslegende sich ganz Europa aufdrängte; er war der Messias des Mittelstands. Was nun die Legalität betraf, so löste er das Dilemma Robespierres, der den dritten Stand vor die Entscheidung gestellt hatte, zwischen dem König von Frankreich und dem souveränen Volk – einem Mob von Königen –, zu wählen. Napoleon kaufte den Bürgern durch ein Plebiszit ihre Rechte ab. Der Kaiser der Franzosen hielt die Vollmacht von vier Millionen Königen in Händen, die wiederum durch das göttliche Recht der Natur zu jener Würde gelangt waren. Was nun gar die Polizei anbelangte, so ist jeder Korse ein geborener Polizist, und der gewaltige Code Napoleon ist ja auch heute noch in Kraft.

Mit einem Wort, der Hof Napoleon Bonapartes verkörperte sämtliche geistigen Bedürfnisse desjenigen Standes, der die Revolution geschaffen hatte. Vermutlich hatte er von Poesie so viel an sich wie ein Öldruck der achtziger Jahre von echter Kunst, das heißt, ein gewisses, ganz geringes Maß. Es wird nur allzuoft außer acht gelassen, daß der Wunsch der französischen Bourgeoisie, am Leben der Aristokratie teilzunehmen, gefühlsmäßig die treibende Kraft der Revolution war. Der kleine Kreis echter Fanatiker bildet hiervon eine Ausnahme. Alles an diesem Leben besaß für sie einen Reiz, am wenigsten vielleicht das feine, flüchtige, eher ästhetische als ethische Ideal, das einer solchen Atmosphäre selbst in den Augen jener, die von Geburt an in ihr leben, ihren wahren Zauber und Gehalt verleiht. Der französische Bürger begehrte die einträglichen Regierungsämter und Offizierspatente für seine Söhne; seine Frau träumte von Einladungen ihrer Töchter zu den Hofbällen. Napoleon stützte sich vornehmlich auf die jüngere Generation; er hauchte ihr seinen Willen ein, schenkte ihr durch einen weitverzweigten Zivildienst und ein gewaltiges Heer eine mächtige Organisation, die ihr ehrenvolle und sichere Verdienstmöglichkeiten bot, und einen Hof, der zum mindesten in seinen Maßen alle bisherigen Höfe Europas übertraf. Vor allem schöpfte Napoleon aus der Tiefe seiner eigenen Seele ein neues paradoxes Ideal. Dem Abenteurer winkte am Ende seiner gefahrvollen Laufbahn eine feste Pension, er brauchte für den Glanz der Uniformen, Orden und Titel nicht mit dem Ruin zu bezahlen. Napoleons Offiziere waren Glücksritter, die ihren regelmäßigen Monatssold bezogen. Alle jungen Europäer, oder doch zum mindesten die Südeuropäer, träumen heute noch von einem

Leben, wie der Kaiser es seinen Auserwählten ermöglichte. Zwar wollen sie nicht alle lauter Napoleons werden, aber sie möchten einem Napoleon dienen. Tausende von Romanen haben die Reize des damaligen Lebens in fremden Garnisonen geschildert, wo die Uniformen und das Ansehen der unbesieglichen Armee sich die Herzen schöner hochgeborener Frauen eroberten, wo der Parademarsch – man verzeihe mir den Anachronismus – gleichsam im Walzertakt geübt wurde.

Ohne aus vollem Herzen in die Kritik der verpönten „Wahrheitssucher" einzustimmen, glaube ich dennoch, daß der Hof Napoleons etwas kitschig, leicht grotesk und gewöhnlich, ähnlich seinen Möbeln, wirkte, als diese noch funkelnagelneu waren. Seine Pracht war sicherlich ein wenig barbarisch, etwa wie die der Piraten, wenn sie nach einem guten Beutezug mit den Mädchen von den Inseln in ihrer Schatzhöhle Feste feiern. Er war und mußte ein Hof für Emporkömmlinge sein; die Eigenschaften, die des Kaisers Gefährten, seine Generale und Höflinge hatten emporkommen lassen, waren nicht die Qualitäten der guten Gesellschaft. Aber das Leben und Treiben dieser frischgebackenen, unbelesenen Herzöge und zwanzig Jahre alten Generäle hätte niemals eine so starke Anziehungskraft auf alle Welt ausgeübt, hätten sie einen weniger farbenfrohen Geschmack in Kunst, Kleidung, Frauen und Manieren bewiesen.

Wunderbar belohnte Napoleon das Vertrauen, das die lebenshungrige Bourgeoisie in ihn setzte; verschwenderisch schenkte er ihr Gesetze, Abenteuer, Titel und eine Karriere, doch waren seine Kräfte damit noch nicht erschöpft. All das war gleichsam ein Nebenprodukt, eine Zufälligkeit seines ungeheuren Willens, denn sein Motiv war, wie das aller echten Abenteurer, ein rein persönliches. Tausende von großen und kleinen Asteroiden wurden in die Bahn dieses gewaltigen abenteuerlichen Kometen hineingerissen. Er hieß sie alle willkommen. Aber nicht in *ihrem* Dienste durchjagte er den Himmel seines Geschicks. Was diesem Manne seine hohe Stellung in der Geschichte verleiht, ist sein Wunsch, die Welt nicht nur zu beherrschen, sondern sie gleichzeitig zu genießen. Das war ihm, wie gesagt, nur durch seine Familie möglich, die bei ihm die Funktion eines hochentwickelten Geschmacksorgans erfüllte. Damit das Leben eines Kaisers der Franzosen sich für ihn lohnte, mußte jeder seiner Angehörigen einen Thron haben. Es gab deren recht zahlreiche und doch nicht genug, obwohl alle seine Verwandten sich mit Begeisterung jenem sonderbaren, wenn auch reizvollen Dienste widmeten. Napoleon gleicht einem magenkranken Kalifen aus Tausendundeiner Nacht; er ladet einen Haufen Gäste ein und fordert alle auf, sich die Mahlzeit gut schmecken zu lassen. Trotzdem vermuten wir, daß die Sache einen Haken hatte. Napoleon ist – um ein hausbackenes, aber beliebtes Gleichnis zu gebrauchen – wie ein Vater, der seinem Söhnchen ein mechanisches Spielzeug schenkt, ihm aber verbietet, es selbst aufzuziehen. Darin finden wir vielleicht eine Erklärung für die ständig sich wiederholenden Versuche verschiedener Familienmitglieder, auf Thron und Reich zu verzichten und ihr eigenes Leben zu leben. Da ist zum Beispiel Lucien. Er ist der Begabteste von allen, hat den besten Kopf und das beste Herz; vermutlich versteht er daher auch am besten zu genießen und ist somit der Brauchbarste von allen für des Kaisers Lieblingszweck. Lucien war es, der bei einer haarscharfen Wegbiegung seines Bruders Karriere rettete, der mehr noch als Napoleon den Staatsstreich von Saint Cloud zu einem glücklichen Ende führte. Doch Lucien heiratete zwar nicht unter dem Stand der Bonapartes, wohl aber unter dem der Napoleons (falls man mir den Ausdruck verzeiht), und Lucien blieb sein Leben lang ein guter, das heißt anti-napoleonischer Demokrat. Aus diesem Grunde (jede andere Erklärung ist unwahrscheinlich) sagte sich Napoleon unter Nichtachtung aller Brudergefühle von ihm los, soweit er das „einem Blutsverwandten“ gegenüber zu tun vermochte.

Ich muß daher den ehrbaren Mythus, als das Schicksal Napoleon ereilte, weil sein Abenteuer keinen anderen Ausgang nehmen konnte, in der Hauptsache zurückweisen. Es heißt, er hätte ganz Europa erobern müssen, um seine Macht in Frankreich aufrechtzuerhalten. Das wäre dramatisch zwar außerordentlich wirksam, entspräche aber nicht der Wahrheit. Ebenso unwahr ist die Behauptung, Talleyrand habe den Kaiser in die meisten seiner unglücklichen Abenteuer hineingehetzt. Gemeint sind der Spanische Krieg und viele andere Kriege, die der Gründung des französischen Kaiserreichs folgten. Alle hatten ein komplizierteres Motiv. Im Grunde sollten sie Königreiche, Fürstentümer und Ländereien erobern oder verteidigen, durch die der siegreiche Menschenfresser auf dem Umweg über seine Familie seine Macht genießen wollte.

In das gleiche Kapitel gehört zweifellos auch sein Zug nach Moskau, der auf unvergleichliche Weise das seltsame Abenteuer Karls XII. wiederholte. Er bildet eine Parallele zu Napoleons ägyptischer Expedition, aber er birgt trotz der oberflächlichen, ruhmlosen Ähnlichkeit des Ausgangs, der in beiden Fällen durch eine Flucht des Kaisers herbeigeführt wurde, einen tiefgründigen Unterschied. Im russischen Feldzug fehlt jede Romantik, jede Bücherweisheit. Der Kaiser verzichtet auf die römische Rednerpose; wir sehen in ihm vielmehr einen Mann, der aufgehört hat, ein Abenteurer zu sein, und der nur noch verzweifelt um seine Eroberungen kämpft. Die Sockel, die den Halbgott stützten, sind zusammengebrochen. Er steht jetzt mit beiden Füßen auf der Erde, wo er, meiner Ansicht nach, trotz Victor Hugo von nun an stehenbleibt.

Diese Phase, die seltsamerweise unsere bereits ausgesprochene Lieblingsidee eines „ballistischen Gesetzes“ des Abenteuers wiederum bestätigen würde, hatte, wie ich glaube, rein psychologische Ursachen. Sie datiert aus der Zeit seiner Scheidung und Wiederverheiratung, insbesondere von der Geburt seines Sohnes an. Josephinens Schicksal ist für die Sentimentalität ein so klassischer Vorwurf wie Leda für den Bildhauer. In dem ganzen nun folgenden Jahrhundert, bis tief in unsere Zeit hinein, bildet die Gattin einen Gegenstand heiliger Verehrung, die früher der Mutter und nur selten, auf den höchsten Stufen der Kunst, der Geliebten dargebracht wurde. Man empfindet diese Dinge oder man empfindet sie nicht, weder Verstand noch Herz können den Menschen dazu zwingen. Mir zum Beispiel sind die einseitigen Rechte, welche die Ehe der Frau einräumt, niemals besonders schön, heilig oder unantastbar erschienen. Obwohl Josephinens Scheidung und der Verlust ihrer Stellung als Kaiserin eine ganze Menge Menschen zum Weinen gebracht hat, so kann ich doch für sie keine Träne vergießen. Denn sie bezog von Napoleon reichliche Alimente und hatte dem Gatten, dem allein sie die Kaiserinnenwürde verdankte, keinen Sohn, ja nicht einmal die eheliche Treue geschenkt. Napoleon setzte an ihre Stelle die Erzherzogin, die zum mindesten Jugend, Manieren, eine gute Erziehung und eine anspruchslose Dummheit in die Ehe brachte, und die ihm binnen kurzem sein Ziel verwirklichen half: sie gebar ihm den Sohn, dem er sogleich den Titel eines Königs von Rom verlieh.

Von Napoleons Liebe zur Nachkommenschaft möchte ich nur noch einmal wiederholen, daß leibliche Kinder für ihn die Möglichkeit, unsterblich zu werden, bedeuteten. Vermochte er eine Dynastie zu gründen, so schuf er eine unsterbliche Königslinie, durch die er in Zukunft weiterherrschte. Er hatte sich von Josephine nur nach heftigen, ja unvernünftig starken Gefühlskonflikten getrennt; seine neue Gattin entzückte ihn. Sie entzückte ihn so sehr, daß er während ihrer Niederkunft sogar den Befehl gegeben haben soll, im Falle einer Wahl die Mutter und nicht das Kind zu retten. Zweifellos stützte er sich dabei auf den Gedanken, daß er von ihr noch mehr Kinder bekommen könnte, wahrscheinlich ein ganzes Geschlecht von Königen, die die Welt beherrschen sollten; trotzdem war es eine große, außergewöhnliche Tat für einen Mann seines Schlages.

Insgeheim jedoch bedeutete diese Vaterschaft das Ende seines Abenteuers. Der frevelhafte Moment war gekommen, da er seine Gewinne überzählen und sie sich erhalten mußte; die Götter waren beleidigt. Von nun an geht alles auf geheimnisvolle Weise schief, so wie früher alles auf geheimnisvolle Art gut gegangen war. Das Glücksrad hatte sich gedreht wie der Wind auf einer Seereise.

Über kurz oder lang kommt Rußland, Leipzig, Elba. Frankreich erhielt seine alten Grenzen und die Bourbonen zurück. Marie Louise wird mit dem Knaben von ihm getrennt; sie nimmt diese Tatsache mit demselben Gehorsam oder Gleichmut hin, den sie bei ihrer Vermählung bewies. Zwar hatten die Geschicke der Familie durch seinen Sturz stark gelitten, aber noch war nicht alles verloren. Die Bonapartes waren und sind auch heute noch eine der größten und reichsten Familien Europas. Wir müssen uns daher fragen, weshalb Napoleon sich nicht mit dieser Beute begnügte? Weshalb er sich nicht mit der merkwürdigen Lage abfand, in die ihn anscheinend der banale Idealismus des russischen Zaren versetzt hatte?

Wir haben es hier meiner Ansicht nach mit der Erscheinung zu tun, welche im Leben erfolgreicher Tatmenschen so häufig auftritt, daß wir sie fast als ein Gesetz ansprechen können. Sie alle, mögen sie nun Stahl-Könige oder Bonapartes sein, vermögen in einem gewissen Lebensalter die Einsamkeit nicht zu ertragen. Eben diese Einsamkeit, die allerdings in den meisten Fällen streng relativ ist, tötet sie oder treibt sie auf den Weg nach Waterloo. Das Orchester, die Zuhörerschaft, die hervorragende Stellung, die ursprünglich ihren Willen stärkten, sind zu einer Droge geworden, ohne die das Leben unerträglich ist. Die Herrschaft über ein winziges Reich, wie die Insel Elba, verlangt, oder könnte jedenfalls ebensoviel Tatkraft verlangen, wie die über Frankreich. Es gehört ebensoviel Anspannung des Geistes, Körpers und der Nerven dazu, eine Musterfarm zu schaffen, wie das große Spiel an der Börse zu spielen. Es fehlt lediglich der Rausch, in den uns das Interesse der Gesellschaft an unseren Taten versetzt. Welcher Schauspieler spielt gern vor einem leeren Zuschauerraum? Nicht also ob eine derartige tatsächliche Abhängigkeit von der Gegenwart der Menge, die theoretisch mit einer Verachtung der großen Masse durchaus vereinbar ist, an sich schon eine Schmach darstellte! Aber gerade der Abenteurer, dessen innerstes Wesen Individualismus und Unabhängigkeitsbedürfnis ist, das sich bis zur Auflehnung steigern kann, gerade er sollte sich sein ganzes Leben hindurch vor diesem einschläfernden Gift hüten. Napoleon verließ Elba, einfach weil er es nicht ertrug, ohne den Widerhall der öffentlichen Meinung zu leben.

Ich finde daher die Episode seiner Rückkehr bedauernswert, ja peinlich. Ich weiß, man hat sie poetisch als eine Art Rückkehr von König Artus verklärt. Aber Artus und Barbarossa verblieben in ihrem Dämmerschlaf. Napoleon bewies außer in der Führung einer Schlacht kein künstlerisches Gefühl, keinen Geschmack.

Nebenbei bemerkt, liegt hierin vielleicht eine Erklärung für die Vergötterung, die seinem Andenken von den verschiedensten Bewunderern entgegengebracht wurde. Zwischen ihnen und Napoleon besteht eine Art Wahlverwandtschaft. Auch der Napoleonkult ist zutiefst irgendwo plebejisch, genau wie Napoleons System der Ordensverleihung. Diese Tatsache ist auch denen nicht entgangen, die näher damit zu tun hatten, selbst wenn sie, wie zum Beispiel Talleyrand, Männer von Geschmack waren.

Da das napoleonische Ideal auch heute noch mittelbar und unmittelbar den Ehrgeiz und die Ideale unserer Welt in hohem Maße beeinflußt, erscheint es angebracht, ein paar kurze Worte darüber zu verlieren. Ich habe bereits den grundlegenden Unterschied zwischen der älteren „Imitatio Alexandri“ und der späteren Nachahmung Napoleons erwähnt. Seit dem Erscheinen des Korsen wollen die jungen Leute keine Führer mehr sein, sie träumen nur noch davon, Offiziere zu werden. Ihnen schwebte, Hand in Hand mit ihrem Sold, den Militärvorschriften und der Entbindung von jeder Verantwortlichkeit die Verleihung von Orden und Belohnungen vor, ein wunderbar ausgebautes System, das die verschiedensten Formen des Ehrgeizes von Grund auf beeinflußte. Napoleon lehrte die Welt den Wunsch, auf deutlich sichtbare, bestimmte, ja man kann fast sagen anorganische Art für ihre Taten belohnt zu werden. Damit befriedigte er vielleicht eine verborgene Sehnsucht, ihr zugleich Gestalt und Hoffnung verleihend. Sein Ideal deckt sich mit dem Gedankengang der Schulkinder, die bei Semesterschluß an eine Prüfung, an ein Zeugnis, ja an bestimmte Plätze im Klassenzimmer, entsprechend ihren Leistungen, gewöhnt sind. Seltsamerweise findet sich dieses Streben häufiger bei Frauen, als bei Männern; jene sehnen sich nach einem unfehlbaren Richter, der die getane Arbeit prüfen, begutachten und in eine bestimmte Rangordnung von Belohnungen einreihen wird. Der Wunsch „nach Anerkennung“! Indes kann man an Stelle von Napoleon mit seinem Sack voll Ordensbändern, Streifen und

Beförderungspatenten, je nach persönlicher Überzeugung, genau so gut eine richtende Gottheit wie einen Zeitungskritiker setzen.

Auf diesem Gebiet war wohl die Ehrenlegion Napoleons hübscheste Erfindung. Sie überdauerte sämtliche Wechselfälle und Umstürze in der Regierung und war eine handfeste Entschädigung des Kaisers für den Mittelstand, der ein wenig abseits und verlassen mit seinen Erfolgen nichts Rechtes anzufangen wußte. Als Institution wurzelt sie in dem größtenteils literarischen Nachahmungstrieb der Bürger, jener Sehnsucht nach „Geblüt", mit der sie dem Adel, den sie vernichtet hatten, nachblickten. Der gleiche Wunsch läßt sich in den meisten – ja sagen wir getrost, in jeder Bourgeoisie feststellen und des näheren erhellen. Der Durchschnittsbürger, mag er nun Engländer, Franzose oder Amerikaner sein, sehnt sich nicht nur nach Rang – dem metaphysischen Synonym für Adel –, sondern nach weit mehr: er möchte von einer guten Familie abstammen. Ja, bei meinem Bemühen, ein Wort für ein schwer greifbares Gefühl zu finden, möchte ich fast behaupten: der echte napoleonische Bourgeois hätte das Bewußtsein, der Nachkomme einer in der Hauptlinie ausgestorbenen adeligen Familie zu sein – sagen wir, der Urenkel eines jüngeren Sohnes, der vor dreihundert Jahren nach Baltimore durchbrannte –, einem sicheren Anspruch, in den Adelstand erhoben zu werden, vorgezogen. Eine wunderliche Verbindung der niedrigeren Form des poetischen Snobbismus und der natürlichen Liebe zum Hauptbuch, gleichsam eine sentimentale Nachsicht für verjährte, faule Schulden.

Hand in Hand damit geht der Begriff des Nationalismus, den Napoleon zwar nicht erfand, aber in das moderne Leben einführte. Byron, jener vorzügliche Jünger Napoleons, hat ihm ohne Zweifel Leben und Bewegung eingehaucht, trotzdem wollen wir jedem seinen gerechten Anteil an dieser seltsamen Strömung beimessen, die letzten Endes die Welt umschuf. Auch hier konzentriert sich die Begeisterung, die Romantik, ja das poetische Gefühl auf die jüngeren Seitenzweige. Nur wenige Menschen sind stolz darauf, Juden zu sein, aber ungezählte Millionen gerieten förmlich aus dem Häuschen, als die Ethnologen ihnen sagten, sie wären Slowaken. Und wie viele weitere Millionen wird es geben, deren geheimer Trost und Hoffnung es ist, daß ihre Urgroßmütter Zigeunerinnen waren? Im tiefsten Grunde ist dies nichts weiter als Poesie, Poesie des Mittelstandes, der faszinierende Zauber alter Hauptbücher, der Mystizismus, alte Posten und Forderungen durch Jahrhunderte hindurch bis in alle Ewigkeit vorzutragen. Diese Art des Nationalismus wie auch das mächtige System der Buchführung auf dem Felde der Ehre, das erste gesellschaftliche Register, das goldene Buch der Ehrenlegion, gehören zu Napoleons geschicktesten Erfindungen, die Gesellschaft zu regieren, und bilden sein Vermächtnis an uns alle.

In ihnen liegt vielleicht auch zutiefst die Wahrheit des napoleonischen Worts begründet: „Ich bin die Revolution." Der dritte Stand war die Revolution, und Napoleon war sein Prophet und Messias, lange Zeit auch sein erster Angestellter. Als er sein Spesenkonto überschritt, war man gezwungen, ihm zu kündigen. Wenn man Chateaubriand liest, glaubt man, daß dies der Hintergrund seines Sturzes war. Napoleon gleicht bei seiner Rückkehr aus Elba einem Börsenmakler, der es müde geworden ist, Golf zu spielen. Wohl hält er den französischen Soldaten eine Rede, aber er spricht nicht wie ein Held Plutarchs, sondern in dem einschmeichelnden Ton eines zurückgekehrten Geschäftsführers. „Wollt ihr Euren alten General erschießen? Tut es. Ich bin bereit." Das waren seine Worte in Grenoble, aber die Soldaten hatten nicht das Herz dazu.

Ist das nicht durchaus honett und rührend? Meiner Ansicht nach ja. Das Ende Napoleons war so tragisch wie ein Bankrott, wie der Zusammenbruch einer alten Firma, von dem wir dank Balzac wissen, daß er an dramatischer Wirkung dem Tod eines Königs die Waage halten kann. Verschlimmert wurde er noch durch die Tatsache, daß ein Wellington ihn besiegte und ein Hudson Lowe sein Gefangenwärter war. Aber er hatte längst aufgehört, ein Abenteurer zu sein; er war aus unserer Gesellschaft und damit auch aus unserem Thema ausgeschieden. Und so müssen wir ihn verlassen, als einen beleibten Herrn, der, ein Opfer harter Zeiten, in die Hände unbarmherziger Gläubiger gefallen ist.

Lucius Sergius Catilina

Wir sind bisher nur einer lockeren chronologischen Ordnung gefolgt. Noch einmal müssen wir dem Thema zuliebe eine große Bresche in sie schlagen. Genau wie bei der vergleichenden Anatomie die Paläontologie herangezogen wird, genau so natürlich wenden wir uns in dem seltenen Fall eines Napoleon der ungeheuren, gleichsam fossilen Sammlung von Menschentypen des klassischen Rom zu. Der Vergleich ist ungemein belehrend. Deshalb nimmt Catilina, eine der interessantesten Persönlichkeiten der Weltgeschichte, diesen Platz in unseren Studien ein.

In Wahrheit bedeutet er eher eine Weiterentwicklung und Fortsetzung als eine Vorarbeit zu der politischen Geschichte des Abenteuers. Dies ist bei den Charakteren und Typen des Altertums häufig der Fall. Sie haben sich durchaus nicht überlebt, bilden keineswegs nur eine Art archäologische Anmerkung in dem Buche der Neuzeit, sondern, sind – gelinde ausgedrückt – überraschend, ja erschreckend modern. Wenn wir daher Napoleon und Catilina vergleichen, so wirkt der seit zweitausend Jahren verstorbene Römer so wenig altmodisch wie seine Zeit oder seine Stadt. Ja, das Abenteuer Catilinas könnte, wenn wir es überhaupt einzureihen vermöchten, recht gut der Zukunft, zum Beispiel dem modernen Amerika angehören. Die Ähnlichkeit mit dem vorchristlichen Rom wird dort von Jahrzehnt zu Jahrzehnt auffallender. Das muß jedem einleuchten, der nicht durch Unterschiede des Luxus verblendet ist, jedem, der nicht zwischen eine Welt mit oder ohne Telephon die Entfernung zweier Planeten rückt.

Die Behauptung, daß die Vereinigten Staaten von heute das geschichtliche Gegenstück zu dem antiken Rom bilden, wäre allerdings zu kühn. Aber die Voraussage, daß sie in hundert Jahren einander sehr ähnlich sein werden, beruht auf einer verständnisvollen Einschätzung der Entwicklungsmöglichkeiten.

Damals war die herrschende Klasse Roms im großen und ganzen ungeheuer reich; außerdem war sie auf dem besten Wege, ungeheuer verderbt zu werden. Dabei hatte sie nichts von jener Energie, Organisationskraft und Härte eingebüßt, denen sie die Herrschaft über die Alte Welt verdankte. Hinter diesen Patriziern standen die durch den pseudo-poetischen Glanz ihrer Herkunft verklärten Geschlechter verarmter Einwanderer aus den übrigen Mittelmeerstaaten. Auch sie besaßen als gefälliges Thema für Volksredner ein ländlich-sittliches Ideal, eine Liste bäuerlicher Tugenden, die in Sparsamkeit und Ehrlichkeit gipfelten.

Ihre Macht wurde von einer jüngeren Mittelklasse bestritten. Diese war immer noch sittenstreng und setzte sich aus ländlichen Grundbesitzern und städtischen Kaufleuten zusammen. Daneben gab es aber noch ein unentwickeltes, gewaltiges Proletariat von Sklaven und Nachkommen der im Kriege gefangenen Sklaven, das man bereits in einem primitiven Fabriksystem ausbeutete; ferner heimatlose Soldaten, leibeigene Bauern und eine gefährliche Unterwelt. Letztere gruppierte sich um die Kampfspiele und hatte einige Jahre vor Catilinas Aufstieg einen Aufstand angezettelt. Spartakus, ein thrazischer Sklave, war mit sieben seinesgleichen aus einer Gladiatorenschule geflohen und hatte schon nach unglaublich kurzer Zeit eine ganze Armee entlaufener Sklaven, verarmter Bauern, Schmuggler, verkrachter Soldaten und sonstigen Gesindels hinter sich. Die Republik war nur mit Mühe seiner Herr geworden.

So bot diese übermäßig große Stadt die schärfsten, malerischsten Gegensätze. Auf den Hügeln standen die funkelnden Paläste der Millionäre. Diese Geldfürsten waren, wie Catilina in einer seiner Reden erklärte, „so reich, daß sie ganze Vermögen für Bauten jenseits des Meeres ausgaben. Sie trugen Berge ab, verbanden die verschiedensten Baulichkeiten miteinander und kauften Gemälde, Bildwerke und künstlerisch gearbeitete Gefäße aus kostbarem Metall. Aber wiewohl sie ihren Reichtum auf jede nur erdenkliche Weise zu verschwenden suchten, gelang es ihnen trotz ihrer Launen nicht, ihn zu erschöpfen". Rings um ihre schimmernden Paläste lag ein Gewirr enger Gassen, breiter Straßen und öffentlicher Gärten – ein so buntes und abwechslungsreiches Bild der Baufreudigkeit und des Verfalls, wie nur die konzentrierte Macht und der Reichtum und Fleiß einer ganzen Welt es zu schaffen vermögen. Die Bevölkerung Roms war ungeheuer zahlreich; topographisch wie gesellschaftlich vermischten sich die höchsten wie die niedrigsten Kreise. Eine solche Stadt mußte naturgemäß von unaufhörlichen Skandalen widerhallen. Es gab ungeheuerliche Fälle von Bestechung und Wucher, von Mord und Lasterhaftigkeit, in die auch die glanzvollsten Namen verstrickt waren. Viele der großen Damen, die in der Geschichte Catilinas eine Rolle spielten, unterhielten vertrauliche Beziehungen zu der Unterwelt, ja, sie verkehrten mit Mördern, Erpressern, Huren, Giftmischern und Kindsabtreibern. Aber überall trat ein Zug harter Energie hervor. Das alte Rom sündigte ausgiebiger als Athen, Alexandria, Memphis und jede andere Großstadt der antiken Welt, aber diese Degeneration hatte nichts Weichliches an sich. Das Rom Catilinas glich eher einem brodelnden Hexenkessel als einem stagnierenden Pfuhl.

Ein derartiges Tempo ließ sich nicht lange aufrechterhalten. Viele von den Patrizierfamilien waren bereits vollständig ruiniert, obwohl sie immer noch zäh an ihren Vorrechten und meist auch an dem leeren Gehäuse ihres einstigen Glanzes festhielten. Die allgemeine Verschuldung war indes für alle, außer für die Moralisten, der Krebsschaden der damaligen Zeit. Das Kreditsystem stak noch in den Kinderschuhen. Einige der großen Familien besaßen nicht nur keinen Pfennig, sondern waren weit über ihren Besitz hinaus verschuldet.

Fünfzig Jahre früher wäre die Lage noch zu retten gewesen. Ein einträglicher Gouverneurposten, den man sich durch Berufung auf den Familiennamen beschaffen konnte, warf so viel ab, daß man nach einigen Jahren im Ausland in Rom von vorne anfangen konnte. Aber auch das hatte sich allmählich überlebt. Erstens einmal lief man dabei die Gefahr einer gerichtlichen Verfolgung. Die erbitterten Feinde der obersten Klassen pflegten sich hervorragender Juristen aus dem eigenen Stande, wie Ciceros, zu bedienen und trugen nicht selten den Sieg davon. Außerdem waren aber die Familien, die sich ihre Stellung bewahrt hatten, mehr und mehr darauf erpicht, alles Gute für sich zu behalten. Die oberen Klassen schlossen sich enger zusammen und schüttelten diejenigen Mitglieder ab, die ihre Lebensführung nicht mitmachen konnten.

Unter diesen befand sich auch der ruinierte Catilina. Noch hatte er die Gefahr der Ausstoßung nicht völlig erkannt. Bisher hatte er wie alle leichtsinnigen jungen Leute der Gesellschaft gelebt. Das heißt, er hatte sein Geld zum Fenster hinausgeworfen, war in eine Reihe unappetitlicher Skandale verwickelt gewesen und war bis an den Rand, ja, bis über die Ohren verschuldet. Im Alter von dreißig Jahren blieb ihm lediglich die Hoffnung auf einen einträglichen Gouverneurposten, und der war, wie gesagt, nur schwer zu haben. Überdies war er schon einmal Gouverneur gewesen. Man hatte ihn angeklagt, verurteilt und abgesetzt. Damit waren seine Aussichten freilich noch nicht versperrt – Rom war durchaus nicht heikel. Auch daß er in dem starken Verdacht stand, seinen Schwager ermordet zu haben, und daß er nach dem Staatsstreich des Sulla die unterlegene Partei in der grausamsten Weise verfolgt hatte, waren keine unüberwindlichen Hindernisse. Seltsamerweise verübelte man ihm am meisten die Verführung einer Vestalin, die obendrein noch die Schwägerin des großen Cicero war. Die vestalischen Jungfrauen waren der einzige sentimentale Luxus, den die römische Gesellschaft sich gestattete. Auch das ist ein charakteristisches Symptom.

Aber mochte sein Ruf auch schlechter sein als der der meisten jungen Männer seines Standes und seiner Zeit, er genügte noch nicht, um ihn vor Dutzenden, ja wahrscheinlich vor Hunderten von wüsten jungen Lebemännern auszuzeichnen. Wir müssen daher die Ursache seines Ruhmes und des Interesses, das wir an ihm nehmen, sorgfältig in den Tiefen seines Charakters suchen, um dieser einen, hervorragenden Eigenschaft wenn möglich einen Namen zu geben.

Die Patrizier, die herrschende Klasse Roms, waren eine reiche, intelligente, kraftvolle Oligarchie. Vielleicht ähnelt sie mehr noch als dem europäischen Adel jener Gruppe Auserwählter, die sich aus eigener Machtvollkommenheit zur besten New Yorker Gesellschaft rechnen.

Sie waren aus den wohlüberlegtesten Gründen überzeugt antimonarchisch. Gleichzeitig hielten sie energisch an dem erblichen Prinzip fest. Meiner Ansicht nach läßt sich die Bezeichnung aristokratisch selbst in ihrer verwässertsten Form nicht auf sie anwenden. Ein Aristokrat ist im allgemeinen der Nachkomme einer langen ruhmreichen Ahnenreihe. Er kann ein Mann von Geschmack und Ehre sein, aber alle diese Eigenschaften decken sich noch nicht mit der innersten Bedeutung des Wortes. Vielmehr sind sie Schlüsse, die wir daraus ziehen, ja vielleicht sogar notwendige Folgen. Wir wollen die Sache am entgegengesetzten Ende anpacken. Der natürliche Mensch wird, wenn er reich und mächtig ist, von dem Wunsche, seinen Besitz zu vermehren und zu erhalten beherrscht. Diese seinem Charakter zugrunde liegende Politik bestimmt auch sein Verhalten in der Gesellschaft. Ist er aber arm, so spürt er dennoch, auch wenn er nichts zu erhalten hat (ein Fall, der selbst unter Zigeunern nur äußerst selten vorkommt), dauernd den Wunsch, Besitz zu erwerben. Dieser Trieb wird lediglich durch Mangel an Intelligenz, Furcht vor den moralischen und kriminellen Gesetzen und vielleicht am stärksten noch durch angeborene Trägheit in Schach gehalten. Die große Mehrheit weist daher unter sich eine starke Ähnlichkeit auf, die in scharfem Gegensatz zu jener unendlich viel kleineren Gruppe steht, bei der dieser Doppelinstinkt fehlt oder doch so schwach oder so verwandelt ist, daß er zu fehlen scheint. Denn obwohl der Hunger nach Besitz allgemein und allmächtig erscheint, gibt es noch eine andere ebenso natürliche Kraft, die ihm entgegen wirkt. Das ist die Macht der Gewohnheit. Das Allbekannte, Alltägliche stumpft jede menschliche Begierde, ja vielleicht sogar den Lebenstrieb ab, wie G. B. Shaw in seiner Trilogie zu beweisen sucht. Es ist daher möglich, wenn auch nicht wahrscheinlich, daß ein Mann sich derartig an die Dinge gewöhnen kann, nach denen die übrige Menschheit hungert und dürstet, nämlich an Rang, Macht, Stellung und Reichtum, daß er vollständig den Appetit darauf verliert. Es gelüstet ihn so wenig danach, wie einem Tafelnden, der bereits beim Dessert angelangt ist, nach Essen.

Für eine solche Haltung dem Leben gegenüber möchte ich die Bezeichnung „aristokratisches Empfinden“ reservieren. Es wurzelt in einer seelischen Sättigung, die der „self-made“ Mann, der „den Sinn des Geldes“ erfaßt hat, begreiflicherweise kaum je erleben wird, während der direkte Nachkomme zahlreicher Vorfahren, welche ihre Wünsche und ihren Ehrgeiz vollauf befriedigen konnten, dem weit eher ausgesetzt ist. Tritt zu alledem noch ein großer ererbter Name hinzu, so besitzt der Betreffende ein Gut, das er niemals verlieren kann: eben diesen Titel und das von ihm unzertrennliche, unauslöschliche Ansehen. Was immer auch dem Vermögen eines englischen Herzogs zustoßen mag, ihm bleibt etwas, das er nicht vergeuden kann, etwas, um das man ihn beneiden, dessentwegen man ihm stets mit Achtung begegnen wird. Allerdings würden die Sprachreiniger des achtzehnten Jahrhunderts ein solches Adelspatent stark anfechten. Aber abgesehen von diesen Feinheiten glaube ich dennoch, daß das häufigste Merkmal der Aristokratie, nämlich eine gewisse Blasiertheit, Verachtung und Langeweile wie auch ihr Ehrbegriff, der jede Lüge verpönt, – nebenbei eine leichte Sache für Menschen, die nichts fürchten und hoffen, – in meiner Analyse eine Erklärung finden. Der Ausdruck Aristokratie bezeichnet demnach, wenn wir ihm diese engen, aber wie ich glaube, nützlichen Grenzen ziehen, in erster Linie eine seelische Eigenschaft, etwas Immaterielles, das, oberflächlich betrachtet, sich mit dem Wesen des Heiligen vergleichen läßt. Ja, vielleicht ist es ihm noch überlegen, da es im Gegensatz zu dem Sieg über die Begierde das Fehlen jeglicher Begierde kennzeichnet.

Aber wenn auch diese seltsame Schlußfolgerung dem wahren Aristokraten einen glänzenden Reiz verleiht, einen schwachen übersinnlichen Glanz, der ihn im Gespräch und im Verkehr umschwebt, so ist es doch viel klüger, in ihm eine große Gefahr zu erblicken. Freilich ist es angenehmer, einem satten Tiger zu begegnen, als einem hungrigen. Ich für mein Teil werde lieber von einem müden Grandseigneur, als von einem ausgehungerten sozialistischen Parvenü regiert. Allein die Stellung, die der Aristokrat im Leben der Gesellschaft einnimmt, bietet ihm durchaus nicht nur die Gelegenheit zu glänzen und Vertrauen zu erwecken. Das wird man an dem vollendeten Aristokraten Catilina sogleich erkennen.

Er und seinesgleichen unterschieden sich von den übrigen Bürgern Roms durch ihre Unberechenbarkeit und ihren Mangel an Ernst. Sie standen außerhalb des gesunden Gefühlskomplexes, der die menschliche Herde zitternd aber gefügig zusammenhält.

Die Persönlichkeit Catilinas schuf ihm eine passende Umgebung. Sein Kreis bestand aus jungen Leuten seiner eigenen Klasse. Darunter befanden sich ein gewisser Gneius Piso, „ein junger Patrizier von höchster Begabung und Kühnheit“, ferner Quintus Curius, der als Falschspieler und Wüstling seines Erbsitzes im Senat verlustig gegangen war, Publius Autronius – man hatte ihn, wie Catilina, der Veruntreuung fiskalischer Gelder überführt –, Lucius Cassius Longinus, ein ungeheurer Fettwanst, der gegen Cicero in den Konsulatswahlen aufgetreten war, und viele mehr. Außerdem scharten sich um ihn eine Reihe Männer von geringerem Rang und Ansehen.

Catilina besaß kein regelmäßiges Einkommen. Längst hatte er sein eigenes Vermögen und das seiner Frau vertan, außerdem war er hoffnungslos an Geldverleiher verschuldet. Trotzdem führte er überall einen Schwarm von Anhängern aus der Unterwelt mit sich, entflohene Gladiatoren und Faustkämpfer, vom Gesetz verfolgte Verbrecher, die er in allen ihren Taten beschützte und die ihn zum Dank dafür unter ihren Schutz nahmen.

Seit seinem Strafprozeß hatte Catilina sich dauernd an der Politik beteiligt. Er hatte sogar erklärt, er wolle sich als Gegner Ciceros, des Kandidaten der Volkspartei, für die Konsulatswahlen aufstellen lassen. Er hatte sich mit einer berüchtigten Dame der Lebewelt eingelassen, einer gewissen Aurelia Oristilla, „an der kein anständiger Mensch in ihrem ganzen Leben je etwas anderes als ihre Schönheit zu loben vermöchte", wie der strenge Sallust bemerkt. Trotzdem oder vielleicht gerade infolgedessen hatte sie ein großes Vermögen an sich gebracht. Catilina heiratete sie; seine Feinde behaupteten, nachdem er seine Gattin und seinen Sohn vergiftet hatte.

Er lehrte die jungen Männer, die er überredete, sich ihm anzuschließen, allerlei dunkle Machenschaften. Aus ihren Reihen stellte er falsche Zeugen und Fälscher von Unterschriften. „Und er brachte es ihnen bei, Ehre, Besitz und Gefahr mit dem nämlichen Gleichmut zu betrachten, den er selber diesem Dingen gegenüber bewies, ja, er lehrte sie, aus Neigung lasterhaft und grausam wie er selbst zu sein."

Die Wahlen endeten mit einem vollständigen Mißerfolg für Catilina. Jetzt stand ihm Aurelias Vermögen zur Verfügung und sogleich schritt er zur Verwirklichung seiner großen Idee. Wahrscheinlich war ihm der Gedanke, Rom durch die Verbrecherwelt plündern zu lassen, schon lange im Kopfe herumgegangen. Naturen, wie die seine, scheinen, soweit sie überhaupt eines Gefühls fähig sind, tatsächlich mitunter eine Zuneigung für die elendesten und verderbtesten Geschöpfe der Gesellschaft zu empfinden. Dieses Gefühl hat, meiner Ansicht nach, nichts mit Mitleid oder Barmherzigkeit zu tun. Vielmehr schuf ihre Verzweiflung und seine Gleichgültigkeit eine Art dunkle Gemeinschaft und Verständigung. Die Unterwelt amüsierte ihn. Die Aussicht, sie in einer einzigen Nacht des Blutrausches und der Flammen gegen die ehrbaren Bürger, die Läden des soliden Mittelstandes und die Paläste seiner eigenen Verwandten und Bekannten loszulassen, reizte ihn noch viel mehr. Man kann, wenn man will, auch eigennützige Motive in ihm entdecken. Das ist an sich nicht schwer. Eine Hetäre, die in das Komplott eingeweiht war, verriet der Regierung später einen der Hauptpunkte seines Programms. Catilina plante „eine Annullierung sämtlicher Schulden", und er selbst hatte deren mehr als die meisten seiner Zeitgenossen. Trotzdem lag der Verschwörung letzten Endes ein finsterer Schabernack zugrunde, eine Freude an der Aufpeitschung großer Massen zu Mord und Totschlag, und das von einem Manne, den selbst nichts mehr zu rühren vermochte. Er freute sich auf das Schauspiel der Furcht bei den anderen, denn er selbst fürchtete nichts mehr auf der Welt. Verderbtheit hatte ihn zum Unmenschen gemacht; ihm war der stärkste Trieb des Menschen, der Hunger nach Besitz, verlorengegangen.

So toll der Plan auch klingt, er war theoretisch durchaus durchführbar. Die Verbrecherwelt, deren Catilina sich bedienen wollte, war in Rom verhältnismäßig zahlreich. Sie war äußerst verkommen, äußerst verzweifelt und ihm vollständig ergeben. Ihre bedeutendsten Kampfelemente waren die erprobten, menschenfeindlichen Veteranen Sullas. Diese hatten das Geld, mit dem man sie belohnt hatte, längst vertan. Es waren lauter schlimme Gesellen; man wußte von ihnen, daß sie bei einer Metzelei keinen Pardon geben würden. Mit ihnen zusammen würden die Gladiatoren sich in Bewegung setzen: Berufsraufbolde auf Leben und Tod, entlaufene Faustkämpfer, deren Kampfart allein schon bewies, daß Kenner der Brutalität sie geschult hatten. Ihr rechter Arm trug den mörderischen römischen Schlagring aus Leder und Stahl. Mit ihnen im Bunde war ein Haufen dunklen Gesindels. Wahrscheinlich waren sie alle einmal ehrliche Leute gewesen, aber sie gehörten den geknechteten Völkern an, welche die römischen Legionen durch ihre überlegene Disziplin vernichtet hatten: finstere, rachebrütende Fremdlinge, deren Erinnerung an bessere Zeiten jede mitleidige Regung erstickte. Außerdem wimmelte es in Rom von Patriziern und Kaufleuten aller Art, die ihre bürgerliche Stellung, ihr Heim und die Hoffnung auf eine günstige Konjunktur, um sich wie ihre Rivalen zu bereichern, verloren hatten. Endlich gab es noch ein Heer vertierter Asiaten. Allerdings waren dies zweifelhafte Gesellen, was Mut und Treue betraf, aber sie sündigten aus Prinzip und würden, falls alles gut ging, sich den Sturmtruppen als wichtige Bundesgenossen anschließen.

Außerhalb Roms in dem ungeheuren Weltreich war die Lage für Catilina, wenn möglich, noch günstiger. Wir lassen die entlegenen Provinzen ganz außer

Betracht. Dort hatten Raubgier und herzlose Korruption von Männern wie Catilina alle Menschen in unerbittliche Feinde Roms verwandelt. Außerdem bot ihnen schon der Verlust ihrer Freiheit einen Grund zur Rache. In Asien, Afrika und Gallien, überall wo der römische Adler herrschte, hielten lediglich Furcht und das Fehlen eines Führers und einer Gelegenheit eine ganze Bevölkerung geborener Krieger von der Empörung zurück. Piso, dem Freunde Catilinas, war es tatsächlich geglückt, zum Gouverneur Nord- und Südspaniens ernannt zu werden. Er besaß die weitgehendsten militärischen Vollmachten und war tief in das Komplott verstrickt. Ein anderer Patrizier, Publius Sittius Nucerinus, war Gouverneur von Mauretania in Nordafrika und gleichfalls ein Mitverschworener. Auch im römischen Hinterland hatte Catilina für tätige Mithilfe gesorgt, vor allem in Etrurien, wo die Urbevölkerung arm, rachsüchtig und verbittert war und allen Grund hatte, es den Siegern bei der erstbesten Gelegenheit heimzuzahlen.

So spannen sich überall dunkle, weitverzweigte Fäden. Catilina war ein begabter Kopf, der zu arbeiten wußte. Er stand absolut auf der Höhe des bedeutenden Organisationsniveaus, das Menschen seiner Klasse und seiner Stellung auszeichnete und hatte alle seine Pläne sorgfältig überlegt. Es heißt sogar, Marcus Livinus Crassus, derselbe, der später mit Cäsar und Pompejus das erste Triumvirat und damit die Herrschaft über die Welt ausübte, sei in das Geheimnis eingeweiht gewesen. Das ist an sich nicht unglaubwürdig. Dagegen dürfen wir das gleiche von Cäsar nicht annehmen, obwohl auch er durch seine überreichen Gaben an das Volk verschuldet war. Viele seiner Feinde glaubten allerdings, auch er habe von der Verschwörung gewußt, solange sie noch in den Kinderschuhen steckte.

Sallust will eine Rede, die Catilina den wichtigsten Verschwörern hielt, aufgezeichnet haben. Mag sie nun authentisch sein oder nicht, sie wirft ein Licht auf die Stimmung, in der die jungen Patrizier ihm lauschten. Catilina sagte: „Seitdem die Regierungsgewalt und die Rechtsprechung in die Hände einer kleinen Anzahl Männer gefallen sind, haben in der ganzen Welt Könige wie Fürsten aufgehört, ihnen Tribut zu zahlen; statt dessen zahlen Völker und Staaten ihnen Steuern. Wir anderen aber, mögen wir noch so tapfer und tüchtig sein, mögen wir nun dem Patrizier- oder dem Plebejerstande angehören, werden von ihnen als Pöbel betrachtet. In ihren Augen besitzen wir keine Macht oder Bedeutung; ja diejenigen, die wir zu Tode erschrecken könnten, falls das Rechte geschähe, haben ihren Fuß auf unseren Nacken gesetzt. Daher besitzen und verteilen sie jeglichen Einfluß, alle Macht und allen Gewinn. Für uns haben sie nichts als Beschimpfungen, Drohungen, Verfolgung und Armut. Wie lange noch wollt Ihr Hochgemuten diese Zustände ertragen? Wäre es nicht besser zu sterben, in dem Versuch, die Lage zu ändern, als feige weiterzuleben und in dem elenden, uninteressanten Zustande der Armut und Vergessenheit ihre Frechheit zu dulden?

Ich schwöre Euch, der Erfolg ist uns sicher. Wir sind jung und ungebrochen, unsere Unterdrücker aber sind alte, müde Millionäre. Wir müssen nur den Anfang machen; der Rest kommt von selber."

Indes gab er nicht alle Gründe, die ihn bewegten, zu erkennen. Den Fernerstehenden winkte er nur mit der Hoffnung auf eine Neuverteilung der Ehren und Ämter. Unerwähnt blieb die innere Bosheit, die ihn trieb, das Bestehende, das ihn langweilte, zu zerstören. Nur wenigen Auserwählten gewährt der Aristokrat Catilina einen Einblick in sein ganzes Programm. Dieses umfaßte nicht nur die Aufhebung aller Schulden, die Ächtung aller reichen Bürger – er beabsichtigte eine öffentliche Belohnung für die Köpfe verschiedener Männer auszuschreiben – sowie eine Aufteilung der Ämter und Priesterwürden, der Beute und sämtlicher Gratifikationen, welche der Krieg und die Macht des Sieges zu vergeben hatten, nein, er wollte insgeheim die ganze Stadt in Brand stecken und plündern.

Dieser junge Mann gebrauchte alle als Werkzeug in seinem Anschlag gegen die Kultur: die jungen Patrizier, die seinen Reden über den Ehrgeiz und die Streichung von Schulden lauschten, so gut wie den gemeinsten Halunken, den er mit der Aussicht auf Raub und Schändung köderte. Er gleicht einem gelangweilten, bösartigen Knaben, der sein kostbares Spielzeug verbrennt, nur um die Gesichter derjenigen zu sehen, die es ihm geschenkt haben. Der Aristokrat ist zum Anarchisten geworden, und zwar sind seine Motive und die Richtung, aus der er kommt, denen der extremen Idealisten und Menschenfreunde, die manchmal zu dem gleichen Resultate gelangen, entgegengesetzt. Letztere würden die Regierung stürzen und Rom verbrennen, weil sie an die Güte des menschlichen Herzens glauben; Catilina plante eine solche Tat, weil es ihm Spaß machte, das Gute und das Schlechte, Kunst und Moral, Reichtum und Armut, Gesetz, Polizei und Verbrecher während einer einzigen Nacht in Flammen aufgehen zu lassen. Wir haben es hier mit einem neronischen Abenteuer zu tun. Der Instinkt der Zerstörung betritt lächelnd die Bühne, nachdem alles, was der Mensch zu verdammen pflegt: Habgier und Geiz, in dem verkümmerten Herzen verdorrt und eingeschrumpft ist.

An dieser Stelle greifen wir auf Napoleons Abenteuer zurück. Es müßte bereits jedem klar sein, daß hinter der äußerlichen Ähnlichkeit zweier Staatsstreiche, zweier Verschwörungen und zweier Usurpationen sich der schärfste Gegensatz verbirgt. Napoleons ungeheure Lebensgier, sein zeitlich nicht zu befriedigender Drang nach Unsterblichkeit ist im höchsten Maße konservativ und aufbauend. Er bot sich den Besitzenden an, um sie und ihr Eigentum vor der Anarchie des souveränen Pöbels zu retten. Getrieben von seiner eigenen Gier, legt er sich darauf fest, eine Weltdynastie von Königen zu gründen und ruiniert sich bei dem Versuch. Das bedeutete für ihn das Ende, mochten auch genügend Trümmer zurückbleiben, um ein neues Europa zu erbauen. Sein Abenteuer war das Abenteuer des Lebens, obwohl es Millionen Menschen den Tod brachte. Catilinas Abenteuer war das Abenteuer des Todes, wenngleich es zufällig durch Cäsar zum römischen Weltreich führte.

Nachdem wir also mühelos Catilinas Kräfte gezählt haben, wenden wir uns der Gegenpartei zu. Hier ist unsere Aufgabe weit schwieriger, denn wer vermöchte ein Gewicht zu beschreiben? Und doch war es vor allem ein Gewicht, das ihn und seine Helfershelfer erdrückte: das tote Gewicht der Schwerkraft – eben das römische Volk. Seit langem schon war diese Schwerkraft unbemerkt von Catilinas Standgenossen in die Hände des neuen Mittelstandes, der kommenden Männer hinübergeglitten. Die Bürger und Grundbesitzer hatten wenig Aristokratisches an sich. Es waren alle vernünftige, praktische Leute, welche Arbeit und schlechte Kunst, einwandfreie Moral und Geldverdienen liebten. Außerdem hatten sie eine Schwäche für gehaltvolle Reden. Ihre Häuser waren alle solide gebaut, und sie hielten darauf, Schulden zu bezahlen und einzutreiben. Wer die vatikanischen Sammlungen besucht, dem verraten die römischen Büsten, wie sie in Wahrheit aussahen. Jene glattrasierten, etwas zu schweren, würdevollen Köpfe haben eine erstaunliche Ähnlichkeit mit dem soliden Geschäftsmann, der es heute in Minneapolis zu Wohlstand und Ansehen gebracht hat. Ihr damaliger Führer war der „glorreiche Durchschnittsmensch" Marcus Tullius Cicero: ein stacheliger, unverdaulicher Bissen für einen Mann wie Catilina. Dieser Philister, dieses vom Schicksal aufgestellte Hindernis im Wege eines zuchtlosen Bohemiens, hat im Mittelalter mehr als das ihm gebührende Maß von Ehren genossen. Die damaligen Lateiner machten einen Gott aus ihm, wohl weil die Arbeiten, die aus seiner Feder der Nachwelt erhalten geblieben sind, sich leicht nachahmen lassen. Heute aber kommt er in seinem Ruhme zu kurz. Es ist durch die englischen Schulmeister modern geworden, ihn zu verachten. Man weist auf zahlreiche Spuren von Eitelkeit hin, einer geschraubten Eitelkeit, die sowohl in seinen Reden wie in seinen Briefen zutage tritt. Zusammengeflickt ergeben sie das Porträt eines lächerlichen, aufgeblasenen alten Burschen. All das trifft nicht den eigentlichen Kern. Er war natürlich ein Mann des Mittelstandes und vielleicht ein wenig gar zu weitschweifig. Aber in den kritischen Momenten des Lebens sind Selbstverständlichkeiten wie Ehrlichkeit, Tugend und Gerechtigkeit etwas ganz Großes. Sein Leben und Sterben beweist, daß er selbst ehrlich an sie glaubte. Wenn er im übrigen hoch zu Roß in einer weißen Rüstung auf dem Campus Martius ein wenig deplaciert erscheint, so darf man nicht vergessen, daß er ja kein Soldat, sondern Jurist war. An dem großen Abend, da er, einen Speer in der Hand, mit anderen Bürgern seines Standes die brennende Straße hinuntereilte, mag er das Gesindel Catilinas, den Gladiatoren, Zuhältern und Mördern, sehr wohl einen völlig anderen Eindruck gemacht haben.

Man hat behauptet, Catilina sei durch Worte, das heißt, durch Ciceros Reden besiegt worden. Etwas Wahres ist daran. Lange nachdem es durchgesickert war, daß Catilina und seine Freunde irgendeinen Streich gegen die Regierung planten, herrschte in allen Kreisen Roms eine Apathie, stärker noch als die bereits geschilderte Sympathie für seine Sache. Selbst der friedliche ahnungslose Mittelstand, den Catilinas geheimste Gedanken ausersehen hatten, den Löwenanteil seines Vergnügens zu bezahlen, unterlag diesem Gefühl. Es herrschte allgemeine Unzufriedenheit. Niemand war mit der Regierung des patrizischen Senats zufrieden, und fast jeder hieß den Gedanken einer Umwälzung willkommen. Wie wir gesehen haben, glaubte man, Cäsar und Crassus seien an dem Unternehmen beteiligt. Cicero scheint als Einziger erkannt zu haben, daß es sich nicht um bloße politische Unruhen, sondern um ein ungeheuerliches, an Wahnsinn grenzendes Verbrechen handelte. Der erste Schritt, den er tat, war genau der, der zu erwarten stand. Um seinen Anklagen breiteren Widerhall zu verschaffen, trat er als Gegner Catilinas öffentlich in die Schranken. Dieser hatte sich bekanntlich für die jährlichen Konsulatswahlen aufstellen lassen. Der dritte Wahlkandidat war Gaius Antoninus, einer der Gemäßigten. Er war so sehr gemäßigt, daß Catilina insgeheim seine Neutralität zu erkaufen suchte. Das stellte sich bei den späteren Enthüllungen heraus. Bei den Wahlversammlungen ging es natürlich hoch her. Die Kampagne endete damit, daß Cicero (der augenscheinlich von dem Sieg des Rechts und der Gerechtigkeit nicht allzu fest überzeugt war) die Kandidatur seines Feindes durch einen juristischen Kniff vereitelte. Er bewies, daß er nicht wählbar sei, und verhinderte, daß er sich an den Wahlurnen zeigte. Jetzt, da Cicero den Konsulatsposten und die volle Polizeigewalt besaß (denn er hatte den guten Willen des Antonius, des zweiten Konsuls, durch eine Abmachung über die Verteilung der Beute erkauft), mußte der Kampf zwischen den beiden, dem Aristokraten und dem Bürger, bis aufs Messer ausgefochten werden. Catilina war bis dahin seines Sieges so sicher gewesen, daß er sein Ziel mit einer Art hochmütiger Trägheit verfolgt hatte. Jetzt erwachte er zu dämonischer Energie. Eine nächtliche Sitzung in seinem Hause folgte der anderen; Waffen wurden gekauft und versteckt. Sowohl in Rom selbst wie in den Provinzen wurden alle Kräfte mobilisiert.

Überall meldete Ciceros Polizei geheime Umtriebe und Aufregung. Die ganze Unterwelt zitterte wie ein Netz, das man an einem Zipfel gepackt hat und schüttelt. Starke, unklare Furcht bemächtigte sich Roms. Es war eine Art Massenpsychose, wie sie eher bei den zusammengewürfelten Völkerscharen des Ostens auftritt, wo die Menschen wie die Bienen gleichsam kollektiv zu denken scheinen. Das römische Volk ahnte die Gefahr. Aber die Fäden der Verschwörung liefen so weit auseinander, die Beschlüsse der wenigen Eingeweihten waren so undurchdringlich – außer für den Argwohn –, daß Cicero, der sich täglich eines wachsenden Maßes von Wohlwollen und Vertrauen erfreute, nichts anderes tun konnte, als unermüdlich auf der Lauer liegen und sorgenvolle Wacht halten.

Unvermutet fiel ihm und der Partei der Ruhe und Ordnung ein gewaltiger Vorteil zu. Ein gewisser Quintus Curius war ziemlich tief in die Beschlüsse Catilinas eingeweiht. Er war ein Patrizier, „so verderbt wie leichtsinnig, der auf seine Worte und Taten nicht achtete, ein Mann von nicht geringer Abstammung, aber von Lastern, Schulden und Verbrechen erdrückt". Catilina sah in ihm eher eine wahlverwandte Seele als einen tüchtigen Bundesgenossen. Curius hatte sich mit einer Patrizierin namens Fulvia eingelassen, die viel dazu beigetragen hatte, ihn zu ruinieren. Jetzt, da er kein Geld mehr hatte, drohte sie, ihn fallen zu lassen. Als nun Quintus Curius sah, daß er ihr als Liebhaber nicht mehr genehm war – denn bei seinen jetzt beschränkten Mitteln konnte er sich nicht länger so freigiebig zeigen –, begann er plötzlich zu prahlen und ihr das Blaue vom Himmel herunter zu versprechen. „Ja, er drohte ihr sogar, sich an ihr zu rächen, falls sie nicht gut zu ihm wäre, sobald etwas Großes, das er ihr nicht näher beschrieb, sich ereignet hätte. Alsdann würde er in der Lage sein, sie auch zu belohnen." Fulvia, die, wie immer sie auch sonst gewesen sein mag, einen durchaus gesunden Appetit auf Geld hatte, verkaufte diese Information an Ciceros Polizei. Der große Mann wurde davon in Kenntnis gesetzt und erkannte sogleich die Wichtigkeit der Nachricht. Er entlohnte die reizende Fulvia reichlich und ließ Quintus heimlich verhaften. Dieser willigte nach einer altrömischen Tortur ein, alles, was er wußte, zu erzählen. Ja, er erklärte sich bereit (gegen Geld), als Regierungsspitzel in dem Ausschuß Catilinas zu bleiben.

Von diesem Augenblick an wußte Cicero fast von Stunde zu Stunde alles, was Catilina geheim zu halten wünschte. Zunächst bot Quintus Cicero die Möglichkeit, einen Plan zu seiner eigenen Ermordung zu vereiteln. Catilina schickte ihm eine ausgesuchte Bande von Halsabschneidern ins Haus, aber Cicero schuf sich eine eigene Leibwache. Trotzdem standen die feindlichen Kräfte noch immer so ziemlich gleich. Catilinas Anschlag war kein Plan zur Eroberung einer Festung, sondern ein krebsartiges Gewächs, das an den Eingeweiden des Staatskörpers fraß. Selbst jetzt, da es erkannt und lokalisiert war und sämtliche Instrumente bereit lagen, erforderte eine Operation die äußerste Sorgfalt. Die geringste falsche Bewegung, der kleinste übereilte Schnitt, und jene „konsularen Persönlichkeiten", der große Cäsar selbst und Crassus, konnten mitsamt ihrem ungeheuren Einfluß, Anhang und Können Catilina in die Arme getrieben werden. Cicero genoß im Senat keineswegs die gleiche Stellung und Macht wie jene Riesen. Dennoch war jede Minute von Bedeutung. Das unterirdische Ungeheuer wühlte mit rasendem Eifer weiter. Selbst Quintus Curius wußte nicht, wann die kritische Stunde schlagen würde.

Der Gang der Ereignisse war sehr einfach. Manlius, ein Leutnant Catilinas, ein zäher alter Soldat, war beauftragt, eine Erhebung in Faesulae, im Herzen des alten Etrurien vorzubereiten, wo die Überreste einer einst großen Nation nur darauf warteten, einen letzten Kampf gegen Rom zu wagen. Ob Manlius nun allzu sicher auftrat, oder ob das Volk bereits zu erbittert war, ein Aufstand brach aus und Cicero erhielt dadurch die Gelegenheit oder die Verpflichtung, die Miliz aufzurufen und sich von dem Senat – der ihm im großen und ganzen feindlich gesinnt war – die besonderen Vollmachten zu beschaffen, die nur erteilt wurden, wenn die Republik in Gefahr schwebte. Gleichzeitig wurde dem Brauche gemäß von Senat eine Belohnung für jeden ausgeschrieben, der über die Verschwörung Auskunft erteilen könnte. „Ein Sklave erhielt seine Freiheit und hundert Sestertien, ein Freier vollständige Begnadigung und zweihundert Sestertien. Um diese Zeit", fährt Sallust fort, „befand die Republik sich in einer beklagenswerten

Lage. Wenn auch jede Nation, von Sonnenaufgang bis Sonnenuntergang, ihren Waffen gehorchte und Frieden und Wohlstand blühten und gediehen, war trotz des Versprechens der Regierung keiner der an dem gewaltigen Komplott Beteiligten zu bewegen, vorzutreten und Informationen zu geben. Keiner fiel von Catilina ab.“

Die Entscheidung hing an einem Faden. Die Stadt befand sich in ungeheurer Aufregung. Die ganze Bevölkerung war niedergedrückt. Alle Arbeit lag darnieder, und die Bürger scharten sich zu düsteren oder zornigen Gruppen zusammen, um die verschiedensten Gerüchte zu besprechen. Große Menschenmengen umlagerten, schweigend oder Drohungen und Flüche ausstoßend, Ciceros Haus.

Über der ganzen Situation lagerte ein Nebel. Die meisten ehrlichen Bürger wußten nicht, wer ihr Feind oder Freund war. Etwas Besseres konnte Catilina sich nicht wünschen. Die Parteien – Verschwörungen und Gegenverschwörungen, Mißverständnisse und Kompromisse – schufen ein so wirres Durcheinander, daß die eigentliche Opposition nicht aus noch ein wußte. Der römische Bürger sah, wenn er auf die Straße blickte, gleichsam einen wüsten Auflauf von Polizisten, Banditen, Politikern und Zuschauern. In dessen Kern ballte sich irgend etwas Merkwürdiges, Furchtbares zusammen; was dieses Furchtbare aber war, das vermochte er nicht zu erkennen. Das Ganze glich einem schwarzen, kochenden Strudel. Das Ungeheuer in seiner Mitte war vor Schaum und der trüben Flüssigkeit, die es ausspritzte, unkenntlich. Aber jede Minute war kostbar. Cicero mußte einen Entschluß fassen. Eine Amtshandlung konnte ihm nichts nützen. Sie hätte den Wirbelsturm nur noch aufgepeitscht. Jene Masse verschlang Freund und Halbfreund, Demokraten, Verbrecher, Wahnsinnige und Staatsmänner. Ein kühner Streich war die einzige Rettung. Aber es durfte kein chirurgischer Eingriff werden, eher galt es, die brodelnden Elemente zum Niederschlag zu bringen, oder besser noch: man mußte mitten in das Zentrum hinein ein Netz werfen und das Ungeheuer ans klare Licht des Tages ziehen. Dabei durften aber nicht zu viele kleine Fische mitgefangen werden, damit ihr Gewicht nicht das Netz zerreiße. Hätte man Catilina ganz einfach verhaftet, es wäre zu wüsten Unruhen gekommen. Man mußte ihn entlarven. Wohl niemals war ein großer Redner mehr am Platze, ja er war ein Gebot der Stunde. Wer die große Kunst der Auseinandersetzung, die intellektuelle Analyse, die Aufdeckung von Tatsachen in der Weißglut von Stil, Stimme und Ausdruck verachtet, mag sich den Fall überlegen. Wie hätte ein einfacher General, ein Napoleon, ein Held Rom in diesem Augenblicke retten können? Nur Cicero, der Redner, vermochte das und tat es auch wirklich. Seine drei Reden sind denn auch als Kulturschatz für die Allgemeinheit in die Ewigkeit hinübergerettet worden.

Ihre Wirkung war so unbarmherzig wie die eines Scheinwerfers, mit dem man in eine dunkle Höhle hineinleuchtet. Nie konnte auch der konfuseste Kopf über das, was die Finsternis barg, in Zukunft noch im unklaren sein. Cicero riß Catilina auch vor seinen Anhängern die Maske ab. Er packte ihn gleichsam bei den Ohren und hielt ihn, gefoltert, besiegt, ja mitunter (auf den Höhepunkten seiner Reden) lächerlich gemacht, ganz Rom vor. Catilina und seine Verschwörung wirkten plötzlich einfältig. Der Mann hatte den Mut, dazusitzen und alles mit anzuhören. Zum Schluß hatte es den Anschein, als habe Cicero ihn sogar vor sich selbst entlarvt.

Wie dem auch sei, dieser Mann, der stets kalt wie Eis gewesen war, schien plötzlich verlegen und beschämt. Er erhob sich zu einer Gegenrede, konnte aber nur ein paar Worte stammeln. „Er hoffe, der Senat würde nicht allzu hart mit ihm verfahren. Sie möchten doch nicht allen Ernstes glauben, daß er, ein Patrizier, dessen Vorfahren dem Staate so zahlreiche Dienste geleistet hätten, diesen Staat habe verderben wollen, während Marcus Tullius Cicero, ein Emporkömmling, einer der neuen Familien, ihn retten wolle.“ Weiter kam er nicht. Ein einstimmiger Schrei des Hasses und der Verachtung erscholl. Rufe wie „Verräter, Feind!“ wurden laut. Inmitten dieses Getümmels, Drohungen ausstoßend, die niemand verstand, verließ er die Versammlung.

Und Rom. Von jener Stadt begab er sich eilends zu Manlius nach Etrurien. Cicero und die Polizei unternahmen nicht den Versuch, ihn aufzuhalten. Sie kannten nur das eine Ziel: ihn zu isolieren, ihn und die Seinen so hinzustellen, daß alle sie in ihrem wahren Lichte erkennen mußten. Von jetzt an war man hart wie Eisen.

Catilinas Offiziere, die er in Rom in seiner Angelegenheit zurückgelassen, wurden vorsichtig verhaftet, nachdem die Polizei ihnen eine schlaue Falle gestellt hatte. Es waren Lentulus, Cethegus, Statilus, Gabinius und Coeparius. Fast alle waren jung und Patrizier. Ihre Schuld war durch Dokumente belegt, und die Verbrecherbanden machten einen energischen Versuch, das Gefängnis in Brand zu stecken und sie zu befreien. Trotzdem ging Cicero nur langsam gegen sie vor. Ihre Stellung machte eine summarische Justiz unmöglich.

Er war gezwungen, sie gerichtlich anzuklagen. Die eine Phase dieses Prozesses beweist, wie schwierig Ciceros Lage war und daß er recht hatte, so behutsam vorzugehen. Kaum waren alle Zeugenaussagen gesammelt worden, ja die Angeklagten hatten ihre Schuld so gut wie gestanden, da erhob sich Cäsar. (Sein Einfluß im Senat war ungleich stärker als der Ciceros.) Er verlangte eine milde Behandlung und suchte geschickt und unmerklich die Schwere des Vergehens abzuschwächen. Ohne Cato, der als Enkel des gefürchteten alten „Zensors" und als Oberhaupt der altmodischen ländlichen Grundbesitzer einen starken Einfluß ausübte, wäre die ganze Angelegenheit noch in letzter Minute in Verwirrung geraten, dorthin, wo Cäsar sie ohne Zweifel aus Gründen des Ehrgeizes zu sehen wünschte. Aber dieser Cato (der viele Jahre später genau wie Cicero ein Opfer von Cäsars Staatsstreich werden sollte) erhob sich unmittelbar nach dem großen Soldaten und überschüttete ihn ohne jede Rücksicht mit Ironie. Er warf ihm Weichmut vor und forderte empört, daß die Verschwörer mit der ganzen altväterischen Strenge des Gesetzes behandelt würden. „Ich rate daher zu folgendem: da der Staat durch eine verräterische Zusammenrottung sittenverderbter Bürger in die größte Gefahr gebracht worden ist; da ferner die Verschwörer verhaftet und zudem noch auf ihr eigenes Geständnis hin ein Massaker, Brandstiftung und alle möglichen Schandtaten gegen ihre Mitbürger geplant haben. So mag ihre Bestrafung nach dem alten Brauche erfolgen, wie sie für Männer, die eines Kapitalverbrechens schuldig befunden wurden, festgesetzt ist."

Die Senatoren ließen sich mitreißen. Dieses eine Mal kränkten sie ihren Liebling Cäsar und verhängten die Todesstrafe. Ohne ihnen auch nur einen Tag Zeit zur Widerrufung zu lassen, führte Ciceros Polizei die Catilianer in das Hauptgefängnis der Stadt. Es dämmerte bereits. Es gab darin einen Raum, das sogenannte Verließ des Tullius, einen schmutzigen, dunklen Keller zwölf Fuß unter der Erde. In diesen trostlos finsteren Ort, voller Schmutz und Gestank wurde Lentulus als erster an einem Strick, den man ihm unter die Achseln zog, herabgelassen und unten von den Henkern, die seiner warteten, erdrosselt. Nacheinander erlitten die übrigen das gleiche Schicksal.

Lentulus war tatsächlich einmal Konsul gewesen. Seine Familie gehörte zu den angesehensten und bedeutendsten Geschlechtern Roms, und sein Ende erregte ungeheures Aufsehen. Catilina suchte diese Stimmung auszunutzen und entfesselte endlich den Aufstand. Seine etrurische Armee war zerlumpt und zahlreich und umfaßte sowohl die auserlesenen, gut ausgerüsteten Regimenter etrurischer Patrioten, durchsetzt mit kampfgewohnten disziplinierten Veteranen, wie ein wüstes Gesindel von Sklaven und Gaunern, von denen viele nur spitze Stangen, Sensen oder Hämmer trugen. Dieses Heer stürzte sich auf die Truppen des anderen Konsuls Antoninus, der ihnen mit einer kleinen regulären Streitmacht vor die Tore der Stadt entgegengezogen war.

Jeder der beiden Gegner befolgte die gleiche Taktik. Zuvor hatten sie die Veteranen aus der Masse ausgesucht, um sie als Sturmtrupp zu gebrauchen. Der erste Zusammenprall war daher furchtbar. Das Schauspiel des Zusammenstoßes dieser alten Römer muß Catilina erfreut und entzückt haben. Er selbst stand, umringt von seinen Banditen, unter einem Felsen und hatte einen Adler oder eine Standarte aufgepflanzt, irgendeine Reliquie aus einem früheren Krieg, die seit langem in seiner Familie war. Kaum aber merkte er, daß beide Parteien sich so ziemlich das Gleichgewicht hielten, da stürzte er sich mit seinen Gefährten von der Flanke her in das Getümmel. Sehr bald warfen auf beiden Seiten die Veteranen ihre Speere und Wurfgeschosse von sich, und es kam zu einem Handgemenge mit dem kurzen römischen Schwert, das die Welt erobert hatte. Dies war kein Treffen für bloße Räuber und Banditen. Die Verbrecher machten sich daher mit den Verwundeten der äußersten Reihen zu schaffen, während die tapferen aber unerfahrenen etrurischen Bürger mitsamt einem wilden Haufen von Sklaven, Schäfern, Taschendieben, Faustkämpfern und entlaufenen Gladiatoren von Manlius vorwärtsgetrieben wurden. Anscheinend war es die prätorianische Kohorte, ein Eliteregiment schwerer Kavallerie, die dem Staate den Sieg errang. Sie waren nicht gewohnt, daß irgendwelche Fußsoldaten auf Erden, nicht einmal römische Veteranen, ihnen zu widerstehen vermochten und stoben, ohne mehr als nur einen Bruchteil ihres Schwunges einzubüßen, durch die Reihen der erschreckten Truppen Catilinas, durch diese berüchtigte Verbrecherarmee, die seit langem die friedlichen Gemüter der römischen Bürger terrorisiert hatte. Als hätten sie ein Rudel Wölfe vor sich, stießen sie bis ins Zentrum vor, wo die Veteranen in tödlicher Umklammerung lagen, und trieben sie auseinander. Gleichzeitig machten Manlius, Catilina und seine ersten Offiziere, die alle beritten waren, sich frei, ließen Taktik Taktik sein und stürzten sich in den Strudel. Dort inmitten des Getümmels starben sie alle.

An jenem Tage gab es ein großes Morden. Es wird berichtet, daß kein freier Mann aus Catilinas Streitmacht mit dem Leben davon kam, und auch die Sieger verloren ihre tapfersten Leute. Die Überlebenden unter den Rebellen wurden von den regulären Truppen später zum Vergnügen gejagt, und als die Armee zurückgezogen wurde, setzte sich ein Schwarm Polizisten mit ihren Spitzeln in dem Bezirk fest, um alle Spuren des Abszesses, der vor kurzem noch die Existenz Roms und den Lauf der Weltgeschichte bedroht hatte, weiter zu verfolgen und auszumerzen.

Das war der Verlauf des ohne Beispiel dastehenden Abenteuers Catilinas und sein durchaus nicht unrühmliches Ende. Zwar flackerte der Brand noch hier und da in Gallien und in dem Verbrecherviertel Roms auf, aber er ließ sich ziemlich leicht löschen. Am gefährlichsten war die Verschwörung in Spanien, wo Piso Gouverneur war. Doch der ehrgeizige junge Mann wurde gerade in dem Augenblick von seinen Truppen ermordet, als er sie dem Feinde zuführen wollte. Ein sonderbares Ende, denn Sallust behauptet, weder vor- noch nachher hätten die Spanier je gemeutert, da sie ein geduldiges und zähes Volk seien. Vielleicht hatte Ciceros geheime Polizei auch bei diesem Vorfall die Hand im Spiele.

Aus allen diesen Gründen halte ich das Abenteuer des jungen Aristokraten für eines der erstaunlichsten der Geschichte. Ohne Zweifel wurde er in erster Linie nicht durch einen Zufall, sondern durch das schiere Gewicht einer festgefügten Gesellschaft besiegt, das sich in den verschiedensten Begebenheiten, die sich ihm entgegenstellten, äußert. Das Hauptinteresse aber, das sein Angriff gegen die Republik, ja gegen eine ganze Kultur für uns hat, liegt nicht in dem Außergewöhnlichen des Anschlags selbst, sondern in der hohen Wahrscheinlichkeit, daß er sich über kurz oder lang wiederholen dürfte, sobald die klar erkennbaren Umstände, die ihn begünstigten, wieder eintreten. Diese sind: eine unhaltbare politische Lage, eine starke Verbrecherwelt und eine Gruppe Aristokraten, die jeden Glauben, jedes Verantwortungsgefühl und jede Furcht vor den Folgen verloren hat, lauter Elemente, welche bei einem normalen Verlauf der Weltgeschichte gar nicht selten zusammentreffen. Wir jedoch, die wir nicht im geringsten an politischen Gefahren und ihrer Verhütung interessiert sind, sondern es nur mit dem Studium des Abenteurers an sich zu tun haben, müssen, da wir obendrein uns aller moralischen Betrachtungen, selbst über ein Geschöpf wie Catilina enthalten wollen, den Fall lediglich behandeln, soweit er uns angeht. Mögen künftige Republiken mit dem Willen der Götter ihren Cicero und Cato finden oder nicht.

Catilina wird uns, wie gesagt, am klarsten, wenn wir ihn mit dem Baumeister Napoleon vergleichen. Sein Abenteuer war das Abenteuer des Todes. Ja, in einer Hinsicht ist es dem Selbstmord näher als dem Mord verwandt. Denn was hätte Catilina aus einem schwelenden Aschenhaufen und einem Berg Leichen für sich selbst retten können? Sein Plan hätte selbst bei vollendeter Durchführung niemals ein Weltreich geschaffen. Lange bevor er aus der allgemeinen Katastrophe die Krone hätte an sich reißen können, würden seine eigenen Anhänger ihn höchstwahrscheinlich umgebracht und aufgespießt haben. Sallust bemerkt hierzu: „Auch die ärmsten und verrohtesten Verbrecher liebten den Gedanken nicht, die Stadt anzuzünden, in der sie selbst wohnten. Sie glaubten, Catilina habe nur eine allgemeine Plünderung und Aufteilung der Beute geplant, bis Cicero ihnen das Gegenteil bewies." Nein, wie der Selbstmord ist Catilinas Wahnsinnstat das große Abenteuer der Weltmüdigkeit. Er und alle, die wie Lentulus in sein Geheimnis eingeweiht waren und ihm folgten, waren frei von den gewöhnlichsten Wünschen und Begierden aller sonstigen Abenteurer. Und doch galten für diese Männer, die sterben wollten, leidenschaftslos die gleichen Gesetze und Regeln wie für die anderen, die das Leben liebten. Catilina hatte nicht mehr noch weniger Glück als ein Napoleon oder Alexander. Die Götter sind gleichgültig in dem großen Spiel mit dem Schicksal. Catilinas Flugbahn stieg so steil wie nur irgendeine empor, solange er voll Willenskraft und Kühnheit kämpfte. Aber auch er machte Fehler der Zeitberechnung und hielt inne, um den Gewinn zu zählen. In seinem besonderen Fall bestand dieser Gewinn in der Freude an dem Grauen und der Verwirrung, die sich auf den Gesichtern seiner Mitbürger spiegelte. Er weidete sich daran, statt aufwärts und seitwärts zum Schlage auszuholen und stürzte in sein Verderben.

Napoleon III.

Die großzügige demokratische Geschichtsauffassung, die auch heute noch ihre Anhänger hat, wird von Leo Tolstoi in seiner berühmten Definition, daß große Männer „Aushängeschilder der Geschichte" seien, treffend zusammengefaßt. Damit wollte er sagen, daß nur die Millionen zählen. Masse und arm zu sein galten als die einzig wichtigen menschlichen Tugenden. Die theologische Beglaubigung dieses Dogmas ist einwandfrei und achtbar (es findet sein Gegenstück in den Seligpreisungen der Bergpredigt), aber es beruht eher auf mystischer Intuition, die mir mangelt, als auf Tatsachen. Der merkwürdige Fall, den wir untersuchen wollen, bedeutet in Wahrheit eine harte Nuß für alle diejenigen, die auf eine mechanische Geschichtsauffassung schwören. Wir haben es mit einem Manne zu tun, der sowohl ein Individuum wie ein Individualist war, und der die europäische Geschichte offenbar weitgehend beeinflußt hat, indem er den großen Ereignissen oder ihren Hauptströmungen bis in unsere Zeit und noch darüber hinaus eine neue Richtung gab. Überdies soll er, wenn wir seinen Biographen, sowohl den wenigen ernst zu nehmenden wie dem großen Kollegium der Schöngeister glauben wollen, gar ein großer Mann gewesen sein.

Zum Glück geht uns das nichts an, denn wir haben ja insgeheim von vornherein auf jede moralische Wertung verzichtet. Er war ein großer Abenteurer und ist daher eine schöne Bereicherung unserer Sammlung.

Charles Louis Napoleon Bonaparte soll, wie einige behaupten, der uneheliche Sohn eines holländischen Admirals gewesen sein. Andere erklären ihn für den Bastard eines Musik- oder Tanzlehrers. Wahrscheinlich ist das nichts als romantische Polemik, um ihn zu diskreditieren und herabzusetzen. Für unsere objektiven Zwecke genügt seine gesetzliche Stellung, nämlich daß er der dritte Sohn Louis Bonapartes, des Bruders des Kaisers und Königs von Holland, und seiner Gemahlin Hortense, der Tochter Josephinens und General Beauharnais', war. Er bildete somit ein integrales Organ jener seltsam erweiterten Persönlichkeit Napoleons, deren Wachstum wir in einem vorhergehenden Kapitel untersucht haben. Der Kaiser erkannte sehr bald die vielversprechenden Möglichkeiten, die sich dem Knaben boten. Er selbst war sowohl sein Onkel wie durch Adoption sein Großvater. „Wer weiß", bemerkt er eines Tages, „ob nicht in diesem nachdenklichen Kinde die Zukunft meines Geschlechtes liegt?"

Louis wurde 1808 geboren. Außer durch die Freude, ihn Bonbons essen zu sehen, konnte der Kaiser daher seinen eigenen Lebenshunger, den er so gern durch andere befriedigen ließ, nicht stillen. Auch wird der unmittelbare Einfluß, den er auf ihn ausübte, nicht bedeutend gewesen sein.

Sein Halbbruder, Charles Auguste Louis Joseph, der später unter dem Titel eines Comte de Morny bekannt wurde, kam zur Welt, als Louis drei Jahre alt war. Die Identität seines Vaters steht außer jedem Zweifel. Es war der Comte de Flahaut, ein abenteuerliebender Edelmann, der selbst ein unehelicher Sohn war, und zwar hatte er keinen Geringeren als den einstmaligen Bischof Talleyrand zum Vater. Morny wird in dieser Geschichte noch eine Rolle spielen.

Nach der Schlacht von Waterloo wurde Königin Hortense nach Florenz verbannt, wo sie einen skandalösen Prozeß mit ihrem Gatten, dem Ex-König, führte. Von dort reiste sie durch die Schweiz und Deutschland, um sich endlich in Schloß Arenenberg im Kanton Turgau am Bodensee niederzulassen. Von allen ihren Kindern begleitete sie nur der kleine Louis. Der Knabe war jetzt etwa neun Jahre alt. Auf Arenenberg lernte er gut reiten, schwimmen und fechten; außerdem erhielt er eine oberflächliche allgemeine Bildung. Seine beiden Erzieher, der eine ein Sohn von Lebas, dem Freunde Robespierres, waren leidenschaftliche Bonapartisten. Sie weihten ihn daher in die Geheimnisse jener Lehre ein, welche die Menschenliebe der Revolution mit romantischem Nationalismus oder Chauvinismus und den Königshaß mit dem Glauben an das göttliche Recht der durch die Stimme des Volks erwählten Kaiser brüderlich vereint. Louis entwickelte niemals auch nur eine Spur von Selbstkritik. Bis an sein Lebensende hielt er an den Ideen fest, die ihm während dieses Abschnitts seines Lebens eingeimpft wurden. Noch vor seinem dreizehnten Lebensjahr hatten alle, besonders aber seine Mutter, ihm eingeredet, er sei als Nachfolger seines Großvaters auf die Welt gekommen, um unter seiner absoluten Herrschaft alle Menschen reich und glücklich zu machen. Die Bonapartes hatten inzwischen gelernt, selbst an ihre Mission zu glauben.

Im eindrucksfähigsten Alter nahm Lebas ihn auf eine Reise durch Italien mit. Sie folgten dem Weg, den seines Großvaters und Cäsars Siege genommen und suchten am Schluß die in aller Zurückgezogenheit lebende Lätitia in Rom auf. Wie man sich denken kann, erhielt sein Lebenszweck dadurch die nötige apostolische Inbrunst. Da er aus Frankreich gesetzlich verbannt war, wurde Italien, das zum großen Teil wieder unter österreichische Oberherrschaft gefallen war, seine eigentliche Heimat. Als die Revolution von 1830 die Bourbonen vertrieb, begann die über ganz Europa verstreute, weitverzweigte Familie der Bonapartes neuen Mut zu fassen. Aber die Franzosen übergingen sie. Sie entschieden sich für ein Kompromiß und wählten einen Orléans, der sich lediglich auf seine Verwandtschaft mit den legitimen Erben sowie auf die stillschweigende Voraussetzung, daß er vom Volke gewählt sei, berufen konnte. Jedoch trotz der logischen Anfechtbarkeit seiner Lage war Louis Philippe Orléans in Wahrheit der Erwählte des einzigen Standes, auf den es in einem modernen Staat ankommt: der Bourgeoisie. Sämtliche Realpolitiker Europas glaubten daher, daß er und seine Dynastie sich halten würden.

Louis verschob somit die Hoffnung auf Erfüllung seines Geschicks und begnügte sich einstweilen mit guten Werken, die ihm näher zur Hand lagen. Da er die Menschheit seinen wohlwollenden Despotismus nicht fühlen lassen konnte, wollte er ihr wenigstens die geringeren Wohltaten der Freiheit angedeihen lassen. Er trat daher den Carbonari bei.

Diese Geheimgesellschaft wird von künftigen Generationen nur schwer verstanden werden. Sie vereinigte die grausamsten und finstersten Methoden mit den sanftesten und glücklichsten Idealen. Das Paradies auf Erden sollte durch private Attentate und Straßenkämpfe geschaffen werden. Ihren idealistischen Apparat hatte sie in der Hauptsache den Franzosen entlehnt. Der Segen des allgemeinen Wahlrechts kam von der Revolution, die Verzierung des Nationalismus selbstverständlich von Napoleon her. Die Gesellschaft selbst war außerordentlich tüchtig, gefürchtet und weitverbreitet. Jeder, der ihr beigetreten war, mußte ihr, bei Todesstrafe, bis in alle Ewigkeit angehören. In dem Europa, das sich auf 1848 vorbereitete, standen die Carbonari nahe dem Mittelpunkt eines ganzen Netzes geistig verwandter, dunkler Tochtergesellschaften, die sich von Irland bis an den Bosporus erstreckten.

Der Prinz begnügte sich nicht damit, den Verschwörer zu spielen. Bis auf den heutigen Tag sind die Geheimnisse der Carbonari so wohl gehütet wie die der Gesellschaft Jesu, aber wir wissen, daß sie für Salonmitglieder nichts übrig hatten. 1831 organisierte sie eine Erhebung in der Romagna. Louis wurde nach dem hitzigen kleinen Scharmützel, das mit der Eroberung und Rückeroberung Cività Castellana endete, gefangengenommen. Seiner Mutter gelang es nur unter den größten Schwierigkeiten, ihn aus einem österreichischen Gefängnis zu befreien. Da die hohe Diplomatie versagte, bestach sie seine Wächter. Er floh nach Frankreich, und Louis Philippe gestattete ihm in unbegreiflicher Großzügigkeit oder Schwäche, ein paar Monate in Paris zu leben.

Als Hortense ihn glücklich wieder bei sich in Arenenberg hatte, überredete sie ihn, sich eine Weile auszuruhen und zu lesen. Wie so häufig, war aus einem träumerischen Knaben mit großen Augen ein recht ernster junger Mann geworden, der sich selbst sehr schwer nahm. Aus irgendeinem Grunde neigte er zeitlebens zu sporadischen Anfällen von literarischer Betätigung. Dieser Periode gehört sein großes Werk: „Politische Träumereien" an. In ihm bringt er unter zahlreichen Zitaten aus den Reden und Aussprüchen seines Großvaters in ziemlich ungenauen, etwas geschwollenen Worten den Traum zum Ausdruck, den die ganze zivilisierte Welt kennt. Bezüglich seines eigenen Ehrgeizes ist er nach Willkür diskret. Jeder Arbeiter, Bürger und Bauer soll glücklich, zufrieden und frei (von jedem fremden Joch) sein. In seinen Mußestunden soll er, wenn nötig, den Heldentod für sein Vaterland sterben. Ein solches Vaterland wird jedem bei seiner Geburt in die Wiege gelegt. Dieses goldene Zeitalter soll durch einen strengen Zuchtmeister, der auch die notwendige innere Disziplin und Richtung verkörpert, verwirklicht werden. In Wahrheit nimmt das Ganze den Faschismus voraus.

Sein Buch befriedigte ihn so sehr, daß er ständig für neue Auflagen sorgte und fast bis an seine Lebensende Zitate daraus im Munde führte. Trotzdem verließ er nach dessen Vollendung Arenenberg. Er war jetzt siebenundzwanzig Jahre alt, hatte sich aber noch nie verliebt. In der Familienschatulle herrschte Ebbe. Das Leben winkte ihm. Eine seiner ersten Mätressen war eine Schweizer Sängerin, Eleonore. Er kam mit ihr während seines nächsten Lebensabschnittes zusammen, als er in jenem Lande als Artillerieoffizier diente. Es scheint, daß sie ihm mit den nötigen Geldmitteln aushalf, ein Ereignis, das sich in seinem Leben des öftern wiederholte. Sein Stil ist offenbar von dem Casanovas recht verschieden, aber man findet ihn häufig bei Männern mit einer Mission, besonders wenn diese Mission eine höchstpersönliche ist.

Langsam aber sicher kamen die Ereignisse in Frankreich ihm und seinem Ehrgeiz entgegen. Es ist eine heikle, schwierige Sache, diese Bewegung zu erklären, oder sie auch nur im einzelnen zu beschreiben; da aber Louis' Abenteuer ohne sie als ein Wunder erscheinen würde, muß der Versuch unternommen werden.

Die Art, wie sich die napoleonische Legende in all diesen Jahren in Frankreich entwickelte, erinnert an den Verlauf eines Liebesverhältnisses. Aber läßt sich jene glorifizierte Herde, die Nation und die Wählerschaft, nicht stets von Gefühlen leiten? In Augenblicken der Gleichgültigkeit ist der Eigennutz vielleicht bestimmend; jedoch in allen ernsten Fragen von Krieg, Frieden und Staatsumwälzungen ist die Stimme des Volkes, wenn sie überhaupt durchdringen kann, heiser wie die des Pöbels und von Haß oder Liebe beschwingt.

Für die Verlobung Frankreichs mit dem König aus dem Hause Orléans (denn eine Art Verlobung und nichts anderes war es) waren die Intellektuellen verantwortlich. Sie verfolgten dabei ihre eigenen Interessen und zwangen dem unheilbar sentimentalen Mob mit List und Gewalt ihren Willen auf. Dies war bei der ganzen Angelegenheit die einzige, aber verhängnisvolle Schwäche. Man hatte das Volk zu einer Vernunftehe à la Madame Bovary mit der Familie der Orléans gezwungen, und es fand sie gefühlsmäßig unerträglich. So schaute die verliebte Riesin sich nach Liebhabern um. Zwei waren sogleich zur Stelle: der Traum einer Demokratie und der Napoleon-Mythus. Der erste geht uns nichts an. In Wahrheit kam eine Wahl gar nicht in Frage. Die Republik schloß jeden Gedanken an ein Kaiserreich aus, aber das Kaiserreich bot, wenn auch nicht logisch oder verstandesgemäß, so doch auf die unklare, weibliche Weise, in der das Volk gerne denkt, alle lockenden Züge einer Republik. Das gleiche haben wir schon an Louis' „Politischen Träumereien" bemerkt.

Wie aber sollte sich aus einer kurzen, dicken, gelben Schmetterlingspuppe, dem Kaiser der Weltgeschichte, der herrlichbunte Falter des Mythus entwickeln? Das gehört zu den Geheimnissen der gestaltenwandelnden Phantasie. Ich vermag nur dunkel gewisse Elemente zu erkennen. Die Veteranen waren entweder tot oder in das Alter gekommen, da man Geschichten erzählt, und kein alter Soldat wird jemals verraten, wie er einstmals die Aushebung haßte. Dreißig Jahre oder weniger genügen, um jede Kontrolle der alten Militärgeschichten in staubigen Aktenfächern zu begraben. Zudem hatten die heimgekehrten Feinde Bonapartes diese Akten vernichtet oder verboten. So gab es wohl in keinem französischen Dorf einen Mann über vierzig, der nicht bei den dramatischsten und malerischsten Momenten der großen Feldzüge dabei gewesen wäre, keinen, den der Kaiser nicht persönlich bemerkt und auf die Wange geklopft hätte. Auch Napoleon selbst hatte im Laufe der Zeit seine Jugend und feurige Romantik zurückgewonnen. Verschwunden war der hagere, gelbbraune Mann in der Kutsche bei Waterloo. Statt dessen war der kleine Korporal zu einer ewig unveränderlichen, künstlerischen Schöpfung geworden. Seine Gestalt war so fest umrissen und lebenswahr wie die Achills, Hamlets oder Sigurds.

Jeder heimische Herd war ein Tempel der neuen Religion. Jeder französische Jüngling litt ungeduldig unter der Vergangenheit aller jungen Leute, unter dem Gefühl der eigenen Nichtigkeit. Allabendlich hörte er mit jener Erbitterung, die dreiviertel aus Neid besteht, irgendeinen Erwachsenen erzählen: „Als wir unsere Stellungen vor dem Feind bezogen hatten, sah ich den Kaiser selbst, hoch zu Roß ..." War er aber ein kleiner Schreiber, so stelle man sich die Wirkung des Märchens vor, das mit den Worten begann: „Als wir Husarenoffiziere in Warschau in Garnison lagen, ritten wir jeden Abend nach einem großen Park vor der Stadt hinaus, wo die ganze gute Gesellschaft zu lustwandeln pflegte. Eines schönen Abends also ..."

Aber man könnte eine ganze Enzyklopädie von Gründen anführen. Zum Beispiel gab es da den Dichter Béranger. Dichter wie große Redner haben wenig Einfluß, solange sie noch Unbekanntes aussprechen. Wenn sie aber dem Ausdruck verleihen, was im Unterbewußtsein aller Menschen schlummert, dann sind sie so unwiderstehlich wie die Quellen der großen Tiefe in der Genesis. Dieser Béranger schrieb freche einschmeichelnde kleine Verse, die neben einer Unzahl neuer Arten die Frauen zu umwerben, auch eine Verherrlichung des alten Ruhmes und außerdem Spott über das neue Regime enthielten. Sie wurden überall verkauft und gleichsam mit der Luft eingeatmet. Wenn man will, kann man das Propaganda nennen. An sich ist es sonderbar genug, daß Napoleon einen Dichter fand, obendrein einen so bezaubernd leichtherzigen, frohsinnigen; aber dem war nun einmal so.

Trotz aller Bemühungen der jungen Intellektuellen träumt dieses Volk von Frankreich, sobald es sich langweilt – nicht von einer Republik, sondern von einem Herrn; wenn es weint, dann nicht um Sieyès oder Robespierre, sondern um Marschall Ney und Bonaparte. Dieser Gefühlsüberschwang, dieses Heimweh war dumpf und unklar, wie das erste Sehnen einer Jungfrau. Kaum zehn Menschen hatten von Louis gehört, wohl keiner dachte ernsthaft an seine Ansprüche. Der Bonapartismus war ein Gefühl, ein Träumen, das sich in der Vergangenheit widerspiegelte. Er war kein Vertrag, sondern ein Seufzer. „Ach, die alten Trommeln und Pfeifen!" „Die alten Zeiten, die alten ruhmreichen Taten!" Eine Musik, eine bezaubernde Melodie, die die Plätterinnen zu Berangers Worten summten, die die Gassenbuben auf ihren Botengängen vor sich hinpfiffen.

Louis mußte die sentimentalen Grillen einfangen und das Heimweh auf seine Person konzentrieren. Dabei bewies auch er jenen einheitlich starken Willen, der das Werkzeug aller Abenteurer ist. Er war konsequent, ein Mann von Phantasie und stellte somit eine Kraft dar. Aber sein Stil bildete eine seltsame Variante. Louis war sowohl biegsam wie zäh, von einem liebenswürdigen Eigensinn, wie seine Mutter einmal verärgert feststellen mußte. In Wahrheit vermochte nichts ihn von seinem Wege abzubringen, dabei schien er dauernd zu schwanken.

Sein erster Versuch scheiterte kläglich, sogar auf lächerliche Art. Mit einer heterogenen Bande von Freunden schmiedete er ein Komplott, das nach dem ersten Streich alles dem Zufall überließ. Er begab sich zusammen mit Eleonore, einem Carbonaro namens Fialin, einem alten Obersten und einem kleinen

Leutnant verkleidet nach Straßburg. Dort suchte er die Garnison durch Bestechung zum Meutern zu bringen. Fast widerwillig nahm die Geheimpolizei ihn gefangen. Die Beweise seiner Schuld waren so zahlreich, daß es sich nicht lohnte, sie zu vernichten, und so wurde er ohne das geringste Aufsehen und ohne daß ein Schuß gefallen wäre, auf Regierungskosten nach Amerika deportiert.

Im Herbst kehrte er nach Arenenberg zurück. Er traf noch rechtzeitig ein, um seine Mutter, jene einstmals gefährliche Schönheit, auf dem Totenbette zu sehen. Von dort fuhr er in die Schweiz. Er brach mit Eleonore und reiste nach London.

Hier ergriff er den Beruf eines Verschwörers, der damals noch mehr en vogue war als heute. Er dinierte in schmutzigen Restaurants des Fremdenviertels mit heruntergekommenen, wildblickenden jungen Leuten, wie Fialin, Arese und anderen Carbonari. Jahre folgten, in denen er über fleckigen Tischtüchern Reden schwang, die sofort in auffälliger Weise abbrachen, wenn ein Fremder in Hörweite kam. Da er ein Bonaparte war, wurde er mitunter auch zu großen Empfängen eingeladen, wo die Gäste ihn neugierig musterten. D'Orsay, Disraeli und jene allwissende Löwenjägerin, Lady Blessington, verkehrten mit ihm. Während der Chartistenunruhen soll er einmal aus einer verstandesmäßigen Philosophie heraus Polizeidienste verrichtet haben. Endlich begegnete er Miß Howard; sie war sehr reich und betete ihn an.

1839 wurde er von einem zweiten Buch entbunden, in welchem er die Behauptung vertrat und bewies, daß Napoleon der erste Märtyrer des Sozialismus und Pazifismus gewesen sei. Noch einmal versuchte er, sich des Throns zu bemächtigen. Diesmal wurde es eine kostspielige Affäre größeren Stils, denn „die Miß“ hatte ja Geld. Er landete an der Küste von Boulogne, einige Meilen vom Kai entfernt; sechsundfünfzig Anhänger begleiteten ihn, und der kleine Trupp marschierte auf die Stadt zu. Eine Kompagnie Küstenwächter und Gendarmen zog ihnen entgegen, und Louis (oder einer seiner Freunde) zeigte ihnen Säcke mit Gold, damit sie „Vive l'Empereur!“ schrien. Schüsse waren die Antwort; ein, zwei seiner Freunde fielen, und er wurde mit den übrigen verhaftet.

Diesmal war der König nervös geworden, es kam zu einer regelrechten Verhandlung. Mit Hilfe seines Verteidigers, des großartigen alten Advokaten Berryer, machte Louis eine bessere Reklame für sich, als je zuvor in seinem Leben. Jeder, der in Frankreich eine Zeitung lesen konnte, wußte jetzt von ihm und seinem Anspruch. Aber er wurde zu lebenslänglicher Festungshaft verurteilt, eine harte und unmögliche Strafe (denn sie wird niemals durchgeführt). Derartige Mißgriffe kommen bei dem sorgenvollen und verständigen Versuch einer Unterdrückung häufig vor. Trotzdem blieb er sechs volle Jahre auf der kleinen Festung Ham, wo er, immer noch sanftmütig aber unbeugsam, die Zuneigung der Tochter seines Wärters gewann und weitere Bücher über den Bonapartismus schrieb.

Im allgemeinen hat die Haft auf ein etwas schrullenhaftes Gemüt wie das seine nur die eine Wirkung, es in seinen vorgefaßten Ideen zu bestärken. Häufig werden dabei auch weitere neue Projekte zur Verwirklichung der alten ausgebrütet. Nach London zurückgekehrt, fuhr Louis fort, mit der gleichen Sanftmut, Hartnäckigkeit und Überzeugung Komplotte zu schmieden.

Schrullenhaft oder nicht, er erfüllte lediglich sein Geschick. Der günstige Augenblick kam. Die achtundvierziger Revolution, „das tolle Jahr der Freiheit“, warf Louis Philippe mitsamt seinem Regenschirm aus Frankreich hinaus. Louis Napoleon kehrte mit dem nötigen Geld für Propaganda (diesmal bediente er sich einer Bank, statt es in Säcken mitzuschleppen) in jenes Land zurück. Er erregte nur geringes Aufsehen. Die Riesenschritte, mit denen das Abenteuer von diesem Punkte aus dem Ziel zueilte, erinnern an ein Zauberkunststück. Auch dieses läßt sich nur schwer durchschauen, selbst wenn man es erklärt bekommt. Als diskreditierte, phantastische Persönlichkeit mit einem nicht ganz sauberen Vermögen und einem großen Namen, tauchte Napoleon in dem Strudel der Revolution auf. Keine der ernsthaften Parteien heißt ihn willkommen, keine arbeitet für ihn, keine steht ihm zur Seite. Sein einziger einflußreicher Freund, außerhalb der Boudoirs oder der Gosse, ist sein Halbbruder, Morny, dessen poetische Herkunft bereits erwähnt wurde. Morny hatte sich gleichfalls mit Hilfe verliebter Frauen im Handel und auf der Börse ein beträchtliches Vermögen erworben. Er war ein kühner Spieler und ein zweifelhafter Charakter. Mit ihnen im Bunde stand der bewußte Fialin. Er war ursprünglich Feldwebel gewesen und war aus eigener Machtvollkommenheit zum Comte de Persigny avanciert. Außerdem hatte er ein Buch geschrieben, in welchem er zu beweisen suchte, daß die Pyramiden Überreste des alten Nildeichs seien und daß Ägypten sich in einen See verwandeln würde, falls man sie zerstörte. Selbst Catilina besaß keine unbedeutenderen Mitverschworenen. Die achtundvierziger Revolution war, abgesehen von dem Drum und Dran der Politik und den Klasseninteressen, ein Werk der Dichter. Das heißt, ihr fehlte von Anfang an der rechtmäßige Besitzer.

Als unser Trio seine Arbeit begann, war es noch nicht entschieden, wer die Macht erben sollte. Die Dichter kamen nicht in Frage, dagegen vielleicht der Pöbel? Ein aussichtsreicher Thronkandidat. Die Bourgeoisie? Sie war uneins und von Sorgen gequält. Ihr Führer, Thiers, war in Wirklichkeit Anhänger der Orléans. Die Armee Cavaignacs? – Die Legitimisten? Hoffnungslos. In diesen Kessel warfen die drei ihre Netze, rührten ihn um und taten endlich auch einen Fischzug.

In Wahrheit konnte nicht die Rede davon sein, Partei gegen Partei aufzustellen; niemand schenkte den Neo-Imperialisten auch nur die geringste Beachtung. Cavaignac besiegte schließlich den Mob mit Waffengewalt. Die Wahl wurde immer enger und beschränkte sich zum Schluß nur noch auf ihn und Thiers. In diesem Augenblick erkaufte Louis Napoleon sich einen Sitz als Volksvertreter im Parlament. Natürlich bestand er darauf, eine Rede halten zu dürfen; wahrscheinlich hätte er in ihr sein ganzes Programm aufgerollt. Aber als sein Name fiel und das ganze Haus aufhorchte, während er sich zum Rednerpult hinauftrollte, versagten seine Nerven. Er murmelte irgend etwas Unverständliches und zog sich beschämt zurück. Gelächter erscholl; die Sache Bonapartes war gescheitert.

Aber Thiers hatte ihn bemerkt. Er selbst befand sich in einer äußerst schwierigen Lage. Der Sieg drohte der Partei Cavaignacs zuzufallen; seine eigenen Interessen, die er niemals aus den Augen verlor, lagen darnieder. So kam ihm vielleicht gerade in dem Augenblick der Blamage die Idee, daß sich ihm hier eine letzte Zuflucht bot. Er konnte diesen Trottel, diese Puppe an sich fesseln und ihn gegen Cavaignac als Präsidenten aufstellen. Ohne Frage lehnte die Wählerschaft einen Thiers ab; immerhin bestand eine schwache Hoffnung, daß sie einen Bonaparte annehmen würde.

Und so – nicht ohne Zögern – lieh die bürgerliche Partei der Ruhe und Ordnung unter Thiers und Mole Louis bei den Präsidentschaftswahlen von 1848 ihre Stimmen. Sein Programm war äußerst sonderbar und ungemein geschickt. Er wandte sich an den Pöbel, an die Revolution; dabei berief er sich auf seine eigene Vergangenheit als aktiver Revolutionär und auf seinen demokratischen Mystizismus. Da er aber auch die Partei der Ordnung vertrat, fing er sich gleichzeitig die katholischen Stimmen ein, indem er der Kirche das Erziehungsmonopol versprach und dem Papst versicherte, er würde seine weltliche Macht stützen. Auch die Orleanisten wie Thiers stimmten für ihn, denn sie hielten ihn für ihr Werkzeug. Schlimmstenfalls würden sie später einmal einen tollen Streich wagen und ihn einsperren, um ihren König wieder auf den Thron zu setzen. Möglich, daß auch die Legitimisten ihn aus Haß gegen die übrigen Kandidaten unterstützten. Das Ergebnis stand jedenfalls in keinem Verhältnis zu diesen bloßen Schiebungen. Statt elendiglich besiegt zu werden, wie Thiers gefürchtet hatte, oder im besten Falle eine kleine Majorität zu erringen, wie er selbst hoffte, wurde er mit mächtigem Schwung auf den Präsidentenstuhl gehoben. Er erhielt 5 434 226 Stimmen und Cavaignac knapp anderthalb Millionen. Gleich Zauberlehrlingen hatten die Schlauköpfe, die ihn nur als Werkzeug gebrauchten, die Geister der Tiefe heraufbeschworen; jetzt wurden sie sie nicht mehr los. Das gleiche Mißgeschick begegnet über kurz oder lang den meisten klugen Leuten, die mit Menschen wie mit Schachfiguren spielen.

Eine Untersuchung ist kaum mehr erforderlich. Wir sahen bereits, daß es in Frankreich einen gewaltigen latenten Bonapartismus gab. Wie bei einem Zimmer voll Kohlengas bedurfte es nur eines Streichholzes, um alles in Brand zu stecken. Frankreich sehnte sich, ohne daß ein Politiker es ahnte, nach einem Bonaparte, und es gab Narren, die ihm einen schenkten.

So verwandelte sich Louis aus einem Werkzeug, dessen man sich als Notbehelf zum Stimmenfang bedient hatte, mit einem Schlage in einen Herrscher, der den festen, gefürchteten Willen des Volkes verkörperte. Thiers, Mole, Cavaignac, alle diese gescheiten und verantwortungsvollen Köpfe gehören mit einemmal nur noch der Opposition an. Einige verschwinden ganz, andere bleiben, um von der Fastenspeise der Geduld ihr Dasein zu fristen. Auch nicht die geringste Hoffnung, je wieder an der Tafel der Macht zu schlemmen, würzte ihnen während der nächsten fünfundzwanzig Jahre die kärgliche Kost.

Sein Hauptschlag war ihm geglückt. Die sich daraus ergebenden Einzelheiten waren zwar schwierig, aber er und seine skrupellosen Sekundanten Morny, Persigny und andere zeigten sich ihnen gewachsen. Man darf ihm eine plötzlich erwachende Begabung für politisches Manövrieren nicht absprechen. Er entwickelte sie in seinem Amt als Präsident unter einer Staatsverfassung, die ihm kaum irgendwelche Macht einräumte, und mit einem Parlament, das offenkundig sein Feind war. Er war schneller, zäher, geschickter als sie alle, ja er zeigte die gleiche Virtuosität, die sein Großvater der österreichischen Armee gegenüber bewiesen hatte. Endlich kam der 2. Dezember 1851.

Dieses klassisch technische Modell zu allen Staatsstreichen hat zweifellos reizvolle Höhepunkte. Die Schilderung des Widerstands ist wohl die bekannteste von allen, da sie aus der Feder eines großen Dichters stammt. Aus diesem, wenn auch keinem anderen Grunde wird sie die anderen überleben. Trotzdem war die Opposition, im nüchternen Lichte der Wahrheit betrachtet, nur unbedeutend. Wenn man sich durch den geschliffenen Stil nicht blenden läßt, wird man in Hugos „Napoleon der Kleine" und in seiner „Geschichte eines Verbrechens" erkennen, wie armselig unvorbereitet das hastige Treiben und Drängen der feindlichen Deputierten war, wie sehr es an Albernheit grenzte, als sie die Oriflamme in die Faubourgs, die alte Hochburg der Arbeiter, trugen; wie gebrechlich ihre Barrikaden waren und wie nutzlos der Heldentod jener, die auf ihnen starben. Diese Kämpfe gipfelten in dem Bemühen, das zunichte zu machen, was Louis, Morny und Persigny mit erbarmungsloser Tüchtigkeit planten und ausführten. Hiermit schließt der erste Akt des Dramas. Die Bestechung der Armee – der neue Kaiser verteilte am Morgen des Staatsstreiches jeden Pfennig, den er besaß, unter die Truppen – das Ansichreißen der Zentralgewalt durch ganz wenige kluge Verhaftungen und ein geringes Maß von Sabotage – all das war in seiner Art schön und fehlerlos. (Hier nur eine Einzelheit: Die Verschwörer sorgten am Abend vor dem großen Tag dafür, daß sämtliche Trommeln der Nationalgarde zerstört wurden, damit nicht Alarm geschlagen werden konnte; außerdem besetzten sie sämtliche Druckereien der Stadt.) Jeder Abenteurer, der in Zukunft seine Kräfte auf einen Anschlag gegen die Freiheit seines Volks und auf einen rücksichtslosen Raub der Macht konzentriert, muß Louis Bonapartes Verschwörung Wort für Wort auswendig lernen. Später büßte sie an Qualität ein. Zwei Tage darauf kam es zu einem Boulevard-Massaker. Es war ein schöner Donnerstagnachmittag. Von der Madeleine bis zur Bonne Nouvelle wimmelte die Straße von friedlichen Bürgern mit ihren Eheliebsten. Vielleicht verlor Morny, der den Oberbefehl führte, den Kopf; wahrscheinlich aber waren die Soldaten alle betrunken – so lautete später die offizielle Erklärung und Entschuldigung. Jedenfalls entstand eine furchtbare Metzelei catilinarischen Stils. Artillerie und Infanterie bestrichen zehn Minuten lang den Straßenzug. Niemand zählte die Toten.

Damit endet eines der merkwürdigsten Abenteuer Europas; gleichzeitig nimmt ein zweites seinen Anfang. Denn ein Abenteuer unterscheidet sich nur insofern von einer kühnen Tat, als es ewig mit dem Unerreichbaren verknüpft ist. Nur das eine Ende des Seils hält man in der Hand; das andere ist im

Unsichtbaren verankert und weder Gebete noch Wagemut, noch Vernunft vermögen es loszureißen.

Man kann, wenn man will, in dem, was nun folgte, nur das rein Malerische, nämlich das Schauspiel einer kleinen Schar Männer erblicken, die, gierig und bedürftig, aus sich heraus einen Hof gründeten, um sich an ihrer unermeßlichen Eroberung zu freuen. Oder man kann die anschließende Entwicklung als eine Folge der unklaren Menschenliebe Louis Bonapartes auffassen. Die dritte und letzte Erklärung lautet, daß der Keim zu Louis' Sturz, welcher erst fünfundzwanzig Jahre später erfolgte, an dem Tage gelegt wurde, da er sich die Krone stahl – um ganz genau zu sein, an dem Donnerstagnachmittag des Massakers. Dieses brachte ihm kein Glück, wie das manchmal bei Verbrechen der Fall ist. Zwar fiel es den Männern, die die Schlüssel zu sämtlichen Druckereien Frankreichs in Händen hielten, nicht schwerer, den Vorfall zu vertuschen, als seine sichtbaren Spuren vom Straßenpflaster zu entfernen. Sie hatten schon ganz anderes vollbracht. Aber jener eine Schritt verwandelte alle Republikaner und – was noch schlimmer war – auch alle Dichter in Feinde des neuen Regimes. Ein kluger politischer Kopf äußerte einmal vor mir die Ansicht, Louis Napoleon sei gescheitert, weil er sämtliche Dichter, an ihrer Spitze Victor Hugo, in die Verbannung schickte. Das mag ebenso wahr sein, wie die Tatsache, daß der Neo-Imperialismus potentiell gewissermaßen in den Liedern Bérangers wurzelte.

Dennoch haben die allmächtigen Musen, die, häufiger als der Philister glaubt, ganze Reiche stürzen und wieder aufbauen, allen Grund, das dritte Kaiserreich zu achten. Paris, zum Beispiel, wurde zur Weltstadt. Alles, was dem Zauberklang dieses Namens anhaftet, von den kultivierten Champagnergelagen des Montmartre bis zu der matriarchalischen Zivilisation der Rue de la Paix und der wunderbaren freien Universität des Montparnasse, war nachweislich das Werk oder doch eine Folge der Herrschaft Louis Napoleons. Und abgesehen von den Neigungen, die man von dem Freunde einer Miß Howard, eines Morny und Persigny erwartete, verfolgte Louis eine bestimmte Politik, ein logisches Resultat der notwendigen Unterdrückung der Republikaner und der kaiserlichen Theorie, daß die Menschheit sich amüsieren solle. So war Paris, das mitten im Zentrum der puritanisch-industriellen Reaktion lag, welche die übrige Welt in eine trostlos ehrbare Wüste verwandelte, die einzige Stadt auf dieser Erde, in der man aufgefordert, ja, mitunter geradezu aufgestachelt wurde, das Leben zu genießen. Das einzige, was verboten war, war die Politik. Vielleicht hat der Leser geglaubt, der Despotismus sei mit der Freiheit unvereinbar. Das dritte Kaiserreich straft seine Logik Lügen.

In dieser glücklichen Zeit trug alles zur Verwirklichung von Louis Napoleons Theorie bei. Spieler werden das am besten verstehen. Aus Furcht vor einer republikanischen Erhebung mußte das alte Netzwerk gewundener Straßen vernichtet werden. Sie schienen für Barrikade und Hinterhalt förmlich geschaffen und boten eine natürliche Verschanzung gegen Artillerieangriffe. Baron Haußmann schuf Paris zu der schönsten und luftigsten Stadt der Alten Welt um. Gleichzeitig ließ sich nirgends so leicht der Sicherheitsdienst aufrechterhalten. Überdies vergesse man nicht, daß der Bois der Boulogne da ist, weil Louis Bäume liebte. Dabei machte diese Vergnügungssucht, dieses leichte Geldausgeben die Bürger durchaus nicht zu Bettlern. Ganz im Gegenteil war die Einwanderung aus dem puritanischen England, Amerika und Deutschland sehr groß. So kam es zu einer „unsichtbaren Ausfuhr", die Frankreich ungezählte Millionen einbrachte. Louis Bonaparte verwandelte Paris in die erste wahrhaft kosmopolitische Stadt, die die Welt seit dem alten Rom gesehen.

Paris sündigte nicht nur, es wurde auch sündhaft reich. Ein großer Teil des gewaltigen, unordentlichen Zolaschen Meisterwerks ist nichts als eine entrüstete Lobpreisung dieser Sündenepidemie des Geldes durch einen sparsamen Provinzler. Zum erstenmal erschienen am Wirtschaftshimmel merkwürdige Vorzeichen. Das Geld brachte zum Beispiel jetzt fünf Prozent statt der bisherigen drei unter den Orléans, und trotzdem wurde alles billiger und billiger. Nebenbei setzte ein Fordscher Kreislauf des Verbrauchs und der Produktion ein, der das ganze Gemeinwesen in steigenden Spiralen mit sich riß. Moralisten wie Republikaner griffen sich verzweifelt an die schwindelnden Köpfe. Bis auf den heutigen Tag beten die alten Weiber von Lancashire und Ohio um die Vernichtung von Louis Bonapartes Paris. Die einzigartige Hofhaltung der Tuilerien stand jetzt auf der Höhe dieser babylonischen Schwelgerei in Kuchen und Zirkusspielen.

Wie man sich denken kann, war es nicht wahrscheinlich, daß der Kaiser, Morny, Persigny und der übrige nahe Freundeskreis sich selber Entbehrungen auferlegten, während alle anderen auf ihre Einladung hin praßten. Indes waren sie nicht nur Piraten, die sich eine absolute Freiheit des Genusses erlaubten – sie hatten auch ihre Philosophie, ihr Programm, ja sogar eine Tradition. Ihre Gelage bauten sich daher auf einer festgefügten Etikette auf. Der Kaiser verkündete, er wünsche die „Gebräuche der Monarchie ebenso wie ihre Institutionen zu neuem Leben zu erwecken“. Die Ehrengäste bei diesem zeremoniellen Spaß haben uns verschiedene interessante Berichte hinterlassen. „Der Kaiser und sein Hof nahmen die von Louis Philippe abgelegte Mode der Kniehosen wieder auf. Die Diners (im Schlosse Compiègne) umfaßten für gewöhnlich hundert Gedecke. Die zahlreichen Hofchargen waren alle neu und nahmen ihre Ämter sehr ernst. Ein Lakei stand hinter jedem Stuhl und eine Militärkapelle sorgte während der Mahlzeiten für etwas zu laute Musik.“ Kaum aber war die Tafel abgeräumt und die Dienerschaft entlassen, so wurde der Ton freier. “Wir tanzten alsdann nach den Klängen einer Drehorgel, die ein gewisser Baciocchi, ein Vetter des Kaisers, spielte.“

In den nächsten Jahren fand auch des Kaisers romantische Heirat statt. Er hatte vergebens versucht, sich aus einer der älteren Königsfamilien Europas eine reiche Braut und damit eine Verbindung zu verschaffen. Dies war selbst der Königin Victoria, der einzigen Herrscherin, die ihm anders als mit kalter Höflichkeit begegnete, nicht geglückt. Zum Schluß folgte er „der Stimme seines Herzens“ und ging eine gesetzliche Ehe mit einer jungen spanischen Dame ein. Eugenia de Montijo war von leidlich guter Herkunft; sie besaß kein Vermögen, durfte aber zahlreiche berechtigte Ansprüche auf Schönheit erheben. Sie war damals sechsundzwanzig Jahre alt. Die Rede, in welcher der Kaiser seine Wahl verkündete, vermittelt einen klaren Eindruck sowohl seiner Gefühle wie auch des Widerhalls, den sein Schritt bei der Mitwelt erweckte.

„Ich will dem alten Europa zeigen, daß ich einen Weg weiß, um ihm Respekt einzuflößen. Ich will mich nicht um jeden Preis in die Familie der Könige drängen, sondern mich ganz offen zu der Stellung eines Parvenu bekennen; das ist ein ruhmreicher Titel, wenn er, wie in meinem Falle, besagt, daß man seine hohe Stellung der freien Wahl eines großen Volkes verdankt. Meine erwählte Gemahlin ist eine Französin nach Gefühl und Erziehung und durch das Andenken an die militärischen Dienste ihres Vaters. Als Spanierin bringt sie dem französischen Volk den Vorteil, keine Familie in Frankreich zu besitzen, der man Titel und Apanagen verleihen müßte. Sie ist Katholikin, fromm, liebenswürdig und gut; ohne Frage wird sie die Tugenden der guten Kaiserin Josephine wieder auferstehen lassen.“

Nach seiner Vermählung nahmen die Etikette und die Lustbarkeit noch zu. Miß Howard erhielt einen Titel – andere freigebige Freundinnen aus der Vergangenheit wurden ausbezahlt. Eine zum mindesten wurde mit Gewalt über die französische Grenze gebracht. Die Kaiserin versammelte einen Kreis von vierhundert schönen Damen um sich, von denen kaum eine dem alten Adel angehörte. Die Staatsempfänge wurden meist in der Form von Maskenbällen abgehalten. Bei einer dieser Gelegenheiten verbarg die alte Großherzogin von Baden, eine entfernte Verwandte der Bonapartes, „weder ihren Kummer, noch ihre Überraschung und Empörung". Beide kaiserliche Majestäten und ihre nahen Freunde liebten das Landleben. „1857 in Compiègne", schreibt der diplomatische Hubner, der der Familie nahe stand, „führten wir nach dem Frühstück und einem Wettlauf unter einem Zelt auf dem Rasen die Einnahme von Malakoff auf; der kleine Hügel, welcher die Festung vorstellte, wurde von der Kaiserin und ihren Damen verteidigt, während der Kaiser und seine Freunde ihn angriffen. Man war ein wenig zu ausgelassen und etwas zu intim." Anläßlich dieses Festes wagte die orleanistische Presse zu schreiben: „Der Kaiser ging auf allen vieren zum Angriff vor und packte die Damen an den Füßen." Monsieur Claude, der nicht immer ganz wahrheitsliebende Chef der Pariser Polizei, behauptet in seinen berühmten Memoiren, daß mitunter sogar noch lebhaftere Festlichkeiten stattfanden. „Bei einer dieser Gelegenheiten", schreibt er, „wurde eine hohe Umfriedung gebaut, hinter der ein Chor nackter Knaben und Mädchen klassische Tänze aufgeführt haben soll." Ferner gab es die bekannten spiritistischen Sitzungen. Die Kaiserin glaubte fest an das Tischrücken. Home, das berühmteste Medium Europas, wurde oft an den Hof zitiert und zeigte dort viele Wunder. „Das steifste Zeremoniell wechselte ab mit einem zwangslosen Sichgehenlassen", schreibt der an die älteren Hofsitten gewöhnte, würdevolle Hubner. „Man hatte den Eindruck von Menschen, die, plötzlich zu Geld gekommen, eine für sie allzu schwierige Rolle spielten. Der Luxus der Kostüme, die vielen Lakaien und die überreiche Vergoldung wirkten viel zu neu."

Lange Zeit nach dem blutigen Zwischenspiel auf dem Boulevard erfreute sich Louis Napoleon in seiner Partie mit dem Schicksal unverschämt guter Karten. Zwar hatte er schärfer gegen die Republikaner vorgehen müssen, als ihm lieb war; besonders nach seiner Heirat mußte er den Katholiken, die sowohl 1848 wie 1851 mit ihm im Bunde standen, weitere Zugeständnisse machen. Sein Ideal läßt sich, wenn man will, als eine Art sentimentales Banditentum erklären. Aber es bewährte sich überraschend gut, zur maßlosen Wut aller rechtschaffenen Menschen. Frankreich war förmlich übersättigt. Die Reichen wurden noch reicher, Brot und Wein waren billig. Wäre nur irgendwo ein bißchen Poesie dabei gewesen, man hätte glauben können, das goldene Zeitalter sei angebrochen. Aber Louis hatte bekanntlich alle guten Dichter verbannt und Geschäftsleute verstehen nur selten die Leier zu schlagen. Als Dreingabe auf das billige Brot, die fünfprozentigen Zinsen, die neu gegründete Fremdenindustrie, die vielen öffentlichen Arbeiten und Feiertage schenkte er dem Volk einen siegreichen Krieg. Mit England zusammen schlug er die Russen in der Krim.

Die Orsini-Affäre soll dieser Periode ruhevoller Verdauung ein Ende gemacht haben. Niemals hat es eine Regierung gegeben, die so reich an Unterströmungen und unterirdischen Gewalten war. „Im großen und ganzen war das dritte Kaiserreich ein einziger Fall für die Geheimpolizei." Wohl niemand wird daher beweisen können, daß er die ganze Wahrheit über Orsini weiß. Wir wollen uns an die Romantik halten, sie ist immer noch die beste Führerin in dem bonapartistischen Labyrinth. Der Attentäter war ein Mitglied der Carbonari. Er und seine Gruppe erhielten den Auftrag, den Kameraden Louis daran zu erinnern, daß man Austrittserklärungen nur von den Toten anzunehmen pflege. Orsini und seine Freunde warfen daher eines Abends im Januar 1858, gerade als der Kaiser in seinem Wagen vor der alten Oper in der Rue Montpensier vorfuhr, drei Bomben. Sie verfehlten ihn, statt dessen wurden acht Passanten getötet und mehr als einhundertundfünfzig verwundet. Es ist dies der erste Fall, in dem eine Bombe zu politischen Zwecken verwendet wurde, – es war eine Zeit der Neuerungen.

Nach diesem Wink erinnert sich der Kaiser an seine Vergangenheit, er beginnt sich für Italien zu interessieren. Der einzige Grund, weshalb er das nicht schon längst getan, war seine Allianz mit den Ultramontanen. Diese waren gegen eine italienische Erhebung, da das Programm der Revolutionäre eine Annexion Roms und des Kirchenstaates umfaßte. Die Kaiserin selbst war die Hauptvertreterin der Kirche in den Tuilerien; nach der Orsini-Affäre schwieg anscheinend ihre Opposition. Auf hartnäckiges Drängen des Erzbischofs von Paris unterschrieb der Kaiser widerwillig das Todesurteil Orsinis. Aber schon zwei Monate später berief er heimlich Cavour zu sich und verabredete mit ihm, Österreich einen Krieg für die Befreiung Italiens zu erklären.

Ein Ausländer kann kaum im Zweifel darüber sein, daß Louis Napoleon und die Franzosen die eigentlichen Befreier Italiens waren; die Revolutionäre, die ihre siegreichen Heere begleiteten, waren lediglich Hilfstruppen. Aber es gibt abgesehen von dem natürlichen Stolz der Italiener noch die verschiedensten triftigen Gründe, weshalb das italienische Volk dem Manne und der Nation, die Montebello, Palestro, Turbigo, Magenta und Solferino gewannen, keinen großen

Dank zollt. Die Befreiung geknechteter Völker ist vielleicht das gefährlichste aller menschenfreundlichen Unternehmungen der Welt.

Zum Beispiel mußte Louis Napoleon den Krieg abbrechen, lange bevor das stolze Risorgimento sich zufrieden gab. Außerdem mußte er, um sein eigenes Volk zu befriedigen, etwas Konkreteres vorzeigen als das Bewußtsein, eine gute Tat glücklich zu Ende geführt zu haben. Er annektierte daher (natürlich nach einer Volksabstimmung – der berühmten napoleonischen Spezialität) Nizza, die Riviera und Savoyen. Endlich bestand die Kaiserin mit den Katholiken darauf, daß er auch einmal seine katholische Gesinnung zeige, nachdem er sich bei Solferino als braver Carbonaro bewiesen hatte. Er sollte die Oberhoheit des Papstes in Rom sicherstellen. So marschierten denn dieselben französischen Truppen, die das neue Königreich Italien geschaffen hatten, auf dem kürzesten Wege nach Rom, um die nationale Hauptstadt zu besetzen. Diese römische Garnison bestand so lange wie das Kaiserreich selbst.

Sein erhabenes Ideal, das Leitmotiv seines Lebens: alle Menschen und sich selbst glücklich zu machen, wurde immer schwieriger, je mehr er sich darum sorgte. In Wahrheit verlor er allmählich die Nerven. Wohl blieb er bis zum Schluß äußerlich ungerührt, aber an seiner Seele fraßen die Sorgen. Er hatte alle Freuden des Lebens gekostet und war ihrer überdrüssig geworden; jetzt sehnte er sich nach der einzigen, die dem Abenteurer verboten ist, nach Frieden. Ohne Zweifel machte sein schmerzhaftes chronisches Leiden dies zu einem physischen Bedürfnis.

Morny starb; Persigny wurde durch eine Kabale der Kaiserin vom Hofe gejagt. Es folgte eine lange Reihe schlau erdachter, verfehlter Unternehmen, um die Franzosen zufrieden zu stellen; Sentimentalität und Interesse führten ihn von einem Sumpf in den anderen. Er drängte sich als Befreier Polen auf; die Russen demütigten ihn und warfen ihn hinaus. Wohl das häßlichste und kühnste seiner Mißgeschicke gipfelte in dem Bemühen, ein lateinisches Kaiserreich in Mexiko zu errichten. Der unglückliche österreichische Prinz, den er zu diesem Streich überredete, wurde drüben besiegt, gefangengenommen und erschossen.

Während also dieser zum Tode verurteilte Spieler mit äußerlich unerschütterlichem Gleichmut Einsatz über Einsatz verlor, wuchs im Nachbarstaate ein zweites romantisches Gebilde zu immer größerer Macht empor: das Bismarckische Reich. Zwar war es ganz in Schwarz und Grau gemalt, aber im Innern war es aus ebenso gebrechlichem Material erbaut wie Napoleons eigene Herrschaft. Trotz seiner gefährlichen Fassade war der Mörtel, der es zusammenhielt, nur ein poetischer Niederschlag: der Nationalismus, und das Fachwerk, das es stützte, jener unmögliche Traum: ein wohlwollender Despotismus. Wie ein Pilz über Nacht ein großes Blatt verdrängt, so wurde der weitläufige, modrige Bau Louis Napoleons durch dies organischere Wachstum eingeengt und umgeworfen.

In der Politik gilt jede Romantik und Sentimentalität für Torheit; man glaubt daher an das Gegenteil und hält jede Brutalität für praktisch und vernünftig. Nur in diesem Lichte betrachtet, wirkt Bismarcks Bauplan als das Werk eines weitblickenden Genies; denn es führte in gerader Linie zu dem absurden Schrecken von 1914. Jedoch der Unsinn des Bonapartismus war seinem illegitimen Vetter, dem ernsteren, nüchternen Wahn von „Blut und Eisen“ nicht gewachsen. Louis taumelte von einem Fuß auf den anderen, verzweifelt suchte er nach rechts und links das Gleichgewicht zurückzuerlangen, das es ihm ermöglichen sollte, alle Menschen, einschließlich den lieben Gott oder doch zum mindesten die fromme Kaiserin zufriedenzustellen. Er versprach im Namen der kleinen Nationen Schleswig-Holstein zu Hilfe zu eilen, widerrief das Versprechen der heimischen Friedenspartei zuliebe, verbündete sich mit den Italienern als Gegengewicht gegen die Preußen, zog sich von diesem Bündnis zurück, weil er die Sache des Papstes hätte aufgeben müssen, und schloß zuletzt tatsächlich mit Bismarck in Biarritz ein Bündnis. All das sind frühzeitige Symptome des kommenden Ruins. In diesen letzten Jahren erinnert seine ganze Politik an die schwankenden, torkelnden Bewegungen eines Betrunkenen oder Sterbenden.

Noch einmal kommt er vorübergehend wieder auf die Beine. Er milderte die scharfen Maßnahmen gegen seine inneren Feinde; die Republikaner durften zurückkehren, man erlaubte es ihnen sogar, ihre eigenen Zeitungen zu halten. Ganz mit Recht benutzten sie diese Konzession, diese Schwäche dazu, um das gefährliche Tier einzukreisen, seinen Bau zu untergraben. Sie hetzten es von einem Winkel des Landes bis zum anderen dem Ende entgegen. Trotzdem hatte Louis ganz zum Schluß noch den Mut, sich ihnen zu stellen; er wagte einen letzten Vorstoß ins Freie. Mag man es nun als komisch oder rührend empfinden, dieser letzte Wurf, der ihm den Sieg erringen sollte, nahm die Form eines Plebiszites an. Dabei soll es ganz ehrlich zugegangen sein. Das Ergebnis war 7 358 786 Stimmen zu seinen Gunsten und 1 571 939 Stimmen für die Gegenpartei, die größte Mehrheit, die sich ein Bonaparte je errang.

Wenige Wochen darauf stürzten der Kaiser, seine Dynastie, seine Sache und Frankreich sich Hals über Kopf in den Deutsch-Französischen Krieg.

So endet diese Geschichte in Blut und Verwirrung. Von Sedan, am äußersten Rande der Weltgeschichte, schickt Louis mit einer letzten Geste, ehe Nacht und Vergessenheit sich über ihm schließen, ein Telegramm an die Kaiserin. „Die Armee ist besiegt und gefangengenommen. Ich selbst bin ein Gefangener."

Armer Teufel, viel Stil hat er nie gehabt.

Isadora Duncan

Wir müssen noch einmal den schwierigen Fall der Abenteurerin aufgreifen. Ja, wir hätten es schon lange getan, wenn es nicht schwer wäre, andere als rein banale Beispiele zu finden. Die Frage hat sogar ein aktuelles Interesse. Es scheint, daß unsere Zeit die Frau an sich, halb durch schmeichelnde Überredung, halb mit brutaler Gewalt dazu drängt, ihr eigenes Leben zu leben. Oft sind wir dann enttäuscht, wenn sie sich stattdessen nur eine Karriere schafft. Den einzigen Fall, den wir bisher behandelt haben, Lola Montez, führte zu einem traurigen Schluß, oder richtiger gesagt, zu einem schlimmen Verdacht. Aber war der Schatten eines allgemein gültigen Gesetzes, wenn auch nur undeutlich erkennbar, am Ende nicht lediglich in Zeit und Ort und in dem Wesen Lolas begründet? In der auserwählten Gruppe bedeutender Schicksale unserer Zeit ist das Isadora Duncans nach Wert und Inhalt am besten geeignet, unsere Zweifel an der Frage zu beantworten. Isadora selbst meinte, ihre Lebensgeschichte „sei wert, von einem Cervantes oder Casanova geschrieben zu werden". Aus Gründen, die fast zu zahlreich sind, halte ich das für einen Irrtum. Nicht nur das rein Malerische, nicht der Reichtum an Einzelheiten (diese sind, um die Wahrheit zu sagen, oft recht mager, wenn auch mit mehr oder weniger klangvollen Namen ausstaffiert) räumt ihr einen Platz in unseren Studien ein. Auch meine von ihren Anhängern, Nachahmern und Kopisten geteilte Ansicht, daß ihr Beitrag zur Kunst weit mehr war als ein falscher Fingerzeig, hat nichts damit zu tun. Viele französische Schauspielerinnen, zum Beispiel, können auf ein Leben zurückblicken, das einen größeren Reichtum an launischen, unerwarteten Glücksfällen, an wertvollen Liebhabern, an bunten und fesselnden Wechselfällen und Abenteuern aufweist. Auch verdankt Isadora den Platz, den sie hier einnimmt, nicht der inneren

Würde ihres Lebens, die zweifellos vorhanden war und die wir in ihrer kostbaren, tragischen Einheit nicht übersehen sollten. Sie hat ein Recht, sich neben die außergewöhnlichen und manchmal großen Menschen unseres Buches zu stellen, weil sie an Ausmaß, Mut und Geist vor allen Frauen unserer Zeit den reinsten Versuch wagte, ihr Leben zu einem Abenteuer zu gestalten. Ja sie hat die Sphinx am genausten über alle Geheimnisse befragt, die uns hier angehen. Als Dank erhielt sie auch die merkwürdigsten Antworten. Sie selbst hielt die Wechselfälle ihrer Jugend für bezaubernd eigenartig. Aber die gleiche Familie, die gleiche Lebensführung kommt so häufig in der Entwicklung jener vor, die sich später ihr Brot durch die Kunst verdienen, daß sie fast bis zur Orthodoxie banal erscheinen. Diese Duncans aus San Franzisko waren nach Isadoras eigenen Schilderungen schäbig, verschwenderisch und intelligent. Sie lebten von einem Tag zum andern in einem zigeunerhaften Opportunismus, hielten es für ihr gutes Recht, sich Geld zu leihen und für ihre Pflicht, es auszugeben. Natürlich erteilte die Mutter privaten Klavierunterricht. Ich habe diese Menschenklasse in meiner Jugend aus nächster Nähe kennengelernt und mir aus einem Gemisch von Abneigung und Bewunderung eine eigene Theorie über sie gebildet, nämlich, daß solche Leute „sich in Wahrheit ein privates Einkommen erleben". Eine bessere Erklärung vermag ich im Augenblick nicht zu geben. Im Grunde leben sie so ordentlich und gebunden wie gute neureiche Bürger. Alle diese Menschen sind leicht verschwenderisch, leicht anspruchsvoll und besitzen eine reizende oberflächliche Bildung. Nur haben sie unglücklicherweise kein Geld. Wo ihre eigentlichen seelischen und praktischen Wahlverwandtschaften liegen, läßt sich nur in einem entscheidenden Punkt erkennen: in ihrer gut bürgerlichen, unerschütterlichen Moral. Nein, wir haben es hier nicht mit verwahrlosten Stromern zu tun, sondern mit einem durch wirtschaftliche Schwierigkeiten versprengten Felssplitter der anständigen Gesellschaft.

Wir müssen die Jugendeinflüsse, die entscheidend auf Isadoras Charakter einwirkten, näher untersuchen. Die etwas billige romantische Betrachtungsweise, der sie selbst unterliegt, kann uns nicht genügen. Lassen wir diese Kindheit im Stil der „Treuen Nymphe", oder wie man sie sonst nennen mag, auf sich beruhen. Ich fühle das Vorhandensein zweier wichtiger anderer Faktoren. Der unbedeutendere von beiden ist die Liebe zu Büchern und all die damit zusammenhängenden kulturellen Neigungen. Familien wie die ihrige lesen viel. Sie lesen eine ganz besondere Art von Büchern und lesen auf eine ganz besondere Weise. Das ist bei ihnen gleichsam eine natürliche Voraussetzung.

Ihre Nachbarn würden sagen, sie läsen außerhalb ihrer Kreise. Die Kinder insbesondere fühlen sich von Büchern angezogen, deren Titel ihnen eine Rundreise durch eine höhere, fremdere, seltenere Welt versprechen. Shakespeare und Shelley zum Beispiel haben für sie keinen großen Reiz (von weit verbreiteten Romanen ganz zu schweigen). Dergleichen Namen sind ihnen viel zu geläufig. Ihr Glanz lockt eine ganz andere Art von Kindern. Die Brontës waren in ihrem tadellos aufgeräumten alten Pfarrhause zwar viel ärmer, viel mehr von der Welt abgeschnitten, als es je die zerlumpten frechen kleinen Duncans gewesen waren, aber Prospero, Hamlet, Lear und sein Narr spukten ihnen dauernd im Kopfe herum. Unseren kleinen Kaliforniern wird es schwerlich so ergangen sein. Sie machten vor Schaufenstern mit Folioausgaben der „Sprüche Marc Aurels“ halt und vor anderen Büchern mit geheimnisvollen ausländischen, vor allem griechischen Namen. Aber es fiel ihnen, wohlgemerkt, niemals ein, Griechisch zu lernen.

Es hat keinen Zweck, sich zu verbergen, daß eine solche Veranlagung, abgesehen von einer gewissen natürlichen und nicht durchweg schlechten Anmaßung, stark zur Oberflächlichkeit neigt. Sie kostet und nippt überall, flattert von einem Buchdeckel zum anderen und setzt große Werke und Themata, die ein bestimmtes Maß von Konzentration erfordern, der ganz unwürdigen Behandlung eines autodidaktischen Dilletantismus aus.

Isadora belegt dies irgendwo in ihren Memoiren durch ein naives Beispiel. Wenn sie hinter den Kulissen eines Provinztheaters auf ihren Auftritt wartete, soll „sie ganz in Marc Aurel versunken“ gewesen sein. Aber niemand achtet darauf. Sie konnte nicht umhin, sich ein wenig darüber zu ärgern. Außerdem möchte ich jede Wette eingehen, daß sie den Band nie zu Ende, nie ganz bis zu Ende gelesen hat.

Wahrscheinlich hatte dieses kunterbunte Lesen, diese gestohlene Allgemeinbildung nichts als ein Sammelsurium reizender Mißverständnisse, zielloser Schwärmereien und die Gewohnheit, über alles hinwegzujagen, zur Folge. Vielleicht bildeten sich auch ein paar starke Vorurteile, eine ganz echte, eifersüchtige Abneigung gegen wohlfundiertes Wissen, gründliche Arbeit und alles, was darauf beruht.

Der zweite wichtige Faktor ihrer amüsanten Erziehung war die unglückliche Ehe der Mutter. Isadora weist energisch das gewöhnliche Los und die Hoffnung der Frau, sich durch einen Ehemann ernähren zu lassen, zurück. Und dieser

Geist gibt uns das Recht, ihr Leben als ein Abenteuer zu betrachten. Denn um es, statt einer sehr langen Beweisführung, ganz kurz zu sagen, sei hier darauf hingewiesen, daß die Institution der Ehe den einleuchtendsten (durchaus hinreichenden) Grund bildet, weshalb Frauen im allgemeinen so selten Abenteurer sind.

Der Abenteurer ist, knapp ausgedrückt, ein Individualist. Das abenteuerliche Leben ist ein Spiel gegen die Gesellschaft: es steht daher in direktem Gegensatz zu dem auf die Unterstützung des Ehepartners aufgebauten Leben der Frau. Dieses birgt in sich schon den Kern zum Wesen der Gesellschaft. Die Ehe scheint heutzutage den jungen Mädchen immer noch im Bereiche des Möglichen, wenn auch nicht unbedingt Wahrscheinlichen zu liegen. Es kann daher leicht sein – ich persönlich vertrete sogar diese Ansicht –, daß der Gedanke, sich zu verheiraten, den Willen fast aller Mädchen schwächt, die sich beruflich und anderweitig mit den Männern messen. Er lenkt sie von dem geraden Wege ab und ist vielleicht das höchst einfache Geheimnis ihrer eingestandenen Inferiorität. Die Pädagogen täten daher besser, statt nach irgendeiner nicht existierenden Minderwertigkeit des weiblichen Gehirns zu suchen, in den Jahren des Wachsens und Lernens ihre Aufmerksamkeit jenem unterbewußten Gedanken zuzuwenden: „Schließlich werde ich ja doch einmal heiraten." Denn dieser heimliche Wunsch lähmt eine Frau in all den verzweifelten Situationen, die der lernende Jüngling in dem Bewußtsein, daß es ums Leben geht, überwindet. Folglich muß man bei der Aufstellung statistischer Vergleiche die Frauenarbeit nicht mit den Leistungen der freien, ungebundenen Männerwelt messen, sondern lediglich mit denen einer kleineren Gruppe von Männern, die sich in einer Krisis neben der einfachen Alternative von Erfolg oder Mißerfolg noch einer lähmenden Verantwortung bewußt sind. In die gleiche Klasse gehören auch die Söhne reicher Leute. Sie können letzten Endes den Kampf niemals ernst nehmen. Der Durchschnittsmann ist nur von sich selbst abhängig; die Durchschnittsfrau aber hofft oder erwartet, daß man für sie sorgen wird. Es ist daher die erste Vorbedingung aller Abenteurerinnen, sich wie Isadora von jeder Abhängigkeit zu befreien.

Ihre Mutter nahm ihre unglückliche Ehe und endliche Scheidung so schwer, daß sie nicht nur ihre Kinder lehrte, ihr Vater sei ein Teufel und ein Ungeheuer, sondern sogar ihre Religion wechselte. Bisher war sie Katholikin gewesen, jetzt wurde sie kurzerhand Ingersollistin. Ihr Eifer in diesen öden Gefilden des Puritanismus – denn auch der orthodoxe Atheismus ist nichts anderes – war so groß wie nur je. Aber gerade deshalb dürfen wir Isadoras Entschluß, niemals zu heiraten, nicht auf irgendwelche Lehren ihrer Mutter zurückführen; er entspringt vielmehr einzig und allein ihrem eigenen starken Mut und Selbstvertrauen. Ein junges schönes Mädchen, das obendrein noch den Zauber der von uns kritisierten, aber nicht vergessenen Erziehung genossen hat, ist in seiner Anmut leichter zu gewinnen, als ernstere Naturen gleichen Alters. Um so erstaunlicher ist dieser zielbewußte Drang, ihr eigenes Leben zu gestalten und den Kampf eines Einzelnen gegen die Götter zu wagen. Ja er ist so kühn und außergewöhnlich, wie nur irgendeine Tat in diesem Buch. Dabei ist es auffallend und bemerkenswert, daß diese geistige Geste noch nicht völlig reif ist. An Stelle der von ihr verachteten und zurückgewiesenen Versorgung durch den Gatten setzte sie als natürliche und unvermeidliche Entwicklung eine soziale Theorie. Diese ist zwar unschuldig sentimental und unklar, verrät aber doch schon in nicht zu verkennender Weise den Keim zu dem Sozialismus, mit dem unsere Zeit schwanger geht und der wahrscheinlich die kommende Epoche beherrschen wird. Isadora wollte nicht, daß ein Gatte für sie sorgte, sie unterstützte und ernährte. Aber sie war völlig überzeugt, daß jemand anders an seine Stelle treten sollte. Dieser Jemand war der Staat. Das erkannte sie klar, nachdem sie die termini technici gelernt hatte. Anfänglich wurde die Rolle des Unterstützers dem Hauswirt, reichen Leuten, dem Publikum zugewiesen, – niemals ihren Verwandten oder Eltern. Es fiel ihr nie ein, sich an sie zu wenden. Statt dessen wandte sie sich an die Gesellschaft. Ihre eigenen Geständnisse enthalten viele schöne Beispiele hierfür. Nach einem Konzert in New York, in dem sie Beifall, Geld und Lob geerntet hatte, wendet sie sich schnurstracks an die Veranstalterin, eine reiche Dame, um Unterstützung. „Diese reiche Frau, die sechzig Millionen besaß, trat an ihren Schreibtisch, nachdem ich ihr unsere Not geschildert hatte, und stellte einen Scheck aus." Auf – sage und schreibe – fünfzig Dollars. Der bedeutsame Vorfall wiederholte sich in zahlreichen Varianten. Schon als ganz kleines Mädchen „meldete ich mich freiwillig, wenn wir nichts zu essen hatten, um zum Fleischer zu gehen. Geschickt überredete ich ihn, mir die Koteletten zu geben, ohne daß ich sie zu bezahlen brauchte. Mich schickte man, um beim Bäcker weiteren Kredit zu erhalten ..." Hätte sie an diesen Handlungen irgend etwas Entehrendes gefunden, sie würde sie ohne Zweifel schon in jenem frühen Alter empört zurückgewiesen haben. Für sie war es ganz einfach eine Sache der Gerechtigkeit. Wer etwas hatte, der mußte auch geben.

Diese im wesentlichen soziale, wenn nicht sozialistische, antinietzschesche Auffassung vom Rechte der Armen wird vermutlich von einer unbestimmten Anzahl Männer geleugnet. Dagegen weiß ich nicht, wie viele Frauen ihr im Herzen beipflichten. Es kann kein Zufall sein, daß der moderne Staat überall notgedrungen eine Form annimmt, die im Gegensatz zu dem sozialen Ideal der Männer mit dem rein weiblichen Ideal übereinstimmt. Irgendwo am Ende der Entwicklung steht der Staat, der der große Ernährer ist, der Gatte und Vater aller Frauen und Kinder. Ein interessantes Problem für Träumer! Stimmt das oder ist es auch nur annähernd wahr, so muß das abenteuerliebende, antisoziale Leben der Männer sich mehr denn je zu einer Revolte gestalten.

Wie dem auch sei, Isadoras Leben umschließt von Anfang an eine soziale Abhängigkeit, ein aufrichtiges, eindeutiges, wahrscheinlich kompensatorisches soziales Empfinden. Es konnte daher kaum eine andere Richtung als die der Bühne nehmen. So beschritt sie denn auch, kaum daß sie gehen konnte, diesen Weg mit der ihr eigenen, anmutig schwebenden Unvermeidlichkeit, die so viele Jahre ihres Lebens verschönte.

Sie hat uns einen recht freimütigen Bericht ihrer Erfindung hinterlassen, die man später unzutreffend als „klassische“ Tanzkunst bezeichnete. Auf jedem anderen Gebiete der Kunst würde man dieses Aufgehen in individualistischen Stimmungen, dieses Vorherrschen eines individuellen Geschmacks sicher eher „romantisch“ als „klassisch“ nennen. Dieser erhabene Ausdruck ist weit eher eine Anspielung auf irgendeine phantasievolle Nachahmung – oder besser noch – Entlehnung der kunstgerechten Posen altgriechischer Töpfereien. An dem ganzen dunklen Thema ist nur das eine klar: Der griechische Tanz der Blütezeit war den Rhythmen Isadoras etwa so ähnlich wie die Gedichte, sagen wir, Theokrits dem poetischen Schaffen einer Gertrud Stein. Schon mit sechs Jahren begann Isadora zu ihrer Mutter Begleitung zu hüpfen und zu springen. Sie muß dabei eine ungewöhnliche Kraft und Grazie entwickelt haben, denn andere Kinder bewunderten sie, und sehr bald sammelte sie von deren Eltern Pfennige ein für den Tanzunterricht, den sie erteilte. Stundengeben war die erste logische Schlußfolgerung der praktischen Duncanschen Philosophie.

Später scheint ihre Mutter auf den Gedanken gekommen zu sein, diese Spielereien zu verwerten. Sie schickte ihre Tochter auf eine regelrechte Ballettschule, um die Grundbegriffe zu erlernen. Der Tanzmeister war „einer der berühmtesten in San Franzisko“, das heißt, er muß, wenn man den niedrigen Stand der damaligen Kunst auf der ganzen Welt bedenkt, merkwürdig schlecht gewesen sein. Jedenfalls war er ein solcher Dummkopf, daß er dem kleinen Mädchen, als es ihm selbstsicher erklärte, seine Schritte gefielen ihm nicht, „weil sie häßlich und gegen die Natur seien", keine Antwort zu erteilen vermochte. Das geschah bereits in der dritten Unterrichtsstunde, und Isadora ging nicht wieder zu ihm hin. Statt dessen begann sie ihre eigene Tanzkunst zu erfinden.

Wir haben es hier mit einem unmittelbaren Produkt der Gefühle, Theorien und Künste (nicht allein der Tanzkunst) zu tun, welche im ersten Jahrzehnt des zwanzigsten Jahrhunderts einen so plötzlichen Aufschwung nahmen, um bis in unsere Zeit, wenn auch auf absteigender Linie, weiterzuleben. Isadora gebrauchte ihre Kunst bei ihrem Abenteuer als Werkzeug, Landkarte oder Schwert – man kann ihr beliebige Namen geben –, wir müssen daher noch einmal innehalten und sie aufmerksam untersuchen. Rein akademisch betrachtet, läßt sich diese Lehre von einer „Freien Kunst" als eine späte Blüte der Romantik, sagen wir, der englischen Lyrik bezeichnen. Oder man kann ihr einen erhabeneren Ursprung geben und sie auf die wilden Orakel des Dionysos oder Jesaias zurückführen. Ich selbst habe eine merkwürdige Abneigung, mich auch nur im Spiel an Vergleiche zwischen den Tänzerinnen, auf die sich unser Thema beschränkt, samt den ihnen befreundeten Maler-Poeten, und den Herrlichkeiten eines William Blake zu wagen. Trotz aller Gefahr und Mühe ziehe ich es vor, die Angelegenheit am anderen Ende anzupacken. Isadoras Idee deckte sich demnach, wenn ich mich nicht irre und so weit ich sehen kann, mit der aller zeitgenössischen Künste. Sie glaubte, daß der Künstler „zur Natur", insbesondere zu seiner eigenen Natur zurückkehren müsse. Jede Regel, jede Tradition war verpönt. Sie und ihre Kollegen pflegten alle diese Dinge mit dem einen Wort „künstlich" abzutun. Darunter verstanden sie alles, was das Gegenteil dieser „Natur" und somit banal, unecht und schlecht war. Ich halte die ganze Theorie für ein unverkennbares Nebenprodukt des Puritanismus, den Isadora sonst nie genug verdammen konnte. Beide Gefühlsrichtungen sind, das eine Mal offen, das andere Mal versteckt, in der einen wie in der anderen Theorie enthalten. Die eine äußert sich in einer offen zur Schau getragenen Furcht und Abneigung vor allem „Künstlichen", vor jeder Vermenschlichung und Verschönerung, mit einem Wort vor der Quintessenz jeglicher Kultur. Isadora verdammt zum Beispiel den Spitzentanz – jene wundervolle geniale Erfindung, mittels der eine Tänzerin der Menschheit Traum vom Fliegen verwirklichen kann und die Ketten der Schwerkraft abschüttelt. Genau so verdammt ein

Erzdiakon den Lippenstift, ein Tolstoianer den Brokat und ein Quäker das geistliche Ornat und die Glasmalerei.

Aber die Natur, diese geliebte, schöne Mutter, in deren Schoß jene Leute uns zurückrufen möchten, hat in Wahrheit nichts für uns übrig. Die Nacht, der Eisberg, die öden Felsgipfel, die schwarze Tiefe des Ozeans, das ist Natur. Vor ihrem verschleierten Antlitz fällt uns ein Zittern an und unsere Rede will erstarren. Diese gewaltige brütende Riesin weigert sich, einer gefangenen Tigerin gleich, uns ins Auge zu schauen, sobald wir uns unter dem Schutz von Schiffen, Tauen und sicherem Geleit ihr nahen. Sie läßt sich nicht nachahmen. Das Vorortidyll – saubere Alleen, sanft sich schlängelnde Flüsse mit – natürlich – einem reizenden Landhäuschen im Vordergrund – ist kein Werk der Natur, sondern ein künstliches Gebilde von Menschenhand. Und doch ist sie auch hier trotz des freundlichen Lächelns, das wir auf ihre Maske malten, unter der dünnen Tünche unerbittlich. Die Nachtigallen, liebliche Kinder der Natur, singen nicht für dich und mich. Die Blumen sind stolz, und jene Bäume, die euer eigener Großvater im Schweiße seines Antlitzes pflanzte, wissen dem Menschen keinen Dank. Alle Tiere hassen uns mit Ausnahme der Parasiten, Hund und Katze, die von uns korrumpiert sind. Ein Sperling wird vor einem Elefanten keinen Zollbreit zurückweichen, aber er wird sich verstecken, bevor das engelhafteste Kind sich ihm auf Reichweite nahen kann. Geht einmal in einer Hochsommernacht in dem künstlichsten Park von Menschenhand spazieren, nachdem ihr euer Hirn von dem wohlmeinenden Geschwätz der kleineren Dichter gesäubert habt. (Shakespeare führt euch niemals in die Irre). Bemerkt mit Entzücken die bebende Flut des Lebens, die in der Hoffnung auf euer Fernbleiben allerorten spielt. Und seht dann mit Bitterkeit, wie schon beim ersten Rascheln eures Schrittes sich alles Lebende, alles Tote verschließt, schweigt, erstarrt und entschwindet. Es ist, als kehrten die Bäume selbst euch den Rücken, euch, dem Menschen, dem Ungeliebten, dem Schrecken. Ein seltsames Experiment, diese menschlichen Fleischfresser, dieser Tod in Affengestalt! Die ganze Natur wartet hoffnungsvoll auf den Tag, da wir nicht mehr sein werden. Es ist daher weise und notwendig, sie ihren erhabenen Rhythmen zu überlassen. Wir müssen uns unsere eigene Schönheit schaffen und eine Welt außerhalb ihres Machtbereichs.

Ihre Schönheitsgesetze – das eben ist der entscheidende Punkt – sind nicht die unsrigen. Vielleicht blickt sie in uralter furchtbarer Verachtung richtend auf uns herab, wie wir auf eine Negerschönheit, die sich Ringe durch Mund und Nase zieht. Setzt eine nackte Frau, selbst Isadora in der Blüte ihrer siebzehn Jahre, im Walde aus – ein Reh geht vorbei: wer dann nicht allzu selbstgefällig und arm an Phantasie ist, wird die Verachtung ahnen, welche die Natur für dieses abgebleichte, rundliche, zweibeinige Etwas hegt.

Und jetzt möge die zärtlichste Mutter sich an ihr liebstes Kindchen, an die innigsten Geheimnisse des Kinderzimmers erinnern, muß sie da nicht verlegen werden, wenn sie hört, daß der heilige Franz es wagte, friedliebenden, zerstörungsfeindlichen, beschaulichen Tieren zu predigen? Gehorchen wir dem alten Spötter Johnson: huldigen wir getrost der Heuchelei, aber hüten wir uns, an unsere eigenen Lügen zu glauben. Die Normen der Natur für physische und moralische Schönheit sind uns unerreichbar. Wir sind in ihren Augen häßlich. Setzt uns im Urwald aus – wir würden zu dem abscheulichsten und obendrein gefährlichsten Kriechtier werden.

Wäre daher das Neue, das jenes kleine Mädchen aus San Franzisko ruhig und unverfroren der Welt zu predigen begann, wirklich unsere ganze Hoffnung, ich blickte nur trübe in die Zukunft. Was kann Caliban anders tun, als für sich allein leben und ein tiefes Loch graben? Ich glaube und hoffe, daß Isadora irrte. Nein, der Mensch vermag der Natur ins Auge zu schauen, er kann Verachtung und Nichtachtung beantworten, kann Norm gegen Norm aufstellen und das mit einer Größe, die jene mächtige, törichte Göttin beschämen würde, wäre sie mit Verstand begabt. Das Geräusch der Meeresbrandung ist einer Shakespeareschen Sterberede nicht ebenbürtig. Die bloße Höhe des Montblanc ist geringer als die einer Beethovenschen Sonate. Die Frau, jede Frau, sagt Schopenhauer, wirkt neben einem Reh grotesk. Aber laßt einen Michelangelo sie kleiden, sie in seidene Gewänder hüllen und Schuhe auf ihre Füße ziehen, und das Reh wird kommen und ihre Hand lecken. Durch Können, das heißt durch die gesammelte Genialität der Künstler, werden Frauen, Männer und Städte auf eine Ebene gerückt, die an Erhabenheit das Natürliche um so vieles übertrifft, wie das klare Sternenlicht das wimmelnde kriechende Leben der Lagunen. Das Kind kann trotz aller Gaben seiner Stiefmutter Natur ein abscheuliches Geschöpft sein; die Poesie des Menschen sieht in ihm den Gott und wird es eines Tages zum Gotte machen. Das ist die Aufgabe der Kunst: Sie soll uns eine übernatürliche Welt schaffen und nicht die natürliche nachahmen.

Isadoras jugendliche These entspringt einem Mißverständnis, daß der Künstler ohne jedes Studium und ohne die Hilfe der Vergangenheit nur sein eigenes armes Ich zum Ausdruck bringen soll, ja daß er überzeugt sein darf, dies und nur dies allein sei, worauf es ankommt. Es ist nicht die Aufgabe eines einzelnen Genies, der Natur ihren Platz im All zuzuweisen; nur ganz selten, alle Jahrhunderte einmal (nicht alle Jahre) taucht ein ganz Großer auf, der berufen ist, daran mitzuwirken. Es ist in Wirklichkeit sehr unwahrscheinlich, daß Hans oder Hanne aus ihrer eigenen primitiven Natur heraus ein Gedicht, eine Sonate, einen Tanz erschaffen, der sich auch nur eines Gedankens lohnte. Weshalb sollte es auch anders sein? Wo außer in dem Bereich religiöser Ekstase findet sich dieser Glaube an den absoluten Wert dessen, was der Mensch zu geben hat?

Damit hätten wir über Isadoras Werkzeug, ihre Grundtheorien, genug, ja mehr als genug gesagt. Schließlich war sie eine große Persönlichkeit und das nützte sie geschickt aus, obwohl sie es niemals zugab und sich dessen wahrscheinlich selbst nicht bewußt war. Um ihrer „Natur" nachzuhelfen, entlehnte sie ihre Tanzposen den griechischen Vasen. Sie, die sich ganz von Eingebungen leiten ließ, eignete sich allmählich eine selbständige, ungemein verwickelte Technik an, die in mancher Hinsicht der alten überlegen war. Letztere beherrschte sie nie, da sie aus Voreingenommenheit so lange mit dem Lernen wartete, bis es zu spät war. Sie lehrte das Ballett Diaghileff mancherlei, vermochte aber niemals selbst in einem Ballett zu tanzen.

Aber wir greifen vor. Als sie zur Eroberung der Welt auszog, zu größerem Einfluß und Ruhme, als je eine Amerikanerin sich errungen hat, – wobei man nicht vergessen darf, daß sie ihre Familie sozusagen im Rucksack mit sich führte – da war die große Idee immer noch kindisch und stumpf wie ein hölzernes Schwert. Dafür besaß Isadora praktisch-reale Werte: blühende Jugend, runde, schöne Glieder, eine wundervolle Gesundheit, Einfachheit und Energie. Das waren Zaubermittel, die in ihrer unvergleichlichen Mischung unwiderstehlich wirkten. Um es rundheraus zu sagen: Ihre nackten Beine verhalfen ihr zum Erfolg weit mehr als ihre Bemühungen, irgendwelche dunkle Musik in Sprünge und Gesten umzusetzen.

Dieser Erfolg kam erstaunlich rasch, aber ihr Selbstvertrauen war so rein, daß sie meinte, er ließe unerträglich lang auf sich warten. Jeder, der auch nur flüchtig mit dieser naiven kleinen Amerikanerin in Berührung kam, war von ihr entzückt. Man war entzückt von ihren mit Leidenschaft gepredigten abstrakten Begriffen, von ihren unbewußten, reizenden Ansprüchen und von dem Neuen, das sie zweifellos bot. Mit einigen Metern Liberty-Seide und einem tragischen Ausdruck, „der jedermann in Erstaunen setzte", tanzte sie Mendelssohns Frühlingslied, worauf ihre Schwester Verse von Theokrit in Andrew Langs

Übersetzung vorlas. Zum Schluß pflegte einer ihrer Brüder über das Thema: „Der Tanz und seine voraussichtlichen, künftigen Wirkungen auf die Menschheit“ zu sprechen.

Den Engländern gefielen der Vortrag und die Verse nicht so gut wie Isadoras helle Augen. Sie lernte auf ihre Weise die verschiedensten Schichten und Kreise der Londoner Gesellschaft kennen, aber überall spürte sie eine gewisse Kälte, eine höfliche Kühle, die ihren Eifer etwas dämpfte. Man bewunderte sie, aber man war durchaus nicht überzeugt. Die Duncans strichen in London den mündlichen Teil ihres Programms, schon allein ihrer Aussprache wegen. Dagegen müssen Isadoras persönliche Erfolge erstaunlich gewesen sein. Trotzdem folgte sehr bald eine Periode, in der die in ihrer Jugend stereotypen Mietsprellereien und Meditationen auf Parkbänken sich wiederholten. Dieses plötzliche Zurücksinken in Vergangenheit und Armut nach glänzenden Erfolgen ist eine beängstigende Sache, aber man findet es in fast allen Biographien großer Bühnenkünstler. Inzwischen besuchte die Familie die Museen. Einer von Isadoras Angehörigen „erfand Sandalen“, und Isadora selbst ließ sich in platonische Liebeleien mit jungen Dichtern ein.

Danach kam natürlich Paris. Empfang und Beifall waren in den beiden Städten sehr verschieden. Isadora fühlte und merkte es, aber sie schätzte die Ursache nicht richtig ein. Das leichtfertige Dogma des Nationalismus gehörte auch zu ihrem Glaubensbekenntnis und führte sie in die Irre. Der Unterschied war so groß wie der zwischen einer Sackgasse und einer Heerstraße, aber er entsprang nicht der Tatsache, daß „die Engländer kalt und gefühllos sind“, während das lebhafte und kunstliebende Volk der Franzosen „sie viel wärmer begrüßte“. Der so rätselhafte und unerwartete, spezifische Unterschied der Nationalcharaktere gehört, falls er überhaupt existiert – ein paar tausend Jahre sind eine viel zu kurze Spanne Zeit für derartige tiefe Evolutionen – in das feenhafte Gebiet, wohin die Phantasie die Wissenschaft lockt, um alsbald ausgescholten zu werden, kurz in die Region der überflüssigen Hypothesen, wo die Telepathie, das Rutengehen und die Theorie der zehn verlorenen Stämme Israels wohnen. Wir lassen die Frage nach dem Temperament des Engländers offen, gewiß ist nur, daß die englische Kultur alles Neue haßt. Dank seiner Erziehung und deren Nebenprodukt, der Neurasthenie, will der Engländer, wenn er Kunst genießt, verehren, stillschweigend verehren, und das erste Postulat jeglichen Kults ist Tradition. Könnte Isadora heute, oder besser noch in zehn Jahren, alt und lahm, aber als anerkannte Größe nach London zurückkehren, sie würde ihre Theorie von der Kälte des englischen Nationalcharakters einer Revision unterziehen. Frankreich aber bildet die natürliche Kehrseite der modernen Zivilisation. Das Neue ist dort eine Lebensnotwendigkeit, das „déjà vu“ unverzeihlich und verdammenswert. Die Franzosen fanden Isadora nicht nur neu, sondern auch modern. Das gleiche Schlagwort „Zurück zur Natur“, zur Inspiration, das sie auf der gewaltigen Welle des amerikanischen Puritanismus emporgetragen hatte, kam der französischen Sucht nach Originalität entgegen und beherrschte zur Zeit sämtliche Künste. Jeder redete wie Isadora; jeder, der ihr glich, war hinter das große Geheimnis gekommen und lehnte jedes Studium der Grundbegriffe ab. Das Festmahl des Ichs war in Vorbereitung, Isadora trug die Hors d'oeuvres auf. So war meiner Ansicht nach die Umgebung beschaffen, welche die öffentliche Laufbahn der tapferen kleinen Tänzerin lenkte und begünstigte. Anfänglich erhöhte jedes Jahr, fast jeder Monat ihren Ruhm. Schon sehr früh hatte sie die Einsicht, ein gut bezahltes, unwürdiges Engagement an ein Berliner Varieté abzulehnen. Aber auch in ihr war das Paradoxon lebendig, jene merkwürdige Hellsichtigkeit der Gefahrgeweihten: die Übertragung ihrer Willensrichtung auf das moralische Gebiet. Isadora eilte mit Riesenschritten einem Ziele zu; die Notwendigkeit, ihm einen Namen zu geben, quälte ständig ihre Gedanken. Einmal schrieb sie an ihren deutschen Impresario, „sie sei nach Europa gekommen, um durch den Tanz eine Wiedergeburt der Religion herbeizuführen“. Lange Zeit hindurch versuchte sie einen Zusammenhang zwischen ihrem künstlerischen Ideal und jenem vagen Humanitätsprinzip auszuarbeiten, dem unklaren Sozialismus ihrer Jugendtage. Der Vegetarismus wird in ihr System hineingezogen und wieder verstoßen. Die Erziehung armer Kinder durch den Staat vermischt sich (ausgerechnet) mit ihrem Ideal: „Zurück nach Sparta!“ Sie macht die größten Anstrengungen, ihre Ideen zu formulieren. Stundenlang verharrt sie „in einer Ekstase, die Mutter erschreckte, um den göttlichen Ausdruck des menschlichen Geistes körperlich wiederzugeben“. Schließlich bringt sie die Ergebnisse auf eine unklare Formel. Ihre leidenschaftlichen prophetischen Anläufe haben eine bizarre Ähnlichkeit mit der Entstehung der frühen mohammedanischen Suren. Wir überlassen in aller Ehrfurcht die etwas geheimnisvollen Resultate ihren Anhängern. Bemerkenswert ist, unbeschadet ihrer sonstigen Absichten, der durchaus verständliche Versuch, ihre Kunst von der Anziehungskraft ihres jugendlichen Körpers loszulösen. Sie hatte die dunkle Ahnung, daß ihr Tanz, um Kunst zu sein, sich ebensogut von einer Frau mittleren Alters wie von einer neunzehnjährigen Schönheit ausführen lassen müsse. Eine ältliche Ballerina kann immer noch gut gefallen, mindestens so gut wie eine Anfängerin. Aber ließ sich der klassische Tanz nicht zu etwas Höherem gestalten, als zu dem reizenden Schauspiel leichtgeschürzter Nymphen, das bei verblaßter Jugend und schwerfälligem Alter unerträglich werden mußte?

Das zu entscheiden, ist nicht meines Amtes. Ich weise hier nur auf die Tiefe des Problems hin und auf die angespannte Aufmerksamkeit, die Isadora ihm zeit ihres Lebens widmete. Inzwischen stieg die Kurve ihres Erfolgs in einem stetigen Crescendo durch alle Hauptstädte Europas. Am besten gefiel ihr Petersburg, wo sie die Pawlowa, Nijinsky und Diaghileff, den Gründer des inoffiziellen russischen Balletts, kennenlernte und laut seinem eigenen Bekenntnis förderte.

Was nun die Entwicklung ihres anderen Lebens, sagen wir ihres privaten Abenteuers anbetrifft, so habe ich nicht die Absicht, chronologisch zu skizzieren, was sie der Welt ausführlich in ihrer Autobiographie erzählt hat. Es gibt keine schwierigere literarische Aufgabe als die, eine Liebesaffäre fesselnd zu schildern, und Isadora war, wie sie selbst mit unfehlbarem Instinkt erkannte, eine schlechte (wenn auch aufrichtige) Schriftstellerin. Für uns sind ihre Liebeshändel daher unbegreiflich banal. Außergewöhnlich wie das Geständnis selbst ist nur die Großmut ihres eigenen Herzens. Alle beteiligten Männer wirken in dem Schmuck von Isadoras jungmädchenhaften Ausdrücken fast peinlich tölpelhaft. Sie scheinen in ihren Beziehungen zu diesem vollkommen selbstlosen Mädchen, das von niemanden etwas forderte (außer von dem Staat), zu der elenden Rolle der Männchen unter den Spinnen und anderen Insekten verdammt.

Das Resultat dieser nicht mittelbaren Poesie waren, wie alle Welt weiß, zwei wundervolle Kinder. Erschüttert und bewegt kennen wir auch deren Schicksal. Sie ertranken mitsamt ihrer Erzieherin in einem Auto, das in die Seine stürzte. Die furchtbare, sinnlose Einfachheit und Tücke dieses Unglücksfalls sind ebenfalls Äußerungen der Natur und des Schicksals. Die natürliche Ursache der Zerstörung Lissabons, San Franciscos, Messinas, der Titanic, des Feuers in dem Wohltätigkeitsbasar in der Avenue de la Seine wurzelt gleichfalls im Herzen der Dinge-die-da-sind, und der Optimismus der Menschen muß sie irgendwie erklären, wenn sie uns nicht zu ungeheuerer Tatenlosigkeit verdammen sollen. Auch vermag kein Hinweis auf die Belohnungen eines künftigen Lebens – selbst bei einer Million Jahre der Seligkeit und des Vergessens – uns zu entschädigen oder die Vorsehung freizusprechen, die sich eine derartige Brutalität zuschulden kommen ließ. Selbst wir Zuschauer können uns in einer Welt nicht sicher fühlen, wo Kinder ertrinken müssen, um später mit einer Tüte himmlischer Bonbons über die Momente des Erstickens hinweggetröstet zu werden. Mag bei dem ganzen Vorgang die Freude den Schmerz noch so sehr überwiegen, das Grauen bleibt für alle bestehen, außer für jene – allerdings wahrscheinlich die große Mehrzahl –, die sich mit einer robust merkantilen Ethik zufrieden geben, ein Grauen, welches das ganze Werk befleckt und blutig rot färbt. Gefahr und ihr seelischer Helfershelfer, der Schrecken, sind zwei wesentliche Elemente der Schöpfung. Jedes Leben ist daher ein verzweifeltes Abenteuer, und selbst bei der ruhigsten Betrachtung, zu der wir als wohl oder übel Beteiligte uns durchringen können, bleibt die Geburt ein größeres Abenteuer als der Tod. Der Abenteurer zieht hinaus, um sich dem Ungeheuer zu stellen; wir aber, die wir mit der großen Masse daheim bleiben, laufen keine geringere Gefahr.

Jedes, auch das kräftigste und widerstandsfähigste Leben muß durch solch einen Schlag zerschellen; er ist weit stärker als jede menschliche Spannkraft. Es gibt daher nur im metaphysischen Sinne ein Weiterleben der Persönlichkeit. Aber dieser klare Bruch kann die verschiedensten Gestalten annehmen, sogar die einer Maske. Sterben oder den Verstand verlieren sind die einfachsten aber unedelsten Lösungen. Dann gibt es auch noch den Selbstmord und eine Form des Selbstmords, die nur jene kennen, die über Menschenkraft gelitten haben und die darin besteht, daß man sich als tot betrachtet. „Ich bin damals gestorben", hat Isadora einem Menschen erzählt, dem ich Glauben schenke. Nur die Formalität des Blutens bleibt unerfüllt. Zur Verwunderung der Einfältigen und Stumpfen scheint in solchen Fällen ein Fortleben zu herrschen; der Mensch und das Leben sind scheinbar die gleichen geblieben, alles geht in derselben Richtung und nach demselben Plan und mit einer Leichtigkeit, welche die Außenstehenden je nach der Verfeinerung ihres geistigen Geschmackes bewundern oder als herzlos insgeheim verdammen können.

Wir aber wollen nicht diesem Trugschluß verfallen. So stirbt denn die Isadora Duncan, die wir alle kannten, diese luftige, leicht verschwommene Persönlichkeit, die gleichzeitig ein wenig lächerlich war, wie alle reizenden Menschen; dieses warmblütige Mädchen, das ein Jahrzehnt lang fast die gesamte europäische Kultur in die Irre führte. Ein anderer Mensch tritt unter dem gleichen Namen in den noch nicht erfüllten Vertrag ein und führt das Abenteuer des toten Mädchens zu seinem seltsam schrecklichen Ende. Aber auch dieses Abenteuer ist ein anderes geworden. Ich glaube eine merkliche Vergröberung und Banalisierung des Fadens wie der Einzelheiten der Handlung zu spüren. Die strahlende kleine Prophetin wird unmerklich zur Primadonna. Mit jedem Jahr spricht sie ernsthafter statt enthusiastischer über ihre wunderbare Entdeckung. Nichts Neues bereichert ihren Tanz, dagegen wird ihre Technik, das rein Gymnastische komplizierter und reicher.

Das naive Schmarotzertum ihrer Ansprüche an die Menschheit wächst sich Schritt für Schritt mehr und mehr zu einem ausgesprochenen Sozialismus aus. Wohl entbehrte ihre Anhängerschaft an Lenin einer intellektuellen Grundlage, aber dieses Fahnenschwenken und Tragen von roten Tuniken ist dem hysterischen Ernst einer Fanatikerin auf unangenehme, wenn auch unmeßbare Weise näher als den aufregenden Wachträumen der jugendlichen Isadora. Ich finde den guten Bericht über ihren Aufenthalt in Rußland, ihre Heirat mit Essenjin und ihre verhängnisvolle Rückkehr nach Amerika, den zwei ihrer Freunde veröffentlichten, eher tragisch als interessant. Sie bewegte sich fast ausschließlich unter aufgeblasenen Dummköpfen, Disteln der ersten, ziemlich traurigen Ernte, die auf das große Pflügen unseres Jahrhunderts folgte, Lunartscherskis, Mariengows, Imaginisten, verspätete Futuristen und wie sie alle hießen. Und sie machte sie nicht lediglich zum grotesken Hintergrund ihres eigenen prachtvollen Lebenstanzes, wie jene andere Isadora das getan hätte. In der Darstellung ihrer besten Freunde erfüllt uns ein Begebnis nach dem anderen mit Unbehagen. Die Wohnung einer aus Moskau verbannten Tänzerin (freilich nur vom Ballett) wird ihr zur Verfügung gestellt. Sie nimmt an, kritisiert aber übermütig und ohne Liebenswürdigkeit die Möbel. Sie geht, um sich aus dem gewaltigen Vorrat beschlagnahmter Pelze der Bourgeoisie einen Mantel auszuwählen; glaubt, sie kann ihn umsonst haben und erhält eine Abfuhr von dem aufsichtführenden Beamten. Der kommunistische Dirigent eines Orchesters verläßt mit seinen Leuten geringschätzig den Saal, als sie ihn daran erinnert, daß sie große Opfer gebracht hätte, „um den Kindern Rußlands zu helfen“.

Das Schlimmste dieser betrübenden Ereignisse ist ihre Heirat mit dem jungen Sergei Alexandrewitsch Essenjin. Er war eine der literarischen Größen des neuen Rußlands, deren Verdienste eine Übersetzung nicht überleben werden. Alle diese jungen Leute waren überzeugte Anhänger des neuen Regimes und bei allen liegt der Verdacht nahe, daß sie Talent und Genie als analoge Erscheinungen von Reichtum und Besitz betrachteten, lauter schöne Dinge, welche handfeste Burschen mit Klassenbewußtsein den ehemaligen Eigentümern mit Gewalt entreißen konnten. Das Genie wurde von dem Proletariat der Künste beschlagnahmt. Sie alle tranken mehr als sie schrieben oder wußten, und ihre Räusche standen in keinem Verhältnis zu dem konsumierten Alkohol. Alles in ihrem Leben war nach Gruppen eingeteilt. Sie lebten, kämpften und liebten sogar gemeinsam, fällten Urteil und Kritik über ihre Handlungen streng gemeinschaftlich. Aber wenn auch Ton und Wahl ihrer Themata vielleicht originell oder doch zum mindesten authentisch national waren, scheinen doch ihre Methoden und Theorien eine Genealogie gehabt zu haben, und zwar entstammten sie dem Quartier Latin, aber dem Quartier Latin von vor zehn oder zwölf Jahren.

Zufällig floß in den Adern dieser jungen Individualisten, die „geführt von Essenjin und Kussikow mit seiner allgegenwärtigen Balaleika ins Zimmer, in den stillen Tempel Isadoras stürzten", dreimal verwässert das geistige Fluidum der jungen Isadora, die ein Menschenalter früher ganz allein versucht hatte, eine neue Tanzkunst zu schaffen. Diese Tatsache behalte man im Auge; was weiter bei der ersten Begegnung zwischen Isadora und ihrem jungen Gatten geschah, mag jeder nach Belieben deuten.

„Sie erhob sich von ihrem Diwan und bat den Pianisten, einen Chopinschen Walzer zu spielen, da sie glaubte, er würde zu dem goldlockigen jungen Dichter sprechen. Mit welch freudigem Entzücken, welch verführerischer Anmut bewegte sie sich nach den Rhythmen des Tanzes. Als die Musik verstummte, trat sie mit naivem Lächeln und strahlenden Augen auf Essenjin zu, der sich laut mit seinem Begleiter unterhielt, streckte ihm beide Hände entgegen und fragte, wie ihm der Tanz gefallen hätte. Er sagte etwas Plumpes und Gewöhnliches und seine Freunde brachen in brüllendes, brutales Gelächter aus. Der Freund, der als Dolmetsch diente, sagte mit offensichtlichem Zögern zu Isadora: ›Er behauptet, es wäre – – scheußlich gewesen; er selbst könnte es besser.‹

Noch ehe die ganze Antwort der niedergeschlagenen, beschämten Isadora übersetzt werden konnte, war der Dichter aufgesprungen und tanzte wie ein Wahnsinniger in dem Atelier herum."

So endete das Abenteuer Isadora Duncans, denn die Ehe mit diesem Menschen füllte in Wahrheit die letzten Jahre ihres Lebens aus. Für mich ist es wohl das tragischste Ende von allen, die ich bisher geschildert habe; aber die Ehe hat sowohl eine innere wie eine äußere Seite. Der junge Mann, den sie heiratete, „weil sie wollte, daß er Rußland verließe, damit sie ihm alle Schönheiten Europas und alle Wunder Amerikas zeigen könnte“, kurz damit er Gelegenheit erhielte, sein Leben zu genießen, war ein blonder Bursche mit dem Gesicht eines verzogenen Kindes und hellem Haar, das nach der früheren Art englischer Militärs kleidsam in die Stirn gekämmt war – der gewöhnliche „jugendliche Liebhaber“. Als typischer falscher Abenteurer nimmt er unsere Aufmerksamkeit kurz in Anspruch. Er war eine unbestimmte Reihe von Jahrzehnten jünger als sie, aber dank seines Lebenswandels von schlechter Gesundheit. Sie konnten nur wenig miteinander reden, da er nur Russisch verstand. Charakteristisch an seiner Stellung zum Leben war, abgesehen von seinen dichterischen Ambitionen, daß er sich für einen Abenteurer hielt und natürlich für den kühnsten, uneigennützigsten, leichtherzigsten von allen. Er lebte von der Hand in den Mund, verschwendete alles, was er im Augenblick nicht verbrauchen konnte, zahlte niemals eine Schuld zurück, zerbrach alles nicht Niet- und Nagelfeste, verachtete jeden, seine eigenen Kumpane ausgenommen, die er überall mitschleppte, in deren Gesellschaft er aber keinen Abend verbringen konnte, ohne daß sich ein heftiger Streit und eine unblutige Rauferei entspannen. Mit einem Wort, genau so wie er mit seinen Versen einen verbesserten Rimbaud zu schaffen glaubte, genau so zimmerte er sich ein Leben zurecht, das seiner Auffassung eines flotten, famosen Burschen entsprach.

Aber dieser umfangreiche Packen Individualismus, den Isadora sich auf ihrer Reise durch die halbe Welt aufschnallte, barg unter der Hülle einen ganz gewöhnlichen Kern: den Instinkt der Selbsterhaltung und den Hunger nach Besitz. Den Lebensunterhalt, Flugzeuge, Autos, Zimmerfluchten in großen Hotels, einen Ehrenplatz auf Isadoras Gesellschaften, wo meist ein angesehener Kreis sich zusammenfand: das alles nahm er mit unverhohlener Verachtung für bürgerliche Skrupel ohne weiteres an. Ja, in mancher Hinsicht übertraf er noch sich selbst auf dieser beklagenswerten Reise. „Eines Tages betrat er das Zimmer im Adlon und fand Isadora über einem Album mit den Bildern der unvergeßlichen Deidre und Patrick (ihrer Kinder) in Tränen aufgelöst. Er riß ihr das kostbare Andenken roh aus den Händen, hielt sie zurück, als sie es sich zu retten suchte, warf es in einem Anfall trunkener Wut ins Feuer und schrie: ›Du denkst viel zu viel an jene – – – Kinder‹.“ Tatsächlich setzte er die Lehre, die er in einem Brief an seine Schule auseinandergesetzt hatte, gewissenhaft in die Praxis um. Sie lautete: „Laßt uns Asiaten sein. Laßt uns stinken. Laßt uns ohne jede Scham vor allen Menschen unsere Hinteren kratzen.“ Sie wurde mit ihm zusammen aus einem Hotel in Paris ausgewiesen, weil er bei einem Saufgelage alles kurz und klein geschlagen hatte. Außerdem brachte er seinen seltsamen Göttern noch manch anderes Opfer. Aber seine lärmende Anmaßung hatte eine subtile, äußerst charakteristische Note: sie schwieg, sobald die Polizei auftauchte. Er pflegte: „Bon Polizei", zu murmeln, wenn die kurz angebundenen, temperamentvollen Pariser Polizisten ihn verhafteten, und ließ sich sanft wie ein Lamm von ihnen abführen.

Als Isadora nach all diesem Vandalismus und Despotismus, nach dieser Verschwendung und Trunksucht, nach den zerschlagenen Möbeln in Berlin, der ruinierten Zimmerflucht in Paris, nach der Galavorstellung in Carnegie Hall und dem Tücherschwenken in Boston endlich nach Rußland zurückkehrte, fanden sie und ihre Freunde, daß er ihre ganze Wäsche gestohlen und seinen armen Angehörigen geschenkt hatte. Zu Mutter und Schwester war er so liebevoll und freigiebig wie der phlegmatischste Pariser Grünkramhändler. Alles, was er sich nahm, legte er sauber gefaltet weg. Als seine Koffer mit Gewalt geöffnet wurden, „enthielten sie eine ganze Musterkollektion in Parfümerieartikeln: Kartons und lose Stücke teurer Seife, große und kleine Flaschen der verschiedensten Parfüms, ganze Flaschen Franzbranntwein, Toilettenwasser und Brillantine, viele Tuben Zahnpaste und Rasierseife und zahllose Päckchen Rasierklingen".

In diese Haussuchung hinein platzte der junge Ehemann. „Meine Koffer! Wer hat sich an meinen Koffern vergriffen! Fort von meinen Koffern! Ich bringe jeden um, der auch nur wagt, sie anzurühren!"

Isadoras Weg führte gleichsam in einen Sumpf. An ihrem Flug, den sie so leichten, tapferen Herzens angetreten, interessiert uns nur die Frage, ob diese Abweichung von der geraden Richtung bei allen weiblichen Abenteurern konstant ist. Wir haben von vorneherein auf eine moralische Wertung verzichtet, aber es ist nicht schwer zu erkennen, daß hier ein Geschmacksfehler, die „Belastung mit einer Lüge" vorliegt und kein blindes Schicksalsgesetz. In gewissem Sinne verkörpert Essenjin fast vollkommen ein Ideal, das sie selbst ihr Leben lang gepredigt hatte. Vor einem Leben wie dem seinen bewahrte sie lediglich ein unlogisches Anstandsgefühl, das mit ihren immer wieder durchbrechenden Prinzipien ständig im Kampfe lag. Eine ehrliche Verachtung von Besitz und Luxus, nicht nur für den anderer Leute, sondern auch für den eigenen, ist natürlich sehr wohl möglich, aber sie muß und wird sich dann ein asketisch einsames Dasein wählen. Wer dagegen Verschwendung, Zerstörung, Prasserei, die besten Hotels, aufpeitschende Getränke, lustige Gesellschaft und die Freuden des Fleisches liebt, der muß sich entschließen, Geld zu verdienen, oder er wird als Parasit verdammt. Auch hüte man sich, in einem Bohemien sein Ideal zu erblicken, sonst muß man noch eines Tages mit einem solchen Menschen durch die Welt ziehen.

Jedoch diese Heirat ist nur ein vereinzelter Zug in der traurigen Landschaft, auf die Isadora zusteuerte, und aus der uns schon von weitem der Geruch stagnierenden Wassers entgegenschlägt. All die anderen starren Irrtümer, die sie in ihr Weltbild einbaute, erwiesen sich als Schwächen, unter denen sie früher oder später zusammenbrach. Ihr Tanz, selbst ihre Vergötterung der Armen und Ungebildeten wurden ihr in Rußland, wo ihre Träume Wahrheit geworden waren, zum furchtbaren Betrug. Ein Mann vermag sein Leben auf einer gut konstruierten Einbildung zu erbauen. Wir sahen Karl XII. ein Jugendbuch verschlingen und sich dann weit nach Rußland hineinwagen. Aber ein Irrtum, an den man felsenfest glaubt, kann, wenn er groß genug ist, auch das stärkste Leben untergraben und wie Eiter das größte Abenteuer von innen her zerfressen. Wäre Isadora sich selbst gegenüber ganz ehrlich gewesen, sie hätte zugeben müssen, daß der Mißerfolg ihrer Kunst, die sie eigens für das siegreiche Proletariat Rußlands erfunden hatte, daß die lange, beschwerliche Wanderschaft durch einen großen Teil jenes Landes, immer in den Spuren einer Ballerina der alten Schule, welche rasende Erfolge hatte, während sie selbst es schwer fand, sich auch nur einen Achtungserfolg vorzutäuschen, sie noch mehr schmerzten, als die Enttäuschung mit Essenjin. Mit Hilfe von Szenerie, Masken, schlanken jungen Gliedern und dem ganzen künstlichen Beiwerk von Beleuchtung und Musik werden ihre Tanzrhythmen, ihre mehr oder weniger anerkannten Umdichtungen oder Plagiate nach wie vor in ganz Europa die Säle füllen. Ja, die kaum sichtbaren Spuren ihres Schaffens werden vielleicht sogar das Repertoire jenes älteren Kunststils bereichern, den sie ihren Hoffnungen zum Trotz nicht töten oder für immer verdrängen konnte.

Aber eilen wir zum Schluß. Wohl steht Isadoras Leben trotz alledem, selbst in diesem Zeitalter der Frau, an Format, Ruhm und Originalität einzig da; allein der tragische Bruch, an dem sie scheiterte, ist letzten Endes ihre eigene Schuld und ein furchtbarer Eingriff jenes unfaßlich Bösen (was freilich die Abergläubigen kaum trösten wird). Vielleicht erinnert man sich noch, daß wir auch bei Lolas Schicksal den Gedanken aufwarfen, daß die Götter in ihrem grausamen Spiel mit weiblichen Abenteurern sich in Göttinnen verwandeln. Wer mir bis hierher gefolgt ist, weiß, daß Isadora ihr Leben lang lose fließende Gewänder bevorzugte. Flou nennt sie das Argot der französischen Schneiderinnen. So war es denn ein flatternder Schal, der sich eines Abends auf der Promenade des Anglais in Nizza in dem Rad eines schnellfahrenden Autos verfing, sich, wie in einem Anfall boshaften Grolls, zusammenzog und ihrem Leben inmitten zahlreicher neuer Pläne ein Ende machte.

Woodrow Wilson

Es ist nicht bloß Laune, wenn ich Wilson – er hat ein Recht, schlechtweg bei seinem Vaternamen genannt zu werden – als letzten in unsere Studien aufnehme, vielmehr bin ich überzeugt, daß nur so der ganze Bau unter Dach und Fach gebracht werden kann. Kein Lebenslauf der Weltgeschichte kommt in seinen Grundrissen dem seinen gleich, kein anderer vermag so die auseinanderstrebenden Flügel, Galerien und Bodenkammern mit Fernsicht zu überdachen, die neben den Haupthallen und Türmen unseres Gebäudes emporgeschossen sind. Es ist vielleicht neu, Wilsons Weltstreben als Abenteuer und ihn selbst als Abenteurer – den hochfliegendsten von allen – aufzufassen, aber es gibt eine Menge Punkte, die vollkommen in eine derartige Definition hineinpassen. Einsamkeit und Gefahr waren reichlich vorhanden; einer der banalsten Vorwürfe, die man gegen Wilson erhoben hat, lautet, daß er sich isolierte. Die Ablehnung seiner Unterschrift ist Beweis genug, daß er in seinem Kampfe allein stand; gleichzeitig bietet der Vorfall einen bequemen Ersatz für den Tadel der Gesellschaft, der, wie wir schon zu Beginn unserer Arbeit sahen, als untrügliches Stigma den echten Abenteurer trifft. Selbstverständlich ist dieses Stigma rein politisch, es hat nichts mit Moral zu tun, wie wir das sonst bei dem Abenteurer gewohnt sind. Aber wir haben schon längst auf Lob oder Tadel zugunsten des Privilegs der Unparteilichkeit verzichtet. Das Lebensbild Wilsons ist in seinen höchsten Momenten, was Farbengebung, grandiosen Aufbau und Bewegung anbetrifft, eng verwandt mit den zweifelhaften Glanztaten eines Alexanders, Napoleons und Columbus' samt ihren Welteroberungen, Weltentdeckungen und Weltstürzen. Ja, Wilson ist gleichsam ihr edlerer Bruder. Wir haben es hier mit einem Manne zu tun, der sich und sich allein – fragt nur die Parteiführer – als Oberhaupt dem Kontinentalreich der Vereinigten Staaten aufzwang. Der ferner jene ungeheure Macht gleich einem Schwert gebrauchte, das er nach Gutdünken in die Scheide steckte oder zückte. Kraft eben dieser

Macht und der Gewalt seiner Gedanken beendete er den Krieg. Danach zog er aus, um durch Beendigung aller Kriege die Menschheit zu retten. Hier liegen Handlungen und eine Persönlichkeit vor, die sich zum mindesten an Romantik mit allem, was sich bisher in der Geschichte der Menschheit ereignet hat, messen können.

Doch wenn auch seine Eintrittskarte in unsere Gesellschaft in Ordnung ist, und wenn wir auch die Struktur seines Verhaltens, auf die es vor allem ankommt – klar durchschauen, glaube ich doch zwischen ihm und den anderen einen Unterschied zu erkennen, und der hegt, meiner Ansicht nach, in der Richtung seines Willens. Sein Streben war genau so sicher, sein Wollen so groß, sein Ziel sogar noch höher als das der anderen. Während aber der übliche Abenteurer so häufig, daß wir es fast als Regel aufstellen können, für sich oder seine Familie oder doch zum mindesten, wie Mohammed, für seine Vaterstadt kämpft, nimmt Wilson sein Abenteuer um der Menschheit willen auf sich. Nicht als ihr Diener, nein, als ihr Vorkämpfer. So lauter war sein Motiv, so unbefleckt von jedem Makel, mit Ausnahme vielleicht des harmlosesten und entschuldbarsten, einer persönlichen Eitelkeit – sozusagen ein kleiner Rest des allgemein Menschlichen –, daß sein Abenteuer in gewissem Sinne zugleich das Abenteuer der Menschheit ist.

Mit Wilson bricht die ganze Menschheit ihr Lager ab, verläßt ihre vier Wände und ringt mit der Schöpfung und deren Göttern. Dieser Unterschied trennt Wilson von den anderen, und aus diesem Grunde muß er unsere Arbeit beschließen.

Denn ich hoffe, wir sind von der Ansicht bekehrt, daß nur der Abenteurer Gefahr läuft. Jene, die daheim bleiben, sind trotz der dicksten Mauern; trotz der festesten Brustwehren in Gestalt von Staat, Gesellschaft und Verfassung, ob sie wollen oder nicht, zu einem Kollektivabenteuer verurteilt. Mag auch ein Dach den drohenden oder lichten Himmel aussperren, die Gefahr gleicht dem Äther – sie durchdringt die gesamte Materie. Dieses unser Abenteuer nimmt mit jeder Drehung der Erde, mit jedem Ruck des Sonnensystems durch die furchtbare Unendlichkeit seinen Fortgang. Der einzelne Abenteurer, der sich hinaus ins Freie wagt, erkennt die Gefahr. Wir Zusammengepferchten dagegen nicht. Er bestimmt seinen Kurs, sein Ziel, steigt kraft seines Willens zu hohem Flug. Wir tun es nicht. Die – nur im Vergleich mit der Winzigkeit des einzelnen – ungeheure menschliche Herde wird, ein Spiel des Zufalls, hin und her gewirbelt, emporgeschleudert – das ist Fortschritt –, hinabgestoßen – das ist die Urzeit. Nur drei-, viermal ist uns ein ganz Großer, Mutiger erschienen, der den Versuch unternahm, dem steuerlosen Wrack einen Kurs zu geben – oder, besser noch, es von dem Riff, an dem es gestrandet, loszueisen. Solch ein Abenteuer kann mit Fug und Recht als das ehrgeizigste von allen bezeichnet werden. Wir wollen es jetzt auf eine elliptische Formel bringen: Wilson suchte die Welt für die Demokratie zu retten.

Zum Glück begreift ein jeder die Fülle von Forderungen, welche den Hintergrund jenes gewaltigen Wortes bilden. Wir brauchen daher lediglich die wichtigsten Komponenten zu wiederholen, die auf Verlauf und Ende von Wilsons Abenteuer einwirkten.

Glücklicherweise ist auch der Glaube an die Demokratie als Regierungsform, ja als sicherste Hoffnung der Menschheit uns allen nahezu zur Pflicht geworden. Mir bleibt somit eine lange und schwierige Untersuchung ihrer Forderungen erspart. Wilson gebrauchte den Ausdruck zweifellos als Synonym für die ganze, ihm bekannte Welt, etwa so, wie ein mittelalterlicher Philosoph sich der Bezeichnung „Christenheit“ bediente. In dem engeren Sinne einer Regierungsform basiert die Demokratie auf einer Hoffnung. Diese wurzelt, wie alle menschlichen Hoffnungen, in dem Wunsch, jedes Individuum möge weise genug sein, zu wissen, was in seinem Interesse liegt, und selbstlos genug, dieses Interesse zum Interesse der Allgemeinheit zu erheben. Es wird ferner behauptet, die Summe dieser Willensbezeugungen ließe sich in einem einzigen Willen zusammenfassen, der Wille des Volkes genannt wird, und der stets gerecht, unfehlbar und weise sein soll.

In der Praxis jedoch hat man zahlreiche wichtige Modifikationen und Anpassungen an diesen einfachen Lehrsatz für nötig befunden. Die politische Geschichte der Menschheit und die Fortschritte politischen Denkens unserer Zeit sind fast alle derartigem Flickwerk entsprungen. Zum Beispiel war es fast von Anfang an klar, daß ein gleichzeitiges Zusammenfinden sämtlicher Bürger, um ihr Denken und Reden nach demokratischem Prinzip in einem gewaltigen Chor zu vereinen, undurchführbar sei. Teilversuche, die Theorie unverfälscht in die Praxis umzusetzen, haben klägliche Resultate gezeitigt. So versuchte zum Beispiel Robespierre, so viel Volk wie nur möglich auf den Straßen und Plätzen von Paris zu versammeln, damit es kooperativ für Recht und Gerechtigkeit stimme. Er mußte das Experiment mit dem Tode büßen. Seither ist man meist dem englischen Modus gefolgt, das heißt, man hat die natürliche Tugend des Volkes durch den Mechanismus der Wahlen destilliert und in bestimmte Bahnen gelenkt. Unmöglich lassen sich die zahlreichen geschickten Erfindungen aufzählen, mit denen man die praktische Durchführung der reinen Theorie zu verbessern und korrigieren suchte. Sie schildern, hieße die Geschichte des modernen Fortschritts schreiben. Einige der klügsten und feinsten Köpfe rieten, die natürliche Reinheit instinktiven Wollens durch Erziehung zu läutern. Unsere Tagespresse ist ein indirektes Ergebnis hiervon. Eine große, ernst zu nehmende Schule gipfelt in den Kommunisten und Bolschewisten, die eine aktive Rolle in dem jüngsten Entwicklungsstadium dieser Angelegenheit spielen. Sie haben die logisch weniger anfechtbare, entgegengesetzte Richtung eingeschlagen und verweigern allen außer den ärmsten, unverdorbensten und zahlreichsten Volksschichten einen Anteil an der Regierung. Ferner hat man orakelhafte Traditionen ersonnen, um das Beifallsgebrüll und Gezisch der Menge in gedankenreiche politische Systeme zu verwandeln. Sie zu studieren, erfordert Muße und Gelehrsamkeit. In Wahrheit fördert die unbeeinflußte Volksstimme, statt die Summe guter Instinkte im Menschen wiederzugeben, nur allzuoft den übelsten Rückstand: Eitelkeit, Furcht und Trägheit in der ungefähr hier aufgezählten Reihenfolge zutage. Haben nicht beide Napoleons wiederholt durch eine einfache Volksabstimmung sich eine überwältigende Majorität verschafft? Dies möge uns als Warnung dienen; die Stimme des Volkes bedarf, um richtig verstanden zu werden, der kunstvollsten harmonischen Übertragung. Das Volk, sagt ein großer Franzose, hat immer recht; man muß es nur zu nehmen wissen.

Woodrow Wilson aber war aus der Tiefe seiner Überzeugung wie durch Praxis, Erziehung und Studium die Verkörperung jenes ganzen Komplexes, der sich in seiner verfeinerten Form von dem reinen Dogma der Demokratie streng unterscheidet. Letzteres ging endgültig in den Besitz Lenins über. Das heißt, Wilson vereinigte in seiner Person sämtliche gemäßigten Reformer des früheren Jahrhunderts, von Sieyès und Voltaire bis zu Gladstone, Garibaldi und Lincoln. Er war der gottgeweihte Wächter der stärksten Hoffnung der Masse Mensch, des einzigen zur Zeit aufliegenden Planes zur allgemeinen Glückseligkeit. Aufrichtig, glaubwürdig und zielsicher, führte er, gleich dem Genie, sein Amt aus eigener Machtvollkommenheit. Das muß man sich klar vor Augen halten, will man die Maße seines Abenteuers erkennen. Wilson ist die Verkörperung der demokratischen Doktrin. Er ist der Repräsentant aller jener, die an sie glaubten, von ihr träumten und für sie fochten. Er, im wesentlichen ein Mann der Tat, ist das Werkzeug der großen Dichter und Philosophen Shelley, Hugo und Heine,

Jefferson, Mill und Mazzini. In ihrem Geiste und mit Hilfe ihrer Wissenschaft versuchte er die Menschheit zu retten. Aus welcher Gefahr und mit welchem Ergebnis, wird sich nach Möglichkeit im Laufe dieser Auseinandersetzung zeigen.

Mit Liebe oder Abneigung, je nach Geschmack, aber ohne seine weltgeschichtliche Funktion und Stellung aus den Augen zu verlieren, wenden wir uns jetzt seiner persönlichen Geschichte zu. Es gibt meiner Meinung nach zwei breite Straßen, die zu einem einheitlich demokratischen Glaubensbekenntnis führen: das evangelische Christentum und die Jurisprudenz. Wilson beschritt nacheinander beide. Sein Vater war ein Diener des presbyterianischen Glaubens – das ist natürlich auch eine demokratische Form kirchlicher Herrschaft. Der junge Wilson war anscheinend nicht sehr fromm, hier aber bot sich ihm Gelegenheit, die aus der Demokratie erwachsende Hoffnung auf das gottgewollte Wohl der ganzen Menschheit in sich aufzunehmen. Eine Umgebung wie die seine bot bei der Wahl eines Lebensziels nur wenig Spielraum. Wilson schreibt darüber: „Die Politik war der Beruf meiner Wahl, die Jurisprudenz der Beruf, den ich ergriff. Der eine sollte mich zu dem anderen führen. Früher galt dieser Weg als sicher, und auch heute noch sitzen zahlreiche Juristen im Kongreß."

Auf den verschiedenen Universitäten, an denen er studierte, befolgte er anscheinend den vortrefflichen, aber meist mißverstandenen Grundsatz, sein wahres Ziel nie aus den Augen zu verlieren. Er war weder eitel noch gefällig genug, sich um Auszeichnungen zu bemühen, die ihn von seinem Vorsatz hätten ablenken können. Er las jedoch viel und machte leidlich gute Examina. „Trotzdem arbeitete er schwer und mit einer Leidenschaft und Konzentration, die sein Leben lang zu seinen hervorragendsten Eigenschaften gehörten."

An der Johns-Hopkins-Universität, ebenso wie in Princeton und an der Universität von Virginia, interessierte er sich so lebhaft für seine Spezialfächer, daß er sich mitunter zu seinen Lehrern geradezu feindlich stellte. „Seine Kollegs erscheinen ihm eher als Unterbrechung seiner eigentlichen Studien, denn als der Zweck, zu dem er die Universität besucht." Man hat die Liste seiner wichtigsten Lektüre in dieser Zeit pietätvoll aufbewahrt. Sie ist vorzüglich zusammengestellt, ja sie ist seinem mit Inbrunst verfolgten Ziel selbst darin angepaßt, daß alle Autoren, die seinen Glauben erschüttern könnten, in ihr fehlen.

Mit Hilfe und als Abschluß dieser Studien wählte er nach kurzem Zögern einen sehr ungewöhnlichen, aber durchaus richtigen Weg zu seiner wunderbaren Zukunft: Er habilitierte sich. Wilson ist, soviel ich weiß, der einzige Politiker, der von einem Lehrstuhl auf den Präsidentensessel der Vereinigten Staaten gelangte. Da wir den positiven Beweis besitzen, daß er durch diesen Bruch mit der Tradition sein Ziel keineswegs aufzugeben beabsichtigte, liegt hier ein typisches und bemerkenswertes Beispiel für eine abenteuerliebende, selbständige Lebenstechnik vor.

Seine literarischen Werke, die von dem Buche: „Congressional Government" zu seiner 1889 veröffentlichten Arbeit: „Der Staat" führen, sind psychologisch interessant, da sie uns seine Aufnahmefähigkeit für die echte demokratische Lehre zeigen. Außerdem bilden sie wichtige Sprungbretter, Beweise des ständig wachsenden Ansehens, das er genoß. Ihnen und kleineren Arbeiten in Fachzeitschriften verdankt er seinen Ruf an die Princeton-Universität, wo sich ihm zum erstenmal Gelegenheit bot, sich aktiv am öffentlichen Leben zu beteiligen.

Die Geschichte seines Wirkens und Kämpfens dort liest sich wie ein kurzer Abriß Plutarchs über einen Helden der antiken Stadtstaaten. Maßstab und Gesichtskreis waren nur rein äußerlich die eines städtischen Gemeinwesens. In Wilsons Fall hätte man das dortige Treiben kurzweg mit den Worten „kleinliche Schulmeisterhändel" abtun können; jedoch die Gegner selbst und die politischen, ethischen und kulturellen Fragen, um die es ging, waren in Wirklichkeit so bedeutend, daß der ganze Schulstaat eher dem bis ins kleinste ausgearbeiteten Stahlmodell einer Maschine glich, das beliebig vergrößert werden konnte. Dieser Mikrokosmos, in den sich naturgetreu (bis auf die Dimensionen) eine große Welt hineinpressen ließ, erscheint so reich an Einzelheiten, so bunt und vielfältig an Erlebnissen, daß Wilson selbst viel später, als er sich in der inneren Politik seines Landes bereits heimisch fühlte, erklärte, er fände es schwer, auch nur einen Überblick über die damaligen Ereignisse zu geben.

Das jedoch muß ich als Außenstehender versuchen, will ich nicht von vorneherein auf einen kostbaren Einblick in Persönlichkeit und Stil des Mannes, dem unser Interesse gilt, verzichten.

Hier wie überall in Wilsons Leben stoßen wir auf eine gewisse Dualität. Die Princeton-Universität steuerte, wie alle Hochschulen Amerikas, mit vollen

Segeln einer Entwicklung zu, die nur schwer definierbar, aber alles eher als demokratisch war. Das Leben der Hochschule entwickelte sich immer mehr nach gesellschaftlichen Gesichtspunkten, was um so gefährlicher war, als ein derartiger Ausbau jeder theoretischen Grundlage entbehrte und in den Verhältnissen selbst wie in den persönlichen Wünschen der Mitglieder wurzelte. Innerhalb des gegebenen Rahmens einer Provinzuniversität, die junge Leute auf einen Beruf vorbereiten sollte, schossen überall rasch und den einfachen Zweck der Anstalt überwuchernd Klubs und Privatvereine zur Pflege von Sport und Geselligkeit empor. Diese gesellschaftlichen Mittelpunkte entstanden, wie alle derartigen Einrichtungen, um aus einer größeren Schar von Menschen alle jene zu vereinen, die die gleichen Neigungen und die gleiche Lebensführung hatten, und natürlich setzten sich die Mitglieder in erster Linie aus jungen Leuten zusammen, denen das Studium keine Lebensnotwendigkeit war, kurz aus den begüterten Klassen.

Dieser Vorgang war bereits recht fortgeschritten, als Wilson ans Ruder gelangte. Mitglied eines Klubs zu sein, galt für wichtiger als jede akademische Auszeichnung; „einen Klub, womöglich den Klub zu gründen, war für die jungen Füchse eines der erstrebenswertesten Dinge. Rund ein Viertel bis ein Drittel der jungen Leute im zweiten Jahre ihres Studiums wußte, daß sie übergangen werden würden. Den neu eingeschriebenen Studenten winkte als Hauptlohn des akademischen Lebens die Aussicht auf eine Klubmitgliedschaft. Eltern kamen nach Princeton, um ihren Söhnen zu der von ihnen erwünschten gesellschaftlichen Stellung zu verhelfen." Ich zitiere hier Mr. Ray Stannard Baker, der zudem auf den unwiderstehlichen Hang zu erhöhter Exklusivität, größerem Luxus hinweist. Man war politisch klug und wählte sich Füchse, die wegen ihrer Familienverbindungen, ihres Reichtums, ihres Sportruhms oder „ihrer gesellschaftlichen Stellung" beliebt waren.

Diese Lage mißfiel dem neuen Oberhaupt gründlichst, da es in ihr eine Entwürdigung des Studiums erblickte. „Die Nebendinge haben die Hauptsache verdrängt." Tiefer aber und ernster noch war die Herausforderung an seine Grundprinzipien. Hier bildete sich sozusagen unter seiner Nase mit unverfrorener Geschäftigkeit eine Oberschicht: die Verneinung und Feindin eines demokratischen Amerika. Diese Klubs waren ein Nährboden für eine nicht arbeitende, ja herrschende Klasse, und das geschah in dem Allerheiligsten seiner Ideale, in der Universität. Sein erbitterter, hartnäckiger Feldzug gegen die Klubs ist daher keine geringfügige Sache, sondernder Anfang eines Kampfes, der Amerika für die Demokratie retten sollte.

Die Opposition hatte anfangs den Nachteil, sich in der Defensive zu befinden. Wahrscheinlich erkannte sie so klar wie Wilson selbst, um was es sich handelte, nämlich um einen Streit, der über die Frage, wie die Studenten ihre freie Zeit verbrächten, weit hinausging: um einen Ring zwischen einer embryonalen Aristokratie und einem gut ausgerüsteten Vorkämpfer der Demokratie. Wie einer der jungen Leute, die Mr. Baker zitiert, sich ausdrückte, „konnte niemand einen Gentleman zwingen, mit einem Knoten zu verkehren“. Aber alle Phrasen, alle Verhaltungsmaßregeln und Präzedenzfälle standen auf Wilsons Seite, denn seit dem Sturze Hamiltons hatte es in Amerika nach außen hin keine andere Strömung als die demokratische gegeben. Sämtliche Waffen lagen in Wilsons Hand, aber die anderen waren ihres Bodens sicher. Bemerkenswert ist, daß seine Gegner während der ganzen Kampagne niemals den Versuch machten, ihr Tun und Lassen offen zu verteidigen; sie verteidigten mit keinem Wort die „gesellschaftliche Rolle der Universität“, gegen die er kämpfte. Niemals zogen sie die suggestiven Schlagworte „Aristokratie“, „Kultur“ oder sonst irgendeinen Einwand heran, den sie gegen seine philosophisch durchaus nicht unangreifbare Auffassung einer Universität als reine Vorbereitung für das Leben oder, hart gesagt, als Laboratorium hätten vorbringen können. Sie bestritten die Tatsachen, nicht die Theorie und warteten ab. In diesem langsamen, hinterhältigen Krieg war der Führer der Gegenpartei der Dekan Andrew West, ein von Natur undemokratischer, aristokratischer Kopf. „Keiner vermochte so zierlich wie er eine lateinische Inschrift zu drechseln, bei feierlichen Anlässen ein so prunkvolles Schauspiel zu inszenieren. Er liebte die äußeren Annehmlichkeiten des Lebens, Rang und Ansehen, Pracht und Glanz.“ Seine Reise nach Europa, insbesondere nach England, „hatte einen starken Eindruck in ihm hinterlassen. Das Leben in Oxford, die imposanten Baulichkeiten und wirkungsvollen Effekte hatten ihn völlig bezaubert.“ In dem Brief, den er am 4. Oktober von dort an Wilson schrieb, hatte er vier Bilder aus einem Buch mit Oxforder Ansichten eingeklebt. Er war von dem Magdalenenturm begeistert. „Bei Mondschein, welch ein Traum in Silbergrau und Weiß!“ Solch ein Mann war der natürliche Widerpart Wilsons, obwohl beide seltsamerweise fast den gleichen Werdegang hatten. Aber der Künstler ist der natürliche Feind der Demokratie, oder, falls er zu kämpfen sich weigert, ihr Prügelknabe und Paria, und West war im passiven Sinne zweifellos ein Künstler. Bei Wilson aber war dies in keiner Hinsicht außer in seiner Lebensgestaltung und seinem Abenteuer der Fall. Daß die Demokratie, von gewissen Gesichtspunkten aus betrachtet, Schöpfung und Traum eben der Dichter, Künstler und mutigen Abenteurer ist, die sie weder brauchen noch dulden kann, hat damit nichts zu tun. Frankenstein wurde von dem Ungeheuer, das er erzogen hatte, getötet.

Trotzdem verdeckte diese klare Opposition zwischen den beiden, die, wie bei Hektor und Achill, fast allegorischen Charakters ist, ein geheimes Band, eine verborgene Eigenschaft, ohne die wohl kein Kampf wahrhaft interessant sein kann. Der Dekan, der Künstler, muß vor sich selbst seine ketzerischen Ansichten verschleiern, und Wilson, der Einzelgänger und Abenteurer, befolgt eine im wesentlichen unsoziale Taktik, so unerschütterlich er an seinen sozialen Zielen festhält. Beide befinden sich also, von weitem gesehen, in einer falschen Lage. Der Aristokrat peitscht die Masse auf, und der Demokrat kämpft als einzelner gegen viele. Denn das eine ist klar: Die Allgemeinheit war für West. Sämtliche ehemaligen Studenten – das eigentliche Rückgrat der Universität –, das Kuratorium und die meisten Professoren standen auf seiner Seite.

Wir müssen, wie gesagt, auf Einzelheiten verzichten. Der Kampf entspinnt sich um zwei Nebendinge, die beide mit Wests Plan zur Neugründung eines Colleges für die letzten Semester zusammenhängen. Dieser Bau sollte alle anderen übertreffen und sich an Schönheit mit Oxford messen können. Um Wilsons Zustimmung zu erlangen, hätte er als integraler Bestandteil der Universität auf deren Grund und Boden errichtet werden müssen. West aber wollte ihn hinaus in eine herrliche Landschaft mit Blick auf den Golfplatz verlegen, ziemlich weit von den anderen Baulichkeiten entfernt. Wichtiger noch war die ideelle Frage der Leitung und Lebensführung, des Luxus und der eigentlichen Zweckmäßigkeit. „In Wahrheit kämpfte der Dekan um die Möglichkeit, sich zum uneingeschränkten Diktator dieses Colleges emporzuschwingen."

Ein Freund hatte ihm rund eine halbe Million Dollar als Geschenk zur Verfügung gestellt, sein Plan hatte also einen realen Hintergrund. So wie die Dinge damals lagen, hätte diese große Summe ihm zweifellos den Sieg gebracht, hätte er nicht einen Wilson zum Gegner gehabt. Dieser aber vollbrachte im allerletzten Moment eine große Tat. Zur grenzenlosen Überraschung, Wut und Bewunderung ganz Amerikas setzte er es durch, daß die Verwaltung das Geld ablehnte. Das war seine Einführung bei der amerikanischen Nation. Er nutzte die vernichtende Niederlage seiner Gegner durch seine berühmte Rede aus, in der es heißt: „Die amerikanischen Universitäten müssen von den gleichen

Sympathien durchdrungen werden, wie das gemeine Volk. Das amerikanische Volk duldet nichts, was nach Exklusivität schmeckt." Aber kaum war der letzte Vers dieses Hohenliedes der Demokratie verklungen, da wendete sich das Blatt. West erhielt ein zweites Legat, diesmal auf viele Millionen Dollar, das, an keinerlei Bedingungen geknüpft, ihm zu treuen Händen übergeben wurde, und Wilson gab den Kampf auf.

Sein Rücktritt war keine kleine Sache. Das Wagnis war zeitlich wohl erwogen und zeigte Schwung und Bewegung. Der unlautere Abenteurer strauchelt, wenn er zum Sprung ansetzt. Wilson aber landete wohlbehalten jenseits des Grabens. Er brauchte sein Leben nicht als verschrobener Professor ohne Lehrstuhl weiter zu fristen, sondern geriet mitten in die Hauptströmung seiner Laufbahn. Es folgt eine Kette von Zufälligkeiten, Begegnungen und Gelegenheiten, wie sie alle abenteuerlichen Lebensläufe zusammenzuschließen pflegt. Er kandidierte für den Gouverneurposten von New Jersey; in hinreißendem Tempo wird er Gouverneur, Präsidentschaftskandidat und endlich Präsident der Vereinigten Staaten. Auf diesem erhabenen Gipfel sieht er die ganze Welt als Arbeitsfeld zu seinen Füßen liegen. Sein Amt macht ihn zu dem mächtigsten aller Herrscher, und seine Methode, Tapferkeit und Energie befreien ihn von der unsichtbaren Kontrolle seiner Partei in einem Maße, wie es keinem seiner Vorgänger zuteil wurde. In Wahrheit läßt sich seine Lage in ihren wesentlichen Punkten: Macht des Plebiszits und völlige Unabhängigkeit, skandalöserweise nur mit der eines napoleonischen Kaisers vergleichen. Ohne sich durch eine einzige Schuld die Hände zu binden, verwandelte Wilson seine Niederlage in der Hochschulpolitik in diesen Sieg.

So war Wilson, als die Welt ihn kennenlernte: der Hüter einer traditionellen Lehre, wie sie ein Jahrhundert lang durch den Mund der Geschichte den Heiligen der Demokratie verkündet worden war. Mit vollem Bewußtsein und rückhaltloser Überzeugung gebrauchte er seine Macht, wie keiner seiner geistigen Vorgänger. Die Hoffnungen der Masse hatten endlich ihren Papst gefunden, wir aber müssen uns zu vergegenwärtigen suchen, weshalb das Volk gerade in diesem Augenblick einen solchen Mann brauchte.

Das Dogma der Demokratie stützt sich felsenfest auf das Gemeinsame, was alle Menschen verbindet oder – wollen wir uns anders ausdrücken – auf das Postulat, daß der Mensch im Grunde gut sei. Dieser Optimismus wird durch Rechenfehler in der Praxis natürlich stark erschüttert. Keine bloße Amputation oder Knocheneinrenkung können eine derartige Vergiftung des Herzblutes der

Demokratie heilen. Mitunter halten aber nicht nur Hypochonder, sondern auch objektive Beobachter, die nicht in die Zeit verliebt sind, manches an der Prämisse für stark übertrieben. Die Menschen neigen von Geburt an meist zu Eitelkeit, Furcht und Trägheit, und, was noch schlimmer ist, dieser Hang wird um so stärker und gebieterischer, je tiefer man in der Skala von Reichtum, Intelligenz und Bildung zu der großen Masse hinabsteigt, zu dem „Volk", dem Träger und Tempel der frömmsten Wünsche der Demokratie. Von jenen drei unglückseligen Fehlern schädigt die Trägheit vornehmlich in wirtschaftlicher Hinsicht das demokratische Glaubensbekenntnis, während die Furcht es vor allem moralisch hemmt. Der gefährlichste Fehler von allen aber ist die Eitelkeit, sie tritt am stärksten und am häufigsten auf und führt außerdem noch zum Kriege.

Das Kriegsproblem ist allmählich in den Mittelpunkt menschlichen Denkens gerückt. Vor dem demokratischen Zeitalter war dies keineswegs der Fall. Die Taten von Alexander, Karl XII. und ihresgleichen waren außer in ganz großen Zwischenräumen von Hunderten von Jahren kein so großes Übel wie zum Beispiel die Pest. Trotzdem haben erhabene Betrüger wie Victor Hugo die gegenteilige Illusion in Umlauf gesetzt, aber sie wird von den Tatsachen schlagend widerlegt. Die erste Überraschung, die jeden Studenten der Geschichte erwartet, ist die Erkenntnis, daß mit der ungleichen Entwicklung der demokratischen Regierungsform auch die Zahl und Zerstörungswut der Kriege wachsen. Diese ziehen in gewaltigem Maße immer weitere Kreise in Mitleidenschaft. Ein derartiges Zusammentreffen ist natürlich auch den gläubigsten Fortschritten nicht entgangen. So entstand denn die geistreiche, auf Indizien sich aufbauende Legende, die wir alle kennen, nämlich daß der eigentliche Grund eine internationale Verschwörung der Millionäre, Rüstungsindustrien und Zeitungen ist, an der auch schöne, gewissenlose Abenteurerinnen sich beteiligen, um jungen Attachés wichtige Pläne zu stehlen. Neben dieser folkloristischen Poesie gibt es noch eine sachlichere Begründung: Man legt die Ursache der fortschreitenden Wissenschaft zur Last. Ich persönlich bevorzuge die einfache Theorie (die natürlich keiner anzunehmen braucht), daß Napoleon mit seiner Erfindung (oder vielmehr Erweiterung) der Wehrpflicht an allem schuld ist. Die Könige hüteten sich in der Regel, andere Leute als Vagabunden und Landstreicher und jene geistigen Vagabunden – die romantischen jüngeren Söhne adeliger Geschlechter – aufzufordern, für sie zu morden oder sich morden zu lassen. Die Wehrpflicht ist bis auf ganz wenige unbedeutende Präzedenzfälle eine demokratische Einrichtung. Man vergesse nicht, daß Napoleon mit ausdrücklichem Willen des Volkes Kaiser wurde.

Doch dieser große, strenge Lehrer der Demokratie impfte seinem Volke nicht nur die Gewohnheit ein, sich in Massen zur Schlachtbank führen zu lassen, statt sich aus dem Bevölkerungsüberschuß seine Opfer auszuwählen. Er stachelte es auch zu jener Form der Demokratie auf, die den Massenmord vor allem züchtet. Der Nationalismus, die Bildung von Staaten auf Grund einer sprachlich-historischen – das heißt literarischen, wenn nicht gar poetisch-archäologischen Basis – gilt selbst in den Augen der Demokraten als gefährlicher Kriegsschürer, da er sich voll und ganz an den irrationellsten, stärksten Teil der abgrundtiefen menschlichen Eitelkeit wendet. Die Demokraten haben dafür eine besondere Art lauwarmen, verwässerten Nationalismus erfunden, den sie für harmlos, ja für heilsam halten, und an den ich sehr gerne glauben würde, könnte ich nur den klaren Unterschied zwischen dem verpönten Axiom: „Das Vaterland über alles!" und dem „Recht der Völker auf Selbstbestimmung" erkennen.

So wie die Dinge liegen, müssen Ungläubige nach wie vor der Ansicht sein, daß das Kriegführen größten Stils ein Charakteristikum der Demokratie ist, daß nichts die reine Volksstimme so zur Begeisterung mitreißt, wie die Aussicht auf eine allgemeine Balgerei, daß die Menschheit sich zu keinem anderen Unternehmen so einträchtig und bereitwillig zusammenfindet. Ferner glaube ich mit Wilsons zunehmender Erkenntnis, daß entweder die Demokratie oder die Menschheit zugrunde gehen muß, wenn dieser Trieb nicht geheilt, verdammt oder ausgerottet wird.

Wir brauchen daher nicht erst zu betonen, daß der letzte Krieg, mit dem wir es hier zu tun haben, eine durch und durch demokratische Angelegenheit war. Nach einem verzweifelten Versuch, das alte monarchische Prinzip beizubehalten, wonach nur Freiwillige hinaus in den Tod geschickt wurden, führte England die allgemeine Wehrpflicht ein. Das einzige Land, in dem der Krieg nicht den offen zum Ausdruck gebrachten Willen der überwältigenden Majorität darstellte, war bezeichnenderweise Rußland. In Deutschland war er wohl die einzige wahrhaft volkstümliche Handlung des wilhelminischen Regimes, die Arbeiterzwangsversicherung vielleicht ausgenommen.

Auch in Amerika befand sich Wilson lange Zeit in der Opposition gegen den Volkswillen, weil er sein Land nicht mitmarschieren hieß. Zwei, drei Jahre lang machte er sich der Todsünde eines wohlwollenden Despotismus schuldig. Wie er dies mit seinem Gewissen vereinen konnte, ist ein schwieriges und eigenartiges Problem. Endlich aber beschloß er dennoch, dem Volk seinen Krieg zu geben.

Allein seine Beweggründe sind absolut einwandfrei und klar. Er zog in den Krieg, um den Krieg zu töten und die Demokratie für immer vor neuen Kriegen zu bewahren. Die Partei, zu der er sich schlug, entsprach zweifellos dem nationalistischen Interesse. Sein Ziel, das beweist eine jede seiner Handlungen und Reden sowie sein ganzes Leben, war rein altruistische Liebe zur Demokratie als einzige und totale Hoffnung der gesamten Menschheit.

Die Geschichte seines Eingreifens, das plötzliche, überraschende Zerhauen des blutigen Knotens, den vor Amerikas Eintritt in den Krieg jeder Sieg und jede Niederlage nur noch enger zusammengezogen hatten, ist wohl in jedem Schulbuch jedes Staates zu lesen. Im allgemeinen wird dabei der Hauptanteil des Erfolges dem weltweiten Triumph seiner Reden, vor allem den von ihm selbst verfaßten Noten samt ihren Punkten, Partikeln, Prinzipien und Zielen zugeschrieben. Vermutlich entspringt diese Auffassung nicht durchweg lauteren Motiven, sondern der lieben Eitelkeit, welche die Rolle der Truppen zu verkleinern sucht. Insofern besteht sie jedoch zu Recht, als Wilsons Eingreifen eine zersetzende Propagandawirkung auf die Deutschen ausübte und eine absolut notwendige, gewaltige Stärkung der Moral unter den alliierten Truppen bedeutete. Das kann ich als ehemaliger Frontkämpfer bezeugen.

Zweierlei fällt uns vor allem an jenen Dokumenten auf: die ganz klare Absicht, künftige Kriege unmöglich zu machen und eine gewisse verhängnisvolle Unsicherheit des Ausdrucks. Zum Beispiel greifen die vierzehn Punkte stellenweise ineinander; Wilsons Gedanken sind logisch nicht ganz klar formuliert. Außerdem wird unnötiges Gewicht auf eine zweifelhafte Theorie über den Ursprung des Krieges gelegt. Man schiebt die Schuld „der Geheimdiplomatie“ in die Schuhe – eine Auffassung, die dem demokratischen Glaubensbekenntnis natürlich schmeichelt. Die zehn Gebote weisen ähnliche Mängel auf. Am bedenklichsten aber ist die häufige Wiederkehr von Redewendungen wie „nach Möglichkeit“, „soweit vereinbar“ usw. Jetzt, post festum, sieht es beinah so aus, als wäre der Mann, der das verfaßte, auf irgendeine subtile Art nicht mehr der großartig mutige Wilson von Princeton und New Jersey. Sagen wir, er war ein Wilson, der bereits an einer für den Abenteurer gefährlichen Krankheit litt: Er war sich der kommenden Schwierigkeiten allzusehr bewußt. West gegenüber hatte er einen anderen Ton angeschlagen. Trotzdem ist der Gedanke, der allem zugrunde liegt, einfach und erhaben. Der Krieg soll für immer aus der Welt geschafft werden vornehmlich durch drei Verzichte: Den ersten forderten die Anhänger des Selbstbestimmungsrechts von den Mittelmächten, die anderen beiden verlangten sie – allerdings in schüchternerem Ton – von der ganzen Welt – von allen Kindern der Demokratie. Der erste lautet auf Abrüstung mit der logischen Konsequenz der Freiheit der Meere, der zweite auf allgemeinen Freihandel. Beide aber, wohlgemerkt, „nach Möglichkeit".

Diese Möglichkeit – die einzige, die Wilson wirklich am Herzen lag – läßt sich, sofern sie von dem in den Völkern sich widerspiegelnden Willen der Menschheit abhängt, natürlich nie genau ermessen. Und doch hängt gerade jede Einschätzung des gewaltigen Abenteuers, das jetzt mit dem Einschiffen des Präsidenten nach Europa sich der Krisis nähert, völlig von der Einschätzung dieser einen großen Möglichkeit ab. Niemand wird den Gegenbeweis führen können, daß für eine furchtbar kurze Zeit – einen Monat, vierzehn Tage, vielleicht auch nur eine Woche, alle Grenzen fielen. Dieses „nach Möglichkeit" verwandelte sich in England, Frankreich, Deutschland kraft der gewaltigen Reue und Liebe des gemeinen Volkes dem Manne gegenüber, der es gerettet hatte, in eine absolute Möglichkeit. Mir steht es daher völlig frei, zu glauben, daß Wilson den Sieg davongetragen hätte, wenn er beim Betreten europäischen Bodens als unerschütterlich feststehende Bedingungen mit lauter Stimme und in seinem alten Ton die Weltabrüstung verkündet hätte, die Entwaffnung der britischen Flotte, der deutschen und französischen Armee, der italienischen U-Boote, die Schleifung Gibraltars, Maltas, Adens, und Hand in Hand damit das Fallen aller Zollschranken – die seines eigenen Landes an erster Stelle. Ein erhabeneres Geschick erfüllend, als irgendein Sterblicher vor ihm, hätte er der gesamten Mitwelt das Tor zu einer neuen, bezaubernden Zukunft geöffnet. Die Völker schrien danach, wo immer er sich zeigte. Wahrhaftig, der Schrei war laut genug!

Kein Mensch ist je mit solchen Hurrarufen begrüßt worden. Ich, der ich sie auf den Straßen von Paris mit anhörte, werde sie mein Leben lang nicht vergessen. Ich sah Foch, Clémenceau, Lloyd George, sah Generale, heimkehrende Truppen, Fahnen vorüberziehen. Aber das, was Wilson von seinem Wagen her vernahm, war etwas anderes – etwas Unirdisches – Übermenschliches. Oh, jener unbewegt strahlende, lächelnde Mann!

Freilich wäre es nicht leicht gewesen, dieses Abenteuer reiner Menschlichkeit! Seltsamerweise war aber der Widerstand der beiden Hauptgegner, Lloyd George und Clémenceau, durchaus zweifelhaft. Beide waren überreizt vor Freude und Entspannung, denn beide – das vergesse man nicht – waren große Redner und daher Nervenmenschen. Und beide waren, jeder auf seine Art, fast mystisch exaltierte, aufrichtige Demokraten. Clémenceau war außerdem noch sein Leben lang (zum wiederholten Nachteil seiner Karriere) ein blind anbetender Bewunderer angelsächsischer Einrichtungen und angelsächsischer Führerschaft gewesen. Lloyd George war eher aus Fanatismus denn aus Berechnung ein Anhänger des Humanitätsprinzips. Wohlgemerkt, nur während dieser einen kostbaren Woche gab es jene zitternde, berauschende Möglichkeit; und das, vor allem, ist der Stoff, aus dem das Abenteuer sich aufbaut. Wäre Wilson in jenem Augenblick nur ein wenig verrückt gewesen, als der britische Premier aus Pflichtgefühl – er war ein geringer Mann – nur so ganz pro forma an dem Grundpfeiler von Wilsons Bau rüttelte, an der Freiheit der Meere, und dabei die übliche Litanei vorbrachte, „daß man stets nur im Sinne der Freiheit und Gerechtigkeit Gebrauch davon gemacht“ usw. usw.! Nie, auch nicht einen Augenblick lang, hatte Lloyd George gehofft, daß der Held ihn ausreden lassen würde. Später, als er dann zur Heimfahrt seinen Wagen bestieg, kam ein merkwürdiges Gefühl über ihn, eine heimliche Enttäuschung. Wahrhaftig, er, Lloyd George, England, der Status quo und die gesunde Vernunft hatten die Schlacht gewonnen. Mit einem Wort, technisch übte zuerst England, dann Frankreich einen Druck auf Wilson aus. Danach hatte es keinen Zweck mehr, noch die dritte Frage des Weltfreihandels aufzugreifen.

Die Welt würde sich gesträubt haben; der intelligente, vernünftige Mittelstand hätte Wilson nach Hause gehen lassen und versucht, die Revolution zu unterdrücken. In Amerika hätte er ohne Frage sein Amt niederlegen müssen – eine Wiederholung des alten Kampfes von Princeton. Aber auf dem Bahnsteig in London warf die englische Garde, als sie auf den Zug wartete, der sie zur Einschiffung nach Rußland bringen sollte, ihre Waffen fort: eine unbedeutende, nirgends verzeichnete historische Anekdote. Und fast jede Stadt, jedes Dorf in Frankreich hatte einmal eine Rue Wilson. Hat man das gewußt? Das geschah nicht nach Versailles oder wegen Versailles, sondern in einer Zeit, als alle ihn bejubelten, in jenen hysterischen ersten Tagen des Friedens. Jetzt ist das Schild in den meisten Fällen wieder verschwunden. Nur manchmal sieht man noch irgendwo auf dem Lande in einem kleinen Nest, wo man sich zufrieden gab, es von dem Hauptboulevard, dem Stolz des Städtchens, zu entfernen, über irgendeinem Seitengäßchen die Aufschrift mit seinem Namen: eine unruhige

Mahnung an alles, was in jener wilden, wunderbaren Woche hätte geschehen können, wäre Wilson nur ein wenig verrückt gewesen.

Aber er war normal, bei vollem Bewußtsein, die ganze Zeit. Und jetzt müssen wir die Freude darüber denen überlassen, die sie wirklich empfinden und kurz die Gründe zu der seltsamen Metamorphose der Vierzehn Punkte untersuchen. Als erstes müssen wir den Schirm und Schutz aller Gescheiterten, die Entschuldigung ablehnen, welche die Großen und ihre Anhänger bei Katastrophen stets anführen: schlechte Ratgeber, falsche Freunde. Die bedeutenden Köpfe in der Umgebung des großen Präsidenten waren, wenn möglich, noch wagemutiger als er selbst. Der schwer belastende Einfluß der heimischen Finanziers, Industriellen und Politiker – starke, aber banale Mächte – setzte, wenn man sie nicht überhaupt verleumdet hat, erst viel später ein, als das Spiel längst verloren war. Wir würden uns hier in dieser Gesellschaft, die mit Alexander anfängt, nicht mit Wilson befassen, hätte er nicht verstanden, ein freier, einsamer Mann zu bleiben. Unsere Gesellschaft ist ein wenig exklusiver als der Ivy-Klub der Princeton-Universität oder die Liste der englischen Könige.

Wilsons Taten gehören nur ihm selber. Er durchlitt diese Konferenz mit der isolierten Verantwortung eines Sterbenden. Alles war längst verloren, lange bevor man anfing. Was übrigblieb, hatte nur das grausige Interesse eines Todeskampfes. Er hatte sich aus einem Propheten in einen Bittsteller verwandelt, der die anderen anflehte und bestach, nicht zu weit zu gehen. Aber er hat tapfer gekämpft, das muß man ihm schon glauben. Gleich zu Anfang, ehe man so recht wagte, ihm zu Leibe zu rücken, erpreßte er ihnen den Völkerbundsvertrag. Aber der Blankoscheck für die Separationen, die Erfüllung der Geheimverträge – jeder Staat schien einen ganzen Koffer voll zu besitzen und alle widersprachen den vierzehn Punkten –, die wüste, heißhungrige Plünderung, die in dem Vertrag von Versailles verbrieft und verbucht ist, die wurde ihm stückweise erbarmungslos abgerungen. Er konnte nicht einmal sein Prinzip retten, als die direkten nationalen Interessen seines Landes es erheischten. So wurde er gezwungen, Shantung den Japanern zu überlassen und heimste dafür die indignierte Verachtung der Chinesen ein.

Um noch Schlimmeres, zum Beispiel die Annektion des linken Rheinufers zu verhüten, mußte er zahlen. Er mußte Nation über Nation mit Bündnissen und Versprechungen bezahlen, mußte die Zukunft der Vereinigten Staaten verpfänden, damit diese vereinigten Demokratien aufhörten, den ihnen ausgelieferten Feind in Stücke zu zerreißen. Selbst für seinen Völkerbund mußte er zahlen – mit Artikel X, welcher bestimmt, daß er und sein Land die andern beschützen und ihnen auf ewig ihren Raub gerantieren sollen.

So verlief, einseitig (von außen) betrachtet, die Zermahlung Wilsons; die Einzelheiten sind in dem von ihm unterzeichneten Vertrage vermerkt. Es war eine Zersplitterung der Mittelmächte, aber es war vor allem auch eine restlose Aufteilung seines eigenen geistigen Weltreichs, das nur wenige Jahre gedauert hatte, und er blieb bis zum Schluß dabei.

Ein einziger merkwürdiger Vorfall zeigt gleich einem körperlichen Krampf der Außenwelt die Kämpfe, die er durchmachte. Nach all den großen Opfern schrak er davor zurück, den kroatischen Hafen Fiume Italien zu schenken. Frankreich und England gegenüber hatte er in allem nachgegeben, aber der Gedanke, sich einem bloßen Italien zu unterwerfen, hätte ihn aufgerüttelt und wenn er körperlich schon halb gestorben wäre. Italien bekam Fiume nicht, jedoch dieser letzte Kampf ist nicht nur heldenhaft, sondern auch traurig. Es ist, als sei plötzlich sein altes, seit sechs Monaten gestorbenes Ich noch einmal aus dem Grabe auferstanden, „in der Gestalt des Königs, der uns starb", um dem armen gekränkten und verwirrten Paar, Orlando und Sonnino, den Weg zu versperren. Dieses ragende Phantom löste endlich auch ein Gewitter aus. Ich habe bereits die Wirkungen eines Aufrufs an die Welt nach seiner Landung in Europa und die möglichen Folgen erwogen. Jetzt, da es viel zu spät war, erging unbegreiflicherweise ein hoffnungsloser Ruf von ihm an die Menschheit, das mächtige Signal an die Völker, das er so lange zurückgehalten hatte, und es antwortete ihm nichts als ein dumpfes Echo. Die Welt war in diesen wenigen Monaten um ein Jahrhundert weitergerückt.

Die Ursache dieses großen tragischen Sturzes, dieser messianischen Katastrophe, die an Umfang und Bedeutung den Krieg, dessen Krönung sie war, um vieles übertrifft, ist für uns kein Geheimnis. Sie ist in der Geschichte des Abenteuers nichts Seltenes und Unerwartetes. Wilson fiel nicht aus Eitelkeit, auch nicht weil man ihn überlistete, auch nicht aus irgendeiner anderen Nebensächlichkeit, mit der die böswilligen Kinder seiner Feinde diesen überwältigenden Lohn ihrer Gebete zu begründen suchen. Ein Fehler im Aufbau seiner Persönlichkeit schlug jene gewaltige Hoffnung in Trümmer. So enden alle großen Dramen. Wilson fürchtete sich. Es handelt sich in diesem Falle um jene tödliche Furcht, die vor jedem moralischen Gesetz der Welt, nicht aber vor dem Schicksal freigesprochen wird. Er fürchtete sich vor dem, was wir Verantwortung nennen. „Sie beschworen vor seinen Augen das Gespenst des Bolschewismus herauf, und er hatte nicht den Mut, das Risiko auf sich zu nehmen.“ Wer sind „sie“? Clémenceau und Lloyd George? Sie waren genau so ängstlich wie er. Wilsons Tragödie ist kein tragikomischer Fall von Gaunertum und mißbrauchtem Vertrauen. Er und die Welt – denn Wilsons Abenteuer war das Abenteuer der Menschheit, und selbst die Narren dieser Welt werden das eines Tages einsehen – waren nicht die Opfer irgendeines plumpen Streichs, es sei denn, daß die Bergkrankheit, die den Hochtouristen dicht vor dem Gipfel umkehren läßt, eine besondere Tücke der Alpen ist. Wir stürzten dort, weil die Höhe allzu mächtig war, weil er alle Länder der Erde zu seinen Füßen liegen sah, die nackte Unendlichkeit der Masse des gemeinen Volkes, das er sein Leben lang verehrt hatte. Aber bis zu jenem Tage hatte er nicht gewußt, daß er sie, ihr Leben und das unabsehbare Leben künftiger Jahrhunderte in seinen zwei Händen hielt. Er sah, begriff – und gewaltiger Schwindel packte ihn. Jene Tage sind so vollständig aus unserer Erinnerung geschwunden, als wären hundert Jahre darüber vergangen; aber ein paar Menschen, die sie miterlebt haben und die damals nahe dem Piedestal standen, auf dem Wilson ragte, können sich noch undeutlich, als hätten sie es irgendwo gelesen, an den Rausch erinnern, an die mit leidenschaftlicher Begeisterung untermischte Panik dieser Zeit. Das Wort Bolschewismus hat heute nur noch eine Resonanz. Damals aber war alles möglich. Clémenceau, der um des Sieges willen, ohne zu wanken, eine vollständige Zerstörung von Paris erwog, zitterte bis in die Fingerspitzen seiner grauen Halbhandschuhe bei dem Gedanken an das unterirdische Abkommen Lenins. Er hatte bereits eine Kommune überstanden. Das große Morden war vorüber, aber noch schwebte der Blutgeruch in der Luft. Konnte Wilson ein zweites auf sich nehmen? So wich er dem Wagnis aus, und weil er nicht wagte, verlor er alles. Dies ist meiner Ansicht nach das Ende der meisten, vielleicht sogar aller Abenteuer, obwohl wir trotz aller Bemühungen keine befriedigende Antwort auf das Wie und Warum gefunden haben. Könnten wir nur einen Grund entdecken, weshalb wir die Partie verlieren müssen, die wir einzeln oder als langsam schreitende Masse bis in alle Ewigkeit mit den Göttern zu spielen gezwungen sind, es gäbe eine Art Shakespearesche Befreiung, eine Erlösung, eine echt tragische Katharsis, in der Erkenntnis, daß alles Streben von vorneherein zum Scheitern verdammt ist, einen halb musikalischen Ausgleich. Aber es gibt keinen Beweis hierfür, so wenig wie für den statischen Traum einer absoluten Gerechtigkeit, die, ein Sinnbild des Raums, dereinst für uns erreichbar sein wird. Wir werden selbst durch die kürzeste und mangelhafteste Untersuchung ermutigt und nicht von der Verpflichtung entbunden, das Abenteuer auf uns zu nehmen. Es gibt keine Gewißheit, weder gut noch böse, sondern nur einen unendlichen Rückschlag, der das Gute wie das Böse größer macht, als wir zu glauben geneigt sind. Die Gipfel sind weiter weg, die Abgründe tiefer. Ist es ein Spiel, dann ist die Vorgabe erdrückend.

So beschließt Woodrow Wilson, der letzte unserer Helden, unser größtes Abenteuer. Manche Menschen glauben, er habe wie Artus und der legendäre Alexander und viele kleinere Geister trotz seiner Niederlage uns eine Hoffnung, ein Versprechen, den Völkerbund hinterlassen, der, gleichsam ein Symbol seines dahingegangenen Fleisches und Blutes, ein Stück, das er sich aus dem Herzen riß, jenem dienen soll, welcher nach ihm sein Abenteuer fortführen und noch einmal den großen Sprung wagen wird. Vielleicht haben sie recht. Wir begannen mit dem Verzicht auf jegliche Moral und wir schließen damit. Wie dem auch sei, wir haben eine größere Gewißheit gewonnen von der unendlich hoffnungsvollen und verzweifelten Ungewißheit der Dinge, wie sie scheinen, wie sie sind und wie sie sein werden.